Astrid Fritz, Jahrgang 1959, ist im nordbadischen Pforzheim aufgewachsen. Sie studierte Germanistik und Romanistik in München, Avignon und Freiburg. 1994 ging sie mit ihrer Familie für drei Jahre nach Santiago de Chile, wo sie für eine deutsch-chilenische Wochenzeitung schrieb. Mittlerweile ist Astrid Fritz Autorin zahlreicher Bestseller. Im Rowohlt Taschenbuch Verlag sind erschienen: «Die Hexe von Freiburg» (rororo 23517), «Die Tochter der Hexe» (rororo 23652), «Die Gauklerin» (rororo 24023) sowie «Das Mädchen und die Herzogin» (rororo 24405). Zusammen mit ihrer Familie lebt sie in der Nähe von Stuttgart.

Weitere Informationen im Internet unter www.astrid-fritz.de

Astrid Fritz

Der Ruf des Kondors

Ein Auswanderer-Roman

Rowohlt Taschenbuch Verlag

3. Auflage September 2013

Originalausgabe
Veröffentlicht im Rowohlt Taschenbuch Verlag,
Reinbek bei Hamburg, Juli 2007
Copyright © 2007 by Rowohlt Verlag GmbH,
Reinbek bei Hamburg
Umschlaggestaltung any.way, Cathrin Günther
(Abbildung: akg-images, von Lenthe: «Die Auswanderer»)
Karten Peter Palm, Berlin
Satz Berthold Baskerville PostScript (InDesign)
bei Pinkuin Satz und Datentechnik, Berlin
Druck und Bindung CPI books GmbH, Leck
Printed in Germany
ISBN 978 3 499 24511 4

Für meine Tochter Lisa Francisca,
die in Chile geboren ist

1

Ein heftiger Windstoß trieb ihm Staub ins Gesicht. Josef stand auf dem Baumwall und starrte mit brennenden Augen auf das Gewirr von Masten und Takelage, das sich gegen den fahlen Abendhimmel abzeichnete. Bestimmt hundert Schiffe schwankten träge im brackigen Wasser des Hamburger Niederhafens. Schnelle, schlanke Klipper, die Gewürze und Tee aus Indien brachten, mit Kanonen bestückte Fregatten, wuchtige Drei- und Viermastbarken und dazwischen moderne Dampfschiffe.

Er würde Raimund finden, auch wenn er mit einem dieser Schiffe um die halbe Welt segeln musste!

Mit schweren Schritten ging er hinüber zum Kai. Trotz der späten Stunde herrschte hier lebhafte Geschäftigkeit. Kisten und Fässer wurden auf Lastkähne gehievt, Kies unter ohrenbetäubendem Lärm in Schuten gekippt. Herren in grauem Tuch und Zylinder beaufsichtigten argwöhnisch das Entladen ihrer Fuhrwerke, die einfachen Leute zerrten ihre Habseligkeiten in Leiterwägen hinter sich her. Die schwüle Hitze, die seit Tagen auf der Stadt lastete, machte die Menschen reizbar. Fortwährend wurde Josef angerempelt, hierhin und dorthin geschoben, stand den Hafenarbeitern und Reisenden überall im Weg.

Zum ersten Mal seit seiner überstürzten Flucht befielen Josef Mutlosigkeit und Zweifel. Seine Mutter würde sich wahrscheinlich die Seele aus dem Leib weinen, sein Vater würde toben, und Onkel Emil würde sich weigern, ihn nach Amerika mitzunehmen. Überhaupt: Wie konnte er so sicher sein, dass sein Bruder tatsächlich in Chile lebte?

Er erstarrte. Nur wenige Schritte vor ihm schob sich ein

dunkelhaariger Mann durch die Menschenmenge, stieß sich grob mit den Ellbogen den Weg frei. Josef hatte die dunkelgrüne, zerschlissene Joppe sofort erkannt. Sein Vater war ihm also nach Hamburg gefolgt! Jetzt war alles zu Ende. Er wich zurück, wie ein aufgescheuchtes Wild, das seinem Jäger gegenübersteht. In diesem Moment blieb der Mann stehen, schob sich die Mütze aus dem Gesicht und schaute sich suchend um. Josef sah deutlich das bartlose Gesicht eines jungen Mannes.

Aufatmend lehnte er sich gegen eine Bretterwand und tastete nach der Geldbörse, die er am Leib festgebunden hatte und die seine gesamten Ersparnisse enthielt. Er war zum Umfallen müde, doch er wusste, dass es in Hafenstädten von Dieben und Gesindel nur so wimmelte. Ein Schwarm Möwen stürzte kreischend vor ihm nieder und zankte sich um ein Stück Brotrinde.

«He, verschwinde! Das ist mein Platz.»

Josef zuckte zusammen, als ihn ein Faustschlag in den Kniekehlen traf. Ein verwahrloster Alter kauerte neben ihm im Staub, aus den abgeschnittenen Hosenbeinen ragten zwei vernarbte, violett glänzende Beinstümpfe. Hastig packte Josef seinen Reisesack und stolperte davon, vorbei an zwei raufenden Burschen und einer Horde betrunkener Matrosen. An der Kaimauer blieb er mit klopfendem Herzen stehen. Der Gestank fauligen Wassers stieg ihm in die Nase. Er hatte Angst.

«Willst du anheuern, Jungchen?»

Josef fuhr herum. Vor ihm stand breitbeinig ein Seemann, die Hände in den Hosentaschen vergraben, und musterte ihn von oben bis unten. In seinem Mundwinkel klebte eine erloschene Zigarette.

«Ich suche das Schiff, das übermorgen nach Chile abfährt.»

«Wie heißt es denn?»

Josef dachte nach. Zwar hatte Onkel Emil ihm viel von

dem Segler erzählt, doch an den Namen konnte er sich nicht mehr erinnern.

«Na, du bist mir ein Spaßvogel! Weißt du, wie viele Überseeschiffe im Hamburger Hafen liegen? Ganz Deutschland scheint im Moment auswandern zu wollen. Am besten fragst du dort drüben nach», er deutete auf ein schäbiges, langgestrecktes Gebäude, «bei den Schiffskontoren. Die sind um diese Zeit aber schon geschlossen.»

Josef bedankte sich. Der Seemann wollte schon weitergehen, doch dann wandte er sich noch einmal um.

«Sag mal, willst du heute Nacht hier Wurzeln schlagen?»

Jetzt nur nicht heulen, dachte Josef und bemühte sich, seiner Stimme einen festen Klang zu geben. «Ich weiß nicht, wo man hier einen Schlafplatz findet.» Er hatte vorgehabt, sich irgendwo ein ruhiges und sicheres Fleckchen zu suchen, in einem Schuppen oder einer Lagerhalle, doch bei dem Trubel hier am Hafen konnte er sich das aus dem Kopf schlagen.

«Gib acht.» Der Mann kratzte sich das stopplige Kinn. «Wenn du dort hinten den Herrengraben hochgehst und dann die dritte Gasse links, findest du den *Grünen Anker*. Sag der Wirtin einen Gruß vom alten Hein von der *Neptun*, und sie soll dir eine Ecke zum Schlafen überlassen. Ich würde mich dafür mal wieder bei ihr erkenntlich zeigen.» Beim letzten Satz grinste er anzüglich.

«Viel Glück», rief er Josef nach, als der sich eilig auf den Weg machte.

Der *Grüne Anker* war eine düstere Kaschemme, in der sich die Seeleute zum Würfelspiel und Saufen trafen. Misstrauisch sah die Wirtin, eine vollbusige Frau mit roter, ungesunder Gesichtsfarbe, Josef an, als er seine Bitte vorbrachte und Heins Grüße bestellte.

«Hast du Geld?»

«Nicht viel. Aber Hein hat gemeint, er würde sich

Ihnen erkenntlich zeigen, wenn Sie mich hier übernachten lassen», fügte er hinzu, ohne recht zu wissen, was damit gemeint war.

«Alter Schweinehund.» Die Frau strich sich mit dem Handrücken das strähnige Haar aus dem Gesicht. Dann nahm sie den Jungen beim Arm. «Komm mit. Aber dass dir eins klar ist: Du kannst nur für eine Nacht hier bleiben. Wenn ich lauter solche Gäste wie dich hätte, könnte ich meine Wirtschaft gleich schließen.»

Sie führte ihn in eine Kammer neben der Küche. Auf dem blanken Boden lag in der Ecke ein Haufen Lumpen, über den ein nachlässig geflicktes Leintuch gebreitet war. Ansonsten wirkte der Raum sauber und frisch gekehrt.

«Da kannst du schlafen.» Sie reichte ihm eine Pferdedecke. «Essen und trinken musst du aber bezahlen.»

Josef nickte und bedankte sich. Nachdem er sein Bündel unter der Decke verstaut hatte, ging er zurück in die Schankstube. Dort verschlang er eine große Portion Kartoffeln mit Speck, die die Wirtin ihm gebracht hatte.

«Du bist ja mächtig ausgehungert. Hattest wohl einen weiten Weg?»

«Hm.» Josef schluckte den letzten Bissen herunter. «Ich komme aus Kurhessen, aus Rotenburg.»

Sie sah ihn prüfend an. «Sag mal, wissen deine Eltern eigentlich, wo du dich rumtreibst?»

«Ja», beeilte sich Josef zu versichern. «Ich bin mit meinem Onkel verabredet, morgen. Er ist schon seit ein paar Tagen hier in Hamburg.»

«Ich kann nämlich keinen Ärger mit der Polizei brauchen», murmelte sie, offenbar nicht ganz überzeugt von Josefs Antwort, und räumte den Tisch ab.

Jetzt, wo sein Magen gefüllt und der Schlafplatz gesichert war, sah die Welt freundlicher aus. Gleich morgen früh würde er sämtliche Gasthäuser nach Onkel Emil und seiner Familie ablaufen, denn irgendwo mussten sie schließlich untergekommen sein. Und wenn er erst mal in Südamerika war, würde er zusammen mit seinem Bruder hart arbeiten und reich werden und den Eltern eine Luxuspassage nach Chile bezahlen. Sein Vater würde schon sehen, dass es noch ein anderes Leben gab als das in seiner erbärmlichen Bauernkate. Ob es schwierig sein würde, Raimund ausfindig zu machen? Seitdem der Bruder sich vor drei Jahren mitten in der Nacht von ihm verabschiedet hatte, hatten sie nichts mehr von ihm gehört.

«Willst du wissen, was dir die Zukunft bringt?», riss ihn eine schrille Stimme aus seinen Gedanken. Eine Alte mit zahnlosem Mund, die Haare starr vor Dreck, hatte sich zu ihm an den Tisch gesetzt. Sie stank zum Gotterbarmen.

Als Josef schwieg, fuhr sie fort: «Ich sehe einen großen Segler, der dich wegbringt von hier, weit weg. Du wirst ein neues Leben beginnen. Gib mir ein paar Pfennige, und ich erzähle noch mehr.»

Josef zögerte, doch dann war seine Neugier stärker. Er nestelte unter seinem Rock in der Geldbörse und legte drei Münzen auf den Tisch. Die Alte nahm seine linke Hand. Mit ihren schmutzigen Fingern rieb sie seine Handfläche und starrte abwechselnd auf die Hand und in seine dunkelblauen Augen.

«Wald, überall dichter Wald – und viel Holz. Das Holz wird dich reich machen, und das Holz wird dir Leid bringen.»

«Werde ich meinen Bruder wiederfinden?», unterbrach Josef sie.

«Lass den Jungen in Ruhe, Theresa, und verschwinde!», herrschte die Wirtin die Alte an. Die Frau fluchte leise, stand aber schließlich auf. Als sie die Münzen einstecken wollte, schlug ihr die Wirtin auf die Finger.

«Das Geld gehört dem Jungen, und jetzt raus hier. Und dich», wandte sie sich an Josef, «hätten deine Eltern nicht allein herkommen lassen sollen, du Grünschnabel. Lässt dir von der erstbesten Vettel das Geld aus der Tasche ziehen.»

«Aber sie hat die Wahrheit gesagt, ich werde wirklich auswandern.»

«Kunststück! Jeder Fremde hier im Hafenviertel will weg. Du solltest dich künftig besser in Acht nehmen.»

Kleinlaut schob ihr Josef die Geldstücke zu. «Hier, für das Abendessen.»

«Behalte es, du wirst es brauchen können. Lass dir morgen früh eine warme Milch vom Küchenmädchen geben, und dann will ich dich hier nicht mehr sehen.»

«Danke, Sie sind sehr gut zu mir.»

«Unsinn», gab sie ruppig zurück und verschwand in der Küche.

Josef ging in die Kammer und machte sein Nachtlager zurecht. Jetzt erst spürte er, wie erschöpft seine Glieder von der langen Reise waren. Von Rotenburg bis Melsungen war er gewandert, immer an den Windungen der Fulda entlang. Dann hatte ihn ein mitleidiger Bauer auf seinem Karren bis Kassel mitgenommen, wo er erfahren musste, dass eine Bahnfahrt dritter Klasse nach Hamburg ein Vermögen kostete. Dann werde ich mich eben in einem Gepäckwagen verstecken, hatte er gedacht und sich abwartend auf den Bahnsteig gesetzt, als ihn ein Mann um Hilfe beim Verladen seines Gepäcks bat. Er und seine Familie – eine freundliche Frau, vier kleine Kinder und dazu noch die Schwiegermutter – seien auf dem Weg nach Hamburg, von wo aus sie eine Überfahrt nach Nordamerika gebucht hätten. Ihren gesamten Hausrat trugen diese Leute mit sich, und der Mann jammerte, dass sie bis zum Hafen dreimal umsteigen müssten. Geistesgegenwärtig war Josef der Gedanke gekommen, sich als Gepäckträger und Aufpasser für die gesamte Reise anzubieten, wenn ihm die Fahrkarte bezahlt würde. Zu seinem Erstaunen hatte der Mann eingewilligt.

Unter seiner schweren Decke wälzte Josef sich hin und her. Die Luft war stickig, aus der Küche drangen Geschirrgeklapper und der Geruch nach altem Bratfett herüber. Obwohl er die letzten Tage kaum geschlafen hatte, fand er keine Ruhe. Was hatte das zu bedeuten, das Gerede der Wahrsagerin von Holz und von Wäldern? Wusste sie denn, wie es in Chile aussah? Er dachte an die kühlen Uferwälder in seiner Heimat, wo er so oft mit Lisbeth, seiner jüngsten Schwester, herumgestromert war, und fühlte sich plötzlich unerträglich einsam. Zu Hause würden sie jetzt um den Eichenholztisch sitzen, die Mutter mit dem Austeilen der Suppe beschäftigt, während Anne, die Älteste, ihre Handarbeit zur Seite legte und die beiden Jüngsten, Lisbeth und Eberhard, vom Vater ermahnt würden, still zu sitzen. Der Vater – die alte Wut stieg in Josef hoch. Er war an allem schuld.

Nie hatte Josef es ihm recht machen können, und nachdem Raimund von zu Hause weggelaufen war, war alles nur noch schlimmer geworden. Josef wäre gern Tischler geworden, wie Onkel Emil, der jüngere Bruder seiner Mutter. Doch der Vater hatte es verboten. Sogar wenn er die Schule besuchte, hatte sein Vater ihn jedes Mal beschimpft: Josef müsse eines Tages den Hof übernehmen, und dazu brauche er sich das Hirn nicht mit solch nutzlosem Zeug vollzustopfen. Mehr als einmal hatte Josef Prügel bezogen, als er nach dem Vormittagsunterricht zu spät zur Feldarbeit gekommen war. Doch er war fest entschlossen, niemals Ackerbauer wie sein Vater zu werden. Dieses ewige Darben und Schuften, ohne je Erfolg ernten zu können. Nach den letzten drei Missernten hatte sich der Vater verschuldet und einen Teil seines Landes verkaufen müssen. Gerade mal elf Morgen waren ihm noch geblieben, steiniges Land, an dem der Pflug zerschrammte und dessen magere Erträge die Familie nicht satt machten.

«Warum gehen wir nicht mit Onkel Emil nach Chile?»,

hatte Josef seinen Vater einmal gefragt. «Dort geben sie fruchtbares Land an die Siedler. So viele Familien aus Rotenburg sind schon dort, und alle hier im Ort reden davon, wie gut es ihnen geht.» Raimund erwähnte er wohlweislich nicht.

«Hör auf damit! Hier ist unser Grund und Boden, hier sind unsere Wurzeln. Schon mein Großvater hat diese Scholle als freier Bauer bewirtschaftet. Und was Emil Kießling betrifft», seine Stimme wurde lauter, «der ist ein Taugenichts, genau wie dein Bruder Raimund. Weder als Tischlergeselle noch als Bauer kommt er auf einen grünen Zweig – nur deshalb haut er ab nach Amerika.»

«Und wir? Kommen wir etwa auf einen grünen Zweig? Uns geht es doch Jahr für Jahr schlechter. Noch so eine Missernte, und wir enden alle als Tagelöhner. Oder noch Schlimmeres.»

Eine schallende Ohrfeige brachte Josef zum Schweigen. Im Beisein des Vaters durfte über dieses Thema nie wieder gesprochen werden.

Doch der hässlichste Vorfall, der für Josef das Fass zum Überlaufen gebracht hatte, lag erst eine gute Woche zurück. An jenem heißen Tag Anfang Juli hatten sie in aller Eile die Heuernte eingefahren, da ein Gewitter aufzog. Gerade noch rechtzeitig – denn kaum hatte der Wagen in der Scheune Schutz gefunden, brach das Unwetter los, und ein Platzregen verwandelte den Hof in eine Schlammwüste. Nachdem das Heu abgeladen und das Pferd versorgt war, versammelten sich alle in der Küche, wo Lisbeth das Vesper gerichtet hatte.

«Das Ausbessern der Zäune können wir für heute vergessen», knurrte der Vater mit einem unwilligen Blick nach draußen, wo der Wolkenbruch inzwischen in feinen Nieselregen übergegangen war. Josef war das recht.

Seit einigen Monaten hatte er jede freie Minute in der Tischlerei verbracht, wo Onkel Emil als Geselle arbeitete.

Der Meister hatte bald erkannt, wie geschickt sich der Junge anstellte, und ihm alte Möbel zum Ausbessern überlassen. Es war nicht viel, was Josef mit dieser Arbeit verdiente, doch seine Sparbüchse füllte sich stetig. Spätestens bis zum nächsten Frühjahr wollte er genug Geld beisammenhaben, um seinen Vater mit einem neuen Pflug zu überraschen. Aber dann hatte ihm der Vater verboten, weiterhin zu Emil in die Werkstatt zu gehen; er war wütend darüber, dass sein Schwager ihm mit seinen Auswanderungsplänen den Kopf verdrehte.

Josef biss sich auf die Lippen. Wenn er sich jetzt kurzerhand aus dem Staub machte, konnte er vielleicht noch die Kommode fertig bekommen, für die er sich einen großen Batzen Geld versprach. Außerdem war es Emils letzter Arbeitstag, übermorgen würden er und seine Familie die große Reise antreten.

An der Stalltür fing ihn der Vater ab.

«Wohin willst du?»

Josef stotterte, suchte nach einer Ausrede. Dann fiel sein Blick auf die Feile in seiner Hand, und er schwieg.

«Du wolltest also wieder in die Werkstatt?» Die Augen des Vaters blitzten vor Zorn, als er dem Jungen die Feile aus der Hand riss und auf den dampfenden Misthaufen schleuderte.

«Gib Antwort, wenn ich dich etwas frage! Du wolltest in die Werkstatt?»

«Ja.»

Der Vater versetzte ihm eine kräftige Ohrfeige.

«Habe ich dir das nicht verboten?»

«Ja.»

Die zweite Ohrfeige ließ Josef stolpern, und er rutschte der Länge nach in den Schlamm.

«Glaubst wohl, du bist zu was Besserem geboren?»

Hart packte der Vater ihn am Arm und schleifte ihn in das Halbdunkel des Stalls.

«Zieh dein Hemd aus und dreh dich zur Wand!»

Josef hörte das Klackern der Gürtelschnalle, dann ein Sirren, als der Vater den Gürtel aus dem Hosenbund löste. Der erste Schlag war der schlimmste. Er brannte wie Feuer, und vor seinen Augen tanzten kleine Funken. Josef biss sich die Lippen blutig, stöhnte nur leise bei jedem Schlag. Er spürte, wie es warm seinen Rücken herunterrann. Dann herrschte Stille.

Ohne den Kopf zu wenden, stieß Josef hervor: «Kein Wunder, dass mein Bruder weggelaufen ist. Bei der vielen Prügel! Oder gab es noch einen anderen Grund?»

«Halt den Mund, verdammt nochmal!»

«Ich werde ihn suchen gehen. In Chile. Das schwör ich dir.»

«Dann bist du nicht mehr mein Sohn!»

Und du bist nicht mehr mein Vater, dachte Josef, als er jetzt, acht Tage später und weit weg von daheim, den schrecklichen Streit wieder vor Augen hatte. Verzeih mir, Mutter, flüsterte er in die Dunkelheit. Aber ich lasse dich nicht im Stich. Er ballte die Hände zu Fäusten. Ich werde Raimund wiederfinden, und wir werden so viel Geld verdienen, dass du nicht mehr nächtelang die Kleidung fremder Leute flicken musst.

In diesem Gedanken lag etwas Tröstliches. Mit tränenverschmiertem Gesicht schlief Josef endlich ein.

Die Sonne brannte auf die engen, nach Urin und Fisch stinkenden Gassen. Verschwitzt setzte sich Josef auf den Rand eines Brunnens. Er war enttäuscht. In sieben Wirtshäusern hatte er bereits nach seinem Onkel gefragt und überall nur ein Kopfschütteln zur Antwort bekommen. Seine Kehle war staubtrocken, und er beschloss, sich in der kleinen Schänke gegenüber ein Zitronenwasser zu leisten.

Der redselige Wirt hatte ihn wohl gleich als Fremden erkannt und fragte ihn nach seinen Plänen aus. Bereitwillig erzählte Josef, dass er auf der Suche nach seinem Onkel und dessen Familie sei, die nach Chile auswandern wollten, und dass sein ältester Bruder bereits dort lebe.

«Hast du es schon mal in den Logierhäusern versucht?», fragte der Wirt und schenkte ihm nach.

«Logierhäuser?» Josef hatte davon noch nie gehört.

«Na, du scheinst mir ja kein Auswanderer zu sein. Pass auf: Wenn du nach Übersee willst, steigst du nicht einfach mit deinem Bündel auf ein Schiff. Da müssen eine Menge Dinge erledigt werden. Die Passage muss bei der Reederei bestätigt und bezahlt sein, dazu gehört ein Haufen Papierkram. Dein Hab und Gut wird erfasst und im Speicher der Reederei bis zur Abfahrt gelagert. Reiseutensilien und Proviant müssen in Spezialgeschäften gekauft werden, und natürlich braucht man ein kommodes Zimmer bis zur Abfahrt, zum Beispiel in einem Logierhaus für Auswanderer, wo sich meist gleich ein Warenmagazin befindet. Wer gescheit ist, überlässt die ganze Rennerei und Sucherei einem Agenten und macht sich ein paar schöne Tage in Hamburg.»

«Kennen Sie solche Agenten?»

«Natürlich. Woher, sagst du, stammt deine Familie? Aus Kurhessen?»

«Ja, aus Rotenburg.»

«Da waren vorgestern welche hier. So ein großer, dünner Mann, etwa Mitte zwanzig, mit Frau und zwei kleinen Kindern, denen habe ich einen Agenten vermittelt.»

«Das könnten sie sein», rief Josef und sprang auf. «Hatten sie einen Hund dabei?»

«Genau, so einen struppigen schwarz-weißen Köter. Erinnere mich nicht dran, der hat mir vor dem Tresen den Boden vollgekotzt.»

Eilig schulterte Josef sein Bündel und ließ sich den Weg zum Logierhaus erklären. Dann bezahlte er – nicht ohne sich zu wundern, wie hoch in Hamburg der Preis für ein

Zitronenwasser war – und stürzte hinaus. Als er schließlich vor dem Tor des hohen Klinkerbaus stand, krampfte sich sein Magen zusammen. Was, wenn ihn Onkel Emil wieder nach Hause schickte?

Für weitere Grübeleien blieb aber keine Zeit, denn in diesem Moment öffnete sich die Tür, und ein stutzerhaft gekleideter Mann stieß den Jungen beinahe um. Dahinter erschien die lange Gestalt seines Onkels.

«He, pass doch auf!», schnauzte der Mann in Frack und Zylinder Josef an.

«Was zum Teufel machst du denn hier?», polterte Emil los.

«Ich komme mit euch.»

«Bist du von allen guten Geistern verlassen?»

«Was ist nun?», unterbrach sie der andere Mann und zupfte ungeduldig an seinen Koteletten. «Soll ich Sie jetzt ins Warenmagazin bringen oder nicht?»

«Passt es Ihnen in einer halben Stunde? Ich muss mich erst um meinen Neffen kümmern.» Emil ballte seine Faust vor Josefs Nase. Josef unterdrückte ein Grinsen. Onkel Emil konnte keiner Fliege etwas zuleide tun, das wusste er.

«Sagen wir: in zwei Stunden. Aber keine Minute später, ich habe schließlich noch andere Klienten.» Dann tänzelte der Agent wieder ins Haus zurück.

«Aufgeblasener Geck», knurrte Emil und wandte sich dann seinem Neffen zu. «Wissen deine Eltern, dass du hier bist?»

«Nein.»

An jenem Abend, als ihm der Vater den Rücken blutig geprügelt hatte, war Josef klargeworden, dass er von zu Hause fortmusste. Nur Lisbeth war in seine Pläne eingeweiht. Die Mutter hätte seine Entscheidung zwar verstanden, dessen war er sich sicher. Doch er war zu feige gewesen, es ihr zu sagen, denn er ertrug es nicht, sie weinen zu sehen.

«Herr im Himmel – dann bist du einfach ausgerissen? Was soll das?»

«Ich werde mit euch nach Chile segeln.»

«Und von welchem Geld willst du die Passage bezahlen, bitte schön?»

«Ich hab über dreißig Taler gespart. Eigentlich wollte ich Vater davon einen neuen Pflug kaufen …» Josefs Stimme begann zu zittern.

Ein Anflug von Mitleid zeigte sich auf Emils Gesicht. Dann räusperte er sich. «Gehen wir hinein. Luise wird nicht sehr begeistert sein.»

Winselnd sprang der Hund an Josef hoch, als er die Kammer betrat, und Katja und Hänschen fielen ihrem Vetter um den Hals. Seine Tante Luise schimpfte minutenlang, ohne Luft zu holen, um ihn schließlich in ihre fleischigen Arme zu nehmen.

So lang und dürr Emil war, so klein und rundlich war Luise. Sie hatte braune Kinderaugen über runden, rosigen Wangen, einen ausladenden Busen über breiten Hüften, selbst die Waden hatten etwas Kugelrundes. Nur die Fesseln waren schlank wie bei einem Rennpferd. Als Kind hatte sich Josef manchmal vor dem energischen Temperament seiner Tante gefürchtet, doch inzwischen mochte er sie gern, auch wenn sie so anders als seine Mutter war.

«Dir ist wohl klar, dass wir dich nach Hause schicken müssen», sagte sie ernst. «Kannst doch nicht einfach ausreißen! Außerdem: Wir haben keinen Groschen zu viel, dafür zwei kleine Kinder und einen unnützen Hund. Und da sollen wir dich auch noch durchfüttern?»

«Ich arbeite für euch. Tischlern, pflügen, Holz hacken – ich mache alles, was ihr wollt. Und wenn ich erst Raimund gefunden habe, seid ihr mich wieder los.»

Luise kniff die Augen zusammen. «Weißt du eigentlich, wie groß Chile ist? Wie willst du deinen Bruder da finden?»

«Na ja, irgendwer von den Rotenburgern wird schon wissen, wo er steckt.»

«Hat man so was Verrücktes schon gehört? Und was ist mit deinen armen Eltern? Die werden vor Sorge umkommen. O nein, mein Lieber, morgen früh geht's ab nach Hause.»

«Bitte, Tante Luise! Vater ist doch froh, wenn er einen Esser weniger am Tisch hat. Und Mutter –» Er spürte wieder die Tränen aufsteigen und schluckte. «Lisbeth wird ihr schon sagen, wo ich bin. Wisst ihr, wie sehr Mutter euch beneidet, weil ihr den Mut habt auszuwandern? Wenn ich erst auf eigenen Füßen stehe, werde ich sie und Lisbeth nachholen. Und die anderen Geschwister natürlich auch.» Nur Vater nicht, dachte er. Der würde sowieso lieber in seiner armseligen Hütte verrecken, als etwas Neues zu wagen.

«Prahlhans!» Emil verpasste ihm eine Kopfnuss. Dann wandte er sich an seine Frau: «Ich weiß nicht, ob es so eine gute Idee ist, den Jungen zurückzuschicken. Kennst doch meinen Schwager – bei ein paar Maulschellen wird's da nicht bleiben.»

Luises Blick wurde unsicher. Schließlich zuckte sie mit den Schultern. «Macht, was ihr wollt. Aber meinen Segen habt ihr nicht!»

«Ihr nehmt mich also mit!» Stürmisch gab Josef seiner Tante einen Kuss. Die schob ihn von sich weg.

«Worauf wartet ihr beiden noch? Morgen geht das Schiff ab, also erkundigt euch, ob noch ein Platz frei ist.»

Auf dem Weg zum Hafen fragte Josef seinen Onkel nach dem Mann, der die Tür geöffnet hatte.

«Den hat uns ein Kneipenwirt aufgeschwatzt. Ich hab das dumme Gefühl, dass dieser Agent ein Halsabschneider ist. Hast du dir die schäbige Mansarde angesehen, in der wir schlafen? Voller Spinnweben und altem Gerümpel, dazu stinkt es nach Mäusedreck. Zwanzig Mark will er für die drei Nächte. Zu diesem Preis könnten wir in Rotenburg zwei Wochen im *Löwen* wohnen. Und als er aufgezählt hat, was wir alles an Gerätschaften und Ausrüstung für die Überfahrt brauchen, ist mir ganz schwindlig geworden.»

Vor dem flachen Gebäude der Schiffskontoren, in dem ein Bureau ans andere gereiht war, blieb Emil stehen und scharrte mit der Schuhspitze im Staub.

«Bevor wir da reingehen – hast du es dir gut überlegt? Ich meine, niemand weiß, was uns in Chile erwartet, in einer Gegend, wo noch Wilde wohnen und die Erde von Urwald bedeckt ist. Es wird harte Knochenarbeit sein, vielleicht auf Jahre hinaus.»

Josef zuckte die Schultern.

«Das macht mir nichts aus. Und besser als bei uns wird es allemal sein. Hast du denn vergessen, was der Mann vom Auswandererverein uns damals erzählt hat?»

Hunderte von Tagelöhnern, Kleinbauern und Handwerkern waren zu der Versammlung der kurhessischen Auswanderungsgesellschaft geströmt, zu der ihn Onkel Emil mitgenommen hatte. Der Redner, ein Hüne von Mann, der vor Gesundheit und Energie nur so strotzte, war im Auftrag von Vicente Pérez Rosales, dem chilenischen Kolonialdirektor, nach Hessen gesandt worden, um arbeitswillige Familien zur Auswanderung nach Südchile zu bewegen. Ein riesiges Stück Land, fern der Indianergebiete, an einem See mit dem unaussprechlichen Namen Llanquihue sollte urbar gemacht und besiedelt werden. In den schönsten Farben schilderte er das «Italien Südamerikas», das unerschöpfliche Reichtümer biete und in dem bereits unzählige blühende Landgüter entstanden seien. Er sprach von fruchtbaren Böden, dem äußerst gesunden Klima, das weder Gewitter noch Hagel kenne, sondern nur warme Sommer und milde Winter. Einem Paradies gleich, gebe es weder tödliche Fieber noch giftige Insekten oder Raubtiere, und daher sei dieses Land allen anderen Ländern Amerikas vorzuziehen.

«Gottes Beistand und der Fleiß der Siedler wird dieser Provinz Wohlstand bringen und ein blühendes Deutschland entstehen lassen. Kommen Sie ins freie Amerika – dort finden Sie eine bessere Zukunft als hier in Kurhessen», waren seine abschließenden Worte gewesen.

Josef konnte sich gut daran erinnern, wie beeindruckt Emil von den günstigen Konditionen gewesen war. Die chilenische Regierung verpflichtete sich zur Übergabe einer Landparzelle von vierzig Hektar für jede Familie und zwanzig Hektar für jeden Sohn über zwölf Jahre sowie eines Gespanns Ochsen – alles zahlbar in zehn Jahresraten und zu einem Preis, für den man hier höchstens vier Morgen Viehweide bekam. Darüber hinaus würden jeder Familie kostenlos Baumaterial und Saatgut, drei Milchkühe, fünf Schafe und ein Pferd zur Verfügung gestellt. Als Gegenleistung verpflichteten sich die Kolonisten lediglich, die Parzellen zu bebauen und zu bewirtschaften, und sie mussten sich als erfahrene Landwirte ausweisen können.

«Wenn du mich als deinen Sohn mitnimmst, bekommst du noch zwanzig Hektar dazu», hatte ihm Josef damals ernsthaft vorgeschlagen. Seitdem war ihm der Gedanke, seinem Bruder nach Chile nachzufolgen, nicht mehr aus dem Kopf gegangen.

Erwartungsvoll sah er jetzt, sozusagen am Ziel seiner Träume, den Onkel an.

Emil Kießling sog hörbar die Luft ein. «Gut. Dann gehen wir hinein und buchen deine Überfahrt.»

Beinahe feierlich klangen seine Worte.

Sie betraten einen winzigen, kahlen Raum, in dem sich ein gutes Dutzend Menschen drängte. Hinter einer mit Papieren und Büchern beladenen Theke saß ein glatzköpfiger Mann. Es dauerte lange, bis sie an der Reihe waren.

«Womit kann ich dienen?» Aus kurzsichtigen Augen blinzelte der Mann Emil an.

«Meine Familie und ich haben für die *Helene* nach Chile

gebucht. Ich wüsste gern, ob noch ein Platz für meinen Neffen frei ist.»

«Sie sind reichlich spät dran, die *Helene* läuft morgen aus.»

Er zog einen dicken Stapel Papier, der von einem Bindfaden zusammengehalten wurde, zu sich heran. Mit der Linken blätterte er, mit der Rechten kratzte er sich Schorf vom kahlen Schädel.

«Wollen mal sehen, wollen mal sehen. Ja, ein Kajütenplatz ist noch frei. 147 Taler kostet die Passage.» Josef spürte, wie der Mann seine ärmliche Kleidung geringschätzig musterte.

Emil wischte sich den Schweiß von der Stirn. «Wir dachten eher an eine Passage im Zwischendeck.»

«Tut mir leid, das Zwischendeck ist seit Wochen ausgebucht.»

«Nun, äh, danke!»

«Nichts für ungut. In etwa drei Wochen läuft die *Herrmann* nach Chile aus, vielleicht haben Sie da mehr Glück.» Dann brummte er etwas wie «von heut auf morgen auswandern wollen» und schüttelte den Kopf.

Emil schob den erstarrten Josef mit sanftem Druck hinaus.

«Ich kann nicht zurück. Vater schlägt mich tot», stieß Josef endlich hervor. Er ließ sich auf den schmutzigen Bürgersteig sinken und starrte schweigend vor sich hin. Hilflos ging Emil vor ihm auf und ab. Ganz offensichtlich wusste er auch keinen Rat.

«Josef, mein Junge, ich hab's.» Emil blieb plötzlich stehen. «Du gehst nach Kassel zu Luises Bruder. Der sucht einen Lehrjungen für seine Schlosserei.»

Wütend sprang Josef auf.

«Ich will nach Chile!» Mit hochrotem Kopf schüttelte er den Arm seines Onkels ab.

In diesem Moment klopfte der glatzköpfige Mann aus

dem Kontor von innen an das Fenster und winkte aufgeregt mit den Händen.

«Meint er uns?» Verständnislos sah Josef auf das feiste Gesicht hinter der Scheibe.

«Los, komm», rief Emil und zerrte seinen Neffen zurück in das Bureau.

«Da haben Sie aber Glück!» Der Mann thronte hinter seiner Theke wie ein türkischer Pascha und grinste über sein breites Gesicht.

«Ich kann Ihnen die freudige Mitteilung machen, dass soeben ein Herr seine Passage auf der *Helene* storniert hat. Hat es wohl mit der Angst zu tun bekommen.» Dabei kicherte er.

«Hurra!», schrie Josef. Die Leute im Kontor drehten sich erstaunt um.

«Das macht 68 Taler. Bitte jetzt gleich.»

«Aber so viel Geld hab ich nicht», flüsterte Josef seinem Onkel erschrocken zu.

«Ist schon in Ordnung. Gib ihm, was du hast.»

Josef leerte seinen Geldsack auf die Theke. Lauter kleine Münzen. Sichtlich angewidert verdrehte der Kahlkopf die Augen und begann zu zählen.

«Sechsundzwanzig, siebenundzwanzigeinhalb, achtundzwanzig Taler!» Das restliche Kleingeld schob er dem Jungen wieder hin und nahm hastig die vierzig Taler, die Emil aus der Tasche gezogen hatte, an sich.

«So, und nun zu den Formalitäten. Wie heißt Ihr Sohn?»

«Er ist mein Neffe. Josef Scholz heißt er.»

«Wie alt?»

«Fünfzehn.»

«Sind Sie der Vormund?»

«Nein.»

«Dann braucht er noch die Einwilligung seines Vaters oder Vormunds. Hier, auf diesem Papier.»

Josef war bei diesen Worten zusammengezuckt.

«Ist das so wichtig?», stotterte Emil. «Ich meine, wo es doch so eilt ...»

«Nun, bei der Einschiffung wird auf so was nicht allzu sehr geachtet, aber für die chilenischen Behörden ist das Papier bei Minderjährigen unerlässlich.»

Hastig riss ihm Josef das Formular aus der Hand.

«Ich laufe eben zu Vater ins Logierhaus und lass es unterschreiben. Können Sie mir einen Stift mitgeben?»

«Recht so, Junge. Aber komm schnell zurück, sonst muss ich die Passage anderweitig vergeben.»

Als sie auf der Straße standen, begann Emil zu schimpfen.

«Du bringst uns noch in Teufels Küche. Das ist Urkundenfälschung, was du vorhast.»

«Ich muss mit nach Chile, Onkel Emil, verstehst du das nicht? Was zählt da schon so ein blöder Papierfetzen.»

Er zog Emil in einen Hauseingang und ahmte die krakelige Unterschrift seines Vaters nach. Dann rannte er zurück ins Schiffskontor.

«Ihr wart ja Ewigkeiten unterwegs», begrüßte Luise die beiden, als sie zwei Stunden später die stickige Mansarde betraten. Und mit einem Blick auf Josefs strahlendes Gesicht fügte sie hinzu: «Wie ich sehe, ist alles gutgegangen. Beeilen wir uns, der Agent wartet nebenan im Magazin. Er war ziemlich ungehalten, weil ihr nicht pünktlich zurück wart.»

Das Magazin war ein hoher, dunkler Raum mit Regalen bis unter die Decke. Das Angebot reichte von Backobst und Dauerwurst über Essgeschirr bis hin zu Matratzen und modernen Klappstühlen. Der Agent bekam leuchtende Augen, als er sie an den Regalreihen entlangführte.

«Beginnen wir mit den Lebensmitteln. Ich rate Ihnen: Decken Sie sich reichlich mit Proviant ein. Bis nach Chile sind Sie drei Monate unterwegs, und erfahrungsgemäß ist die Verpflegung an Bord mäßig bis ungenießbar.»

Luise erstarrte beim Anblick der Preise, mit denen die Ware ausgezeichnet war. «Das ist ja dreimal so teuer wie in Rotenburg», sagte sie leise zu ihrem Mann, und Josef sah verunsichert zu Boden. Ihm wurde klar, welches Loch die vierzig Taler für seine Überfahrt in ihre Reisekasse gerissen haben mussten.

«Danke, aber mit Proviant sind wir reichlich ausgestattet», wandte Luise sich an den Agenten. Josef ahnte, dass das gelogen war.

«Was Sie aber unbedingt brauchen, sind gute Matratzen. Diese hier sind extra nach den Maßen der Kojen gearbeitet. Ich versichere Ihnen, Sie schlafen darin wie in einem Himmelbett.»

«Und ich versichere Ihnen, die sind spätestens in vier Wochen verschimmelt», flüsterte eine Stimme hinter ihnen. Josef sah sich um. Im Halbdunkel stand dort ein schmächtiger Mann mit dicker Nickelbrille und schütterem Bart, dunkle Locken hingen ihm wirr in die Stirn.

«Gestatten: Mein Name ist Armbruster, Paul Armbruster.» Mit einem Seitenblick auf den Agenten, der inzwischen mit Emil weitergegangen war, sagte er leise: «Kaufen Sie nichts in diesem Magazin, alles überteuert und von schlechter Qualität. Die Auswanderer werden inzwischen ausgenommen wie die Weihnachtsgänse.»

Der Agent wandte sich um und warf Armbruster einen drohenden Blick zu.

«Aber ich weiß nicht ... Wir hatten ihm versprochen, sein Warenangebot zu prüfen und ...», flüsterte Luise ebenso leise.

«Lassen Sie mich nur machen», unterbrach Armbruster sie und ging mit festem Schritt auf den säuerlich dreinblickenden Agenten zu. Gespannt beobachteten Josef und Luise den kurzen Disput zwischen den beiden. Die Worte

«Kontrakt» und «Advokat» fielen einige Male, dann verstummte der Agent.

«Alles in Ordnung, kommen Sie.» Armbruster zwinkerte Josef und den Kindern zu und eilte Richtung Ausgang. Die Familie folgte ihm wie eine Schafherde dem Leithammel.

Draußen fragte Luise ungehalten: «Wieso mischen Sie sich in unsere Angelegenheiten ein? Ob man uns nun übervorteilen wollte oder nicht, sei dahingestellt. Aber wer sagt, dass wir Ihnen trauen können?»

«Verzeihen Sie vielmals, gnädige Frau.» Der Mann wirkte zerknirscht. «Ich wollte Ihnen nicht zu nahe treten, ich dachte nur ... nun, als ich Sie vorhin auf der Straße vor dem Magazin sah, war ich mir gleich sicher, dass Sie auswandern wollen und in die Fänge eines dieser Wucherer geraten sind. Da bin ich Ihnen gefolgt und ...»

«Das wird ja immer schöner!» Luise stemmte die Arme in die Seite. «Jetzt werden wir auch noch von Ihnen verfolgt.»

Josef verstand nicht, warum sich seine Tante so feindselig gebärdete. Ihm gefiel dieser freundliche Herr, der etwas Linkisches, Jungenhaftes an sich hatte, obwohl er sicher um einiges älter als Onkel Emil war.

«Jetzt mach mal langsam, Frau», verteidigte Emil den unglückseligen Armbruster. «Ich finde es sehr nett von dem Herrn, dass er uns helfen will. Wir sind fremd hier, kennen uns weder mit den Preisen noch mit den Gepflogenheiten aus, da können wir jeden Ratschlag gut gebrauchen.» Er wandte sich an den unerwarteten Helfer. «Entschuldigen Sie, meine Frau meint das nicht so, manchmal geht ihr einfach der Gaul durch.»

«Und du lässt dich von jedem beschwatzen: erst vom Wirt, dann von diesem Agenten und jetzt vielleicht auch noch von diesem vornehmen Herrn.» Luise schnaubte.

«Vornehmer Herr?», wiederholte Armbruster sichtlich

verlegen und rückte seine Brille zurecht, die ihm ständig auf die Nasenspitze rutschte. «Ich bitte Sie. Ich bin ein einfacher Buchhändler aus Kassel und auf dem Weg nach Chile, wo das Leben hoffentlich ein wenig angenehmer ist als in Deutschland.»

«Dann sind wir ja Landsleute!», rief Emil. «Und wir wollen auch nach Chile, morgen, mit der *Helene*.»

«Das ist schön. Dann reisen wir zusammen.» Armbruster sah Luise eindringlich an. «Vertrauen Sie mir, gnädige Frau.»

«Ach, lassen Sie doch das ‹gnädige Frau›. Luise Kießling ist mein Name.»

«Vertrauen Sie mir, liebe Frau Kießling. Lassen Sie uns gemeinsam zu Herrn Fries am Neuen Wall gehen. Dort gibt es Matratzen, die der Feuchtigkeit auf See widerstehen und nur den halben Preis kosten. Was haben Sie für Geschirr dabei?»

«Verzinktes Blech.»

«Gut so. Dann lassen wir bei einem Spengler Ihren Namen einschlagen, sonst geht es bei dem Durcheinander auf dem Zwischendeck gleich verloren. Als Zusatzproviant empfehlen sich Kaffee, Salz, Zucker, Backobst und Zitronen.»

«Sind Sie schon einmal ausgewandert?» Zum ersten Mal richtete Josef das Wort an den Buchhändler.

Der lachte herzhaft.

«Nein, mein Junge. Das macht man im Leben wohl nur ein einziges Mal. Ich weiß nur, dass Betrug und Prellerei in den Überseehäfen inzwischen an der Tagesordnung sind. Kennst du Carl Schurz?»

Josef schüttelte den Kopf.

«Macht nichts. Ist ein Bekannter von mir, der ist vor kurzem erst nach England, von dort dann weiter nach Nordamerika gegangen. Vielleicht erzähle ich dir ein andermal mehr von ihm. Ich war ihm bei den Reisevorbereitungen behilflich und konnte dabei eine Menge wertvoller Erfahrungen sammeln. In jedem Fall hüte man sich vor den Empfehlungen von Gastwirten und Kommissionären. So sollte man –»

«Gehen wir also zu diesem Herrn Fries», unterbrach Luise seinen Redeschwall. «Es ist höchste Zeit.»

2

Mit ihren prallen Segeln ließ die stattliche, etwas gedrungene Dreimastbark die Deutsche Bucht rasch hinter sich und nahm Kurs auf die Straße von Dover. Paul Armbruster lehnte an der Reling. Die Gischt, die am Bugspriet emporspritzte, kühlte seine Wangen. Nur zu, altes Schiff, dachte er, bring mich weg von diesem unseligen Land. Sieben Tage war die *Helene* wegen konträrer Winde zunächst auf der Elbe herumgedümpelt wie ein schläfriges Tier, und Armbruster hatte den Anblick des nahen Ufers kaum noch ertragen. Jetzt spürte er, wie der Druck und die Unruhe, die in den letzten Monaten auf ihm gelastet hatten, allmählich nachließen.

Leise summte er das Lied vor sich hin, das sie bei der Abfahrt in die kühle Morgenluft geschmettert hatten:

Nun ist die Scheidestunde da,
Wir reisen nach Amerika.
Die Wagen steh'n schon vor der Tür,
Mit Weib und Kind marschieren wir.

Ich aber marschiere allein, ohne Weib und Kind, dachte Armbruster, und um seine Mundwinkel erschien ein bitterer Zug.

«Störe ich?»

Mit einem scheuen Lächeln stellte sich Josef neben ihn, Max, der kleine schwarz-weiß gefleckte Hund, folgte ihm dicht auf den Fersen.

«Aber nein! Ich freue mich, wenn du mir Gesellschaft leistest.»

Armbruster betrachtete den schmächtigen Jungen mit den zerzausten hellbraunen Haaren. Das feingeschnittene, schmale Gesicht hatte noch etwas Kindliches, doch in den Augen blitzten Neugier und Willenskraft. Er könnte mein Sohn sein, hat das gleiche Alter wie August, dachte Armbruster, und bei diesem Gedanken krampfte sich sein Magen schmerzhaft zusammen. Er wandte den Blick ab und sah wieder hinaus auf die gischtbesetzten Wellen.

«Wir gewinnen an Fahrt, nicht wahr?», fragte Josef.

«Macht dir das Angst?»

«Nein, im Gegenteil.» Josef lachte. «Endlich kommen wir voran.»

«So sehe ich es auch. Aber ich fürchte, demnächst wird es hier von Reisenden wimmeln, die es in ihren stickigen Kojen nicht mehr aushalten. Und denen es nicht allzu gut gehen wird.»

Armbruster behielt recht. Aus dem frischen Wind wurde bald eine steife Brise, und die *Helene* schlingerte wie betrunken durch die zerwühlte See. Die ersten Seekranken klammerten sich an die Reling und würgten und spuckten.

«Spart euch das auf, bis wir Kap Hoorn passieren und in einen richtigen Sturm kommen», spotteten die Matrosen und kletterten in die Rahen, um die ersten Segel zu reffen.

«Angesichts der menschlichen Biologie verwischen sich die Standesunterschiede recht schnell.» Armbruster deutete hinüber zum Achterdeck. Aus den Kammern der Kajüte wankten drei Damen in vornehmen Reifröcken und übergaben sich im Schutz ihrer pastellfarbenen Sonnenschirmchen.

«Wo sind eigentlich deine Tante und dein Onkel?»

«Unter Deck bei den Kindern. Ich glaube, Onkel Emil hat es auch erwischt.»

«Du bist gegen den Willen deines Vaters mitgekommen, nicht wahr?»

«Nun ja – er hätte mich niemals fortgelassen.» Josef zögerte. «Eigentlich sollte ich darüber nicht sprechen. Meine Tante hat Angst, dass sie sonst Schwierigkeiten bei der Einwanderungsbehörde bekommen. Aber Ihnen kann ich doch vertrauen, oder?»

Armbruster nickte. «Ich kann schweigen wie ein Grab.»

Josef berichtete stockend und in knappen Worten von den schrecklichen Auseinandersetzungen mit seinem Vater und wie er schließlich Hals über Kopf von zu Hause weggelaufen war. «In Chile», schloss er seinen Bericht, «will ich meinen Bruder Raimund wiederfinden, der dort lebt.»

Armbruster zog überrascht die Augenbrauen hoch. «Du hast einen Bruder, der nach Chile ausgewandert ist? Deine Tante und dein Onkel haben ihn nie erwähnt.»

«Wir haben ja nie wieder von ihm gehört. Tante Luise meint, dass er vielleicht ganz woanders steckt, denn er hätte nie und nimmer das Geld für die Überfahrt gehabt. Aber zu mir hat Raimund gesagt, dass er nach Chile will, weil er damit weit genug weg von unserem Vater ist.»

«Und wann war das?»

«Vor drei Jahren, als ein paar Familien aus unserem Ort sich dorthin auf den Weg gemacht haben.»

Mit belegter Stimme erzählte er von jener stürmischen Aprilnacht, in der er erwacht war und seinen Bruder angezogen neben seinem Bett stehen gesehen hatte. Er wolle sich verabschieden, hatte Raimund geflüstert, denn er würde am Morgen heimlich mit den Auswanderern nach

Hamburg und von dort nach Chile gehen. Draußen stünden schon die Karren mit dem Gepäck bereit, und darin wolle er sich verstecken bis zum Hamburger Hafen.

«Ich wollte ihn zurückhalten, habe geheult und gejammert und gesagt, er sollte doch an unsere Mutter denken und an uns Geschwister, aber es war nichts zu machen. Und dann sagte er noch, dass er jetzt endlich wisse, warum Vater ihn hasse. Ich wollte wissen, was er damit meinte, aber es war weiter nichts aus ihm herauszubringen. Leider!»

«Wahrscheinlich ging es ihm wie dir, und er hat die ständigen Streitereien mit eurem Vater nicht mehr ausgehalten.»

«Das glaube ich nicht. Raimund hatte ein viel dickeres Fell als ich. Nein, irgendetwas war vorgefallen zwischen ihm und Vater, aber keiner in unserer Familie spricht darüber.»

Josef beugte sich zu dem Hund und kraulte ihm das struppige Fell.

«Du hast deinen Bruder sehr gern, nicht wahr?»

Josef nickte.

«Er hat mich immer beschützt. Ich war ja noch nicht mal zwölf, als er wegging, und ich wollte auch immer so stark sein wie er. Alle Burschen im Ort hatten vor ihm Respekt.»

Armbruster blickte hinüber zu den Kreidefelsen der englischen Küste, die mächtig und hell aus dem Dunst auftauchten, und schwieg.

«Da haben wir ja etwas gemeinsam, dein Bruder, du und ich», sagte er schließlich.

«Wieso? Sind Sie auch von zu Hause ausgerissen?»

«So ähnlich. Aber das erzähle ich dir ein andermal.»

In diesem Moment schlug ihm eine Hand hart auf die Schulter.

«Ist das Ihr Köter?»

Der Erste Steuermann, ein vierschrötiger Kerl namens

Lars Feddersen, baute sich breitbeinig vor ihnen auf. Über seine Stirn zog sich eine hässliche Narbe, und auch sonst wirkte sein Gesicht nicht gerade vertrauenerweckend.

«Er gehört zu mir», antwortete Josef und zog Max zu sich.

«Du bindest ihn sofort am Fockmast fest», herrschte Feddersen den Jungen an. «Sonst sperre ich ihn eigenhändig in den Laderaum. Haben wir uns verstanden? Und was ist das da?»

Aufgebracht stieß er mit dem Fuß gegen ein Paar Stiefel, das neben den Wasserfässern lehnte.

Ein junger Bursche, der sich auf den Planken ausgestreckt hatte, hob den Kopf. Es war Karl, der Schlossergeselle, mit dem Armbruster seine Koje teilte.

«Das sind meine Stiefel.»

Feddersen begann zu brüllen. «Verdammt nochmal, hab ich nicht schon tausendmal gesagt, dass auf Deck nichts herumliegen darf?»

Karl stand auf und wollte seine Stiefel an sich nehmen, doch der Steuermann war schneller.

«Schaut nur alle her», schrie er. «Ich werde euch lehren, die Schiffsordnung einzuhalten.» In hohem Bogen warf er die Stiefel über Bord.

Karl stürzte auf den Steuermann zu und wollte ihn am Kragen packen.

«Noch einen Schritt weiter», blaffte Feddersen, «und ich lasse dich kielholen.»

Armbruster fuhr dazwischen. «Hör auf, Karl, das bringt doch nichts.» Dann wandte er sich an Feddersen und sagte, so ruhig es ihm möglich war: «Das kommt einem Diebstahl gleich. Wir werden uns in aller Schärfe beim Kapitän beschweren.»

«Tut das, ihr Landratten, tut das.» Feddersen lachte höhnisch und setzte seinen Rundgang fort, ohne sich noch einmal umzudrehen.

Armbruster sah ihm nach. «Ich habe den Eindruck, mit diesem Mann werden wir noch häufiger Ärger bekommen.»

«Sie wollen sich also im Urwald ansiedeln?», fragte Armbruster.

Er hatte es sich mit Emil und Luise Kießling auf dem Vorschiff bequem gemacht. Die *Helene* machte bei acht bis neun Seemeilen die Stunde gute Fahrt entlang der portugiesischen Küste, und fast alle Passagiere hielten sich an Deck auf, um die milde Abendsonne zu genießen. Delphine begleiteten in anmutigen Sprüngen das Schiff. Wale, die sich in respektvoller Entfernung hielten, schleuderten hier und dort ihre Fontänen in die Luft, in Violett und Purpur schimmerten Riesenquallen unter der Wasseroberfläche.

«Nun ja.» Emil nippte an seinem Tee, der, wie alles an Bord, nach Salzwasser schmeckte. «Wenn die Böden dort tatsächlich so fruchtbar sind, lohnt sich die Mühe hoffentlich.»

«Aber wenn ich Sie recht verstanden habe, sind Sie doch Tischler?»

«Das stimmt. Ich hab auch mein Werkzeug eingepackt. Aber erstens bin ich kein Meister, und zweitens werden in Chile Ackerbauern gesucht, wie uns ausdrücklich gesagt wurde.»

«Soweit ich weiß, wird dort weder nach Zunft noch nach Meisterbrief gefragt. Kommen Sie doch als Tischler mit mir nach Valdivia, dort ist das Leben einfacher als in der Wildnis. Verpflichtungen gegenüber den Chilenen gehen Sie ja erst ein, wenn Sie Ihre Parzelle erwerben. Bis dahin können Sie sich niederlassen, wo und als was Sie wollen.»

«Warten wir's ab. Erst mal müssen wir diese verdammte Seefahrt überstehen.» Emil konnte außer Tee immer noch nichts zu sich nehmen.

«Was werden Sie in Valdivia machen?» Josef hatte sich mit Hänschen, seinem kleinen Vetter, zu ihnen gesetzt. Einmal mehr versetzte es Armbruster einen Stich, wenn er den Jungen und seine Familie so einträchtig beieinander sah.

«Er wird wahrscheinlich ein gutes Werk tun und den Indianern Lesen beibringen», mischte sich Luise ein.

Armbruster lächelte gutmütig. «Ganz falsch liegen Sie nicht. Am liebsten wäre mir natürlich eine florierende Buchhandlung, und Deutsche gibt es in dieser Provinz mittlerweile viele. Sollte ich damit jedoch keinen Erfolg haben, werde ich mich als Schulmeister verdingen.»

«Hatten Sie in Kassel auch eine Buchhandlung?», fragte Josef.

Armbruster schluckte. Dann sagte er bedächtig: «Ja, das hatte ich. Doch in Deutschland ist es eng geworden, und ein bisschen geht es mir wie dir: Mich hat auf einmal die Abenteuerlust gepackt.»

Luises Augen glitzerten belustigt. «Na, für einen Abenteurer scheinen Sie mir aber nicht der Richtige zu sein.»

Armbruster spürte, wie ihm die Röte ins Gesicht stieg, und ärgerte sich darüber, dass ihn diese Frau immer so schnell aus der Fassung brachte.

«Jetzt schauen Sie mich doch nicht so entgeistert an.» Luise legte ihm besänftigend die Hand auf den Arm. «Ich hab das nicht so gemeint. Ich wollte damit nur sagen, dass die meisten auf dem Zwischendeck hier Handwerker und Bauern sind, einfache Leute, nicht so gelehrt wie Sie. Wussten Sie übrigens, dass die ersten deutschen Siedler, die vor sechs Jahren nach Chile auswanderten, Familien aus unserem Rotenburg waren?»

Ein fast kindlicher Trotz stieg in Armbruster auf. «Ja, das wusste ich, liebe Frau Kießling, und als Zeichen meiner Gelehrtheit kann ich Ihnen sogar sagen, wie das Schiff damals hieß, nämlich *Catalina*.»

«*Catalina* hieß auch das Schiff, auf dem Raimund mitfahren wollte», platzte es aus Josef heraus.

«*Catalina*. Ich höre immer *Catalina* – verflucht sei dieser Seelenverkäufer», hörten sie eine grimmige Stimme hinter sich. Armbruster wandte sich um. Gegen den Abendhimmel zeichnete sich die massige Silhouette des Ersten Steuermanns ab. Er musste sich herangeschlichen haben wie eine Katze.

«Waren Sie auch auf der *Catalina*?» Josef war aufgesprungen.

«Bis zu ihrer letzten Fahrt. Da hätte uns das verfluchte Schiff beinah alle umgebracht.» Lars Feddersen spuckte auf die Planken und wollte schon weitergehen, doch Josef hielt ihn am Ärmel.

«Warten Sie doch. Sie müssen meinen Bruder kennen. Raimund, Raimund Scholz. Er ist im April vor drei Jahren mit der *Catalina* nach Chile ausgewandert.»

Unwillig blieb der Mann stehen und musterte den Jungen von oben bis unten. Armbruster glaubte so etwas wie Erstaunen in den kalten, rotgeränderten Augen aufblitzen zu sehen. Dieser Mann kannte Josefs Bruder, dessen war er sich sicher. Aber Feddersen schüttelte den Kopf. «Ich hab mich nie für die Passagiere interessiert. Und jetzt lass mich gefälligst in Ruhe, ich muss arbeiten.»

Der Gedanke, dass der Erste Steuermann etwas über seinen Bruder wissen könnte, verfolgte Josef bis in den Schlaf. In den nächsten Tagen suchte er immer wieder dessen Nähe, doch Feddersen schien ihm aus dem Weg zu gehen. Hinzu kam, dass dessen Jähzorn inzwischen bei allen gefürchtet war. Vor allem mit Karl, dem jungen Schlosser, geriet er immer wieder aneinander. Einmal, als sich Karl in der Nähe der Kanaren auf den Ausguck gewagt hatte, ließ der Steuermann ihn auf halber Höhe an den Mast binden, in der sengenden Sonne, eine volle Stunde lang.

«Jetzt kannst du dir die Inseln in Ruhe anschauen»,

hatte Feddersen hinaufgebrüllt. «Es wird das letzte Stück Land sein, das du bis Kap Hoorn zu sehen bekommst.»

Der kräftige Nordost-Passat brachte sie zügig voran, und sie näherten sich der heißen Zone zwischen den Wendekreisen. Bei herrlichem Sonnenschein und frischem Wind blieben die Reisenden den ganzen Tag an Deck, lasen, schrieben Briefe oder schwatzten miteinander. Manche spielten Karten, obwohl das vom Kapitän nicht gern gesehen wurde. Inzwischen hatte sich Josef an das Auf und Ab des Schiffs gewöhnt und ging breitbeinig wie ein erfahrener Seemann selbst bei unruhiger See an Deck spazieren.

Paul Armbruster hatte sich mit Fritz, einem jungen Lehrer aus Bremen, zusammengetan und unterrichtete die Kinder. Hin und wieder setzte sich Josef dazu, wenn er nicht gerade das Meer betrachtete, an dem er sich nicht sattsehen konnte. Mit jeder Seemeile, die sie zurücklegten, verblasste das überlebensgroße Bild seines Vaters. Ein einziges Mal nur träumte er von Raimund: Mitten im Urwald erhob sich ein riesiger Berg Feuerholz, dessen Spitze von Wolken verhüllt war. Josef war ganz allein, wusste aber, dass sich dort oben auf dem Gipfel sein Bruder befand. Die Holzscheite rutschten unter ihm weg, als er hinaufkletterte, zerschürften ihm Knie und Ellbogen, immer wieder verlor er den Halt und glitt in die Tiefe. Endlich hatte er den Gipfel erreicht, erschöpft und schweißüberströmt. Vor ihm saß auf einem goldenen Thron sein Bruder, nackt bis auf ein Tuch um die Hüften, und sein Körper war mit Narben übersät. Die dunkelbraunen Haare reichten ihm bis auf die Schultern. Bartwuchs bedeckte fast vollständig das Gesicht, aus dem die tiefgrünen Augen, die Raimund als Einziger in dieser Eindringlichkeit von der Mutter geerbt hatte, wie Smaragde hervorleuchteten. Raimund erhob sich, als er Josef erblickte, und half ihm die letzten Meter herauf. Du hättest nicht kommen dürfen, waren seine Worte, mein Reich ist keine Welt für dich. Dann nahm er seinen jüngeren Bruder auf den Rücken, wie er es oft getan hatte, als Josef noch ein Kind war, und trug ihn leichtfüßig den Berg wieder hinunter. Der Urwald war verschwunden, stattdessen wogte vor ihnen wie geschmolzenes Blei der Ozean. Ein Ruderboot lag am Fuß des Berges. Behutsam setzte Raimund seinen Bruder hinein. Fahr wieder zu unserer Mutter, sagte er. Lebe wohl, Jossi, und pass gut auf dich auf. Dann gab er dem Boot einen kräftigen Stoß. Josef wollte zurückrudern, doch die Ruder waren zerbrochen und der Berg aus Feuerholz verschwunden.

In diesem Moment erwachte Josef. Sein Gesicht war nass von Schweiß und Tränen. Jossi – diesen Namen hatte er beinahe vergessen. Nur sein großer Bruder durfte ihn so nennen. Jossi, ich beschütze dich, hatte Raimund immer gesagt, Raimund, der groß und stark war und ihn, den zarten, schmächtigen Jungen, gegen die Angriffe und Hänseleien der Jungen im Dorf verteidigte. Josef wälzte sich in der Koje hin und her. Zweifel keimten in ihm auf, ob er seinen Bruder in dem riesigen, fremden Land wiederfinden würde.

Im Zwischendeck hatte sich inzwischen die Krätze ausgebreitet. Der rötlich-braune Hautausschlag befiel zuerst die Kinder, die die ganze Nacht weinten und sich die wunde Haut blutig kratzten.

«Ich will nach Hause», jammerte die fünfjährige Katja. Die winzigen Sommersprossen auf ihrer Nase begannen zu zittern. «Ich will nicht mehr auf diesem dummen Schiff bleiben.»

Luise bestrich die entzündeten Stellen mit einer dicken Schicht Salbe, die sie aus Schwefelpulver und Schweineschmalz gemischt hatte. «Die Salbe wird euch ganz schnell helfen», versuchte sie die Kinder zu trösten. Josef spürte, wie es auch ihn zwischen Fingern und Zehen zu jucken begann.

«Mit Salbe allein werdet ihr gegen die Krätze nicht ankommen», meinte am Nachmittag der Kapitän, dem Luise den Ausbruch der Krankheit gemeldet hatte. «Das beste Heilmittel ist Salzwasser. Ich werde zwei, drei Bottiche mit Meerwasser füllen lassen. Jeden Morgen, jeden Abend ein Vollbad, schmiert danach eure Salbe auf die roten Stellen, und ihr werdet sehen, in einer Woche ist der Spuk vorbei.»

«Danke, Herr Kapitän.»

So gab es morgens und abends jedes Mal Geschrei, wenn die Kinder auf dem Vorschiff ins Salzwasser getaucht wurden. Josef tat es den Erwachsenen gleich und biss die Zähne zusammen, auch wenn das Salz auf der offenen Haut wie Feuer brannte.

«Dieses Gebrüll ist ja unerträglich», beschwerte sich einer der Kajütpassagiere, ein untersetzter, feister Gastwirt aus Hanau namens Hartmut Ehret. An der Hand hielt er einen seiner Söhne, einen dicklichen Jungen in Josefs Alter.

Luise, die gerade dabei war, die Kinder vorsichtig trockenzureiben, beachtete ihn nicht. «Reich mir mal das andere Handtuch herüber, Josef.»

«Erst die Läuse, dann die Krätze», fuhr der Gastwirt fort. «Dass ihr Bauern euch nicht sauber halten könnt!»

Luise ließ das Handtuch sinken. «Haben Sie schon mal wochenlang in einem Raum mit hundertdreißig Menschen zugebracht? Zu viert in einer Koje? Nein? Dann halten Sie besser Ihren Mund.» Damit kehrte sie Hartmut Ehret den Rücken zu. Josef konnte sich ein Grinsen nicht verkneifen, woraufhin Ehrets Sohn wütend das Gesicht verzog und ihm die Zunge herausstreckte.

Unmengen von Möwen verrieten die Nähe der Kapverdischen Inseln, als das Schiff in eine Flaute geriet. Tagelang kam es bei spiegelglatter See nicht vom Fleck, sein Bugspriet wankte wie eine Kompassnadel mal nach Norden, mal nach Osten. Erbarmungslos brannte die Sonne im Zenit und ließ das Pech in den Plankenritzen schmelzen. Ohne Wind war die Hitze kaum zu ertragen, vor allem den kleinen Kindern und den Älteren wurden die Tage zur Qual. Die Lust auf ein Bad im Atlantik verging auch den Mutigsten angesichts der Haie, die sich nun häufiger dem Schiff näherten. Für die Kajütengäste hatte der Kapitän auf dem Achterdeck ein riesiges Sonnensegel spannen lassen.

«Die lassen es sich gutgehen», seufzte Luise und rückte mit Josef und ihren Kindern den winzigen Schattenflecken hinterher, die die aufgehängten Kleidungsstücke boten. «Wenn wir hier nun ewig treiben?»

«Soweit ich weiß, hatte bisher jede Flaute ein Ende», lachte Armbruster und sah von seinem Buch auf. «Aber ich habe mal in einem Reisebericht gelesen, dass im Indischen Ozean –»

Luise winkte ab. «Ihre Vorträge sind zwar immer höchst interessant, aber bei dieser Hitze ertrag ich sie kaum.»

Verlegen rückte Armbruster seine Brille zurecht und vertiefte sich wieder in seine Lektüre. Josef fragte sich, warum seine Tante immer so schroff sein musste. Dabei war er sich sicher, dass sie den Buchhändler längst in ihr Herz geschlossen hatte. Er sah hinüber zu den beiden Viermastern, die in einiger Entfernung ebenso hilflos im Wasser trieben wie die *Helene*. Ein schwacher Trost.

Eine Seeschwalbe segelte dicht über Josefs Kopf hinweg und verschwand in der dunstigen Ferne. Als Josef aufstand und ihr nachsah, legte Armbruster sein Buch zur Seite.

«Machen wir weiter mit unseren Spanischlektionen?»

Doch Josef schüttelte den Kopf. Ihm war weder nach Gesprächen noch nach Gesellschaft zumute. Armbruster stellte sich neben ihn an die Reling.

«Du wirst von Tag zu Tag schweigsamer. Was ist mit dir?»

«Nichts.»

«Du denkst an zu Hause, nicht wahr?» Und als Josef schwieg, fuhr er fort: «Wir glauben immer, dass eine Entscheidung, die wir getroffen haben, endgültig sein muss, aber das ist nicht wahr. Im Moment kannst du nicht zurück, du musst Geduld haben, bis wir diese lange Reise hinter uns haben. Aber dann kannst du dich wieder neu entscheiden. Vergiss das nicht.»

Am nächsten Morgen tauchte ein weiteres Schiff am Horizont auf, eine Dreimastbark wie die *Helene*. Geduldig stand der Kapitän in der prallen Sonne auf dem Vorschiff und starrte durch sein Fernrohr. Endlich ließ er es sinken und wandte sich an die Passagiere.

«Es ist die *Sophia*, ein Dreimaster unserer Gesellschaft. Auf dem Weg von Valparaíso nach Hamburg. In ein bis zwei Stunden wird sie uns passieren. Wer will, kann ihr Grüße an die Heimat mitgeben.» Dann gab er Befehl, das Beiboot bereit zu machen.

Ein plötzlicher Regenschauer hätte nicht mehr Leben an Deck auslösen können. Aufgeregt drängten und stießen sich die Passagiere die enge Stiege nach unten, um Papier und Stift zu suchen. Josef war als Erster wieder oben und lehnte sich an den Mast. Seine Gedanken schlugen Purzelbäume. Kurz vor der Abfahrt in Hamburg hatte er seiner Mutter in aller Eile ein paar flüchtige Zeilen geschrieben: dass sie sich keine Sorgen zu machen bräuchte und dass er auf dem Weg nach Chile sei. Jetzt, wo er die Möglichkeit zu einem ausführlichen Brief hatte, fand er nicht die richtigen Worte.

Er legte die Stirn in Falten und sah seine Mutter vor sich, wie sie ihn als kleinen Jungen ins Bett brachte und nach dem Gutenachtkuss noch einmal seine Decke zurechtzupfte. Er sah ihre schmalen Hände, die von den nächtlichen Näharbeiten zerstochen waren. Zögernd begann er zu schreiben, doch bald flog der Stift nur so über das Papier.

Den 27. Juli, 1852

Liebste Mutter! Heute können wir einem Schiff, dem wir begegnet sind, Post mitgeben. Wenn wir Glück haben, erreichen wir in acht Wochen Chile. Du würdest es nicht glauben, aber der Atlantische Ozean ist wirklich unendlich, du siehst wochenlang kein Land, nicht mal das kleinste Inselchen. Es gibt Fische, die fliegen wie Vögel in der Luft, und Walfische fünfmal so groß wie unsere Kate, und das Meer leuchtet, manchmal von der brennenden Sonne, die darin versinkt, und in manchen Nächten von innen. Dann könnte man meinen, dass vom Meeresgrund die Lichter einer großen Stadt heraufschimmern.

Wir verbringen die Abende wegen der großen Hitze auf Deck. Jemand spielt Mundharmonika oder Akkordeon, dazu singen wir traurige Seemannslieder oder Lieder aus der Heimat. Manchmal wird aber auch getanzt und gelacht.

Paul Armbruster, ein Buchhändler aus Kassel, gibt den Kindern Unterricht. Er weiß so viel zu erzählen. Wusstest du, dass auf der Südhälfte der Erdkugel alles verkehrt ist? Die Sonne läuft entgegen der Uhr, der Mond nimmt falsch herum zu und ab, im Norden ist es heiß, im Süden ist es kalt, und wenn ihr in Rotenburg im Schnee versinkt, werden wir in Chile Hochsommer haben. Herr Armbruster hat auch das mit dem Meeresleuchten erklärt: Es rührt von leuchtenden Algen und Quallen her, ähnlich wie bei unseren Glühwürmchen.

Auch Onkel Emil und Tante Luise und den Kindern geht es gut. Bisher hatten wir noch keine schlimme Krankheit. Gegen den Skorbut kauen wir rohe Zwiebeln. Vor einer Woche ist sogar ein Kind auf die Welt gekommen, ein gesundes Mädchen, das zu Ehren des Schiffes auf den Namen Helene getauft wurde. Es ist zwar ein Arzt an Bord, der für seine Dienste kostenlose Überfahrt hat, doch der ist meist betrunken oder selber krank, und so haben eine ältere Frau und Tante Luise bei der Geburt alles in die Hand genommen. Sie haben die Kinder und uns Jungen weggescheucht, bis es nach ein paar Stunden vorbei war. Die arme Frau hat geschrien wie am Spieß, doch Tante Luise hat gemeint, es sei eine leichte und glückliche Geburt gewesen!

Ich kann schon ein bisschen Spanisch, es ist leichter, als ich dachte. Hänschen hat sich die Finger in der Deckenluke eingeklemmt, es ist aber schon fast verheilt. Katja war noch nicht ein einziges Mal seekrank (ich nur einmal). Tante Luise ist die Sprecherin von unserer Reisegruppe, zusammen mit einem Mann aus Berlin namens Hinderer, der eine riesige Warze am Kinn hat. Ich weiß nicht, ob es Onkel Emil gefällt, dass seine Frau jetzt so eine wichtige Rolle spielt.

Sei ihnen bitte nicht böse, sie können nichts dafür, dass ich mit nach Chile fahre.

Gestern landete eine Möwe an Bord, die war ganz erschöpft und ließ sich in die Hände nehmen. Wir wollten sie füttern, doch sie war zu schwach zum Fressen. Der Steuermann hat ihr dann den Hals umgedreht und sie über Bord geworfen.

Die Sonntage sind am schönsten: Pfarrer Hiltner aus Bebra hält Gottesdienst mit viel Gesang. Danach kochen wir uns Pudding. Dazu wird Mehl und Backobst verteilt, immer kojenweise. Milch und Eier haben wir ja nicht mehr, dafür behelfen wir uns mit etwas Butter, Wasser und einem Schluck Rum aus Tante Luises Vorratskiste. Es wird alles gut durchgeknetet und in einem Sack dem Smutje zum Kochen übergeben. Zum fertigen Pudding gibt es Sirup und für die Erwachsenen Wein, der aber durch die Hitze jetzt wie Essig schmeckt.

Vor allem aber weiß ich sonntags, dass wieder eine Woche vorbei ist. Denn ich möchte endlich in Chile sein und arbeiten, so viel ich kann. Ich verspreche dir, dass ich Raimund finden werde. Dann schicken wir dir telegraphisch Geld, damit du mit Anne, Lisbeth und Eberhard zu uns nach Chile kommen kannst. Vater wird bestimmt nicht mitkommen wol-

len. Gab es viel Streit wegen mir? Ich denke jede Stunde an dich. Glaub mir, ich wollte dir keinen Kummer machen, als ich von zu Hause fortgegangen bin. Du darfst nicht denken, dass du jetzt den zweiten Sohn verloren hast. Vielmehr wirst du uns bald beide wiederhaben.

Sag Lisbeth, sie soll nicht immer auf so hohe Bäume klettern. Und sie soll richtig lesen und schreiben lernen, denn ich glaube, sie ist sehr klug. In letzter Zeit träume ich viel von euch. Sind die Brombeeren schon reif?

Ich muss jetzt aufhören, der Kapitän wird gleich mit dem Boot zu dem anderen Schiff übersetzen und unsere Briefe mitgeben.

Ich schreibe dir wieder, sobald wir in Valdivia ankommen. Vergiss mich nicht.

In großer Liebe, dein Sohn Josef

Das Beiboot schaukelte bereits auf dem Wasser, als Josef dem Kapitän seinen Brief überreichte. Dann versteckte er sich im Segelwerk beim Bugspriet, damit niemand sah, dass er weinte.

Die folgenden Wochen waren bestimmt von der unerträglichen Hitze und dem Warten auf den Passatwind, der sie über den Äquator bringen sollte. Die Zeit schien stillzustehen. Teilnahmslos und träge dösten die Menschen vor sich hin oder gerieten aus den unsinnigsten Anlässen in Streit. Da wurde einer des Diebstahls von Zwieback verdächtigt, ein anderer beschuldigt, absichtlich Wasser in die Nachbarkoje geschüttet zu haben. Einige Male gerieten Karl und der Erste Steuermann derart heftig aneinander, dass der junge Schlosser vom Kapitän verwarnt wurde. Noch ein Streit, und Karl würde neben dem Schweinekoben in Arrest einsitzen, hatte er gedroht.

Zwei-, dreimal kam der *Helene* ein anderes Schiff bis auf Rufnähe entgegen, Längen- und Breitengrade wurden ausgetauscht, und zum Abschiedsgruß flatterten beider

Flaggen dreimal auf und nieder. Josef wurde es jedes Mal schwer ums Herz, wenn er die weißen Segel kleiner werden und hinter dem Horizont in Richtung Heimat verschwinden sah.

Am 17. August 1852, dem 56. Tag ihrer Reise, war es so weit: Die *Helene* segelte auf die südliche Halbkugel über. An Bord herrschte freudige Aufregung, denn für den späten Nachmittag, wenn die Hitze etwas erträglicher sein würde, war die Äquatortaufe vorgesehen, mit Tanz, Musik und einem Festessen. Schon im Morgengrauen waren zu diesem Anlass zwei der vier Schweine geschlachtet worden, ihr Quieken hatte den letzten Langschläfer aus dem Schlaf gerissen. Die strenge Trennung zwischen Kajüten- und Zwischendeckpassagieren war für diesen Tag aufgehoben, und alle legten gemeinsam Hand an bei den Vorbereitungen auf dem Achterdeck. Dazu wurden Wasserfässer als Anrichte aufgebaut, für die Leckerbissen, die der Smutje mit einigen Helfern zubereitete. Die Matrosen schleppten die letzten Biervorräte an Deck, und der Kapitän stiftete ein Fässchen Branntwein.

Doch bevor sich einer der Passagiere über die ungewohnt üppigen Speisen hermachen konnte, wurden die Männer und Burschen von den Seeleuten gepackt und zu den Tonnen gebracht. Dort stand der Zweite Steuermann schon mit Seife und Pinsel bereit. Wer sich nicht mit ein paar Münzen loskaufte, wurde erbarmungslos eingeseift und anschließend kopfüber in eine Tonne voller salzigem Meerwasser gesteckt. Die meisten ließen die Prozedur der Äquatortaufe gutmütig über sich ergehen. Die Männer aus dem Zwischendeck besaßen ohnehin keinen Groschen zu viel.

Josef hatte sich ins Beiboot zurückgezogen. Das Johlen und Gelächter der Passagiere erschien ihm kindisch und albern, und er konnte sich denken, dass die Mehrheit der Männer in kürzester Zeit betrunken sein würde.

Seine Gedanken schweiften zu seiner Mutter. Niemand wusste, dass sie heute Geburtstag hatte. Zu Hause hatten seine Schwestern ihr sicherlich knusprige Pfannkuchen gebacken mit Apfelkompott, und sie alle würden ihr bei Tisch die Hände reichen und ein Geburtstagslied singen. Der Gedanke, dass seine Flucht ein Fehler war, ließ ihn nicht mehr los. Was, wenn seine Mutter ohne ihn und Raimund, den beiden ältesten Söhnen, nicht mehr zurechtkam? Wenn sie krank wurde vor Kummer? Er musste den Bruder wiederfinden, musste herausfinden, was damals geschehen war, und die Familie wieder zusammenführen.

«Hast du keinen Hunger?»

Armbruster lehnte an der Bootswand. Besorgt blickte er Josef durch die dicken Gläser seiner Nickelbrille an.

«Nein, danke», erwiderte Josef kurz angebunden.

«Dann setz dich wenigstens zu uns. Das Alleinsein verführt oft zum Grübeln und macht manchmal alles nur noch schlimmer.»

«Was wissen Sie schon von meinen Gedanken?», brauste Josef auf. Doch sofort tat ihm seine harsche Bemerkung leid. Er mochte Armbruster. Dieser sanfte, manchmal etwas unbeholfene Mann war ihm in den wenigen Wochen an Bord so etwas wie Vater und Mutter zugleich geworden, ihm fühlte er sich enger verbunden als seiner Tante in ihrer spöttischen Art oder seinem ewig unentschlossenen Onkel.

«Entschuldigen Sie», murmelte er und kletterte aus dem Boot. Die Kießlings saßen mit Heinrich Hinderer und den Ammanns, einer Zimmermannsfamilie aus dem Allgäu, zusammen.

«Da bist du ja endlich.» Der ungewohnte Alkoholgenuss hatte Emils Wangen gerötet. «Da wird ein einziges Mal auf diesem alten Kahn gefeiert, und du hältst dich versteckt.»

«Komm her, Josef! Bist alt genug, um mit uns anzustoßen.» Hinderer nahm Josef beim Arm und führte ihn zu dem Fäßchen mit Branntwein, das von Lars Feddersen persönlich bewacht wurde.

Grinsend reichte der ihm einen vollen Becher. «Darfst du überhaupt schon was anderes trinken als Milch, du Grünschnabel?»

Widerwillig nahm Josef den Branntwein entgegen, den ihm der Erste Steuermann reichte, und stürzte ihn, wie er es bei den Erwachsenen gesehen hatte, in einem Zug hinunter. Wie Feuer brannte es in Kehle und Magen. Er begann zu spucken und zu husten. Schadenfroh klopfte ihm Feddersen den Rücken.

Die untergehende Sonne ließ den Himmel in Flammen aufgehen und die See wie flüssigen Stahl glühen. Die ausgelassene Stimmung legte sich, irgendwo wurde eine Mundharmonika gespielt. Die letzten Gespräche verebbten. Über ihnen funkelte in einem großartigen Schauspiel der tropische Sternenhimmel.

«Bald werden wir das Kreuz des Südens sehen», sagte Armbruster und streckte die Beine aus. Josef wurden die Lider schwer wie Blei. Als Armbruster eine Flasche Zwetschgenwasser öffnete und herumgehen ließ, lehnte er dankend ab. Sein Vater fiel ihm ein, der sich an Sonntagen nach dem Kirchgang regelmäßig betrunken hatte.

In der Schwärze der Nacht schlichen die Matrosen über Deck und zündeten Laternen an. Da schwankte Lars Feddersen heran und blieb vor Armbruster stehen. Er war ganz offensichtlich angetrunken.

«Haben Sie noch einen Schluck von diesem herrlichen Schnaps?»

Armbruster reichte ihm die Flasche. «Nehmen Sie, es ist nur noch ein kleiner Rest.»

Feddersen nickte ihm zu und leerte die Flasche.

«Herrlich!» Schmatzend wischte er sich die Mundwinkel ab. Dann fiel sein Blick auf Josef.

«Dir scheint das Zeug nicht so gut zu bekommen, stimmt's?»

«Ich bin nicht dran gewöhnt.» Irgendetwas an diesem Mann stieß Josef zutiefst ab.

«Da war dein Bruder aber von einem anderen Kaliber.»

Wie der Blitz war Josef auf den Beinen. «Dann kennen Sie Raimund also doch!»

«Habe ich das gesagt? Du musst dich verhört haben.» Feddersen schlurfte weiter, doch Josef ließ sich nicht mehr abschütteln.

«Was wissen Sie über meinen Bruder? So reden Sie doch.»

«Ich weiß gar nichts. Höchstens – nein, ich glaube, da müsste schon ein Fläschchen Rum meinem Gedächtnis auf die Sprünge helfen.» Damit ließ er den Jungen stehen. Wut und Enttäuschung trieben Josef die Tränen in die Augen.

«Lass gut sein», tröstete Armbruster, der das Gespräch mit angehört hatte. «Er will sich nur wichtig machen. Und deine Neugier für sich ausnutzen.»

«Aber er kennt meinen Bruder!» Josef sah ihn verzweifelt an. «Haben Sie noch Rum oder Schnaps?»

«Tut mir leid. Die Flasche von eben war meine letzte.»

Die nächsten zehn Tage kamen sie kaum vom Fleck. Josef verfiel in Grübeleien, wie er Feddersen zum Reden bringen könnte. Der Mann kannte seinen Bruder, so viel war klar, und demnach war Raimund tatsächlich nach Chile gefahren. Vielleicht hatte sein Bruder dem Steuermann sogar von seinen weiteren Plänen erzählt.

Josef wusste, dass seine Tante noch Branntwein in ihrer Reiseapotheke hatte, doch alles Bitten nützte nichts. «Das ist Medizin und wird aufgehoben, für den Fall, dass sich jemand verletzt. Und dein Steuermann ist nichts als ein durchtriebener Trunkenbold. Mich wundert, dass du auf seine Masche hereinfällst.»

«Es ist mir egal, ob er ein Trunkenbold ist. Von ihm würde ich wahrscheinlich mehr über meinen Bruder erfahren als von euch allen. Verdammt nochmal, wieso sagt ihr mir nicht, was damals zwischen Raimund und Vater vorgefallen ist? Ihr wisst doch Bescheid!»

Die letzten Worte hatte er wütend herausgeschrien.

Luise wich seinem Blick aus. «Es gibt Dinge im Leben, die sollte man auf sich beruhen lassen.»

Ein heftiges Krachen riss die Passagiere in dieser Nacht aus dem Schlaf. Armbruster wurde fast aus dem Bett geschleudert. Erschrocken klammerte er sich am Rand der Koje fest. Die *Helene* lag schwer auf der Seite. Eine Kiste hatte sich aus den Seilen gelöst und war an die tiefer liegende Wand geknallt. Von den drei Sturmlampen brannte nur noch eine und warf in ihrem heftigen Schwanken ein geisterhaftes Licht durch den Raum.

«Alle Mann aufstehen», brüllte Hinderer. «Wir müssen die Kiste wieder festmachen, ehe sie jemanden erschlägt.»

Sechs Mann versuchten die schwere Holzkiste die Schräge hinaufzuschieben, als sich das Schiff plötzlich knarrend aufrichtete und die Kiste mit Schwung wieder an ihren Platz rutschte. Dabei quetschte sich Armbruster die nackten Zehen. Er schrie auf. In fieberhafter Eile befestigten die anderen Männer die Kiste. Da hob sich der Bug so unvermittelt, dass es ihnen den Magen umdrehte. Einige Frauen kreischten auf, die Kinder fingen an zu weinen. Im nächsten Moment warf sich das Schiff auf die andere Seite und schleuderte die Männer gegen die Wand.

«Wo ist Josef?», schrie Armbruster Luise zu.

«Vielleicht im Beiboot, dort schläft er meistens.»

Humpelnd stürzte Armbruster die Stiege hinauf. Eisregen peitschte ihm ins Gesicht.

«Josef, wo bist du?», brüllte er in den tosenden Sturm.

Da stolperte eine schmale Gestalt auf ihn zu. In seinen Armen hielt Josef den zitternden Hund.

«Gott sei Dank! Los, nichts wie runter, wir müssen uns festbinden.»

In diesem Moment hörten sie den Ersten Steuermann brüllen: «Verdammt nochmal, ich hab gesagt: unter Deck!»

«Fass mich nicht an, du Mistkerl!» Das war Karls Stimme.

Eine Reihe von Blitzen erhellte die pechschwarze Wolkenwand, und Armbruster sah deutlich, wie Feddersen Karl einen Fausthieb gegen die Kinnlade versetzte, der den jungen Schlosser taumeln ließ.

«Hören Sie auf, Feddersen, was soll das?», rief Armbruster, da erschütterte ein heftiger Stoß den Schiffsrumpf und warf ihn und Josef gegen das Geländer der Einstiegsluke.

«Halt dich an mir fest.» Mit der einen Hand umklammerte Armbruster das rutschige Geländer, mit der anderen Josefs Arm. Suchend schaute er sich nach Karl um, doch die beiden Männer waren verschwunden. Der nächste Stoß warf die *Helene* hart auf die Seite, und Josef wurde die steile Stiege hinuntergeschleudert.

«Ist alles in Ordnung?» Armbruster half dem Jungen wieder auf die Füße.

«Ja. Aber wo bleibt Karl?», fragte Josef.

«Vielleicht hat er sich bei der Mannschaft in Sicherheit gebracht», murmelte Armbruster und schloss hastig die Deckenluke. Doch eine innere Stimme sagte ihm, dass Karl in Gefahr war. Beunruhigt band er erst Josef, dann sich selbst in seiner Koje fest.

Der Orkan wütete mit einer Wucht, wie sie es auf dieser Reise noch nicht erlebt hatten. Er warf das Schiff hoch auf die Wellenkämme, um es im nächsten Augenblick in eine Wasserschlucht zu schleudern. Von oben hörte man die

Brecher aufs Deck krachen, als würde eine Wagenladung Kies auf die Planken geworfen. Das Schiff schien keine Richtung mehr zu kennen, wurde von der tosenden See wie ein Ball herumgeworfen. Die ersten Passagiere fingen an zu würgen und zu spucken. In der Koje nebenan begannen die Ammanns zu beten: «Der Herr ist mein Hirte, wen sollte ich fürchten», und die meisten fielen in ihr Gemurmel ein.

Plötzlich knallte es wie ein Kanonenschuss. Josef stieß einen unterdrückten Schrei aus.

«Das war nur ein gerissenes Segel», versuchte Armbruster ihn zu beruhigen. Er spürte, wie Josef neben ihm zu zittern begann, und griff nach der Hand des Jungen.

«Hab keine Angst. Die *Helene* hat wahrscheinlich schon viel schlimmere Stürme überstanden.»

Aber insgeheim war er davon überzeugt, dass sie diesen Orkan nicht überleben würden. Eine stoische Gelassenheit erfasste ihn. Der Tod auf hoher See, in einem zerschmetterten Schiff, würde das passende Ende seines verpfuschten Lebens darstellen, eines Lebens, das auf Lügen und Feigheiten aufgebaut war.

Die ganze Nacht und den nächsten Morgen über tobte das Unwetter. Dann war es schlagartig still. Vorsichtig öffnete Armbruster die Augen. Jede Koje, jede Kiste stand noch an ihrem Platz. Fast verwundert stellte er fest, dass die Welt um ihn herum nicht in die Brüche gegangen war. Das Einzige, was an den Sturm erinnerte, war eine große Wasserlache unterhalb der Stiege und einige durchnässte Matratzen.

Der Deckel der Luke ächzte. Ein Matrose erschien mit Eimern in den Händen.

«Wir haben es geschafft. Alles in Ordnung bei euch?» Er verzog die Nase, denn es stank bestialisch nach Erbrochenem. Armbruster band sich los und eilte nach oben, um Karl zu suchen.

Die Sonne schob sich freundlich durch die Wolken, als

ob nichts gewesen wäre. Dabei hatte es die *Helene* übel erwischt. Das Klüversegel hing zerfetzt in den Tauen, die Brecher hatten einen Teil der Schanzverkleidung und den Hühnerstall zerschmettert. Vor der Offiziersmesse lagen Porzellan und Weinflaschen in Scherben. Die zum Trocknen aufgehängten Kleider einiger Passagiere hatte der Sturm ebenso mit sich gerissen wie einen Großteil der Wasserfässer. Von der Mannschaft war niemand zu sehen. Armbruster fand den Kapitän mit seinen Leuten am Eingang zur Offiziersmesse. Mit betroffener Miene umringten sie Lars Feddersen.

Armbruster spürte, wie sich seine Kehle vor Angst zusammenschnürte.

«Wo ist Karl?» Er hatte Mühe, den Satz auszusprechen.

Der Kapitän sah zu Boden. «Er ist über Bord gegangen.»

Außer sich vor Wut packte Armbruster den Ersten Steuermann bei den Schultern. «Sie waren es, Sie haben Karl über Bord geworfen!»

«Lassen Sie den Mann los», fuhr der Kapitän dazwischen. «Der Junge ist von einem Brecher mitgerissen worden.»

«Das ist gelogen! Wir waren oben und haben gesehen, wie er Karl geschlagen hat.»

«Hören Sie doch auf! Hätte sich der Mann rechtzeitig im Zwischendeck in Sicherheit gebracht, dann wäre ihm auch nichts geschehen.»

Armbruster trat einen Schritt zurück und sah den Kapitän fassungslos an. «Es ist mir unbegreiflich», sagte er tonlos, «wie Sie einen Ihrer Männer in dieser Situation decken können. Wissen Sie, wie alt der Junge war? Neunzehn! Neunzehn Jahre, sein Leben hatte gerade erst angefangen.»

Er starrte Feddersen an, dessen Blick unsicher zu flackern begann, und wandte sich dann ab.

Die schwarze Flagge flatterte im Wind, als die Schiffsglocke zur Trauerfeier für den Verstorbenen rief. Pfarrer Hiltner hielt die Totenmesse, zu der ausnahmslos alle Passagiere mit bestürzter Miene erschienen waren. Armbruster beobachtete Feddersen, dessen Gesicht wie versteinert wirkte, als sie das gemeinsame Gebet beendet hatten. Jetzt, wo er die Mannschaft der *Helene* geschlossen vor sich stehen sah, verwarf er den Gedanken, den Vorfall den deutschen Behörden zu melden. Er hatte keine Beweise, dass Feddersen etwas mit dem Unglück zu tun hatte. Traf ihn nicht ebenso sehr eine Schuld, weil er bei dem Sturm zuallererst an sich selbst gedacht, sich selbst in Sicherheit gebracht hatte?

«Vielleicht sollten wir den Streit zwischen Feddersen und Karl für uns behalten», sagte er zu Josef. «Es wäre niemandem geholfen, wenn es hier an Bord einen Aufruhr gäbe.»

«Aber Feddersen hat ihn umgebracht!»

«Hast du es gesehen?»

«Nein.»

«Na also. Lass gut sein, Josef.»

Mit Sorge beobachtete Armbruster, wie die Stimmung unter den Passagieren und der Mannschaft zunehmend gereizter wurde. Selbst Luise, die bisher allen Widrigkeiten wie ein Fels in der Brandung getrotzt hatte, schien sich zurückzuziehen. Auch ihre scherzhaften Bemerkungen wurden immer bissiger. Viel zu viel Zeit hatte die *Helene* in den ständigen Flauten zwischen den Wendekreisen verloren. Seitdem auf der Höhe von Buenos Aires ein Gewitter dem schönen Segelwetter ein Ende gesetzt hatte und der verfluchte Pampero, ein stürmischer Südwest-Wind, sie nach Osten abgetrieben hatte, blieb das Schiff ein Spiel der Winde und Wellen. Mit gerefften Segeln kämpfte sich die *Helene* durch die unruhige See. Armbruster wurde klar, dass die Reise um einiges länger dauern würde als drei

Monate. Er hatte vom Kapitän erfahren, dass sie nicht genügend Ballast geladen hatten, achttausend Mauersteine fehlten, und damit driftete die Bark infolge ihrer geringen Schwere immer wieder vom Kurs ab.

Seit dem schrecklichen Sturm in der Nähe der Falklandinseln gab es immer mehr Kranke an Bord, die zusammengekrümmt in ihren Kojen lagen. Hinter den aufgespannten Tüchern und Vorhängen, mit denen die einzelnen Reisegruppen versuchten, sich ein wenig Privatsphäre zu verschaffen, hörte man sie stöhnen. Vor allem die Älteren waren geschwächt von dem wochenlangen Einerlei aus brackigem Wasser, Hülsenfrüchten, Salzfleisch und steinhartem Zwieback, an dem man sich die Zähne ausbiss. Nackte Angst griff um sich, als eines Morgens eine ältere Frau ihren Anfällen von Fieber und Atemnot erlag. Jeder dachte sofort an Typhus oder Cholera, den schlimmsten Geißeln Gottes auf See, und nur die Gutgläubigen beruhigte es, als der Schiffsarzt mit zitternder Hand «galoppierende Schwindsucht» auf den Totenschein schrieb.

Es schmerzte Armbruster zu sehen, wie sich die Familien in ihrer Not immer enger zusammenschlossen. Nicht Hunger und Entbehrungen machten ihm zu schaffen, sondern ein Gefühl der Einsamkeit, wie er es bisher nur während der Zeit seiner Gefangenschaft gekannt hatte.

Wann immer es das Wetter erlaubte, entfloh Armbruster der drangvollen Enge des Zwischendecks. Dort wimmelte es inzwischen von Ungeziefer und stank nach Erbrochenem, säuerlichem Schweiß und neuerdings auch nach faulen Eiern, was von Luises Schwefelsud herrührte, mit dem sie gegen Kopfläuse und die Krätze ankämpfte. Der Einzige, der ihn hin und wieder auf seinen Rundgängen an Deck begleitete, war Josef. In dem Jungen fand er einen wissbegierigen Zuhörer, der alles, was er ihm erklärte, in sich aufsog wie ein Schwamm. Er erzählte ihm von den Unabhängigkeitskriegen der südamerikanischen Republiken, schilderte ihm die Geographie Chiles und erläuterte ihm die genaue Route der *Helene*. Als sie von Deck einen Schwarm Sturmvögel ausmachten und die Südwinde vom Eismeer Hagel und Schnee brachten und die Planken vereisten, sagte Armbruster: «Wir nähern uns Kap Hoorn.»

«Wenn das Kap die südlichste Spitze Amerikas ist, fahren wir dann wieder nach Norden?», fragte Josef irritiert.

«Richtig. Immer an der patagonischen Küste entlang. Bald ist unsere Reise zu Ende.»

In der Nacht des 22. Oktober, nach viermonatiger Reise, trieb ein stürmischer Südwestwind den Dreimaster endlich in den Stillen Ozean. Es war höchste Zeit, denn die Vorräte wurden knapp. Der Zucker, seit der heißen Zone nur mehr eine feuchte, graubraune Masse, war als Erstes zur Neige gegangen, dann nacheinander Kaffee, Gewürze und sämtliche Hülsenfrüchte. Das letzte Schwein war längst geschlachtet, und so blieben als einziges Nahrungsmittel Graupen und der bimssteinartige Schiffszwieback, durch den schon vereinzelt Maden krochen. Auch das Schiff war in keinem guten Zustand mehr und hätte dringend kalfatert gehört. Die Spritzwellen der ewig sturmgepeitschten See und der strömende Regen drangen mittlerweile durch alle Ritzen ins Zwischendeck. Jeden Morgen musste das Wasser mit Eimern abgeschöpft werden, und fast alle Matratzen begannen zu schimmeln. Allein die Schlafmatten, die Luise und Emil auf Armbrusters Rat hin gekauft hatten, hielten der Feuchtigkeit wie durch ein Wunder stand. Auch ihre eiserne Ration an Backobst, Zucker und Schokolade in Dosen bewährte sich jetzt auf dem letzten, entbehrungsreichsten Teil der Überfahrt.

Als eines Morgens die zerklüftete, dunkelgrüne Fjordlandschaft Patagoniens aus den dichten Nebelschleiern auftauchte, strömten die Passagiere an Deck. Endlich sahen sie wieder Land, es schien zum Greifen nah. Auf den vorgelagerten Inseln und Felsgruppen waren deutlich Kolonien von schwarzbefrackten Pinguinen zu erkennen, dazwischen räkelten sich Seehunde und Mähnenrobben.

Armbruster lehnte etwas abseits an der Reling. Er stützte den Kopf in die Hände und blickte auf seine neue, zukünftige Heimat. Was erwarte ich eigentlich von Chile?, fragte er sich in Gedanken. Dass ich hier meine Familie vergessen kann?

Josef trat neben ihn.

«Was glauben Sie, wie viele Tage brauchen wir noch bis Valdivia?»

«Zehn, zwölf Tage, hat der Kapitän gemeint. Ist das nicht ein herrlicher Anblick, Josef? Wie die Wolken aus den Schluchten aufsteigen – als ob das Land dampft. Weißt du, dass der Jesuit Molina dieses Land als irdisches Paradies beschrieben hat?» Er reckte die Arme in den Morgenhimmel und rezitierte mit theatralischer Gebärde: «Ein Paradies ohne giftiges Gewürm und reißende Tiere, mit unermesslichen Reichtümern an Gold und Silber, an Korn, edlen Weinen, Früchten und Holz, wie geschaffen für Viehzucht und Ackerbau.»

«Haben Sie auch Chamissos Tagebücher über Chile gelesen?», unterbrach ihn ein vornehmer Herr in Seidenschal und einem Umhang aus feinstem englischem Tuch. Es war einer der Kajütpassagiere, Medizinalrat Pfefferkorn aus Fulda. Neben ihm standen Ehret, der Gastwirt, und ein Bremer Kaufmann.

«Noch nicht», gab Armbruster zur Antwort und runzelte unwillig die Stirn. Er war nicht sehr erfreut über diese Störung. «Aber ich habe sie im Gepäck.»

«Seine Ansichten sind höchst aufschlussreich», fuhr der Medizinalrat fort. «Er schreibt – Sie gestatten, wenn ich ungenau und aus dem Gedächtnis zitiere: ‹Chile, mit all seinen Schätzen, darbt in gefesselter Kindheit, ohne Schifffahrt, Handel und Industrie.› Ich denke, es ist nicht allzu vermessen zu behaupten, dass wir deutschen Auswanderer die einmalige Chance haben, das Land aus diesen Fesseln zu befreien. Die Chilenen scheinen dazu offensichtlich nicht in der Lage zu sein.»

Die Worte Handel und Industrie hatten die Aufmerksamkeit des Kaufmanns geweckt. «Verzeihen Sie, Herr Medizinalrat, wenn ich mich in Ihr Gespräch mische, aber droht beim Aufbau dieses Landes nicht Gefahr von den Wilden?»

«Nun ja.» Pfefferkorn zupfte an seinem Ziegenbärtchen. «Nördlich von Valdivia kommt es noch immer zu blutigen Auseinandersetzungen zwischen den Araukanern und chilenischen Truppen. Leider halten die Indianer dort das beste Acker- und Weinland Chiles besetzt. Aber es ist nur eine Frage der Zeit, bis sie unserer Zivilisation weichen werden. Das ist nun mal ihr Schicksal auf dem ganzen Kontinent.»

«Soweit ich gehört habe», warf Hartmut Ehret ein, «haben die Kolonisten in Valdivia von den Araukanern nichts zu befürchten. Die Indianer sind zwar faul und ohne Kultur und leben ganz ohne Bedürfnisse in den Tag hinein, aber bis auf ein paar wenige sind sie friedlich und christianisiert.»

«Faul und ohne Kultur? Pah!» Armbruster missfiel die Richtung, die das Gespräch genommen hatte. «Als ob diese Charaktereigenschaften in ihrer Natur verankert wären! Man könnte es auch anders ausdrücken: Sie haben die edlen Eigenschaften, die den Indianer ausmachen, verloren und gegen die Laster der weißen Rasse eingetauscht. Diesen Menschen wird doch, wie es in ganz Amerika geschieht, die Lebensgrundlage entzogen.» Jetzt geriet er in Schwung. «Die Araukaner waren einst eine starke Nation mit hochentwickelter Kriegskunst, die sich sowohl den Inkas als auch später den spanischen Eroberern erfolgreich widersetzen konnte. Haben Sie jemals, meine verehrten

Herren, das Epos ‹La Araucana› des Spaniers Alonso de Ercilla gelesen? Diesen Lobgesang auf die Tapferkeit der Araukaner? Dann würden Sie nicht mehr von faul und kulturlos reden, sondern sich den Gedanken Rousseaus anschließen, der bei der Beschreibung seines edlen Wilden ebendieses Volk der Araukaner vor Augen hatte.»

Einen Moment lang herrschte Schweigen. Dann sagte Ehret mit Bestimmtheit: «Wie dem auch sei: Die Araukaner gehen dem Ende ihrer Existenz entgegen, und die Spanier und Kreolen bleiben erfahrungsgemäß unter sich. Wir sind zwar in Chile von lauter Fremden umgeben, können aber unserer eigenen, ursprünglichen Lebensweise treu bleiben.»

«Das denke ich auch», pflichtete ihm der Medizinalrat bei. «Unter diesen besonderen Umständen liegt es auf der Hand, dass binnen weniger Dezennien die Deutschen die Macht in diesem Land besitzen werden.»

«Bleibt nur zu hoffen», sagte Armbruster und rückte seine Brille zurecht, «dass diese Deutschen ihr Obrigkeitsdenken und Duckmäusertum zu Hause gelassen haben. Sie entschuldigen mich jetzt bitte.»

Er nahm Josef beim Arm und zog ihn in Richtung Bug. «Was für ein Geschwafel.» Armbruster setzte sich auf ein zusammengerolltes Tau. «Erzähle mir lieber, was du vorhast. Wie willst du deinen Bruder ausfindig machen?»

«Ich denke die ganze Zeit darüber nach, wie ich Feddersen zum Sprechen bringen könnte.»

Armbruster schüttelte den Kopf. Seit dem Unglück mit Karl ging der Steuermann ihnen aus dem Weg, er war sich sicher, dass aus dem Mann nichts herauszubringen war.

«Nun, angenommen, Feddersen verrät nichts – was machst du dann?»

«Dann werde ich die Rotenburger Kolonie aufsuchen. Irgendwer wird mir bestimmt weiterhelfen können. Vielleicht lebt Raimund ja sogar dort.»

«Vielleicht.»

Armbruster schloss die Augen. Er würde Josef schon bald verlieren, und wieder beschlich ihn dieses elende Gefühl von Verlassenheit.

«Freuen Sie sich nicht auf Chile?», fragte der Junge schließlich.

«Freuen?» Armbruster zögerte. «Nein, es ist eher Erleichterung. Ich kann endlich mein altes Leben hinter mir lassen.»

«Warum sind Sie eigentlich weggegangen aus Deutschland?»

Armbruster sah den Jungen nachdenklich an.

«Was weißt du über die Aufstände von Achtundvierzig?», fragte er.

Josef zuckte die Schultern. «Ich erinnere mich, wie die Männer bei uns im Ort ständig zu irgendwelchen Versammlungen gingen und auf den Kurfürsten und den Adel schimpften. Die seien schuld an Hunger und Elend. Als dann die Nationalversammlung gewählt wurde, schimpfte mein Vater weiter. Das sei das reinste Professorenparlament, nichts als Gefasel. Ich hab das alles nicht so recht verstanden, ich war ja noch ein Bub damals.»

Dann sah er Armbruster erstaunt an.

«Waren Sie etwa bei den Kämpfen dabei? Sind Sie deshalb ausgewandert?»

«Nicht direkt. Ich bin kein Barrikadenkämpfer, dazu fehlt mir wohl der Mut. Aber ich war einer dieser Professoren in der Paulskirche, und daher weiß ich, dass dein Vater nicht ganz unrecht hatte. Lauter gelehrte Leute waren dort versammelt und haben die Revolution totgeredet. Unsere schöne freiheitliche Verfassung nutzte gar nichts, weil es uns letztlich an Einigkeit und Rückhalt im Volk fehlte. Für den preußischen König war es ein Kinderspiel, uns auseinanderzujagen. Ein Teil von uns versuchte, in Stuttgart weiterzuarbeiten, und es kam zu neuen Aufständen, es floss wieder Blut – alles umsonst. Die preußischen Truppen siegten, und die alten Mächte nahmen furchtbare Rache.»

Er zog sich seine Jacke enger um den Leib. «Einer meiner besten Freunde wurde standrechtlich erschossen, ein anderer, Carl Schurz, entkam seiner Hinrichtung in Rastatt nur durch die Flucht in einem Abwasserkanal.»

«Und was geschah mit Ihnen?»

«Als ich nach Kassel zurückkehrte, lag meine Buchhandlung in Trümmern. Ich wurde zu einem Jahr Zuchthaus verurteilt. Meine Frau stand monatelang unter polizeilicher Beobachtung und …»

«Ihre Frau?» Josef war seine Verblüffung deutlich anzusehen.

«Ja. Ich bin verheiratet.»

«Haben Sie auch Kinder?»

Obwohl Armbruster diese Frage schon lange erwartet hatte, durchfuhr sie ihn wie ein Nadelstich.

«Meine Frau konnte keine Kinder bekommen.»

Er nahm seine Brille ab und strich sich über die Augen. Dann deutete er hinüber zum Festland, wo über der dunklen Hügelkette etwas in der Sonne glitzerte. «Gletscher.» Seine Stimme war rau. «Das ewige patagonische Eis. Hier versinken die Anden, das längste Gebirge der Welt, einfach im Meer.»

Er wandte sich wieder Josef zu. «Du denkst jetzt sicher: Warum geht er nach Chile und verlässt seine Frau? Sie war bildschön.» Und kalt, dachte er. «Weißt du, was sie mir oft vorgeworfen hat? Ich würde nur für meine Bücher und die politischen Versammlungen leben. Als ich aus dem Zuchthaus entlassen wurde, hatte sie ihren Auszug schon vorbereitet. Sie wollte nach Breslau, wo ihre Familie herstammt. Einige Nachbarn meinten auch, sie hätte einen preußischen Offizier kennengelernt.»

Das Bild, das ihn auf dieser Reise schon so oft gequält hatte, tauchte wieder deutlich vor seinen Augen auf: Die

Kutsche im Morgennebel, mit den Umrissen seiner Frau hinter der beschlagenen Scheibe, und wie er neben der Kutsche hergelaufen war, als sich die Pferde schnaubend in Bewegung setzten, verzweifelt ihren Namen rufend. Sie hatte ihm den Rücken zugewandt und sich nicht ein einziges Mal mehr umgedreht. Plötzlich überlagerte ein anderes Bild diese Erinnerung, ein Bild, das noch viel schmerzhafter war als die davonfahrende Kutsche. Er hatte es längst vergessen geglaubt: ein junges Mädchen, das in einem ärmlichen Raum stand, mit einem weinenden kleinen Jungen auf dem Arm, und ihm die Tür wies.

3

*M*it einem lauten Knall zerschellte die Flasche an der Kaimauer. Bebend vor Wut und Enttäuschung, starrte Josef auf den dunklen Fleck, der wie geronnenes Blut an den Steinen klebte. An seiner Brust spürte er noch die kühle Stelle, wo er bis eben die Flasche Branntwein versteckt hatte. Nun sah er seine große Hoffnung in den Wellen versinken.

Vor wenigen Stunden erst war die Bark bei herrlichem Frühlingswetter in die Bucht von Corral, dem vorgelagerten Hafen von Valdivia, eingelaufen. Nachdem die Zollformalitäten erledigt waren und der Hafenkapitän, ein *caballero* in kurzer Baumwolljacke und leuchtend roter Schärpe, sich davon überzeugt hatte, dass keine Schwerkranken an Bord waren, hatten die Passagiere die Erlaubnis zum Landgang erhalten. Den Frauen und Kindern hatte man allerdings nahegelegt, an Bord zu bleiben, da die Passagiere der Überseeschiffe erfahrungsgemäß leichte Beute von Diebstählen und Raubüberfällen seien.

Gespannt setzte Josef mit Armbruster in dem vollbesetzten Beiboot über. Eine Ansammlung elender dunkelgrauer Hütten aus schlechtem Holz und Bambusrohr, in denen Fischer und Tagelöhner wohnten, zog sich die Hafenmauer entlang. Der Anblick einer Kneipe in einem düsteren Hinterhof traf Josef wie ein Blitzschlag. Hier konnte er vielleicht eine Flasche Rum erstehen, um damit dem Ersten Steuermann endlich Auskünfte über Raimund zu entlocken. Mit flehendem Blick wandte er sich an Armbruster:

«Könnten Sie … Würden Sie mir eine Flasche Rum oder Schnaps besorgen? Nicht für mich, Sie wissen schon, für Feddersen. Ich bezahle sie Ihnen natürlich, später, auf dem Schiff hab ich noch ein bisschen Geld.»

«Ist schon recht, mein Junge. Warte hier draußen.»

Als sie zur *Helene* zurückkehrten, liefen die Vorbereitungen für das Abschiedsfest bereits auf Hochtouren. Es war der letzte Abend an Bord, und der Kapitän, dem wohl daran gelegen war, dass die Passagiere die Reise trotz der Todesfälle und des mangelhaften Proviants in guter Erinnerung behielten, hatte Unmengen von *chicha*, dem chilenischen Apfelmost, und kleinen runden Weißbroten kommen lassen. Josef hatte die Flasche, die ihm Armbruster mitgebracht hatte, wie einen kostbaren Schatz unter seiner Jacke verborgen. Er hielt überall Ausschau nach Lars Feddersen, konnte ihn aber nirgends entdecken. Schließlich fasste er sich ein Herz und sprach einen der Matrosen an, der an der Reling lehnte.

«Der alte Feddersen?» Der Matrose spuckte aus. «Den wird wohl so bald hier niemand wiedersehen.»

Verständnislos sah Josef ihn an. «Ist er gestorben?»

Der Mann stieß ein raues Lachen aus. «Aus dem Staub hat er sich gemacht. Seine Sachen sind weg, und von der Heuer hat er sich mehr genommen, als ihm zusteht. Mir soll's recht sein, er war ein Menschenschinder.»

Ohne nachzudenken, zog Josef die Flasche unter seiner Jacke hervor und schleuderte sie gegen die Hafenmauer. Sollte dieser Feddersen doch zur Hölle fahren!

Am nächsten Vormittag wurde das Gepäck auf Leichterschiffe verteilt, die sie nach Valdivia bringen würden. Die Bootsleute und Träger waren Einheimische, Indianer, wie Josef ihrer dunklen Gesichter wegen vermutete. Sie trugen lustige spitze Filzhütchen, ausgefranste Hosen und fleckige Ponchos. Die bloßen Füße waren staubverkrustet.

Unwillkürlich schlossen sich die einzelnen Reisegruppen enger zusammen.

«Katja, Hänschen, sofort zu mir», befahl Luise. «Du auch, Josef.»

Unwillig gehorchte Josef. Wie lächerlich war das Misstrauen seiner Tante. Als ob ein bewaffneter Überfall drohte! Endlich stiegen sie einer nach dem anderen die Strickleiter zu den Booten hinunter. Vor allem die Frauen vermieden dabei jede Berührung mit den hilfsbereiten Einheimischen, die ihnen das Einsteigen erleichtern wollten.

Zwischen dunkelgrünen Wäldern zog ihre kleine Flotte den Río Valdivia hinauf. Scharen von Kolibris und Cachañas, blaugrün schillernden Smaragd-Sittichen, umflatterten die Boote, und die Reisenden verstummten vor Freude beim Anblick der verschlungenen, hügeligen Flusslandschaft: Wiesen mit üppiger Blumenpracht leuchteten zwischen dunklen Wäldern, rot stachen die Fuchsien hervor, gelb die Lupinen, blühende Myrtensträucher und Lorbeerbäume säumten die Pfade zu den kleinen Gehöften, die sich an die Hänge schmiegten.

«Ist das nicht herrlich hier?», rief Käthe Ammann, die Frau des Zimmermanns. «Alles so grün und fruchtbar – wie bei uns im Allgäu.»

Josef hatte keine Augen für den Liebreiz der Landschaft. Stumm saß er eingeklemmt zwischen Emil und Luise, mit seinem kleinen Vetter auf dem Schoß, und brütete über die Häme des Schicksals. Warum hatte ihm dieser verdammte Feddersen niemals verraten, was er über Raimund wusste?

Nach gut zwei Stunden tauchten die ersten Häuser der Stadt auf. Der Bootsführer deutete auf einen sanften Hügel linker Hand: *«La isla Teja.»*

Josef sah auf. Er war überrascht über die schmucken Häuschen, die da am Hang der Insel standen. Gedrechselte, mit Rosen bewachsene Säulen trugen die Vordächer. Zum Wasser hin erstreckten sich akkurat angelegte Gemüsegärten und Terrassen mit frischgestrichenen Zäunen, an denen sich Passionsblumen rankten. Alles war so sauber und aufgeräumt, wie es Josef nicht einmal von Rotenburg her kannte.

«Wie hübsch das aussieht!», rief Luise.

Kaspar Schmidt, ein alter Schuhmachermeister aus Luises Nachbardorf, nickte: «Man würde nicht meinen, in Südamerika zu sein.»

«Todo alemán!», grinste der Bootsführer, als hätte er ihre Worte verstanden.

Die Ernüchterung folgte, als sie im Hafen von Valdivia an Land gingen. Nach der anmutigen Landschaft wirkten die Häuserreihen hier auf dem Festland umso schäbiger und schmutziger. In den ungepflasterten Straßen, die viel breiter als in deutschen Städten und in regelmäßigen Quadraten angelegt waren, zeugten Pfützen und Schlammlöcher von häufigen Regenfällen. Ochsenkarren hatten knietiefe Furchen eingegraben, überall lag Müll am Straßenrand. Obwohl Valdivia seit Jahren Provinzhauptstadt und damit Sitz verschiedener Behörden war, wies die Stadt keinerlei repräsentative Bauten auf. Die Wohnhäuser waren fast allesamt einstöckig und aus Holz errichtet, wirkten aber bei weitem nicht so stabil, wie es Josef von den Wald- und Berghütten seiner Heimat her kannte.

Vielmehr waren sie aus rohen Latten gebaut, die man auf einen Rahmen aus Vierkanthölzern genagelt und mit brüchigen Schindeln versehen hatte. Die Dächer, ebenfalls mit Schindeln oder bei den ärmeren Häusern auch mit Binsen und Gras gedeckt, bildeten als Schutz in der Regenzeit zur Straße hin eine Veranda. Josef fiel auf, dass die Fensteröffnungen keine Glasscheiben hatten, sondern mit Binsen- oder Holzgittern verschlossen waren. Es gab sogar Häuser ganz ohne Fenster, und in den Türrahmen hingen Ochsen- oder Kuhhäute.

Wie um von der Armseligkeit der Fassaden abzulenken, legten die Kreolen, zumal der vornehmen Klasse, offensichtlich großen Wert auf Kleidung: Die Männer trugen Zylinder, Frack und modische Steghosen, die Damen hochgeschlossene Kleider mit geschnürter Taille und steifen Krinolinen aus Draht darunter. Zu Josefs Enttäuschung hatten die Leute, die da am Kai flanierten, nichts Fremdländisches.

Einer nach dem anderen versammelten sie sich um Don Carlos, den Beamten der Einwanderungsbehörde. Schadenfroh beobachtete Josef die Kajütpassagiere, denen die Enttäuschung auf den Gesichtern geschrieben stand.

«Wie unglaublich primitiv das alles aussieht!», rief Sylvia Ehret, die Frau des Hanauer Gastwirts, und spannte ihr Schirmchen auf. «Irgendwo muss es hier doch ein anständiges Hotel geben.»

Josef fragte sich, wie die Häuser wohl von innen aussehen mochten, und reckte neugierig den Hals, als sich nur wenige Schritte vor ihm eine Tür öffnete und den Blick geradewegs in die Wohnstube freigab. Im Halbdunkel erkannte er eine unglaublich fette Frau mit nachlässig geflochtenen Zöpfen, die auf einem Sofa thronte und Zigaretten rauchte.

«*Atención!* Bitte hören Sie», bat Don Carlos um Aufmerksamkeit. In holprigem Deutsch verkündete er, dass die Kaserne, die normalerweise die Einwanderer aufnahm, leider voll belegt sei. Das *Hotel Internacional* stehe jedoch zur Verfügung sowie, für die erste Nacht, der große Lagerschuppen des Hafens. Eine Wohnung zu finden sei nicht weiter schwierig. Dann erklärte er, dass er die nächsten Tage in seinem Bureau am Kai anzutreffen sei, wo alle Formalitäten bezüglich des Landerwerbs im neuen Siedlungsgebiet des Lago Llanquihue abgewickelt werden müssten. In genau zehn Tagen ginge dann ein Treck über Osorno ans Nordufer des Sees.

«Ich glaube», wandte sich Armbruster an Emil und Luise, «ich gönne mir den Luxus und schlafe erst mal im Hotel, bis ich ein Quartier gefunden habe. Wie geht's bei Ihnen weiter?»

«Da unsere Familie ja so unerwartet Zuwachs hatte», sagte Luise mit Blick auf ihren Neffen, «können wir uns leider kein Hotel leisten.»

«Mach dem Jungen kein schlechtes Gewissen», unterbrach Emil sie schroff. «Wir würden auch sonst nie und nimmer in ein Hotel gehen. Nein, wir bringen jetzt unser Gepäck in den Lagerschuppen, und dann mach ich mich auf den Weg. Ich hatte Ihnen doch von unserem Landsmann erzählt, dem Schmied Georg Aubel, der mit den ersten Auswanderern hierherkam. Soweit ich weiß, lebt er mit seiner Familie in einer Kolonie ganz in der Nähe von Valdivia. Bellavista heißt das Landgut, und ich hoffe, es ist leicht zu finden.»

«Fragen Sie doch meinen Sohn», bot Kaspar Schmidt an, der die anstrengende Reise trotz seines hohen Alters unbeschadet überstanden hatte. «Mein Sohn Wilhelm lebt seit zwei Jahren hier und kennt sich aus. Er wartet dort drüben bei dem Fuhrwerk. Kommen Sie.»

Josef beobachtete das Gespräch seines Onkels mit einem braungebrannten Mann, dessen praktische graue Leinenhose und fleckige Stiefel in komischem Gegensatz zu der vornehmen Kammgarnjacke standen. Er sah, wie Emil zuerst ungläubig die Stirn runzelte, dann enttäuscht den Kopf senkte und sich im Nacken kratzte. Josef kannte diese Körperhaltung seines Onkels nur zu gut, sie drückte Resignation und Mutlosigkeit aus. Ungeduldig trat Josef von einem Bein aufs andere. Was hatten die Männer so lange zu besprechen? Schließlich schüttelten sie sich die Hände, und Emil kehrte zu seiner Familie zurück.

«Schlechte Nachrichten. Bellavista existiert nicht mehr. Das Landgut ist vor zwei Jahren bankrottgegangen, die Gesellschafter wurden wegen rechtswidrigen Landerwerbs angeklagt. Ein paar wenige Siedler sind nach Valdivia zurückgekehrt, die meisten allerdings ins Landesinnere oder nach Osorno weitergezogen.»

«Und wo ist Aubel geblieben?», fragte Luise.

Emil zuckte die Schultern. «Das weiß Schmidts Sohn auch nicht. In Valdivia lebt er jedenfalls nicht.»

«Das sind ja mehr als schlechte Nachrichten. Wo sollen wir jetzt hin?» Luise blickte ihren Mann fragend an.

Josef kickte mit der Fußspitze ein paar Steine ins trübe Wasser. Damit hatte er nicht gerechnet. In seiner Vorstellung hatte er sich immer ein hübsches kleines Dorf ausgemalt, in dem die Familien aus seiner Heimatstadt alle zusammen lebten, Raimund mitten unter ihnen. Enttäuscht sah er seinen Onkel an.

«Hast du nach Raimund gefragt?»

«Ja, aber er kennt ihn nicht.»

«Fahren wir dann wieder nach Hause?», fragte Katja erwartungsvoll.

Emil nahm sie auf den Arm. «Vorerst noch nicht. Aber es gibt auch eine gute Nachricht. Dieser nette Herr dort drüben hat eine leerstehende Wohnung in der Stadt, in die wir einziehen können. Allerdings erst ab morgen.» Emil wandte sich an Luise. «Der Sohn von Kaspar Schmidt hat sich nämlich auf der Insel Teja ein Haus gebaut. Seither steht seine Wohnung hier leer, und er möchte sie bis morgen noch ein wenig für uns herrichten lassen. Na, ist das keine gute Nachricht?»

Triumphierend schaute er Luise an.

«Heißt das, dass wir in Valdivia bleiben?», fragte Josef.

«Mal sehen. In zehn Tagen geht der Treck ins Landesinnere, wir haben also genug Zeit, um herauszufinden, welche Möglichkeiten uns Valdivia bietet.»

Josef wusste, dass Emil froh war über diese Zeitspanne, denn sein Onkel war kein Freund von schnellen Entscheidungen, doch für ihn selber bedeutete das, erst einmal festzusitzen in dieser Stadt.

Mit Armbrusters Hilfe schleppten sie ihre Habseligkeiten in den Hafenschuppen und bereiteten zwischen den Gepäckstücken aus Jacken und Decken eine Bettstatt für die Kinder.

«Wenn Sie nichts dagegen haben, liebe Luise» – Armbruster nannte sie zum ersten Mal bei ihrem Vornamen –, «werde ich etwas Brot und Käse besorgen und dann mit Ihnen zu Abend essen, bevor ich ins Hotel gehe», schlug Armbruster vor. Am Vorabend hatte er im Zollhaus von Corral die ersten Pesos und Reales eingetauscht – zu einem unverschämten Kurs, wie sich später herausstellen sollte.

Luise lächelte. «Natürlich, Paul. Wenn Sie auch ein bisschen Milch für die Kinder auftreiben könnten?»

Josef schloss sich Armbruster an. Seine Neugier, die fremde Stadt zu erkunden, ließ ihn die Misserfolge bei der Suche nach Raimund vergessen. Er verstand nicht, warum die meisten Erwachsenen Valdivia hässlich fanden. Ihm gefiel das gemütliche Städtchen mit seinen freundlichen Bewohnern. Dunkelhäutige Kinder spielten auf der Straße. Niemand schien große Eile zu haben, überall saßen oder standen die Menschen in Grüppchen zusammen, lachten und plauderten.

«Wieso haben die Menschen hier ihre Häuser nicht aus

Stein gebaut? Selbst die Kirche ist aus Holz», wunderte sich Josef. «Ist die Stadt noch so jung?»

«Von wegen! Valdivia gehört zu den ältesten Gründungen der spanischen Eroberer. Pedro de Valdivia, ein spanischer Offizier, ließ sie 1552 erbauen. Ein Jahr später wurde er übrigens im Kampf mit den Araukanern getötet.»

Sie kamen an einem halbverfallenen Festungsturm vorbei. In den Schießscharten klebten verlassene Vogelnester.

«Valdivia hatte eine strategisch sehr günstige Lage und besaß mit Corral einen der wichtigsten und sichersten Häfen der südlichen Pazifikküste. Deshalb war die Stadt auch immer wieder umkämpft und zerstört worden: von den Araukanern, von holländischen und englischen Piraten, von den Truppen im Unabhängigkeitskrieg. Wunderschön muss Valdivia damals gewesen sein, mit weißgekalkten Häusern im Stil der spanischen Konquistadoren, mit glänzenden Ziegeldächern und blumengeschmückten Innenhöfen. Die letzte große Zerstörung brachte das Erdbeben vor zwanzig Jahren. Fast alle massiven Lehmziegelhäuser stürzten ein, und seitdem baut man nur noch Holzhäuser. Die Chilenen glauben, dass die Holzbauweise sicherer sei.»

«Glauben Sie das auch?», fragte Josef zweifelnd, als er die windschiefen Hütten um sich herum betrachtete.

«Das kann ich nicht beurteilen, ich habe noch nie ein Erdbeben erlebt. Aber sicherlich ist Holz nachgiebiger als Stein. Und vielleicht haben es die Menschen hier auch einfach aufgegeben, etwas für die Ewigkeit zu bauen.»

«Wie kommt es, dass Sie über alles Bescheid wissen?»

«Jetzt übertreibst du aber», lachte Armbruster. «Weißt du, ich hatte in den Monaten vor unserer Abreise sehr viel Zeit zum Lesen – so ohne Arbeit und ohne Familie ...» Armbruster verstummte. Von einem Moment zum nächsten wirkte er, wie Josef es schon einige Male erlebt hatte, sehr niedergeschlagen.

Sie betraten einen kleinen, düsteren Laden. Wie Tropfsteine in einer Höhle hingen Zwiebel- und Knoblauchzöpfe, Pfeffer- und Paprikaschoten von der niedrigen Decke. In einer Stiege lagen aufgeschnittene Melonen, auf deren saftigem Fruchtfleisch sich Fliegen niedergelassen hatten, daneben Kistchen mit Schrauben und Nägeln, der größte Teil davon verrostet. Riesige rote Kartoffeln und Bohnen in allen Farben und Sorten lagerten in größeren Holzkisten, dazwischen standen hüfthohe Säcke mit Reis, Mateblättern und Mehl, und vor dem riesigen Brotkorb schliefen zwei Katzen auf dem nackten Lehmboden.

Sofort wurden sie von der gesamten Familie des Ladenbesitzers hofiert, durften hier ein Stück Käse, dort eine *empanada*, eine mit Hackfleisch, Rosinen und Zwiebeln gefüllte Teigtasche, kosten.

«Sieh mal.» Armbruster deutete auf ein Holzfässchen. «Bier nach deutscher Brauart!»

«Cerveza de Valdivia, Actien-Brauerei Anwandter», entzifferte Josef.

«Muy rico. Alemán!» Geschäftstüchtig eilte der Händler mit einem schmutzigen Glas herbei und ließ ihnen eine Kostprobe einlaufen. Armbruster nahm einen tiefen Schluck und schloss genießerisch die Augen. Dann bedeutete er dem Mann mit Händen und Füßen, ein Fässchen davon zum Lagerschuppen am Hafen zu bringen.

Vollbepackt traten sie auf die Straße hinaus.

«Warten Sie, ich helfe Ihnen», bot ihnen ein Passant auf Deutsch seine Hilfe an. Er stieß einen kurzen Pfiff aus, und ein Indianerjunge in Josefs Alter, mit schulterlangem blauschwarzem Haar, kam auf sie zu. Er zog einen klapprigen Handwagen hinter sich her.

«Gustav Haverbeck, Gerbereibesitzer», stellte sich der Fremde vor. «Sie sind mit der *Helene* angekommen, nicht wahr?»

Armbruster nickte und nannte ebenfalls seinen Namen.

«Der Junge da transportiert Ihnen die Lebensmittel auf seinem Karren», sagte Haverbeck. «Er arbeitet für mich, Sie brauchen ihm daher nichts zu geben. Ich hoffe, Sie halten mich nicht für aufdringlich, aber was haben Sie für die Sachen bezahlt?»

«Sechseinhalb Real.»

Haverbeck schüttelte den Kopf. «Der alte Juan versucht es doch immer wieder. Warten Sie mal.»

Nach einem kurzen Wortwechsel mit dem Händler drückte Haverbeck ein halbes Dutzend Münzen in Armbrusters Hand. Der Händler grinste dabei, ohne eine Spur von Verlegenheit. Armbruster musste lachen.

«Die Welt ist doch überall gleich. Wer sich nicht auskennt, wird übers Ohr gehauen.»

«Ich fürchte, hier wird Ihnen das noch öfter so gehen», erwiderte Haverbeck. «Übrigens, falls Sie oder Ihre Mitreisenden Arbeit suchen: Ich brauche ein paar geschickte Handwerker, da ich gerade meine Gerberei ausbaue.»

«Leider habe ich zwei linke Hände. Aber an Bord waren viele tüchtige Leute, ich werde Ihr Angebot weitergeben. Herzlichen Dank.»

Nachdem er sich noch über dies und jenes mit Haverbeck ausgetauscht hatte, wagte Josef endlich, mit seiner Frage herauszurücken.

«Kennen Sie einen Raimund Scholz aus Rotenburg?»

«Aus dem kurhessischen Rotenburg?»

«Ja.»

Haverbeck dachte nach. «Warte mal – ein paar Familien aus dem Ort leben hier. Bachmann, Jäger, Krämer – nein, ein Scholz ist nicht darunter.»

Armbruster schlug Josef auf die Schulter.

«Das wäre schon ein großer Zufall gewesen», versuchte er ihn zu trösten. «Lass den Kopf nicht hängen.»

Sie verabschiedeten sich von Haverbeck und schlenderten zurück zum Kai. Der Araukanerjunge folgte ihnen mit dem Handwagen. Im Schuppen hatte Luise auf ihrem Überseekoffer ein Leinentuch ausgebreitet und so einen festlichen Tisch gerichtet mit einem Strauß weißer Lilien, die neben der Mole blühten. Entgegen dem Rat des Gerbers gab Armbruster dem Indianerjungen eine Münze, ohne deren Wert genau zu kennen. An der verblüfften Miene des Jungen konnte er ablesen, dass er die Dienste mehr als gut bezahlt hatte, und Armbruster knuffte Josef belustigt in die Seite.

«Jetzt hab ich wohl kräftig gegen die hiesigen Gepflogenheiten verstoßen», flüsterte er. Dann berichtete er den anderen von seiner Begegnung mit Gustav Haverbeck und von dessen Suche nach Arbeitskräften.

«Haverbeck und sein Bruder werden morgen früh hier vorbeikommen, um unsere Fragen zu beantworten. Sie sind nämlich im Vorstand des Deutschen Vereins, und der scheint sich nicht nur um Schützenfeste und gesellige Abende zu kümmern, sondern auch um die neuen deutschen Einwanderer.»

Die meisten Passagiere aus dem Zwischendeck hatten sich im Lagerschuppen niedergelassen, nur wenige zogen, wie Kaspar Schmidt, zu Verwandten oder Freunden in der Stadt. Fritz, der junge Lehrer aus Bremen, sah ein wenig verloren aus zwischen all den Familien.

«Fritz, kommen Sie, setzen Sie sich zu uns», rief ihn Armbruster herüber. Dankbar hockte sich Fritz neben Bartel Ammann und dessen Frau auf eine Kiste.

«Wie lange bleiben Sie in Valdivia?», fragte ihn Emil.

«Ich werde mich nächste Woche dem Treck an den Llanquihue-See anschließen. Allerdings nur bis Osorno. Dort trete ich nächsten Monat meinen Dienst als Privatlehrer an.»

«Wenn Sie deutschen Kindern Deutsch beibringen sollen, werden Sie ja nicht allzu viel zu tun haben», meinte die Zimmermannsfrau.

«Sagen Sie das nicht», entgegnete Fritz. «In Nordamerika sprechen die Kinder der Einwanderer nach kürzester Zeit kein Deutsch mehr. Das kann uns hier in Chile auch passieren.»

«Zumal sich die deutsche Kolonie, von der uns zu Hause so vorgeschwärmt wurde, in alle Winde verstreut zu haben scheint», warf der Zimmermann ein, und die Enttäuschung über diese Tatsache war ihm deutlich anzumerken. «Ein paar Familien in Valdivia, ein paar in Osorno, ein paar Unerschrockene im Urwald und im Indianerland – wie soll da ein einheitliches deutsches Siedlungsgebiet entstehen, wenn jeder seine eigenen Wege geht.»

Und wie soll ich da meinen Bruder wiederfinden, dachte Josef und lehnte sich müde an seinen Reisesack.

Paul Armbruster verbrachte eine elende Nacht im *Hotel Internacional*. Die Unterkunft mit dem weltmännischen Namen verfügte im Vorderhaus über vier nebeneinanderliegende Kammern, von denen die beiden mittleren ohne Fenster waren und nur mit einer Lüftungsklappe in der Tür versehen, deren Ritzen jedoch mit Staubflusen verstopft waren. Armbruster erkannte auf den ersten Blick, dass aus einem ursprünglich einzigen Raum erst nachträglich die einzelnen Verschläge durch Latten abgetrennt worden waren. Nicht sehr fachmännisch, denn zwischen den Brettern klafften an vielen Stellen fingerbreite Spalte. Zu hören war aus den Nebenzimmern ohnehin alles. So erkannte Armbruster zu seiner Linken die Stimmen von Medizinalrat Pfefferkorn, seiner Familie und des Hausmädchens. Vom rechten Nachbarzimmer hörte er nur leises Rascheln und Kichern. In bester Absicht hatte der Wirt die Wände der mittleren Kammern tapezieren lassen, doch war dieser Sichtschutz über den Ritzen und Spalten von neugierigen Hotelgästen längst eingerissen.

Armbruster konnte nicht widerstehen, einen Blick auf

seine rechten Nachbarn zu werfen. Zu seiner Überraschung erblickte er den Bremer Kaufmann, hemdsärmelig und in langen Unterhosen, mit einem der ledigen jungen Mädchen aus dem Zwischendeck. Die beiden zögerten nicht lange, das zu tun, was ihnen auf dem Zwischendeck so lange verwehrt geblieben war. Zwar hatte auch Armbruster in dieser Hinsicht eine entbehrungsreiche Zeit hinter sich, doch der Anblick, der sich ihm hier bot, war alles andere als erregend, und so kramte er die Schrift «Deutsche Auswanderung nach Chile» eines gewissen Dr. Aquinas Ried aus dem Koffer. Gerade als das Quietschen des Bettrosts kräftiger wurde, setzte von gegenüber, aus dem Billardzimmer, das durchdringende Gequäke zweier Sackpfeifen ein und übertönte die Liebesgeräusche.

Armbruster seufzte. Er wusste nicht, was ihn mehr ärgerte: die deutschtümelnden Ausführungen des Dr. Ried oder die mangelnde Ruhe in dieser Kaschemme. Er legte sein Buch zur Seite und ging widerwillig hinüber ins Billardzimmer, um sich unter die musizierende und zechende Gesellschaft zu mischen. Was die Herkunft der Gäste betraf, machte das Hotel seinem Namen alle Ehre: In kürzester Zeit lernte Armbruster einen englischen Schafszüchter kennen, der auf dem Weg nach Feuerland war, einen holländischen Naturforscher, einen Abenteurer aus der Schweiz und einen argentinischen Viehhändler. Gegen Mitternacht erschienen noch Medizinalrat Pfefferkorn und der Bremer Kaufmann, beide ohne Begleitung. Sie kippten *chicha* und Punsch in sich hinein, bis sie sich nicht mehr auf den Beinen halten konnten.

Als endlich Ruhe im Haus einkehrte, ging Armbruster in seine Kammer zurück und streckte sich erschöpft auf der schmalen Pritsche aus. Doch kaum schloss er die Augen, begann das Bett unter ihm zu schwanken. Verärgert setzte er sich auf. So viel Bier hatte er doch gar nicht getrunken! Trotz der Kakerlaken, die über die Dielen huschten, zerrte er die durchgelegene Matratze auf den Boden. Die Wirkung war dieselbe: Der Boden schwankte so heftig, dass er glaubte, sich festhalten zu müssen. Herr im Himmel, ich bin es nicht mehr gewohnt, an Land zu schlafen, dachte er und begann langsam zu zählen. Bis zweiunddreißig kam er, dann setzte erst links, dann rechts von ihm lautes Schnarchen ein. Grimmig zog er sich die Decke über die Ohren. Keine Nacht länger würde er in diesem Hotel bleiben. Bis zum Morgengrauen blieb er wach, wälzte sich hin und her und quälte sich mit der Frage, ob es richtig gewesen war auszuwandern. Nicht zum ersten Mal stand er vor der Entscheidung, zwischen Sicherheit und Neuanfang zu wählen. Und bereits einmal hatte er die falsche Entscheidung getroffen, hatte das Leben als erfolgreicher Buchhändler, an der Seite einer Frau, die von allen bewundert wurde, der Ungewissheit vorgezogen. Warum nur hatte er damals nicht den Mut gehabt, seinen Empfindungen nachzugeben? War es nur die Angst gewesen, wieder ganz von vorn anzufangen? Oder nicht vielmehr die Angst vor gesellschaftlicher Ächtung? Als er endlich erschöpft einschlief, suchte ihn seine Vergangenheit in wirren Träumen heim.

Mit verquollenen Augen stand Armbruster am nächsten Vormittag vor dem Lagerschuppen. Zu seinem Bedauern hatte er die Herren Haverbeck um eine Viertelstunde verpasst. Während er Emil und seiner Familie half, einen Leiterwagen mit ihrem Gepäck zu beladen, hörte er sich dessen Bericht an.

«An die hundert Deutsche leben inzwischen hier in der Stadt, und viele hundert in der näheren und weiteren Umgebung. Die Haverbeck-Brüder meinen, dass Valdivia und Osorno in wenigen Jahren die wichtigsten Zentren dieser blühenden Provinz Chiles bilden werden. Bereits zwei deutsche Gerbereien gibt es hier, eine Schnapsbrennerei, eine Leimsiederei, die florierende Brauerei von Anwandters, eine große Schlosserei, daneben deutsche Schneider, Schuhmacher und sogar einen Segelmacher. Was dringend fehlt, sind wohl Ackerbauern, da alle Bauern bisher ins Landesinnere weitergezogen sind, aber auch Fleischer und gute Schmiede.»

«Handwerk und Industrie sind demnach fest in deutscher Hand. Das klingt ja vielversprechend», unterbrach ihn Armbruster, doch Emil schien seine Ironie nicht zu bemerken.

«Tja, und bislang fehlten auch Tischler, aber mit dem letzten Schiff ist eine ganze Gruppe von Tischlern aus Deutschland gekommen, und die haben eine große Manufaktur zur Möbelherstellung gegründet. Dort könnte ich wohl sofort als Arbeiter anfangen.»

Bekümmert hielt er mit dem Beladen inne. «Aber ich bin nach Chile gekommen, um mein eigener Herr zu sein. Ich muss etwas Eigenes finden, und wenn es der Ackerbau ist. Können Sie das verstehen, Paul?»

Armbruster nickte.

«Aber Onkel Emil», mischte sich Josef ein. Seine Augen funkelten vor Eifer – vielleicht auch ein wenig vor Zorn über die mutlose Art seines Onkels, alles hinzunehmen. «So schlecht sieht es doch gar nicht aus. Die Haverbecks haben gesagt, dass die besten Zukunftsaussichten in der Holzwirtschaft liegen. Es müssen doch nicht unbedingt Möbel sein.»

Der Junge wandte sich an Armbruster, als ob sein Onkel nicht der richtige Gesprächspartner für diese Dinge wäre. «Jeden Monat kommen neue Siedler hier im Süden an, die brauchen Häuser, Scheunen, Stallungen. Stellen Sie sich vor, bis jetzt baut sich jeder sein Haus irgendwie selbst zusammen.»

«Ich bin weder Zimmermann noch Baumeister», sagte Emil mürrisch.

Luise seufzte. «Was der Bauer nicht kennt ...! Wenn etwas nicht genau so läuft, wie du es dir vorgestellt hast, wirfst du die Flinte ins Korn. Josef ist ein vorlauter Grünschnabel, aber er hat recht. Besprich dich doch mal mit dem Allgäuer Zimmermann, ob ihr euch nicht zusammentun könnt.»

«Das mit der Holzwirtschaft klingt ganz vernünftig.» Armbruster betrachtete die dunkelgrünen Hügel, die sich hinter dem Flussufer erhoben. «Der ganze Süden ist von Wald bedeckt, man könnte also Bauholz in den holzarmen Norden Chiles verkaufen oder in andere Länder ausführen.»

«Ja, ja, ist ja schon gut. Ich lasse es mir durch den Kopf gehen.» Verärgert wuchtete Emil den letzten Koffer auf den Karren. Dann wischte er sich den Schweiß von der Stirn und sagte zu Armbruster:

«Auf Sie scheint man hier übrigens geradezu gewartet zu haben. Der Deutsche Verein will verstärkt Privatstunden für Kinder anbieten, und jetzt wird dringend noch ein Lehrer gesucht. Ich hab den Haverbecks von Ihnen erzählt, und sie fragen, ob Sie heute Abend mal im Schießhaus vorbeikommen könnten.»

«Ich bin Pazifist», versuchte Armbruster zu scherzen. Die Freude über diese Nachricht war ihm dennoch anzumerken.

«Sehr witzig.» Emil wirkte immer noch etwas verstimmt. «Dort versammelt sich jeden Montag der deutsche Schützenverein, und die Herren würden gern alles mit Ihnen besprechen.»

In diesem Moment kamen Kaspar Schmidt und sein Sohn Wilhelm am Lagerschuppen vorbei.

«Aha, Sie haben bereits alles aufgeladen», rief der junge Schmidt. «Dann kann es ja losgehen. Das Haus liegt in der Parallelstraße zum Kai, keine fünf Minuten von hier. Seien Sie aber bitte nicht enttäuscht, ich weiß noch zu gut, dass man von Deutschland her eine andere Bauweise gewöhnt ist. Übrigens: Falls Sie beabsichtigen, in Valdivia zu bleiben, könnte ich Ihnen das Haus auch zu einem guten Preis verkaufen.»

«Und Sie? Werden Sie im Hotel bleiben?», wandte sich Luise an Armbruster. Der verzog das Gesicht. «Hotel kann man die Unterkunft von letzter Nacht kaum nennen. Nein, ich werde mir ganz schnell etwas anderes suchen. Heute Morgen bin ich auf dem Weg zu Ihnen an einem kleinen Häuschen vorbeigekommen, an dem hing ein Schild, ‹se arrienda›, zu vermieten. War aber nichts. Vier Wände, ein Dach darüber, eine Türöffnung – fertig. Keine Zimmer, keine Dielen, nur festgestampfter Lehmboden, auf dem noch das verfaulte Stroh von den Vorgängern lag. Wie soll ich das beschreiben – einfach ein leerer Raum, ohne Tisch und Stuhl oder Schrank, dafür jede Menge Rattenlöcher. Statt Küche eine offene Feuerstelle im Hof. Das Ganze sah schlimmer aus als bei uns ein Pferdestall.»

«Ach herrje, dann kommen Sie doch erst mal mit zu unserer Hausbesichtigung», schlug Luise vor.

Zu ihrer Überraschung war Schmidts Haus solide gebaut und besaß viele wichtige Details, die das Leben im chilenischen Winter erträglicher machen würden. In allen drei Räumen war ein Dielenfußboden eingezogen, außerdem waren die Wände tapeziert. Der größte Raum, die Wohnstube, ging zur Straße und hatte tatsächlich Glasscheiben in den beiden Fenstern. An zwei Wänden zogen sich über Eck niedrige Bänke, davor standen ein großer Tisch, der mindestens acht Personen Platz bot, und vier massiv gearbeitete Stühle. In der gegenüberliegenden Ecke befand sich ein doppeltüriger Schrank. Die beiden Schlafkammern gingen ebenso wie die winzige Küche auf einen düsteren Hof, in dem sich noch ein nachträglich angebautes Zimmer mit separatem Eingang befand. Alles war blitzblank geputzt.

«Leider hat das Haus keinen Kamin», sagte Wilhelm Schmidt. «Und Öfen zum Heizen sind hier nicht üblich, wie Sie vielleicht schon gehört haben. Stattdessen benutzt man *braseros*, Kohlebecken. Hinten im Schuppen stehen zwei davon. Die sollten Sie sich baldmöglichst herrichten, denn bei tagelangem Regen kann es hier empfindlich kalt werden.»

«Vielleicht könnten wir», flüsterte Josef, «mit der Herstellung von Heizöfen Geld verdienen.» Armbruster lächelte und lauschte dann aufmerksam den weiteren Erklärungen von Wilhelm Schmidt.

«Ihre Nachbarn sind ruhige Leute. Links wohnt eine Familie aus Böhmen, die vor zwei Jahren hergekommen ist, rechts ein chilenischer Fischhändler. Falls Sie noch Kochgeschirr, Decken oder derartige Dinge benötigen, können wir Ihnen fürs Erste mit einigem aushelfen.»

«Das ist wirklich sehr freundlich von Ihnen!», sagte Emil. «Was ist, Paul, würden Sie mit uns hier einziehen?»

«Sie meinen, ich sollte – ach nein», stotterte Armbruster. «Es ist doch viel zu eng, und ich möchte Sie nicht stören.»

«Nun hören Sie aber auf.» Luise schüttelte den Kopf. «Da haben wir monatelang zu mehreren in einer Koje gelegen, und Sie sprechen von eng. Wenn Sie natürlich mehr Komfort gewöhnt sind ...»

«Aber nein, so habe ich das nicht gemeint. Sie wissen doch, wie gern ich in Ihrer Gesellschaft bin.»

«Na also, dann sind wir uns ja einig.»

Die beiden Männer schlugen in Schmidts Hand ein, und damit war der Mietvertrag besiegelt.

Die nächsten Tage verbrachten sie mit Einkäufen und kleineren Reparaturen am Haus. Von allen Seiten bekamen sie Hilfe, um sich in der neuen Umgebung und Lebensweise zurechtzufinden. Mal wurden sie von Mitgliedern des Deutschen Vereins, mal von chilenischen Nachbarn eingeladen, meist zum *matecito*, der abendlichen Teestunde. Dabei bereitete die Señora des Hauses persönlich in einem runden Gefäß aus Silber, Porzellan oder Ton, je nach Klassenzugehörigkeit der Gastgeber, den Matetee zu. Sie füllte den Boden, aus dem ein silbernes Röhrchen ragte, mit reichlich Zucker und zwei Löffeln Mateblättern und goss kochendes Wasser auf. Den ersten, bitteren Aufguss trank sie selbst, goss Wasser nach, saugte das Getränk noch einmal an und reichte es dann weiter. So ging es reihum, bis der Tee dreimal die Runde gemacht hatte. Dabei wurde eifrig Konversation betrieben, über Politik, steigende Preise oder über das Familienleben derjenigen, die gerade nicht anwesend waren.

Nicht nur, dass man sich schnell den Mund verbrannte – nein, das gemeinsame Ausschlürfen kostete Armbruster einige Überwindung. Was ihn in den ersten Tagen am meisten verwunderte, waren allerdings nicht irgendwelche fremden Gebräuche, sondern die Tatsache, dass hier die üblichen Klassengrenzen, wie er sie aus seiner Heimat kannte, völlig verwischten. Handwerksgesellen, Lehrer und Unternehmer saßen tatsächlich an einem Tisch.

Auch Luise war das offensichtlich nicht entgangen.

«Hier fragt keiner nach Herkunft, Bildung oder Besitz. Das ist doch gerade so, wie Sie und Ihre Gefährten es sich bei der Revolution erträumt haben, oder?»

«Na, na, ganz so revolutionär ist das auch nicht. Weder gibt es in Valdivia Ackerbauern, noch sind die ganz Reichen hierher ausgewandert. Aber Sie haben wie immer recht, liebe Luise, es wird viel weniger auf Klasse und Stand geachtet als vielmehr darauf, wie sehr man sich innerhalb der deutschen Kolonie bemüht.»

«Dafür gibt es hier die Indianer und chilenischen Tagelöhner, die wir herumscheuchen können», warf Josef spöttisch ein.

Armbruster musste lächeln. Kaum zu glauben, dass Josef erst fünfzehn war.

Luise hingegen verzog das Gesicht. «Jetzt mach mal halblang, Josef. Leute wie wir haben überhaupt keine Dienstboten, und wenn ich jemanden herumscheuche, dann dich, denn du wirst langsam faul. Außerdem behandeln die besseren Leute hier unter den Deutschen ihr Personal sehr freundlich, so etwas habe ich in unserer Heimat noch nicht erlebt – ich stand schließlich als Mädchen auch mal im Dienst einer Familie und weiß, wovon ich rede. Frag mal die Köchin von Haverbecks, ob sie lieber bei Deutschen oder bei Chilenen arbeitet.»

Damit war für sie das Thema erledigt. Überhaupt schien Luise ganz andere Sorgen zu haben. Seit einer Woche lebten sie nun schon in Valdivia, und ihr Mann hatte sich noch immer nicht entschieden, ob er sich als Ackerbauer oder Handwerker niederlassen wollte.

«Wenn wir nicht bald selbst unser Getreide und Gemüse anbauen, können wir betteln gehen», klagte sie. «Das Geld zerrinnt mir zwischen den Fingern, bei diesen Preisen.»

Armbruster musste ihr recht geben. In diesem gelobten Land herrschte, zumindest in Valdivia, eine eigentümliche Art von Misswirtschaft: Hühner gab es in den Straßen und Höfen der Umgebung in Scharen, doch ihre Eier waren schier unerschwinglich. Für die Mandel Eier bezahlte man dasselbe wie für eine Henne mit zwei Küken. Auch frische Milch oder Butter waren trotz des Viehreichtums nur selten zu bekommen, und der einzige Käse, eine Art Schweizerkäse, der hin und wieder angeboten wurde, kostete das Dreifache wie zu Hause. Die Einheimischen schienen nur Viehzucht im Auge zu haben, eine ordentliche Milchwirtschaft mit Stallung und Fütterung, wie es die Einwanderer aus ihrer Heimat kannten, gab es nicht. Überteuert war auch das Getreide. Auf den winzigen Landparzellen bei Valdivia wurden nur Kartoffeln und Gemüse angebaut – Mais, Weizen und Gerste musste aus dem Innern der Provinz bezogen werden, und das bedeutete lange

Transportwege auf schlechten, ungesicherten Wegen. Was Armbruster überhaupt nicht verstand, war der Mangel an anständigem Bauholz. Er hatte einen neuen Schuppen im Hof errichten wollen, doch es waren im ganzen Ort keine vernünftigen Bretter zu bekommen. Dabei standen die Hügel der Umgebung voller Bäume. Das Einzige, was billig war, waren Rindfleisch und Äpfel, und Luise brachte Äpfel in jeglicher Form auf den Tisch. Statt Butter gab es Apfelmus aufs Brot, aus Äpfeln kochte sie Saft, Gemüse und Suppe.

Als sie wieder einmal beim Abendessen saßen und sich Luise über die Unentschlossenheit ihres Mannes beklagte, versuchte sich Emil zu verteidigen: «Wenn ich in Josefs Alter wäre, würde ich in der Möbelmanufaktur arbeiten. Ich würde mich den Anweisungen des Vorarbeiters fügen, würde mir alles, was mir nützlich sein könnte, aneignen und mich eines Tages mit einer Schreinerei selbständig machen. Aber ich bin zu alt, um noch einmal ganz von vorn anzufangen.»

«Und du glaubst, wenn du gar nichts tust, öffnet sich von allein eine Tür», schimpfte Luise weiter. «Wenn du nicht als Tischler arbeiten kannst, müssen wir eben in den Süden gehen, wo das Land billig ist.»

Sie hatten längst herausgefunden, dass die Mieten und Bodenpreise in Valdivia und in der näheren Umgebung seit letztem Jahr enorm gestiegen waren und dass die einzige Möglichkeit, ausreichend Land zu erwerben, für Leute wie Emil im Besiedelungsprogramm der chilenischen Regierung lag. Aber Emil besaß nicht den Pioniergeist seiner Frau.

«Mir ist nicht wohl bei dem Gedanken, ein Stück Land per Los zugeteilt zu bekommen und wie die Katze im Sack zu erwerben. Außerdem sollen Josef und die Kinder etwas lernen, auf eine Schule gehen, und nicht wie Indianer in der Wildnis aufwachsen.»

Armbruster konnte Emil in seiner misslichen Lage gut verstehen. Er selbst hatte es da einfacher. Der Deutsche Verein war an seinen vielfältigen Fähigkeiten sehr interessiert. Stundenweise arbeitete er nun als Privatlehrer, nebenbei richtete er mit seinen Büchern und den Zeitungen des Vereins eine kleine Bibliothek ein. Aus der alten Welt trafen regelmäßig, wenn auch mit wochenlanger Verspätung, die *Leipziger Illustrierte* und der *Hamburgische Correspondent* ein, verschiedene Ausgaben fliegender Blätter und die *New Yorker Staatszeitung,* die gute Artikel über Europa brachte. Armbrusters Idee, eine Bücherei einzurichten, war innerhalb der deutschen Kolonie auf Begeisterung gestoßen. Und als dann auch noch bekannt wurde, dass er ein ausgezeichneter Pianist war, konnte er sein kärgliches Lehrergehalt zusätzlich mit Klavierstunden aufbessern.

Josef bekam von den Streitgesprächen zwischen Luise und ihrem Mann kaum etwas mit. Genau wie Armbruster brannte er darauf, das neue Land und seine Bewohner kennenzulernen. Wenn Luise ihn nicht brauchte, begleitete er seinen Onkel auf dessen Erkundungsgängen, denn Emil tat sich noch sehr schwer mit dem *castellano,* wie man das Spanische hier nannte, und Josef hatte dank Armbrusters Unterricht bereits einen enormen spanischen Wortschatz. Ansonsten strich Josef mit Max, dem Hündchen, in den Straßen herum. Bereits nach ein paar Tagen ging er überall ein und aus, ob in den Häusern der chilenischen *caballeros* unten am Fluss, ob bei den deutschen Fabrikanten auf der Insel Teja oder bei den Tagelöhnern am Rande der Stadt, wo die Urwälder Südchiles schon zum Greifen nahe waren.

Dabei fiel es ihm schwer, bei den einfachen Leuten auf der Straße oder am Hafen zwischen Indianern und Chilenen zu unterscheiden. Sie alle waren sonnenverbrannt und schwarzhaarig, barfuß und mit denselben Filzhüten und zerlumpten Ponchos bekleidet, manchmal schimmerten die Haare auch blauschwarz, dafür wirkte das Gesicht europäisch, bei wieder anderen waren die Haare und Augen heller, dafür die Wangenknochen breiter – eine Folge der Vermischung seit Generationen. Ein paar wenige Araukaner gab es, die trotz christlichen Glaubens noch Wert auf ihre alten Traditionen legten. Sie waren oft größer und kräftiger als die Chilenen, ihr Gang war stolz und aufrecht wie der ihrer Vorfahren. Diese Männer trugen ihre langen Haare mit einem schmalen Stirnband oder einem zusammengelegten Tuch gebunden und schmückten sich Hals und Gelenke mit gewebten Bändern und Silberschmuck. Ihre Frauen waren in blauschwarze Tücher gekleidet, mit Kopf- und Brustschmuck aus Silbermünzen, die bei jeder Bewegung leise klirrten. An dem Schmuck konnte man Clan- und Stammeszugehörigkeit ablesen, das wusste Josef inzwischen, doch hier in der Stadt schien das niemanden zu interessieren, und man behandelte sie nicht anders als die chilenischen *peones* und Knechte.

Josef gefiel es, dass er hier an niemandem gesenkten Kopfes oder katzbuckelnd vorbeigehen musste. Mit seiner Hilfsbereitschaft und seinem handwerklichen Geschick war er überall ein gerngesehener Gast, und er konnte abends mehr erzählen als jeder andere am Tisch. So berichtete er, dass ein echter Kreole nie zu Fuß ging: Mochte die Entfernung noch so gering sein, er bestieg Pferd oder *mula*, sein Maultier. Josef wusste auch, dass die reichen Chilenen zum Frühstück Wein oder *chicha* tranken, mittags nur Brot und Käse verzehrten, sich dafür abends mindestens drei Gänge gönnten. Er wusste, dass die Indianer aus Mais oder Blaubeeren alkoholische Getränke brauten und fast jeden Abend betrunken waren; oder dass *harina tostada* das Hauptnahrungsmittel der einfachen Leute war. Dazu wurde von den Frauen zwischen zwei Handsteinen stundenlang Weizen gemahlen, der dann, mit etwas Fett und heißem Wasser angesetzt, geröstet wurde – das Fadeste, was Josef je gegessen hatte. Nur selten gab es dazu gekochtes Fleisch oder Gemüse oder, wie bei den Indianern, auch Pilze, Kräuter und köstliche wilde Süßkartoffeln, die sie im Wald ausgruben.

Auf der Suche nach den kleinen süßlichen Knollen war Josef eines Tages am Flussufer entlang landeinwärts gewandert. Wenige Meter oberhalb der Uferböschung begann bereits der Urwald: Baumriesen, die bis in die Wolken reichten, uralte Stämme, die von Flechten und Schlingpflanzen wie von einem wärmenden Gewand bekleidet wurden, Unterholz, in das niemand ohne Machete eindringen konnte, und, wohin man auch blickte, bizarr geformte Blüten in kräftigem Rot und leuchtendem Orange.

Als dichtes Buschwerk den Pfad enden ließ, blieb Josef stehen. Enttäuscht zählte er seine Ausbeute: Acht verschrumpelte Kartoffeln lagen in seinem Halstuch. Da knackte es nicht weit von ihm im Gehölz. Josef fuhr zusammen. Er hatte von den Wildkatzen gehört, die sich in den Wäldern nahe der Siedlungen herumtrieben und hin und wieder Kleinvieh rissen. Manche seien von bösen Dämonen besessen, sagten die Einheimischen, und wer ihnen zu nahe käme, dem würden sie das Gesicht zerkratzen. Schützend hielt sich der Junge den Arm vors Gesicht und wich langsam zurück. Doch es war nur ein Entenpaar, das aus dem Ufergebüsch flatterte und sich schimpfend auf dem Wasser niederließ. Erleichtert schulterte Josef sein Tuch und machte sich auf den Rückweg, da hörte er hinter sich erneut ein lautes Rascheln und das Brechen von Zweigen. Er fuhr herum und sah eine breitschultrige Gestalt, die drohend den Arm hob. Im Sonnenlicht blitzte die Klinge einer Machete auf. Eine beispiellose Angst ließ Josef erstarren. Wollte ihn der Mann umbringen? Plötzlich glaubte er sein Gegenüber zu erkennen.

«Herr Feddersen?» Seine Stimme zitterte noch vor Schreck. «Sind Sie es?»

«Wenn du auch nur einem Mensch erzählst, dass du mich hier gesehen hast, geht es dir schlecht», drohte Feddersen und wollte sich schon wieder in den Wald zurückziehen.

«Nein – warten Sie. Ich muss mit Ihnen reden. Ich will doch nur wissen, wo mein Bruder ist.»

«Lass mich in Ruhe. Er ist jedenfalls nicht da, wo du ihn vermutest.» Feddersen brach in Gelächter aus. «Ich hab dir doch gesagt, dass er von einem anderen Kaliber ist als du.»

Dann verschwand Lars Feddersen im Unterholz, und es war nur noch das Rauschen der Blätter und Schilfhalme zu hören. Niedergeschlagen machte sich Josef auf den Heimweg. Beim Abendessen erzählte er von seiner Begegnung. Armbruster runzelte die Stirn.

«Dass sich der Kerl hier in den Wäldern herumtreibt, gefällt mir gar nicht.»

«Warum ist er überhaupt vom Schiff verschwunden?», fragte Luise.

Zögernd erzählte Armbruster von dem Streit auf der *Helene*, den er und Josef bei jenem Sturm beobachtet hatten. Die anderen sahen ihn entsetzt an.

«Dann ist ja alles klar», sagte Luise schließlich. «Der Mann hat Karl über Bord geworfen und versteckt sich jetzt, weil er nicht weiß, wie viel ihr beobachtet habt. Wir müssen es den Behörden melden.»

Armbruster schüttelte den Kopf. «Ohne mich. Ich werde niemals einen Menschen denunzieren. Außerdem beweist die Angst vor Strafe noch längst keine Schuld.» Dann bat er seine Freunde eindringlich, mit niemandem über diese Geschichte zu sprechen.

«Vielleicht haben Sie recht», sagte Luise. «Vielleicht ist der Mann gestraft genug damit, dass er wie ein Wilder im

Urwald hausen muss. Trotzdem halte ich ihn für gefährlich.» Und zu Josef gewandt, fuhr sie fort: «Du musst mir versprechen, nicht mehr allein aus der Stadt zu gehen.»

«Aber Tante Luise, verstehst du nicht? Hier in Valdivia kennt niemand meinen Bruder. Feddersen ist wahrscheinlich der Einzige, der weiß, wo Raimund steckt. Ich muss versuchen, ihn nochmal zu treffen.»

Emil, der die ganze Zeit geschwiegen hatte, sagte mit ungewohnter Schärfe: «Gar nichts wirst du. Dieser Mann ist gefährlich. Im Übrigen habe ich mich entschieden: Wir ziehen in den Süden.»

4

Unbarmherzig brannte die Sonne auf die kleine Kupfermine mitten in der Atacama, der endlosen Wüste in Chiles Norden. Kein Baum, kein Strauch spendete Schatten am Rande der Grube, wo sich der kräftige, dunkelhaarige Mann erschöpft gegen einen Maultierkarren lehnte.

«He, Ramón, bist du eingeschlafen oder was?», ertönte eine ärgerliche Stimme aus der Tiefe.

«Ist ja schon gut.» Der Mann oben am Grubenrand streckte seinen schmerzenden Rücken, dann packte er mit beiden Händen die Kurbel der Seilwinde und begann sie zu drehen. Quietschend setzte sich das Drahtseil in Bewegung.

«Elende Schinderei», stöhnte Ramón, als der schwere, bis über den Rand gefüllte Korb ans Tageslicht kam. Die Gesteinsbrocken leuchteten blaugrün in der Sonne. Ramón zog den Korb zu sich herüber und kippte die Steine in den Karren, der dicht am Grubenrand stand. Einige Brocken fielen daneben und polterten zurück in die Grube.

«Willst du uns umbringen, du Idiot?», brüllte eine zweite Stimme von unten. «Wenn ich hochkomme, schlag ich dir die Nase ein.»

«Das wird sich zeigen, wer hier wem die Nase einschlägt.» Ramón ließ den leeren Korb wieder hinunter. Dann schlug er dem vor sich hin dösenden Maultier mit der flachen Hand auf die Kruppe. «Los, Pedrito, genug gefaulenzt.»

Vorsichtig, damit die Ladung nicht ins Rutschen kam, dirigierte Ramón das Tier den Hügel hinunter, vorbei an Gruben, die nichts mehr hergaben, an Schmutzlachen, deren Ränder gelb und schwefelgrün schimmerten, und an mannshohen Gesteinshalden. Hier und da lag zerbrochenes Werkzeug herum, das den gleichen türkisfarbenen Belag aufwies wie die Steine, die den Pfad säumten. Auf halbem Weg zu dem flachen Becken, wo mit Hilfe von Metalleimern der Kupferschlamm gewonnen wurde, blieb Ramón stehen. Eine Staubwolke inmitten der endlosen hellbraunen Hügellandschaft aus Sand und Geröll verriet die Ankunft eines Reiters. Ramón erkannte den Vorarbeiter mit seinem Hund.

Was will der Kerl hier?, dachte er missmutig und kaute an seinen Fingernägeln. Es konnte nur Ärger bedeuten, wenn sich der Vorarbeiter bei dieser glühenden Hitze auf den Weg zu den Gruben machte.

«Wo sind die anderen?», brüllte der Mann schon von weitem.

«In der Mine, wo sonst?», erwiderte Ramón hörbar gereizt.

«Hol sie her, aber schnell. Ich hab nicht viel Zeit.»

Kurz darauf stand Ramón mit den drei Männern aus der Grube neben dem vollbeladenen Karren. Die Männer blinzelten gegen das grelle Sonnenlicht, ihre Gesichter waren dreckverkrustet. Gewöhnlich arbeiteten sie zu fünft in der kleinen Kupfermine: drei Mann unten in der Grube, zwei oben. Doch Pablo, der Älteste, war vor ein paar Tagen beim Abstieg so unglücklich abgerutscht, dass er sich das Handgelenk gebrochen hatte. Morgen oder übermorgen sollte Ersatz aus einer der anderen Minen eintreffen, und so blickten sie jetzt erwartungsvoll auf ihren Vorgesetzten.

«Ihr werdet zu viert weiterarbeiten müssen. Ich kann im Moment von den anderen Minen keine Arbeiter abziehen», erklärte der Mann von oben herab.

«Aber dann schaffen wir das Pensum nicht», sagte Mateo, ein Mann mit pockennarbigem Gesicht, der leicht hinkte.

«Das werden wir ja sehen.» Der Vorarbeiter warf einen Blick auf die Ladung und stieg vom Pferd.

«Herr im Himmel, wie oft habe ich euch Einfaltspinseln gesagt, dass die Steine richtig vorsortiert werden müssen?» Er zerrte ein paar Brocken vom Karren und schleuderte sie Ramón vor die Füße. «Das ist taubes Gestein, das würde sogar meine halbtote Großmutter erkennen.»

Ramón trat einen Schritt nach vorn. Er war gut einen Kopf größer als der Vorarbeiter, seine Schultern doppelt so breit. Doch sein Gegenüber besaß eine gefährliche Waffe, die er immer bei sich führte: eine stahlgraue Dogge, die sich jetzt zähnefletschend neben seinen Herrn postierte.

«Wenn wir keinen neuen Mann bekommen, müssen Sie mehr bezahlen», sagte Ramón. Die anderen nickten zustimmend. «Außerdem schuldet uns der Engländer noch den Lohn vom letzten Monat.»

Der Vorarbeiter lachte meckernd. «Crowberry wird schon seine Gründe haben, warum er euch den Lohn vorenthält.»

Ramón hatte Mühe, ruhig zu bleiben. «Vielleicht ist unser Lohn aber auch in Ihrem Säckel verschwunden.»

Das Gesicht des Vorarbeiters verfärbte sich rot vor Zorn. «Du Bastard», zischte er und versetzte Ramón einen Schlag mit der Reitpeitsche. Dann ging alles sehr schnell.

Ramón sprang vor und schlug dem Vorarbeiter mit der Faust ins Gesicht. Ein kurzer Befehl – «Fass, Paco!» –, und der Hund warf sich mit seinem ganzen Gewicht gegen Ramóns Brust. Ramón taumelte und stürzte hintenüber, das rasende Tier über sich.

«Rufen Sie das Vieh zurück», schrie Mateo, als die Dogge ihre Zähne in Ramóns Schulter schlug.

«Hierher, Paco!»

Ramón lag regungslos auf dem Rücken, unter seinem Kopf sickerte Blut in den Sand. Ungerührt bestieg der Vorarbeiter sein Pferd.

«Das wird euch eine Lehre sein.» Dann galoppierte er davon.

Fassungslos knieten die drei Männer neben dem leblosen Körper ihres Kameraden.

«Er hat ihn umgebracht – das Schwein hat ihn umgebracht», flüsterte Mateo entsetzt. In diesem Moment verzog Ramón den Mund zu einem schmerzverzerrten Grinsen.

«So schnell seid ihr mich nicht los.» Er tastete nach der Platzwunde am Hinterkopf. «Diese verdammten Steinbrocken, die hier überall herumliegen – au!»

Jetzt erst spürte er die Bisswunde an seiner Schulter.

«Nicht bewegen!» Mateo zerrte ein altes Taschentuch aus seiner Hosentasche. «Wir müssen die Bisswunde reinigen. Ignacio, rück den Schnaps raus, ich weiß, dass du noch welchen hast.»

Widerwillig reichte ihm Ignacio ein kleines Fläschchen. Bevor Mateo auch nur einen Tropfen auf die Wunde verteilen konnte, hatte ihm Ramón die Flasche schon entrissen.

«Blödsinn, getrunken wirkt das Zeug viel besser.» Er nahm einen tiefen Schluck. «Eins schwör ich euch: Das wird er mir büßen, dieser hinterlistige Scheißkerl mit seinem dreckigen Köter.»

5

Fast vierzig Ochsengespanne, plumpe, zweirädrige Karren, drängten sich im Morgengrauen auf der östlichen Ausfallstraße von Valdivia und warteten auf den Aufbruch. Ziel des Trecks war Maitén am nördlichen Ufer des Llanquihue-Sees, wo sich bereits im März ein gutes Dutzend deutscher Familien niedergelassen hatte.

Trotz der morgendlichen Kälte hatte Josef schweißnasse Hände. Wenn es nur endlich losginge! Vor einigen Tagen war er mit seinem Onkel in das Bureau des Einwanderungsbeamten getreten, wo Emil eine Siedlungsurkunde unterschrieben hatte und ihm das Los Nummer siebzehn zugeteilt worden war. «Hoffentlich bringt uns diese Zahl Glück», hatte er zu Josef gesagt, als sie ihr Startkapital entgegennahmen: ein Ochsengespann, drei Sack Saatgut, eine Kiste mit Nägeln und ein klappriges Pferd.

Auf der Straße herrschte inzwischen ein unbeschreibliches Durcheinander: Etliche Gespanne standen quer und blockierten sich gegenseitig. Fluchend sprangen die einheimischen Treiber mit ihren *picanas*, meterlangen Lanzen aus Bambus, von einem Karren zum andern und versuchten, die schwerfälligen Ochsen in Formation zu bringen. Mit einem gequälten Ausdruck auf seinem aristokratischen Gesicht trabte Don Carlos hin und her und gab Anweisungen, bis endlich, nach mehr als einer Stunde, die Karren ordentlich hintereinander aufgereiht standen. Dann rief er alle Familienoberhäupter zusammen und erklärte ihnen in gebrochenem Deutsch: «Unsere *huasos* noch ein Stück mitgehen und zeigen, wie Sie *carretas* lenken. Dann Sie machen das allein. Wenn eine *carreta* bleibt stehen, der ganze Zug muss unbedingt warten. Der Führer ist Don Pedro. Was er sagt, Sie müssen tun. *Buen viaje y mucha suerte!*»

Hastig umarmten die Siedler ein letztes Mal die Zurückbleibenden. Armbruster schüttelte Emil die Hand.

«Sie werden sehen, mein Freund: Ein sauberes deutsches Dorf wartet auf Sie», versuchte er ihn aufzuheitern. Dann half er Luise auf den Wagen. «Ihre Entscheidung war bestimmt die einzig richtige.»

«Wir werden es schon schaffen.» Luise lehnte sich erschöpft gegen eine Kiste.

«Sie sehen müde aus. Ist Ihnen nicht gut?»

«Nein, es ist alles bestens.»

Besorgt betrachtete Josef seine Tante. Sie sah wirklich leichenblass aus. Da räusperte sich Armbruster und reichte ihm ein Päckchen.

«Ich habe noch ein kleines Geschenk für dich.»

Josef schluckte. «Soll das ein Abschiedsgeschenk sein?»

«Nein, nein. Ich hoffe, dass wir uns trotz der Entfernung hin und wieder sehen. Nun pack schon aus.»

Gespannt zerriss Josef das dicke Packpapier und hielt ein in Schweinsleder gebundenes Buch in den Händen. Die Seiten waren leer.

«Ist das – ein Tagebuch?»

«Ja. Weißt du, Josef, immer wenn mir was auf der Seele brennt oder auch, wenn ich mich so richtig freue, schreibe ich es nieder. Das hilft. Vielleicht geht es dir genauso. Ach, und noch etwas.»

Armbruster trat zu den in weißer Blüte stehenden Myrtensträuchern, die den Weg säumten, und zupfte eine der Blüten ab.

«Bei den alten Griechen war die Myrte ein Symbol der Liebe und Schönheit.» Er legte die Blüte zwischen die leeren Seiten des Buches und klappte es zu.

Vorsichtig hüllte Josef das Buch wieder ein und verstaute es in seinem Reisesack. Er suchte nach den richtigen Worten, um Armbruster zu danken. Als ihm nichts einfiel, umarmte er den Buchhändler unbeholfen. Er dachte an seine Mutter. Alle Gedanken und Erlebnisse würde er aufschreiben, um das Buch dann, eines Tages, seiner Mutter zu schicken. Nein, er würde sie ihr vorlesen, wenn er sie erst nach Chile geholt hatte.

Als ob Armbruster seine Gedanken lesen konnte, sagte er: «Sobald Post von deinen Eltern hier eintrifft, suche ich mir den schnellsten Hengst von Valdivia und komme zu euch nach Maitén geritten.»

Josef biss sich auf die Lippen. Wann würde er wohl endlich von zu Hause hören? Unmittelbar nach ihrer Ankunft in Valdivia hatte er seiner Mutter einen weiteren langen Brief geschrieben, mit der Anschrift des hiesigen Deutschen Vereins. Es war schon Mitternacht gewesen, als ihn die Unruhe noch einmal aus dem Bett getrieben hatte. Seinem Brief hatte er ein weiteres Blatt hinzugefügt, in dem er seinen Vater flehentlich um Verzeihung und um Verständnis für seine Flucht bat.

Armbruster rückte umständlich seine Brille auf der Nase zurecht.

«Willst du es dir nicht nochmal überlegen und vielleicht doch bei mir bleiben, Josef? Das Haus ist viel zu groß für mich allein, und du könntest mir in der Bibliothek zur Hand gehen. Und über deinen Bruder kannst du auch von hier aus Erkundigungen einziehen.»

Josef schüttelte den Kopf. Zum einen wollte er Emil und seine Familie nicht im Stich lassen, zum andern, und das wog sicher schwerer, konnte er es kaum erwarten, auf der Suche nach Raimund mehr von diesem Land kennenzulernen.

«Ich muss schließlich auf die Kleinen aufpassen», sagte er und sah hinüber zu Katja und Hänschen, die in respektvoller Entfernung vor den beiden rotgescheckten Ochsen verharrten. Es waren prächtige Tiere, das saftige Frühjahrsgras hatte ihre Muskeln hart werden lassen. Wie mickrig wirkte dagegen der kleine Rappe, der ihnen zugeteilt worden war.

«Der Gaul wird uns auf halbem Weg zusammenbrechen», hatte Luise prophezeit und Josef und ihren Mann gescholten, dass sie sich dieses Tier hatten aufschwatzen lassen. Doch sie täuschte sich. Moro, wie der kleine Wallach hieß, war zäh und ausdauernd wie alle Pferde der Kreolen, und Josef war sicher, dass er ihnen noch viele Jahre treue Dienste leisten würde. Das übrige Vieh, das jedem Siedler zustand, werde ihnen vor Ort zugeteilt, hatte Don Carlos am Vorabend in seinem Bureau versichert. Ebenso wie die erste Lebensmittelration, die sie künftig zusammen mit einem Geldbetrag von zwanzig Pesos ein Jahr lang jeden Monatsersten erhalten sollten. Josef hatte keine Vorstellung davon, wie weit zwanzig Pesos monatlich für eine fünfköpfige Familie reichen würden. Er hatte nur das Entsetzen in Emils Gesicht gesehen, als der allein für das Joch Ochsen einen Schuldschein über die stolze Summe von dreißig Pesos unterzeichnen musste.

Ein schriller Pfiff riss Josef aus seinen Gedanken.

«Vámonos!», brüllte Don Pedro und galoppierte an die Spitze des Zuges, die Zügel aus grobem Seil lässig in der linken Hand. Das Quietschen der klobigen, aus einer einzigen Baumscheibe gesägten Räder und das Geschrei der Lenker verursachten einen ohrenbetäubenden Lärm, als sich sämtliche Gespanne in Bewegung setzten. Josef sah sich ein letztes Mal zu Armbruster um, der ihnen zum Abschied mit einem Taschentuch winkte, bis er durch die dicke Staubwolke, die der Tross aufwirbelte, nicht mehr zu erkennen war. Dann fiel sein Blick auf Luise. Zu seinem Erstaunen hielt sie einen Myrtenzweig in den Händen, den sie gedankenverloren betrachtete.

Da die Küstenkordillere südlich von Valdivia für Gespanne und Kutschen unüberwindbar war, musste der Treck zunächst einen Umweg nach Osten machen durch das Tal des Río Calle Calle, einer lieblichen Flusslandschaft mit herrlichen Kastanienhainen. Nur wenige Meilen nördlich von ihnen begann das riesige Gebiet, das fest in der Hand der Araukaner lag und sich wie ein Keil zwischen die Provinz Valdivia und das übrige Chile mit seiner Hauptstadt Santiago schob.

Aufmerksam beobachtete Josef, wie die einheimischen Treiber die Tiere führten: Sie liefen neben oder vor den Ochsen her und lenkten sie in die gewünschte Richtung, indem sie ihnen mit den langen Stangen aus Quila, einer hiesigen Bambusart, einen leichten Schlag zwischen Ohren oder Nüstern versetzten. Es sah nicht allzu schwierig aus, und Josef nahm sich vor, es demnächst selbst zu versuchen.

Die Uferstraße erwies sich mehr und mehr als ein holpriger Knüppelweg mit tückischen Steigungen, die einem nach kurzer Zeit Beine wie Blei bescherten, zumal die Siedler nach der langen Schiffsreise das Marschieren nicht mehr gewohnt waren. Dazu kam der ständige Staub, der in Augen und Lunge brannte.

Gegen Mittag baten die Männer Don Pedro um eine Rast. Mit einem entschiedenen «No!» schüttelte ihr Führer den Kopf und führte den Treck auf einen Waldweg, der den Fluss Richtung Süden verließ und bald steiler und enger wurde. Die Lederriemen knarrten und ächzten an Joch und Hörnern der kräftigen Tiere. Mit Stockhieben mussten die Ochsen vorwärtsgetrieben werden, unzählige umgestürzte Bäume und Gestrüpp versperrten den Weg, und als sie endlich den Kamm des Bergs erreicht hatten, waren Mensch und Tier gleichermaßen schweißgebadet. Alle litten unter der plötzlichen Hitze. Bisher war das Wetter mal mild, mal regnerisch gewesen, doch ausgerechnet heute brannte die Sonne vom Himmel wie im Hochsommer.

Nach einer weiteren Stunde Fußweg lichtete sich der Wald, und Josef erkannte in der Ferne die fruchtbare Ebene von La Unión, überragt von der majestätischen

Kette der schneebedeckten Anden. Der Weg führte nun stetig bergab. Inmitten eines sonderbaren, wie verzaubert wirkenden Wäldchens ließ Don Pedro anhalten, für eine halbe Stunde, *«media hora, no más!»*

Katja sah Josef angstvoll an. «Glaubst du, es gibt hier Hexen?»

Hellgrüne Bartflechten hatten den Buchenbestand vollkommen überwuchert. Von den Stämmen und den kahlen Ästen der Bäume hingen die Flechten wie Schleimfetzen herab oder eroberten sich in dicken Fladen den Waldboden und den schmalen Weg. Alles schimmerte in einem phosphoreszierenden Grün, das selbst auf den Himmel abzufärben schien. Kein Vogelzwitschern, kein Rauschen des Windes war zu hören.

«Unheimlich, wirklich unheimlich.» Emil streckte sich auf seinem Poncho aus. Im nächsten Moment war er auch schon eingeschlafen.

Josef spürte keine Müdigkeit, so aufgewühlt war er von den vielen Eindrücken. Gedankenverloren streichelte er den Rappen, der vertrauensvoll seine Nüstern an ihm rieb. Seine kleine Schwester kam ihm in den Sinn. Wenn Lisbeth das alles miterleben könnte! Da vernahm er aus der Ferne ein gedämpftes Trommeln, das in der Stille einen bedrohlichen Ton annahm.

«Mapuche», sagte der Treiber neben ihm. Zum ersten Mal hörte der Junge, wie jemand die Indianer bei ihrem eigenen Namen nannte: *Mapuche* – Menschen dieses Landes. Ob ihnen von den Wilden auf dieser Reise Gefahr drohte?

«Was bedeutet das?», hörte Josef eine ängstliche Stimme hinter sich. Er drehte sich um und sah Julius Ehret, den dicklichen Sohn des Hanauer Gastwirts.

«Indianer», antwortete Josef knapp. Er mochte Julius nicht, seitdem sie auf dem Schiff ein paar Mal aneinandergeraten waren.

Die schlaff herabhängende Unterlippe des Jungen begann zu zittern. «Wir werden bestimmt überfallen. Die Indianer sind alle Pferdediebe.» Er zog geräuschvoll die Nase hoch. «Was für eine blödsinnige Idee von meinem Vater, hierherzukommen. In Hanau hatten wir es viel schöner. Meine Mutter sagt das auch immer.»

Gleich fängt er an zu heulen, dieses Muttersöhnchen, dachte Josef verächtlich. «Du kannst dich ja in einer Kiste verstecken, vielleicht finden dich die Indianer dann nicht.» Damit ließ er den Jungen stehen.

Gegen Abend erreichten sie die Ebene und schlugen bei einem ehemaligen Fort ihr Nachtlager auf. Dazu stellten sie die Gespanne im Schutz der Palisadenzäune kreisförmig auf und bestimmten Wachen im dreistündigen Wechsel. Während die Männer sich um Feuerholz kümmerten oder zusammen mit den Treibern die Tiere versorgten, bereiteten die Frauen aus Schaffellen, Decken und Ponchos das Nachtlager vor.

Die Nacht verlief ruhig. Als sie am frühen Morgen aufbrachen, war der Himmel grau und verhangen, und bald setzte feiner Sprühregen ein. Keiner hätte sagen können, was schlimmer war: die Hitze am Vortag oder dieser alles durchdringende Regen.

«Da quälen wir uns tagelang durch diese Wildnis», fluchte Emil, «und gestern erfahre ich, dass demnächst ein deutscher Segler die Meeresbucht von Reloncaví anlaufen wird. Könnt ihr euch das vorstellen? Das sind nur ein paar Meilen südlich von unserem See.»

Mit nassen Füßen und feucht bis auf die Unterkleidung erreichten sie am Nachmittag das Städtchen La Unión, Marktzentrum der in der Umgebung angesiedelten Deutschen. Josef war fast enttäuscht, wie kultiviert das Land hier wirkte. An einem von Pappeln gesäumten Flussufer machten sie halt, doch Don Pedro ließ ihnen keine Zeit, ein wärmendes Feuer zu entfachen, denn er wollte so schnell wie möglich die Missionsstation Trumao am Río Bueno erreichen, wo sich die *huasos* vom Treck verabschieden würden. So blieb ihnen gerade Zeit, die nassen Kleider zu wechseln und die Tiere zu tränken, dann ging es weiter.

Schon bald sahen sie aus der Ferne den Kirchturm der Mission, die von zwei italienischen Franziskanerbrüdern geleitet wurde und erhaben über dem Río Bueno thronte. Josef ahnte, weshalb Don Pedro zur Eile getrieben hatte: Es würde einige Mühe kosten, sämtliche Gespanne und Pferde über den breiten Flusslauf zu bringen.

«Um Himmels willen», rief Luise, als sie die kleinen Boote und primitiven Flöße betrachtete. Dann verschwand sie zum dritten Mal an diesem Tag im Gebüsch, um sich zu übergeben. Erschrocken sahen Josef und die beiden Kleinen ihr nach.

«Tante Luise ist krank», sagte Josef zu seinem Onkel. «Wir müssen so schnell wie möglich einen Arzt suchen.»

Doch Emils Gesicht begann zu strahlen. «Irgendwann merkt ihr's ja doch. Wir erwarten ein Kind.»

Josef freute sich mit seinem Onkel über diese Neuigkeit, während Katja weinerlich ihr sommersprossiges Näschen verzog.

«Dann muss ich ja auf zwei aufpassen. Dazu hab ich keine Lust.»

«Ich helfe dir dabei.» Josef knuffte sie in die Seite.

Als Erstes wurden die Pferde abgesattelt und angetrieben, den Fluss zu durchschwimmen. Josef wunderte sich nicht zum ersten Mal über den Gehorsam und den Mut dieser Tiere. Mit stoischer Ruhe durchquerten sie die träge Strömung und ließen sich am anderen Ufer das saftige Gras schmecken. Die Siedler folgten in Ruderbooten. Dann kam das Schwierigste: Je zwei Ochsenkarren wurden auf das Floß geladen, das entlang eines Seils hinübergezogen wurde. Manche Tiere gingen überraschend willig, andere mussten mit roher Gewalt auf die schwankenden Stämme geprügelt werden. Zwei Stunden brauchten die Treiber dazu, dann hatten sie es geschafft, und der letzte Karren trat endlich seine Reise über den Fluss an. Doch trieben die *huasos* die Ochsen diesmal vorwärts, noch bevor das Floß die flache Uferböschung erreicht hatte. Es geriet gefährlich ins Schwanken, und das Gespann kippte mitsamt den Ochsen ins Wasser. Brüllend trieb Don Pedro seine Leute in den eiskalten Fluss, um die Ochsen vom Joch zu befreien und die Ladung zu retten. Es war eins von Ehrets Gespannen, und ein paar beherzte Siedler sprangen hinterher und halfen, die Kisten und Körbe zu holen, bevor sie von der Strömung mitgerissen würden. Bis auf einen Käfig mit Legehennen, die allesamt jämmerlich ersoffen, konnten Wagen und Ladung schließlich ans Ufer gebracht werden.

Hartmut Ehret stand wie festgewachsen am Ufer und fluchte. «Die Legehennen werden mir diese Dummköpfe von Treibern ersetzen, Peso für Peso.»

Heinrich Hinderer stieg vor ihm aus dem Wasser, nass bis auf die Knochen, und schleuderte ihm einen Korb vor die Füße.

«Wenn Sie ein bisschen mitgeholfen hätten, wären die Hennen vielleicht zu retten gewesen.» Seine große Warze am Kinn bebte.

«Tut mir leid – ich kann nicht schwimmen.»

«Aber einer Ihrer drei Söhne wird doch wohl schwimmen können.»

Josef, der selbst in den Fluss gesprungen war, sah hinüber zu Julius. Der dicke Junge saß unbeteiligt mit seiner Mutter und seiner älteren Schwester unter einer Plane. Der würde bestimmt nicht untergehen, so aufgeblasen wie er ist, dachte Josef. Man sollte den ganzen Mist dieser Familie einfach wieder in den Fluss kippen.

Nach einer feuchtkalten Nacht waren die Siedler schon vor Tagesanbruch auf den Beinen und drängten sich schlaftrunken um das lodernde Feuer. Heißer Matetee machte die Runde, dann wurden die Ochsen angespannt. Als die Sonne durch den Nebel brach, kehrten die Lebensgeister langsam zurück. Erstaunlich schnell gelang es den *huasos*, die Ochsenkarren in einer Reihe aufzustellen. Bis auf vier Treiber, die in Abständen von etwa zehn Gespannen neben den Zugtieren Stellung bezogen, versammelten sie sich schließlich um ihren Anführer, der ihnen ihren Lohn auszahlte. Unter den freundlichen Abschiedsrufen der Deutschen machten sich die Männer auf ihren langen Heimweg zurück nach Valdivia.

«*Vámonos!*», rief Don Pedro. Auf seinem sonst so verschlossenen und stolzen Gesicht breitete sich ein Grinsen aus, als sich der Zug stockend in Bewegung setzte. In kürzester Zeit glich der Treck einem Narrenumzug: Karren standen quer oder verkeilten sich ineinander, einige Ochsen machten kehrt, als ob sie ihren Treibern nach Hause folgen wollten, Kisten kamen ins Rutschen, und ein Gespann, das schief an einer Böschung stand, kippte sogar um. Kaum einer der Siedler hatte Erfahrung mit dem Lenken von Ochsenkarren, und so dauerte es eine Ewigkeit, bis wieder Ordnung in den Zug gebracht wurde. Doch selbst dann ging es nur mühsam vorwärts, denn das schlechte Wetter hatte die ausgefahrene Karrenspur in tiefen Morast verwandelt. Unter günstigeren Bedingungen wäre die Strecke bis Osorno, der nächsten Station, in vier Stunden zu schaffen gewesen, so aber brauchte der Treck dafür den ganzen Tag. Der Weg führte an brachliegenden Ländereien vorbei, wo halbwilde Stutenherden mit ihren Fohlen weideten oder Schafe grasten, die allein von zottigen Hunden bewacht wurden. Stundenlang sahen die Siedler keine Menschenseele.

Erst am Nachmittag erreichten sie eine neuerbaute Anlage, die sich als Brennerei entpuppte, und kurz darauf eine große Farm. Vor dem Haupthaus, einem hübschen Fachwerkbau, stand eine Frau in adretter weißer Schürze und winkte ihnen zu. Josef, der seine Ochsen inzwischen erstaunlich geschickt zu lenken wusste und dem Treck vorausfuhr, wurde von einer Schar blonder Kinder stürmisch begrüßt.

«Willsch Kirsche?», fragte das älteste in lustigem Dialekt und streckte ihm eine schmutzige Hand mit dunkelroten Kirschen entgegen.

Josef bedankte sich. «Dann seid ihr auch Deutsche?»

«Ja natürlich, mir sen aus Schwabe. Wollet ihr au in Osorno bleibe?»

«Nein», entgegnete Josef, nicht ohne Stolz in der Stimme. «Wir ziehen weiter bis an den Lago Llanquihue.»

«Da habet ihr aber no eine schöne Strecke vor euch», sagte die Frau, die neugierig näher gekommen war. «Gehet ihr nach Maitén?»

Josef nickte.

«Könnsch du mir einen Gefallen tun, mein Junge, und ein Päckle an meinen Schwager mitnehmen?»

«Gern. Wie weit ist es denn noch bis Osorno?» Vielleicht, dachte Josef, würde er dort mehr über Raimund erfahren.

«Nur drei Viertelstunden Fußmarsch.»

Inzwischen war der Treck herangekommen, und Don Pedro wechselte mit der Frau ein paar Worte in Spanisch. Er nickte einige Male, dann gab er Befehl anzuhalten.

«I bring euch eine Erfrischung», sagte die freundliche Frau und lachte. «Wenn i denk, wie mühsam unsre Reise von Valdivia hierher war. Damals war die Straße net so gut ausgebaut.»

Josef wunderte sich ein wenig über ihre letzte Bemerkung, denn er hätte diesen holprigen Pfad niemals als Straße bezeichnet. Doch er sollte am nächsten Tag erleben, was die Frau damit gemeint hatte.

Die Kinder schleppten krügeweise frischen Kirschsaft heran.

«Was für ein Land, wo schon im Frühjahr die Kirschbäume Früchte tragen», schwärmte Heinrich Hinderer und ließ seinen Blick bewundernd über die Obstweiden und Felder mit frischer Saat schweifen. «Der Boden scheint hier in der Ebene entschieden besser und humusreicher als in Valdivia zu sein.»

Emils Blick verfinsterte sich. «Wären wir nur ein, zwei Jahre früher gekommen dann hätten wir auch in dieser Gegend Land bekommen statt im tiefsten Urwald.»

«Jetzt warte doch erst mal ab», schimpfte Luise. «Du bist ein alter Nörgler.»

Kurz vor Osorno schlugen die Siedler bei einer Getreidemühle, die ebenfalls einem Deutschen gehörte, ihr Lager auf. Ein paar Händler aus Valdivia trieben ihre Ochsengespanne weiter, um ihre Ware in die Stadt zu bringen. Auch Pfarrer Hiltner und Fritz, der junge Lehrer, nahmen Abschied vom Treck. Als Josef und ein paar andere Siedler ihnen folgen wollten, pfiff Don Pedro sie zurück. Sie müssten spätestens zur Dämmerung wieder im Lager sein, machte er ihnen klar, keiner dürfe in der Nacht sein Gespann unbeaufsichtigt lassen.

«Der Kerl führt sich auf wie ein Feldwebel», maulte jemand.

«Er wird schon wissen, warum», gab Heinrich Hinderer ungerührt zurück, und die Umstehenden nickten. Wieder fiel Josef auf, dass hier in der neuen Welt nicht Stand und Geburt zählten, sondern das, was jeder leistete und vermochte. Don Pedro stammte sicher aus einer einfachen *huaso*-Familie, Viehhirten, doch hier im Treck war er unumschränkter Herrscher, und keiner der Deutschen hätte es gewagt, die Stimme gegen ihn zu erheben. Josef musste an seinen Vater denken, der seinen Kindern und seiner Frau eingebläut hatte, zu den höheren Klassen mit Demut aufzusehen. Als Kleinbauern, wenn auch freie, standen sie auf der Hühnerleiter des Ansehens ziemlich weit unten im Dreck, gerade noch über den Bettlern und Tagelöhnern. Aber hier in Chile galt das alles nichts mehr, sie hatten dieselben Möglichkeiten wie die anderen Siedler auch, und Josef schwor, bei Gott und bei der Liebe zu seiner Mutter, dass er diese Möglichkeiten nutzen würde.

Osorno, das in reizvoller Lage zwischen zwei Flüssen lag, hatte weniger Einwohner als Valdivia, wirkte aber weitläufiger, da jedes Haus mit einem großen Garten umgeben war. In den letzten vier Jahren hatten sich hier viele Deutsche niedergelassen, und im Deutschen Verein wurde schon darüber nachgedacht, eine eigene Schule zu gründen. Es war nicht schwer, die anderen Einwanderer aus Rotenburg ausfindig zu machen, denn sie alle wohnten in ein und derselben Straße. Emil und Luise wurden von dem Ehepaar Kayser, ihren einstigen Nachbarn, freudig zum Nachmittagstee eingeladen. Die Eltern und Schwiegereltern der Kaysers waren drei Jahre zuvor nachgekommen, mit jener Reisegruppe, der sich vermutlich auch Raimund angeschlossen hatte. Mit klopfendem Herzen betrat Josef das schmucke, schindelgedeckte Haus. Es fiel ihm schwer, nicht gleich mit seinen Fragen herauszuplatzen.

Endlich, nachdem die erste Flut von Erfahrungen und Erkundigungen ausgetauscht worden war, wagte es Josef, das Wort an den alten Kayser zu richten.

«War auf der *Catalina* vor drei Jahren ein Mann namens Raimund Scholz dabei?»

Nachdenklich sah ihn der alte Mann an. Warum zögerte er mit seiner Antwort?

«Sie kennen doch meinen Bruder Raimund? Raimund

Scholz, von den Scholzens vom Teichäcker?» Josef merkte, wie seine Stimme zitterte.

Kayser warf einen Blick auf seine Frau, dann sagte er: «Natürlich kenne ich deinen Bruder. Ja, er war mit uns auf dem Schiff. Allerdings ...»

Josef war verunsichert. «Was?»

«Nun ja, er muss irgendwie als blinder Passagier an Bord gekommen sein. Wie er es angestellt hat, dass er bei seiner Entdeckung nicht den Haien zum Fraß vorgeworfen wurde, weiß keiner von uns. Er hielt sich ziemlich fern von uns anderen Auswanderern.»

«Erzähl ihm doch, dass er dauernd mit diesem Steuermann zusammenhockte», mischte sich Kaysers Frau ein. «Mit diesem widerlichen Pettersen oder Feddersen. Die beiden waren gegen Ende der Reise ständig betrunken.»

«Feddersen», wiederholte Josef. Dieser Halunke hatte ihn vier Monate lang hingehalten und an der Nase herumgeführt. Erneut erfasste ihn brennender Zorn, und er fragte den alten Kayser: «Hat Raimund erzählt, was er in Chile vorhatte?»

«Wie gesagt, er wollte nichts mit uns zu tun haben. Nur einmal, als er wieder einen über den Durst getrunken hatte, da hat er sich über uns Auswanderer lustig gemacht: dass wir dumm wären, wenn wir uns in Chile genauso abrackern würden wie in der Heimat. Dabei gäbe es ganz andere Möglichkeiten, schnell zu Reichtum zu kommen.»

«Wissen Sie, was er damit gemeint hat?», fragte Josef verwirrt.

Kayser schüttelte den Kopf. «Nein. Bestimmt war es einer dieser fragwürdigen Einfälle von Feddersen. Meiner Meinung nach hatte der einen ganz üblen Einfluss auf deinen Bruder.»

Als sie am nächsten Morgen in südöstlicher Richtung weiterzogen, musste Josef die ganze Zeit an das Gespräch mit den Kaysers denken. Einerseits erfüllte es ihn mit Stolz, dass Raimund als blinder Passagier so viel Mut gezeigt hatte. Andererseits konnte er kaum glauben, dass das üble Bild, dass die Kaysers von ihm gezeichnet hatten, der Wahrheit entsprach. Er hatte seinen Bruder nie betrunken erlebt. Auch nicht als überheblichen Aufschneider. Am meisten beschäftigte Josef aber die Bemerkung, die Kaysers Frau am Schluss hatte fallenlassen: Raimund sei ganz offensichtlich auf die schiefe Bahn geraten. Der alte Kayser hatte sie daraufhin barsch zurechtgewiesen und das Gespräch über Raimund beendet.

Josef war wie vor den Kopf gestoßen, er hatte seinen Bruder ganz anders in Erinnerung. Er musste unbedingt herausfinden, was sein Bruder gemeint haben konnte. Wenn er wüsste, womit man hier viel Geld verdienen könnte, würde ihn das vielleicht auf die richtige Spur bringen. Dass er noch einmal auf Lars Feddersen stoßen würde, wagte Josef kaum zu hoffen.

Anfangs kam der Treck zügig voran. Die Ochsen stapften willig den breiten Weg entlang, der sich durch fruchtbares, sanft hügeliges Weideland zog. Doch nach etwa vier Stunden wurde es bergiger, und die Weiden gingen erst in Brachland, dann in dichten Wald über. Der Weg verengte sich zu einem schmalen Pfad, der erst zwei Jahre zuvor in die Wildnis geschlagen worden war und fast nur von Indianern und Holzfällern benutzt wurde. An den Rändern wucherten Bambus und Nalca-Stauden, jener wilde Rhabarber, dessen riesige Blätter einen ausgewachsenen Mann zudecken konnten. Jetzt begriff Josef auch, warum die Leute in Valdivia die Wälder am Fuß der Anden als Regenwald bezeichneten: Sumpfige Stellen wechselten mit undurchdringlichem Dickicht aus Schlingpflanzen, mannshohem Quila-Bambus und riesigen Farnen. Von den glänzenden Blättern der knorrigen, immergrünen Südbuchen tropfte es, die zerfurchten Rinden von Baumriesen, die vier Männer nicht umfassen konnten, waren mit feuchtem Moos, Flechten und kleinen roten Blüten übersät. Vor dem dunklen Grün des Laubwerks leuchteten die weißen Blüten des Ulmo und die feuerroten Blütenbüschel des Quintral umso kräftiger.

Don Pedro stellte an der Spitze des Zugs einen Trupp Männer zusammen und verteilte Messer und langstielige *machetones*. Dann zeigte er ihnen, wie sie damit den zugewachsenen Weg freischlagen sollten.

«Indianer, jetzt könnt ihr kommen», rief einer der Siedler übermütig und ließ seine Machete durch das dichte Grün pfeifen. Doch nach kürzester Zeit verstummten die Scherze und Gespräche, und der Schweiß lief den Männern in Strömen den Nacken hinunter. Don Pedro musste den Stoßtrupp alle halbe Stunde auswechseln. Er selbst blieb hoch zu Ross, mal an der Spitze, mal am Ende des Trecks.

Wenn Josef nicht gerade die Ochsen dirigierte, stromerte er mit Max herum, entgegen den Warnungen seines Onkels. Einer der Treiber hatte ihm gezeigt, dass die Sprossen der Nalca-Staude essbar waren. Sie hatten einen erfrischend säuerlichen Geschmack. Zu Josefs Ärger hängte sich Julius Ehret seit einiger Zeit wie eine Klette an seine Fersen. Um ihn abzuschütteln, wagte sich Josef tiefer in den Urwald und entdeckte dort die seltsamsten Tiere: riesige Hirschkäfer und Gottesanbeterinnen, bunte Frösche von der Größe eines Daumennagels, einen Specht mit feuerrotem Kopf und schließlich, auf einer kleinen Lichtung vor einem Fuchsienstrauch, einen Kolibri bei seiner Mahlzeit, den Josef von weitem erst für einen Schmetterling gehalten hatte.

Vorsichtig schlich er sich an den heftig mit den Flügeln schlagenden Winzling heran, als er bemerkte, dass Max aufgeregt in der Erde vor ihm wühlte. Josef schob den Hund zur Seite und erkannte zu seinen Füßen angekohlte

Geflügelknochen und Kartoffelreste. Nicht weit davon entdeckte er eine Feuerstelle, in der frische Glut und ein umgestürzter Blechbecher lagen. Irgendwer hatte hier seine Mahlzeit völlig überstürzt abgebrochen. Argwöhnisch blickte Josef sich um. Ihm war, als würde er beobachtet. Vorsichtig schlich er sich rückwärts aus der Lichtung, als er mit etwas zusammenprallte. Mit einem unterdrückten Aufschrei fuhr er herum. Vor ihm stand Don Pedro und funkelte ihn zornig an. Mit einer herrischen Handbewegung bedeutete er dem Jungen, sich wieder dem Treck anzuschließen.

Josef wollte sich schon kleinlaut an ihm vorbeidrücken, da kam ihm der Gedanke, dass seine Entdeckung vielleicht von Bedeutung war.

«Schauen Sie! *Mire!*», sagte er und wies auf die Lichtung.

Sorgfältig untersuchte der Führer die verlassene Feuerstätte.

«Glauben Sie, das waren Indianer? Mapuche?», fragte Josef.

Mit dem Finger auf den Lippen gebot Don Pedro ihm zu schweigen. Als sie zu den anderen zurückkehrten, rief der Chilene die Männer zusammen und erklärte ihnen, dass sie heute ein wenig früher das Nachtlager aufbauen würden, gleich hinter dem nächsten Hügel.

«Er erzählt nur die Hälfte. Es ist wegen der Indianer!»

Alle drehten sich erstaunt um. Julius Ehret stand mit rotem Gesicht da und fuchtelte mit den Armen. «Sie sind ganz in der Nähe und wollen uns überfallen! Ich hab's genau gehört!» Dann rannte er mit unterdrücktem Schluchzen zu seinen Eltern.

Was für ein Idiot, dachte Josef, als er die Furcht auf den Gesichtern der Siedler sah.

«Josef, du bleibst jetzt dicht beim Treck, verstanden?», befahl Emil in entschiedenem Ton.

«Ja, ist gut.»

Eine halbe Stunde später ging der Pfad nach einer langgestreckten Kurve plötzlich in einen Hohlweg über. Josef befand sich am hinteren Teil des Zuges, und vor ihm verschwand ein Gespann nach dem anderen in der düsteren Schlucht. Da glaubte er, in dem lauten Gerumpel der Karren einen Schrei zu hören. Er drehte sich um und stellte verwirrt fest, dass das letzte Gespann mit seinen zwei Packpferden fehlte. Vielleicht war dem jungen Ehepaar Gruber eine Achse gebrochen, und bei dem Getöse hatte niemand ihre Rufe gehört? Doch als Josef bemerkte, dass auch Max verschwunden war, rannte er ohne nachzudenken zurück. Hinter der Biegung bot sich ihm ein Schreckensbild: Neben dem umgestürzten Karren lag die junge Frau Gruber reglos im Staub. Verzweifelt wehrte sich ihr Mann gegen einen Burschen, der nach Art der Araukaner in Poncho und Filzhut gekleidet war und ein Gewehr in der Hand hielt. Ein zweiter Indianer machte sich an den Pferden zu schaffen, als sich Max wütend in sein Bein verbiss. Das mit schwarzer und roter Farbe beschmierte Gesicht zog sich schmerzverzerrt zusammen. Dann blitzte ein Messer in der Hand des Indianers auf. Josef rannte los.

«Max, lauf weg!», brüllte er und hatte den Hund beinahe erreicht. Plötzlich erkannte er die wulstige Narbe auf der Stirn des Angreifers.

«Feddersen!»

In der nächsten Sekunde krachte etwas gegen seinen Hinterkopf, und die Welt um ihn herum versank in einem tiefen schwarzen Loch.

6

Sein Schädel dröhnte. Neben sich hörte er leises Knistern und das Gemurmel von Stimmen. Vorsichtig öffnete Josef die Augen. Funken tanzten im Dunkeln auf und nieder, und es dauerte einen Moment, bis er erkannte, dass er neben einem Lagerfeuer auf einem weichen Schaffell lag. Ein Gesicht schob sich in sein Blickfeld, fahl wie der Vollmond am verhangenen Himmel.

«Indianer ... tote Frau ... Wo ist sie?», stöhnte Josef, bevor ihm die Augen wieder zufielen. Ein heftiges Stechen oberhalb seiner linken Schläfe ließ ihn verstummen. Dann spürte er etwas Kühles, Feuchtes an den Lippen. In kleinen Schlucken trank er das erfrischende Nass. Als er erneut die Augen öffnete, sah er über sich Tante Luises Gesicht. Erleichtert lächelte sie ihn an.

«Ganz ruhig, du dummer Junge. Es ist alles in Ordnung.»

«Wo ist ... Max?»

Ein kurzer Pfiff ertönte. Auf drei Beinen schleppte sich der struppige kleine Hund heran und schmiegte sich winselnd an Josef. An einem der Hinterbeine war eine frische Wunde zu sehen, mit drei Stichen sauber vernäht. Mühsam richtete sich Josef auf. Es dämmerte. Die Siedler hatten sich um das Lagerfeuer geschart und starrten jetzt neugierig zu ihm herüber. Einige winkten ihm zu.

«Sind die Indianer weg?», fragte er besorgt.

«Es waren keine Indianer», antwortete Emil. «Es waren zwei Männer, die sich als Indianer verkleidet hatten, um den Überfall den Araukanern in die Schuhe zu schieben. Einer von ihnen ...» Er stockte, und seine Stimme zitterte noch immer vor Aufregung. «Einer von ihnen war der Steuermann von der *Helene*.»

«Feddersen. Also doch. Wo ist er? Ich muss mit ihm sprechen.» Josef versuchte auf die Beine zu kommen, doch Emil drückte ihn mit sanfter Gewalt auf sein Lager zurück.

«Bleib liegen. Der Kerl ist tot.»

Josef schloss die Augen. Seine Hoffnung schwand. Der einzige Mensch, der etwas von Raimund wusste, war tot. Er hörte seinem Onkel kaum zu.

«Es war dein Glück, dass Don Pedro beobachtet hat, wie du zurückgerannt bist. Einer der Banditen hatte dich nämlich mit seinem Gewehrkolben niedergeschlagen, und Feddersen wollte eben ein zweites Mal auf Max einstechen. Doch Don Pedro war zur Stelle und hat auf die Banditen geschossen, dabei hat er Feddersen tödlich an der Brust erwischt.»

«Und der andere?»

«Der konnte entkommen. Du warst durch den Schlag eine Weile bewusstlos, scheinst aber keinen größeren Schaden genommen zu haben. Hoffen wir jedenfalls.» Emil grinste. «Der dämliche Hund hat eine Stichwunde abbekommen, aber Don Pedro hat sie gleich genäht. Ihr seid doch verrückt, euch auf bewaffnete Pferdediebe zu stürzen.»

«Dafür gehört ihr beiden eigentlich versohlt», sagte Luise. «Aber wenn ihr nicht gewesen wärt, hätte es für Herrn Gruber auch übel ausgehen können, und er wäre jetzt wahrscheinlich tot.»

Sie sah Emil an. «Wir hätten den Vorfall von der *Helene* doch der Polizei in Valdivia melden sollen. Dann wäre dieser Halunke vielleicht geschnappt worden, und es wäre nie zu dem Überfall gekommen.»

Jetzt erst fiel Josef wieder die reglose Frau ein.

«Was ist mit Frau Gruber?»

«Sie war vom Wagen gestürzt und für kurze Zeit ohnmächtig. Sie hat sich aber schnell wieder erholt und war schon einige Male hier, um sich bei dir zu bedanken.»

Außer den Grubers erschienen nach und nach auch noch die anderen Siedler, um sich nach Josefs Befinden zu erkundigen. Alle äußerten sich bewundernd über seinen Mut. Als Letztes tauchte Don Pedro auf.

«*Hombre, cómo estás?* Wie geht es dir?»

Er reichte Josef die Hand. Zum ersten Mal sah der Junge ihn lächeln.

«*Tienes un corazón valiente!*» Du hast ein mutiges Herz – diese Anerkennung erfüllte Josef so mit Stolz, dass er seine Schmerzen und die Enttäuschung über Feddersens Tod fast vergaß. Wenn das sein Vater gehört hätte!

«Der Junge ist kein Held, sondern ein Dummkopf», beendete Luise die Vorstellung. «Außerdem braucht er jetzt Ruhe.»

Der Schrecken des Überfalls saß den Siedlern noch die ganze Nacht in den Gliedern und hatte ihre Erschöpfung in angespannte Aufmerksamkeit verwandelt. Die Wachen wurden verstärkt, falls noch mehr Wegelagerer in der Gegend lauerten oder falls der entflohene Räuber zurückkehren würde. Doch die sternenklare Nacht blieb ruhig.

Als sich der Treck am nächsten Morgen auf der Anhöhe aus dem Dickicht schob, blieben die Siedler stehen, ohne auf einen Befehl Don Pedros zu warten. Schon seit einiger Zeit hatten kleinere Flecken von Brandrodung, die sich wie hässliche Narben durch den Urwald zogen, die Nähe des Siedlungsgebiets angekündigt. Ergriffen betrachtete Josef nun das Land vor sich, das seine neue Heimat werden sollte: Jenseits des tiefblauen Lago Llanquihue zog sich das dunkle Grün des Regenwalds, aus dem hier und da Araukarien, die mächtigsten Nadelhölzer des Urwalds, wie Schirme herausragten. Über allem thronten zwei schneebedeckte Vulkane: Der perfekt geformte Kegel des Osorno, wie mit weißer Sahne übergossen, und der kleinere Calbuco.

In seinem tiefen Bass stimmte Heinrich Hinderer «Kein schöner Land in dieser Zeit» an, und alle fielen mit ein, als sie hinunter zu der kleinen Siedlung zogen. Maitén bestand aus einer Ansammlung von etwa fünfzehn Holzhäusern, die in weiten Abständen entlang der halbrunden Bucht errichtet waren, sowie einer Bootsanlegestelle mit mehreren Schuppen. Im milden Nachmittagslicht wirkte der Ort zwar bescheiden, aber sauber und aufgeräumt, und überall in den Vorgärten blühten die Rosen.

Don Pedro führte den Treck, der jetzt noch aus elf Familien mit rund zwanzig Gespannen bestand, auf den weiträumigen Platz bei der Anlegestelle, wo noch zahlreiche schwarzgrau verkohlte Baumstümpfe aus der Erde ragten. Sämtliche Dorfbewohner hatten sich versammelt, und bis auf ein paar wenige misstrauische Blicke wurden die Neuankömmlinge mit freudestrahlenden Gesichtern begrüßt. Ein Trio spielte auf seinen Harmonikas ein Willkommenslied, dann trat ein hochgewachsener, älterer Mann mit schlohweißem Vollbart ein paar Schritte nach vorn und stellte sich als Wilhelm Scheck vor.

«Herzlich willkommen in Maitén», sagte er, «auch im Namen von Vicente Pérez Rosales, dem chilenischen Direktor der Kolonie Llanquihue. Er hätte Sie gern selbst begrüßt, befindet sich aber im Moment im Hafen von Reloncavi, wo dieser Tage das erste Segelschiff aus Hamburg eintreffen soll.»

Emil stieß Josef in die Seite. «Ich fasse es nicht! Wir haben vier Tage Fußmarsch hinter uns, und den Schiffsreisenden wird die große Ehre zuteil», flüsterte er.

«Wir Siedler jedenfalls», fuhr Scheck fort, «freuen uns von ganzem Herzen über Ihre glückliche Ankunft und darüber, dass Gott uns die Möglichkeit schenkt, auf diesem herrlichen Fleckchen Erde in Gemeinschaft und gegenseitiger Hilfe eine neue Heimat zu schaffen.»

Dann räusperte er sich und lächelte. «Ich bin kein

Mensch, der lange Reden hält, und Sie sind sicher erschöpft. Ich schlage vor, Sie stellen erst einmal Ihre Gespanne dort drüben in der großen Laube unter, und dann essen wir gemeinsam. Dabei können wir uns schon ein wenig kennenlernen und die dringendsten Fragen beantworten.»

«Wo sind eigentlich unsere Häuser?», fragte Bartel Ammann.

Scheck sah ihn verblüfft an, dann verzog sich sein wettergegerbtes Gesicht zu einem Lachen.

«Entschuldigung, wenn ich loslache, aber man hat Sie wohl genauso wenig vorbereitet wie uns, als wir letzten März, mitten im chilenischen Herbst, hier ankamen. Da gab es in Maitén weder Unterkünfte noch gerodetes Land, sondern nur eine große Uferwiese und drum herum nichts als Wald. Dort drüben», er wies auf einen schmalen, gerodeten Uferstreifen, der sich bis zur nächsten Landspitze zog, «haben wir schon den Boden für neue Häuser vorbereitet, mehr konnten wir in der kurzen Zeit nicht tun. Von jedem Ufergrundstück zieht sich die jeweilige Parzelle ins Hinterland, in den Wald hinein. Von den niedrigen, immergrünen Bäumen dort hat unser Dorf übrigens seinen Namen.»

«Für uns heißt das also erst einmal roden?», rief Hinderer verunsichert.

Scheck nickte. «Die Parzellen sind allerdings bisher nur auf dem Papier abgesteckt. In den nächsten Tagen soll der Landvermesser eintreffen, dann wird er mit Ihnen die Grundstücke markieren.»

«Und wo sollen wir wohnen, bis wir unsere Häuser gebaut haben?» In Luises Stimme schwang ein leiser Vorwurf.

«Die Frauen und Kinder verteilen wir auf unsere Häuser, den Männern haben wir drüben im Schuppen ein Lager vorbereitet. Alles Weitere besprechen wir nachher beim Essen.»

Josef merkte bei diesem Stichwort, wie sein Magen knurrte. Er schaute über die glitzernde Fläche des Llanquihue. Das Südufer war im Dunst verschwunden, was den See unendlich erscheinen ließ. Schmuckreiher stolzierten auf der Suche nach Futter dicht am Ufer entlang, ein Schwan schob sich majestätisch durch das Schilf. Es war der sonderbarste Schwan, den Josef je gesehen hatte: Hals und Kopf waren schwarz, und am Schnabelansatz erhob sich keck ein feuerroter Höcker.

«Was meinst du», fragte ihn Emil, «kannst du mir beim Ausspannen helfen?»

Josef nickte. Er hatte sich von dem Schlag gut erholt und war die letzte Strecke sogar wieder zu Fuß gegangen. Sie versorgten die Tiere und verstauten dann Karren und Gepäck in der großen Laube neben den anderen Gespannen. Neugierig scharten sich die Dorfbewohner um den Wagen von Don Pedro, wo Feddersens Leichnam aufgebahrt lag. Dort liegt der einzige Mensch, der mir etwas über Raimund sagen könnte, und rührt sich nicht mehr, dachte Josef. Er hätte die Leiche schütteln mögen. Doch dann kam ihm ein Gedanke, der ihn erschreckte und zugleich beruhigte: Vielleicht sollte es so sein. Vielleicht sollte er seinen Bruder niemals wiederfinden.

Schnell wandte er sich ab und holte das Paket der schwäbischen Siedlerfrau vom Wagen. Wilhelm Scheck stand als Adressat darauf. Ihm war klar, dass es sich bei dem freundlichen alten Mann um eine Art Oberhaupt der Siedlung handelte, und so trat er etwas schüchtern auf ihn zu.

«Ich hab Ihnen ein Paket aus Osorno mitgebracht, von einer sehr netten Frau.»

«Danke dir. Das werden Zwirne und Stickgarn sein, die wir für unsere Frauen hier bestellt haben. Wie heißt du, mein Junge?»

«Josef Scholz. Ich bin mit meinen Verwandten gekommen, Emil und Luise Kießling.»

«Dann bist du der Held, der die Räuber in die Flucht geschlagen hat?»

Verlegen sah Josef zu Boden. Wilhelm Scheck legte ihm die Hand auf die Schulter.

«Komm, Josef, hol deine Familie und setzt euch zu mir, hier ist noch genug Platz.»

Auf der langen Tafel im Freien wartete eine Köstlichkeit neben der anderen: frischgebackenes Brot und Kuchen, die verführerisch dufteten, Käselaibe und Speckscheiben, Schüsseln mit Kartoffelsalat und Würstchen. Nachdem die Reisenden ihren Heißhunger gestillt hatten, prasselten Fragen über Fragen auf die Dorfbewohner nieder. Die Neuankömmlinge wollten alles wissen über das Wetter, die Beschaffenheit der Böden, die Araukaner und über die geplanten Siedlungsgebiete. Sie erfuhren, dass es hier sehr häufig regnete, die Luft dabei aber angenehm mild war, und dass die meisten der Bewohner aus dem Hessischen stammten.

«Wenn wir das Land erst urbar machen müssen, wird es in diesem Jahr zu spät für die Aussaat, oder?», fragte Hinderer, der Wilhelm Scheck gegenübersaß.

Der Mann nickte. «Zu welcher Jahreszeit man auch anfängt: Das erste Jahr wird hart, denn wir sind von den Städten weitgehend abgeschnitten und auf unsere Selbstversorgung angewiesen. Wir haben jetzt Mitte November. Das Sommergetreide wird schon im September, spätestens Oktober gesät. Aber hier wird ohnehin fast nur Wintergetreide gesät, denn es ist viel ergiebiger.»

«Wovon sollen wir dann leben?», fragte Emil besorgt.

«Am Dorfeingang liegt ein großes Stück Brachland, das für alle gemeinsam bestimmt ist. Ich empfehle Ihnen, dort Mais und Kartoffeln zu pflanzen, denn Sommerweizen bringt jetzt nichts mehr. Die Frauen sollten sich gleich die nächsten Tage an die Arbeit machen, während die Männer die Parzellen roden. Danach haben Sie den ganzen Sommer Zeit, sich anständige Häuser zu bauen, bis zur Erntezeit im Februar.»

«Bloß werden wir nicht viel zu ernten haben», warf Emil ein.

Scheck lachte. «Sie werden mit uns ernten, was wir im Winter gesät haben. Wissen Sie, der Grundsatz unserer Siedlung lautet: Wir helfen uns gegenseitig und teilen so lange, bis der Letzte von uns auf eigenen Beinen stehen kann. Sie können uns über den Sommer dann ebenfalls beim Hausbau helfen. Wir sind ja im Herbst gekommen, haben schnell ein paar Hütten errichtet und uns dann auf den Ackerbau konzentriert. Dann kam der Winter, und es war zu spät für einen soliden Hausbau, denn die Chiloten, die zum Holzschlagen von der Insel Chiloé herüberkommen, waren schon in ihr Winterquartier zurückgekehrt. Das bisschen Holz, das wir aus den nassen und verschneiten Wäldern holen konnten, haben wir zum Heizen und Kochen gebraucht. Ich sage Ihnen: Mein Lebtag habe ich noch nie so gefroren wie im letzten Winter. Sie haben vielleicht gesehen, dass viele von uns noch immer in diesen zugigen Hütten leben, die nur aus nebeneinandergesetzten Pfosten bestehen, die Ritzen sind gerade mal mit Moos verstopft, das Dach aus Chupón-Blättern oder Binsen.»

«Ich habe im ganzen Ort keine Kirche gesehen», bemerkte eine der Frauen.

«Das wird sicher noch seine Zeit dauern. Wir sind alle durchweg Protestanten so wie Sie, nehme ich an. Wir treffen uns abends, wenn Zeit ist, und natürlich sonntags, um uns aus der Bibel vorzulesen oder gemeinsam zu singen. Ich denke, Gott wird es uns nachsehen, wenn wir erst das Heim für unsere Familien herrichten, bevor wir an den Bau einer Kirche denken. Wissen Sie, wie die Chilenen uns Siedler nennen?» Er schmunzelte. «Sie nennen uns *moros* – Mauren oder Heiden. Weil wir hier ohne Pfarrer und Kirche leben.»

Josef lachte und musste an ihr kleines Pferd denken, das ebenfalls diesen Namen trug, doch die Frau gab sich keine Mühe, ihren Unwillen über Schecks Ausführungen zu verbergen. Sie wollte schon etwas entgegnen, da fiel ihr Emil ins Wort.

«Gibt es einen Arzt am See? Meine Frau ist nämlich in anderen Umständen.»

Luise verdrehte die Augen. «Ich habe noch nie einen Arzt gebraucht bei der Geburt meiner Kinder.»

Scheck freute sich aufrichtig. «Das ist schön, wenn unsere Siedlung auf diese Weise größer wird. Ein kleines Mädchen ist hier schon auf die Welt gekommen, mitten im Winter, ganz ohne Schwierigkeiten, und bei zwei anderen Frauen ist es im Sommer so weit. Wann erwarten Sie Ihr Kind?»

«Im Mai.»

«Nun, der nächste Arzt ist Doktor Metzig in Osorno, aber vielleicht gibt es bald einen am Südufer des Sees. Am besten, ich erkläre jetzt mal, wie das Siedlungsgebiet am Llanquihue geplant ist.»

Er stand auf und zog mit einem Messer ein gleichseitiges Dreieck in die Erde. Josef sah ihm gespannt zu.

«Das ist der See», erläuterte er. «Der linke Schenkel führt ziemlich genau von Nord nach Süd. An der nördlichen Spitze liegen wir, an der südlichen Spitze sind schon die Parzellen für ein kleines Städtchen abgesteckt. Dort werden die Einwanderer, die mit den nächsten Schiffen kommen, angesiedelt. Noch weiter südlich, nur einen knappen Tagesmarsch durch den Wald, liegt schon der Pazifik, mit der Bucht von Reloncavi. Vor kurzem hat die Regierung dort eine Hafenanlage gebaut, und Papa Rosales – so nennen wir ihn hier, denn er kümmert sich wirklich um alles – wartet gerade auf den ersten deutschen Segler. Wie Sie sehen, sind wir hier wirklich echte Pioniere. Aber in wenigen Jahren wird die ganze Nord-Süd-Achse des Ufers besiedelt sein. Ach ja», fuhr er fort und zeichnete an die nördliche Spitze des Dreiecks eine Einbuchtung. «So ganz allein leben wir hier aber doch nicht. Unser Maitén liegt an der Ostseite dieser hufeisenförmigen Bucht, mit den Bergen im Rücken. An der Westseite, uns gegenüber, haben sich gleichzeitig ein paar andere Deutsche niedergelassen, allerdings keine Bauern, sondern Kaufleute. Geplant sind dort eine Getreidemühle und eine Brennerei, und es gibt einen Kramladen, für uns also ein wichtiger Vorposten der Zivilisation. Sie werden den Besitzer, Christian Ochs, sicher bald kennenlernen. Bei schönem Wetter», er blickte zum Himmel, an dem dunkle Wolken aufzogen, «können wir uns zuwinken.»

«Und was ist mit den beiden anderen Seiten des Dreiecks?», fragte Luise neugierig.

«Zu bergig für die Landwirtschaft.»

«Gibt es von hier aus eine Uferstraße nach Süden?», wollte Emil wissen.

Scheck schüttelte den Kopf. «Überall, wo Parzellen abgesteckt werden, baut man gleichzeitig auch Anlegestellen. Die einzelnen Höfe sind also nur mit dem Boot zu erreichen. Vorerst jedenfalls.»

«Das gefällt mir», entfuhr es Josef.

«Warte mal ab, mein Junge. So friedlich, wie der See gerade im Abendlicht schimmert, ist er nicht immer. Manchmal schlagen die Wellen hoch wie im Meer. Vor einem Jahr, als es hier noch menschenleer war, wollte Rosales den See in einem ausgehöhlten Baumstamm erkunden. Als er in schlechtes Wetter geriet und kenterte, konnte er sich gerade noch ans Ufer retten, doch sein Begleiter ertrank. Und deswegen», er warf einen Blick hinüber zu Don Pedro, der mit seinen Männern und den chilenischen Arbeitern aus der Siedlung vor der großen Laube saß, «ist Don Pedro sicher auch wenig erbaut über den Toten, den ihr mitgebracht habt. Weil wir hier noch keine Polizei haben, muss er die Leiche den *carabineros* im Hafen von Reloncavi übergeben, und das bedeutet, er wird über den ganzen See rudern und den Toten dann einen Tag lang durch den Urwald transportieren müssen.»

Luise unterdrückte ein Gähnen. «Bitte halten Sie mich nicht für unhöflich, wenn ich mich jetzt zurückziehe. Wo dürfen wir übernachten?»

«Kommen Sie und Ihre Familie doch zu uns. Wir hatten unser Haus eigentlich für Don Pedro und seine Leute vorgesehen, aber sie ziehen es vor, im Freien zu übernachten. Erika», rief er seiner Frau zu, die am anderen Ende der Tafel saß. «Kommst du mal eben her?»

In den nächsten Wochen schuftete Josef, der sich freiwillig für die Parzellenrodung gemeldet hatte, für zwei. Die harte Arbeit machte ihm nichts aus, im Gegenteil. War ihm zu Hause, unter der Knute des Vaters, alles nur widerwillig von der Hand gegangen, stürzte er sich hier mit einer Freude und einem Eifer in die Arbeit, die ansteckend wirkten. Abends, wenn er todmüde ins Bett fiel, spürte er jeden einzelnen Knochen, und sein Schlaf war der eines Bewusstlosen. Das Tagebuch lag noch unausgepackt in seinem Reisesack. Josef dachte kaum noch an zu Hause oder an Raimund, nur hin und wieder fragte er sich, wie es Paul Armbruster wohl ginge. Ob er sich hier draußen in dieser Abgeschiedenheit wohlgefühlt hätte? Josef bezweifelte es.

Gleich am ersten Morgen hatten sich die elf neuen Familien versammelt und auf Schecks Bitte hin einen Sprecher gewählt. Wie schon auf dem Schiff einigten sie sich auf Heinrich Hinderer. Gemeinsam begutachteten sie dann das Vieh, das in der Woche zuvor von Osorno hergebracht worden war und bereits mit den Initialen der künftigen Besitzer gezeichnet war. Aber die neuen Siedler schimpften: Statt der zugesicherten drei Milchkühe wurden jeder Familie nur eine Kuh mit Kalb übergeben, und die meisten der Rinder und Schafe waren nicht gerade im besten Zustand. Doch Scheck beruhigte sie: Die Rassen hier seien zäh, und am dringlichsten sei jetzt erst einmal, Haus und Hof zu errichten.

«Ich schlage vor, wir gehen am Ufer entlang und besichtigen die Lage der Parzellen. Ich habe von der Regierung einen groben Plan erhalten mit der Anordnung der einzelnen Grundstücke. Die genauen Katasterkarten bringt der Vermesser dann mit.»

Erwartungsvoll zog Josef mit den anderen los. Sie schritten die Bucht bis zur nächsten Landspitze ab. Hier und da war der schmale Uferstreifen mit niedrigen immergrünen Laubbäumen besetzt, dahinter breitete sich der undurchdringliche Wald aus.

«Der Boden ist weitgehend gleichmäßig aufgeteilt», erklärte Scheck. «Fünf *cuadras*, das entspricht dreißig Morgen, entlang des Ufers, zwanzig *cuadras* nach hinten in den Wald. Jede Familie erhält, je nach Anzahl der Söhne, die gesamte Parzelle oder nur einen Teil davon. Der Rest bleibt eine Zeitlang reserviert und kann durch Ankauf erworben werden.»

«Ist für die nächsten Jahre schon eine Ausdehnung der Siedlung geplant?», fragte einer der Männer.

«Im Prinzip ja, aber die Eigentumsverhältnisse sind noch nicht geklärt. Teilweise beanspruchen die Indianer das Gebiet. Einige Clans waren schlau genug, sich ihr Eigentum bei Beginn der Einwanderung von der Regierung bestätigen zu lassen.»

«Leben die Indianer so dicht an unserer Siedlung?», fragte Josef erwartungsvoll.

Scheck schüttelte den Kopf. «Hier in der Gegend sind nur wenige Araukaner, die meisten leben im Gebiet zwischen Osorno und unserem See. Die Chilenen behaupten, einige Clans seien ostwärts Richtung Gebirge weitergezogen – sie sind ja Halbnomaden. An vielen Stellen mitten im Urwald trifft man denn auch auf Spuren ihres Ackerbaus, dort finden sich tiefe Gräben, vom Pflug aufgerissene Furchen und sogar Werkzeuge. Aber wie dem auch sei, von uns Siedlern hat noch keiner einen einzigen Araukaner zu Gesicht bekommen.»

Josef war enttäuscht. Zu gern hätte er sich die Indianer aus der Nähe angesehen und mehr von ihrer Lebensweise erfahren.

Das Los Nummer siebzehn bescherte den Kießlings die vorletzte Parzelle, die schon jenseits der Landzunge lag, zu Beginn einer weiteren kleinen Bucht.

«Mein Gott», entfuhr es Luise. «Da wohnen wir ja wie die Einsiedler.»

«Aber Tante.» Josef lachte. «Siehst du nicht, dass wir den schönsten Blick von allen haben? Wir haben die Vulkane nicht im Rücken, sondern direkt vor unserer Nase.»

«Und erkennen als Erste, wenn einer davon ausbricht», brummte Emil, gab aber zu, dass ihm die Lage ebenfalls gefiel. Doch dann stellten sie zu ihrem Schrecken fest, dass die letzte Parzelle den Ehrets gehörte. Das darf nicht wahr sein, dachte Josef, dieser Hosenscheißer Julius und seine dämlichen Geschwister werden unsere Nachbarn sein.

Während in den nächsten Wochen die Frauen das Gemeinschaftsfeld bestellten und die Kinder damit beschäftigt waren, das Saatgut vor den einfallenden Staren und Papageien zu schützen, trotzten die Männer mit Hilfe von Axt und Feuer in ungeheurer Mühe dem Urwald ihr Land ab. Wie von Geisterhand angezogen, wimmelte es in der Siedlung plötzlich von Einheimischen, meist Mestizen, die ihre Arbeit anboten. Im Akkord wurde *cuadra* für *cuadra* abgeholzt, indem die Männer die Bäume einen Fuß über der Erde abschlugen. Die dicksten Urwaldriesen, eine kirchturmhohe Zypressenart namens Alerce, die bis zu dreitausend Jahre alt werden konnte, und die immergrünen Coigue-Riesen mussten die Siedler zu ihrem Bedauern stehen lassen, da ihnen die entsprechenden Gerätschaften fehlten. Die leichteren Stämme in Ufernähe wurden mit Pferden und Ochsen weggeschleppt und zum Transport in die Sägemühle bereit gemacht. Am mühevollsten war die Arbeit in den zahlreichen Sumpflöchern. Bis über die Knie standen die Männer im brackigen Wasser, behindert durch das dichte Pfeilgras, in dem Vögel ihre Nistplätze gebaut hatten.

Als Anfang Dezember endlich der Vermesser, ein deutscher Ingenieur, mit seinem Gehilfen eintraf, war das Gebiet der Parzellen zu einem Großteil bereits abgeholzt. Der schwerfällige, ungeheuer massige Mann entschuldigte seine Verspätung mit einer heftigen Sommergrippe. Bei seiner Ankunft goss es in Strömen, und unter dem Vorwand, sich erst einmal von dem langen Ritt ausruhen zu müssen, verschwand er im Haus einer Familie, die ihn für die Dauer seiner Arbeit beherbergte. Als er sich auch am nächsten Tag nicht sehen ließ, wurden die neuen Siedler ärgerlich.

«Wir können nicht weiterarbeiten, bloß weil dieser Herr sich tagelang ausruhen muss», schimpfte Hinderer. «Ich werde ihm jetzt einen Besuch abstatten.»

Doch der Vermesser weigerte sich, angesichts seines geschwächten Zustands ohne Weg und Steg durch den sumpfigen Urwald zu wandern – das könne man seiner Gesundheit nicht zumuten.

«Der will wohl getragen werden», sagte Josef verächtlich.

«Keine schlechte Idee.» Heinrich Hinderer grinste. «Wenn wir ihn tragen, kann er nicht nein sagen.»

Eine Stunde später zogen Josef und ein Trupp Männer, den Ingenieur in ihrer Mitte, in den weitläufig gerodeten Wald. Trotz des Einsatzes von Beilen und Macheten kamen sie nur langsam voran. Sie suchten sich den Weg durch die Schneisen, die die umgestürzten Bäume in das Unterholz geschlagen hatten. Alle hundert Schritt markierten sie die Parzellengrenzen, indem sie in die Stümpfe und Stämme die Losnummern der Besitzer kerbten. An den zahlreichen sumpfigen Stellen wurde der schwergewichtige Vermesser tatsächlich auf die Schultern genommen. Kopfschüttelnd liefen die einheimischen *peones* hinter den Trägern her – wahrscheinlich hielten sie diese Deutschen für komplett verrückt.

Endlich konnte jede Familie ihr künftiges Land in Besitz nehmen. Die Männer steckten die liegengebliebenen Stämme in Brand, damit sie, halb durchgebrannt, zerkleinert und weggeschafft werden konnten. Nach ein paar Tagen war die große Laube an der Anlegestelle bis unters Dach mit Brennholz gefüllt. Zusätzlich standen zwölf Wagenladungen mit Stämmen von Alerce, Lorbeer und den verschiedensten Buchenarten bereit, um nach Osorno gebracht zu werden, zur einzigen Schneidemühle weit und breit. Dort wurden sie gegen Bauholz und Schindeln eingetauscht, denn die fünfhundert Bretter, die jeder Familie zustanden, reichten erfahrungsgemäß zum Bau von Haus und Schuppen nicht aus. Nachdem der Holz-Treck sich auf seinen mühsamen Weg gemacht hatte, zündeten die in der Siedlung verbliebenen Männer das Terrain ein zweites Mal an. Das frischgerodete Land würden sie bis zur Aussaat im Winter als Viehweide nutzen können. Nach drei Tagen dann waren die Grundstücke notdürftig mit Latten eingezäunt.

«Wir sind dank deiner Hilfe ein gutes Stück vorangekommen, Josef», sagte Emil und blickte strahlend auf Luises Bauch, der sich zu wölben begann. «Jetzt noch das Haus und ein hübsches Gärtchen, und wir haben ein richtiges Zuhause.» Josef fand, dass sein Onkel zum ersten Mal seit Wochen rundum zufrieden aussah.

Da es zur Bestellung des Bodens zu spät war, widmeten sich die neuen Siedler dem Hausbau. Nach und nach verwandelten sich die Gerippe aus groben, tief in die Erde gerammten Pfählen und Querbalken in solide Häuser, die meisten davon mit Schindeln aus Alerce gedeckt. Einige Familien machten sich die Mühe und errichteten ihr Haus als Fachwerkbau, den Vogel indessen schossen Kießlings Nachbarn ab: Hier entstand ein Erkerchen, dort ein Türmchen, und das verwinkelte Dach wurde mit Gauben durchsetzt.

«Die Ehrets bauen sich nicht nur ein Herrenhaus, die benehmen sich auch schon wie richtige Grundherren», maulte Josef.

Seine Tante zuckte die Schultern. «Sie haben eine Menge Geld mitgebracht, und das müssen sie uns eben vorführen. Sollen sie sich doch ein Schloss bauen – solange sie uns in Ruhe lassen.»

Dabei konnte sich Kießlings Haus durchaus sehen lassen. Es hatte mehrere Zimmer und Kammern, zwei davon unterm Dach, eine geräumige Wohnstube und eine Küche mit einem richtigen Herd aus Lehmziegeln und Sandsteinplatten. Es war Josefs Idee gewesen, daneben noch eine offene Feuerstelle anzulegen, wie er es in den Häusern Valdivias gesehen hatte, wo man in der glühenden Asche eines Holzfeuers Brot backen konnte. Rechtzeitig zum Weihnachtsfest waren Küche und Wohnraum so weit fertig, dass Emil sich an die Einrichtung machen konnte: Aus Böcken mit Brettern fertigte er die Betten an, die Reisekoffer und Kisten, mit bestickten Deckchen verziert, dienten als Kommoden und Schränke, dazu kam noch ein rohgezimmerter Tisch mit zwei Bänken.

Weihnachten wurde der heißeste Tag des Jahres. Josef, der mit den Frauen den Dorfplatz für die Feier herrichtete, war nicht eben in festlicher Stimmung. Er sah hinüber zum Steg, wo die Kinder im See tobten, und dachte daran, dass zu Hause jetzt sicher der erste Schnee lag und aus den Küchen der Duft von Bratäpfeln drang. Es bedrückte ihn, dass er von seiner Familie noch immer keine Nachricht hatte, und auch bei seiner Suche nach Raimund war er keinen Schritt weitergekommen: Er hatte die Deutschen Vereine in Osorno, La Unión und Valdivia angeschrieben und um Unterstützung bei seinen Nachforschungen gebeten, doch von allen Seiten wurde ihm mit Bedauern mitgeteilt, dass es keinerlei Hinweise auf einen Raimund Scholz aus Rotenburg gebe.

Als seine Hilfe nicht mehr benötigt wurde, zog sich Josef an seinen Lieblingsplatz zurück, eine kleine Lichtung oberhalb des Sees. Dort hing er seinen Gedanken nach, bis Emil ihn aufscheuchte.

«Das Kalb ist weg!» Sein Onkel war außer sich. «Such du hier im Wald. Ich geh zum Seeufer zurück.»

Wo sollte er nur dieses verdammte Kalb suchen? Ärgerlich stapfte Josef über die Lichtung. Dort drüben bei dem Brombeergestrüpp weiterzusuchen, hatte keinen Zweck, da wäre das Tier niemals durchgekommen. Josef blickte sich zu allen Seiten um. Der undurchdringliche Wald erschien ihm wie eine grüne Wand. Plötzlich verharrte er. Was war das? Hinter Lianen halb verborgen, entdeckte er ein Gesicht, dessen schwarze, von dichten Wimpern beschattete Augen ihn reglos anstarrten. Vom nahen See her hallte das Hämmern und Klopfen der Siedler herauf, und Josefs erster Impuls war, vor dem Unbekannten zu fliehen, zurückzulaufen in die Sicherheit seiner kleinen Siedlung. Doch der Blick dieser Augen hielt ihn wie mit einem Bann gefangen. Er zog sein Messer. Jede Faser seiner Muskeln war gespannt, als er auf das Unterholz zuschritt.

«Ich heiße Josef. *Me llamo Josef.*» Seine Stimme klang heiser.

Endlich teilte sich das Gewirr aus Schlingpflanzen und Farnen, und ein junger Mapuche, größer und kräftiger als Josef, aber nur wenig älter, trat auf die Lichtung. Sein Oberkörper war nackt, und um die Hüften trug er ein gestreiftes wollenes Tuch, dessen hinteres Ende durch die

Beine geführt und vorne an einem gewebten Gürtel befestigt war. Sein dichtes, blauschwarzes Haar war nachlässig mit einem Stirnband gebunden, eine Strähne hing ihm über die Augen, was ihm zusammen mit der schmalen, leicht gebogenen Nase ein verwegenes Aussehen gab. Josef hätte später nicht sagen können, was ihm vom ersten Moment an Vertrauen zu diesem Indianerjungen eingeflößt hatte – war es die Neugier in dessen Blick oder dieser Anflug eines Lächelns um die Lippen?

Josef steckte sein Messer zurück in den Gürtel.

«Ich suche unser Kalb.»

Das spanische Wort für Kalb war ihm entfallen, doch er bezweifelte ohnehin, dass der Indianer *castellano* verstand. Mit den Zeigefingern an der Stirn ahmte er die Hörner nach und tappte mit vorgestrecktem Kopf hin und her. Der Mapuche lachte auf und verschwand wieder im Wald. Kurz darauf kehrte er mit Kießlings Kalb, das er an einem Strick hinter sich herzog, zurück. Offen und freimütig sah er Josef an und drückte ihm wortlos den Strick in die Hand. Im nächsten Augenblick war der Fremde auch schon im Dickicht verschwunden.

Nachdenklich zog Josef das Kalb den Hügel zur Siedlung hinunter. Hatte der Indianer das Tier gestohlen? Ein schlechtes Gewissen schien er jedenfalls nicht gehabt zu haben. Wie dem auch sei, Josef bedauerte, dass die Begegnung so kurz gewesen war. Zum ersten Mal hatte er einen Mapuche getroffen, der nicht bei den Weißen lebte, einen Wilden, wie die anderen sie nannten. Die Neugier trieb ihn von nun an immer wieder in den Wald, aber es sollte noch Monate dauern, bis er den jungen Mapuche wiedersehen würde.

Das Läuten der Glocke, das die Siedler zum Festgottesdienst auf dem Dorfplatz zusammenrief, riss Josef aus seinen Gedanken.

Alle hatten sich herausgeputzt. Die Mädchen trugen

bunte Bänder in ihren Zöpfen, die Buben ihr Haar streng gescheitelt, und die Männer schwitzten in dunklen Jacken. In Ermangelung eines Pastors hielt Wilhelm Scheck die Predigt. Nachdem sie gemeinsam das Vaterunser gebetet hatten, trat Heinrich Hinderer vor.

«Lieber Wilhelm, liebe Freunde.» Er räusperte sich. «Was gäbe es für einen schöneren Anlass als die Geburt unseres Herrn, um euch für eure Großherzigkeit und Hilfsbereitschaft zu danken. Ihr habt eure Häuser mit uns geteilt, und ihr wollt die erste Ernte mit uns teilen. Mit eurer Unterstützung haben wir, die wir erst vor wenigen Wochen angekommen sind, in Maitén ein neues Zuhause gefunden. Im Namen aller neuen Siedler möchte ich euch meinen tiefsten Dank aussprechen. Unsere Häuser und Gärten sind zwar noch nicht komplett fertig, aber wir haben bereits ein eigenes Dach über dem Kopf. Wir wissen, dass viele von euch noch in provisorischen Hütten wohnen, weil die tägliche Landarbeit und nicht zuletzt unsere Ankunft euch keine Zeit zum Hausbau gelassen haben. Daher möchten wir, als kleine Gegenleistung, jetzt unsere Hilfe anbieten und im neuen Jahr damit beginnen, eure Häuser zu erneuern.»

Die Zuhörer klatschten begeistert. Dann stimmten sie Luthers «Vom Himmel hoch, da komm ich her» an. Bei der dritten Strophe kam jedoch Unruhe auf. Die Kinder begannen zu tuscheln und reckten die Hälse in Richtung Anhöhe. Von dort näherten sich zwei Reiter, der eine stolz und aufrecht, wie nur die Einheimischen im Sattel saßen, der andere unsicher schaukelnd und mit eingezogenen Schultern. Josef kniff die Augen zusammen. Das war doch Paul Armbruster! So unauffällig wie möglich schlich sich Josef von seinem Platz, dann rannte er los.

«Josef! Wie schön, dich wiederzusehen.» Unbeholfen kletterte Armbruster vom Pferd. Ihm war anzusehen, dass ihn jeder Muskel schmerzte.

«Das ist Sergio, mein Helfer in allen Lebenslagen», sagte er und reichte dem Chilenen die Zügel. «Ohne ihn hätte ich den langen Ritt nicht überstanden. So ein Pferderücken ist nichts für einen alten Bücherwurm wie mich.»

Josef strahlte und wusste vor Freude nicht, was er sagen sollte. Er merkte, wie Armbruster ihn musterte.

«Sehr gut siehst du aus, gesund und viel kräftiger als in Valdivia.»

Josef musste grinsen. «Und Sie? Arbeiten Sie noch für den Deutschen Verein?»

«Ja sicher. Ich bin inzwischen ehrenwertes Mitglied einer Kommission, die die Gründung einer deutschen Schule vorantreibt. Aber sag mir, hast du etwas über deinen Bruder herausgefunden?»

«Nein. In den deutschen Kolonien im Süden scheint ihn niemand zu kennen.»

«In Valdivia war er nämlich. Das hat mir jedenfalls der Hafenkapitän von Corral erzählt.»

Josefs Herz schlug schneller. «Dann haben Sie also jemanden getroffen, der weiß, wo Raimund steckt?»

«Das wäre zu viel gesagt. Leider. Der Hafenkapitän konnte sich an ihn erinnern, weil es etwas Ärger mit ihm gab. Da dein Bruder keinerlei Papiere mit sich hatte, sollte er zunächst auf dem Schiff bleiben. Er hatte wohl die ganze Zeit behauptet, er habe die Papiere verloren und wolle zu seinen Eltern, die bereits in Chile leben würden. Um das nachzuprüfen, brachte man ihn schließlich nach Valdivia ins Bureau der Einwanderungsbehörde. Von dort hat er sich in einem unbeobachteten Moment aus dem Staub gemacht. Seither hat ihn dort niemand mehr gesehen.»

Sie erreichten den Dorfplatz, wo Armbruster zunächst von Emil und Luise überschwänglich begrüßt wurde.

«Was für eine Überraschung, Paul.» Emil klopfte ihm immer wieder auf die Schulter. «Kommen Sie, ich stell Sie dem Oberhaupt unserer Kolonie vor.»

Er führte ihn zu Scheck. «Wilhelm Scheck – Paul Armbruster. Unser Freund ist Bibliothekar und Lehrer in Valdivia.»

Scheck schüttelte dem Gast die Hand.

«Wenn die Besiedelung am See weiter solche Fortschritte macht, brauchen wir bald auch einen Lehrer. Hätten Sie nicht Lust?»

Armbruster lächelte freundlich. «Ach wissen Sie, ich bin eher ein Stadtmensch und –»

«Kommen Sie, Paul», unterbrach ihn Luise. «Sie sind bestimmt müde. Ich zeig Ihnen unser Haus, da können Sie sich bis zum Abendessen ausruhen.»

Doch Armbruster zeigte sich alles andere als müde. Begeistert ließ er sich von Josef und Emil über ihr Grundstück führen, stolperte über Wurzelstücke und verkohlte Baumstümpfe die Parzelle hinauf bis zum Waldrand und wieder zurück und bewunderte schließlich den Blick auf den See, in dem sich heute malerisch die Schneekappe des Osorno spiegelte. Auch im Haus ließ er sich jeden Winkel zeigen. Als Luise die Tür zur Wohnstube öffnete, blieben selbst Emil und Josef vor Überraschung wie angewurzelt stehen. Luise schien gezaubert zu haben: Auf den Kommoden und Ablagen standen Sträuße mit frischen Blumen, an den Wänden hingen Myrten- und Lorbeerzweige neben hübschen Kalenderblättern und gerahmten Sinnsprüchen, und in einer Ecke stand sogar eine kleine Araukarie, mit Christbaumschmuck und Silberband behangen.

«Wo haben Sie nur all die hübschen Sachen her?», fragte Armbruster.

«Die Blumen und Zweige wachsen hier, das Bäumchen habe ich vor dem Feuer gerettet, und die Bilder und den Weihnachtsschmuck habe ich wohlweislich von Deutschland mitgebracht – ihr Männer denkt ja an solche Dinge nicht.»

«Luise, du beste aller Frauen!» Emil fasste seine Frau um die Hüfte und wirbelte sie durchs Zimmer.

«Langsam, langsam», schnaufte sie und strich ihr Kleid über dem runden Bauch glatt.

«Tante Luise erwartet ein Kind», platzte Josef heraus.

«Ist das wahr?»

Täuschte er sich, oder lag da nicht auch Wehmut in Armbrusters Lächeln?

Emil nickte stolz. «Anfang Mai ist es so weit.»

«Darauf müssen wir anstoßen. Ich habe einen herrlichen Wein mitgebracht. Haben Sie etwas dagegen, wenn Sergio sich zu uns setzt?»

«Aber nein», antwortete Luise, trat vors Haus und winkte den Chilenen heran, der bei den Pferden im Gras kauerte.

Armbruster schenkte allen ein, auch seinem *peón*. Josef fiel auf, dass er Sergio gar nicht wie einen Knecht behandelte.

«Auf die neue Heimat und auf Ihr Kind!» Armbruster nahm einen tiefen Schluck von dem rubinroten Wein.

«Haben Sie sich gut eingelebt?», fragte Emil.

«Sicher. Über Einsamkeit kann ich nicht klagen. Ich habe einen sehr interessanten Menschen kennen- und schätzen gelernt: Karl Anwandter, ein Apotheker aus Calau. Er war Mitglied des Berliner Landtags und der Nationalversammlung und denkt in vielen Dingen ähnlich wie ich. Jetzt braut er Bier.» Armbruster wandte sich an Josef. «Erinnerst du dich noch an den kleinen Laden mit den Bierfässern?»

Josef nickte.

«Das Bier ist von ihm. Und in dem Laden treffen wir uns häufig und diskutieren.»

«Und wie steht's mit der Frauenwelt?», fragte Luise neugierig.

«Aber Luise!», fuhr Emil sie an. Armbruster war eine leichte Röte in die Wangen gestiegen.

«Ach, die deutschen Frauen sind alle verheiratet oder der Ehe versprochen. Außerdem ist keine so hübsch wie Sie!» Er hob sein Glas.

«Lassen wir doch endlich das vornehme Sie, Paul», bot Emil an.

«Gerne. Und du auch, Josef», sagte Armbruster und hob erneut sein Glas.

«Werden Sie – wirst du in Valdivia bleiben?», fragte Josef.

«Ich weiß noch nicht. Das Leben ist so anders als in einer deutschen Stadt. Wenn ich nur schon besser *castellano* könnte ... Und besser reiten.» Er musste lachen. «Zweimal bin ich auf dem Weg hierher vom Pferd gefallen, *verdad*, Sergio?» Er ahmte seinen Sturz nach, und Sergio grinste gutmütig.

«Andererseits ist das Leben in Valdivia sicher um vieles einfacher als bei euch am See. Wenn ich sehe, was ihr hier alles aus dem Nichts aufbauen müsst. Aber wenn ihr nichts dagegen habt, würde ich gerne eine Woche bei euch verbringen, als Lehrer und Bibliothekar habe ich nämlich jetzt Urlaub. Ich werde euch natürlich zur Hand gehen.»

«Nein, mach dir keine Sorgen», erklärte Emil. «Du kannst so lange bleiben, wie du möchtest.»

Nach dem Essen und einer kleinen Bescherung saßen sie noch lange draußen vor dem Haus und genossen den milden Sommerabend. Die beiden Kleinen schliefen schon in ihrem Bett in der Stube, und Josef, der sein Bett Armbruster überlassen wollte, richtete sich ein Lager auf den Dielen. Da trat Armbruster hinter ihn.

«Hier, ich hab etwas für dich», sagte er und reichte dem Jungen einen vergilbten Umschlag. Josef lief ein Schauer über den Rücken, als er die unsichere Handschrift seiner Mutter erkannte.

«Der Brief kam mit der *Hermann* aus Hamburg am Tag, bevor ich zu euch losgeritten bin.»

Er strich dem Jungen flüchtig übers Haar und ließ ihn allein.

Benommen setzte sich Josef an den Tisch und hielt den Umschlag in den Schein der Öllampe. «An meinen Sohn, Josef Scholz, Deutscher Verein, Valdivia, Republik Chile» stand in großen Buchstaben auf dem Papier. Minutenlang starrte Josef auf die Worte, und seine Hände zitterten so sehr, dass er den Umschlag nicht öffnen konnte. Aus der Ecke drang das zufriedene kindliche Schnarchen von Katja, von draußen hörte er das Gemurmel der Erwachsenen. Er gab sich einen Ruck und riss den Umschlag auf.

Rotenburg, den 12. September 1852

Mein geliebter Sohn! Es fällt mir schwer, mich richtig auszudrücken. Da ich im Schreiben so wenig Übung habe, schreibt meine Freundin, die Schulmeistersfrau, diese Zeilen. Als deine kurze Nachricht aus Hamburg eintraf, war ich wie gelähmt, und Vater war so wütend, wie ich ihn noch nie gesehen hatte. Danach bekam er einen Anfall von Nervenfieber und musste drei Tage das Bett hüten. Nach langen Wochen der Ungewissheit und des Bangens kam heute endlich dein Brief von der Helene, endlich ein Lebenszeichen von dir. Ich glaube, jetzt werde ich wieder besser schlafen, denn ich spüre, dass du deinen Weg gehen wirst. Und mein Bruder Emil wird schon auf dich aufpassen.

Du fehlst mir sehr, und ich frage mich oft, ob wir nicht zusammen, du und ich, einen Weg gefunden hätten, damit es zwischen dir und Vater besser geworden wäre. Für ihn war es ein schlimmer Schlag, dass auch du uns verlassen hast. Erst Raimund, dann du. Vater wollte von deinem Brief nichts hören, er ist sehr enttäuscht und verletzt. Bitte versuche ihn zu verstehen, das alles braucht seine Zeit. Ich bete dafür, dass ihr euch eines Tages wieder versöhnen werdet. Vielleicht hast du ja vergessen, dass du als Kind immer Vaters Liebling warst.

Erst als Raimund weggelaufen war, hat er die Strenge, die er immer gegen deinen Bruder zeigte, auf dich übertragen. Bestimmt in bester Absicht, er wollte wohl einen ganzen Mann aus dir machen, zumal du ja den Hof übernehmen solltest.

In den ersten Wochen war mir unbegreiflich, wie du uns verlassen konntest, und ich habe mir und Vater große Vorwürfe gemacht. Doch wenn ich ganz ehrlich bin, kann ich dich auch ein bisschen verstehen, denn du bist jung und so anders als dein Vater. Nur in der Dickköpfigkeit seid ihr gleich! Ich habe deinen Brief den Kindern vorgelesen, sie haben sich sehr gefreut, vor allem Lisbeth. Sie will jetzt auch nach Chile, da hast du ihr einen Floh ins Ohr gesetzt.

Anne ist mir jetzt eine große Hilfe mit ihren sechzehn Jahren. Auch Eberhard wird immer größer und ist ein viel zu guter Esser. Die Ernte war diesen Sommer wieder schlecht, ich weiß nicht, wie lange wir noch so weitermachen können. Ich hoffe, ihr habt in Chile genug zu essen, denn du bist jetzt im Wachstum.

Versprich mir, dass du uns eines Tages besuchen kommst. Ich glaube nicht, dass wir Rotenburg je verlassen werden, das würde Vater nie wollen, und ich kann ihn nicht im Stich lassen. Ach, wenn ich daran denke, wie weit weg du bist, tut mir doch das Herz weh. Schreibe mir schnell und sag Emil und Luise, dass ich ihnen auch bald schreibe.

Gott schütze dich! Es küsst dich und vergisst dich nie deine dich liebende Mutter

Anbei: Dass du Raimund wiederfindest, wage ich kaum zu hoffen. Doch sollte Gott es so fügen, dann gebt aufeinander acht. Sage ihm, dass er noch immer mein lieber Sohn ist.

Dreimal las Josef den Brief, und er schwankte zwischen schmerzhaftem Heimweh und fast ebenso schmerzhaftem Glück darüber, dass seine Mutter so viel Verständnis zeigte. Die Gedanken an seinen Vater wischte er beiseite. Gleich morgen würde er zurückschreiben, damit Armbruster den Brief nach Valdivia mitnehmen konnte.

An seinem letzten Abend war Armbruster mit Emil und Luise bei Schecks zu einem Umtrunk eingeladen. Außer ihnen sollten noch Heinrich Hinderer und seine Frau sowie die Familie Ehret kommen.

Luise verzog das Gesicht, als sie hörte, dass auch ihre Nachbarn zu den Gästen gehörten. Armbruster versuchte sie freundlicher zu stimmen.

«Ich wette, der alte Scheck hat die Zusammenstellung seiner Gäste ganz bewusst vorgenommen», erklärte er. «Dem ist doch nicht entgangen, dass sich die Ehrets mit ihrer Hochnäsigkeit überall unbeliebt machen. Was wäre eine bessere Gelegenheit, um ein bisschen zusammenzufinden, als ein netter Abend bei einem Krug *chicha*.»

«Vielleicht sind die Ehrets ja auch gar nicht so übel, wenn man sie besser kennt», pflichtete Emil bei.

Nach dem Abendessen machten sich Armbruster, Luise und Emil auf den Weg. Es waren etwa fünfzehn Minuten am Ufer entlang, und Armbruster war hingerissen von dem Schauspiel, wie sich der fast volle Mond im silbergrauen Wasser spiegelte.

«Wusstet ihr, dass der Lago Llanquihue der drittgrößte See Südamerikas ist?»

«Nein, Herr Lehrer», lachte Luise. Armbruster betrachtete sie verstohlen. Wie fröhlich sie lachen konnte! Er fragte sich, ob er mit dem Myrtenzweig, den er ihr damals mit auf die Reise gegeben hatte, nicht zu weit gegangen war. Womöglich hatte sie mitgehört, was er Josef über Myrten als Symbol der Liebe erzählt hatte – was für ein Tölpel er manchmal war. Doch als sie sich die letzten Meter plaudernd bei ihm unterhakte, verflogen seine Grübeleien.

Gutgelaunt trafen sie bei ihrem Gastgeber ein, wo die anderen schon um den gemütlichen runden Tisch in der

Stube saßen. Sylvia Ehret hatte sich ausstaffiert wie für einen Opernbesuch, mit dicken Klunkern an den Ohren und einer Perlenkette auf dem ausladenden Busen, und jedes Mal, wenn sie den Arm hob, klirrten ihre vergoldeten Armreifen gegeneinander. Armbruster warf einen Blick auf Luise, die sich die Hand vor den Mund hielt, um ein Kichern zu unterdrücken. «Wie geschmacklos», flüsterte sie ihm zu, als sie Platz nahmen.

Die Hausherrin verteilte die handbemalten Steinkrüge, die sie aus ihrer Heimat mitgebracht hatte.

«Luise, darf ich dir einen Saft bringen?»

«Danke, Erika. Sehr gern.»

Fast alle Siedler waren inzwischen per Du, nur die Ehrets beharrten auf dem distanzierten Sie.

«Wir sind gerade in ein interessantes Gespräch vertieft», sagte Wilhelm Scheck, nachdem er Paul Armbruster vorgestellt hatte. «Über die Entwicklung der deutschen Kolonie hier in Südchile. Wie sieht es denn in Valdivia aus, Herr Armbruster?»

«Nun ja, ich bin ja auch erst seit knapp zwei Monaten hier, aber selbst in dieser kurzen Zeit hat sich einiges verändert. Ich würde sagen, inzwischen ist über die Hälfte des Handels und des Gewerbes in der Hand von Deutschen. Wobei mir bei einem Aufenthalt kürzlich in Osorno aufgefallen ist, dass dort die wirtschaftliche Entwicklung noch weiter ist. Vielleicht liegt es daran, dass Valdivia für viele Einwanderer eine Durchgangsstation ist. Die Stadt ist zwar mehr in Bewegung, es mangelt aber auch an Kontinuität.»

«Bei uns am See fehlt es noch an allem», warf Hartmut Ehret ein. Zum ersten Mal fiel Armbruster auf, dass er um einen halben Kopf kleiner als seine Frau war. Jetzt blickte sein feistes Gesicht missmutig drein. «Wir sind nicht nur abgeschnitten von jeglicher Entwicklung, wir werden von der Regierung auch als Hinterwäldler behandelt.»

«Wie meinen Sie das?», fragte Armbruster.

«Ein Beispiel: Uns wurde ein befestigter Zufahrtsweg durch das Waldstück zwischen Osorno und Maitén zugesagt. Davon ist längst keine Rede mehr.»

«Dann müssen wir das eben selbst in die Hand nehmen», warf Heinrich Hinderer ein. «Sie können es auch so sehen, Ehret: Die Regierung lässt uns alle Freiheiten und gängelt uns nicht. Ich sehe das als einmalige Chance, uns aus eigenen Kräften und Mitteln eine Zukunft aufzubauen. Wer von uns hätte diese Möglichkeit in Brandenburg, Kurhessen oder Württemberg gehabt?»

«Das sehe ich auch so», stimmte Scheck zu. «Natürlich geht es hier mitten im Urwald langsamer voran als in der Stadt, wir müssen einfach etwas Geduld haben. Warten wir noch ein, zwei Jahre ab. Um die dreihundert Deutsche haben sich in den letzten Wochen schon am Südufer des Llanquihue angesiedelt, das sind weit mehr als bei uns. Nächstes Jahr soll dort ein *intendente* eingesetzt werden, das deutet darauf hin, dass eine Stadtgründung vorgesehen ist. Und Anfang nächsten Jahres wird bereits am Hafen der Reloncavi-Bucht ganz sicher eine weitere Stadt gegründet. Puerto Montt soll sie heißen, nach unserem Präsidenten Manuel Montt.»

Armbruster war aufgefallen, dass Scheck «unser» Präsident gesagt hatte, und schmunzelte. Der Mann würde sich gut mit Karl Anwandter verstehen, der sich ebenfalls bereits als Chilene verstand und Chile als sein Adoptivvaterland betrachtete.

«Sie sehen also», fuhr Scheck fort, «dass es vorangeht, nur langsamer, da wir alle in diesem Gebiet, ob Einwanderer oder Chilenen, ganz von vorn angefangen haben.»

«Es könnte aber viel schneller gehen, und ich sage Ihnen auch, warum.» Ehrets Augen blitzten angriffslustig auf. «Die Chilenen mögen ein gutmütiges und freundliches Volk sein, aber sie sind faul, leben von der Hand in den Mund. Dinge wie Vorratshaltung oder Jahresplanung sind denen doch fremd.»

«Ich nehme an, Sie sprechen von der Landbevölkerung?», fragte Scheck.

Ehret nickte. «So ist es. Statt sich eine Lebensgrundlage zu erarbeiten wie wir, arbeiten sie nur so viel, wie sie Lust haben, den Rest stehlen sie sich zusammen. Schauen Sie sich doch um, schauen Sie sich doch unsere hübsche Siedlung an und sehen Sie dann, wie erbärmlich die Einheimischen leben.»

«Ich will nicht leugnen, dass es Mentalitätsunterschiede gibt», sagte Armbruster. «Das iberische Erbe von – sagen wir mal: Die Gelassenheit, manchmal auch die Trägheit, spielen sicher eine gewisse Rolle. Aber Sie übersehen da ein paar entscheidende Dinge. Die Menschen auf dem Land sind fast alles Mestizen und Analphabeten. Richtig, Herr Scheck?»

«Richtig, Herr Armbruster.» Wilhelm Scheck strich sich durch den weißen Bart und zwinkerte Armbruster zu.

«Nun, von denen hat keiner je eine Schule von innen gesehen. Wohingegen Sie und ich und wir alle einen Beruf erlernt haben. Wir sind Handwerker oder erfahrene Ackerbauern. Hinzu kommt, dass nur diejenigen Deutschen den weiten Weg nach Chile gemacht haben, die den festen Willen besitzen, sich durch Arbeit und mit Hilfe ihrer Ausbildung und ihrer Fähigkeiten eine Zukunft aufzubauen. Sie dürfen also nicht Äpfel und Birnen miteinander vergleichen.»

«Papperlapapp», mischte sich nun Sylvia Ehret ein. «Das ist doch alles Theorie. Ich sehe jeden Tag, wie wir die einheimischen Arbeiter beim Hausbau antreiben müssen.»

«Vielleicht liegt das daran, dass Ihr Haus etwas zu groß gerät», entgegnete Luise schnippisch. «Ich jedenfalls sehe die Männer bei Ihnen von früh bis spät hart arbeiten.»

«Ha!» Sylvia Ehret lachte schrill auf. «Das sieht nur so

aus, weil sie jeden Arbeitsgang dreimal machen. Ständig machen sie etwas falsch.»

«Sprechen Sie eigentlich spanisch?», fragte Armbruster freundlich.

«Natürlich nicht, wir leben doch in einer deutschen Kolonie. Was soll diese Frage?» Sylvia Ehret sah ihn irritiert an.

«Nun, Sergio, mein –», Armbruster suchte nach dem passenden Wort, «mein chilenischer Begleiter, hat in den ersten Tagen auch oft etwas Falsches eingekauft oder bestimmte Dinge nicht erledigt. Das lag schlichtweg an meinen mangelnden Spanischkenntnissen. Eines Tages hab ich mich mit ihm hingesetzt und bin alle Bezeichnungen, die Haushalt oder Nahrungsmittel betreffen, mit ihm durchgegangen, habe sie aufgeschrieben und wie ein Schuljunge auswendig gelernt. Jetzt gibt es kaum noch Missverständnisse. Und ich bin sehr zufrieden mit seiner Arbeit.»

«Ich denke nicht, dass ich mich von Ihnen belehren lassen muss», erwiderte Sylvia Ehret und knuffte ihren Mann in die Seite, der daraufhin einen Blick auf Schecks Standuhr warf und sich erhob.

«Sie entschuldigen uns jetzt bitte, wir hatten einen anstrengenden Tag heute. Ach ja, Herr Scheck, meine Söhne und ich sind leider außerstande, uns derzeit an dem Bau anderer Häuser zu beteiligen. Sie sehen sicher ein, dass wir erst einmal das eigene Dach über dem Kopf fertigstellen müssen.»

Kopfschüttelnd sah Armbruster den beiden nach, als sie die Stube verließen. Er hatte unrecht gehabt. Je häufiger man mit den Ehrets zusammentraf, desto unsympathischer wurden sie.

Nachdem Josef am nächsten Morgen in aller Frühe den Brief an seine Mutter fertig geschrieben und ihn Armbruster bei der Verabschiedung mitgegeben hatte, fühlte er sich voller Tatendrang. Er stand mit den anderen jungen Burschen der Siedlung auf dem Dreschplatz, der sich nicht weit von Ehrets Haus am Seeufer befand. Hier, wo der Wind vom See her gut durchzog, hatten die Siedler eine größere Fläche eingezäunt. Die Frauen brachten das frischgeschnittene Korn auf Karren und verteilten es Fuhre um Fuhre gleichmäßig auf dem ebenen Boden.

«Ihr könnt jetzt die Pferde holen», rief eine der Frauen. «Das war die letzte Fuhre.»

Friedhelm Scheck nickte. «Jetzt wirst du sehen, wie in Chile gedroschen wird», sagte er zu Josef. «Das macht einen Heidenspaß. Aber binde dir besser ein Tuch vors Gesicht. Es wird gleich gewaltig stauben.»

Die Jungen glichen einer Horde Banditen, wie sie ausgelassen brüllten und mit bloßem Oberkörper und vermummtem Gesicht die Pferde über das Getreide jagten. Selbst Julius Ehret, der sich sonst möglichst fernhielt von den anderen, tobte mit.

Die trommelnden Hufe der Tiere schlugen die Körner aus den Ähren. Nachdem das Stroh gut durchgestampft war, wurden die nassgeschwitzten Pferde zurück auf die Weide gebracht. Nun begann für die Burschen der wirklich mühsame Part. Mit Gabeln und Schaufeln musste das Getreide so lange gegen den Wind in die Höhe geworfen werden, bis nur noch das Korn auf dem Boden lag. Schleier von Spreu zogen durch den klaren Nachmittag.

Josef stieß seinen neuen Freund Friedhelm, der in seinem Alter war, mit dem Ellbogen in die Seite. «Sieh mal, unser Julius hat sich aus dem Staub gemacht.»

«Darauf hätte ich schon vorher wetten können.» Friedhelm verzog verächtlich sein hübsches Gesicht. «Sobald der Spaß in Arbeit umschlägt, ist er verschwunden. Seine älteren Brüder sind übrigens auch nicht hier. Ihr Vater hat sie zum Hausbau abkommandiert.»

«Frechheit! Die Ehrets denken nur an sich. Aber weißt

du, was? Ich hole Julius zurück. Und wenn ich ihn mit den Füßen zum Dreschplatz schleifen muss.»

Josef trabte los und sah schon von weitem zwei der Brüder am Dach arbeiten. Als er den Gemüsegarten durchquerte, hörte er einen Aufschrei, gefolgt von einem dumpfen Schlag. Dann herrschte Totenstille. Etwas Entsetzliches musste geschehen sein. Josef rannte zu den Männern, die um einen mächtigen Balken herumstanden.

«Da drunter liegt einer der Arbeiter», flüsterte Veit, der mittlere von Ehrets Söhnen. Er war kreidebleich.

Gemeinsam wuchteten sie den schweren Balken zur Seite. Entsetzt starrte Josef auf den Toten, der mit verrenkten Beinen und zerschmettertem Schädel in einer Blutlache lag. Selbst der alte Ehret, sonst gleichgültig und hart gegenüber den einheimischen Arbeitern, schien ernstlich erschüttert.

«Holt eine Plane und deckt ihn zu, ich muss sofort zu Scheck.»

Eine Viertelstunde später läutete die Glocke an der allgemeinen Anlegestelle und rief die Siedler zusammen.

«Auf Ehrets Baustelle gab es einen tödlichen Unfall, einer der chilenischen Arbeiter ist von einem Dachbalken erschlagen worden.» Scheck musste eine Pause machen, so groß waren der Schock und die Unruhe unter den Leuten. Ausgerechnet bei Ehrets, dachte Josef, das wird sie noch verhasster machen.

«Wie konnte das passieren?», rief Hinderer.

«Die näheren Umstände werden wir später klären. Lasst uns jetzt überlegen, was wir mit dem Toten machen. Er ist Junggeselle, hat aber wohl Familie in Osorno.»

«Dann müssen wir ihn nach Osorno bringen, damit er seine Totenmesse bekommt und im Kreis seiner Familie beigesetzt werden kann.»

«Das ist doch Wahnsinn», sagte Ehret und wischte sich den Schweiß von der Stirn. «Mit dem Ochsenkarren sind es zwei Tage hin und zwei Tage zurück. Und das bei dieser Hitze. Warum begraben wir ihn nicht hier?»

Nur mühsam unterdrückte Hinderer seinen Zorn. «Wahnsinn ist, was auf Ihrer Baustelle geschehen ist. Sie werden uns erklären müssen, wie so ein schwerer Balken einfach vom Dach stürzen kann.»

«Hören Sie doch auf! Die Chilenen haben eben gepfuscht bei ihrer Arbeit!», erwiderte Ehret.

Josef glaubte, sich verhört zu haben. Er hatte genau gesehen, dass zuletzt die beiden ältesten Söhne von Ehret auf dem Dach gearbeitet hatten.

«Versündigen Sie sich nicht, Ehret», sagte Scheck in scharfem Tonfall. «Ganz gleich, wie es geschehen ist, der Mann hat wie jeder von uns das Recht auf ein christliches Begräbnis. Und hier am See haben wir weder Kirche noch Pfarrer, geschweige denn einen Friedhof. Der Tote muss nach Osorno gebracht werden, und zwar sofort, denn gerade wegen dieser Hitze dürfen wir keine Zeit verlieren.»

Friedhelm Scheck trat neben seinen Vater und flüsterte ihm etwas zu. Josef sah den Alten mehrmals nicken, bis er sich wieder der Versammlung zuwandte.

«Es gibt eine schnellere Möglichkeit als mit dem Ochsenkarren. Wir nehmen die Krankentrage aus dem Schuppen, um den Toten zu transportieren, und marschieren zu Fuß. Dazu brauchen wir mindestens zwanzig ausdauernde Männer und sechzehn Pferde. Vier Mann tragen die Bahre, und zwar im Laufschritt, und werden alle zehn Minuten von den Reitern abgelöst. Auf diese Weise kann der Zug heute vor Sonnenuntergang noch in Osorno sein.»

Ehret sah Wilhelm Scheck verständnislos an. «Im Laufschritt bis Osorno? Wieso lassen wir die Bahre nicht von einem Pferd ziehen?»

«Würden Sie einen Ihrer Söhne durch den Dreck hinter sich herschleifen?», fuhr ihn Scheck an. «Sie holen jetzt den Toten, und dann bitte ich alle, die mitlaufen oder ihr

Pferd zur Verfügung stellen, sich vor der großen Laube zu versammeln. Und von Ihren Söhnen, Herr Ehret, möchte ich alle drei sehen.»

Kurz darauf fanden sich über dreißig Mann, darunter auch Emil und Josef, sowie sämtliche verfügbaren Pferde vor der Laube ein. Vier Männer hoben die Trage mit der Leiche auf ihre Schultern, dann ging es im Laufschritt den Hügel hinauf, die Reiter trabten hinterher. Zum Erstaunen aller gab es keine Schwierigkeiten, das Tempo über Stunden hinweg durchzuhalten. Alle paar Minuten sprangen vier ausgeruhte Reiter vom Pferd, übernahmen die Stangen, während sich die Läufer erholen konnten, bis sie wieder an der Reihe waren. Nachdem die Männer den Wald hinter sich gelassen und die Ebene erreicht hatten, trafen sie immer wieder auf Einheimische, die ihnen nach Landessitte ein Stück weit beim Tragen halfen. Nach nicht einmal acht Stunden erreichten sie in der Dämmerung Osorno.

Padre Antonio schien seinen Augen nicht zu trauen, als er vor das Kirchenportal trat und dort dreißig verschwitzte Männer mit ihren Pferden und der Leiche eines Mannes sah. Gottlieb Scheck, der älteste Sohn des alten Scheck, trat vor, nannte den Namen des Toten und berichtete mit wenigen Worten und in fließendem Spanisch, was vorgefallen war. Der Pater nickte bedächtig und gab zu verstehen, dass er sich um alles Weitere kümmern werde. Dann trugen sie den Leichnam in das kühle Innere der Kirche und bahrten ihn vor dem Altar auf. Gottlieb kniete nieder, um ein Gebet zu sprechen, Josef und die anderen taten es ihm nach.

«Was bin ich müde. Ich hätte nie gedacht, dass wir bis zum Abend hier ankommen», stöhnte Friedhelm Scheck, als sie später auf ihren Decken und Ponchos im Pfarrgarten lagen, den Padre Antonio als Schlafplatz angeboten hatte.

Josef sah hinüber zu Claudius, dem ältesten der Brüder Ehret, der zusammengesunken im Gras saß und schwieg. Julius boxte seinen großen Bruder in die Seite.

«He, sei doch froh, dass es keinen von uns getroffen hat.»

Claudius fuhr hoch. «Halt dein Maul», brüllte er. «Du weißt genau, dass Veit und ich die Dacharbeiten beaufsichtigt haben. Wir sind schuld am Tod dieses Mannes.»

Erstaunt sahen die anderen ihn an. Da stand Gottlieb Scheck auf und setzte sich neben ihn. «Trotzdem war es ein Unfall. Du darfst dir keine Vorwürfe machen.»

«Meint ihr, dass die Regierung jemanden zu uns schicken wird, um den Fall zu untersuchen?», fragte Josef.

«Vielleicht. Vielleicht hat sie aber auch anderes zu tun.»

Doch es sollte keine offizielle Untersuchung des Unfalls geben. Eine Woche nach dem Unglück erschienen drei Reiter, Angehörige des Verunglückten, und brachten den Siedlern eine Ziege, als Dank für die Heimführung des Toten. Kurz darauf wurde in einer Versammlung der Siedler einstimmig beschlossen, im Herbst eine Kapelle und einen Friedhof zu errichten.

7

«Luise!»

Emils Stimme gellte angsterfüllt durch den Garten. Josef, der gerade im Schuppen Holz stapelte, stürzte hinaus. Er sah seinen Onkel mit der Axt in beiden Händen auf den Waldrand zurasen, wo ihm Katja und Hänschen brüllend entgegenkamen. Dann entdeckte er Luise. Kraftlos hing sie in den Armen eines Indianers mit flammend rotem Stirnband. An ihrer Stirn klebte Blut. Josef rannte los.

«Luise!», schrie Emil wieder. «Was haben sie dir angetan?»

Er hob die Axt und wollte damit auf den Indianer losgehen.

«Hör auf, Onkel Emil. Um Gottes willen, tu ihm nichts», flehte Josef, der seinen Onkel eingeholt hatte. Er hatte den Mapuche sofort erkannt und stellte sich schützend zwischen die beiden. Es war der Junge von der Waldlichtung. Wie erstarrt stand Emil mit seiner todbringenden Waffe in den Händen vor dem jungen Indianer, in dessen Augen Josef keine Furcht, nur einen Ausdruck tiefster Verwunderung sah.

«Er hat mich nicht überfallen», stöhnte Luise. «Er ... Er hat mich hergebracht, das Kind kommt.»

Beschämt ließ Emil die Axt sinken und stützte seine Frau, die der Mapuche vorsichtig absetzte. «Danke, *muchas gracias*. Es tut mir leid.»

Wortlos wandte sich der Indianerjunge ab.

«Halt, warte doch», rief Josef, aber der andere lief mit großen Schritten in den Wald, ohne sich noch einmal umzudrehen.

«Nun komm schon», herrschte sein Onkel ihn nervös an. «Wir müssen sie ins Haus bringen.»

Während sie Luise aufs Bett legten, berichtete sie stockend, wie auf ihrer täglichen Suche nach Waldbeeren plötzlich die Wehen eingesetzt hätten. Dann hätten ihr die Beine versagt, und sie war gestürzt.

«Auf einmal stand dieser junge Indianer neben mir und hat mich heimgetragen.»

«Ach, Luise, wie oft hab ich dir gesagt, du sollst nicht so tief in den Wald hineingehen in deinem Zustand.» Emils Stimme bebte. Er hatte jedes Mal große Ängste ausgestanden, wenn seine Frau stundenlang auf den Indianerpfaden im Urwald unterwegs war, um Beeren zu suchen. «Eine Schwangere mit zwei kleinen Kindern wird schon nicht überfallen», hatte sie immer entgegnet, wenn Emil sie nicht fortlassen wollte.

«Josef, hol Rosalind, aber beeile dich.»

Rosalind war Erika Schecks unverheiratete Schwester und hatte in Göttingen als Krankenschwester gearbeitet. Ihrem lieblichen Namen zum Trotz hatte sie die Stimme eines betrunkenen Seemanns und konnte zupacken wie ein Bauer.

«Hm», brummte Rosalind, als sie zu Luise ans Bett trat. «Da bist du ja gerade noch zur rechten Zeit heimgekommen. Das Fruchtwasser ist schon abgegangen.» Sie scheuchte Josef und die Kinder hinaus, um mit der Untersuchung fortzufahren.

«Muss Mama sterben?», jammerte Katja.

«Unsinn, so ist das immer bei Geburten», beruhigte sie Josef mit der ganzen Erfahrung eines Fünfzehnjährigen. «Geh ein bisschen mit Hänschen spielen, das hier dauert seine Zeit.»

Dann ging er selbst unruhig in der Stube auf und ab und lauschte auf die gedämpften Stimmen aus dem Schlafzimmer. Das Kind kam viel zu früh. Wahrscheinlich hatte sich seine Tante in den letzten Tagen übernommen. Er wusste, wie schwer ihr die Arbeit inzwischen fiel, und hatte gesehen, wie sie ihr Gesicht beim Bücken jedes Mal schmerzhaft verzog. Er hatte immer wieder angeboten, ihr auch in der Küche zu helfen. Jetzt im Herbst war es für die Frauen der Siedlung an der Zeit, Wintervorräte anzulegen, Obst einzumachen, Sauerkraut anzusetzen, Speck und Würste zu räuchern, doch die Vorratskammer der Kießlings war leer bis auf einige Gläser mit Beerenkompott.

Dabei hatte es zunächst den Anschein gehabt, dass die Getreideernte gut ausfallen würde. Auf den Feldern der ersten Siedlergruppe hatten Hafer und Gerste zwischen

Baumstrünken und verkohlten Stämmen üppig im Korn gestanden. Doch der Hafer lieferte vor allem Stroh, und von der Gerste war, nachdem der Anteil für die Wintersaat beiseitegeschafft worden war, herzlich wenig für die einundzwanzig Familien in Maitén übrig geblieben. Die Weizenernte im Februar schließlich war eine einzige Enttäuschung gewesen, der Ertrag aus dem Gemeinschaftsfeld gleich null: Mais und Bohnen waren zwar gut aufgegangen, aber die Dürre im Dezember hatte einen Großteil der Pflanzen vertrocknen lassen. Den Rest hatten die Vögel erledigt und das Vieh, das die provisorischen Lattenzäune mehr als einmal durchbrochen hatte.

Im Schlafzimmer war es still geworden. Plötzlich wurde die Tür aufgerissen, und Emil trat mit bleichem Gesicht vor Josef.

«Du musst sofort nach Osorno reiten und Doktor Metzig holen. Rosalind schafft es nicht. Das Kind liegt quer.»

Josef brauchte keine weiteren Anweisungen. Mit dem Zaumzeug unterm Arm stürzte er hinüber zur Viehweide. Ein Pfiff genügte, und der schmächtige Rappe kam angetrabt. Freundlich stupste er den Jungen in die Seite.

«Nein, Moro, keine Zeit zum Spielen. Du musst galoppieren, was du kannst.»

Er schwang sich auf den blanken Pferderücken und jagte durch die Siedlung. Längst hatte er gelernt, ohne Sattel zu reiten. Moro und er waren inzwischen gefürchtet bei den Wettrennen, die die Jungen hin und wieder veranstalteten. In dem kleinen Wallach steckten eine Kraft und eine Ausdauer, die niemand vermutet hätte.

«Lauf, Moro», rief ihm Josef immer wieder zu, als er den Waldweg entlangpreschte, dass die Erdbrocken hinter ihnen nur so in die Luft schossen. Er betete, dass das Tier auf dem durchnässten Untergrund nicht ausrutschte, und als in einer gefährlichen Kurve ein Baumstamm quer lag, schloss er die Augen. Doch ohne zu zögern sprang

Moro sicher darüber hinweg. Auf halber Strecke zügelte Josef ihn, denn er wusste, dass das Pferd nicht bis Osorno im Galopp durchhalten würde. Doch als ob das Tier die Dringlichkeit spürte, ließ es sich nicht im Schritt reiten, sondern trabte weiter, bis es wieder Kraft geschöpft hatte, um in gestrecktem Galopp zu fallen.

Nach drei Stunden erreichten sie das Haus des deutschen Arztes. Doktor Metzig saß gerade beim Mittagessen, als Josef hereinstürmte.

«Sie müssen sofort nach Maitén kommen», keuchte er. «Meine Tante liegt in den Wehen, das Kind kann nicht heraus. Sie müssen uns helfen.»

Der Arzt, ein dicker, gemütlicher Mensch, tupfte sich den Mund mit einer blütenweißen Serviette ab und stand auf.

«Habt ihr da draußen am See immer noch keinen Arzt?» Es klang weniger nach einer Frage als nach einem Vorwurf. Dann rief er in die Küche: «Mathilde, sag Antonio, er soll das Pferd satteln, aber schnell.»

Metzig wandte sich wieder Josef zu. «Warte draußen. Ich muss noch meine Tasche packen.»

Keine fünf Minuten später erschien er auf der Straße, sein Pferd am Zügel. Der *peón* half ihm hinauf.

«Welches Haus ist es denn?»

«Wenn Sie in die Siedlung hinunterkommen, links am Ufer entlang der vorletzte Hof. Aber warten Sie, ich komme doch mit.»

«Wenn du dein Pferd nicht vollends ruinieren willst», entgegnete Metzig mit einem Blick auf den schweißtriefenden Rappen, «dann rate ich dir, den ganzen Rückweg im Schritt zu reiten. Also, bis später.»

Der Arzt nickte ihm zu und galoppierte los. Gedankenverloren sah ihm Josef nach und saß auf. Er spürte weder, dass es zu regnen begonnen hatte, noch dass Moros Schritte bald schon in steten Trab übergingen. Den ganzen Weg über betete er um einen guten Ausgang. Was hätte das alles für einen Sinn, wenn sie nach Chile gekommen wären, nur damit Tante Luise hier im Kindbett sterben würde? Jetzt erst wurde ihm klar, wie sehr er sie liebgewonnen hatte. Lieber Gott, lass Doktor Metzig rechtzeitig ankommen, murmelte er und dachte daran, wie schwach seine Tante ausgesehen hatte in den Armen dieses jungen Mapuche. War es ein Zufall, dass sie sich wieder begegnet waren?

Völlig durchnässt kam er am Abend in Maitén an. Das Pferd des Arztes stand noch vor dem Haus, doch es waren keine Stimmen zu hören, und niemand war zu sehen. Josef schnürte es die Kehle zu. Er zögerte hineinzugehen, aus Angst vor dem, was ihn erwarten könnte. Doch dann vernahm er ein kurzes, unterdrücktes Lachen und die flüsternde Stimme seines Onkels. Verwirrt betrat er die Stube. Metzig, Emil und Rosalind saßen am Tisch, jeder mit einem Krug Apfelmost in der Hand. Als er Josef sah, legte Emil einen Finger auf die Lippen. Sein Gesicht war gerötet, die Augen blitzten.

«Leise, Josef, sie sind gerade eingeschlafen.»

Dann kam er auf ihn zu, und sie umarmten sich schweigend. Als Josef den Kopf hob, sah er, wie Tränen über das Gesicht seines Onkels liefen.

«Wenn der Herrgott uns heute nicht so viele Freunde geschickt hätte», flüsterte Emil, «dann ...» Er beendete den Satz nicht.

Jetzt erst bemerkte Josef, dass noch jemand im Raum war. Auf der Eckbank, im Halbdunkel, saß María, die indianische Hausmagd von Schecks Nachbarn, den Schemmers. Josef kannte sie kaum. Er hatte nur gehört, dass sie und ihre bildhübsche Tochter vor vielen Jahren von der Küste verschleppt worden und schließlich in einer katholischen Mission gelandet waren. Dort lebten sie mehrere Jahre, bevor María letztes Jahr zusammen mit ihrer Tochter ihre Dienste bei den Schemmers angetreten hatte. Sie war eine untersetzte, kräftige Frau, mit einem von Alter und Entbehrungen zerfurchtem Gesicht und den für die Mapuche typischen, nach unten gezogenen Mundwinkeln, was diesen Menschen einen Ausdruck von Melancholie und gleichzeitig Verwunderung verlieh. Was tat sie hier in der Wohnstube?

Emil hatte sich inzwischen wieder gefasst und reichte Josef einen vollen Becher *chicha*.

«Setz dich und trink. Du musst ja wie der Teufel geritten sein. Doktor Metzig sagt, du wärst schon um ein Uhr bei ihm gewesen.»

Josef nickte und nahm einen tiefen Schluck. «Ja, Moro ist galoppiert wie noch nie. Aber jetzt erzähl doch bitte. Ich weiß nicht mal, ob es ein Junge oder Mädchen ist.»

«Ein Junge, ein großer, kräftiger Junge mit dichten dunklen Haaren. Ein hübscher Kerl, nachdem er gewaschen war. Wir werden ihn Jonathan nennen.»

Er drückte Josef auf die Eckbank und setzte sich neben ihn. María wollte aufstehen, doch Emil hielt sie am Arm fest.

«*No, no*, María, bleib und trink in Ruhe deine *chicha*. Du bist die Hauptperson heute, *la persona más importante*», radebrechte er, und die alte Indianerin verzog das breite Gesicht zu einem Grinsen.

«Also», begann er zu berichten, während er dem Doktor und Rosalind nachschenkte. «Du warst ja dabei, als dieser Indianer Luise aus dem Wald schleppte. Dann kam Rosalind und – ach, ich glaube, Rosalind kann das besser erzählen.»

«Da gibt's nicht viel zu erzählen», begann die Krankenschwester. «Das Kind lag quer, da war nichts zu machen. Es sah ziemlich ernst aus, als auf einmal María hier aufgetaucht ist. Sie hatte gesehen, wie du bei mir warst, und sich ebenfalls auf den Weg hierher gemacht.» Sie sah María fragend an, denn sie wusste nicht, wie viel die Indianerin von der deutschen Sprache verstand. «Sie hatte so eine Ahnung gehabt, dass es mit der Geburt nicht gut lief. Was ich nicht wusste, keiner von uns, dass sie schon viele Kinder auf die Welt gebracht hatte und dass ihre Mutter eine *machi*, eine Schamanin, war. Jedenfalls schaffte sie es, das Kind im Mutterleib zu drehen, und flößte der völlig erschöpften Luise irgendein Getränk ein, durch das sie wieder zu Kräften kam. Und dann verlief die Geburt plötzlich völlig normal. Wie durch Zauberei. Als Doktor Metzig eintraf, war schon alles vorbei, ihm blieb nur noch, Mutter und Kind zu untersuchen und für gesund zu erklären.»

«Tja, da bin ich den weiten Weg also umsonst gekommen», lachte der Arzt. «Aber besser so als andersherum. Und jetzt, würde ich sagen, lassen wir die Familie allein, damit endlich Ruhe einkehrt.»

«Nein, Sie müssen noch zum Essen bleiben, Doktor.»

Metzig schüttelte den Kopf. «Ich schau bei meinem alten Freund Wilhelm Scheck vorbei und werde dort übernachten. Bei der Gelegenheit kann ich gleich Rosalind und die Schamanin nach Hause begleiten.»

Emil und Josef brachten die Gäste zur Tür.

«Kennen Sie die Mapuche bei uns in den Bergen?», fragte Josef die alte Indianerin beim Abschied. Sie sah ihn verständnislos an, woraufhin er seine Frage auf *castellano* wiederholte. Doch sie schüttelte nur den Kopf.

Doktor Metzig begutachtete inzwischen Moro, der immer noch aufgezäumt vor dem Haus stand.

«Was willst du für den Rappen haben?», fragte er Josef. «Ich würde einen guten Preis bezahlen.»

Josef warf einen fragenden Blick auf seinen Onkel, dann antwortete er: «Moro ist unverkäuflich.»

Metzig zog bedauernd die Augenbrauen hoch. «Kannst es dir ja nochmal überlegen. Schade, dass er kastriert ist. Sonst hätte ich mal meine Stute vorbeigebracht.»

Als er mit seinem Onkel allein war, fragte Josef ungeduldig: «Darf ich die beiden jetzt sehen?»

«Wenn du sie nicht aufweckst.»

Seine Tante schlief auf der Seite, mit einem leichten Lächeln auf den Lippen, in ihren Armen das Neugeborene. Sein linkes Ärmchen zuckte im Schlaf, dann steckte es den winzigen Daumen in den Mund und nuckelte daran, ohne aufzuwachen. Josef war gerührt von dem Anblick.

«Sieh nur, die langen dunklen Wimpern», flüsterte er. «Wie hübsch der Kleine aussieht.»

«Gib zu: Er ist mir wie aus dem Gesicht geschnitten.» Emil grinste, dann wurde er ernst. «Ich glaube, der junge Indianer heute hat ihnen das Leben gerettet. Und ich Idiot habe ihn mit der Axt bedroht ...»

Am nächsten Tag erschien ein Bote und kündigte die Ankunft des Kolonialdirektors Pérez Rosales für den kommenden Sonntag an. Für diesen Anlass brachten die Frauen und Kinder ihre Häuser auf Hochglanz, schrubbten die Dielenböden und füllten die Waschzuber randvoll, während die Männer drei Schafe schlachteten und ausnahmen. Da der wolkenverhangene Himmel Regen ankündigte, wurden die Jungen damit beauftragt, das Dach der großen Laube auszubessern, denn dort sollte das Festessen stattfinden.

Luise erholte sich zwar rasch von der anstrengenden Geburt, doch da sie das Bett noch nicht verlassen durfte, übernahm Josef unter ihrer Regie die Hausarbeit. Was für ein Aufstand wegen eines einzigen Mannes, dachte er, während er den Staub unter den Bänken hervorkehrte.

Als am Sonntag das Boot in dichtem Nieselregen anlegte, standen die Kleinsten mit armdicken Blumensträußen am Steg und sangen ein Willkommenslied. Mit wohlwollendem Lächeln lauschte Papa Rosales den Kinderstimmen, dann gab er jedem von ihnen ein Küsschen auf die Wange und eilte mit seinen Begleitern zu seiner Unterkunft, um sich erst einmal trockene Kleider anzulegen. Josef hatte sich den Vater der deutschen Kolonien ganz anders vorgestellt, als Pionier und Abenteurer, mit zerzaustem Haar und Narben im Gesicht vielleicht, doch dieser Mann hier war eine gepflegte Erscheinung, die eher in den Salon einer großen Stadt gepasst hätte als auf diesen matschigen Dorfplatz am Ende der Welt. Seine Kleidung war teuer, der Backenbart sorgfältig gestutzt, und unter der hohen Stirn blitzten kluge, aber sehr kühle Augen auf.

Nachdem er sich umgezogen hatte, wartete Pérez Rosales, bis Erika Scheck den wohl einzigen Regenschirm in der Siedlung aufgespannt hatte, dann machte er sich, Seite an Seite mit dem alten Scheck, die übrigen Siedler im Schlepptau, auf seinen Rundgang durch Maitén. Anerkennend nickte er beim Anblick der sorgfältig angelegten Gärten und Felder, hin und wieder betrat er eines der neuerbauten Häuser, wo ihm jedes Mal eine kleine Stärkung angeboten wurde.

Josef verlor bald die Lust, wie in einer Schafherde durch den Regen zu stapfen, und schlenderte zur großen Laube, um bei den Essensvorbereitungen zu helfen. Ihn interessierte viel mehr der pralle Postsack, den Pérez Rosales mitgebracht hatte. Ob ein Brief von zu Hause dabei war?

Er musste sich bis nach dem Essen gedulden. Wilhelm Scheck verteilte die Post, und gleich der zweite Brief war von Josefs Mutter. Doch zu seiner Enttäuschung war er an Emil und Luise gerichtet, und sein Onkel gab ihn nicht aus der Hand.

«Was schreibt sie denn?», fragte er ungeduldig, nachdem Emil die Blätter bedächtig zusammengefaltet hatte.

«Der nächste Brief ist wieder an dich, das hat sie versprochen. Es geht ihnen gut, auch wenn der Winter früher gekommen ist als sonst. Und sie sind alle wieder gesund.» Emil klopfte seinem Neffen auf die Schulter, als er dessen unwilliges Gesicht sah. «Jetzt gönne uns doch auch einmal eine Nachricht aus der Heimat.»

Am Abend saßen sie bei Luise am Bett und berichteten ihr vom Besuch des Kolonialdirektors.

«Pérez Rosales plant für das nächste Frühjahr mehrere Expeditionen rund um unseren See.» Zärtlich strich Emil seinem neugeborenen Sohn übers Gesicht.

«Von mir aus soll die Regierung das gesamte Seeufer besiedeln. Mir ist es hier ein bisschen zu einsam», sagte Luise.

«Wo sollen die Expeditionen denn stattfinden?», fragte Josef neugierig.

«Von Maitén wird wohl auch ein Trupp aufbrechen. Sie wollen herausfinden, ob sich das steilere Ostufer zur Besiedelung eignet. Es werden übrigens noch ein paar junge Männer gesucht, die sich daran beteiligen.» Emil zwinkerte seinem Neffen zu.

«Da will ich dabei sein!», rief Josef.

«Dummes Zeug.» Luise sah ihren Mann ärgerlich an. «Setz dem Jungen nicht solche Flöhe ins Ohr. Schließlich werden dafür Männer und keine Kinder gesucht.»

«Ich kann ebenso gut mit der Machete umgehen wie jeder Mann hier», erklärte Josef stolz.

«Wir brauchen dich aber im Haus und auf dem Feld», beschied Luise. «Das weißt du genau. Außerdem ist es viel zu gefährlich.»

«Na ja», Emil zupfte sich am Bart, den er sich in den letzten Wochen hatte wachsen lassen. «Es wäre ja nur für ein paar Tage. Und es sind erfahrene Leute dabei.»

«Schluss jetzt, ich will nichts mehr davon hören», sagte Luise mürrisch.

Emil zuckte mit den Schultern. Josef schwieg. Er wusste, wann es keinen Sinn mehr hatte, seiner Tante zu widersprechen. Doch dieses Mal würde er seinen Kopf durchsetzen.

In der Nacht ließen ihn seine Gedanken nicht einschlafen. Mal dachte er an seine Familie im fernen Rotenburg, mal an seinen verschollenen Bruder. Dann wieder sah er sich bei der Expedition, wie er sich durch den dichten Regenwald die Berge hinaufkämpfte. Vielleicht würden sie einem echten Silberlöwen begegnen oder einem Kondor, dem Herrscher der Lüfte. Unruhig stand er auf und tappte nach draußen in den Hof, um Wasser zu lassen. Gerade als er wieder die Stiege zu seiner Kammer hinaufklettern wollte, wurden Stimmen in der Schlafstube laut.

«Was ist dein Schwager nur für ein hartherziger Mensch», hörte er Luise schimpfen. «Einfach Josefs Brief zerreißen und ihn im ganzen Ort für tot zu erklären.»

«Am meisten tut mir meine Schwester leid. Ihr gibt er die Schuld an allem.»

«Vielleicht solltest du ihm im nächsten Brief mal deine Meinung sagen.»

Leise, um nicht zu verraten, dass er gelauscht hatte, schlich sich Josef in sein Bett. Sein Vater wollte also nichts mehr von ihm wissen. Er biss sich auf die Fingerknöchel, bis es schmerzte.

8

Das erste Jahr war voller Entbehrungen. Ende Mai fiel der erste Schnee, und schon im Juli wurde das Getreide knapp. Wilhelm Scheck rationierte daraufhin die Vorräte. Da die Einheimischen in der Provinz nur auf Eigenbedarf produzierten, waren Bodenfrüchte und Getreide maßlos überteuert, und kaum einer der Siedler besaß genügend Bargeld, um ausreichend Lebensmittel hinzuzukaufen. So bestimmten Hülsenfrüchte und Kraut den Speiseplan, und vor allem die Kinder und Heranwachsenden litten darunter, dass nichts Frisches mehr auf den Tisch kam. Selbst die Kühe gaben kaum noch Milch. Durch die einseitige Ernährung und den Mangel an gutem Trinkwasser kam es gegen Ende des Winters zu einigen schweren Fällen von Ruhr, doch wie durch ein Wunder blieb Maitén von Todesfällen verschont.

Obendrein erschütterte eine Serie von kleineren Erdstößen die Zuversicht der Einwanderer. Die Erde zitterte, als wolle sie Frost und Kälte von sich schütteln. Zwar kam nichts und niemand zu Schaden, doch verstärkte dieses unheimliche Phänomen noch den Anstrich von Unwirtlichkeit, den die neue Heimat plötzlich angenommen hatte.

Um nicht den Schafbestand dezimieren zu müssen, gingen die Männer auf die Jagd. Aber sie hatten wenig Erfolg beim Aufstöbern von Niederwild, denn Schnee, Regen und Eis machten die wenigen Pfade, über die man in den Wald eindringen konnte, unpassierbar. So verlegten sie sich auf die Vogeljagd. Bald schon waren kalte, von Nebel verhüllte Morgen und das Knallen von Schüssen untrennbar miteinander verbunden. Josef zog anfangs nur widerwillig mit den anderen los, um Tauben oder Schnepfen zu erlegen, doch nachdem er sich als geschickter Schütze entpuppte, stieg so etwas wie Stolz in ihm auf: Schließlich trug er dazu bei, dass im Hause Kießling niemand Hunger leiden musste.

Die Ängste und Sorgen der anderen prallten an Josef ab. Er hatte ein klares Ziel vor Augen, an dem er mit eisernem Willen festhielt: Irgendwann, in drei oder vier Jahren, würde er ein eigenes kleines Unternehmen auf die Beine stellen. Bis dahin hätte er seinen Bruder ausfindig gemacht, selbst wenn er eine Auskunftei beauftragen müsste, und dann würde er seine Familie wieder vereinen, hier in Chile. Josef war vollkommen davon überzeugt, dass in diesem freien Land jeder sein Glück machen konnte, der genug Fleiß und Ausdauer besaß. Das Einzige, was seinen Plänen mitunter im Weg zu stehen schien, war die eigene Ungeduld: Weder besaß er das notwendige Vermögen, noch war er frei in all seinen Entscheidungen. Viel zu oft ließ ihn seine Tante spüren, dass er noch ein Junge war, in ihren Augen sogar noch ein Kind.

Katja und Hänschen zuliebe verzichtete Josef in diesem Winter beim Essen oft genug auf einen Nachschlag, auch wenn er abends hungrig zu Bett gehen musste. Dennoch schoss er in diesen Monaten um Kopfeslänge in die Höhe und war froh, wenn eine Frostperiode das mühsame Bestellen der Böden verhinderte, denn die körperliche Arbeit setzte ihm zu, auch wenn er das niemals zugegeben hätte. Weil das Wetter meist von Dauerregen bestimmt war, mühten sich die Siedler fluchend mit der schweren Scholle für die Wintersaat. Im Spätherbst hatten sie begonnen, auf ihren gerodeten Parzellen die Wurzelstöcke auszugraben und das übrige Gestrüpp und Bambusdickicht mit Axt und Hacke zu entfernen.

«Das ist eine elendere Schufterei als in Deutschland, und zu essen haben wir auch nicht genug», war immer wieder zu hören, als es ans Pflügen und Eggen ging. Die Ehrets hatten aus Deutschland einen modernen Pflug mitgebracht, den sie voller Stolz hinter ihre Ochsen spannten. Aber schon nach zwei Tagen war das Gerät völlig verbogen vom Wurzelwerk, das sich wie Fangarme beutegieriger Tiere im Boden verbarg.

Schadenfroh beobachtete Josef, wie sich Hartmut Ehret auf der Nachbarparzelle abmühte.

«Ihr Pflug geht viel zu tief. Bei diesem Boden können Sie ihn bald wegwerfen», rief Emil hinüber. «Schauen Sie sich besser mal unseren Pflug an.»

Emil hatte sich nach Art der einheimischen Geräte einen Pflug gebaut, der einem großen hölzernen Haken glich, mit dem er die Erde nur aufriss, um sie anschließend mit den starken Zweigen eines Dornbuschs glatt zu eggen. Die meisten Siedler hatten diese Methode inzwischen von den Chilenen übernommen, da dem Boden, der noch nie bestellt worden war, damit am besten beizukommen war. Doch Ehret blieb stur, und so war sein teurer Pflug am Ende des Winters nicht mehr zu gebrauchen.

«Womit haben wir diese Nachbarn nur verdient», stöhnte Luise. «Sie sind rechthaberisch, halten sich für etwas Besseres, und jetzt fangen sie auch noch an, die anderen Siedler auszunehmen wie Weihnachtsgänse.»

Zu Beginn des Winters nämlich war bei der ersten Siedlergruppe die Zeit der monatlichen Unterstützung durch die chilenische Regierung abgelaufen, und die meisten von ihnen hatten Mühe, ihre Familien aus eigenen Mitteln zu unterhalten. Da die Ehrets nie ein Hehl aus ihrem üppigen Finanzpolster gemacht hatten, lud Wilhelm Scheck sie eines Tages zu sich ein und bat sie um Hilfe für die bedürftigsten Familien. Josef, der sich an diesem Tag bei seinem Freund Friedhelm aufhielt, wurde zufällig Zeuge des Gesprächs.

«Wir müssen unser Geld selbst zusammenhalten», hörte er Hartmut Ehret sagen. «Ich habe zwei erwachsene Söhne und drei halbwüchsige Kinder.»

«Außerdem bekommen diese Leute doch sicher einen Kredit von der chilenischen Bank», schaltete sich Ehrets Frau ein.

«Aber der ist sehr teuer», erwiderte Scheck.

«Wie viel Prozent Zins?», fragte sie jetzt neugierig.

«Elf, soviel ich weiß.»

«Gut, dann nehmen wir neun Prozent.»

Scheck pfiff durch die Zähne. «Aber das ist ja Wucher!»

«Nein, nur Selbsterhaltung», gab sie zurück. «Wir wissen schließlich nicht, ob wir das Geld je zurückbekommen.»

«Ist Ihnen klar, dass Sie sich mit dieser Haltung bei den

anderen nicht gerade beliebt machen?» Scheck war jetzt ganz offensichtlich verärgert.

«Die Distanz muss gewahrt bleiben», antwortete Sylvia Ehret und erklärte das Gespräch damit für beendet.

«Diese Halsabschneider», schimpfte Luise, als Josef zu Hause von der Unterredung erzählte.

«Hartmut Ehret ist eigentlich kein schlechter Kerl», verteidigte Emil seinen Nachbarn. «Ich glaube, er leidet manchmal unter der Großmannssucht seiner Frau.»

Luise verzog verächtlich die Lippen. «Mein Mitleid hält sich in Grenzen. Und schau dir nur die beiden Mädchen an, eingebildet, aber dumm wie Bohnenstroh. Neulich habe ich mal Kunigunde gefragt, ob sie kurz auf Hänschen aufpassen könnte. Weißt du, was dieses Gör geantwortet hat? Ich solle mir doch ein Kindermädchen einstellen. Der Einzige, der was taugt von den Ehrets, ist Claudius.»

Ehrets Ältester war in der Tat völlig anders geraten als seine Eltern. Er hatte weder das Verschlossene, Harte seines Vaters noch die schwatzhafte Überheblichkeit seiner Mutter. Er schien wie ein Kuckucksei in das Nest dieser Familie gelegt worden zu sein. Josef mochte ihn: Trotz seiner zurückhaltenden Art war Claudius hilfsbereit und zeigte keinerlei Dünkel gegenüber den einheimischen Arbeitern. In seiner freien Zeit lernte er Spanisch, um sich besser mit ihnen verständigen zu können. Niemanden wunderte es, dass er sich im Laufe des Winters mit Gottlieb Scheck anfreundete, denn die beiden waren sich sehr ähnlich.

Durch die harten Umstände des Zusammenlebens hatten sich unter den Siedlern innerhalb kürzester Zeit sowohl eindeutige Abneigungen wie enge Freundschaften herausgebildet. Josef verbrachte viel Zeit mit Friedhelm Scheck, auch wenn ihn dessen sprunghafte Art manchmal verwirrte. Auch mit den anderen Jungen kam er gut aus. Mit einer einzigen Ausnahme: Julius Ehret. Es überkam ihn inzwischen ein regelrechter Widerwillen, wenn er Julius nur sah, mit seinem teigigen Gesicht, in dem ein geringschätziges Grinsen festgeklebt schien, und seinem schlaffen Gang, die Schultern eingezogen, der Kopf gesenkt. Julius hatte die hochnäsige Art seiner Mutter, und wie seine Mutter schöpfte er daraus ein Gefühl der Überlegenheit, sodass die anderen Burschen nichts mit ihm zu schaffen haben wollten.

Luise fand eine Freundin in der resoluten Krankenschwester Rosalind, und wenn die beiden Frauen ihre Köpfe zusammensteckten, war niemand vor ihrem Spott sicher. Josef musste immer an zwei aufgeplusterte Glucken denken, die nebeneinander auf der Stange hockten und gackerten.

«Was habt ihr nur für ein loses Mundwerk», schimpfte auch Emil. Er selbst schien mit jedem auszukommen, hatte aber keine wirklich engen Freunde. Josef wusste, dass seine Familie Emil das Wichtigste war. Nur manchmal äußerte er sein Bedauern, dass Paul Armbruster so weit weg wohnte.

Anfang September krepierten einige Ochsen an Entkräftung, da für sie nur noch das Laub umgehauener Bäume als Futter übrig war. Eines der Tiere gehörte Kießlings. Dass es erst nach der Bestellung der Äcker verendete, war ein nur schwacher Trost.

Emil war nahe dran aufzugeben.

«Ich hab keine glückliche Hand für den Ackerbau. Wahrscheinlich bin ich zu sehr Handwerker», sagte er bekümmert zu Heinrich Hinderer, der mit seiner Frau zum Tee eingeladen war. Luise hatte trotz aller Entbehrungen aus Haferflocken und gehackten Trockenfrüchten ein köstliches Gebäck gezaubert.

«Unsinn», versuchte Hinderer ihn aufzumuntern. «Das

ist eine Durststrecke, die wir alle durchstehen müssen. Du wirst sehen, die nächste Ernte wird gut. Die Felder sind jetzt viel besser vorbereitet.»

Josef kaute gedankenverloren an einem der Kekse. «Julius hat neulich gemeint, dass wir wohl die Nächsten seien, die bei seinen Eltern in der Kreide stehen.»

«Nie und nimmer!» Vor Entrüstung war Luise aufgesprungen. «Ich werde keinen Pfennig von diesen Leuten nehmen, lieber fresse ich Gras.»

Schier endlos zog sich der Winter hin. Vier Familien hatten sich bereits nach den von Sylvia Ehret diktierten Konditionen verschuldet. Die Abneigung gegenüber dieser Familie wuchs, doch die Ehrets schien das nicht zu stören. In ihrer Not begannen die Siedler das Fleisch von Papageien und Yecos, den einheimischen schwarzen Kormoranen, zu essen. Das Brennholz ging zur Neige, doch das Wetter wollte einfach nicht besser werden. Noch Anfang Oktober war die Straße nach Maitén so durchweicht, dass die Ochsenkarren stecken blieben. Die Siedler hatten begonnen, vor ihren Häusern ein Netz aus Knüppeln durch den knöcheltiefen Morast zu legen.

«Wenn es Sommer wird, müssen wir uns an den Wegebau machen», sagte Wilhelm Scheck bei einer der wöchentlichen Zusammenkünfte der Siedler. «Übrigens habe ich Nachricht von Pérez Rosales. Seine Landvermesser treffen nächsten Monat hier ein. Vier kräftige junge Burschen werden noch gesucht, die sie in die Berge begleiten sollen.»

Lebhafte Unruhe kam unter den Versammelten auf. Die halbwüchsigen Jungen drängten nach vorn, die Mütter, die ihre Söhne nicht gehen lassen wollten, stritten lautstark mit ihren Männern, und selbst ein paar junge Frauen fanden sich, die an der Expedition teilnehmen wollten.

«So seid doch einen Augenblick ruhig», rief Scheck. «Ich

bin noch nicht fertig. Die beiden Vermesser sind Chilenen, und der Führer ist ein Araukaner. Das bedeutet, dass nur diejenigen, die *castellano* sprechen, teilnehmen können. Außerdem sollte niemand gegen den Willen seiner Familie mitkommen, denn wie ihr wisst, steht im November die Schafschur an, und außerdem müssen wir dringend größere Mengen Holz schlagen.»

Schließlich fiel die Wahl auf Claudius Ehret, Gottlieb Scheck, den sechzehnjährigen Michael Schemmer – und auf Josef. Josef hätte einen Luftsprung machen mögen vor Glück.

Widerstrebend gab Luise schließlich ihre Einwilligung.

«Wenn du dir unbedingt den Hals brechen willst, dann geh mit. Aber ich werde dich dann nicht pflegen.»

Vier Wochen später, an einem klaren Novembermorgen, versammelten sich die jungen Männer am östlichen Rand der Siedlung, die Tornister aus Fell und Leder voller Proviant und ihre zusammengerollten Ponchos auf den Rücken geschnallt. Erwartungsvoll hielten sie die scharfgeschliffenen *machetones* in der Faust. Die beiden Vermesser und ihr indianischer Führer brachten mit, was für eine mehrtägige Expedition benötigt wurde: Planen, Stricke, Kochgeschirr, Beile und anderes Werkzeug sowie eine Kopie der Karte, die einst Bernhard Philippi, der große Pionier der deutschen Kolonisation in Chile, angefertigt hatte.

Als sich die Sonne über die Silhouette der Kordilleren schob, brachen sie auf, Max und die beiden Hunde des Araukaners vorneweg. Zu Don Joaquín, dem jüngeren der beiden Chilenen, fassten die Jungen aus der Kolonie sofort Vertrauen. Er lachte und schwatzte gern und hatte seinen Spaß an ihren holprigen Versuchen, sich in der fremden Sprache auszudrücken, ohne dass er sich deshalb lustig über sie gemacht hätte. Im Gegenteil: Unermüdlich korrigierte er ihre Fehler und lehrte sie neue Begriffe. Don

Eusebio hingegen und Gonzalo Quilaqueo, der Araukaner, waren schweigsame Gestalten. Der Indianer wirkte freundlich, aber verschlossen, der Chilene eher missmutig und in verbissener Art von der Bedeutung dieser Forschungsreise überzeugt. Er schien die herrliche Natur nur unter dem Blickwinkel von Entfernungen, Steigungen und Winkeln wahrzunehmen, die er mit buchhalterischer Genauigkeit auf seine Karten übertrug.

«Mit dem ist nicht gut Kirschen essen», flüsterte Gottlieb.

Die Gruppe kam nur langsam voran, denn das leicht abfallende Ufer war steinig, und häufig zwangen frische Erdrutsche und umgestürzte Bäume sie, durch das eisige Wasser zu waten oder in den Wald auszuweichen und sich mit der Machete eine Schneise durch das Unterholz zu schlagen. Don Eusebio hatte den Burschen in seinem knorrigen Spanisch erklärt, dass sie sich bis zur Westflanke des Vulkans Osorno möglichst dicht am Seeufer halten würden, um anschließend in einem großen Bogen durch das Hinterland zurückzukehren. Immer wieder rutschte oder stürzte einer der Jungen in dem unwegsamen Gelände, und so waren sie froh über jede kurze Pause, die der Chilene anordnete, um seine Berechnungen durchzuführen und die Ergebnisse aufzuzeichnen. Endlich befand ihr Anführer, dass es Zeit für eine Mittagsrast sei. Nachdem sie Holz gesammelt und mit Hilfe von Don Joaquíns Zunderschwamm ein Feuer entfacht hatten, durften sie ihre schmerzenden Beine von sich strecken. Doch keiner der Jungen hätte seine Schwäche offen zugegeben, und so kramten sie betont munter ihre Vorräte heraus. Don Joaquín lachte, als er die schmalen Päckchen mit Dörrobst, Käse und Weißbrot sah.

«Damit werdet ihr euren Hunger nicht lange stillen, bei diesen Strapazen.»

Als die Jungen nicht gleich verstanden, deutete er auf

einen Sack mit geröstetem Mehl. «Das hier schmeckt zwar nicht besonders, macht aber satt.»

Während der Araukaner sich an die Zubereitung von Matetee machte, streute Don Joaquín das Mehl in einen Topf mit kaltem Seewasser, gab etwas Salz und *ají*, getrocknete scharfe Pfefferschoten, hinzu und rührte, bis die Masse gleichmäßig sämig wurde.

Josef verzog das Gesicht, als er kostete.

«Das schmeckt ja wie Kleister.»

«Hm», gab Claudius kauend zurück. «Aber nach dem dritten Löffel merkst du es nicht mehr. Und es macht tatsächlich satt.»

Don Joaquín hatte zwar nicht verstanden, was die beiden sprachen, doch merkte er ihren Gesichtern an, dass sein Mittagsmahl nicht gerade Begeisterung hervorrief.

«Dafür schießt uns Eusebio zum Abendessen ein paar Enten», sagte er mit aufmunterndem Lächeln. «Er kann hervorragend mit der Flinte umgehen.»

Am Nachmittag stießen sie auf die Mündung eines Flusses, der durch die Schneeschmelze zu einem reißenden Strom angeschwollen war. Ratlos starrten die Jungen auf das unerwartete Hindernis. Dann bemerkten sie, wie ihre Begleiter sich die Beile vom Rucksack schnallten.

«Los, steht nicht herum, helft uns», herrschte Don Eusebio sie an. «Wir brauchen fünf oder sechs feste Stämme.»

«Sollen wir eine Brücke bauen?», fragte Josef verständnislos.

«Dummkopf! Wir müssen die Mündung mit einem Floß umfahren.»

Sie fällten sechs junge Buchen, befreiten sie grob von Laub und Ästen und banden sie aneinander. Dann suchten sie kräftige Bambusstangen, die ihnen zum Staken dienen sollten. Da das Floß zu klein war für sieben Männer samt Ausrüstung, mussten sie zweimal übersetzen. Zuerst machten sich die Chilenen und der Araukaner mit dem Gepäck und den drei Hunden auf den Weg. Mit ihren Stangen steuerten sie das Floß geschickt durch das lehmig-braune Wasser der Mündung. Bereits kurze Zeit später war Gonzalo wieder mit dem leeren Floß bei ihnen. Sie kletterten auf die Baumstämme und stießen sich vom Ufer ab. Doch die Jungen stellten sich ungeschickt an mit ihren Stangen.

«Weiter auf den See hinaus!», brüllte Don Eusebio vom Ufer her, aber es war schon zu spät. Eine Stromschnelle hatte das Floß erfasst, und da die Jungen auf der falschen Seite stocherten, gelang es ihnen nicht rechtzeitig gegenzusteuern. Die Strömung trieb sie in schneller Fahrt so weit hinaus, dass ihre Stangen Grund verloren. Josef bekam es mit der Angst zu tun. Er war kein besonders guter Schwimmer, und das Floß, das jetzt friedlich auf dem Wasser schaukelte, befand sich etliche hundert Schritt vom Ufer entfernt. Sie sahen, wie Don Eusebio dort hin- und herlief und wild mit den Armen gestikulierte. Der Einzige, der die Ruhe behielt, war der Araukaner.

«Alle ins Wasser!» Er ließ sich in den eiskalten See gleiten. «Wir müssen das Floß ans Ufer ziehen.»

«Wieso das denn?», fragte Gottlieb entgeistert, doch Gonzalo gab keine Antwort.

Zehn Minuten später kletterten die Jungen ans Ufer. Sie zitterten vor Kälte in ihren nassen Kleidern und ließen Don Eusebios Schimpftirade stumm über sich ergehen.

«Ihr seid wirklich echte Pioniere», grinste Don Joaquín, der Gonzalo half, das Floß an Land zu ziehen. «Los, helft mir, die Stricke loszumachen. Die werden wir noch brauchen.»

Jetzt erst begriffen die Jungen, dass sie das Floß nur der kostbaren Stricke wegen an Land gebracht hatten, denn die Stämme wurden achtlos liegengelassen. Don Eusebio ließ ihnen nicht einmal Zeit, die Kleidung zu trocknen, denn, wie er ihnen ungehalten mitteilte, durch ihre Dummheit hätten sie genug Zeit verloren.

Als sie sich der Flanke des Osorno näherten, stießen sie immer häufiger auf Strände mit schwarzem Vulkansand. In der Ferne wurden Lavaströme sichtbar, die sich nach dem letzten Ausbruch in den See ergossen und die Uferwälder mit sich gerissen hatten. Silbergrau glänzten hier und da die Skelette toter Bäume in der Sonne.

Noch zweimal mussten sie einen Fluss durchqueren. Zu Josefs Erleichterung war das Wasser flach genug, dass sie es durchwaten konnten. In einer kleinen Bucht errichteten sie ihr Nachtlager. Nachdem sie ihre Kleider zum Trocknen aufgehängt hatten, drängten sich die Jungen nackt bis auf die Unterhose um die lodernden Flammen des Lagerfeuers und schlürften ihren Mate. Über dem See zog ein Schwarm Ibisse seine Kreise, und aus dem Unterholz ertönte das durchdringende Trällern des Chucao wie Gelächter herüber.

«Ich glaube, ich mache mich wieder auf den Heimweg», stöhnte Michael und betrachtete seine zerkratzten Beine.

Don Eusebio sah ihn scharf an. «Keiner verlässt die Gruppe», sagte er, und nicht zum ersten Mal hatten die Jungen den Eindruck, dass der Chilene Deutsch verstand. «Ich habe keine Lust, einen Suchtrupp hinterherzuschicken.»

Dann schulterte er sein Gewehr und stapfte mit dem Indianer und den Hunden los. Kurz darauf hörten sie drei Schüsse aus dem Schilf. Mit drei erlegten Enten über der Schulter und den aufgeregt bellenden Hunden kehrten sie zurück.

«Jeder Schuss ein Treffer», flüsterte Gottlieb anerkennend. Geschickt nahm Gonzalo die Vögel aus und warf den Hunden die Köpfe und Innereien zu. Dann spießte er die Enten auf Stöcke und legte sie auf Astgabeln dicht über die Glut. Bald zog ihnen der Duft von gebratenem Fleisch verführerisch in die Nase.

Es dämmerte bereits, als sie ihre Ponchos und Felle ausbreiteten. Da Gonzalo eine sternenklare Nacht vorhergesagt hatte, schliefen sie unter freiem Himmel. Satt und müde wickelte sich Josef in die Decke, Max dicht an seinem Rücken. Aus dem nahen Wald drangen die Schreie eines Käuzchens, Fledermäuse überflogen wie Schwalben ihr Lager, der See plätscherte friedlich gegen den Kiesstrand. Da begann Max zu knurren, und die anderen Hunde fielen ein.

«*Qué pasa?* Was ist das?» Don Eusebio griff nach seiner Flinte und schritt das Gebüsch ab. Da er in der Dunkelheit nichts erkennen konnte, feuerte er blind ins Unterholz und legte sich wieder an seinen Platz.

Hoffentlich war das nur ein Hase, dachte Josef, dann schlief er erschöpft ein.

Am nächsten Morgen wurden sie von Gonzalo geweckt. Auf dem Feuer stand bereits ein Kessel mit dampfendem Wasser, und Don Joaquín rührte den ungeliebten Mehlbrei an. Eilig nahmen sie ihr Frühstück ein, denn Don Eusebio drängte zum Aufbruch.

Wenige Stunden später bogen sie nach Nordosten ins Hinterland ab. Obwohl der verwucherte Pfad kaum noch zu erkennen war, fand der Araukaner seinen Weg ohne Schwierigkeiten. Schließlich erreichte die Gruppe auf einer Anhöhe eine größere Fläche, wo die Indianer offensichtlich Brandrodung betrieben hatten. Bis hierher waren die Hügel viel weniger steil als befürchtet. Erst im Rücken des mächtigen Osorno ragte die Andenkordillere wie eine drohende Wand auf.

Da die freie Fläche einen guten Überblick über das umliegende Land bot, kramte Don Eusebio seine Karten heraus und machte sich an seine Eintragungen. Don Joaquín füllte währenddessen mit den Jungen die Wasserflaschen in einem nahegelegenen Bach auf.

«Glauben Sie, dass diese Gegend für Siedler frei gegeben wird?», fragte ihn Gottlieb.

Don Joaquín zuckte mit den Schultern. «Das haben nicht wir zu entscheiden, wir liefern nur unsere Beobachtungen. Das Land ist sicher nicht schlecht, genug Quellen und Flüsse sind vorhanden, auch wenn das Roden in den Hügeln sicher mühsamer wird als auf eurer Seite des Sees.» Er warf einen Blick auf Gonzalo, der regungslos wie eine Statue auf einem Felsen stand und in die Ferne starrte. «Aber es scheint von den Mapuche genutzt zu werden, vielleicht von denselben Clans, die früher zwischen Osorno und Maitén gelebt haben. Wenn diese Hügel zum Siedlungsgebiet erklärt werden, müssten die Indianer in höher gelegene Gebiete ausweichen, und dort werden sie kaum eine ausreichende Lebensgrundlage finden.»

Nun ließen auch die Jungen ihre Blicke über die immergrünen Hügel schweifen, die da und dort von Flusstälern und Lichtungen durchsetzt waren. Doch sie konnten weder Häuser noch Wege oder andere Anzeichen menschlicher Existenz ausmachen.

«Das Gebiet ist doch menschenleer», sagte Claudius schließlich.

Don Joaquín schüttelte den Kopf. «Die Mapuche leben nicht in Dörfern, sondern in kleinen Familienverbänden. Sie ziehen mal hierhin, mal dorthin, und wo sie Wild finden und guten Boden, lassen sie sich eine Zeitlang nieder, bis das Land nichts mehr hergibt. Dann ziehen sie weiter. Und da sie schon oft vertrieben wurden, leben sie ziemlich verborgen. Aber Gonzalo erkennt die Zeichen ihrer Anwesenheit und ist der Meinung, dass hier mehrere Clans leben.»

Don Joaquín bückte sich und zog einen regelmäßig zugeschnittenen Dornbusch aus dem Schatten eines Felsens.

«Der hier wurde erst kürzlich noch als Egge benutzt. Und dort drüben könnt ihr Ackerfurchen erkennen. Das heißt, hier wurde noch bis vor kurzem gesät und geerntet.»

Josef dachte an das drohende Knurren seines Hundes in der letzten Nacht. Waren sie gestern von den Indianern beobachtet worden? Don Eusebio riss ihn aus seinen Gedanken.

«Wir werden die Hochkordillere bis auf etwa dreitausend Fuß besteigen, um die Boden- und Vegetationsverhältnisse zu erkunden. Danach geht es durch die Ausläufer zurück. Also los.»

Nachdem sie die gerodete Fläche verlassen hatten, wurde der Urwald nahezu undurchdringlich, und sie mussten kleinere Bäume fällen, damit diese mit ihrem Gewicht Bambusrohr und Gestrüpp zu Boden drückten. Das Klettern und Balancieren über die geschlagenen Stämme war ebenfalls sehr mühsam, zudem ging es die meiste Zeit bergauf.

Die Pflanzenwelt verlor an Vielfalt, nur noch die riesigen Alercen und Araukarien überragten die wenigen krüppelhaften Buchenarten und niedrigen Zimtbäume, die Canelos.

«Der Zimtbaum und die Araukarie sind den Mapuche heilig», erklärte Don Joaquín den Jungen. Josef legte den Kopf in den Nacken und betrachtete die rundum mit dicken Nadeln besetzten Äste einer Araukarie, die eine schirmartige Krone bildeten. Seinem majestätischen Wuchs zum Trotz hatte der Baum etwas von einem Igel.

Als sie sich dem Gipfel, den Don Eusebio für ihren Aufstieg ausgewählt hatte, näherten, wurde der Wald immer lichter. Selbst die ewigen Bambushaine waren verschwunden.

Spät am Mittag, den Jungen knurrte bereits der Magen, suchten sie sich einen Rastplatz unterhalb eines Felsens. Da es hier weit und breit keine Quelle gab und das Trinkwasser in ihren Flaschen zur Neige ging, würgten sie das geröstete Mehl trocken hinunter. Zum Nachtisch gab es frische Nalca-Sprossen, die sie unterwegs gesammelt hatten, und ihren restlichen Käse.

«Seht mal.» Don Joaquín wies in den Himmel. Über ihnen zog ein einsamer Kondor majestätisch seine Bahn. Deutlich waren die weiße Halskrause und die gezackten Schwingen zu erkennen. Hier oben, in der Stille der Berggipfel, war sein Reich. Josef beobachtete ihn gebannt, bis er in einer Schlucht verschwunden war. Von Westen her zogen dichte Wolken auf und schoben sich vor die Nachmittagssonne.

«Es wird bald regnen», sagte Don Eusebio. «Packt schnell zusammen.»

Als sie wieder in den dichten Gürtel des Regenwalds eingetaucht waren, hielten sie Ausschau nach einem geeigneten Platz für das Nachtlager. Sie fanden einen umgestürzten Stamm, der sie vor dem drohenden Regen schützen würde.

«Unter dem Baum haben wir alle Platz», erklärte Don Joaquín. «Und aus seiner Rinde können wir ein weiches Bett machen.»

Die Jungen wurden zur Wassersuche eingeteilt und schwärmten in alle Richtungen aus. Josef kämpfte sich mit Max durch das Quila-Dickicht. Der Hund stürmte plötzlich voraus, da hörte auch Josef das Rauschen. Als er die Halme zur Seite bog, sah er einen Steinwurf entfernt eine hohe Felswand, von der sich ein Bach in die Tiefe stürzte. Dort, wo Max wedelnd auf ihn wartete, sammelte sich das Wasser in einem fast kreisrunden Becken. Josef wollte gerade umkehren, um die anderen zum Wasserschöpfen zu holen, da entdeckte er, dass Max etwas im Maul trug. Im ersten Moment dachte er, der Hund hätte eine Ratte erwischt, doch als er ihm die Lefzen öffnete und die vermeintliche Beute wegnahm, hielt er einen Wasserbeutel aus Leder in der Hand. Verwundert sah er erst auf den Beutel, dann auf seinen Hund.

«Wo hast du den denn her?», murmelte er.

«Das gehört mir!»

Auf der anderen Seite des Bachs stand der junge Mapuche, der Luise heimgebracht hatte. Im Gegensatz zu Josef schien er nicht sehr erfreut über ihre neuerliche Begegnung. In zwei, drei Sprüngen durchquerte er das steinige Bachbett und nahm Josef den Wasserbeutel aus der Hand.

«Was machst du hier?», fragte Josef erstaunt.

Der Indianerjunge kniff finster die Augen zusammen. «Ich habe den Auftrag des Kaziken, euch zu beobachten.»

«Warum?»

Ohne eine Antwort machte der Indianer kehrt und verschwand.

Josef war enttäuscht und verärgert zugleich. Warum lief der Junge immer vor ihm weg? Dabei hatte er sich bei ihm bedanken wollen dafür, dass er seiner Tante geholfen hatte. War der Mapuche die ganze Zeit in ihrer Nähe gewesen? Und was bedeutete es, dass er den Auftrag hatte, sie zu beobachten? Wer oder was war überhaupt ein Kazike? Seltsam. Jetzt erst fiel Josef auf, dass der Indianer in fließendem *castellano* mit ihm gesprochen hatte.

Er füllte seine Flaschen auf und kehrte ins Lager zurück. Da er Don Eusebio und seinen Launen nicht über den Weg traute, behielt er die Begegnung für sich.

Das Abendessen fiel um einiges kärglicher aus als am Vortag, denn Don Eusebio hatte kein Glück bei der Jagd.

«Schade», sagte Don Joaquín. «Ich dachte schon, Eusebio erlegt mal einen Puma.»

«Gibt es hier denn welche?», fragte Josef, erschrocken und fasziniert zugleich.

«Sicher. Sie sind zwar Einzelgänger und sehr scheu, aber wir sollten trotzdem keine Essensreste herumliegen lassen.»

«Wenn sie sehr hungrig sind, stürzen sie sich auch auf halbwüchsige Jungen», brummte Don Eusebio und rutschte tiefer unter den Baumstamm, denn es hatte zu regnen begonnen.

Am nächsten Morgen verging ihnen die Lust auf Scherze, denn Gonzalo fand ganz in der Nähe des Lagers frische Pumaspuren im feuchten Boden.

«Wir werden in der Nacht Wachen aufstellen müssen», befand Don Eusebio. «Ist vielleicht auch besser wegen der Indianer. Ich glaube nicht, dass sie begeistert sind, wenn sie unsere Expedition bemerken.»

«Sie werden uns nichts tun», entfuhr es Josef. Er sah, wie ihn Gonzalo prüfend betrachtete und ihm dann unmerklich zunickte. Ob er ebenfalls bemerkt hatte, dass sie verfolgt wurden?

Nachdem sie sorgfältig alle Spuren ihres Lagers beseitigt hatten, brachen sie auf. Der stete Regen, der den Boden durchweichte, ließ sie nur sehr langsam vorwärtskommen. Zu allem Übel erhob sich ein eisiger Wind. Sie wurden nass bis auf die Haut, und ihre Schuhe und Strümpfe hatten sich wie Schwämme mit Wasser vollgesogen.

«Das gibt Blasen», prophezeite Claudius.

Gegen Mittag stießen sie wieder auf einen alten Indianerpfad, dem sie nach Westen folgten. Dort entdeckte der Araukaner Spuren von Pudus, von Zwerghirschen, was Don Eusebios Stimmung spürbar hob.

«Wir machen Rast. Und zum Mittagessen gibt es einen Braten, darauf könnt ihr wetten.»

Seine Jagdleidenschaft war offenbar wieder geweckt. Bevor es sich ihr Anführer anders überlegen konnte, entledigten sich die Jungen ihres Gepäcks und verstauten es unter einem Felsvorsprung. Don Eusebio band die Hunde an einen Baum, damit sie ihm bei der Jagd nicht in die Quere kämen, dann zog er mit Gonzalo los.

«Ich habe noch nie erlebt, dass jemand ein Pudu erlegt hätte», grinste Don Joaquín und suchte sich ein trockenes Fleckchen unter dem Felsen. Josef beobachtete ihn aufmerksam. Der Mann wirkte trotz seiner jungenhaften Art wie jemand, der weit herumgekommen war. Plötzlich kam

Josef ein Gedanke. Er zwängte sich zu Joaquín unter den niedrigen Felsvorsprung.

«Don Joaquín, vielleicht können Sie mir weiterhelfen.»

«Um was geht es denn?» Don Joaquín sah ihn erwartungsvoll an.

«Ich bin auf der Suche nach meinem älteren Bruder, der vor einigen Jahren nach Chile kam. Hier in den deutschen Siedlungsgebieten scheint ihn niemand zu kennen.»

«Wie heißt er?»

«Raimund Scholz.»

Don Joaquín schüttelte den Kopf. «Den Namen habe ich noch nie gehört. Wie alt ist er?»

Josef rechnete nach. «Einundzwanzig. Er war siebzehn, als er hierherkam. Er hat wohl bei seiner Ankunft gesagt, er wisse schnellere Wege, zu Geld zu kommen als durch Ackerbau. Das ist auch das Einzige, was ich seitdem über ihn gehört habe. Was könnte er damit gemeint haben?»

«Scheint ein rechter Abenteurer zu sein, dein Bruder. Vielleicht ist er nach Valparaíso gegangen. In so einer großen Hafenstadt bieten sich viele Möglichkeiten.»

«Ich habe das deutsche Konsulat von Valparaíso bereits angeschrieben, selbst das von Santiago, aber niemand konnte mir weiterhelfen.»

«Mmh. Wenn jemand hier ganz von vorne anfangen muss, gibt es eigentlich nur eine Möglichkeit. Ich war auch einmal in der Situation. Damals habe ich mein Glück in den Minen versucht.»

«Und wo liegen diese Minen?»

In Josefs Magen begann es zu rumoren. Er wusste nicht, ob vor Aufregung oder von dem ungewohnt schweren Mehlbrei.

«Es gibt unzählige Minen. Winzige und riesengroße. Es wird nach Silber, Kupfer oder Salpeter gegraben, ja sogar nach Gold. Und sie liegen alle in einer Gegend, die Gott bei der Erschaffung der Welt offenbar vergessen hat: in einer unbarmherzigen Wüste am Nordrand von Chile.»

Don Joaquín sah Josef mit seinen ruhigen, klaren Augen an. «Für dich und deinen Bruder hoffe ich, dass er einen anderen Weg gewählt hat. Das Leben in der Atacamawüste ist die Hölle, und die Menschen, die dort arbeiten, sind fast alle verlorene Seelen. Einige wenige werden durch die Minen reich, die meisten aber gehen darin zugrunde.»

Josef legte sich die Hand auf den Bauch. «Entschuldigen Sie, aber ich muss mich mal erleichtern.»

«Herrje, ich wollte dich nicht verschrecken. Vielleicht steckt dein Bruder ja auch ganz woanders.» Don Joaquín lachte. «Sei leise, sonst verscheuchst du das Wild.»

Hinter den Felsen war der Boden sumpfig. Vorsichtig tastete sich Josef über Grasinseln vor, bis der Untergrund wieder fester wurde. Es hatte aufgehört zu regnen. Nebelfetzen stiegen an den Baumriesen empor. Josef trat hinter eine langgestreckte Dornenhecke – und prallte fast gegen den geduckten Körper des jungen Mapuche.

«Was …», begann er zu stottern, doch der Junge legte ihm die Hand auf den Mund und deutete mit einer Kopfbewegung auf eine kleine Lichtung. Ein Rudel Zwerghirsche hatte sich dort versammelt, um zu grasen. Sie waren nur so groß wie Hütehunde, und der Regen hatte ihr rötliches Fell dunkel verfärbt. Der Mapuche richtete sich vorsichtig auf, eine Steinschleuder in der Hand. Plötzlich kam Bewegung in die Tiere. Sie hatten Witterung aufgenommen. Jedoch nicht von den beiden Jungen, sondern von einer Gestalt, die am anderen Ende der Lichtung auftauchte, mit einem Gewehr im Anschlag. Don Eusebio! In großen Sprüngen hielten die Pudus direkt auf das Gebüsch zu, hinter dem sich Josef und der Mapuche versteckten. Don Eusebio feuerte mitten in das davonsprengende Rudel, ohne zu treffen. Plötzlich schwenkte er die Mündung seines Gewehrs in ihre Richtung, genau auf die Stelle hinter dem Busch, wo der junge Indianer mit der Steinschleuder stand. Ohne nachzudenken, warf sich Josef gegen ihn und riss ihn zu Boden, als auch schon der Schuss krachte und ihm ein schneidender Schmerz in die Schulter fuhr. Die Pudus stoben in Panik davon, und Josef hörte das knackende Geräusch von Zweigen und eilige Schritte, die sich näherten.

«Maldito!», rief Don Eusebio und starrte mit offenem Mund auf die beiden Jungen herunter. Der Mapuche sprang auf, half Josef auf die Beine und streifte vorsichtig, ohne den Chilenen zu beachten, Josefs Jacke von der verletzten Schulter.

«Morgen ist der Schmerz vorbei. Ich danke dir», sagte er leise, dann warf er einen verächtlichen Blick auf Don Eusebio und fügte hinzu: «Schlechter Schütze.» Ohne Eile ging er über die Lichtung davon. Am Waldrand wandte er sich noch einmal um, warf beide Arme in die Luft und stieß einen gellenden Pfiff aus. Kopfschüttelnd sah ihm Gonzalo, der inzwischen herangekommen war, hinterher.

«Verdammt nochmal», fluchte Don Eusebio. «Was rennst du mir in die Schusslinie! Bist du wahnsinnig?»

Vor Josefs Augen begann es zu flimmern. Jetzt erst wurde ihm bewusst, dass Don Eusebio um ein Haar den jungen Mapuche erschossen hätte und stattdessen ihn an der Schulter gestreift hatte.

«Ich musste mal austreten und –»

«Was hast du bei diesem verdammten Wilden zu schaffen?», unterbrach ihn Don Eusebio ungehalten.

«Gar nichts, er stand hier im Gebüsch. Sie haben auf ihn gezielt!» Ein böser Verdacht stieg in Josef auf. War dieser Schuss gar kein Jagdunfall gewesen? Hatte der Chilene etwa mit Absicht auf den Indianer gezielt? Josef wandte sich ab und ging auf schwankenden Beinen Richtung Lager. Seine Schulter brannte.

«Halt, warte.»

Don Eusebio wirkte auf einmal unsicher. «Lass mal deine Schulter sehen.»

Unwillig zog Josef sein Hemd aus. Er bemerkte, dass Don Eusebios Finger zitterten, während er die Wunde untersuchte.

«Nur gestreift», stellte er erleichtert fest. «In ein paar Tagen ist das verheilt.»

Doch die anderen Jungen teilten seine Erleichterung nicht, als sie am Rastplatz ankamen. Als sie zusahen, wie Don Joaquín die Schulter reinigte und mit Branntwein desinfizierte, empörten sie sich über Don Eusebio, der sich mit finsterem Gesicht von der Gruppe fernhielt.

«Wie kann er nur einen Jungen mit einem Zwerghirsch verwechseln?», schimpfte Gottlieb.

«Einem erfahrenen Jäger darf so was nicht passieren», stimmte selbst Don Joaquín leise zu. «Wenn das jemand erfährt, bekommt Eusebio Ärger.»

Josef schwieg. Jetzt, wo der erste Schreck verflogen war und der Schmerz bereits nachließ, breitete sich ein Gefühl von Freude in ihm aus. Endlich hatte er den Mapuche wieder getroffen und vielleicht sogar sein Vertrauen gewonnen.

Nach einer kurzen Unterredung zwischen Don Eusebio und den Jungen willigte Josef ein, dass sie niemandem von diesem Unfall erzählen würden. Seine Wunde wäre das Ergebnis eines unglücklichen Sturzes. Ohnehin hatte er das untrügliche Gefühl, dass ihm niemand im Dorf Beifall zollen würde, im Gegensatz zu seinem beherzten Eingreifen während des Überfalls auf den Treck. Als sie am übernächsten Tag wieder in Maitén eintrafen, hatte sich schon Schorf an der Schulter gebildet, und Luise schimpfte nur über sein zerrissenes Hemd und den mitgenommenen Zustand seiner besten Schuhe. Josef dachte da ganz anders. Er hatte ein paar aufregende Tage hinter sich, und in seiner

Jackentasche steckte ein kleines Papier von Don Joaquín, das ihm Anlass zu neuer Hoffnung gab: die Anschrift einer Vereinigung nordchilenischer Minenbesitzer.

9

«Warum bist du eigentlich nicht verheiratet?»
Die nicht mehr ganz junge Frau saß auf dem Bettrand und strich Ramón mit den Fingerspitzen über die Schulterblätter, dann Wirbel für Wirbel das Rückgrat entlang. «Du wärst alt genug, und du bist ein stattlicher Mann.»

Ramón, den Kopf in der Armbeuge verborgen, lachte. Das Zimmer war angenehm kühl, die Fensterläden sperrten das grelle Nachmittagslicht aus. Gedämpft drangen Hufgetrappel und Stimmen von der Straße herauf.

«Ich habe doch dich. Komm, Chou-Chou, leg dich noch ein bisschen zu mir. Ich muss bald wieder fort.»

«Kommst du nächsten Sonntag wieder?»

«Sicher, wenn ich es einrichten kann.»

Chou-Chou beugte sich über seine dunkelbraunen Locken, deren Spitzen rötlich schimmerten. «Seitdem du im Hafen arbeitest, riechen deine Haare nach Salzwasser und Fisch.»

«Schlimm?»

«Nein. Ich mag Fisch. Warum arbeitest du nicht mehr in den Minen? Dort verdient man doch das Doppelte.»

Ramón hob den Kopf und sah sie an. Chou-Chou war keine schöne Frau, aber ihre Haut war makellos, und ihr ebenmäßig geschnittenes Gesicht strahlte Sinnlichkeit und Mütterlichkeit zugleich aus. «Was ist heute los mit dir? Wir hatten ausgemacht, keine Fragen zu stellen.»

«Ich weiß auch nicht. Es ist nur ... Wir kennen uns seit einem halben Jahr, aber manchmal habe ich den Eindruck, du bist mir so fremd wie am ersten Tag.»

Ramón berührte ihre Wangen. «Du weißt alles, was wichtig ist. Du weißt, dass ich Ramón heiße, heimatlos und ohne Familie bin und eines Tages so reich sein werde, dass ich dir ein Haus mit fünf Zimmern, Garten und eigenem Brunnen kaufen werde. Du weißt, dass ich gerne gut esse und trinke, deine zarten Hände liebe und ganz besonders die Grübchen in deinem Hintern.»

«Und wie willst du reich werden?», unterbrach sie ihn. «Mit der Schufterei bei den Schauerleuten doch bestimmt nicht.»

«Ach, Chou-Chou, verdirb uns doch nicht den schönen Sonntagnachmittag. Jetzt führst du dich auf wie eine widerborstige Ehefrau.»

Ramón nahm ihre Hand und zog sie neben sich. Nachdem sie sich ein zweites Mal geliebt hatten, vergrub er seinen Kopf in ihrer Achsel und schloss die Augen. Er konnte sich an jede Einzelheit ihrer ersten Begegnung erinnern. Hungrig und müde, nur mit ein paar Pesos in der Tasche, war er damals in Copiapó angekommen. Die pulsierende Stadt am südlichen Rand der Atacamawüste war ihm nach den Jahren in den staubigen Minen wie eine erfrischende Oase erschienen, mit ihren schattigen Plätzen, den Kaffeehäusern, wo sich Literaten und Künstler trafen, und den prächtigen Stadtpalästen der Minenbesitzer. Sie hatte fröstelnd an der Plaza de Armas gestanden, mit ihrem dünnen, hellblauen Umhang nur notdürftig gewappnet gegen die kalte Nachtluft. Nicht er hatte sie angesprochen, sondern sie ihn, als er sich gerade auf einer eisigen Parkbank ausstreckte. Ob er mit ihr kommen wolle, sie habe ein warmes Zimmer, wo sie sich aufwärmen könnten. Leider nein, war seine Antwort gewesen, er habe kein Geld, um sie zu bezahlen. Da hatte sie ihn bei der Hand genommen und in ein schmales, dreistöckiges Haus geführt, wo sie unter dem Dach ein bescheidenes, aber sauberes Zimmer bewohnte. Dort hatte sie ihm einen kräftigen Matetee gebraut, doch er war schon eingeschlafen, bevor er sie auch nur einmal berührt hatte. Leblos wie ein Stein hatte er geschlafen, bis die Mittagssonne die Winterluft angenehm wärmte. Seit diesem Tag hatte er sie, von wenigen Ausnahmen abgesehen, jeden Sonntag aufgesucht, selbst dann noch, als er schon Arbeit im Hafen von Caldera gefunden hatte und drei Stunden Bahnfahrt auf sich nehmen musste.

Vorsichtig berührte Chou-Chou ihn bei der Schulter, wo sich bis zum Schlüsselbein eine wulstige Narbe hinzog. «Du musst aufstehen, wenn du die Eisenbahn noch erreichen willst.»

Er nickte und kleidete sich an. Dann zählte er ein paar Münzen ab und legte sie auf ihre Kommode.

Unwillig beobachtete sie ihn dabei. «Ich will dein Geld nicht, das weißt du. Außerdem: Wenn du deinen ganzen Lohn für eine Hure ausgibst, kommst du nie auf einen grünen Zweig.»

«Für mich bist du keine Hure.» Er betrachtete sie mit einem Anflug von Zärtlichkeit, der seine Züge weicher erscheinen ließ, fast wie die eines Kindes. «Pass auf dich auf, Chou-Chou. Bis bald.»

Im Laufschritt eilte Ramón hinüber zur Bahnstation, wo die Lokomotive abfahrbereit ihre Dampfwolken ausstieß. Der Koloss aus schwarzglänzendem Stahl, erst drei Jahre zuvor in den Hallen der Norris Brothers in Philadelphia erbaut, war eine der ersten Eisenbahnen in Südamerika und damit der ganze Stolz der Region. Bei seiner ersten Fahrt hatte sich Ramón vor Angst tatsächlich fast in die Hosen gemacht, doch inzwischen vertraute er blindlings diesem grandiosen Sinnbild moderner Technik. Geschickt sprang er auf den letzten Waggon des anfahrenden Zuges auf und suchte sich auf dem Dach des Gepäckwagens einen freien Platz.

Gemächlich folgte die Eisenbahn zunächst dem Lauf des Río Copiapó, verließ dann das fruchtbare Tal und durchquerte die Wüste, der untergehenden Sonne und dem Pazifik entgegen. Im Abendlicht schimmerten die mächtigen kahlen Hügel in Rosa und Gelb und Violett.

Schulter an Schulter mit anderen Hafen- und Minenarbeitern, die wie er ihr kurzes sonntägliches Glück in der Stadt bei Glücksspiel, Schnaps oder käuflichen Frauen gesucht hatten, überließ sich Ramón dem gleichmäßigen Rattern der Räder. Normalerweise nickte er dabei nach kürzester Zeit ein, doch heute fand er keine Ruhe. Chou-Chou hatte recht. Wäre nicht dieser hässliche Zwischenfall damals in der Kupfermine gewesen, müsste er jetzt nicht für einen Hungerlohn jeden Tag am Hafen antreten und Schiffe beladen. Seinem Traum, eine eigene Mine zu erwerben, war er in all den Jahren kein bisschen näher gekommen. Denn dazu brauchte er Geld, und das zerrann ihm zwischen den Fingern. Und wie er sich kannte, würde er auch heute Abend wieder in der Schänke am Kai sitzen, seine letzten Pesos für eine Flasche Branntwein ausgeben, nur um den Bildern der Vergangenheit zu entfliehen.

10

Der Bau der Zufahrtsstraße nach Maitén bedeutete härteste Knochenarbeit. Zunächst wurde schräg zum Hügel eine Trasse geebnet, Gehölz und Wurzeln mussten ausgerissen und Drainagegräben gezogen werden. An Tagen, an denen sich hochsommerliche Wolkenbrüche auf die Erde ergossen, arbeiteten die Männer und ihre

Ochsen knietief im Schlamm weiter. Wegen des schlechten Untergrunds blieb ihnen keine andere Wahl, als den Weg mit Knüppeldämmen anzulegen. Dazu wurden drei Meter lange Baumstämme quer zum Weg dicht aneinandergelegt und die Zwischenräume mit Kleinholz und Rinde ausgefüllt. Darüber kam eine dicke Schicht Erde und Schotter, die von schwerbeladenen Ochsenkarren festgefahren wurde. Anfangs zersprangen die Holzräder auf den Holzbohlen, oder die Ladung kam ins Rutschen, und es dauerte den ganzen Sommer über, bis das kurze Teilstück Richtung Osorno sowie der Abzweig zum einzigen Laden auf der anderen Seite der Bucht problemlos benutzt werden konnten.

Die tägliche Arbeit in der Sonne hatte Josefs braunes Haar ausgebleicht und seinen Rücken dunkel gefärbt. In diesem Sommer verlor sein Körper das Ungelenke des Heranwachsenden. Die Schultern gingen in die Breite, und Arme und Beine bekamen die Kraft eines Erwachsenen. Doch noch eine andere, nach außen hin nicht sichtbare Veränderung ging mit ihm vor. Eine Unruhe erfasste ihn, trotz der Erschöpfung, die er abends spürte. Er stand unter ständiger Spannung, fand nicht einmal beim abendlichen Schreiben seines Tagebuchs Muße. Hinzu kam, dass er ungewohnt empfindlich wurde. An keinem der jungen Mädchen im Ort konnte er vorübergehen, ohne dass ihm die Röte ins Gesicht stieg. Vor allem Kunigunde, die Schwester von Julius, machte sich einen Spaß aus seiner Schüchternheit und reizte ihn, wo sie nur konnte. Sobald er in ihrer Nähe war, ließ sie scheinbar achtlos die obersten Knöpfe ihres Leinenkleids offen und beugte sich nach vorn, wenn sich eine Gelegenheit fand, um ihm tiefe Einblicke auf ihre bereits ausladenden Brüste zu gewähren. Einmal, als Josef mit Umgraben im Garten beschäftigt war, sah er, wie Kunigunde auf den Holzzaun kletterte, der das Grundstück vom Anwesen der Ehrets trennte. Ihr Rock hatte sich auf den

Lattenspitzen verfangen, sodass ihre bloßen Beine zu sehen waren. Sie besaß dasselbe rundliche Gesicht wie ihr Bruder Julius, nur straffer, mit frechen Grübchen in den fleischigen Wangen. Jetzt nahm es einen weinerlichen Ausdruck an.

«Josef, hilf mir. Ich komm allein nicht mehr herunter.»

Unsicher lief er zu ihr. Täuschte er sich, oder hatte sich der Rock noch weiter hochgeschoben? Deutlich konnte Josef jetzt den Ansatz ihrer gerüschten Unterhose erkennen.

«Halt mich an den Beinen fest, dann lass ich mich herunter!»

Josef umschloss mit einem Arm ihre Hüfte, mit dem anderen ihre nackten Knie. Augenblicklich brach ihm der Schweiß aus, und so rasch er konnte, setzte er sie auf dem Boden ab.

«Pfui Teufel, du hast ja klatschnasse Hände», rief sie und trocknete sich ungeniert ihre Schenkel mit dem Stoff ihres Rocks ab. Josef wandte sich abrupt um. Seine Hände zitterten, als er wieder den Spaten aufnahm. In Momenten wie diesen begann er seinen Körper und die Empfindungen, die er auslöste, zu hassen.

«Was ist in letzter Zeit nur mit dir los?», schalt Emil. «Du bist empfindlich geworden wie eine Jungfer. Neulich abends», wandte er sich an Luise, «als wir an der Kommode gearbeitet haben, habe ich ihn darauf hingewiesen, dass eine seiner Schubladen nicht richtig passt. Da hat er doch tatsächlich einfach die Feile auf den Boden geworfen und gesagt, dann solle ich es eben selber machen. So eine launische Frechheit habe ich von ihm noch nie erlebt!»

Josef senkte den Kopf, und Luise verkniff sich mit Mühe ein Lachen. «Weißt du, an wen mich Josef gerade erinnert? An einen gewissen Emil Kießling vor zehn Jahren. Du warst genauso, als ich dich kennenlernte, und jetzt bist du geduldig und sanftmütig wie ... wie ...»

«Wie ein Schaf», vollendete Emil ihren Satz und gab ihr einen liebevollen Klaps.

Josef tat es leid, wenn er mit Emil oder seinem Freund Friedhelm in Streit geriet. Aber da war diese ständige Unruhe in ihm. Es gab auch kaum etwas, von harter Arbeit einmal abgesehen, was ihm richtig Spaß gemacht hätte. Er lebte nun seit über einem Jahr in der Kolonie, man kannte sich, man blieb in der Abgeschiedenheit der Siedlung unter sich, und die Arbeit ließ ihm keine Zeit für Exkursionen und seinen Drang, Neues zu entdecken. Ungeduldig streifte er manchmal am Seeufer oder Waldrand entlang. Er musste an den jungen Mapuche denken und wie frei dieser sich in der Gegend bewegte. Josef rechnete nach, wie lange ihr letztes Zusammentreffen nun schon zurücklag: zwei Wochen? Drei? Fünf Wochen? Er war sich ganz sicher, dass sie sich wiedersehen würden – aber wann?

Weihnachten stand inzwischen vor der Tür, das zweite Weihnachtsfest fern von zu Hause. Josef konnten die Festtage gestohlen bleiben. Der einzige Lichtblick würde Paul Armbruster sein, der viel zu selten zu ihnen herauskam und nun wieder seine Ferien bei ihnen verbringen wollte. Durch ihn kam wenigstens frischer Wind in die Siedlung, er wusste immer etwas zu berichten.

Zwei Tage vor Weihnachten wurde der Weg bis vor den Kramladen von Christian Ochs fertig. Am späten Nachmittag versammelten sich alle an der Anlegestelle. Familie Ochs spendierte zu der Gelegenheit fünf Fässer Bier. Ein Hammel drehte sich auf dem Spieß, und bei Gesang und Tanz wurde die Stimmung ausgelassener. Selbst Josefs Laune besserte sich, denn er freute sich auf Armbrusters Ankunft am nächsten Tag. Da setzte sich Kunigunde neben ihn. Ihr Gesicht war erhitzt vom letzten Tanz. Sie presste ihr Knie gegen seines.

«Tanzt du mit mir?», fragte sie und legte ihre warme Hand auf seinen Schenkel. Sofort spürte Josef die Reaktion seines Körpers, und die Schamröte stieg ihm ins Gesicht. Wie von einer Biene gestochen, sprang er auf, murmelte

«Später vielleicht» und ging mit großen Schritten davon. In seinem Inneren rumorte es, als er das Seeufer entlangmarschierte. Warum brachte ihn dieses Mädchen immer derart aus der Fassung? Er mochte Kunigunde Ehret nicht, er verachtete ihr aufdringliches Wesen.

Ein schriller Pfiff riss ihn aus den Gedanken. Josef blieb stehen. Sein Blick suchte den nahen Waldrand ab, aber es war niemand zu sehen. Unschlüssig ging er zwischen den Bäumen hin und her, als der zweite Pfiff ertönte, direkt über ihm. Josef schaute nach oben. In der Astgabel eines Baumes hockte der junge Mapuche. Zum ersten Mal sah Josef ihn fröhlich lächeln.

«*Hola!*», rief Josef und hob grüßend die Hand.

Mit einem einzigen Satz sprang der Indianerjunge zu Boden.

«Ich freue mich sehr, dich zu sehen», sagte er, und wieder fiel Josef sein einwandfreies Spanisch auf.

«Ich mich auch.»

«Ich heiße Kayuantu. Und du?»

Josef nannte seinen Namen und streckte ihm die Hand entgegen. Doch der Mapuche nickte nur. Er wirkte irgendwie in Eile.

«Der Kazike möchte dich kennenlernen.»

«Wer?»

«Unser Oberhaupt. Er lädt dich ein zum letzten Tag des Ngillatún-Festes, denn du hast seines Bruders Sohn das Leben gerettet.»

Aus Kayuantus Mund klangen die Worte für das, was Josef getan hatte, viel zu gewichtig. «Bestimmt hätte dich der Schuss auch nur gestreift», wehrte er verlegen ab. «Ist der Kazike dein Onkel?»

Kayuantu nickte. «Du wirst Gast in seiner Hütte sein. Ich hole dich bei Sonnenaufgang hier an dieser Stelle ab und bringe dich am nächsten Tag wieder zurück.»

Trotz seines freundlichen Lächelns schien diese Einladung keinen Widerspruch zu dulden. Josef konnte seine Aufregung kaum verbergen. Dieser Indianerjunge war ganz anders als seine Altersgenossen aus der Siedlung. Kayuantu – der Klang dieses Namens passte gut zu ihm.

«Wann ist das Fest?»

«In der ersten Vollmondnacht eures Monats Januar.»

«Werde ich der einzige Weiße sein?»

Der Mapuche runzelte verständnislos die dichten schwarzen Brauen. «Es kommen alle Familien, die mit unserem Clan verbunden sind. Ein paar von ihnen haben eine weißere Haut als du.»

Josef überlegte, ob Kayuantu seine Frage falsch verstanden hatte oder sich über ihn lustig machen wollte. Der Junge wandte sich zum Gehen.

«Halt, warte», rief Josef. «Ich muss dich noch etwas fragen.»

«Wir werden beim Ngillatún viel Zeit zum Reden haben. Ich muss zurück.» Mit diesen Worten verschwand Kayuantu im Wald.

Josef lief am Ufer hin und her und warf Steinchen auf den spiegelglatten See. Aus der Ferne drangen Musik und Gelächter herüber. Endlich würde er den jungen Mapuche besser kennenlernen, würde erfahren, wie die Indianer oben in den Hügeln lebten. Ihm war klar, dass er ohne Luises und Emils Erlaubnis nicht auf das Fest der Mapuche gehen konnte, und so erhoffte er sich von Paul Armbruster Unterstützung.

Der Einspänner rumpelte ächzend den Weg hinunter. Armbruster musste sich mit beiden Händen festhalten, um nicht von der Bank zu kippen, während Sergio nach Landessitte aufrecht auf dem Karren stand, fest und sicher wie ein Baum.

Wie schön es hier ist, dachte Armbruster und sog mit seinen Blicken die üppig blühende Natur in sich auf. Immer, wenn er an den Llanquihue-See kam, erschien ihm Valdivia noch staubiger und schmutziger. Leider war die Reise für häufigere Besuche zu weit und zu beschwerlich, zumal in den Wintermonaten, und so hatte Paul Armbruster die Kießlings seit den letzten Ferien nur zweimal besucht, zuletzt nach der Geburt von Sohn Jonathan. Die ganze Fahrt über hatte er mit Sergio geplaudert, doch nun ließ ihn die Freude auf das Wiedersehen mit seinen Freunden verstummen. Immer wieder schob sich das Bild einer verschmitzt lachenden Luise vor sein inneres Auge, und er verspürte ein Flattern in der Bauchgegend, das ihn nicht zum ersten Mal verwirrte.

Schon von weitem sah er Luise im Obstgarten stehen, wo sie zusammen mit Josef die Wäsche zum Bleichen auf der Uferwiese ausbreitete. Ihre blütenweiße Schürze über dem geblümten Kleid leuchtete wie frischgefallener Schnee.

«Der gnädige Herr fährt im Wagen vor», neckte sie, als Armbruster umständlich vom Wagen kletterte, und stemmte die Arme in die Hüften. «Bist du unter die feinen Leute gegangen?»

Armbruster reichte ihr die Hand. Zu seinem Bestürzen fühlte er, wie seine Handflächen feucht wurden.

«Ich gebe als Reiter eine jämmerliche Figur ab, das weißt du doch», versuchte er zu scherzen. «Da habe ich mir kurzerhand diese edle Karosse zugelegt. Himmel, Josef, hast du dich verändert, aus dir ist ja ein Mann geworden seit letztem Winter.»

«Damit macht er uns in letzter Zeit auch das Leben schwer», stichelte Luise. Dann begrüßte sie Sergio. Josef half dem Chilenen, das Gepäck abzuladen.

«Ist Emil auf dem Feld?», fragte Armbruster.

«Ja. Er kommt aber bald zurück. Setzt euch erst mal dort drüben auf die Bank, ich mache euch eine Erfrischung.

Gut, dass Emil die Gästekammer fertig eingerichtet hat. Da kannst du dich hier ein bisschen erholen.»

«Aber Luise, ich komme doch nicht, um mich zu erholen, sondern um euch ein bisschen zur Hand zu gehen.»

Josef führte Armbruster und Sergio zu einer gemütlichen Sitzecke mit Holztisch im Schatten zweier *maiténes*. Von hier bot sich ein herrlicher Blick auf die Blumenrabatten, die Luise liebevoll angelegt hatte, und auf den See. Josef rief die Kinder heran, die in der Nähe des Ufers spielten.

«Hast du uns was mitgebracht, Onkel Paul?», fragte Katja, als sie angerannt kam. Sie besaß bereits denselben verschmitzten Gesichtsausdruck wie ihre Mutter. Hänschen kletterte auf Armbrusters Schoß, während Jonathan auf Katjas Armen zu brüllen begann.

«Jetzt lasst doch den armen Mann erst mal verschnaufen», schalt Luise, als sie mit einem Krug Wasser und *chicha* herauskam. «Josef, wärst du so gut und würdest den Kuchen aus der Küche holen?»

Luise setzte sich und gab Jonathan im Schutz ihres Schultertuchs die Brust. Armbruster ertappte sich dabei, wie er Luise beim Stillen beobachtete. Ein Fleckchen makellos weißer Haut schimmerte aus dem Blau des Dreieckstuchs. Da bemerkte er, dass auch Josef wie angewurzelt stehen geblieben war und starrte.

«Worauf wartest du?» Luise sah ihren Neffen an.

«Ich geh schon», murmelte Josef und wandte sich ab.

Luise sah ihm kopfschüttelnd nach. «Im Moment ist es nicht einfach mit dem Jungen», sagte sie leise zu Armbruster. «Manchmal glaube ich, dass ihm eine starke Hand fehlt. Emil ist viel zu nachgiebig.»

«Du musst ein bisschen Geduld haben. Äußerlich ist er zwar schon ein Mann, aber innerlich immer noch ein Junge. Vielleicht solltest du ihm gegenüber weniger die Mutterrolle spielen und lieber Freundin und Ratgeberin sein. Hat sich sein Vater einmal gemeldet?»

«Nein. Josef hat es aufgegeben, ihm zu schreiben.»

«Das ist sicher schwer für den Jungen.» Er nahm sich vor, künftig öfters nach Maitén zu kommen, denn in Momenten wie diesen spürte er, wie sehr ihm der Junge ans Herz gewachsen war. Wie ein eigener Sohn. Bei diesem Gedanken durchfuhr ihn ein Stich, der ihm fast die Luft nahm. Seine Hand zitterte, als er den Wasserbecher zum Mund führte.

«Paul! Ist dir nicht gut?», fragte Luise besorgt.

«Nein, nein. Es ist nur die Hitze.» Er wischte sich den Schweiß von der Stirn.

Als Josef mit dem Kuchen zurückkam, traf auch Emil ein.

«Ist das schön, dich wieder bei uns zu haben», strahlte er. «Erzähl, was gibt es Neues? Der Einspänner dort gehört doch nicht etwa dir?»

«Selbstverständlich.» Armbruster hatte sich wieder gefangen. «Jetzt, wo endlich eine Straße zu euch führt, brauch ich doch einen Wagen. Aber ich habe noch viel größere Neuigkeiten.»

Emil griff sich ein Stück Kirschkuchen. «Lass mich raten. Du hast dich endlich verlobt?»

War Luise bei dieser Frage zusammengezuckt, oder bildete er sich das ein? Er räusperte sich.

«O nein, etwas viel Wichtigeres: Ich werde eine neue Stelle als Deutschlehrer antreten, in Osorno. Dort gibt es ab Januar eine deutsche Schule. Na, was sagt ihr?»

Sprachlos sahen ihn die anderen an. Dann redeten alle durcheinander.

«Wann ziehst du um?»

«Dann sind wir ja fast Nachbarn.»

«Vielleicht wird die neue Straße nach Osorno bald ganz fertig, dann können wir uns sogar im Winter sehen.»

«Fällt es dir nicht schwer, von Valdivia wegzugehen? Du hast doch inzwischen dort viele Freunde und Bekannte.»

Die letzte Frage kam von Luise. Armbruster sah sie freudestrahlend an.

«Ach weißt du, der Einzige, von dem mir der Abschied schwerfallen wird, ist Karl Anwandter. Ihr seid hier in Chile nach wie vor meine liebsten Freunde, und es kann mir nichts Besseres passieren, als euch noch ein bisschen näher auf den Pelz zu rücken.»

Er nahm einen kräftigen Schluck *chicha*.

«Ich habe schon alles geregelt. Vorerst kann ich bei Fritz, dem jungen Lehrer aus Bremen, unterkommen. Erinnert ihr euch noch an ihn? Er hat mir die Stelle vermittelt. Nach dem Weihnachtsfest fährt Sergio zurück nach Valdivia und nimmt den Umzug meines Hausrats in die Hand. Das bedeutet, ich kann die Ferien über hierbleiben und fahre dann geradewegs nach Osorno. Falls es Luise nicht zu viel wird, noch einen Esser mehr zu versorgen.»

«Ach Paul, du weißt doch, wie gern wir dich bei uns haben.» Eine leichte Röte huschte über ihre Wangen und ließ sie wie ein junges Mädchen aussehen. Wieder einmal fragte sich Armbruster, was Luise für ihn fühlte. Dieses Necken und Scherzen von leichter Hand – tat sie das auch bei anderen Männern? Dieses Aufleuchten in ihren Augen, wenn er zu Besuch kam! Dann schalt er sich einen närrischen Kindskopf: Luise war glücklich mit ihrem Emil, glücklich mit ihren Kindern. Was für einen Platz sollte er da schon einnehmen in ihrem Leben?

«Zeigst du uns jetzt, was du uns mitgebracht hast?» Katja drängte sich neben ihn.

«Na gut.» Armbruster erhob sich. «Aber die Weihnachtsgeschenke gibt es erst morgen.»

Er kam mit einem schweren Leinensack an den Tisch zurück und verteilte Bonbons und Zuckerstangen an die Kinder. Dann zog er Papiertüten mit Kartoffeln, bunten Bohnen und Weizenmehl heraus, dazu Gläser mit Konfitüre und Sirup, einen Block Ziegenkäse und eine riesige Melone.

Kopfschüttelnd sah Emil ihm zu. «Das sieht ja aus, als würdest du ein ganzes Jahr bei uns bleiben.»

Luise nahm ein armlanges Bündel von braunglänzenden Schläuchen in die Hand. Die einzelnen Streifen waren hart und glatt.

«Was ist das denn?», fragte sie neugierig.

«Cochayuyo-Algen, die erste Ernte in diesem Jahr», antwortete Armbruster. «Die Indianer an der Küste sammeln sie bei Ebbe und trocknen sie auf den Felsen. Schmeckt nicht schlecht», fügte er eilig hinzu, als er Josefs zweifelnden Blick sah. «Und sie sind ungeheuer gesund. Das indianische Dienstmädchen von Anwandters sagt, wer den Winter über genug Cochayuyo im Haus hat, wird nicht krank.»

«Und wie werden diese Algen zubereitet?», fragte Luise.

Verblüfft sah Armbruster sie an. «Wenn du mich so fragst – ich habe keine Ahnung. Ich weiß nur, dass es wie eine Art Gemüse schmeckt, wenn man es erst mal auf dem Teller hat.»

Luise lachte schallend. «Du bist ja ein Spaßvogel! Nur gut, dass hier einige Indianer wohnen, vielleicht verrät mir jemand das Geheimnis.»

«Ich habe einen jungen Mapuche kennengelernt, Kayuantu heißt er», platzte Josef heraus.

«Der wird uns nicht weiterhelfen. In der Regel können die Männer bei den Indianern nämlich auch nicht kochen», sagte Armbruster. Dann stutzte er.

«Was für ein seltsamer Name. Die Indianer, die ich kenne, haben alle spanische Vornamen, da sie getauft sind.»

«Bei wem arbeitet er denn?», fragte Emil.

«Er arbeitet nirgendwo. Es ist der Junge, der Tante Luise damals aus dem Wald getragen hat.»

Emil starrte ihn an. «Du sagst, du kennst ihn?»

«Ja. Ich habe ihn bei unserer Expedition wiedergesehen, und gestern hat er mich auf ein Fest zu sich eingeladen. Sein Onkel ist nämlich Kazike oder so.»

«Ka... was?» Emil starrte ihn an.

«Und was denn für ein Fest überhaupt?», fragte Luise irritiert.

«Zum Gijatun-Fest oder so ähnlich. Es findet Anfang Januar statt, und ich kann bei seinem Onkel übernachten.»

«Das kommt überhaupt nicht in Frage», sagte Luise in ungewohnt scharfem Ton.

«Vielleicht kann ich euch das näher erklären», mischte sich Armbruster ein. «Kazike nennen die Indianer ihren Häuptling, und das Ngillatún-Fest ist das höchste Fest der Mapuche. Es gilt sicherlich als große Ehre, dazu eingeladen zu sein. Mittelpunkt ist eine religiöse Zeremonie, bei der die Götter um Wohlergehen und eine gute Ernte gebeten werden.»

«Und dazu wollen sie Josef auf den Opferaltar legen», unterbrach ihn Luise. «Lieber Paul, das alles interessiert mich nicht. Ich lasse unseren Jungen nicht zu diesen Wilden. Noch dazu über Nacht!»

«Aber Tante Luise ...», flehte Josef.

«Emil, sag du doch auch mal was!» Luise war vor Aufregung ganz rot im Gesicht.

«Nun ja, vielleicht sollte dieser Indianerjunge sich erst einmal bei uns vorstellen. Was meinst du, Josef?»

Josef stand auf und ging wortlos davon.

«Ich weiß», sagte Armbruster, «dass ihr die Verantwortung für den Jungen übernommen habt, und ich sollte mich nicht einmischen, aber –»

«So ist es. Du solltest dich nicht einmischen.»

Erstaunt sah Armbruster Luise an. So hatte sie noch nie mit ihm gesprochen. «Entschuldige, Luise. Ich wollte euch nicht –»

«Ach Paul, ich muss mich entschuldigen.» Luise schien ihre schroffe Bemerkung leidzutun. «Ich weiß nicht, was eben in mich gefahren ist. Du hast recht, Josef ist schließlich kein kleiner Junge mehr.» Besänftigend legte sie ihre Hand auf seinen Arm. Sein erster Impuls war, seinen Arm zurückzuziehen. Die Wärme ihrer Hand schien auf seiner Haut zu glühen.

«Weißt du, Paul, wahrscheinlich mache ich mir so viele Sorgen um ihn, weil wir nicht seine wirklichen Eltern sind. Was meinst du, Emil, wie würde deine Schwester entscheiden?»

Emil dachte nach. «Ich glaube, sie würde ihm einen langen Vortrag halten, wie er sich zu benehmen hätte, und dann würde sie ihn gehen lassen.»

«Außerdem – falls ich doch noch etwas sagen darf ...», Armbruster rückte mit der freien Hand verlegen seine Brille zurecht. «Außerdem stammen all diese Gräuelgeschichten über die Mapuche aus der Zeit der spanischen Konquistadoren. In Wirklichkeit sollen die Mapuche äußerst gastfreundliche Menschen sein.»

11

Beklommen folgte Josef seinem Begleiter den Hang hinunter. Aus dem breiten Tal zu ihren Füßen stiegen Rauchsäulen in den blanken Morgenhimmel. Die Sonne vergoss ihr erstes mildes Licht über eine Reihe von Laubhütten und eine ausgedehnte Grasfläche, in deren Mitte er zwei mannshohe Pfähle erkennen konnte, während neben den Hütten eine stattliche Anzahl von Pferden weidete. Mehr und mehr Menschen strömten auf den hufeisenförmigen Platz.

«Setzen wir uns», sagte der junge Mapuche nun.

Josef nahm vorsichtig den schweren Rucksack von den

Schultern. Zusammen mit seiner Tante hatte er lange überlegt, was er dem Kaziken als Gastgeschenk mitbringen könnte. Luise hatte schließlich den Einfall gehabt, von der letzten Ernte ein großes Glas Honig abzufüllen und zwei Bleche mit Nusskuchen zu backen.

«Sag ihnen, dass das ein echter deutscher Kuchen ist», hatte sie ihm beim Abschied eingeschärft. «Und pass auf dich auf!»

Josef blickte unsicher zu Kayuantu, der das Treiben unten im Tal aufmerksam beobachtete.

«Kann ich dich etwas fragen?»

«Ja, wir haben Zeit.»

«Woher kannst du so gut Spanisch?»

«Von Fray Simón.»

Verständnislos sah Josef ihn an.

«Wer ist Fray Simón?»

«Ein Franziskanerbruder aus der Mission in Trumao. Ich war drei Jahre lang in seiner Missionsschule und bin erst letztes Jahr zu meinem Stamm zurückgekehrt.»

«Du warst in einer Missionsschule?»

Kayuantu lächelte. «Ich kann sogar lesen und schreiben. Schon seit Generationen schicken viele Kaziken ihre Söhne zur Ausbildung in eine Stadt oder Missionsstation. Da mein Vater der Lieblingsbruder des Kaziken ist, wurde ich ausgewählt.»

Josef hatte von Armbruster gehört, dass Indianerkinder von Weißen häufig mit Gewalt verschleppt und christianisiert wurden. Dass die stolzen Häuptlinge ihre Söhne aus freien Stücken hergaben, wunderte ihn.

«Also liefern die Kaziken ihre Söhne freiwillig ihren Feinden aus? Das verstehe ich nicht.»

«Die Weißen sind nicht immer unsere Feinde, sie sind auch Partner beim Handel. Dazu müssen wir ihre Sprache kennen. Und in Kriegszeiten müssen wir wissen, was der Gegner vorhat, und dazu seine Lebensweise kennen.»

«Bist du dann auch getauft?»

«Ja. Und zwar auf den Namen Cristóbal María.» Kayuantu verdrehte in gespielter Verzweiflung die Augen. «Ich habe bei der Taufe einfach den Atem angehalten, die Augen geschlossen und innerlich meinen wirklichen Namen gesprochen. Damit blieb die Zeit stehen, und die Taufe ging an mir vorüber, ohne dass mir mein Name genommen wurde. Kayuantu bedeutet übrigens ‹sechs Sonnen›.»

«Sechs Sonnen», wiederholte Josef. «Ein schöner Name!» Er dachte nach. «Das heißt also, du sollst als Vermittler zwischen den Chilenen oder uns Siedlern und eurem Volk dienen?»

«Ja. Und auch als Botschafter zwischen den einzelnen Stämmen und Clans der Mapuche, die sehr weit voneinander entfernt leben. Diese Botschafter nennen wir *huerquen*. Ein *huerquen* muss über ein gutes Gedächtnis verfügen, die Gabe der Rede beherrschen und sich in der Stammesgeschichte der Clans auskennen. Es ist eine große Ehre, zum *huerquen* ernannt zu werden.»

Josef sah den jungen Mapuche bewundernd an. Kayuantu machte eine abwehrende Handbewegung.

«Der Kazike ist noch nicht zufrieden mit mir. Ich habe noch viel zu lernen.»

Trommelschläge hallten aus dem Tal herauf.

«Ist das da unten euer Dorf?»

Kayuantu verzog das Gesicht. «Glaubst du, wir wohnen in solchen Laubhütten? Da hinten, wo das Tal eng wird, ist eine Schlucht. Siehst du sie? Dort wohnen wir.»

Josef rupfte einige Grashalme ab. Nach einem Moment des Schweigens fragte er: «Was ist das für ein Auftrag, den dir der Kazike gegeben hat? Es ist doch kein Zufall, dass du immer in unserer Nähe bist, oder?»

«Nein, das ist kein Zufall. Von dort, wo sich deine Siedlung befindet, bis weit hinauf in den Norden, von der Meeresbucht Reloncavi bis zum Ufer des Río Bío Bío, liegt unser Stammesgebiet seit Urzeiten. Ein sehr gutes Land, das niemanden verhungern lässt und uns alles gibt, was wir brauchen, denn es hat breite, fruchtbare Täler und wird geschützt von den Bergen. Unsere Vorväter hatten mit den Spaniern einen Vertrag ausgehandelt, der uns das gesamte Land südlich des Bío Bío zusprach. Aber dieser Vertrag wird Tag für Tag gebrochen.» Seine Stimme nahm einen verbitterten Klang an. «Erst waren es nur ein paar Spanier, die in unser Gebiet kamen, doch jetzt werden es immer mehr. Jetzt kommen sogar Menschen wie du, die eine weite Reise über das große Meer machen, um hier zu leben. Für uns bleibt kein Platz mehr.»

«Aber das Gebiet ist doch riesig?»

Kayuantu schüttelte den Kopf. «Wir leben anders als ihr. Ihr baut euch ein Haus, wohnt darin und sterbt darin. Wir ziehen immer weiter. Unser Vieh braucht neue Weideflächen. Wir brauchen neue Felder und neue Jagdgründe. Ihr habt uns die Hügel und Berge überlassen, doch dort ist es eng und der Boden steinig.»

Er hatte sehr langsam gesprochen, immer wieder Pausen eingelegt, wie um sich zu vergewissern, dass sein Gegenüber ihn auch richtig verstand. Josef verspürte darüber eine wachsende Ungeduld, doch er nahm sich zusammen und versuchte, den Mapuche nicht zu unterbrechen.

«Außerdem gehören wir zur Gruppe der Huilliche, den Menschen des Südens. Unsere Heimat sind die Ebenen und Täler. Oben im Hochgebirge leben die Pehuenche, und wenn wir in ihre Berge verdrängt werden, kann es zu Kämpfen kommen. Der Kazike sagt, die Weißen haben unser Gleichgewicht zerstört, und bald leben wir so dicht wie die Körner im Weizensack. Das ist nicht gut.» Kayuantu sah Josef ernst an. «Ich habe den Auftrag herauszufinden, ob sich die Weißen auch auf der Bergseite des Sees ansiedeln wollen.»

«Bin ich nur deshalb eingeladen? Weil ihr die Gründe für die Expedition wissen wollt?»

«Nein. Das hätte ich dich auch an einem anderen Ort fragen können, denn ich weiß, du vertraust mir. Wir sind jetzt Brüder, verstehst du?»

So ganz verstand Josef nicht, doch der letzte Satz durchfuhr ihn wie ein warmer Strom. Brüder, hatte er gesagt – das bedeutete noch mehr als Freundschaft. Neben der Freude über diese Erkenntnis schlich sich aber auch ein Gefühl der Ungewissheit ein. Würde sich sein Leben in der Siedlung dadurch ändern?

Aufmerksam sah ihn Kayuantu an. Dann tippte er ihn an die Schulter und fragte: «Wovor hast du Angst?»

«Ich weiß nicht. Vor den vielen fremden Menschen vielleicht. Ich kenne dein Volk nicht und verstehe eure Sprache nicht.»

«Ich bleibe an deiner Seite. Denn alles, was wir beide reden, muss ich für meine Familie in unsere Sprache übersetzen. Es wäre unhöflich, wenn dich jemand nicht versteht. Aber du darfst niemanden unterbrechen, auch mich nicht.»

Josef nickte. Dann sagte er: «Pérez Rosales, der chilenische Kolonialdirektor, will noch im Herbst entscheiden, ob das Ostufer des Llanquihue besiedelt wird. Wenn ich mehr weiß, werde ich es dir sagen.»

«Gut. Das musst du heute dem Kaziken mitteilen. Hat mich deine Familie eingeladen?»

«Wieso?» Josef sah ihn verdutzt an.

«Um mich kennenzulernen.»

«Mein Onkel und meine Tante wissen noch nicht, dass wir Brüder sind.»

Josef musste grinsen bei dem Gedanken, dass Luise jetzt einen Mapuche-Neffen hatte. Auch Kayuantu begann zu lachen.

«Ich werde mich benehmen wie ein guter weißer Junge.»

Dabei sprang er auf, verbeugte sich tief vor Josef und schüttelte heftig seine Hand.

«*Buenos días, señor*. Sehr erfreut, Sie zu sehen. Gott segne Sie.» Dabei zog er sein stolzes Gesicht in verkniffene Falten.

Josef lachte laut über diese Vorstellung, als ein kleiner Junge direkt auf sie zukam.

«Mein jüngster Bruder. Er kommt uns holen.»

Als sie die restlichen Meter den Hügel hinunterstiegen, sah Josef, dass sich vor der größten Laubhütte eine Menschentraube sammelte. Das musste Kayuantus Familie sein.

Begleitet von einer Meute Hunden und neugierigen Kindern, schritten sie auf die kleine Versammlung zu, Josef hinter Kayuantu, wie es sein Freund ihm geboten hatte. Auf der Bank vor der Hütte saß ein älterer Mann, gegen die Morgenkälte in einen schwarzen Poncho mit weißem Treppenmuster gehüllt. Auf dem ergrauten Haar trug er einen dieser spitzen, krempenlosen Filzhüte, wie sie Josef schon in Valdivia gesehen hatte. Seine Kleidung war schlicht und schmucklos, doch die Art, wie er aufrecht inmitten der Gruppe saß, verriet Josef, dass es sich um den Kaziken handeln musste. Rechts von ihm stand ein gutes Dutzend Männer, allesamt jünger als der Häuptling. Josef fiel auf, dass keiner der Männer einen Bart trug. Die Frauen und Mädchen, die zu seiner Linken standen, waren mit einer Art Umhang bekleidet, der über der rechten Schulter mit silbernen Gewandnadeln zusammengehalten wurde und die linke Schulter frei ließ. Sie hatten die schwarzen Haare zu Zöpfen geflochten, wie die meisten Männer trugen sie Stirnbänder, von denen allerdings kleine silberne Münzen herabhingen. Auch der übrige Schmuck, den sie angelegt hatten, war ausnahmslos aus Silber: die langen Schläfengehänge, der großflächige Brustschmuck, der bis über den Gürtel reichte, ihre Ohrringe und Armreifen.

Kayuantu führte seinen Gast vor den Kaziken.

«Currilan, der Kazike», sagte er laut und trat zur Seite. Josef spürte, wie alle Blicke auf ihn gerichtet waren, erwartungsvolle, ernste Blicke. Jede Faser seiner Muskeln war angespannt – jetzt gab es kein Zurück mehr.

«Bienvenido, mi hijo» – willkommen, mein Sohn –, sagte der Kazike mit rauer Stimme und entblößte beim Sprechen seine Zahnstummel. Dann folgte etwas auf *mapudungun*, der Sprache der Mapuche mit ihren vielen kurzen und spitzen Lauten. Kayuantu übersetzte: «Wir danken dir, dass du gekommen bist.»

Josef verbeugte sich, die erstbeste Geste der Ehrerbietung, die ihm einfiel. Nach kurzem Überlegen sagte er:

«Auch ich bedanke mich für die ehrenvolle Einladung. Von meiner Familie überbringe ich die besten Wünsche an den großen Kaziken und einen deutschen Kuchen und Honig von unseren Bienen.»

Kayuantu sah ihn verblüfft an, dann machte er sich ans Übersetzen. Erleichtert stellte Josef fest, dass er wohl die richtigen Worte gefunden hatte, denn die Frauen lächelten wohlwollend, einige Mädchen begannen zu kichern. Selbst das faltige Gesicht des Alten verlor an Ernst, als er Josef die Hand auf die Schulter legte:

«Du bist nun kein *wingka* mehr», übersetzte Kayuantu, «denn du hast den Sohn meines Bruders vor dem Gewehr des unwürdigen *wingka* beschützt. Alles, was hier für Leib und Seele bereitsteht, gehört auch dir. Es steht dir frei, an unseren Spielen und Gebeten teilzunehmen.»

An dem auffordernden Blick des Alten erkannte Josef, dass von ihm eine Erwiderung erwartet wurde. Jetzt würde er sich endlich in aller Öffentlichkeit für Kayuantus Hilfe bedanken können.

«Ich danke für diese Ehre. Auch Kayuantu hat unsere Familie beschützt, denn er hat meiner Tante geholfen, als ihr Kind auf die Welt kommen wollte.»

Der Kazike nickte befriedigt. «So sind denn unsere Familien miteinander verflochten wie die Wurzeln der Araukarien.»

Dann machte er Kayuantu ein Zeichen, worauf der junge Mapuche Josef zu einem Mann führte, der dem Kaziken sehr ähnlich sah, wenn er auch um einiges jünger war.

«Das ist Itumané, mein Vater».

Itumané legte Josef, wie vorher der Kazike, die Hand auf die Schulter, und Josef verbeugte sich wieder. So ging es in einem fort weiter. Es folgten Kayuantus übrige Onkel, dann seine fünf Brüder. Sie waren, wie alle jungen Mapuche hier, nur mit einer *chiripa* bekleidet, jenem seltsamen Hüfttuch, das Josef bereits von Kayuantu kannte. Anschließend traten sie auf die Seite der Frauen.

«Das ist Ancalef, meine leibliche Mutter.»

Eine zierliche Frau, die dieselben sanften Augen wie Kayuantu besaß, strich Josef mit schwieliger Hand über die Wange. Er bemerkte, wie sein Freund angesichts dieser Geste erleichtert lächelte. Zum ersten Mal kam ihm der Gedanke, dass auch Kayuantu so etwas wie Bangen oder Unbehagen vor seinem Besuch empfunden haben mochte.

Als Kayuantu zwei weitere Frauen als seine Mütter vorstellte, musste sich Josef zwingen, sein Befremden zu verbergen. Jetzt wunderte ihn auch nicht mehr, dass sein Freund ihm noch fünf Brüder und acht Schwestern vorstellte. Bisher hatte er die Geschichten von Vielweiberei bei den Indianern für üble Nachrede gehalten, wie so vieles, was über diese Menschen erzählt wurde. War ihnen denn nicht bewusst, dass sie in großer Sünde lebten? Andererseits: Wenn es die Mapuche nicht anders kannten, vielleicht sah Gott es ihnen nach? Josef, der nie besonders eifrig gewesen war, was Gottesdienst und Bibelstudium betraf, lebte mit einer sehr einfachen Vorstellung von Gott. Für ihn war er ein zwar allmächtiger, dabei aber gütiger und großzügiger Vater.

Der Kazike hatte sich inzwischen erhoben, womit die Begrüßungszeremonie ihr Ende fand. Das Fest konnte beginnen. Unschlüssig blieb Josef stehen, als sich alles um ihn herum in Bewegung setzte. Er beobachtete, wie Kayuantu mit seiner Mutter sprach und dabei auf ihn deutete. Dann kam sein Freund zu ihm herüber.

«Gleich beginnt der *awün*.»

Josef sah ihn verständnislos an.

«Entschuldige. Ich vergesse immer, dass du unsere Riten und Sprache nicht kennst. Mit dem *awün* vertreiben wir die Dämonen und bösen Geister, denn wenn wir zu den Göttern beten, darf nichts Böses mehr in der Nähe sein. Deshalb», er wies hinüber zu einer Gruppe von Kindern, die dabei waren, alle Hunde einzusammeln und hinter die Lauben zu bringen, «werden die Hunde angebunden, denn sie können das Böse mit sich bringen.»

Josef dachte an Max und wollte protestieren, doch dann biss er sich auf die Lippen. Er spürte, dass es ihm nicht zustand, irgendwelche Einwände zu äußern.

«Ich muss zu den Pferden. Ancalef wird sich um dich kümmern, während ich reite. Wenn du willst, kannst du ihr helfen, frische *canelo*-Zweige zu schneiden. Sie sind für die *rehue*, die beiden Pfähle dort.»

Dann folgte er den anderen Männern, die zu den Pferden strömten. Ancalef lächelte Josef freundlich an, reichte ihm ein Messer und führte ihn an den Waldrand, wo einige Zimtbäume standen. Als junges Mädchen musste sie einmal sehr schön gewesen sein und war es eigentlich noch immer, trotz der vielen Falten um Augen und Mund.

Die Arme beladen mit jungen Zweigen und frischem Grün, kehrten sie zum Kultplatz zurück. Jetzt erst erkannte Josef, dass in die Holzpfähle Kerben wie Treppenstufen gehauen und in ihr oberes Ende Gesichter geschnitten waren, ein Frauen- und ein Männergesicht. Aus dem freundlichen Ausdruck der Gesichtszüge schloss Josef, dass die *rehue* die guten Götter darstellen sollten. Leise vor sich hin summend, steckte Ancalef die Zweige rund um die Pfähle in die lockere Erde, eine andere Frau schmückte die Äste dann mit leuchtend roten Copihue-Blüten. Schließlich folgte Josef den Frauen zum Rand des Platzes, wo sich bereits die meisten Mapuche versammelt hatten.

Urplötzlich erscholl lautes Geschrei. In einer dichten Staubwolke preschten gut drei Dutzend Reiter über den Platz und umrundeten in gestrecktem Galopp die Pfähle. Einige von ihnen trugen meterlange Lanzen oder reckten Säbel in die Luft, andere bliesen in gebogene Bambusrohre, die den Trompeten der chilenischen Soldaten ähnelten. An der Spitze galoppierten zwei junge Reiter mit blauen Fahnen in der Hand. Einer von ihnen war Kayuantu. Was Josef jedoch am meisten überraschte, war der zweite Reiter, der immer auf gleicher Höhe neben seinem Freund ritt: Es war eine junge Frau in blauem Kleid! Sie stand in ihren Reitkünsten den Männern in nichts nach. Achtmal rasten sie entgegen dem Uhrzeigersinn um die beiden *rehue*, wobei sich Lärm und Geschwindigkeit bei jeder Runde zu steigern schienen. Dann war der Trupp wie ein Spuk verschwunden. In der unwirklichen Stille begann sich der Staub langsam zu lichten, und wie Phönix aus der Asche wurden die Gesichter der Kultpfähle sichtbar. Josef hatte den Eindruck, dass sie zufrieden lächelten.

Auf Befehl des alten Kaziken schleppten dessen Brüder ein Lamm herbei. Mit den Knien drückten sie es rücklings in den Sand, wo es sich regungslos und mit halb geschlossenen Augen seinem Schicksal ergab. Currilan wartete, bis die erschöpften Reiter auf dem Kultplatz eintrafen, dann ließ er sich ein Messer reichen. Entsetzt und gebannt zugleich beobachtete Josef, wie der Kazike mit raschem Schnitt den Brustkorb des Tieres öffnete und mit bloßen Händen in die klaffende Wunde griff, während seine Brüder das Blut mit einer Schale auffingen. Der Kazike hob das noch zuckende Herz mit seinen ausgestreckten, bluttriefenden Armen in die Höhe, zunächst in Richtung der männlichen, dann der weiblichen Skulptur. Anschließend tauchte er einen *canelo*-Zweig in die Schale mit Blut und verspritzte es segnend in östliche Richtung.

Kayuantu und die in Blau gewandete junge Frau traten vor die Götterfiguren. Mit erhobenen Händen stimmten sie einen monotonen Sprechgesang an, in den die anderen hin und wieder einfielen. Von dem blutigen Opfer abgesehen, erinnerte Josef die Zeremonie an einen katholischen Gottesdienst, den er einmal in Rotenburg miterlebt hatte. Unwillkürlich faltete er die Hände.

Nach dem Ritual fragte er Kayuantu, welche Bedeutung die in Blau gekleidete Frau habe.

«Sie ist die *kallfü malen*, die blaue junge Frau. Und ich bin für dieses Mal der *kallfü wentru*, der blaue junge Mann», fügte Kayuantu nicht ohne Stolz hinzu. «Du musst wissen, dass bei den Zeremonien nur ältere und erfahrene Menschen Wortführer sein können, da sie der Gabe der schönen Rede mächtig sind. Denn die Gottheiten erwarten, dass die Worte wohlgesetzt und kunstvoll sind. Wir Jungen besitzen diese Gabe noch nicht, aber unsere Wünsche und Gebete sind ebenso wichtig. Daher wählen wir bei jedem Ngillatún eine junge Frau und einen jungen Mann aus unseren Reihen, um den Worten auf unsere Weise Nachdruck zu verleihen. Wie etwa mit Tänzen oder eben dem *awün*.»

«Und warum blau?»

«Blau ist die Farbe des Himmels, dem Wohnsitz der Götter.»

Dann erklärte Kayuantu, dass im Osten des Himmels vier Götter herrschten, nämlich Gottvater und Gottmutter, die die Welt erschaffen hatten, mit ihrem Sohn und ihrer Tochter. Deshalb sei die Zahl vier den Mapuche heilig und der Osten die göttliche Himmelsrichtung.

«Daneben gibt es aber noch andere Götter, wie die ‹Freundin der Sonne›, die Krankheiten heilt, und auch viele böse Dämonen.» Er warf einen Blick zu den Laubhütten hinüber. «Komm jetzt, das Essen steht bereit.»

Auf dem Boden vor den Lauben standen Schüssel an Schüssel, Topf an Topf gereiht mit fremdartigen Speisen wie orangefarbener Kürbispudding, eingelegte Hühnerköpfe und -krallen, Aufläufe aus Hühnerfleisch und Mais, die mit karamellbrauner Zuckerkruste bedeckt waren, oder in Blätter gehüllter warmer Maisbrei. Dazu gab es *chicha* und *muday*, ein schäumendes Getränk aus gegorenem Mais, das Josef schon bei den Araukanern in Valdivia gekostet hatte und das für seinen Geschmack nach Seifenwasser schmeckte. Erst später erfuhr er, dass die Frauen bei der Zubereitung des *muday* den Mais zur besseren Gärung durchkauten.

Ancalef reichte Josef einen Teller. Verwundert stellte er fest, dass sich Kayuantu und die anderen nur eine Winzigkeit nahmen, um sich damit in einer langen Reihe vor den Kultpfählen aufzustellen, die Männer zuvorderst, die Frauen dahinter. Einer nach dem anderen trat vor die *rehue*, legte seine Gabe auf den Boden und sprach ein kurzes Gebet. Als Josef vor den beiden freundlichen Holzgesichtern stand, murmelte er: «Ich bitte um eine gute Ernte.»

Dann folgte er Kayuantu zurück zum Festmahl. Von allen Seiten rief man ihm freundliche Worte zu, die er zwar nicht verstand, doch bald hatte er die anfängliche Scheu vor den fremden Menschen verloren und griff beherzt zu.

Kayuantu reichte ihm eine Schale mit dunklem Gelee, das sehr scharf schmeckte, nach gehackten Zwiebeln, Koriander und Pfeffer.

«*Ñachi*», erklärte Kayuantu. «Eine Delikatesse, die es nur bei großen Festen gibt. Schmeckt es dir?»

Josef nickte und kratzte die Schale leer.

«Dann ist es gut. Die meisten *wingkas* mögen es nicht. Es wird aus geronnenem Schafsblut bereitet.»

Wie immer übersetzte er den Umstehenden, was sie gesprochen hatten, und die meisten begannen zu kichern, als sie Josefs entgeistertes Gesicht sahen. Josef hasste die Vorstellung, Blut zu essen, dennoch schluckte er den letzten Löffel tapfer hinunter.

«Was ist eigentlich ein *wingka*?», fragte er.

«Das heißt Fremder. Wir nennen die Weißen so, es ist aber kein sehr freundliches Wort.»

Josef hätte noch so viel wissen wollen, doch angesichts des Umstands, dass Kayuantu alles übersetzen musste, sparte er sich seine Fragen für einen späteren Zeitpunkt auf. Stattdessen überließ er sich, von der *chicha* leicht berauscht, ganz den Eindrücken des Ngillatún.

Das Festessen dauerte bis weit in den Nachmittag. Josef bewegte sich wie im Traum zwischen den dunklen Gesichtern, den auf ihn eindringenden Wortfetzen der fremden Sprache und dem unaufhörlichen Konzert von Pfeifen, Trommeln und Hörnern. Fasziniert lauschte er dem durchdringenden Klang der *trutrukas*, einer Art Alphorn, das aus einem drei Meter langen Rohr aus *colihue*-Bambus gefertigt und am Ende mit einem Rinderhorn als Schalltrichter versehen war. Irgendwann wurde das rhythmische Schlagen der Trommeln lauter und schneller. Ein paar Männer sprangen auf.

«Der Vogeltanz beginnt», rief Kayuantu und überließ Josef wieder der Obhut seiner Mutter. Eine Gruppe von Musikanten zog zum Kultplatz, die Trommler mit ihren Handtrommeln aus flachen Kürbisschalen vorweg. Ein schriller Pfiff – und von der Ostseite des Platzes flatterten fünf bunte Riesenvögel heran. Josef erkannte erst auf den zweiten Blick, dass es verkleidete Männer waren. Die bloßen Oberkörper und Gesichter der Tänzer waren grell bemalt, an den Fußgelenken trugen sie Bänder mit Schellen und um die Hüften bunte Decken, deren Enden über dem Steißbein wie ein Schwanz herabhingen. Über ihren Schultern lag eine zweite Decke, die mit ausgestreckten Armen an den Zipfeln gehalten wurde. Durch das Auf und Ab der Hände sah es aus, als hätten die Männer Flügel, dazu nickten sie mit den Köpfen, an denen Vogelfedern befestigt waren, im dumpfen Takt der Trommeln. In großen Sprüngen umrundeten sie ein ums andere Mal die beiden Pfähle, bis schließlich der erste von ihnen wieder in östlicher Richtung verschwand. Da erkannte Josef Kayuantu, der zusammen mit einem seiner jüngeren Brüder übrig geblieben war, und Josef begriff, dass sich die Tänzer dem Alter nach zurückzogen.

Als sich Kayuantu schließlich schweißglänzend neben Josef niederhockte, tanzte sein Bruder immer noch.

«Er hat viel Kraft und Ausdauer», sagte Kayuantu anerkennend. Begeisterte Rufe feuerten den Jungen an, bis er erschöpft auf die Erde sank.

Die Vogeltänze wiederholten sich bis Sonnenuntergang. Dann wurde es still. Nur das Jaulen und Kläffen der angebundenen Hunde war noch zu hören. Alle starrten gebannt auf die *rehue*-Pfähle, hinter denen schließlich wie aus dem Nichts eine alte Frau auftauchte.

«Die *machi*», flüsterte Kayuantu.

Die Schamanin hatte ihr Haar vollständig von einem Tuch bedeckt, aus dem lange Straußenfedern ragten. Ansonsten war ihre Tracht dunkel und schmucklos. Ihr ledriges, zerfurchtes Gesicht wirkte wie eine Maske, unbewegt und leer. Langsam ging sie viermal um die Pfähle, bei jedem Schritt schlug sie gegen ihre mit rituellen Zeichen bemalte Trommel, dem *kultrung*, und jedes Mal war dabei ein leises Rasseln zu hören. Bei der fünften Runde folgten ihr die Zuschauer, zuerst die Frauen, dann die Männer. Auch Josef erhob sich und ahmte den wiegenden, gemächlichen Tanzschritt nach. Dabei wurde er zunehmend ruhiger, überließ seinen Körper dem Rhythmus der Trommel und des leisen Singsangs der Mapuche. Der Nachthimmel spannte sich wie eine mit Juwelen besetzte Samtdecke über das Tal, und vor den Laubhütten flackerten kleine Feuer. Ein leises, nie gekanntes Glücksgefühl breitete sich in Josefs Innern aus.

Mit sanftem Druck führte Kayuantu seinen Freund an den Rand des Platzes zurück. Die Schamanin hatte die Stufen des *rehue* in Frauengestalt erklommen und drehte sich nun auf der winzigen Fläche der obersten Kerbe um sich selbst. Ihre Augen waren geschlossen. Die Trommelschläge kamen schneller und härter. Eine unsichtbare Kraft schien ihren Körper hin und her zu stoßen. Josef schrak heftig zusammen, als sie plötzlich taumelte und vom Pfahl stürzte. Wie tot blieb sie auf dem Boden liegen, doch niemand stand auf, um ihr zu helfen. Endlich trat Currilan an sie heran und berührte sachte ihre Schultern mit einem Schellenring. Als sie wieder zu sich kam, zeigte sich zum ersten Mal ein Lächeln auf ihrem Gesicht. Mit Hilfe des Kaziken erhob sie sich und begann zu erzählen. Josef sah zu Kayuantu, der aufmerksam lauschte. Erleichterung und Freude zeigte sich auf dem Gesicht des Mapuche, als die Schamanin ihre Rede beendete.

«Sie war bei den Göttern», erklärte Kayuantu. «Sie sind über unser Fest erfreut und versprechen uns eine gute Ernte, Fruchtbarkeit des Viehs und Wohlergehen für alle. Das ist gut.»

Schwatzend und lachend zogen die Indianer daraufhin vor die Lauben, *chicha* und Maisbier machten die Runde, und neue Gerichte wurden aufgetischt. Bisher hatte Josef die Mapuche nur als ernste und beherrschte Menschen erlebt, doch jetzt wurde er Zeuge, wie ausgelassen sie feiern konnten. Immer wieder fielen sie in Sprechgesänge ein, von Musikanten begleitet, und brachen in Gelächter aus. Von seinem Freund erfuhr Josef, dass es sich um alte

Streit- und Scherzlieder handelte und um Gesänge über die Niederlagen der spanischen Eroberer.

Mitternacht war längst vorüber, als die Hunde frei gelassen wurden und die Festteilnehmer sich in die Laubhütten zurückzogen. Auch Josef und Kayuantu machten sich auf den Weg zu ihrer Unterkunft. Sie begegneten der alten Schamanin, die Kayuantu ein freundliches Lächeln schenkte. Dann geschah etwas Merkwürdiges: Als ihr Blick auf Josef fiel, erstarrte ihr Gesicht. Alles Sanfte, Gütige wich aus ihren Zügen. Wie um etwas abzuwehren, hob sie die Hände und trat einen Schritt zurück, ohne Josef aus den Augen zu verlieren. Sie schien unter einer unsichtbaren Bürde zusammenzusinken, starrte Josef einen unendlich langen Augenblick an, bis sie sich schließlich abwandte und in anderer Richtung verschwand.

Josef fuhr ein kalter Schauer den Rücken hinunter.

«Was war das? Wieso hat sie mich angesehen, als ob ich der Leibhaftige wäre?»

Kayuantu wirkte verunsichert. «Ich weiß es nicht.»

«Vielleicht habe ich sie an jemanden erinnert?», fragte Josef irritiert.

«Vielleicht.»

Sie betraten eine Laube und richteten ihr Nachtlager.

«Oder ist es, weil ich ein Fremder bin?»

«Nein. Aber es kann sein, dass sie etwas in dir gesehen hat. Wie soll ich das erklären? Eine *machi* erkennt oft Dinge, von denen wir nichts wissen. Dinge, die erst in der Zukunft zutage treten.»

«Aber was könnte sie in mir gesehen habe? Sie sah so erschrocken aus.» Josefs Stimme klang heiser.

«Was es auch war, du kannst es ohnehin nicht ändern. Und außerdem», versuchte er ihn aufzuheitern, «kann sich selbst eine *machi* irren. Hat dir das Fest gefallen?»

«Es war wunderbar.» Josef wickelte sich in seinen Poncho. «Ich bin froh, dass ich gekommen bin.»

«Wir werden uns jetzt öfters sehen. Das nächste Mal komme ich zu dir nach Maitén.»

«Wann?»

Kayuantu reicht ihm im Dunkeln etwas herüber.

«Was ist das?», fragte Josef neugierig.

«Eine Knotenschnur, mit der die Zahl der Tage festgehalten wird. Du musst jeden Morgen einen Knoten öffnen. Ist die Schnur glatt wie eine Schlange, bin ich noch am selben Tag bei euch.»

Josef tastete die Schnur ab und zählte zehn Knoten. Das bedeutet, dachte er froh, dass Armbruster noch bei uns ist und Kayuantu kennenlernen wird.

12

Als Josef Mitte Januar den letzten Knoten löste, dachte er mit gemischten Gefühlen an den bevorstehenden Tag. Die Siedler von Maitén hatten mit der Haferernte begonnen, und jede Hand wurde gebraucht. Selbst Paul Armbruster bewährte sich als Erntehelfer. Josef würde Kayuantu mit aufs Feld nehmen müssen und ihm nichts als einen harten Arbeitstag bieten können. Kein Festessen, keinen Tanz, keine Musik. Und wie würden die anderen Siedler dem jungen Indianer begegnen? Ablehnend oder sogar feindselig?

Ach, was soll's, dachte Josef und sprang aus dem Bett. Was kümmerten ihn die Nachbarn. Hauptsache, Onkel Emil und Tante Luise würden Kayuantu als seinen Freund akzeptieren. Doch konnte er sich dessen so sicher sein? Als er am Tag nach dem Ngillatún heimgekommen war, noch voller Eindrücke, hatte Luise erst nichts wissen wollen von seinen Erlebnissen. Emil hatte sich, wie immer, der Stimmung seiner Frau angepasst und ebenfalls Zurückhaltung geübt. Lediglich die Kinder und Paul Armbruster überboten sich gegenseitig mit ihren Fragen, und Josef hatte Paul versprechen müssen, alles in seinem Tagebuch aufzuschreiben und ihm zu lesen zu geben. Doch im Laufe der nächsten Tage hatte Luise ihre Neugier nicht mehr zurückhalten können, erkundigte sich in scheinbar beiläufigen Fragen über Kayuantus Familie, über die Lebens- und Ernährungsgewohnheiten der Indianer, über ihren Glauben. Schließlich hielt Josef den Zeitpunkt für gekommen, Kayuantus Besuch zu verkünden.

«Fein», rief Katja. «Da werden meine Freundinnen neidisch sein, wenn wir einen echten Indianer zu Besuch haben.»

«Das glaube ich kaum», warf Emil ein. «Ich meine, ich habe nichts dagegen, den Jungen kennenzulernen, aber ich glaube nicht, dass es in Maitén gutgeheißen wird, wenn wir einen dieser Wilden beherbergen.»

«Das sind keine Wilden», entgegnete Josef verärgert. «Es sind Araukaner, oder Mapuche, wie sie sich selbst nennen.»

«Kennt ihr übrigens die Herkunft des Worts ‹Araukaner›?», fragte Armbruster in seiner lehrmeisterhaften Art. «Wie damals die Römer alle Fremden als Barbaren bezeichneten, so nannten die Inka die wilden Völker im Süden, die sich nicht von ihnen besiegen ließen, ‹Auca›. In ihrer Sprache Quechua bedeutete das Wort Feind, wilder Krieger.»

«Also sind es doch Wilde», kam es lakonisch von Luise zurück. «Aber warten wir es ab. Um das Gerede der Leute haben wir uns ja noch nie gekümmert.»

Als Josef an diesem Morgen auf den Hof trat, um sich am Trog zu waschen, sah er vom See her eine Gestalt auf sich zukommen. Er traute seinen Augen nicht: Das sollte sein Freund Kayuantu sein? Statt der *chiripa* trug er eine lange schwarze Hose und ein Leinenhemd. Sein dichtes, widerspenstiges Haar hatte er ordentlich im Nacken zusammengebunden. Doch die Krönung seiner Aufmachung bildete eine Fliege aus schwarzem, zerschlissenem Samt, die am obersten Hemdknopf befestigt war.

Kayuantu hob zur Begrüßung die Hand, dann grinste er, als er Josefs ungläubiges Gesicht sah.

«Meine Kleidung für ganz besondere Anlässe», sagte er, und in seinen Augen blitzte der Schalk. «Ein Geschenk von Fray Simón.»

Josef deutete auf die bloßen Füße seines Freundes. «Fehlen nur noch die Schuhe.»

«Die habe ich längst weggeworfen. Kein Mensch kann in den Schuhen der *wingkas* gehen.»

Er wuchtete einen Henkelkorb vom Rücken, in dem sich drei kleine Flaumknäuel bewegten. Die Küken drängten sich eng zusammen. Ihr Gefieder war fast schwarz, mit zarten hellen Flecken.

«Eine gute Rasse. Wenn sie groß sind, legen sie fast jeden Tag ein Ei.»

«Sind die für uns?»

Kayuantu nickte. «Der Korb auch.»

In diesem Moment traten Luise und Emil aus dem Haus. Kayuantu nahm den Korb und ging auf sie zu. Höflich gab er ihnen die Hand, eine Geste, die bei den Mapuche nicht üblich war. Josef sah seinem Onkel die Verwirrung an. Wahrscheinlich hat er einen halbnackten Jungen in Kriegsbemalung erwartet, dachte er bissig, während Luise den jungen Mapuche freundlich anlächelte und ihn in ihrem unbeholfenen Spanisch begrüßte. Schließlich nahm sie das Gastgeschenk entgegen.

«Küken! Wie gut können wir die gebrauchen! Und dieser wunderbare Korb.» Sie strich über das kunstvolle Geflecht aus dünnen Lianen. Dann schob sie Kayuantu ohne Scheu in die Stube. Auf dem Tisch stand eine große, dampfende Schüssel mit Haferbrei.

«Setz dich. *Siéntate.* Lass uns erst einmal zusammen essen. *Comer.*»

Josef unterdrückte ein Lächeln über das Kauderwelsch seiner Tante.

«Das ist der kleine Jonathan.» Luise deutete auf den Jungen, der flink wie ein Wiesel über den Stubenboden krabbelte. Sie nahm Kayuantus Hand fest zwischen ihre fleischigen Hände. «Du hast mir sehr geholfen damals. *Muchas gracias.*»

Emil verteilte den Haferbrei. Bis zu diesem Moment hatte sein Onkel noch kein Wort gesprochen, doch Josef wusste, dass dahinter nicht Böswilligkeit, sondern Unsicherheit steckte. Immer noch machte er sich Vorwürfe, dass er den Indianerjungen damals mit einer Axt hatte angreifen wollen. Schlaftrunken kamen Katja und Hänschen die Stiege herunter und drückten sich schüchtern in die Ecke. Die nächste halbe Stunde über verlief die Morgenmahlzeit schweigend. Bis Paul Armbruster erschien.

«*Bienvenido en la colonia alemana*», sagte er und legte Kayuantu, der sofort aufstand, wie es sich einem Älteren gegenüber gehörte, die Hand auf die Schulter. «*Marimari*», fügte Armbruster hinzu und grinste dabei wie ein Schuljunge.

«*Marimari*», antwortete Kayuantu, ohne sich seine Verwunderung anmerken zu lassen.

«Leider ist das das Einzige, was ich auf *mapudungun* sagen kann», fuhr Armbruster auf *castellano* fort. «Aber vielleicht kannst du mir noch mehr beibringen.»

«Was heißt denn *marimari*?», fragte Josef.

«Es bedeutet zehn mal zehn. Damit wünschen wir uns hundertmal Glück», erklärte Kayuantu und lächelte Armbruster an.

Fortan bestritten Armbruster und Josef die Unterhaltung mit Kayuantu. Luise begnügte sich damit, den jungen Gast zu umsorgen, nur hin und wieder warf sie eine

Frage ein, die sie sich übersetzen ließ. Als sie erfuhren, dass Kayuantu drei Jahre lang bei den Franziskanern gelebt hatte, ließ schließlich auch Emil seine Zurückhaltung fallen.

«Jetzt wundert mich gar nichts mehr», rief er und stieß Josef in die Seite. «Ich dachte schon die ganze Zeit, dass Kayuantu bessere Tischmanieren hat als du.»

Josef war unendlich erleichtert. Seine Familie mochte Kayuantu, das war mehr, als er gehofft hatte.

Nach dem Frühstück wanderten die Männer zum Haferfeld, das am hintersten Rand der Parzelle lag. Die anderen Siedler waren längst bei der Arbeit und starrten unverhohlen zu ihnen herüber. Josef entging nicht, wie einige von ihnen zu tuscheln begannen, doch keiner wagte es, näher zu kommen und zu fragen, wer dieser Fremde sei.

«Also los, lasst uns anfangen», rief Emil und gab den Rhythmus vor.

Nebeneinander, den Gast in ihrer Mitte, hoben sie ihre Sicheln und schwangen wie Spiegelbilder ihrer selbst die scharfen Klingen im Gleichtakt durch das Getreide. Als sie die Ackergrenze erreichten, stand allen außer Kayuantu der Schweiß auf der Stirn.

«Alle Mann kehrt», rief Emil. «Das Ganze noch einmal, dann machen wir eine Pause.»

In diesem Moment kam Hartmut Ehret auf seinem prächtigen Apfelschimmel herangetrabt.

«Darf man euch zu eurem neuen *peón* beglückwünschen?», fragte er, ohne dabei vom Pferd zu steigen.

«Das ist nicht unser Knecht, das ist Kayuantu. Er ist so freundlich und hilft uns.»

«Aha, Kayuantu.» Ehret kaute jede Silbe genüsslich durch. «Ein Heide also. Und warum hat er sich dann als christlicher Chilene verkleidet? Will er damit seine kriegerischen Vorfahren verleugnen, die dem tapferen Pedro de Valdivia hinterrücks den Kopf abgeschlagen haben, um ihn dann zu verspeisen? Passt nur auf, dass es euch nicht ähnlich ergeht.»

«Hören Sie doch auf mit diesem Unsinn, Ehret.» Armbruster wurde ärgerlich.

«Schon gut, schon gut. Ich wollte niemanden beleidigen. Ich habe nur ausgesprochen, was die meisten von uns denken.»

Dann stieß er seinem Pferd die gewaltigen Sporen in die Flanke und galoppierte in einer Staubwolke davon.

Kayuantu hatte dem Gespräch mit unbewegter Miene zugehört. Er verstand zwar kein Wort deutsch, doch seine angespannte Haltung verriet Josef, dass er den verächtlichen Ausdruck des Mannes und Armbrusters zornige Blicke richtig gedeutet hatte.

«Und ich dachte, die Indianer hätten Valdivia kochendes Gold eingeflößt», murmelte Emil. Er bückte sich und nahm seine Sichel wieder auf. «Machen wir weiter.»

«Stimmt das?», fragte Josef seinen Freund auf *castellano*. «Waren die Mapuche früher wirklich so grausam?»

«Was heißt grausam?» Kayuantu lachte bitter. «Valdivia fiel in einem offenen Kampf mit unserem Anführer Lautaro. Später haben sie dafür Lautaro und seine Männer auf Pfähle gespießt und ihren Frauen die Brüste und Arme abgeschnitten. Der Kazike Galvarino wurde zur Warnung mit abgehackten Händen zurückgeschickt, doch er ließ sich Waffen an die Armstümpfe binden und kämpfte weiter.»

«Und Tausende von gefangenen Mapuche wurden als Sklaven in die Minen und auf die Landgüter verkauft», ergänzte Armbruster. «Lass dich nicht beirren, Josef: Wenn die Geknechteten sich auflehnen, werden sie von den Herren immer als grausam bezeichnet.»

Als die Sonne im Zenit stand, kamen Luise und Katja und brachten das Mittagessen.

«Ihr habt ja schon das halbe Feld abgeerntet», staunte sie.

«Du übertreibst», sagte Emil. «Aber wir sind wirklich weit gekommen. Ich schlage vor, dass wir heute früher aufhören und du zum Abendessen ein paar deiner streng gehüteten Würste herausrückst. *Salchicha alemana. Muy bueno*», wandte er sich an Kayuantu.

«Daran habe ich auch schon gedacht», lächelte Luise. «Ich habe außerdem Wilhelm und Erika Scheck zum Essen eingeladen.»

«Wieso das denn?», fragte Emil erstaunt.

«Damit sie unseren neuen Freund kennenlernen. Dann hören vielleicht die dummen Reden auf, die mir zu Ohren gekommen sind.»

Bei Anbruch der Dämmerung begleitete Josef seinen Freund bis zur Lichtung. Besser hätte der Tag nicht verlaufen können. Kayuantu hatte sofort Vertrauen zu seiner Familie gefasst, von Paul Armbruster war er sogar richtig begeistert gewesen, und nach dem Abendessen hatte der alte Scheck ihn noch durch die Siedlung geführt. Glücklich winkte Josef ihm jetzt nach, bis Kayuantu im Dickicht verschwunden war, dann schlenderte er durch die milde Nachtluft zurück.

Doch plötzlich hörte er ganz in der Nähe ein dumpfes Klopfen, dann ein an- und abschwellendes Heulen. Verwirrt blieb Josef stehen. In diesem Moment stieß ihn jemand mit voller Wucht in den Rücken und in die Kniekehlen. Mit einem erschreckten Aufschrei stürzte Josef bäuchlings zu Boden. Er wollte sich wehren, doch eine massige Gestalt hockte sich auf seinen Nacken und drückte ihm das Gesicht in den Sand. Er begann zu würgen und zu spucken, während erst seine Hände auf dem Rücken gefesselt wurden, dann seine Füße.

«Das ist die Rache der Geister von Maitén», ächzte jemand. Josef erkannte auf Anhieb die verzerrte Stimme der Nachbarstochter.

«Was soll der Blödsinn, Kunigunde?»

Mühsam hob er den Kopf. Trotz des Schreckens, der ihm noch in den Gliedern steckte, musste er beinahe lachen: Die beiden Gestalten, die über ihm standen, hatten ihre Gesichter hinter ausgehöhlten Kürbissen verborgen, Arme und Beine waren rußgeschwärzt. Was für ein lächerlicher Anblick. Damit mochten sie vielleicht seine kleine Base erschrecken, aber nicht ihn.

«Bindet mich sofort los!», rief er.

«Schwöre: Nie wieder wirst du diesen elenden Wilden in unsere Siedlung bringen», krächzte die eine Gestalt.

«Gib dir keine Mühe, Kunigunde, ich habe dich längst erkannt. Und wer ist die andere Witzfigur?» Josef versuchte sich aufzurappeln.

Der zweite Angreifer gab ihm einen Tritt, schwieg aber, um sich nicht zu verraten. Josef wälzte sich auf den Rücken.

«Ich warne euch: Wenn ihr mir auch nur ein Haar krümmt, werden euch Kayuantu und seine elf Brüder einen Besuch abstatten. Sie gehören nämlich zu den wildesten Kriegern des Stammes. Erst letztes Jahr haben sie eine Expedition überfallen und drei Chilenen den Bauch aufgeschlitzt.»

Die beiden Gestalten sahen sich an. Josef hörte, wie die eine geräuschvoll die Nase hochzog. Hatte er sich's doch gedacht: Julius! Wer sonst konnte bei so einem feigen Überfall dabei sein.

«Julius und Kunigunde – was für ein treffliches Gespensterpaar», höhnte Josef. «Kayuantu wird sich freuen, endlich mal wieder zwei junge Weiße schlachten zu dürfen. Ihr wisst ja, dass die Indianer Kannibalen sind ...»

«Das sollte ja nur ein Spaß sein», murmelte Julius und löste die Fesseln. «Du verstehst doch Spaß, oder?»

Josef sprang auf die Füße. Er überlegte einen Moment lang, ob er dem Nachbarjungen einen Faustschlag versetzen sollte, zischte dann aber nur ein verächtliches «Mein

Gott, was seid ihr dumm!» und machte sich auf den Heimweg.

Luises Einfall, Kayuantu und Wilhelm Scheck zusammenzubringen, sollte sich als geschickter Schachzug erweisen. Die teils ängstlichen, teils bösartigen Bemerkungen der Siedler, von denen die Frage: «Wer bewacht jetzt unsere Ochsen und Pferde vor diesen Dieben?» noch eine der harmloseren war, verstummten schnell. Die meisten gewöhnten sich offenbar daran, dass Kayuantu hin und wieder in Maitén auftauchte. Fortan trug er bei seinen Besuchen sogar sein traditionelles Gewand. Man ließ die Familie Kießling und ihren Besucher in Ruhe. Nur Josef spürte einige Veränderungen. Sein Freund Friedhelm, der sich inzwischen zu einem gutaussehenden Burschen gemausert hatte, zog sich jedes Mal, wenn Kayuantu kam, beleidigt und voller Eifersucht zurück. Als Friedhelm irgendwann feststellte, dass ihm die Mädchen und jungen Frauen der Siedlung schöne Augen machten, widmete er von da an seine ganze Aufmerksamkeit dem anderen Geschlecht. Julius mied Josef seit seinem missglückten Auftritt als Gespenst wie der Teufel das Weihwasser. Auch Kunigunde verlor vollständig ihr Interesse an Josef. Sie schien stattdessen Kayuantu mit ihren Blicken zu verschlingen und verfolgte ihn oft bis an die Grenzen der Siedlung. Josef war darüber fast ein wenig enttäuscht.

13

«Die Spielregeln sind einfach.» Josef nahm sich noch eins der verführerisch duftenden Brötchen, die Luise eben aus der Asche geholt hatte.

«Das Spielfeld ist sehr lang und schmal, und du bekommst einen Punkt, wenn du die Kugel über die schmale Seite schlägst», erklärte er. «Die anderen haben anfangs immer gelacht, weil ich den kleinen Holzball nie getroffen habe oder über die Schlaghölzer gestolpert bin, aber am Schluss habe ich sogar zwei Punkte gemacht.»

«Und dabei hast du dir das Schienbein verletzt. Ein toller Erfolg!», sagte Luise. Zwei Stunden zuvor hatte ihr Josef einen großen Schrecken eingejagt, als er bei Einbruch der Dämmerung in strömendem Regen auf das Haus zugehumpelt kam, völlig verschmutzt und mit einem dicken Verband um den Unterschenkel.

«Du verstehst das nicht», gab Josef ungerührt zurück. «Es ist eine Ehre, beim *Palin* mitzuspielen. Sogar die Schamanin war da und hat vor dem Spiel eine religiöse Zeremonie abgehalten.»

Emil stand auf und legte Feuerholz nach. Sofort vertrieben die Flammen die feuchte Kälte des Aprilabends.

«Muss ja ungeheuer wichtig sein, dieses Spiel», brummte er vor sich hin.

«Ist es auch.» Josef sah den beiden Katzen nach, die grundlos ihren warmen Platz am Ofen verließen und sich an die Türschwelle drängten. Dort fingen sie kläglich zu miauen an.

«Damit werden nämlich Meinungsverschiedenheiten und Streitereien entschieden. Kayuantu hat erzählt, dass früher sogar um das Leben von wichtigen Gefangenen gespielt wurde – Himmel, was ist das denn?»

Ein dumpfes Grollen wie von einem Gewittersturm war zu hören, dann plötzlich ein durchdringendes Knarren, das das Schreien der Katzen noch übertönte. Langsam und unaufhaltsam begannen sich die Wände seitwärts zu verschieben, auf dem Tisch tanzte das Geschirr, das ganze Haus ächzte und stöhnte.

«Alle raus!», brüllte Emil und packte den schlafenden Jonathan. Sie stürzten über den schwankenden Dielenboden ins Freie, wo die durchnässte Erde noch einige Male heftig erbebte. Dann war es still, nur das leise Weinen von Hänschen und Katja war zu hören.

«Es ist vorbei», tröstete Luise die Kinder. Josef schlug das Herz bis zum Hals. Er sah zu seinem Onkel, in dessen Armen der kleine Jonathan friedlich weiterschlummerte.

«Ich glaube, wir können wieder hinein», sagte Emil, als die Katzen ins Haus zurückkehrten. Vom Nachbargrundstück drangen die aufgeregten Stimmen der Ehrets herüber.

Drinnen stand alles an seinem Platz. Verwundert betrachtete Josef die Stube. Er hätte schwören können, dass sich die Balken hin- und herbewegt hatten. Da entdeckte er, dass ein Bild zu Boden gefallen war, sein Bild, das er als eines der wenigen persönlichen Dinge aus Rotenburg mitgebracht hatte: eine rote Rose, zierlich auf Leinen gestickt, mit einem Vers aus dem Johannes-Evangelium darunter: *Wer nicht liebt, der kennt Gott nicht, denn Gott ist die Liebe.* Seine Mutter hatte es ihm zur Konfirmation gestickt und auf einen kleinen Holzrahmen aufgezogen. Behutsam legte Josef das Bild auf den Tisch. Bis auf eine abgeschlagene Ecke am Rahmen hatte es keinen Schaden genommen.

«Der Zorn der Dämonen», entfuhr es ihm.

Luise sah ihn scharf an.

«Ich glaube, du verbringst zu viel Zeit bei deinen neuen Freunden.»

«Jetzt streitet doch nicht», fuhr Emil dazwischen. «Seid froh, dass das Beben keinen Schaden angerichtet hat. Außerdem muss ich Josef verteidigen. Seitdem er sich mit diesem Indianer angefreundet hat, ist er viel umgänglicher geworden. Man kann sich wenigstens wieder auf ihn verlassen.»

Josef hätte nicht sagen können, woran es lag, doch er fühlte sich tatsächlich wieder wohler in seiner Haut. Ob das nun mit seiner Freundschaft zu Kayuantu zusammenhing oder nicht – an dessen Seite hatte er in den letzten Monaten eine Fülle neuer Erfahrungen und Entdeckungen gemacht. Das Mapuche-Gebiet nordöstlich des Sees kannte er inzwischen ebenso gut wie die kleine deutsche Kolonie. Von Kayuantu konnte er so viel lernen. Er wusste bereits, dass die Urwaldriesen der Alerce erst nach drei Menschenaltern Samen ausbilden, dass sich der männliche Baum der Araukarie mit mehreren weiblichen verheirate, indem sich die wie Riesenschlangen über den Boden kriechenden Wurzeln ineinander verflochten, und dass die Beutelratten, von den Chilenen als Unheilbringer gefürchtet, eigentlich nützliche Insektenvertilger waren. Auf ihren Streifzügen kostete Josef von den Früchten der stachligen Chupón-Sträucher, deren Saft honigsüß schmeckte, und beobachtete winzige Frösche, die sich beim Angriff einer Schlange auf den Rücken warfen, ihre schwarz-weiße Unterseite zeigten und sich tot stellten.

«Die Männchen schlucken die Eier, brüten sie aus und spucken irgendwann Kaulquappen», erklärte Kayuantu.

Auf einer ihrer Expeditionen hatte ihn Kayuantu in ein entfernteres Hochtal geführt, um ihm den Heiligen Stein zu zeigen, einen Monolithen von der Höhe zweier ausgewachsener Männer. Hier hielt sein Stamm die Bestattungszeremonien ab, und hier sah Josef auch zum ersten Mal eine Herde Guanakos, jene scheuen, sanftmütigen Andenkamele, die den Ureinwohnern, lange bevor die Spanier mit ihren Schafen und Pferden kamen, als Lasttier und Wolllieferant gedient hatten. Josef war so gefesselt von diesen grazilen Tieren, deren Fell in der Sonne wie helles Kupfer schimmerte, dass er den Heiligen Stein kaum eines Blickes würdigte und damit seinen Freund für den Rest des Tages verstimmte.

Fast immer, wenn Josef die Mapuche-Siedlung aufsuchte, wurde er ins Haus des Kaziken eingeladen. Kayuantus Mutter saß dann meist im Schatten eines Zimtbaums und webte oder mahlte Körner auf einem Reibstein. Sie freute sich jedes Mal über das Wiedersehen, genau wie die vielen Kinder, die zwischen Hühnern und schwarz-braun gescheckten Schweinen Fangen spielten.

Josef war überrascht, wie geräumig und gut ausgestattet die *ruca* des Kaziken war. Er kannte nur die niedrigen Strohhütten von Osorno und Maitén, in denen sich die Tagelöhner auf der nackten Erde um die Feuerstelle drängten. Düstere Löcher waren das, ohne Möbel oder irgendwelchen Gerätschaften, dafür voller Rauch und Gestank, und im Winter war der Boden vom Regenwasser durchweicht. Dass Currilans *ruca* nicht aus Binsen und Quila-Rohr erbaut war, sondern von massiven Palisadenwänden getragen wurde, zeichnete sie als Häuptlingshaus aus. Seine *ruca* stand den Häusern der chilenischen Bauern an Bequemlichkeit in nichts nach. Durch die Öffnung auf der Ostseite des fensterlosen Rundbaus gelangte man durch einen schmalen Gang zum größten und wichtigsten Raum. Hier befand sich, unter einer Aussparung im Schilfdach, die einzige Feuerstelle des Hauses, die niemals erlosch. Auf den kostbaren Guanako- und Pumafellen thronten in den Abendstunden der Kazike und seine beiden Frauen und versammelten den Rest der Familie um sich. Eine Holzbank diente als Ablage für Zaumzeug, Lassos und für die *bolas*, drei mit Leder umhüllte Steinkugeln, durch Riemen verbunden, mit denen die Mapuche jagten: Das Wild wurde damit zu Fall gebracht und gleichzeitig gefesselt. Rechts und links des Gangs trennten Wände aus Rohrgeflecht mehrere Kammern ab, in denen die Brüder des Kaziken mit ihren Familien und die Kinder schliefen. Als Bett diente ihnen ein Lager aus Rinde, das mit Ochsen- oder Pferdehaut bedeckt war, Schaffelle schützten vor der Kälte der Nacht.

«Es wird eng in unserem Haus», hatte Kayuantu bei seiner ersten Führung gesagt. Sie besichtigten gerade das

Küchenhaus, das unmittelbar an das Haupthaus grenzte. Auf losen Brettern standen Körbe, Kochgeschirr und Teller aus Holz oder gebranntem Ton ordentlich gestapelt, und Josef musste den Kopf einziehen, um nicht an die Zwiebel- und Knoblauchstränge zu stoßen, die von der niedrigen Decke herabhingen.

«Nächstes Frühjahr werden meine Brüder, meine Vettern und ich ein eigenes Haus bekommen. Wenn du willst, lade ich dich zum *mingaco* ein.»

«*Mingaco?*», wiederholte Josef.

«*Mingaco* bedeutet, dass Verwandte und Freunde zusammen eine schwere Arbeit verrichten, also ein Feld bestellen, ein Waldstück roden oder eben ein Haus bauen.»

«Anfangs haben wir das in unserer Siedlung auch so gemacht. Aber inzwischen arbeitet jede Familie für sich allein.» Josef seufzte.

«Es ist ein Wettkampf», fuhr Kayuantu fort. «Für jeden Arbeitsgang bilden sich zwei Mannschaften. Die Mannschaft, die zuerst fertig wird, hat gewonnen und darf Spottlieder auf die anderen singen. Abends gibt der Gastgeber ein großes Festessen.»

Sie betraten einen üppigen Gemüsegarten, in dem die Frauen Kartoffeln, Kürbisse und Hülsenfrüchte zogen. Von hier aus sah man in der Ferne zwei weitere Gehöfte.

«Dort hinten wohnen noch zwei Familien unserer Sippe, die übrigen Familien leben im Nachbartal, ebenso wie die *machi.*»

Josef zuckte zusammen, als Kayuantu die Schamanin erwähnte. Er sah wieder ihre starre, erschrockene Miene vor sich.

«Du denkst an unsere Begegnung mit der *machi*?»

Josef nickte.

«Ich habe sie danach gefragt. Sie hat etwas gesehen, nur kurz, wie ein Blitzschlag, und sie konnte nichts Genaues erkennen. Zu deiner Beruhigung: Es hatte etwas mit mir zu tun. Wenn sich also jemand sorgen müsste, dann bin ich es, und ich sorge mich nicht.»

Damit war das Thema für Kayuantu beendet, und er zeigte seinem Freund noch voller Stolz die Viehherde, über die kein Einzelner, sondern die gesamte Sippe verfügte. Anschließend begleitete er ihn zurück zur Lichtung in der Nähe der deutschen Siedlung.

«Wenn die grünen Papageien in Scharen in die Wälder einfallen, beginnen wir mit der *pehuen*-Ernte. Kommst du?»

Josef biss sich auf die Lippen. Schon wieder ein Mapuche-Wort, das er nicht kannte. Kayuantu lachte und boxte ihn in die Seite.

«Nicht ärgern. *Pehuen* nennen wir die Araukarien, und wenn es Herbst wird, sammeln wir ihre Zapfen, um die Samen darin zu ernten.»

Als Vorbote der kalten Jahreszeit hatte sich dichter Morgennebel auf das Seeufer gelegt, doch oben an den Berghängen, wo sich die Araukarienhaine ausbreiteten, brach die Sonne durch und verhieß einen strahlenden Herbsttag. Die Mapuche schienen keine Eile zu haben, mit der Arbeit zu beginnen, die meisten saßen noch beim Matetee, als Josef das Waldstück erreichte. Zunächst wurde er von Ancalef zu einem ausgiebigen Frühstück eingeladen. Mit Gesten bedeutete sie ihm, dass er erst gut essen müsse, bevor er arbeiten könne. Randvoll schöpfte sie ihm die Schale mit Brei aus geröstetem Maismehl, der wohlschmeckend mit *chicha* und Zucker angerührt war. Dazu gab es gekochte Hühnereier, deren blaugrüne Schale noch warm war.

«Was sind das für Bretterhaufen an den Baumstämmen?», fragte Josef.

Kayuantu reinigte sorgfältig seine Tasse von Teespuren und stellte sie in den Korb zurück. «Darin übernachten wir.»

Josef grinste. «Da kann ich ja froh sein, dass ich heute Abend wieder nach Hause muss.»

In Wirklichkeit bedauerte er, dass er die Nacht nicht bei den Mapuche verbringen konnte. Ihm gefiel die Art dieser Menschen, wie sie jede harte Arbeit zum Anlass nahmen, hinterher ausgiebig zu feiern, in einer Mischung aus rituellem Ernst und fröhlicher Ausgelassenheit. Er hatte sich an die prüfenden Blicke, mit denen die Indianer ihn beobachteten, gewöhnt und wusste mittlerweile, dass sich dahinter Neugier und Aufmerksamkeit verbargen. Mit Händen und Füßen versuchte er, sich ihnen verständlich zu machen. Auch wenn diese Art der Kommunikation nicht selten in großes Gelächter auf Seiten der Indianer mündete, fühlte er sich willkommen und aufgenommen in Kayuantus Sippe. Leider hatte Josef seinem Onkel versprechen müssen, nur einen Tag wegzubleiben, denn die letzten Äpfel mussten von den Bäumen und die Kartoffeln aus der Erde geholt werden.

Mit dicken Holzprügeln bewaffnet, kletterten die Männer in die Bäume, während die Frauen und Kinder mit dem Aufsammeln der Zapfen begannen, die bereits auf dem Waldboden lagen. Die grünen Langschnabelsittiche hatten gute Vorarbeit geleistet: In ihrer Gier, aus den geöffneten Zapfen die Samen zu zerren, hatten sie den Boden unter sich übersät mit den Früchten, die wie goldenes Herbstlaub schimmerten. Die Prügel der Männer, die gegen die riesigen Zapfen schlugen, besorgten nun den Rest. Übermütig bewarfen sich die Kinder mit den leeren Zapfen und stopften sich die Bäuche voll mit den dicken, länglichen Samen. Auch Josef griff ordentlich zu. Der Geschmack erinnerte ihn an die Edelkastanien aus seiner Heimat. Kayuantu hatte ihm erzählt, dass sich die Pehuenche, die in den Kammlagen und auf der Ostseite der Anden lebten, den ganzen harten Winter über von diesen Samen und ein wenig Pferdefleisch ernährten. In einem Erdloch, mit erhitzten Steinen ausgekleidet und von mehreren Schichten Bambus und Erde bedeckt, hielten sich die Samen bis zur nächsten Ernte.

Die Sonne stand schon tief, als sich Josef nach einer Dankzeremonie an das Gottespaar, das über die Araukarien herrschte, auf den Heimweg machte. Über der Schulter trug er einen mit Samen prallgefüllten Sack. Luise würde sich freuen über sein Mitbringsel. Fachmännisch würde er ihr erklären, wie sie aus gemahlenen Samen und Trockenfrüchten ein süßes Gebäck zubereiten konnte. Als er die Parzelle von Ehrets überquerte, kam ihm eine Gestalt entgegen.

«Na, warst du wieder bei deinem Stammesbruder?»

Es war Kunigunde, die sich ihm herausfordernd in den Weg stellte.

«Was geht dich das an?», gab Josef mürrisch zurück. Sie hatten seit jenem lächerlichen Überfall nicht mehr miteinander gesprochen.

«Weißt du, wie sie dich in der Siedlung nennen? Halbindianer. Mit den Burschen in der Siedlung gibst du dich ja nicht mehr ab. Obwohl ich zugeben muss, dass dein Indianer-Freund schon wie ein richtiger Mann aussieht. Er hat bestimmt eine Menge kleiner Freundinnen.»

Dabei streckte sie ihm kokett ihre Brüste entgegen.

«Ach, lass mich doch in Ruhe», fauchte Josef und eilte an ihr vorbei.

«Vielleicht interessiert es dich», rief sie ihm nach, «dass wir seit gestern ein indianisches Hausmädchen haben. Die Tochter von María. Die würde dir bestimmt gefallen.»

An diesem Abend beschloss Josef, bei seinem nächsten Besuch bei den Mapuche seinen Freund Friedhelm mitzunehmen. Es war ihm völlig gleichgültig, ob die anderen Siedler ihn Halbindianer nannten, dennoch hatte Kunigundes Bemerkung etwas in ihm berührt. Nichts lag ihm ferner, als sich von den anderen abzusondern. Zudem bedauerte er, dass er Friedhelm nur noch so selten sah, und vermisste beinahe dessen unbesorgte, vorwitzige Art und seine oft übermütigen Einfälle.

Im Laufe des Herbstes nahm er den Freund zwei, drei Male mit in die Berge, doch der temperamentvolle Friedhelm, dem das Herz auf der Zunge lag, kam mit der verschlossen wirkenden Art der Indianer nicht zurecht.

«Ich habe ständig das Gefühl, sie misstrauen mir», klagte er eines Tages. «Und dann dieser ewige Stolz, den sie zur Schau tragen.»

Josefs Versuche, ihm die Lebensweise der Mapuche näher zu bringen, fruchteten nicht.

«Hör doch auf, alles zu rechtfertigen», wies Friedhelm ihn sogar schroff zurück. «Merkst du nicht, wie viel du von dir aufgibst, wenn du bei ihnen bist? Du würgst irgendwelche grässlichen Gerichte in dich rein und lächelst dabei, als hätte man dir glacierten Kalbsrücken serviert. Das ist doch unehrlich.»

«Nein, das ist ein Zeichen von Höflichkeit», erwiderte Josef.

«Oder dass du deinen Hund nicht mitbringen darfst. Ich würde mir das nicht gefallen lassen.»

«Na und?», wehrte Josef ab, obwohl er sich anfangs selber darüber geärgert hatte. «Wenn ich doch den Grund dafür kenne. In ihren Augen können Hunde Böses übertragen, und der Hund eines fremden Stammes erst recht.»

Friedhelm begann zu lachen. «Da siehst du, wie weit es mit dir schon gekommen ist. Du plapperst diesen Aberglauben einfach nach.»

Der einzige ernsthafte Gesprächspartner in diesen Dingen blieb Paul Armbruster, der seit seinem Umzug nach Osorno beinahe jedes Wochenende in Maitén verbrachte. Er lauschte begeistert Josefs Berichten und ermunterte ihn, noch tiefer in die fremde Kultur der Mapuche einzudringen und alles aufzuschreiben. Um nur ja nichts von Kayuantus

Ausführungen misszuverstehen, vervollkommnete Josef mit Sergios Hilfe seine Spanischkenntnisse. Wäre es nach Josef gegangen, hätte er noch viel mehr Zeit mit Kayuantu und seiner Sippe verbracht, aber er war verantwortungsvoll genug, die Arbeit auf der Farm seines Onkels nicht schleifenzulassen. In Gedanken jedoch war er meist oben in den Bergen und hatte kaum noch Augen für das Leben in der kleinen deutschen Siedlung. Sonst wäre ihm nicht entgangen, wie sich das Verhältnis zwischen Paul Armbruster und seiner Tante im Laufe des Herbstes veränderte.

«Warum bist du manchmal so abweisend?», fragte Paul Armbruster. Er war Luise in den Schuppen gefolgt, wo das Butterfass stand, um endlich einmal mit ihr allein zu sein. Diese Anspannung zwischen ihnen, dieses Hin und Her von Luises Stimmungen – er hielt das nicht länger aus. «Hab ich dir etwas getan, Luise?»

«Was soll das?» Ihre Worte klangen weniger erstaunt als verärgert. Sie krempelte die Ärmel hoch. «Ich komme hier schon klar, Paul. Geh du nur ins Haus zurück. Die Männer wundern sich bestimmt schon, wo du steckst.»

Sie waren an diesem Wochenende dabei, die Wände zu tapezieren, mit einer lindgrünen englischen Tapete, die Armbruster ihnen von einer Bremer Lieferung mitgebracht hatte. So würde die Stube im bevorstehenden Winter noch besser vor Zugluft geschützt sein.

«Du hast recht. Entschuldige», murmelte er.

Doch an der Schuppentür blieb er unschlüssig stehen und wandte sich um. Luise hob den schweren Deckel von der Milchkanne und fing an, den Rahm abzuschöpfen. Die Haut ihrer drallen Arme schimmerte rosig. Armbruster spürte, wie sein Herz schneller schlug.

«Warte, ich schiebe dir das Butterfass näher heran.»

Luise ließ die Kelle sinken. Ihr Gesicht nahm einen fast bissigen Ausdruck an.

«Hör mal, Paul, jeden Samstag bin ich mit Buttern beschäftigt. Lass es mich einfach so machen, wie ich es gewohnt bin.»

In diesem Augenblick riss eine Windbö die Schuppentür auf, und das kleine Fenster auf der gegenüberliegenden Seite knallte zu. Luise schrie auf, als das Glas hinter ihr splitterte und auf ihre bloßen Arme niederprasselte. Mit einem Satz war Armbruster bei ihr.

«Hast du dich verletzt?»

«Nein, nur erschreckt. So ein Bockmist, die Milch kann ich vergessen, alles voller Splitter.»

Armbruster zeigte auf ihren Unterarm, aus dem Blut sickerte.

«Nicht bewegen, da steckt ein Splitter.»

Behutsam entfernte er das Glas. Dann zog er ein sauberes Taschentuch aus der Hosentasche und wickelte es ihr um den Arm. Eine Locke, die sich aus Luises Kopftuch gelöst hatte, berührte seine Wange. Er hob den Kopf. Als sich ihre Blicke trafen, war es um ihn geschehen. Er konnte nicht länger ankämpfen gegen seine Gefühle für diese Frau. Zu viele Nächte hatte er wach gelegen, weil er immerfort an Luise dachte. Jeden Samstag war er mit weichen Knien vor ihrem Haus vorgefahren. O Gott, wie sehr er diese Frau liebte!

Mit den Fingerspitzen schob er ihr die Locke aus dem Gesicht, strich über ihre Wangen, näherte sich ihren vollen Lippen – da stieß sie ihn vor die Brust und holte ihn damit jäh in die Wirklichkeit zurück. Während sie ihn kopfschüttelnd ansah, stumm, mit großen Augen, spürte er, wie ihm die Schamesröte ins Gesicht stieg.

«Paul? Luise? Wo steckt ihr?» Emils besorgte Stimme schreckte sie auf. In brennender Verlegenheit trat Armbruster zur Seite, als Emil auch schon hereinstürzte.

«Was ist denn hier passiert?»

Erschrocken sah er auf Luises Arm.

«Ich hab mich geschnitten an dem verdammten Fensterglas», erklärte Luise ruhig. «Aber die Wunde ist nicht tief, und Paul war so nett und hat sie gleich verbunden.»

«Ja, ich war zufällig hier», log Armbruster und merkte, wie seine Stimme zitterte.

«Ich danke dir, Paul.» Emil legte den Arm um Luise. «Ihr habt euch sicher sehr erschrocken. Das Beste ist wohl, Josef kocht uns einen Tee, und wir machen alle erst mal eine Pause. Später können wir dann weitertapezieren.»

Den Nachmittag über bekam Armbruster Luise nicht mehr zu Gesicht. Zum Abendessen dann brachte sie eine dampfende Schüssel mit Kartoffelknödeln und Siedfleisch aus der Küche, Armbrusters und Emils Lieblingsgericht.

«Na, das ist ja ein Festessen», rief Emil begeistert.

«Ihr habt heute Mittag nichts Warmes gehabt.» Luise sah an Armbruster vorbei, als sie seinen Teller vollschöpfte.

Sein Magen war wie zugeschnürt. Eine furchtbare Ahnung stieg in ihm auf. Es würde nichts mehr wie vorher zwischen ihnen sein. Dieser eine unbedachte Augenblick, wo er sich von seinen Gefühlen hatte hinreißen lassen ... Wie oft schon hatte er durch seine impulsive Art sein Leben in eine Sackgasse gerissen! Genau wie damals, als er die Nacht nicht bei seiner Frau, sondern bei einer Geliebten verbracht hatte. Er war in einen Strudel aus Täuschungen und Lügen geraten, mit denen er erst seine Geliebte und dann seine Frau für immer verloren hatte.

«Was ist los? Bin ich hier der Einzige, dem es schmeckt?», fragte Emil und nahm sich einen zweiten Teller voll.

«Ich mag keine Knödel», maulte Hänschen. «Darf ich aufstehen?»

«Du bleibst gefälligst sitzen», fuhr ihn seine Mutter scharf an. Sie legte ihre Gabel zur Seite und erhob sich. «Entschuldigt, mir ist nicht gut. Ich habe Kopfschmerzen.»

Besorgt sah Emil ihr nach. «Ich habe gehört, dass Frauen

ab einem gewissen Alter zu Migräne neigen. Hoffentlich ist das nur vorübergehend.»

Für den Rest des Abends blieb Luise auf ihrem Zimmer. Nachts lauschte Armbruster auf ihre Schritte, wartete auf ein Zeichen von ihr. Er hoffte darauf, dass vielleicht ein Papier unter seiner Tür durchgeschoben würde oder dass sie in den Garten hinausginge, um sich dort mit ihm zu treffen – doch nichts geschah.

Am nächsten Morgen, noch bevor sich irgendjemand im Haus rührte, reiste Armbruster in aller Frühe ab.

14

Den 15. August 1854

Liebste Mama! Vorgestern kam dein langer Brief hier an, und da wir auf dieser Hälfte der Erde gerade im tiefsten Winter stecken und die Abende lang sind, habe ich viel Zeit zum Schreiben.

Ich entdecke immer neue Möglichkeiten, wie man sich in diesem Land gute Einkünfte verschaffen kann, und du wirst sehen: Eines Tages werde ich dir von meinem ersten selbstverdienten Geld schicken können. Im Moment sind mir zwar noch die Hände gebunden, denn Onkel Emil braucht mich ja auf dem Hof, aber in zwei, drei Jahren werde ich auf eigenen Füßen stehen und mehr Geld verdienen als Onkel Emil mit seiner kleinen Landwirtschaft. Glaub mir: Dann bezahle ich euch die Überfahrt nach Chile, und deine Mühsal hat ein Ende.

Von unserer Farm gibt es nicht viel Neues. Die Arbeit ist immer noch recht mühevoll, nicht anders als in der Heimat, aber in diesem Winter geht es uns ungleich besser als im letzten, denn wir konnten im Herbst einige Vorräte zur Seite legen. Wenn alles gutgeht, will Onkel Emil nächstes Jahr noch einen Ochsen zukaufen. Tante Luise geht es auch gut, sie stillt den kleinen Jonathan nur noch abends. Dadurch kann sie ihn nun öfters in der Obhut von Katja lassen und sich ihren schönen Stickereien widmen, die sich teuer verkaufen ...

Josef hielt inne, um das Tintenfass aufzufüllen. Ging es seiner Tante wirklich gut? Immer schmaler wurde sie, wirkte oft fahrig und zerstreut. Gestern hatte sie sogar einen der besten Teller zu Boden fallen lassen. Sie, die sonst keine Geselligkeit ausgelassen hatte, zog es inzwischen vor, mit ihrer Handarbeit in der Stube zu sitzen, und schlug sogar die Einladungen ihrer Freundin Rosalind aus. Emil, der nur seine Farm im Kopf hatte, merkte davon nichts, doch Josef fragte sich inzwischen, ob seine Tante vielleicht eine Krankheit ausbrütete. Oder hing es womöglich mit Armbrusters überstürzter Abreise vor sechs Wochen zusammen? Er hatte damals eine Notiz hinterlassen, dass er irgendeinen Termin bei einem Advokaten völlig vergessen habe und schnellstmöglich nach Osorno zurückmüsse. Doch Josef hatte das nicht recht glauben können. Zudem war er seither nie wieder zu Besuch gekommen, hatte nur hin und wieder dem Postreiter Grüße mitgeschickt und sich entschuldigen lassen, da die Wege im Winter mit seinem Einspänner kaum passierbar seien. Ob sich Luise mit ihm gestritten hatte? Ach was, wahrscheinlich war sie einfach nur erschöpft, dachte er und schrieb weiter.

... Seit kurzem haben wir ungewöhnlich viel Schnee, und zum ersten Mal ist ein hungriger Puma in unsere Siedlung eingedrungen. Er hat auf dem Nachbarhof zwei Schafe gerissen. Erst glaubten alle, dass es sich um einen der wilden Hunde handelte, doch dann hat unser Nachbar, Hartmut Ehret, den Berglöwen in einer selbstgebauten Falle gefangen. Ein

herrliches Tier. Und weißt du, was Ehret mit ihm gemacht hat? Er hat ihn betäubt, ihm dann die Zähne ausgebrochen und die Klauen abgeschnitten und ihn am nächsten Tag von seinen Hunden zu Tode hetzen lassen. Ehret sagt, damit würde er den Hunden die Angst vor den Pumas nehmen, und sie würden künftig jeden Puma mutig angreifen. Zu wie viel Grausamkeit doch manche Menschen fähig sind! Wir bedauern oft, dass wir diese Ehrets zu unseren nächsten Nachbarn haben, denn sie sind kein bisschen hilfsbereit und fühlen sich als Herren im Lande. Seit letztem Herbst haben sie eine indianische Dienstmagd, ein Mädchen, das bei Kapuzinermönchen aus Bayern aufgewachsen ist und mit seiner Mutter von Anbeginn in unserer Siedlung lebt. Sie heißt Clara und ist an Klugheit jedem der Ehret-Kinder überlegen. Sie kann sogar lesen und schreiben, aber sie wird von früh bis spät herumgescheucht, ohne einen einzigen freien Tag im Monat. Vor ein paar Tagen habe ich den jüngsten Sohn dabei überrascht, wie er die Hand gegen das Mädchen erhob, und da hab ich ihm eine Ohrfeige verpasst. Julius ist daraufhin heulend zu seinem Vater gerannt, und ich musste mich bei ihm entschuldigen, um des lieben Friedens willen, wie Onkel Emil immer sagt.

Leider weiß ich noch immer nichts von Raimund. Er lebt wohl nicht in den deutschen Kolonien. Möglicherweise arbeitet er im Norden, als Schürfer in den Minen. Die Arbeit dort soll sehr hart sein, aber der Verdienst nicht schlecht. Ich warte noch immer auf Auskunft von einigen Vereinigungen von Minenbesitzern – du siehst, ich habe die Hoffnung nicht aufgegeben.

Liebe Mutter, es ist schon spät, vielleicht schreibe ich morgen weiter. Onkel und Tante lassen dich herzlich grüßen und umarmen, sie wollen dir morgen noch ein paar Zeilen dazulegen.

Bleibe bitte gesund, ich denke immer an dich, auch an Lisbeth, Eberhard und Anne, die ich alle sehr vermisse. Und auch an Vater. Dein dich liebender Sohn Josef.

«Paul kann dieses Wochenende leider doch nicht kommen, er erwartet Besuch aus Valdivia.» Josef rückte dichter ans Herdfeuer, um sich nach dem langen Ritt aufzuwärmen. Er hatte die ersten sonnigen Oktobertage genutzt, um in Osorno einen Satz neuer Beitel zu kaufen, und bei dieser Gelegenheit bei Paul Armbruster übernachtet. «Er lässt euch aber herzlich grüßen. Vielleicht schafft er es ja das nächste Wochenende, zu uns herauszukommen. Aber um das neue Zaumzeug für Moro kümmert er sich, er kennt einen deutschen Sattler, der es billig herstellt.»

Luise zuckte gleichmütig die Schultern, doch Josef glaubte, in ihren Augen so etwas wie Enttäuschung zu erkennen.

Emil begutachtete die Stecheisen. «Was meinst du, Luise, unser alter Freund wird doch nicht eine Frau gefunden haben, dass er seit Wochen keine Zeit mehr für uns hat.»

«Das Beste für ihn wär's wohl», entgegnete Luise und warf einen feuchten Wischlappen vor Josefs Füße auf die Dielen. «Das nächste Mal putzt du dir gefälligst die Schuhe ab, wenn du ins Haus kommst.»

«Tut mir leid.» Wie gereizt seine Tante heute wieder war! Josef packte sein Werkzeug und ging hinaus.

«Halt, halt, mein Freund», rief ihm Emil nach. «In einer halben Stunde hilfst du mir beim Ausbessern der Zäune.»

Während des Winters hatte Josef im Schuppen eine kleine Werkstatt eingerichtet. Hier fertigte er Stück für Stück das neue Mobiliar für ihr Haus. Anfangs hatte Emil, als gelernter Tischler, ihm zur Seite gestanden, doch bald musste er zugeben, dass sich sein Neffe Josef besser aufs Schreinern verstand als er selbst: «Ich kann dir nichts mehr beibringen. Du könntest schon Geld damit verdienen.»

Daran dachte Josef bereits seit einiger Zeit, denn er empfand den Ackerbau als eine Arbeit, bei dem der Ertrag in keinem Verhältnis zum Aufwand stand. Darüber hinaus war er nicht erbberechtigt für Emils Hof, musste sich also ohnehin seine Zukunft auf einem anderen Gebiet suchen. Aber nicht, wie es sich sein Onkel vorstellte, als kleiner *carpintero*, wie hier Tischler und Zimmerleute genannt wurden. Damit war nicht wirklich Geld zu verdienen. Denn wer unter den Einwanderern genug Geld hatte, brachte sein Mobiliar aus der Heimat mit, und wer mittellos war, nagelte sich Tische und Stühle selbst zusammen. Nein, seine Pläne sahen anders aus: Er würde Holz produzieren, Bauholz, Dielen, Schindeln, Edelhölzer.

Auf dem Rückweg von Osorno war er heute Morgen wieder einmal an der dortigen Schneidemühle vorbeigekommen und konnte kaum glauben, zu welch überhöhten Preisen selbst die einfachsten Bretter angeboten wurden. Er hatte den Vorarbeiter gefragt, warum hier, an der Schwelle zu den unermesslichen Urwäldern, das Holz so teuer sei, und der Mann hatte ihm etwas von kostspieligen Transportwegen erklärt. Doch Josef wusste, dass das nur die halbe Wahrheit war, denn als einzige Schneidemühle im Süden konnte der Besitzer die Preise fast beliebig in die Höhe treiben. Er, Josef Scholz, würde, sobald er mit seinen Tischlerarbeiten genug verdient hatte, ein zweites Sägewerk aufbauen, und zwar direkt am See, wo sich in den nächsten Jahren und Jahrzehnten noch Tausende von Siedlern niederlassen würden.

Gutgelaunt verstaute Josef seine Beitel und ging hinüber zur Viehweide, wo sein Onkel schon wartete. Emil war nicht allein. Clara, Ehrets indianisches Dienstmädchen, stand neben ihm am Zaun. Josef spürte, wie er trotz des kühlen Windes zu schwitzen begann.

«Gut, dass du endlich kommst», sagte Emil. «Ich verstehe das Mädchen so schlecht. Ich glaube, es geht um irgendwelche Stühle.»

«Servus», grüßte ihn Clara zurückhaltend. Dann wiederholte sie in ihrer drolligen Mischung aus Bayrisch und *castellano*, dass ihr Dienstherr sechs Stühle ausgebessert haben wollte.

Josef nickte. Er holte tief Luft, um seine Verlegenheit zu überwinden. «Sag ihm, dass wir das in der nächsten Woche erledigen können. Zu einer angemessenen Entlohnung allerdings.»

Verblüfft sah Emil seinen Neffen an. «Hab ich das richtig verstanden? Du willst für das Ausbessern von ein paar Stühlen Geld verlangen?», fragte er.

«Von den Ehrets schon», gab Josef ungerührt zurück. Dann wandte er sich wieder auf Spanisch dem Mädchen zu. «Haben sie dir mittlerweile eine eigene Kammer eingerichtet?»

«Ja. Sie ist zwar klein, aber sie haben mir einen Stuhl und ein richtiges Bett hineingestellt.»

«Nur ein Bett und einen Stuhl? Und wo verstaust du deine Sachen?»

«Ich habe nicht viel. Meinen Sonntagsschmuck bewahrt mir die *dueña* auf.»

Kopfschüttelnd sah Josef sie an. Dann kam ihm ein Gedanke.

«Wenn du willst, baue ich dir eine kleine Kommode.»

Clara schwieg und sah zu Boden.

«Was ist? Möchtest du nicht?», fragte Josef irritiert.

«Es ist ... Ich kann das nicht bezahlen. Ich habe kein Geld.»

«Aber ich möchte sie dir schenken. Ich habe schon eine angefangen, nichts Besonderes, aber mit drei Schubfächern. Komm doch morgen mal vorbei, dann kann ich sie dir zeigen.»

«Gut», sagte Clara nur. Dann hob sie den Blick. Für einen kurzen Augenblick fürchtete Josef, im Glanz ihrer nachtschwarzen Augen zu versinken. Er wandte seinen Blick ab, und Clara verabschiedete sich mit einem höflichen Adiós.

«Habe ich das eben richtig verstanden? Du willst dem Mädchen eine Kommode bauen?», fragte Emil. «Als ob du nichts anderes zu tun hättest», fügte er unwillig hinzu und reichte Josef den Hammer.

Mechanisch schlug Josef die Nägel in die Latten. Was hatte er sich nur dabei gedacht, das Mädchen in seine Werkstatt einzuladen? Noch nie war er mit Clara allein gewesen. Er würde vor ihr stehen und kein Wort herausbringen.

So war er beinahe erleichtert, als die nächsten Tage vergingen, ohne dass Clara sich sehen ließ. Doch genau eine Woche nach ihrem Gespräch erschien sie mit einem Handwagen, auf dem Ehrets Stühle lagen. Gemeinsam trugen sie die Stühle in die Werkstatt.

«Schau, dort drüben», sagte er. «Deine Kommode ist fast fertig.»

Mit ihrer schmalen Hand strich sie über das glatte, helle Holz.

«Wunderschön.»

«Übermorgen kannst du sie holen.»

Ihm war klar, dass es schicklicher gewesen wäre, wenn er das Möbelstück ins Nachbarhaus gebracht hätte. Aber er musste sie wiedersehen. Allein.

«Kommst du also?», fragte er schüchtern.

Sie nickte und huschte zur Tür hinaus. Gedankenverloren starrte Josef auf die offene Tür, dann kramte er ein Glas Bienenwachs vom Regal und rieb das Holz der Kommode sorgfältig ein. Die Zierleisten mussten noch angebracht werden und die Fächer für die oberste Schublade, dann war sie fertig. Ursprünglich war die Kommode zum Verkauf gedacht, und nun, wo er sie Clara schenken wollte, erschien sie ihm viel zu schlicht.

In dieser Nacht hatte Josef einen seltsamen Traum. Er war von Kayuantu zum *mingaco* eingeladen, anlässlich des Baus eines neuen Hauses. Doch das Haus war nicht für die ältesten Söhne und Neffen des Kaziken bestimmt, sondern für das frischvermählte Brautpaar Kayuantu und Clara. Als Josef Clara in der traditionellen Festkleidung der Mapuche-Frauen erkannte, warf er sich entsetzt vor seinem Freund auf den Boden und flehte ihn an, Clara freizugeben. Doch Kayuantu gab ihm zu verstehen, dass Clara eine Mapuche sei, sich längst vom Christentum losgesagt und nun wieder ihren Stammesnamen Ayen angenommen habe. Er, Josef, sei dagegen noch nicht reif genug, eine Mapuche zur Frau zu nehmen. Dann trat Luise hinzu und legte Clara einen winzigen Säugling in den Arm.

Glasklar stand Josef am nächsten Morgen jedes Bild dieses Traums vor Augen und schmerzte ihn, als hätte das alles tatsächlich stattgefunden. Verwirrt stürzte er sich in den nächsten Tagen in die Arbeit, versuchte, sich ganz auf die Schafschur zu konzentrieren, doch jedes Mal, wenn er die Augen schloss, sah er Claras mandelförmige Augen und ihre vollen, geschwungenen Lippen vor sich. Nie würde er den Mut finden, diese Lippen zu küssen. Fast ergriff ihn so etwas wie Angst vor seiner Verabredung mit dem Mädchen.

«José! Bist du da drin?»

Es war Clara. Wie die meisten Einheimischen rief sie Josef bei der spanischen Form seines Namens. Wie weich sein Name aus ihrem Mund klang!

«Ja, komm doch herein. Die Tür ist offen.»

Hastig legte Josef das Tuch zur Seite, mit dem er letzten Glanz auf das Holz der Kommode poliert hatte, und trat einen Schritt zurück.

«Gefällt sie dir?»

Clara antwortete nicht. Stumm betrachtete sie das Möbelstück von allen Seiten, zog die Schubladen heraus, betastete die mit zartem Schnitzwerk versehene Zierleiste, sog den süßlichen Duft des Wachses ein. Dann sah sie auf.

Keine Regung in ihrem Gesicht verriet, ob sie sich über das Geschenk freute.

«Warum machst du dir so viel Arbeit für mich? Ich bin keine Weiße, und ich bin nur eine Dienstmagd.»

«Weil ich dich sehr nett finde.» Kaum war ihm die Antwort über die Lippen gekommen, schoss ihm die Röte ins Gesicht, und in seiner Brust brannte es wie Feuer. Verlegen sah er zu Boden.

«Es wird Ärger geben mit meiner *dueña*», erwiderte Clara ungerührt.

«Herrje, das will ich nicht. Wenn sie mit dir schimpft, sag es mir. Dann ... dann rede ich mit ihr.» Er begann zu stottern.

«Lass nur. Das macht mir nichts aus.»

Das Mädchen stand nur einen Schritt von ihm entfernt. Wie schön sie war! Die ebenmäßigen Gesichtszüge mit den hohen Wangenknochen schimmerten hellbraun, die schmalen Brauen waren tiefschwarz wie ihre Augen und wie ihr glattes Haar, das sie zu einem dicken Zopf zurückgebunden trug. Ihre Arme und Beine hatten etwas Graziles und zugleich Muskulöses, und wenn sie sich bewegte, lautlos und geschmeidig, erinnerte sie Josef an eine Katze. Von Luise wusste er, dass Clara im gleichen Alter war wie er selbst, doch er überragte sie um Kopfeslänge.

Er bräuchte nur den Arm auszustrecken und sie berühren, um sich zu vergewissern, dass dies hier kein Traum war. Doch ihre fremdartige Schönheit machte ihn so befangen, dass er kaum wagte, sie offen anzusehen.

«Ist der Sohn des Huilliche-Kaziken dein Freund?», fragte sie, und Josef war sich nicht sicher, ob es Neugier oder Argwohn war, was er aus ihrem Tonfall heraushörte.

«Kayuantu ist der Neffe des Kaziken», erwiderte er. «Kennst du die Leute seiner Sippe?»

«Nein. Aber meine Mutter hat erzählt, dass seine Vorfahren in alten Zeiten oft im blutigen Streit mit uns lagen.

Um die Nutzung der fruchtbaren Ebenen im großen Tal, und manchmal auch um Frauen.» Sie blickte ihn ernst an. «Aber diese Zeiten sind vorbei. Die Nachkommen der Spanier und die Leute deines Landes haben uns vertrieben.»

Josef wollte sich schon verteidigen, doch dann ließ er es bleiben. Wieso sollten sie über Dinge debattieren, die weder er noch Clara in der Hand hatten? Die Welt war neu verteilt worden, wie Armbruster immer sagte, und jetzt ging es darum, dass jeder den anderen respektierte.

«Wo bist du geboren?», fragte er stattdessen und hob die Kommode auf den Handkarren.

«Weit weg von hier. Zwei Tagesmärsche nördlich von Valdivia, in der Küstenregion.»

«Ich habe gehört, dass du in einer Kapuzinermission aufgewachsen bist.»

«Ja.»

Mehr sagte sie nicht. Josef wagte kaum, sie anzusehen.

«Wie alt warst du damals?», fragte er schließlich.

«Sieben. Dort wurde ich auch auf den Namen Clara getauft.» Sie stockte. «Für die Mapuche aus der Sippe deines Freundes sind wir Getauften, die bei den Weißen leben, so etwas wie Wesen mit zwei Köpfen. Sie verachten uns ein wenig.»

Josef dachte an Kayuantu, der trotz seiner Taufe nie ein Christ geworden war.

«Bist du freiwillig zu den Mönchen gegangen?»

«Freiwillig?» Clara ballte die Fäuste. «Ich muss jetzt gehen. Die *dueña* kann jeden Moment zurückkommen. Niemand weiß, dass ich hier bin.»

Josef hatte den Eindruck, mit seiner Fragerei zu weit gegangen zu sein. «Entschuldigung. Ich wollte dich nicht ausfragen.»

Sie nickte. «Danke für die Kommode.»

Dann geschah etwas Überraschendes. Das Mädchen

berührte mit beiden Händen seine Wangen und küsste ihn flüchtig auf die Lippen. Josef kam es vor wie ein Windhauch. Im nächsten Moment war Clara, den Karren hinter sich herziehend, zur Tür hinaus. Für Josef geriet die Welt augenblicklich aus dem Gleichgewicht.

«Clara, so warte doch», rief er und stürzte ihr hinterher. An der Gartenpforte holte er sie ein.

«Können wir uns wiedersehen?»

Ohne eine Antwort ging Clara weiter. Von der Dorfstraße her sah Josef, wie eine Gestalt näher kam. Es war Sylvia Ehret.

«Sag mir noch schnell deinen Mapuche-Namen.»

Clara drehte sich um. Stolz schwang in ihrer Stimme, als sie antwortete:

«Ayen.»

Zwei Wochen später – das Frühjahr hatte sich inzwischen durchgesetzt und die Wälder mit roten und orangefarbenen Blütentupfern versehen – machte sich Josef auf den Weg zu Kayuantus Sippe. Völlig überraschend war sein Freund am Vortag in Maitén erschienen und hatte ihn gebeten, sich für den nächsten Nachmittag und die folgende Nacht freizunehmen.

«Um was geht es denn?», hatte Josef geistesabwesend gefragt. Er litt darunter, dass sich bisher noch keine Gelegenheit geboten hatte, Clara zu treffen. Wie ein Hund um den Futternapf strich er jeden Abend um Ehrets Anwesen herum, und er verspürte wenig Lust, sich aus Claras Nähe zu entfernen.

«Das will ich nicht verraten», antwortete Kayuantu. «Aber du wirst sehen, du wirst viel Spaß haben, und deine Trauerfalten werden verschwinden.»

«Unsinn, ich habe keine Trauerfalten. Mir geht es gut.»

Als er sich jetzt dem Gehöft des Kaziken näherte, stand die Sonne schon tief. Josef entdeckte Kayuantu mit ein paar anderen jungen Männern bei den Pferden. Sie winkten ihn heran.

«Wir werden heute Abend die Pferde brauchen. Du nimmst den Schimmel dort», sagte Kayuantu, und die anderen grinsten geheimnisvoll. Zu jedem anderen Zeitpunkt wäre Josef vor Neugier vergangen, doch heute lag ihm viel mehr daran, mit Kayuantu allein zu sein. Seine Gefühle zu Clara brannten ihm auf der Seele, und er war entschlossen, seinem Freund das Herz auszuschütten.

Ancalef brachte ihnen etwas zu essen heraus.

«Warum esst ihr hier draußen, allein?», fragte Josef.

«Es dürfen keine Frauen dabei sein», antwortete Kayuantu. «Sie könnten unser Vorhaben durcheinanderbringen.»

Josef fiel auf, dass Nahualpi, der älteste Sohn des Kaziken, ungewöhnlich nervös war und das Abendessen nicht anrühren wollte. Als Kayuantu ihm zwei gekochte Eier hinlegte, fingen die anderen schallend an zu lachen.

«Nahualpi muss heute Nacht sehr stark sein, in jeder Beziehung», erklärte Kayuantu erst auf *castellano*, dann auf *mapudungun*, und wieder brachen seine Freunde in Gelächter aus.

Es wurde kühl. Josef war froh, dass er seine Lammfelljacke mitgenommen hatte. Nachdem sie einen Krug *chicha* geleert hatten, gab Nahualpi ein Zeichen, und sie bestiegen die Pferde. Kayuantu hielt sich dicht an Josef.

«Du musst tun, was ich dir sage, sonst können wir dich nicht mitnehmen. Versprichst du das?»

«Ich verspreche es.»

Eine Mischung aus Spannung und leichtem Schaudern ergriff Josef, als sie schweigend durch das nachtschwarze Tal ritten. Er konnte kaum die Hand vor Augen sehen, doch die Pferde schienen den Weg zu kennen. Was hatten die Jungen vor? Nach etwa einer Viertelstunde bogen sie in ein enges Seitental ein, an dessen Ende eine kleine *ruca* im Schein einer Fackel zu erkennen war. Die Bewohner schienen zu schlafen. Nahualpi holte zwei Farbtiegel aus der Satteltasche, griff mit Mittel- und Zeigefinger erst in den einen, dann in den anderen und schmierte sich dicke weiße und rote Streifen ins Gesicht. Die anderen taten es ihm nach, und auch Josef musste sich das Gesicht bemalen. Lautlos glitten sie in ihrer Kriegsbemalung von den Pferden, da stürmten mit bösem Knurren zwei Hunde heran. Sie beruhigten sich sofort, als Kayuantu ihnen ein paar Fleischbrocken zuwarf.

Josef wurde unruhig. Machten ihn die Indianer zum Komplizen eines Überfalls? Er wollte etwas sagen, doch Kayuantu legte ihm die Hand auf den Mund.

«Kein Wort! Du bleibst immer an meiner Seite», flüsterte er.

Nahualpi kroch als Erster durch den niedrigen Eingang, Josef folgte Kayuantu mit zitternden Knien. Die Feuerglut warf ein schwaches Licht auf eine breite Bettstatt, in der ein Mann und eine Frau schliefen. Auf der gegenüberliegenden Seite waren zwei weitere Lager zu erkennen. Die Jungen verharrten einen Moment, dann ging alles rasend schnell. Nahualpi zog ein junges Mädchen unter den Decken hervor, die anderen stürzten sich auf das ältere Paar. Drei hielten die Frau fest, Kayuantu, Josef und zwei andere den Mann, der heftig um sich schlug.

«Halt seinen rechten Arm fest», zischte Kayuantu. «Sonst holt er seinen Bratspieß und durchlöchert uns das Fell.»

Die Frau fluchte, doch die drei jungen Männer hielten sie mit eiserner Hand umklammert. Josef spürte einen heftigen Schlag gegen die Schulter: Ein Junge, kaum so alt wie er selbst, griff ihn an.

«Wehr dich, aber schlag nicht zu fest zu», rief Kayuantu, und Josef bemerkte gerade noch, wie sein Freund grinste, bevor er einen Tritt gegen das Schienbein bekam. Was um

Himmels willen war hier los? Er wusste, dass aus Kayuantu nichts herauszubringen war, ihm blieb also nichts anderes übrig, als bei dem Handgemenge mitzumischen und zu hoffen, dass niemand zu Schaden kam. Wenigstens waren keine Waffen im Spiel. Jetzt fing die Frau, die offensichtlich die Mutter des Mädchens war, leise an zu schluchzen. Zorn und Enttäuschung überkamen Josef. Niemals hätte er Kayuantu so eine Niedertracht zugetraut.

Inzwischen hatte Nahualpi dem zitternden Mädchen einen Fellmantel übergeworfen und sie nach draußen gezogen. Als ein Pfiff gellte, ließen die Jungen von ihren Opfern ab und rannten, so schnell sie konnten, zu den Pferden hinaus. Der Junge, der Josef angegriffen hatte, schleuderte ihnen Erdbrocken und Steine nach.

«Ayayayaya!», brüllten Kayuantu und seine Freunde, während sie im gestreckten Galopp Nahualpi einzuholen versuchten, der das Mädchen hinter sich auf der Kruppe seines Pferdes hielt.

Josef wagte seinen Freund kaum anzuschauen. Wie Barbaren hatten sie einer ahnungslosen Familie die Tochter geraubt, und er, Josef, hatte sich mitschuldig gemacht. Er konnte sich vorstellen, wie es nun weiterging.

Doch vor dem Haus des Kaziken wartete die gesamte Familie mit fröhlichen und erwartungsvollen Gesichtern. Über dem Feuer schmorte ein Hammel, und ein Fass mit *chicha* stand bereit. Verunsichert zügelte Josef sein Pferd. Er verstand überhaupt nichts mehr.

«Was geschieht mit dem Mädchen?», stieß er hervor und blickte Nahualpi hinterher, der mit lauten Freudenschreien, das Mädchen fest im Arm, in die Finsternis davongaloppierte.

«Er verbringt mit ihr die Hochzeitsnacht, irgendwo in der Einsamkeit. Sie sind sich seit vielen Monaten verbunden, und endlich wird sie seine Frau», erklärte Kayuantu.

«Dann ist sie also einverstanden?»

«Ja, was glaubst du denn?»

«Aber wieso dann diese Rauferei? Und wieso hat die Frau geweint?»

«Das gehört alles dazu. Schließlich ist es schmerzhaft, wenn die Tochter das Haus verlässt. Morgen, wenn wir ihrer Familie die vereinbarte Brautgabe bringen, wird der größte Schmerz überwunden sein, und wir werden gemeinsam ein großes Fest feiern.»

Josef musste ein ziemlich dummes Gesicht gemacht haben, denn die Umstehenden begannen zu kichern. Als Kayuantu ihnen auf *mapudungun* erklärte, dass Josef in völliger Unwissenheit an diesem Brautraub teilgenommen hatte, brachen alle in lautes Lachen aus. Nach einem kurzen Moment der Wut fiel Josef in ihr Gelächter ein. Na warte, lieber Freund, dachte er, diesen Spaß werde ich dir eines Tages heimzahlen.

Lange nach Mitternacht legten sie sich schlafen. Unruhig wälzte sich Josef hin und her. Die grellgeschminkten Gesichter der jungen Mapuche tauchten aus dem Dunkel auf, das zitternde Mädchen, seine schluchzende Mutter, und immer wieder Clara, wie sie sich ihm zum Kuss näherte. Da spürte er eine Hand auf seinem Arm.

«Es tut mir leid, wenn wir dich heute Abend erschreckt haben», flüsterte Kayuantu. «Es war meine Idee, dir vorher nichts zu verraten. Ich wollte sehen, wie lange es dauert, bis du unser Ritual durchschaust.» Er kicherte. «Du bist wirklich ziemlich begriffsstutzig.»

Statt einer Erwiderung versetzte Josef ihm einen Stoß. Doch sein Ärger war längst verflogen.

«Wirst du auch bald heiraten?», fragte er nach einer Weile.

«Nein. Ich werde ein *huerquen* sein, und ein *huerquen* heiratet erst, wenn er alt und als Botschafter nicht mehr zu gebrauchen ist.»

«Kannst du dir denn ein Leben ohne Frauen vorstellen?», fragte Josef skeptisch.

Kayuantu lachte verhalten. «Als *huerquen* habe ich überall Frauen. Alle Frauen, die noch frei sind, liegen mir dann zu Füßen.»

«Angeber!» Josef richtete sich auf. «Hast du ... hast du schon einmal bei einer Frau geschlafen?»

«Selbstverständlich. Das gehört doch dazu, wenn man ein Mann wird. Helfen euch die älteren Frauen nicht dabei?»

Josef schluckte. Es waren immer wieder Welten, die ihn von Kayuantu trennten.

«Es muss doch Liebe dabei sein, wenn man sich zu einer Frau legt», sagte er leise.

Kayuantu schien zu überlegen. «Ich verstehe nicht, was du meinst», erwiderte er schließlich. «Wenn sich zwei Menschen aus freiem Willen vereinigen, ist das etwas sehr Schönes, wie eine Ehrerbietung an die Götter und an das Leben. Ich weiß nicht, ob man das Liebe nennt. Hast du noch nie bei einer Frau geschlafen?»

«Doch», bekannte er zögernd. «Aber es war weder Liebe dabei noch Ehrerbietung.»

Es war grässlich gewesen, fügte er im Stillen hinzu. Am liebsten hätte er diesen Augenblick aus seinem Leben getilgt. Er war an jenem Winterabend in seiner Werkstatt gewesen und hatte versucht, mit einem Becken voll glühender Kohlen etwas Wärme zu verbreiten, als Kunigunde hereinkam. Sie hatte sich vor ihn auf die Bank gesetzt, ihren Mantel geöffnet und ihr Kleid bis zur Hüfte hochgeschoben. Erschrocken und erregt zugleich hatte Josef deutlich gesehen, dass sie darunter nackt war. Bevor er sich abwenden konnte, hatte sie ihn am Hosenbund gepackt, über sich gezogen und seinen Gürtel geöffnet. Was dann folgte, war ein kurzer, hitziger Aufruhr und ein jämmerliches Gefühl der Leere. Verschießt du dein Pulver immer so schnell?, hatte sie verächtlich gefragt und war eilig hinausgelaufen. Seitdem hatte er jede Begegnung mit ihr vermieden.

Nein, das war keine Liebe gewesen, sagte er sich. Er musste an die zarte Berührung von Claras Lippen denken.

«Ich habe in der Siedlung ein Mapuche-Mädchen kennengelernt, das mir sehr gefällt. Ich glaube, ich liebe sie.»

«Warte, lass mich raten: Es ist die Tochter der Kapuziner-María.»

«Woher weißt du das?»

«Weil sie das schönste Mädchen unten am See ist. Sie würde mir auch gefallen, aber sie ist Christin.»

«Hör mal, Kayuantu, ich habe etwas ganz Seltsames erlebt. Ich hatte einen Traum, in dem du mir sagtest, dass Clara mit richtigem Namen Ayen heißt.» Den Rest des Traumes verschwieg Josef seinem Freund lieber. «Und stell dir vor: Sie heißt tatsächlich Ayen.»

«Was ist daran seltsam? Du weißt doch, dass Träume die andere Seite der Wirklichkeit sind. Und wenn ich so nachdenke, kenne ich ihren Geburtsnamen schon seit langer Zeit. Dass ich ihn dir verraten habe, bin ich dir als Freund immerhin schuldig.»

Josef wusste nicht, ob Kayuantu ihn wieder auf den Arm nehmen wollte. «Was soll ich denn nun machen?», fragte er.

«Liebt sie dich auch?»

«Wie kann ich das wissen? Sie darf sich nicht mit mir treffen, als Indianerin und Dienstmädchen.»

Kayuantu stieß hörbar die Luft aus.

«Wieso erwartest du von mir einen Rat, wenn bei euch ganz andere Regeln gelten als bei uns? Ist dir beim Ngillatún aufgefallen, wie viele Mapuche hier leben, die keine schwarzen Haare und keine schwarzen Augen haben? Manche haben Spanier unter den Ahnen, manche holländische Seeräuber. Für keinen von uns ist das wichtig. Doch für euch Weiße sind wir eine Rasse, die auf der Stufe von Hunden steht. Wie soll ich dir da zuraten, ein Mapuche-Mädchen zur Frau zu nehmen?»

«Aber für mich spielt es doch gar keine Rolle, ob sie indianisches oder deutsches Blut hat.»

«Für dich nicht, aber für alle anderen. Jetzt siehst du mal, wie dumm es ist, dass ihr nur eine Frau haben dürft. Sonst könntest du neben Ayen noch ein deutsches Mädchen heiraten, und alle wären zufrieden.»

15

«Kommst du heute in die Schwanenbucht?», flüsterte sie ihm zu. «Ich muss heute nicht arbeiten.»

Ungläubig starrte Josef Clara hinterher, dann war sie in der Menge der Kirchgänger, die aus der Kapelle strömten, verschwunden. Seit ihrem flüchtigen Kuss waren sie sich nie wieder allein begegnet. Blicke aus der Ferne, unverbindliche Grußworte über den Zaun, ein paar zufällige Begegnungen auf dem Dorfplatz oder wie heute beim Sonntagsgottesdienst – damit musste er sich nun schon seit Wochen begnügen. Eine Zeitlang war sie ihm sogar aus dem Weg gegangen, denn es hatte wegen der Kommode tatsächlich böse Worte im Hause Ehret gegeben. Erst Luise, in ihrer resoluten Art, konnte dem Gezänk ein Ende machen, und Josef war ihr sehr dankbar gewesen für die kleine Notlüge.

«Was seid ihr missgünstig», hatte Luise ihre Nachbarin angeschnauzt. «Das Mädchen hat mir einmal einen großen Dienst erwiesen, und dafür war das Möbelstück die rechtmäßige Entlohnung.»

Josef hatte sie zu verstehen gegeben, dass er künftig seine Schwierigkeiten selbst lösen müsse.

«Ich will nicht wissen, warum du dem Mädchen solche Geschenke machst, aber dir muss klar sein, dass du dich hier nicht sehr beliebt machst mit deinen Freundschaften zu Indianern.»

Vor ein paar Tagen nun hatte sich für Josef und seine heftigen Empfindungen zu Clara endlich eine unerwartete Fügung ergeben. Wilhelm Scheck hatte erfahren, dass Clara keinen freien Tag zugestanden bekam, und er wies die Ehrets freundlich, aber bestimmt darauf hin, dass auch die einheimischen Angestellten Anspruch auf zwei freie Sonntage im Monat hätten.

Eilig zog sich Josef nun sein bestes Hemd an, fuhr sich noch einmal durch die widerspenstigen Haare, dann pfiff er nach Max und machte sich auf den Weg zur Schwanenbucht, der letzten Bucht östlich der Siedlung, bevor das Ufer unpassierbar wurde. Doch Clara war nirgends zu sehen. Unruhig lief er auf dem Kiesstrand hin und her, warf dem ausgelassenen Hund Stöckchen ins Wasser und überlegte sich, was er Clara alles fragen wollte.

Als sie schließlich vor ihm stand, im hellen Leinenkleid, die Haare mit bunten Bändern zu einem Dutzend Zöpfe geflochten, brachte er kein Wort heraus.

«Servus, José.» Sie lächelte ihn an und setzte sich auf einen breiten Stein, den die Morgensonne gewärmt hatte. Unschlüssig wankte Josef von einem Bein aufs andere und beobachtete Max, der sich inzwischen auf die Entenjagd verlegt hatte. Im Stillen zählte er bis drei, nahm dann allen Mut zusammen und fragte: «Darf ich mich neben dich setzen?»

«Warum nicht?»

Max hätte noch zwischen sie gepasst, so weit entfernt von Clara ließ sich Josef nieder. Insgeheim schalt er sich einen Dummkopf, dass er jede Berührung mit dem Mädchen vermied. Sie musste ihn ja für einen verschüchterten Trottel halten. Schweigend saßen sie in der Sonne.

«Gefällt es dir bei den Ehrets?», fragte er schließlich.

«Nein.» Sie schlang die Arme um ihre Knie, als ob ihr fröstelte. «Aber ich werde nicht mehr lange dort arbeiten müssen. Meine Mutter hat geträumt, dass ich eines Tages heiraten werde. Einen Mapuche.»

Josef war bei dem letzten Satz zusammengezuckt. Verstohlen betrachtete er sie von der Seite.

«War es bei Schemmers besser?»

Sie nickte. «Sie sind freundliche Menschen. Kennst du sie?»

«Nicht sehr gut, nur ihren Sohn Michael. Er war bei der Expedition dabei.»

Wieder schwiegen beide. Max trottete heran und setzte sich tatsächlich zwischen sie. Josef bemerkte, wie Clara ein wenig abrückte von dem Hund – ob sie noch viel von der Gedankenwelt der Mapuche in sich bewahrt hatte?

«Glaubst du auch, dass Hunde Böses übertragen können?», fragte er vorsichtig.

Erstaunt sah sie Josef an, dann warf sie den Kopf zurück und lachte. «Nein, aber dieser Hund ist klatschnass!»

Wie gern hätte er jetzt ihr Gesicht berührt, die samtene Haut, die sich um die Augen in kleine Lachfältchen legte, ihre sich lustig kräuselnde Nase, die halbgeöffneten Lippen, hinter denen schneeweiße Zähne schimmerten. Ein Seufzer entfuhr ihm.

«Was ist?» Ihr Gesicht wurde ernst.

«Ach nichts.» Er schubste Max von dem Stein herunter. «Darf ich dich Ayen nennen?»

«Wenn du möchtest. Nur meine Mutter nennt mich noch bei diesem Namen.»

«Ayen passt besser zu dir als Clara. Glaubst du eigentlich an unseren Gott?»

«Ja.»

«Aber du warst doch schon ein großes Kind, als du getauft wurdest. Hast du da deine alte Religion einfach so vergessen können?»

Sie sah ihn ein wenig spöttisch an. «Findest du den christlichen Gott und das Gottespaar der Mapuche so verschieden? Die einen sehen Gott als einen Mann, die anderen sehen ihn als Wesen mit zwei Erscheinungen, als eine Frau und einen Mann. Aber das liegt doch nur an den Menschen selber, oder?»

«So habe ich das noch nie betrachtet. Aber von Kayuantu weiß ich, dass es noch ein weiteres Gottespaar bei den Mapuche gibt, nämlich Sohn und Tochter.»

«Gott hat auch einen Sohn, Jesus Christus. Bei den Mapuche sind die höheren Wesen eben immer Mann und Frau, das ist der Unterschied.» Und dann setzte sie noch hinzu: «Na gut, dann gibt es noch die Dämonen und die Geister der Ahnen und der Natur.»

«Und? Gibt es für dich Geister und Dämonen?»

«Sicher. Oft verbergen sich hinter den Dingen göttliche Wesen oder Kräfte.»

Josef konnte es kaum fassen, wie klug Ayen war. Bisher hatte er Gespräche dieser Art nur mit Paul Armbruster führen können. Er sah hinaus auf die glitzernde Fläche des Sees. Ein Ruderboot näherte sich dem Ufer, und er glaubte Friedhelm mit irgendeinem Mädchen darin zu erkennen.

«Komm, gehen wir hinauf zur Lichtung.» Josef deutete auf das Boot, und Ayen nickte.

Sie kletterten die Böschung hinauf. Er hoffte, dass sein Freund Kayuantu heute nicht auf der Lichtung auftauchen würde, denn er wollte mit Ayen allein sein. Als das Mädchen über eine Wurzel stolperte, griff er nach ihrer Hand. Zu seinem Erstaunen ließ es Ayen geschehen, nicht nur für diesen Moment, sondern für den ganzen restlichen Tag, den sie miteinander verbrachten. Das war mehr, als sich Josef erträumt hatte. Es war herrlich!

Auf der Lichtung legten sie sich ins weiche Gras. Bereitwillig erzählte Ayen von sich und ihrer Familie, wie sie aus ihrem ursprünglichen Gebiet im Norden vertrieben worden waren. Sie sollten umgesiedelt werden, da sich bei ihnen, im Hinterland der Kohlenminen von Lota, chilenische Bauern niederlassen wollten, zur Versorgung der Minenarbeiter. Nachdem sich ihre Familie standhaft geweigert hatte wegzuziehen, brannte eines Nachts ihre Hütte nieder, und ihre Geschwister, ihr Vater, ihre Großmutter – sie alle waren in den Flammen umgekommen. Es hatte sogar eine offizielle Untersuchung seitens der chilenischen Regierung gegeben, doch die war bald im Sande verlaufen. Chilenische Offiziere griffen sie schließlich in den Uferwäldern des Bío-Bío-Flusses auf, wo sie sich tagelang mit ihrer Mutter versteckt hielt. Man brachte sie zu einer Kapuzinermission, wo sich zwei Mönche aus Bayern ihrer annahmen.

Ayens Bericht war kurz und nüchtern, und Josef ahnte, welch grauenhafte Spuren dieses Erlebnis in der Seele des damals siebenjährigen Mädchens hinterlassen haben musste. Er hätte gern sein Mitgefühl ausgedrückt, aber jedes Wort wäre hohl und unbedeutend gewesen. So hielt er seine Hand umso fester um ihre geschlossen.

«Vor ein paar Jahren hatte meine Mutter von den Deutschen gehört, die sich weiter im Süden ansiedelten und noch Hausmägde suchten. Unter den Küstenmapuche gab es die Legende von goldgepflasterten Städten, in denen der *shene wingka* umging, der schöne Fremde. Es hieß, dass die Deutschen das Dienstpersonal anständiger behandelten als die Chilenen. So zogen wir los, drei Wochen waren wir unterwegs, bis wir hier in Maitén ankamen.»

«Kannst du dich an deine Heimat noch erinnern?»

«Ja. Ich denke oft ans Meer mit seinen Dünen und Felsen und den langen, warmen Sommern. Aber jetzt sollst du sprechen. Wo sind deine Eltern und Geschwister?»

Josef erzählte ihr, wie er vor zweieinhalb Jahren Hals über Kopf den väterlichen Hof verlassen hatte, um sich in Chile auf die Suche nach seinem Bruder zu machen. Als er die monatelange Überfahrt auf dem Segler *Helene* beschrieb, nicht ohne jeden Sturm dramatisch auszumalen, lauschte ihm Ayen mit aufgerissenen Augen.

«Es ist schön, dass dich das Schiff hierhergebracht hat», sagte sie schließlich. «Aber hast du die weite Reise wirklich nur gemacht, um deinen Bruder zu finden?»

Josef schüttelte den Kopf. Es versetzte ihm noch immer einen Stich, wenn er an sein Elternhaus dachte.

«Es lag an meinem Vater. Er hat Raimund und mich oft geschlagen. Aber das allein war es nicht, er fuhr eben schnell aus der Haut. Viel schlimmer war, dass alles nach seinem Kopf gehen musste, wir durften nie anderer Meinung sein als er.»

«Und dein Bruder? Hast du Ramón inzwischen gefunden?»

Josef sah sie entgeistert an. «Was hast du eben gesagt?»

«Ob du deinen Bruder gefunden hast.»

«Nein, den Namen, den du genannt hast.»

«Ramón. So sagt man hier zu Raimund. Der ältere der beiden Mönche aus der Mission hieß auch Raimund, und hier nannte er sich Fray Ramón.»

«Ich Esel!» Josef schlug sich gegen die Stirn. «Dass ich daran nicht gedacht habe. Wahrscheinlich nennt er sich längst nicht mehr Raimund, sondern Ramón Emilio. Verstehst du, ich habe überall Erkundigungen eingezogen nach einem Deutschen mit Namen Raimund Emil Scholz, selbst bei den Minengesellschaften im Norden, und niemand kennt ihn. Vielleicht hat er sich sogar einen spanischen Nachnamen zugelegt.»

«Dann musst du eben noch einmal nachfragen.»

«Ja, du hast recht. Ich werde alle Adressen anschreiben. Ach, Ayen, wie gut, dass du mich darauf gebracht hast.»

Sie nickte. «Du wirst deinen Bruder wiederfinden. Ich weiß es.»

«Woher weißt du das?»

Sie zuckte die Schultern und stand auf.

«Es ist spät, wir müssen zurück.»

«Hm. Wann sehen wir uns wieder?»

«In zwei Wochen. Lass mich als Erstes nach Hause gehen. Du wartest noch eine halbe Stunde.»

«Ich versteh schon – sonst bekommst du wieder Ärger. Warte, Ayen.» Er zögerte. «Sind wir ... Sind wir Freunde?»

Statt einer Antwort griff sie in die Tasche ihres Kleids und reichte ihm ein Armband, das aus schwarzen und roten Lederschnüren geflochten war.

«Das habe ich für dich gemacht. Wirst du es tragen?»

«Tag und Nacht.»

16

Wütend knüllte Armbruster den Briefbogen zusammen und schleuderte ihn zu den anderen in den Papierkorb. Nichts als leere Worte. Er musste die Wahrheit schreiben, so schwer es ihm fiel. Seine Hand zitterte, als er sich an den Schreibtisch zurücksetzte und zur Feder griff.

Osorno, den 10. Dezember 1854

Liebe Luise,
es fällt mir nicht leicht, diesen Brief zu schreiben, und ich bitte dich von ganzem Herzen: Lies ihn zu Ende, was immer auch du seit unserer letzten Begegnung über mich denken magst.

Ohne ein Zeichen, ohne eine Nachricht von dir werde ich euch nicht wieder besuchen können, denn ich muss wissen, ob du mir verzeihen kannst. Es tut mir so leid, was damals im Schuppen geschehen ist. In deinen Augen habe ich mich sicher benommen wie ein dahergelaufener Droschkenkutscher! Dabei wollte ich alles andere als dich kompromittieren, und nun kann ich nur noch hoffen, dass du mir meine Unschicklichkeit nachsehen kannst. Ich bin nichts als ein kreuzblöder alter Narr, den seine Herzensgefühle überrannt hatten!

Kreuzblöde deshalb, weil ich ums Haar dein Familienglück zerstört hätte, dein Glück und das meines vielleicht einzigen Freundes Emil! Im Grunde kann ich Gott danken, dass du meine Gefühle nicht erwiderst. Und so flehe ich dich jetzt an, liebe Luise: Gib wenigstens unserer Freundschaft noch eine Chance ...

Armbruster setzte seine Brille ab und lehnte sich zurück. Warum faselte er hier etwas von Freundschaft, wenn er sich doch nach etwas ganz anderem verzehrte? Und wenn es Luise nun ebenso erging und sie ihn nur aus Angst vor Entdeckung zurückgewiesen hatte?

O mein Gott, dachte er und holte tief Luft. Er würde alles unternehmen, um mit dieser Frau ein neues Leben zu beginnen! Stattdessen wagte er nicht einmal, ihr das Ausmaß seiner Liebe zu gestehen. Was war er nur für ein Feigling!

Schon einmal, vor langer, langer Zeit, war er zu feige gewesen, um für seine große Liebe zu kämpfen – mit dem Ergebnis, dass er schließlich alles verloren hatte. Jedes Mal wenn man ihn fragte, warum seine Frau ihn verlassen habe, tischte er den Leuten Ausreden auf, Märchen wie: Er habe mit seiner Buchhandlung nicht genügend zum Unterhalt beitragen können, oder: er habe in Schwierigkeiten gesteckt wegen seiner Teilnahme an politischen Versammlungen ... Dabei gab es eigentlich nur einen einzigen Grund, und der hieß Lene.

Armbruster schloss die Augen. Das junge Mädchen war die Schwester eines einfachen Arbeiters gewesen, dem er hin und wieder Bücher geschenkt hatte. Lene war so anders als seine Frau, so lebenslustig, humorvoll und voller Energie – ganz wie Luise. Es war Liebe auf den ersten Blick gewesen, eine Liebe mächtiger als jede Konvention, mächtiger als jede Vernunft. Sie konnten nicht voneinander lassen, trafen sich heimlich, obwohl Armbrusters Frau immer misstrauischer wurde und er in einem Gespinst aus Lügen und Ausflüchten zu leben begann. Als Lene schließlich guter Hoffnung war, hatte sie ihn vor die Entscheidung gestellt, mit ihr zu leben oder ohne sie – und in diesem Fall würde sie die Stadt für immer verlassen.

Bis dahin hatte Armbruster in einer Traumwelt gelebt, hatte wohl gedacht, dass er immer so weitermachen könne, doch die Wirklichkeit holte ihn ein wie ein Erdbeben. Feige, wie er war, nahm er sich das Recht auf Bedenkzeit heraus, ein paar Tage nur. Aber aus den Tagen wurden Wochen und Monate, in denen er sich bei Lene nicht mehr blicken ließ. Als es ihn dann irgendwann doch wieder zu ihr trieb, war es zu spät: Sie wies ihm die Tür, und zwei Tage später war sie für immer aus der Stadt verschwunden – sie und ihr gemeinsamer kleiner Sohn August. Jahre später, während er im Zuchthaus saß, erfuhr seine Frau durch einen bösen Zufall von dieser Verbindung und dem Kind und beschloss, sich von ihm zu trennen.

Armbruster sprang vom Stuhl auf und trat an die Anrichte, um eine verstaubte Flasche mit scharfem Tresterschnaps zu entkorken. Das Zeug brannte in der Kehle, doch es tat gut und verscheuchte fürs Erste die elenden Bilder aus seinem Hirn. Dann trat er zurück an sein Schreibpult, und bevor er es sich anders überlegen konnte, schrieb er hastig einen letzten Satz unter den Brief: *Oder empfindest du womöglich doch mehr als Freundschaft?* Armbruster stopfte alles in einen Umschlag und legte ihn in das Päckchen mit Stickgarn für Luise und dem neuen Zaumzeug, das er für Emil in Auftrag gegeben hatte. Gleich morgen früh würde er die Sendung dem Reiter nach Maitén mitgeben, und er konnte nur hoffen, dass sein Brief nicht in die falschen Hände geriet. Doch selbst wenn – furchtbarer konnte alles nicht werden! Armbruster fuhr sich über die Augen und dachte daran, dass er dieses Weihnachtsfest wohl zum ersten Mal allein verbringen würde.

Heinrich Hinderer hob das glühende Eisen und presste es an die Flanke des Kalbs. Der beißende Geruch verbrannten Fells stieg auf. «Weißt du eigentlich, dass dein Neffe mit diesem Indianermädchen herumzieht?»

Emil stockte, und seine Stimme bekam einen unwilligen Klang. «Ganz blind bin ich ja nicht, aber was soll ich machen? Der Junge ist erwachsen.»

«Verstehen kann man ihn ja, so hübsch wie das Mädchen ist.» Hinderer richtete sich auf und schob sich den Strohhut aus der Stirn. «Na ja, Josef ist in dem Alter, wo er sich die Hörner abstoßen muss. Besser, er tut es bei einer Indianerin als bei einem von unseren Mädchen.»

«Wie könnt ihr nur so reden?»

Hinderer und Emil fuhren herum.

«Josef! Wir haben dich gar nicht kommen hören.» Emil stotterte vor Verlegenheit.

«Was wisst ihr schon von Clara.»

Josef warf seinem Onkel einen verächtlichen Blick zu und ging davon. Es verletzte ihn, wie über seine Freundschaft mit Ayen geredet wurde, und die Bemerkungen von eben waren sicherlich noch harmlos. Dabei lag ihm nichts ferner, als sich die Hörner abzustoßen. Er hatte das Mädchen, von schüchternen Abschiedsumarmungen einmal abgesehen, noch nie angerührt, denn Ayen war für ihn ein

Wesen aus einer anderen Welt, eine Elfe im Morgenlicht, die sich, würde man sie bedrängen, in Luft auflöste.

Kayuantu zeigte für all das übrigens wenig Verständnis.

«Du bist ein seltsamer Mensch, Josef», hatte er ihm kürzlich erklärt und dabei breit gegrinst. «Wenn Ayen noch einen Funken Mapuche-Geist in sich trägt, wird sie bald glauben, dass du sie hässlich findest, und sich von dir abwenden. Denkst du, sie will immer nur deine Hand halten?»

«Du verstehst das nicht. Ayen ist anders – ihr gefällt es, wenn wir spazieren gehen und uns unterhalten. Sie ist mehr wie die deutschen Mädchen.»

Bestürzt blickte Kayuantu seinen Freund an. «Sind so die deutschen Mädchen?»

«Na ja, von Ausnahmen abgesehen.»

«Das kann ich nicht glauben. Wie werden dann eure Mädchen erwachsen?»

Josef wechselte ein wenig verärgert das Thema. Mit Kayuantu konnte man offensichtlich über solche Dinge nicht reden. In Wirklichkeit fürchtete Josef, dass das, was er mit Kunigunde erlebt hatte, sich mit Ayen wiederholen könnte. Zudem beschäftigte ihn noch etwas ganz anderes. Mit einem Indianer befreundet zu sein war eine Sache, ein Indianermädchen zur Frau zu haben, jedoch eine ganz andere. Dass seine Liebe zu Ayen für ein ganzes Leben reichen würde, daran gab es für Josef keinen Zweifel, und was die anderen Siedler über ihn dachten, kümmerte Josef nicht. Aber Ayen hätte zu leiden, denn sie würde niemals akzeptiert werden. Und womöglich wäre solch eine Heirat vor dem Gesetz und vor der Kirche gar nicht erlaubt?

Er musste Armbruster aufsuchen, sobald wie möglich. Er war der Einzige, den er um Rat fragen konnte. Und vielleicht würde er bei dieser Gelegenheit herausfinden, warum Paul die Weihnachtsferien nicht bei ihnen verbracht hatte.

Mit jedem Wochenende fiel es Armbruster schwerer, nicht das Pferd einzuspannen und nach Maitén zu fahren. Die Sehnsucht nach Luise drohte ihn zu zerfressen. In den letzten Wochen war er stark abgemagert und konnte sich auf nichts mehr konzentrieren. Mit einem einzigen Satz nur hatte Luise ihm kurz vor Weihnachten geantwortet: *Wir alle erwarten dich, wie jedes Jahr, zum Weihnachtsfest. Als guter Freund des Hauses bist du uns jederzeit willkommen.*

Keine Anrede, kein Gruß, kein Wort über ihre Gefühle fanden sich auf dem kalten, weißen Büttenpapier. Was war er nur für ein Idiot, dass er gedacht hatte, Luise würde seine Gefühle auch nur ein Quäntchen erwidern.

Die Buchstaben tanzten vor seinen Augen, und er klappte das Lehrbuch zu. Den Unterricht morgen würde er aus dem Stegreif halten müssen. Am besten, dachte er, ich gehe ein wenig an die frische Luft. In der Tür prallte er zu seiner Überraschung mit Josef zusammen.

«Josef! Was machst du denn hier?» Armbruster freute sich aufrichtig. «Komm herein. Ich habe eben beschlossen, für heute nicht mehr zu arbeiten. Willst du einen Krug Bockbier? Es ist frisch und kühl.»

«Gern.»

Randvoll schenkte Armbruster die Krüge und stellte noch einen Korb mit frischem Brot dazu. Er musste sich auf die Lippen beißen, um nicht nach Luise zu fragen.

«Bist du zufällig nach Osorno gekommen?»

«Nein, ich wollte dich besuchen. Du warst lange nicht mehr bei uns.»

«Ja, ich weiß. Ich habe viel zu tun. Zwei neue Klassen in der Schule, verstehst du?»

«Hm.»

«Und bei euch? Ist alles in Ordnung? Wie geht es dem kleinen Jonathan? Machen die Ehrets euch immer noch so viele Scherereien?»

Josef brach sich ein Stück Brot ab und beantwortete nicht eben redselig Armbrusters Fragen. Dann fragte er beiläufig:

«Dürfen eigentlich ein Deutscher und eine Mapuche-Frau einander heiraten?»

Trotz seiner bedrückten Stimmung musste sich Armbruster ein Lächeln verkneifen. Deswegen also war der Junge gekommen.

«Vor dem chilenischen Gesetz ist das kein Problem. Eine andere Frage ist allerdings die der Konfession.»

«Na ja.» Josef nahm einen kräftigen Schluck. «Nehmen wir an, es handelt sich um einen Protestanten und eine katholisch getaufte Indianerin.»

«Gut. Nehmen wir einmal an, es handelt sich um dich und um Ehrets Dienstmädchen.»

Josef fiel beinahe der Krug aus der Hand. «Woher weißt du das?»

Statt einer Antwort legte ihm Armbruster voller Zuneigung den Arm um die Schulter. Da saßen sie also, zwei verliebte Esel, die nicht weiterwussten.

«Hör zu, Josef: Die Landesgesetze gestatten keine gemischte Ehe zwischen Katholiken und Protestanten. Da wir hier immer noch keinen protestantischen Pfarrer haben, müsstet ihr katholisch heiraten, du müsstest also konvertieren. Damit wärst du allerdings der einzige katholische Deutsche in Maitén. Es geht aber auch einfacher, über die Zivilehe. Ihr sucht euch einen chilenischen Geistlichen, der fragt euch, ob ihr heiraten wollt, und auf euer Jawort hin wird er *muy bien* antworten und euch in sein Kirchenbuch eintragen. Wenn ihr auf die ganze feierliche Kirchenzeremonie verzichten könnt, ist das die einzige Möglichkeit. Der Haken bei der Sache ist aber, dass Kinder aus solch gemischten Ehen als illegitim betrachtet werden, vorerst jedenfalls noch.» Er sah Josef prüfend an. «Erwartet ihr ein Kind?»

«Um Himmels willen – nein – so weit sind wir noch nie gegangen.»

«Weißt du, Josef, das sind alles Dinge, die sich lösen lassen. Ihr könntet eure Kinder sogar taufen lassen, katholisch allerdings, solche Fälle kommen in der deutschen Kolonie jetzt häufiger vor, und niemand schert sich drum. Aber wieso denkst du schon ans Heiraten?»

«Weil ich es ernst meine mit Ayen – ich meine mit Clara.» Trotzig schob Josef die Unterlippe vor.

Armbruster hob den Kopf und starrte aus dem Fenster. Deutlich sah er Luises rosiges, gesundes Gesicht mit den vorwitzigen Augen vor sich.

«Du liebst das Mädchen also?»

«Ja, und weil ich sie liebe, will ich nicht, dass sich irgendwer das Maul zerreißt über sie. Deswegen denke ich ans Heiraten, damit alles seine Richtigkeit hat.»

«Und du glaubst tatsächlich, dass es für irgendwelche Schandmäuler in der Kolonie einen Unterschied macht, ob ihr verheiratet seid oder nicht?»

Unsicher sah Josef ihn an. «Wie meinst du das?»

«Ich meine, dass deine Überlegungen zur Heirat zwar ehrenwert, aber völlig unwichtig sind. Lass dir und dem Mädchen genügend Zeit. Versuche, auf eigenen Füßen zu stehen, dann kann euch auch so schnell nichts umwerfen. Ich kenne deine Zukunftspläne, und du weißt, dass ich sie für gut halte. Wenn ihr dann immer noch glaubt, dass ihr euch liebt, wird keine Macht der Welt sich zwischen euch stellen können, denn» – er sah Josef fast flehentlich an – «ihr seid jung und ungebunden.»

In einem Zug trank Armbruster sein Bier leer und schenkte sich gleich wieder nach.

«Was einzig und allein zählt, ist, ob du zu deiner Ayen stehst, ob du es erträgst, wenn sich Nachbarn und vielleicht sogar Freunde von dir abwenden. Könntest du das?»

«Ja.» Josef strich über sein Armband. «Das heißt, wenn

uns jeder im Ort die Tür vor der Nase zuschlagen würde, könnte ich das um Ayens willen kaum ertragen.»

Nun musste Armbruster doch lachen. «So weit wird es nicht kommen, denn Klatsch und Tratsch suchen sich bekanntlich immer neue Zielscheiben. Glaub ja nicht, dass du der erste Deutsche wärst, der eine Indianerin zur Frau nimmt. Ich will dir eine Geschichte erzählen, die kannst du jedem vortragen, der dir dumm kommt.»

Und Josef lauschte der Geschichte des Nürnbergers Barthel Blümlein, der 1540 als erster Deutscher im Gefolge von Pedro de Valdivia nach Chile kam. Der Sohn eines einfachen Webers hatte mit Handel und Pferdezucht Wohlstand erlangt und brachte es unter Valdivia zum Stadtkämmerer der neugegründeten Stadt Santiago. Er stand in hohem Ansehen und verfügte über riesige Land- und Weingüter vor den Toren der Stadt.

«Damit hätte es sich Bartolomé Flores, wie er sich jetzt nannte, gutgehen lassen können, doch er nutzte seine Macht, um die Interessen der Ureinwohner zu verfechten. Er freundete sich mit dem Kaziken von Talagante an und verliebte sich in dessen Tochter. Als sie ihm schließlich ein Mädchen gebar, erkannte er das Kind als seines an. Diese halbindianische Tochter, Agatha Blümlein oder auch Águeda Flores genannt, wurde seine Alleinerbin und heiratete den einzigen Landsmann Blümleins, den Wormser Patrizier und angesehenen Offizier Peter Lisperger. Ihre Töchter wiederum vermählten sich mit spanischen Offizieren und begründeten ein Geschlecht, aus dem so bedeutende Männer hervorgingen wie der Gründer der Universität von Santiago, der erste Präsident von Peru und nicht zuletzt unser Präsident Manuel Montt. Allesamt Nachfahren also einer deutsch-indianischen Liebe.»

Armbruster stand auf, um einen neuen Krug Bier abzufüllen. Dabei schwankte er ein wenig.

«Weißt du was?» Umständlich rückte er sich die Brille

zurecht. «Vergiss alles, was ich dir vorher gesagt habe. Lebe nach deinen Gefühlen, ob mit oder ohne Trauschein.»

Er sah den Jungen seltsam verschwommen vor sich. «Vielleicht ist das der letzte Rat, den ich dir geben kann», setzte er flüsternd hinzu. Er wollte nachschenken, doch Josef wehrte ab.

«Nein, danke. Ich muss heute noch zurückreiten. Moro wird morgen früh auf dem Dreschplatz gebraucht.» Josef machte eine Pause. «Warum warst du in deinen ganzen Sommerferien kein einziges Mal bei uns, Paul? Das hat doch seinen Grund?»

Armbruster spürte, wie seine Augenlider brannten. Er atmete tief durch. «Du bist zu mir gekommen, um dich mir anzuvertrauen. Also will ich auch offen sein, denn trotz des Altersunterschieds sind wir Freunde. Ich ... ich empfinde mehr für deine Tante, als gut ist. Ich habe es lange Zeit nicht wahrhaben wollen, denn um nichts in der Welt will ich eure Familie zerstören. Aber dann habe ich, in einem Moment der Schwäche, einen großen Fehler begangen. Ich habe ihr meine Gefühle gestanden. Kurzum: Ich hab mich benommen wie ein dummer Junge.»

Josef schüttelte den Kopf. «Ihr müsst miteinander reden.»

Armbruster winkte ab. «Es hat keinen Sinn. Wahrscheinlich ist sie entsetzt und fühlt sich sogar bedroht.»

«Paul, bitte! Tante Luise zieht sich immer mehr in sich zurück, es hat ganz gewiss mit dir zu tun! Sprich mit ihr. Außerdem: Du bist Emils einziger Freund. Er braucht dich – und ich brauche dich auch.»

Es fiel Josef schwer, seiner Tante nichts von der Unterredung mit Paul Armbruster zu verraten. Er fragte sich, ob Armbruster sein Versprechen wahr machen und tatsächlich kommen würde. Dann, eine Woche später, erhielt Josef einen Brief, der ihn Luise und Armbruster erst einmal vergessen ließ. Es war ein Schreiben von einer Minengesellschaft mit Sitz in Copiapó. Er hatte das kurze Schreiben drei-, viermal gelesen, es Wort für Wort übersetzt, doch er mochte nicht glauben, was darin stand: Ein gewisser Ramón Emilio Escolza deutscher Herkunft stehe auf der schwarzen Liste der nordchilenischen Minengesellschaften. Ein Vorarbeiter habe ihn beschuldigt, seinen Hund vergiftet zu haben, und es sei darüber zu einem heftigen Streit gekommen. Dabei habe der besagte Ramón Emilio den Vorarbeiter erschlagen. Ein Verfahren gegen den Delinquenten sei bereits im Vorfeld eingestellt worden, da einige unbescholtene chilenische Bürger den Tatbestand der Notwehr bezeugt hätten. Aufgrund des beschriebenen Vorfalls werde dieser Mann jedoch vorsorglich in der erwähnten Liste geführt, womit sichergestellt sei, dass er in keiner Mine mehr Arbeit finden würde. Über seinen jetzigen Aufenthaltsort könne man leider keine Angaben machen.

Sein Bruder Raimund ein Tierquäler und Totschläger! Josef weigerte sich, das zu glauben. Seit er zurückdenken konnte, hatte sein Bruder ihn immer beschützt und sich für ihn eingesetzt. Eine Mischung aus Scham und Enttäuschung stieg in Josef auf.

Ayen war der einzige Mensch, dem er das Schreiben zeigte.

«Ach José, was besagen schon diese Worte. Warst du etwa dabei? Sei lieber froh, dass du eine Spur von ihm gefunden hast.»

Josef sah sie zweifelnd an. «Glaubst du, Raimund ist immer noch der Mensch, wie ich ihn kenne?»

«Es ist wichtig, dass du es glaubst.»

Was seine Gefühle zu Ayen betraf, hatte das Gespräch mit Armbruster ihm neuen Mut gemacht. Er tat nichts mehr, um seine sonntäglichen Verabredungen mit ihr geheim zu halten. Statt über die Zukunft nachzugrübeln, beschloss er, jede Minute mit ihr zu genießen. Kayuantu sah er in diesem Sommer nur selten, denn an seinen freien Tagen, an denen er nicht mit Ayen zusammen war, arbeitete er in der Werkstatt und machte sich bald bis Osorno einen Namen als Tischler. *Maestro* nannten ihn die Chilenen inzwischen fast ehrfürchtig.

Sein Verhältnis zu Ayen wurde immer vertrauter. Nur in einer Hinsicht blieb er weiterhin schüchtern und zurückhaltend. Wenn sie beisammensaßen, wagte er allenfalls, ihr den Arm um die Schultern zu legen. Es war Ayen, die die Initiative ergriff. Als sie eines Nachmittags Anfang März von ihrer Herrin beauftragt wurde, bei Luise um ein Rezept für Sauerkraut zu fragen und sie Josef weder in der Stube noch in der Küche fand, schlich sie lautlos wie eine Katze, die abgewetzten Holzpantinen in der Hand, zur Werkstatt. Dort arbeitete Josef gerade an einem Satz Stühle.

«Ayen!», rief er. «Was machst du denn hier?»

«Leise. Niemand weiß, dass ich hier bin.»

Sie nahm Josefs Hand und zog ihn zu sich heran. Im ersten Moment dachte Josef, dass sie ihm etwas zuflüstern wollte, doch dann spürte er ihre weichen Lippen auf seinen Schläfen, auf seinen Wangen, seinem Mund. Ihre Haut verströmte den Duft von warmer Milch. Wie habe ich so lange darauf warten können?, dachte er noch, dann überließ er sich dem Spiel ihrer Lippen, erwiderte vorsichtig die Zärtlichkeiten ihrer tastenden Finger und erkundete zum ersten Mal ihren festen, glatten Körper bis in seine geheimsten Regionen. Schwer atmend spürte er seine wachsende Erregung, doch er wollte ihr nicht nachgeben, jetzt noch nicht.

Draußen schlug Max an. Ayen und Josef sprangen auf und ordneten ihre Kleidung.

«Hast du nächsten Sonntag frei?», flüsterte Josef und strich ihr das Haar aus dem Gesicht.

«Ja. Ich komme zur Lichtung.»
«Ayen, ich liebe dich.»
Sie legte ihm einen Finger auf die Lippen. «Bis Sonntag.»

Als Josef kurze Zeit später aus dem Schuppen trat, sah er Armbrusters Wagen neben dem Haus. Deshalb hatte Max also angeschlagen. Paul war tatsächlich gekommen, um sich mit Luise auszusprechen! Eilig lief er in die Stube.

Armbruster saß neben Sergio auf der Eckbank und strahlte, die Kinder drängten sich voller Wiedersehensfreude an ihn. Josef warf einen heimlichen Blick auf Luise, die eben das Abendessen auftrug. Sie wirkte verlegen. Ihre Wangen waren gerötet, und Josef fragte sich, ob das von der Hitze des Kochens oder von der Aufregung herrührte. Während des Essens plapperten die Kinder wild durcheinander, und Armbruster machte seine Scherze. Es war wie früher, nur dass Emil fehlte, der für ein paar Tage nach Puerto Montt gereist war. War das nun eine glückliche Fügung des Schicksals? Oder das genaue Gegenteil?

An diesem Abend zog sich Josef gleich nach dem Essen in seine Kammer zurück. Liebend gern hätte er mit Armbruster einen Spaziergang gemacht, denn sein Innerstes war aufgewühlt wie die See bei Kap Hoorn, doch er wollte ihn mit seiner Tante ungestört allein lassen. Auch wenn sich bei dem Gedanken daran, dass Emil fort war, ein gewisses Unbehagen einstellte. Was, wenn Armbruster diesen Umstand nun ausnutzte? Lange Zeit lauschte er noch dem Stimmengemurmel, das mal lauter, mal verhalten heraufdrang. Schließlich vernahm er zu seiner Erleichterung Armbrusters Schritte, die die knarrende Stiege zur Gästekammer hochstapften. Josef fiel in einen unruhigen Schlaf.

Am nächsten Morgen waren Luise und Armbruster früh auf den Beinen. Sie hatten sich vorgenommen, den Berg

Äpfel hinterm Haus zu Most zu verarbeiten. Während sich Josef ankleidete, hörte er Luises helles Lachen und eine fröhliche Männerstimme – sie hatten sich also versöhnt!

Josef arbeitete den ganzen Tag mit Katja und Hänschen auf dem Kartoffelacker, ohne Unterbrechung, denn er wollte rechtzeitig fertig werden zu Friedhelms Geburtstagsfeier. Er dachte mit gemischten Gefühlen an das bevorstehende Fest. Einerseits freute es ihn, dass er eingeladen war, andererseits würden alle jungen Leute von Maitén dort versammelt sein, und er wusste, dass er und Ayen zurzeit das beliebteste Gesprächsthema in der Siedlung waren.

Es würde wohl einer der letzten warmen Sommerabende sein, und so hatten die Schecks Tische und Bänke draußen aufgestellt und den Hof mit Fackeln und bunten Papiergirlanden geschmückt. Die meisten waren schon da, als Josef eintraf, und standen Schlange am eben angestochenen Bierfass. Kunigunde warf ihm zur Begrüßung einen schnippischen Blick zu, dann schmiegte sie sich unmissverständlich an Friedhelm. Alberne Gans, dachte Josef. Friedhelm konnte einem leidtun, dass er sich von ihr hatte einfangen lassen.

«Josef!», rief ihn Gottlieb Scheck heran. «Hier ist ein Krug Bier für dich. Wir dachten schon, du kommst nicht mehr.»

«Wenn heute Sonntag wäre, hätte Josef auch was Aufregenderes vor», sagte Julius Ehret, der lässig an der Hauswand lehnte, und verzog sein aufgedunsenes Gesicht zu einem Grinsen.

In Gesellschaft anderer wagst du ein großes Maul, dachte Josef, zog es jedoch vor, ihn nicht zu beachten, und ging hinüber zu Friedhelm, um ihm zu gratulieren. Er schien tatsächlich mit Kunigunde zusammen zu sein, denn nun hatte er den Arm um sie gelegt, den er allerdings schnell zurückzog, als seine Eltern mit einem Kessel Gulaschsuppe aus dem Haus traten. Josef konnte sich denken, dass die Schecks diese Verbindung nicht gerne sahen.

Nach dem Essen spielte Gottlieb auf dem Akkordeon zum Tanz auf. Im Schein der Fackeln wirbelten die jungen Leute ausgelassen über den Hof. Eher lustlos tanzte Josef ein einziges Mal mit einer der zahlreichen Schwestern von Michael Schemmer, ansonsten hielt er sich abseits und beobachtete gedankenverloren das Fest. Ob es in Zukunft immer so sein würde, dass er ohne die Frau, die er liebte, eingeladen würde?

«Damenwahl!» Kunigunde baute sich kokett vor ihm auf, als ein langsamer Walzer einsetzte.

«Du tanzt besser mit dem Geburtstagskind», versuchte Josef sie loszuwerden.

«Sei kein Spielverderber. Mit Friedhelm habe ich genug Runden gedreht.»

Sie zog ihn in die Mitte der Tanzfläche und begann sich im Dreivierteltakt zu wiegen. Dabei drückte sie sich immer enger an ihn.

«Weißt du, was uns hier alle brennend interessiert?» Ihre rechte Hand wanderte hinunter auf seine Hüfte. «Ob Clara tatsächlich so eine feurige Liebhaberin ist, wie alle von den Indianerfrauen behaupten.»

Brüsk stieß Josef sie weg und verließ mit schnellen Schritten den Hof. Er hörte noch Kunigundes höhnisches Lachen, dann war er um die Hausecke. Verdammt, er hätte es wissen müssen, dass er von solchen Sticheleien nicht verschont bleiben würde. Warum nur war er überhaupt gekommen?

Josef nahm den längeren Heimweg über das Seeufer, und die frische Nachtluft beruhigte ihn allmählich. Was kümmerte ihn dieses dummdreiste Geschwätz. Übermorgen würde er Ayen in seinen Armen halten, nichts anderes zählte.

Es war noch nicht sonderlich spät, als er den Hof erreichte, doch die Lichter im Haus waren bereits erloschen. Er überlegte, ob er zu Bett gehen sollte, doch dann durchquerte er den Blumengarten und kletterte hinunter zum Kiesstrand, wo er sich auf einen angeschwemmten Baumstamm setzte. Unter der schmalen Mondsichel breitete sich die dunkle Fläche des Sees aus, glatt und still, nur hin und wieder war ein leises Glucksen zu hören, wenn ein Fisch die Wasseroberfläche durchstieß. Je länger er dort saß, desto mehr Geräusche nahm er wahr: der ferne Ruf eines Käuzchens und das sanfte Rauschen des Schilfs, hier das schläfrige Kollern einer Ente, da ein leise einsetzendes Froschkonzert. Doch dann mischten sich menschliche Stimmen darunter. Täuschte er sich, oder sah er dort hinten unter dem Blätterdach des Maitén-Baumes zwei Gestalten? Angestrengt starrte Josef in die Dunkelheit. Jetzt war er sich sicher, dass dort drüben zwei Menschen standen, dicht beieinander. Dann traten sie aus dem Schutz der Bäume und kamen geradewegs auf ihn zu. Josef konnte deutlich den Lockenschopf des Mannes erkennen, ganz kurz blitzten die Gläser seiner Brille auf. Paul Armbruster! Also doch! Ihr Freund hatte Emils Abwesenheit schamlos ausgenutzt!

Wütend biss sich Josef auf die Lippen, dann trat er den beiden in den Weg.

Augenblicklich stellte sich Armbruster vor Luise. «Bist du es, Josef?»

Josef stand da und sagte kein Wort.

«Ich geh schon mal ins Haus.» Mit raschen Schritten verschwand Luise in Richtung Garten. Josef sah ihr nach. In seinem Innern tobte ein Sturm der Entrüstung.

«Wir haben noch einen kleinen Abendspaziergang gemacht», sagte Armbruster und zupfte sich verlegen am Ohrläppchen. «Ist das Geburtstagsfest schon zu Ende?»

Josef nickte und scharrte mit der Fußspitze im Kies. Er konnte noch immer keinen klaren Gedanken fassen.

«Du denkst das Falsche, Josef», sagte Armbruster in die Stille. Seine Stimme klang plötzlich müde.

«Und was soll ich denken?»

«Es ist nichts geschehen. Außer, dass ich heute Abend den Mut gefunden habe, die Wahrheit über mich zu sagen.»

Verunsichert blickte Josef auf. Warum schwang in diesen Worten, die doch Erleichterung ausdrücken sollten, so viel Wehmut mit?

«Dann bleibt ihr jetzt also gute Freunde?»

«Ich denke schon. Deine Tante ist ein großartiger Mensch.» Armbruster räusperte sich. «Und du? Wie steht's mit deinen Gefühlen? Luise hat mir erzählt, was über dich und Ayen alles getuschelt wird.»

Sie waren am Haus angelangt, und Josef blieb stehen. «Das ist mir gleich. Ich weiß, was ich zu tun habe. Ich werde noch mehr an meinen Möbeln arbeiten, weiter Geld sparen und nächstes Jahr ein Stück Land kaufen, um eine Sägemühle darauf zu bauen. Und zwar nicht hier, sondern am Südufer, in Puerto Varas. Von dort kann ich die Siedler am gesamten See beliefern und über den kurzen Transportweg zum Hafen von Puerto Montt sogar ganz Chile. Und Ayen wird als meine Frau mitkommen.»

«Das klingt wunderbar! Hör zu, ich hätte noch einen Vorschlag: Kurz nach deinem Besuch neulich kam ein Bekannter von mir vorbei, Alfons Wingler. Ihm gehört die Möbelmanufaktur in Valdivia. Da sein Kompagnon für ein paar Monate nach Deutschland muss, sucht er jetzt händeringend jemanden, der das Kaufmännische erledigt, also Buchführung, Auftragsbearbeitung, Lagerhaltung und so weiter. Er will nur jemanden einstellen, der praktische Erfahrung mit der Möbeltischlerei hat. Da habe ich ihm von dir erzählt.»

«Aber ich kenne mich in kaufmännischen Dingen überhaupt nicht aus», warf Josef ein.

«Eben deshalb habe ich ja an dich gedacht. Wenn du dich selbständig machen willst, musst du auf diesem Gebiet Bescheid wissen, sonst fällst du schnell auf die Nase. Du bist ein kluger Kopf und wirst dich schnell einarbeiten. Wingler hat Interesse an dir und zahlt gutes Geld, und wenn du dich anstrengst, sagt er, bietet er dir eine Festanstellung.»

«Was soll ich in Valdivia? Ich will hier am See leben.»

«Du kannst ja den Winter über bei ihm arbeiten, hältst in der Zeit Augen und Ohren offen, damit du lernst, wie man so ein kleines Unternehmen führt – und wenn Winglers Kompagnon zurück ist, packst du deine Sachen und dein dickes Sparguthaben und kommst wieder nach Maitén.»

«Wann will er, dass ich anfange?»

«In drei Wochen. Am ersten April.»

Als Josef mit der Antwort zögerte, sagte Armbruster: «Denk einfach mal darüber nach. Komm, gehen wir hinauf, es ist Zeit zum Schlafengehen.»

Josef fragte sich später oft, ob die Dinge nicht ganz anders verlaufen wären, hätte er die Wintermonate zu Hause in Maitén verbracht.

17

Armbruster zog die Taschenuhr aus seiner Westentasche. Zwei Stunden blieben ihm noch bis zur Abfahrt der Leichterschiffe, die die Reisenden zum Hafen von Corral bringen würden. Unwillig schlug er den Mantelkragen hoch und trat aus der Tür des Hotels hinaus auf die Straße, wo ihm der böige Südwind Eis und Schneeregen ins Gesicht wehte. Die Uferpromenade von Valdivia war menschenleer. An ihrem Ende, wo sich die windschiefen Hütten der *peones* drängten, wurde der Weg schmaler und versank im Schlamm. Überall waren die schweren Holzläden fest verschlossen. Armbruster stellte sich vor, wie dahinter die Bewohner um die Glut der Kohlebecken kauerten, während der Sturm durch die Bretterspalten pfiff.

Er bog in eine Gasse ein, die vom Fluss wegführte, und erreichte eine Ansammlung von Werkstätten und Manufakturen. Bei diesem Wetter sah es hier nicht weniger trostlos aus als im Viertel der Tagelöhner. Er fühlte sich hohl und leblos wie eine Marionette, die an unsichtbaren Fäden fortgezogen wird.

Das Schneegestöber wurde dichter, als ihm ein Mann entgegenkam. Die Hände in den Taschen vergraben, Kopf und Schultern gesenkt, kämpfte er sich gegen den steifen Wind vorwärts. Als er einer tiefen Pfütze auswich, rempelte Armbruster ihn versehentlich an.

«*Perdón*», murmelte Armbruster. Der Mann sah ihn finster an. Er wirkte jung, höchstens Anfang zwanzig, dabei hochgewachsen und kräftig. Sein unrasiertes Gesicht war gleichmäßig geformt, wirkte aber hart und abweisend. Dennoch erkannte Armbruster darin sofort die Züge von Josef Scholz.

«Warten Sie!», rief er aufgeregt, als der Mann weiterging. Widerstrebend drehte sich der Unbekannte um.

«*Cómo?*», fragte er und warf ihm aus seinen durchdringend grünen Augen einen drohenden Blick zu.

«Heißen Sie Raimund? Raimund Scholz?», fragte Armbruster auf deutsch.

«Lassen Sie mich in Ruhe.» Der Mann eilte weiter und beschleunigte dabei noch seinen Schritt.

«So bleiben Sie doch stehen!», rief Armbruster. «Sie sind doch Raimund? Ich kenne Ihren Bruder. Er ist hier, hier in Valdivia!» Doch seine Worte gingen im Heulen des Sturms unter.

Hatte er sich getäuscht? Neigte er in seiner Verwirrung schon zu Hirngespinsten? Unschlüssig setzte er seinen Weg fort, bis er das langgestreckte Gebäude der Firma Wingler & Cia erreichte.

Josef brütete über der Bilanz des Vorjahres. Morgen sollte er Alfons Wingler berichten, was er aus den Konten für das Unternehmen herauslesen konnte, doch seine Gedanken schweiften ab nach Maitén und zu Ayen.

In den drei Wochen, die ihnen noch bis zu seiner Abreise geblieben waren, hatten sie jede der spärlichen Möglichkeiten ergriffen, sich zu sehen. Dann, in den letzten Tagen, hatte Ayen alle Vorsicht und Vernunft aufgegeben und war spätabends noch, wenn alles schon schlief, aus dem Haus geschlichen und zu Josef in die Werkstatt gekommen, wo sie auf einem Lager aus Schaffellen die Nächte miteinander verbrachten und Ayen ihm eine neue Welt eröffnete, die Welt der Sinnlichkeit und des gegenseitigen Begehrens.

Nach einer dieser Nächte war es zu einem widerlichen Streit mit Julius Ehret gekommen. Ayen hatte die Werkstatt wie immer vor dem Morgengrauen verlassen, und Josef war auf ihre Seite der Schlafstätte hinübergerutscht, um ihrer Wärme und ihrem Geruch nachzuspüren. Als das erste Tageslicht durch die Ritzen und Astlöcher hereindrang, war es Zeit für ihn aufzustehen. Er streckte sich, öffnete die Tür und prallte zurück. Vor ihm lehnte Julius am Türrahmen. Er kratzte sich sein pickliges Kinn und zog dabei mit dem Fingernagel eine Blutspur über den Hals.

«Hier also habt ihr euer Liebesnest.»

Josef war zu verblüfft, um etwas zu entgegnen. Mit einem breiten Grinsen trat Julius in die Werkstatt.

«Erst besteigst du wie ein brünstiger Hirsch meine Schwester, und jetzt besorgst du es jede Nacht unserer Indianermagd. Was für ein toller Kerl du bist!»

Ohne nachzudenken, holte Josef aus und schleuderte Julius seine Faust ins Gesicht. Julius gab einen grunzenden Laut von sich, dann taumelte er und fiel zu Boden. Reglos lag er da, aus der aufgeplatzten Unterlippe rann Blut.

«Steh auf und verschwinde», zischte Josef.

Aber Julius rührte sich nicht. Besorgt beugte sich Josef über ihn. So fest hatte er doch gar nicht zugeschlagen.

«He, Julius! Was ist los?»

Da schnellte der andere sein Knie hoch und traf Josef mit voller Wucht in den Unterleib. Mit einem Aufschrei klappte Josef zusammen. Grelle Punkte blitzten auf, dann wurde ihm schwarz vor Augen. Als der Schmerz wieder erträglicher wurde, hob er den Kopf. Julius war verschwunden. Mühsam schleppte er sich zu seinem Nachtlager und vergrub den Kopf in Ayens Decke. Er war froh, dass sie nicht Zeuge dieser Szene gewesen war, und beschloss, ihr nichts davon zu erzählen. Es würde die letzten schönen Tage zwischen ihnen nur verderben.

Jetzt, zwei Monate später, hatte er diesen Vorfall fast vergessen und erinnerte sich nur noch an die wunderbaren Augenblicke mit Ayen, doch dafür schien ihm die Zeit der Trennung, die noch vor ihnen lag, endlos zu sein. Damit die Tage schneller vergingen, arbeitete Josef von früh bis spät im Kontor und in der Werkshalle und studierte anschließend in seiner Kammer die Bücher und Unterlagen, bis ihm von der rußenden Öllampe die Augen brannten. Sonntags schlenderte er durch die Stadt, schrieb Briefe oder lieh sich ein Pferd, um ans Meer zu reiten. Dort saß er dann, eingehüllt in seine Wolljacke, und bestellte der schäumenden Brandung des Pazifiks Grüße von Ayen. Die Aufregung, die die Stadt seit einiger Zeit wegen angeblicher Goldfunde in den Bergen ergriffen hatte, ließ ihn kalt, und auch von der deutschen Gemeinschaft hielt er sich weitgehend fern. Er interessierte sich weder für den Kegelclub noch für den Schützen- oder Musikverein. Nur

Anwandters Einladungen zum Sonntagskaffee nahm er hin und wieder an, denn er mochte diesen charismatischen, weltoffenen Mann.

Der Wintersturm rüttelte an den Fensterläden. Seufzend beugte er sich wieder über die Gegenüberstellung der Passiva und Aktiva der Firma Wingler & Cia. Nicht, dass ihn die Arbeit gelangweilt hätte. Er erfuhr Dinge, mit denen er sich noch nie beschäftigt hatte, und lernte eine Menge für sein eigenes künftiges Unternehmen. Lagerhaltung, Zahlungsverkehr, Materialbeschaffung, Kostenrechnung, Arbeitsplanung – in all diese Bereiche hatte er sich in den letzten Wochen eingearbeitet und betreute seit kurzem die Materialwirtschaft sogar eigenständig und sehr zur Zufriedenheit von Alfons Wingler, einem umgänglichen und freimütigen Menschen. Doch er vermisste die Weite des Lago Llanquihue, die dunkelgrüne, mit Schneefeldern besetzte Andenkordillere, ihm fehlte seine Familie, ihm fehlte Kayuantu und dessen Sippe, und ganz besonders schmerzlich fehlte ihm natürlich Ayen. Wie sehr er sich nach ihren Zärtlichkeiten und den Gesprächen mit ihr sehnte! Ständig rechnete er nach, wie viele Wochen noch blieben bis zu seiner Rückkehr nach Maitén.

Da klopfte es heftig an die Tür. Erstaunt hob Josef den Kopf. Alfons Wingler pflegte ohne Anklopfen hereinzustürmen, und die Arbeiter hatten längst Feierabend.

«Die Tür ist offen», rief Josef.

Ächzend öffnete sich die schwere Eichentür, und mit einem Schwall feuchtkalter Luft zwängte sich ein Mann herein: Paul Armbruster. Ihn hätte Josef in diesem Moment am wenigsten erwartet. Mit wirren Locken stand er vor ihm, trotz des Lächelns, das er aufsetzte, waren seinem Gesicht Schlaflosigkeit und Kummer deutlich anzusehen. Und vor allem – was tat er hier in Valdivia?

Vorsichtig nahm Armbruster seine Brille ab, reinigte

die beschlagenen Gläser umständlich am Aufschlag seiner Jacke und setzte sie wieder auf.

«Ich bin gekommen, um dir Lebewohl zu sagen.»

Josef starrte ihn an, ohne den Sinn der Worte zu begreifen.

«Wieso Lebewohl?»

Armbruster lehnte sich an den Schreibtisch, wie um Halt zu suchen.

«Morgen früh geht mein Schiff nach Feuerland.»

«Nach Feuerland? Was willst du denn dort? Am Ende der Welt?»

«Ich nehme an einer Expedition teil. Die Regierung will neue Siedlungsgebiete ausloten.»

«Und wie lange bleibst du?»

«Ich weiß nicht. Vielleicht komme ich nie mehr zurück.»

Mit einem Mal verstand Josef. Das Blut wich aus seinen Wangen, seine Augen verengten sich zu schmalen Schlitzen.

«Was soll das heißen? Wir sind doch so etwas wie eine Familie, hier ist deine Heimat.»

«Heimat!», flüsterte Armbruster. Das Wort war kaum zu verstehen. «Wenn ich nur so etwas wie Heimat hätte.»

Sichtlich aufgewühlt nahm er Josefs Hand, doch dieser schüttelte sie ab.

«Glaub mir, Josef, ich weiß, was ich an euch habe, und du ahnst nicht, wie schwer mir meine Entscheidung gefallen ist. Aber ich kann Luise nicht vergessen, auch wenn ich es gehofft habe. Sie ist die Frau, die ich liebe. Ich brauche ihre Nähe. Aber wenn ich sie mit Emil zusammen sehe, ertrage ich es nicht. Du müsstest mich doch verstehen können – jetzt, wo du selbst erfahren hast, was Liebe bedeutet.»

Er warf einen Blick auf seine Uhr. «Ich muss los. Die Leichterschiffe fahren noch heute Abend.»

Josef sah zu Boden und schwieg. In seinem Kopf rauschte es, als hätte man ihm einen Schlag versetzt.

«Da ist noch etwas.» Armbruster zögerte.

«Ja?», fragte Josef gedankenverloren. Er wollte nichts mehr hören, keine Begründungen und Erklärungen, und erst recht keine Freundschaftsbeteuerungen.

«Als ich eben auf dem Weg zu dir war, bin ich einem Mann begegnet. Es könnte sein, dass ... Ich will nichts beschwören, aber möglicherweise war es dein Bruder.»

«Nein!» Josef sah ihn ungläubig an. «Hast du mit ihm gesprochen? Wo ist er jetzt?»

«Es ist nur eine Vermutung. Als ich ihn mit Raimund Scholz ansprach, ging er schnell weiter. Vielleicht hätte ich ihm folgen sollen, aber er wirkte ziemlich aufgebracht.»

«Wie kommst du dann darauf, dass es Raimund gewesen sein könnte?»

«Er sah dir eben ähnlich, obwohl er viel dunklere Haare hatte und größer und breitschultriger war.»

«Konntest du seine Augen sehen?»

«Ja. Sie waren von einem so intensiven Grün, wie ich es noch nie gesehen habe.»

«Die Augen unserer Mutter. Paul, ich muss ihn finden, es war bestimmt Raimund.»

«Aber ich dachte, du vermutest ihn im Norden.»

«Es könnte einen Grund für ihn gegeben haben, nach Valdivia zu kommen. Hast du von den Goldfunden oben in den Hügeln gehört?»

«Es wird hier ja von nichts anderem mehr gesprochen. Meiner Meinung nach ist das alles Humbug, denn die Spanier haben damals die Berge bis zum letzten Klumpen ausgebeutet. Aber natürlich ist die Verlockung groß, vor allem für junge Glücksritter und Abenteurer.»

«Und du hältst meinen Bruder also für einen Glücksritter und Abenteurer?»

«Sieh mal, es ist sechs Jahre her, dass du ihn das letzte

Mal gesehen hast. Das ist eine lange Zeit, in der sich ein Mensch sehr verändern kann.»

«Es ist mir vollkommen gleich, ob er sich verändert hat», erwiderte Josef trotzig.

«Ich will damit nur sagen, dass ich dir von Herzen wünsche, dass du ihn endlich wiederfindest. Aber du solltest nicht enttäuscht sein, wenn vor dir ein anderer steht als der, den du erwartet hast.»

Als sie sich ein letztes Mal umarmten, konnte Josef seine Tränen nicht mehr zurückhalten, und sie versprachen, sich regelmäßig zu schreiben.

Dann eilte Paul Armbruster zur Tür hinaus, ohne sich noch einmal umzuwenden. Josef hatte plötzlich das schreckliche Gefühl, dass dies ein Abschied auf immer sein würde. Die letzten Zeilen des Abschiedsliedes, das sie im Hamburger Hafen gemeinsam gesungen hatten, kamen ihm in den Sinn:

Ihr Freunde, weinet nur nicht so sehr,
Wir seh'n uns nun und nimmermehr!

Schmerzhaft wurde Josef bewusst, wie viel ihm Paul Armbruster bedeutete. Fast alles, was er über Chile wusste, wusste er von ihm. Er hatte ihm eine neue Sicht auf die Welt eröffnet, hatte ihn gelehrt, den eigenen Verstand zu gebrauchen, und war ihm in jeder Situation, in der er Rat brauchte, zur Seite gestanden. Mit seiner liebevollen Freundschaft hatte er ihm geholfen, erwachsen zu werden. Ohne ihn wäre er wohl niemals an jenem Punkt angelangt, an dem er sich jetzt befand. Ohne ihn besäße er nicht das Selbstbewusstsein und die Entschlossenheit, sich auf eigene Beine zu stellen und eine Indianerin zur Frau zu nehmen.

Josef brachte es nicht über sich, Armbruster zum Kai zu begleiten. Stattdessen suchte er die wenigen Gasthäuser und Schänken nach seinem Bruder ab, doch ohne Erfolg. Immerhin fand er heraus, wie man zu dem Goldgräberlager in den Bergen gelangte. Sobald es das Winterwetter erlaubte, würde er hinaufreiten.

An diesem Abend tat er etwas, was er noch nie getan hatte: Er blieb in der letzten Schänke sitzen und bestellte sich einen Krug Bier nach dem anderen, bis sich seine Trauer in einem Nebel von dumpfer, trunkener Teilnahmslosigkeit auflöste.

Am nächsten Morgen, als Josef mit schwerem Kopf erwachte, regnete es immer noch. Doch der Wind hatte sich gelegt, und so holte sich Josef aus dem Mietstall ein Maultier. Die kalten Tropfen auf dem Gesicht taten ihm gut und erfrischten seinen Geist. Das Maultier folgte willig, wenn auch etwas träge seinen Befehlen, und er kam gut voran. Er folgte dem Lauf des Río Calle Calle, wie schon drei Jahre zuvor, als sie mit dem Ochsentreck in das unbekannte Land aufgebrochen waren. Jetzt waren diese Berge und Wälder seine Heimat geworden. Er schloss die Augen und versuchte, sich die väterliche Bauernkate vorzustellen, mit dem schmalen, steinigen Acker dahinter und der Weide, die zur Fulda hinunterführte. Es gelang ihm nicht. Auch das Bild seines Bruders, das er sonst immer glasklar vor Augen hatte, blieb schattenhaft.

Bei einer verlassenen Farm bog er ab auf einen Pfad, der in die Berge hinaufführte. Bald wurde der Weg schmaler und steiler. Tief unter ihm lag ein felsiges Bachbett, das jetzt, nach den langen Regenfällen, tosendes Wasser führte. Josef war froh um die Trittsicherheit seines Maultiers und ließ ihm die Zügel lang, damit es sich seinen Weg selbst suchen konnte. Nach einem letzten schroffen Anstieg sah er die Rauchsäulen des Lagers. Zwei Dutzend Zelte drängten sich in dem engen Seitental. Als er näher kam, erkannte er, dass man einfach schwere Planen über Pfosten gespannt hatte. Bis auf die Haut durchnässte Männer liefen geschäftig hin und her oder standen bis zu den Knien in Wasserlöchern, die von dem Bach gespeist wurden. Josef empfand Bedauern für diese Männer, die keine andere Möglichkeit sahen, zu Geld zu kommen, als hier in Regen und Kälte nach winzigen Goldkörnern zu suchen.

«Gibt es hier einen Raimund Scholz?», fragte er einen Mann, der gerade vor ihm aus dem Schlamm stieg. «Oder Ramón Emilio Escolza?»

Der andere schüttelte nur den Kopf und ließ ihn achtlos stehen. Josef fragte sich durch, bis er die Zelte erreichte, von denen die meisten verwaist im Regen standen. Ein älterer Mann mit zottigem langem Haar und Vollbart bereitete sich über einer Feuerstelle Matetee. Er sah nicht einmal auf, als Josef vor ihm stand und seine Frage wiederholte.

Als der Mann nicht antwortete, stieg Josef ungeduldig von seinem Maultier und tippte ihm auf die Schulter. *«No habla castellano?»*

«Natürlich spreche ich *castellano*. Was willst du denn von diesem Ramón?»

«Kennen Sie ihn nun oder nicht?»

«He, Mateo», rief der Mann zu seinem Zeltnachbarn hinüber. «Kennst du einen Ramón Emilio?»

Der Angesprochene erhob sich schwerfällig und kam heran. Er hinkte ein wenig und sah Josef interessiert an.

«Wen suchst du?»

«Einen Deutschen namens Raimund Scholz. Er nennt sich auch Ramón Emilio Escolza.»

Mateo betrachtete ihn aufmerksam. Seine entzündeten Augenlider zuckten, und so etwas wie Erstaunen breitete sich auf seinem pockennarbigen Gesicht aus. Dann schüttelte auch er den Kopf.

«Kenn ich nicht. Reite wieder nach Hause in deine warme Kammer. Das hier ist nichts für Jüngelchen wie dich.» Damit schien für ihn das Gespräch beendet. Er hockte sich näher ans Feuer zu seinem Nachbarn und löste den Kragen seiner Jacke.

«Was tragen Sie da um den Hals?», fragte Josef, der etwas auf der behaarten Brust des Mannes aufblitzen sah.

«Ich glaube nicht, dass dich das was angeht.»

Blitzschnell griff Josef nach dem versilberten Medaillon, um es sich genauer anzusehen. Da sprang der ältere Mann auf und richtete den Lauf einer Pistole auf Josef.

«Verschwinde oder ich schieß dich ab wie eine Wachtel.»

«Lass gut sein, Jorge, der Junge ist nicht gefährlich. Scheint bloß ein bisschen verrückt zu sein.»

Mit zitternden Fingern drehte Josef das Medaillon um. Die eingravierten Buchstaben R. E. S. waren deutlich zu erkennen.

«Das ist das Medaillon meines Bruders!» Seine Stimme war laut geworden.

«Und warum sollte ich dir das glauben?»

«Seine Anfangsbuchstaben sind eingraviert. Innen befindet sich ein Marienbild. Sie können es ja aufklappen.»

Jorge und Mateo tauschten einen kurzen Blick aus. Dann sagte Mateo: «Setz dich, Junge.»

Josef kauerte sich in das nasse Gras.

«Ich wusste nicht, dass Ramón einen jüngeren Bruder hat.» Mateos Gesicht nahm einen freundlicheren Ausdruck an. «Er hat immer behauptet, schon als kleines Kind alleine nach Chile gekommen zu sein und sich an seine Heimat und an seine Familie nicht erinnern zu können.»

«Er hat das Medaillon zur Konfirmation geschenkt bekommen. Haben Sie es gestohlen?»

«Es ist ein Pfand. Er schuldet mir Geld.»

Das war schlimmer als gestohlen. Wie konnte Raimund ein Geschenk seiner Mutter aus der Hand geben? Josef spürte eine bedrückende Enge um die Brust.

«Und wo ist er jetzt? Ist er auch hier in den Bergen?»

«Er war hier. Gestern ist er zurück in den Norden, in

die Wüste. Ihm ist es wohl zu kalt hier. Das Geld für den Küstendampfer habe ich ihm, wie gesagt, vorgestreckt.»

Josef war also zu spät gekommen. Einen einzigen Tag nur zu spät! Niedergeschlagen stierte er in die Flammen.

«Hier, trink. Das muntert dich auf.» Mateo goss sich und Josef einen Becher mit Tee voll.

«Wahrscheinlich ist er schlauer als wir alle. Was man hier findet, sind Sandkörner, kaum wert, sie zum Händler zu bringen. Und nebenbei holt man sich die Schwindsucht bei dieser Scheißarbeit. Ich denk, ich werd auch meine Sachen packen und weiterziehen.»

«Wissen Sie, wohin er wollte?»

«Das weiß man nie bei Ramón. Er ist mal hier, mal da. Aber irgendwo treffen wir beide uns immer.»

«Sind Sie sein Freund?»

«Darüber habe ich noch nie nachgedacht. Könnte sein.»

Josef fror. Noch nie war er Raimund in Chile so nahe gekommen. Anstelle von Armbruster hätte ebenso gut er selbst seinem Bruder über den Weg laufen können. Und nun war er weg, entwischt wie ein Fisch aus dem Netz. Doch plötzlich hatte Josef einen Einfall.

«Haben Sie Papier und Stift?»

Mateo lachte. «Wozu sollte ich so was mit mir herumtragen? Ich kann gerade mal meinen Namen schreiben.»

Josef sah sich suchend um. Irgendjemand in diesem Goldgräberlager musste doch etwas zum Schreiben haben.

«Hier gibt es so einen aufgeblasenen Gringo, der hat solche Dinge vielleicht», erklärte Mateo. «Aber ich sag dir gleich, mein Junge: Wenn du mir eine Nachricht für Ramón mitgeben willst, kann ich dir nicht garantieren, wann er sie bekommt.»

«Aber Sie könnten mir versprechen, den Brief bei sich zu tragen, bis Sie ihn wiedersehen.»

«Versprochen. Unter einer Bedingung: Du erzählst mir alles, was ich über Ramón wissen möchte.»

Eine Woche später traf ein Brief von Luise ein. Zu Josefs Überraschung erwähnte sie mit keinem Wort Armbrusters Abschied. Wusste sie womöglich gar nichts davon? Weit mehr allerdings bestürzte ihn die Nachricht von Marías Tod. Zwar habe Ayen das alles sehr gefasst aufgenommen, habe auch bis zum letzten Atemzug ihrer Mutter zur Seite gestanden, so schrieb Luise, aber dennoch mache sie sich Sorgen um das Mädchen: *Sie wirkt vollkommen niedergeschlagen! Sie hing doch sehr an ihrer Mutter, und im Hause Ehret hat sie nicht eben viel Freude.*

Arme Ayen, dachte er und ließ das Blatt sinken. Die schlechten Nachrichten schienen kein Ende zu nehmen. Jetzt wurde ihm auch schlagartig klar, warum in letzter Zeit Ayens Grüße ausgeblieben waren, diese Briefe ohne Worte, diese zart duftenden Umschläge mit gepressten Blüten, mit Bildern aus Herbstblättern oder kleinen Bastelarbeiten – Briefe, die viel mehr ausdrückten, als Worte es vermocht hätten. Josef beschloss, Ayen noch heute Abend zu schreiben. Gerade jetzt durfte sie nicht an seiner Liebe zweifeln, musste wissen, dass sie nicht allein war, dass er in Gedanken immer bei ihr war und dass die Zukunft ihnen beiden gehörte. Da fiel ihm ihr letztes Gespräch ein. Sie hatten sich in der Werkstatt getroffen, um sich ungestört verabschieden zu können.

«Wartest du auf mich?», hatte er sie gefragt.

Über ihren Blick schien sich ein dunkler Schleier zu legen. «Wir haben nicht alles in der Hand. Vielleicht gibt es Menschen, die versuchen werden, uns auseinanderzubringen.»

«Aber doch nicht, solange wir zueinander stehen.»

«Du hast den Glauben eines Kindes. Vergiss nicht, dass ich für die anderen nur eine Indianermagd bin.»

Mitte Oktober endlich, nach sechseinhalb Monaten in Valdivia, kehrte Josef heim, mit einem ansehnlichen Bündel Geldscheinen im Sack, einem neuen Anzug und Mitbringseln für alle, die ihm lieb waren. Inzwischen verkehrten regelmäßig Pferdewagen zwischen Valdivia und Osorno, wo ihn Emil mit dem Einspänner, den Armbruster ihnen zurückgelassen hatte, erwartete.

Sein Onkel freute sich aufrichtig über das Wiedersehen.

«Du hast mir ganz schön gefehlt, Junge. Und natürlich wartet auch eine Menge Arbeit auf dich.»

Doch je näher sie Maitén kamen, desto einsilbiger wurde Emil. Er hörte kaum zu, als Josef von seinem Ritt ins Goldgräberlager berichtete. Ob seinem Onkel der Abschied von Paul Armbruster immer noch naheging? Josef wusste aus den Briefen von Luise, dass Armbrusters plötzliche Abreise für Emil ein schwerer Schock gewesen war. Um nicht an diesen wunden Punkt zu rühren, erzählte er daher betont munter von seiner Arbeit im Kontor, von seinen Ideen für die nächsten Jahre und zählte schließlich nicht ohne Stolz seine Ersparnisse auf.

Endlich erreichten sie die Weggabelung auf der Anhöhe. Vor ihnen lag blau wie ein Lapislazuli der See und spiegelte die Schneekappe des Osorno wider. Am Ufer des Llanquihue kräuselte sich friedlich der Rauch über den Häusern. Josefs Herz begann schneller zu schlagen. Dort unten wartete Ayen auf ihn, und er, Josef Scholz, würde niemals mehr zulassen, dass seine zukünftige Frau sich heimlich zu ihm schleichen musste.

Als Emil den Wagen auf das Grundstück lenkte, rannten ihnen die Kinder lachend entgegen. Sie waren sichtlich gewachsen in diesem halben Jahr. Im Türrahmen erschien Luise, ihr Gesicht wirkte wieder voller, was ihr nicht schlecht stand. Bevor sie sich ihrem Neffen zuwandte, um ihn zu begrüßen, warf sie ihrem Mann einen fragenden

Blick zu. Josef entging nicht, dass Emil den Kopf schüttelte. Was hatte das zu bedeuten?

«Herzlich willkommen zu Hause», sagte Luise mit warmer Stimme. «Komm erst mal herein.»

Emil scheuchte die Kinder zurück auf den Hof. «Ihr bleibt draußen.»

Beklommenheit lag in Luises Blick, als sie Josef bei der Hand nahm und in die Stube führte. Es roch nach frischem Bohnerwachs.

«Hör mal, Josef, ich muss dir etwas sagen.»

«Was ist los?», fragte Josef verunsichert. «Ist Armbruster etwas zugestoßen?»

«Nein, es ist ... Es ist wegen Clara. Seit dem Tod ihrer Mutter –»

«Was ist mit ihr?», unterbrach Josef sie ungeduldig.

«Sie ist verschwunden.»

«Was? Das ist nicht wahr!» Josefs Stimme bekam einen schrillen Klang. Er stürzte auf Luise zu und schüttelte sie bei den Schultern.

«Wo ist sie? Gebt zu, ihr wisst, wo sie ist!», rief er aufgebracht. «Ich muss zu ihr!»

«Josef, Junge, bleib doch ruhig. Niemand weiß, wo sie ist. Aber da ist noch etwas», fügte sie leise hinzu. «Sie ist schwanger.»

18

Nieselregen überzog die Berge mit einem Schleier, der in seinem trostlosen Grau alle Farben des Waldes überdeckte und die verknoteten Äste der Krüppelbuchen noch gespenstischer wirken ließ. Ayen kämpfte sich den rutschigen Hang hinauf. Ihr nasses Wollkleid klebte schwer an ihrem Körper und behinderte sie bei jedem Schritt. Sie dachte daran, sich einfach im Unterholz zu verkriechen wie ein weidwundes Tier, sich hinzulegen und das Ende kommen zu lassen. Diesen plumpen Körper mit seinem zum Zerbersten gewölbten Bauch, dessen Anblick sie kaum noch ertrug, endlich loswerden. Doch der Hunger trieb sie vorwärts. Seit etlichen Tagen hatte sie nichts anderes zu sich genommen als Wurzeln und verdorrte Beeren. Ihre Versuche, Hasen und Ratten mit einem Stein zu erlegen, hatte sie bald aufgegeben. Nur an Wasser herrschte kein Mangel in diesem ewig nassen Wald, alles, was sie berührte, troff vor Feuchtigkeit, war kalt und klamm.

Als sie vor Wochen, nur mit ihrem Poncho bekleidet und dem Beutel mit der *trapelakucha*, dem silbernen Brustschmuck ihrer Mutter, in der Hand, das Ehret'sche Haus verlassen hatte, früh im Morgengrauen, hatte sie keine Vorstellung davon gehabt, wohin sie sollte. Der ins Unerträgliche gewachsene Abscheu gegen Julius Ehret und die Angst vor dem Wiedersehen mit José hatten sie wie eine unsichtbare Macht in den Wald getrieben, immer tiefer hinein, die Berge hinauf. Nie wieder würde sie nach Maitén zurückkehren können, die Verachtung von José und den anderen Weißen war ihr sicher.

Bisher hatte Ayen sich nie gefragt, wohin sie gehörte. Ihre Wurzeln lagen bei den Mapuche, die seit Urzeiten in den milden Hügeln der Pazifikküste siedelten. Doch jetzt war ihre Mutter tot, ihre Sippe in alle Winde verstreut, und bei den Weißen hatte sie keine zweite Heimat gefunden. Wie eine Kaulquappe lebte sie zwischen zwei Welten, gehörte nicht zur einen, nicht zur anderen, war weder Frosch noch Fisch.

Erschöpft lehnte sich Ayen an einen Baumstamm und hielt sich den schweren Bauch, den sie so lange Zeit unter Binden und Stoffen verborgen hatte. Bis zu dem Araukarienhain dort oben musste sie es schaffen, dort würde sie unter den vereisten Schneeresten des vergangenen Winters genügend Pinienkerne finden, um die nächsten Wochen, bis zur Geburt des Kindes, zu überstehen. Ihr Unterleib krampfte sich sofort schmerzhaft zusammen. Dieses Kind würde ihr grausam vor Augen führen, dass sie um alle Hoffnungen betrogen war. Nicht einen Blick würde sie verschwenden müssen, um zu erkennen, dass José nicht der Vater war. Vom ersten Tag an, als ihre Monatsblutung ausgeblieben war, hatte sie es gewusst. Und sie hatte beschlossen, das Neugeborene zu töten.

Als sie die Araukarien erreichte, wurde der Regen stärker. Eiskristalle trafen wie Nadeln ihr Gesicht, und die feuchte Kälte drang unter ihre Kleider. Zitternd bückte sie sich nach ein paar halbverfaulten Kernen, die sie sich hastig in den Mund steckte, und spähte nach einem möglichen Unterschlupf. Da entdeckte sie nur wenige Meter entfernt einen niedrigen, spitz zulaufenden Bretterverschlag, angemodert zwar und voller Ritzen, aber einem einzelnen Menschen würde er Obdach bieten. Eilig band sie ihren Poncho los und legte ihn auf die trockenste Stelle, die sie in dem Verschlag finden konnte, und legte auch ihren Beutel dort ab. Dann nahm sie das Küchenmesser, das sie ihrer Herrin gestohlen hatte, und machte sich auf die Suche nach Bambushalmen und Laub, um die Ritzen abzudichten. Als sie an einer weiteren Hütte vorbeikam, fiel ihr plötzlich wie Schuppen von den Augen, dass dies einer der Ernteplätze von Kayuantus Sippe sein musste. Und was das bedeutete, erfüllte sie mit Schrecken: Zwar bot sich ihr hier Schutz vor der immer noch eisigen Frühjahrskälte, aber Nahrung würde sie kaum finden, denn die Huilliche hatten hier längst alles abgeerntet.

Ayen spürte, wie sich ihr Magen vor Hunger zusammenzog. Die mächtigen Urwaldriesen um sie herum begannen zu schwanken, ihre Stämme verzerrten sich zu knotigen Gebilden, die mal dick, mal spindeldürr wurden. Taumelnd ließ sie sich auf die Knie fallen und begann, mit bloßen Händen in der harschigen Schneeschicht zu scharren. Nichts, kein einziger Kern verbarg sich hier. Verzweifelt versuchte sie es an einer anderen Stelle, ihre Hände begannen vor Kälte taub zu werden, ihr aufgedunsener Leib war überall im Weg. Sie merkte nicht, wie sie zu schluchzen begann, lauter und lauter, bis ihr Weinen schließlich in einen durchdringenden Schrei überging. Eine riesige Faust schien ihr den Unterleib zerreißen zu wollen, zerrte und zog, bis sie nach Luft ringend auf die Seite fiel und den matschigen Hang hinabschlitterte bis zu einem Geröllfeld. In einer kurzen Atempause, die ihr die grausam stechenden Schmerzen ließen, spürte sie Ströme einer warmen Flüssigkeit die zerschrammten Beine hinunterlaufen. Dann überfiel sie das Reißen in ihrem Unterleib erneut, mit noch größerer Wucht. Da sah sie plötzlich Josés Gesicht vor sich, mit einem zärtlichen Lächeln um die dunkelblauen Augen. Verzeih mir, flüsterte sie, verzeih mir diese Schande. Doch da verzerrte sich sein Gesicht wie das Spiegelbild auf einem See, in den ein Stein gefallen war, und sie wurde hinuntergezogen in diesen See, bis auf seinen tiefschwarzen Grund.

«Kümelen eymi?»

Ayen hörte die Worte wie aus weiter Ferne. Die Stimme klang sanft und besorgt. Sie schien weder einem Mann noch einer Frau zu gehören.

«Kümelen eymi?» Die Laute wiederholten sich jetzt ganz nah an ihrem Ohr. Vorsichtig wandte sie den Kopf zur Seite und blickte in das ledrige Gesicht einer alten Frau, die sie aufmerksam betrachtete.

«Wie geht es dir?» Das war die Stimme eines jungen Mannes. «Du verstehst kein *mapudungun* mehr, nicht wahr?»

Ayen seufzte. Sie kannte diese Stimme irgendwoher, aus Maitén, aus der Nähe ihres geliebten José.

«Kayuantu?»

Mühsam versuchte sie sich aufzurichten, als die alte Frau sie mit Bestimmtheit auf ihr Lager zurückdrückte. Ayen wurde gewahr, dass sie sich in einer kleinen *ruca* befand, die ein Feuer behaglich wärmte und in der es angenehm nach getrockneten Kräutern duftete. Wie war sie hierhergekommen? Trotz des Feuers fing sie an zu frösteln, und an ihren Schläfen pochte ein dumpfer Schmerz. Einer plötzlichen Eingebung folgend, tastete sie nach ihrem Bauch, der sich schlaff anfühlte und eingesunken war.

«Wo ist ... das Kind?»

Sie redete in der Sprache der Mapuche, so, wie sie mit ihrer Mutter gesprochen hatte, wenn sie beide allein waren.

Die alte Frau benetzte ihr die aufgesprungenen Lippen, dann legte sie einen feuchten Lappen auf ihre Stirn.

«Nicht sprechen. Du bist krank und noch voller Hitze. Das Kind ist schwach, aber es lebt. Du hast keine Milch, deshalb ist es bei einer anderen Mutter.»

«Ein Junge?»

Die Alte nickte. Ayen schloss die Augen. Sämtliche Glieder taten ihr weh, und in ihrem Schoß brannte es wie von einer riesigen Wunde. Sie wollte das Kind nicht sehen, niemals. Sie hörte noch das Gemurmel weiterer Stimmen, dann überließ sie sich dankbar einem erschöpften Schlaf.

Als sie wieder erwachte, kauerte Kayuantu neben ihr. Er lächelte.

«Ich wusste gar nicht, dass du *mapudungun* sprichst. Du bist also doch keine *wingka* geworden. Geht es dir besser?»

«Ja. Wie habt ihr mich gefunden?»

«Zwei meiner Brüder waren auf der Jagd, ganz in der Nähe des *pehuen*-Wäldchens, als sie deine Schreie hörten. Doch dann verstummten die Schreie. Meine Brüder konnten dich daher nicht finden und wollten die Suche schon aufgeben, als sie einen Kondor entdeckten, der über der Stelle im Wald kreiste. Meine Brüder haben dich den ganzen weiten Weg getragen, mit dem Schoß nach oben, damit das Kind nicht kommt. Kurz vor der Hütte der *machi* bist du wieder zu dir gekommen, dann ging alles sehr schnell. Weißt du das nicht mehr?»

Ayen schüttelte den Kopf.

«Die *machi* sagt, das Kind ist fast zwei Monate zu früh gekommen. Es ist immer noch sehr schwach.»

Ayen schwieg. Sie bemerkte die Sorge in Kayuantus Miene.

«Warum bist du weggelaufen, Ayen? Du hättest sterben können im Wald. Ist Josef noch in Valdivia?»

«Nein, er müsste zurück sein in Maitén.»

Kayuantu räusperte sich. «Ich weiß nicht, was zwischen euch geschehen ist, aber du musst, sobald es dir bessergeht, zurückkehren zu Josef. Wenn du willst, reite ich noch heute nach Maitén.»

«Nein!», schrie sie.

Er sah sie durchdringend an. «Das Kind ist von einem anderen Mann, nicht wahr?»

Ayen krümmte sich unter ihrer Decke zusammen. Sollte sie nun ihr Leben lang an jenen grauenhaften Abend erinnert werden? Würden diese Augenblicke des Entsetzens niemals verblassen? Sie sah alles wieder glasklar vor sich: Sie hatte sich auf den Boden ihrer Kammer gehockt, um die letzten Herbstblumen zu pressen und auf einen Papierbogen zu kleben. Sehnsüchtig hatte sie an José gedacht, der gerade erst eine Woche fort war. Aber sie hatte ohne Schwermut an ihn gedacht, denn sie war sich seiner Aufrichtigkeit und seiner Liebe vollkommen gewiss. Die Monate würden schnell vergehen, und in ihrem Herzen trug sie die schönsten Erinnerungen an ihre letzten gemeinsamen Tage, von denen sie noch lange zehren konnte. Sie war so vertieft in ihr Werk gewesen, dass sie weder die Schritte noch das leise Knarren der Tür gehört hatte. Plötzlich hatte Julius vor ihr gestanden, drohend in seiner massigen Gestalt, auf den Lippen ein falsches Lächeln.

«Was für niedliche Sachen du machst.» Julius stieß mit der Schuhspitze gegen einen der Briefbögen. «Ich wette, die sind für deinen geliebten Josef.»

«Was willst du hier?»

«Ich habe mir gedacht, dass du dich vielleicht einsam fühlst und Trost brauchst.»

«Lass mich bitte allein.» Es fiel ihr schwer, höflich zu sein, aber immerhin war er der Sohn ihrer Dienstherrin.

«Ich habe dir sogar was mitgebracht.» Er zog eine Flasche Schnaps aus dem Hosenbund. «Hier, das hilft gegen Kummer.»

Ayen versuchte, ihn nicht zu beachten, und sammelte die Blüten und Papiere auf. Julius entkorkte die Flasche und nahm einen tiefen Schluck.

«Los, trink mit mir. Wir machen uns einen schönen Abend. Oder glaubst du, dein kleiner Hengst lässt in Valdivia irgendeine Stute aus? Dort gibt es die aufregendsten Weiber, glaub mir.»

Er leckte sich die Lippen.

«Geh hinaus oder ich schreie.» Ayen sah ihn mit schmalen Augen an und stand auf.

Julius lachte hämisch. «Schrei du nur. Die anderen sind alle auf der wöchentlichen Versammlung, und meine Schwester liegt sicher gerade selber in irgendeinem Schuppen und macht die Beine breit.»

Er legte ihr den rechten Arm um die Taille, mit dem linken führte er den Flaschenhals an ihre Lippen.

Ayen packte die nackte Angst. Bis jetzt war sie nur verärgert gewesen über die unverschämte Störung, aber nun erkannte sie entsetzt, was für ein Spiel Julius trieb. Sie entwand sich seinem Griff, wobei sich ein Teil des Schnapses über ihr Gesicht ergoss. Er roch säuerlich und brannte in Augen und Nase.

«Ach Ayen, was für eine Verschwendung! Du weißt einfach nicht, was gut ist.»

Julius nahm noch einen Schluck, dann stellte er die Flasche auf ihre Kommode und umfasste sie mit beiden Armen.

«Komm, zier dich nicht so. Glaubst du im Ernst, dein Josef will dich heiraten? Der ist doch nur nach Valdivia gegangen, um sich dort eine reiche Bürgersfrau zu angeln. Wahrscheinlich treibt er's gerade mit einer.»

Seine Arme hielten sie fest wie Eisenklammern, während er seinen Unterleib an sie presste.

«Du kleine Wilde», stöhnte er. Sein Atem stank nach Schnaps und ungeputzten Zähnen. «Besorg's mir, ich weiß, du kannst es.»

Ayen musste einen Brechreiz unterdrücken. Sie holte tief Luft, dann trat sie Julius mit voller Wucht gegen das Schienbein. Mit einem Aufschrei ließ er sie los.

«Du dreckige Indianerhure!» Mit schmerzverzerrtem Gesicht rieb er sich das Bein. Ayen nutzte die Gelegenheit und stürzte aus der Kammer. Nur weg aus diesem Haus! Doch Julius war schneller. Kurz vor der Treppe erwischte er ihren Fußknöchel, und sie schlug der Länge nach auf die Dielen. Julius warf sich neben sie, riss sie herum und schlug ihr drei-, viermal hart ins Gesicht. Dann zog er seinen Gürtel aus dem Hosenbund und band ihr die Handgelenke am Treppengeländer fest. Als sie sich weiterhin wehrte und sich unter seinem drängenden Körper wand wie ein Fisch an der Angel, riss er an ihren Haaren, dass ihr die Tränen in die Augen schossen. Schließlich gab sie auf. Sie schloss die Augen und dachte an die Brandung des Pazifiks, daran, wie ihr Vater sie als kleines Kind auf die Schultern genommen und versucht hatte, den kräftigen Wellen standzuhalten, so wie sie jetzt gegen den Schmerz ankämpfte. Sie wollte ihre Ohren verschließen vor dem Grunzen und Stöhnen des Mannes, der ihr sein Geschlecht in den trockenen, brennenden Schoß rammte.

Nachdem Julius endlich von ihr abließ – waren es fünf Minuten? War es eine Stunde? – und seinen schweren Körper erhob, betrachtete er verzückt ihren entblößten Unterleib.

«Wenn du dich anfangs nicht so blöde angestellt hättest, wäre ich ein bisschen netter zu dir gewesen. Vielleicht beim nächsten Mal.» Ohne sich die Mühe zu machen, seine Hose zuzuknöpfen, entfernte er den Gürtel von ihren Handgelenken und ging hinaus.

Ayen schleppte sich in ihre Kammer zurück. Mechanisch nahm sie ein frisches Handtuch aus ihrer Kommode, tränkte es in ihrer Waschschüssel mit Wasser und Kernseife und reinigte voller Ekel ihren verklebten Schoß. Sie hätte dringend heißes Wasser und frische Kräuter benötigt für ein Sitzbad, aber sie wagte nicht, in die Küche hinunterzugehen. Immer wieder lauschte sie auf Julius' Schritte, doch es blieb ruhig. Vorsichtshalber rückte Ayen die Kommode vor ihre Zimmertür, die weder Riegel noch Schloss besaß. In ihrem kurzen Leben hatte sie bereits genug Entsetzliches erlebt, um zu wissen, zu welchen Scheußlichkeiten die Menschen fähig waren. Dass ein Mann einer Frau Gewalt antun konnte, hatte sie schon als kleines Mädchen bei der Vertreibung aus ihrem Dorf mit ansehen müssen. Doch jetzt, wo ihr selbst so etwas geschehen war, spürte sie eine nie gekannte Scham, durchsetzt mit Ekel und Hilflosigkeit.

In jener Nacht schlief sie kaum. Sie quälte sich mit dem Gedanken, ob sie sich ihrer Mutter offenbaren und sie um Hilfe bitten sollte. Ihre Mutter würde Julius in ihrer entschlossenen Art zur Rede stellen und Ayen verbieten, noch einmal den Fuß über Ehrets Schwelle zu setzen. Doch sie brauchte diesen Gedankengang nicht fortzuführen, um zu wissen, dass sie das Geschehene für sich behalten musste. Ihre Mutter war alt geworden in den letzten Monaten und würde nicht mehr lange bei den Schemmers arbeiten können. Ayens kärglicher Verdienst würde bald die einzige Einkommensquelle der beiden sein, da durfte sie ihre Stellung nicht aufgeben. Sie wälzte sich unruhig in ihrem Bett hin und her. Wenn sie Ehrets Haus verlassen würde, wüsste bald die ganze Siedlung den Grund dafür. Und José? Hatte er nicht geschworen, immer für sie da zu sein? Er liebte sie, gewiss, doch er war ein stolzer Mann und würde sich sicher abwenden von ihr. Darin waren sich die Mapuche und die Weißen gleich. Kein Mann würde eine Frau achten können, die von einem anderen geschändet worden war.

Ayen stand auf und öffnete das Fenster. Die kühle Nachtluft tat ihr gut. Wenn sie sich weit genug hinauslehnte, konnte sie ein Stück von Kießlings Obstgarten sehen. Von hier hatte sie José manchmal beobachtet. Und mit einem Mal wurde ihr bewusst, dass dieser Abend eine Prüfung darstellte, eine Herausforderung an ihre Willensstärke und Standhaftigkeit. Julius Ehret wollte ihr Leben zerstören, doch sie musste stärker sein. Sie würde diese schreckliche Demütigung tief in ihrem Innersten verschließen und nie wieder daran rühren, bis die Wunde verheilt war. Wenn Gott, der Gott der Weißen und die Gottheit ihrer Väter, ihr beistand, bliebe die Vergewaltigung ohne Folgen. Am nächsten Tag ging sie Julius aus dem Weg, doch in der Nacht, nachdem sich alle schlafen gelegt hatten, ruckelte es an ihrer Tür.

«He, Indianerin, mach auf!» Julius' Stimme klang betrunken.

Entschlossen sprang Ayen aus dem Bett und griff nach dem schweren Wasserkrug. Sie stellte sich neben die Tür, vor die sie wieder die Kommode geschoben hatte. Falls Julius es schaffen würde, die Tür zu öffnen, würde sie ihm den Krug auf seinem widerlichen Schädel zerschlagen.

«Es tut mir leid wegen gestern. Ich wollte doch nur ein wenig Spaß haben. Komm, mach auf.»

«Wenn du noch einmal an meiner Tür erscheinst, erzähle ich allen im Ort, was du getan hast.» Ayen fasste den Krug etwas fester.

«Ha! Wer glaubt schon einer Indianermagd!»

«Wilhelm Scheck wird mir glauben.»

Auf der anderen Seite der Tür blieb es still. Dann hörte Ayen, wie sich Schritte entfernten. Sie schien das Richtige gesagt zu haben, denn von nun an begegnete ihr Julius zwar mit offener Verachtung, ließ sie aber in Ruhe.

«Ayen!»

Von weit her drang Kayuantus Stimme zu ihr und brachte sie wieder in die Gegenwart zurück.

«Ayen», flüsterte er noch einmal und berührte ihre Hand. Ayen zuckte zusammen.

«Wenn ich dir irgendwie helfen kann, lass es mich wissen.»

«Danke. Aber ich brauche keine Hilfe.»

Am nächsten Tag sah Ayen zum ersten Mal ihren Sohn. Sie hatte sich bisher standhaft geweigert, den Säugling zu sich zu nehmen, und sowohl Kayuantu als auch die *machi* hatten es akzeptiert. Ayen war bewusst, dass ohnehin alle in der Sippe von den schrecklichen Umständen dieser Geburt ahnten.

«Du kommst langsam wieder zu Kräften», sagte die *machi* und brachte ihr etwas zu essen.

«Der Kazike wird dich heute besuchen. Doch vorher möchte ich noch etwas wissen.»

Ayen richtete sich auf. Erwartungsvoll blickte sie in das gütige Gesicht der Alten.

«Du bist die Frau von Kayuantus weißem Bruder, nicht wahr?»

Ayen nickte.

«Gut. Kayuantu sagt, dass ihr beide euch liebt und zusammenleben wollt.» Sie hielt inne und sah Ayen prüfend an. «Ich kann mit meinen eigenen Augen erkennen, dass das Kind von einem anderen Mann stammt und dass es die Frucht böser Gewalt ist.»

Ayen fuhr zusammen. Wie hatte sie nur glauben können, dass dieser Schamanin etwas verborgen bliebe. Dann spürte sie, wie sich die tagelange Erstarrung in ihr löste. Zum ersten Mal seit dem Tod ihrer Mutter fühlte sie sich aufgehoben und umsorgt wie ein Säugling an der Mutterbrust. Mit ihrem ganzen Stolz kämpfte sie gegen die Tränen an.

«Der Kleine ist sehr schwach, und ich weiß nicht, ob er überleben wird. Du kannst ihn bei Llaima lassen, die ihn stillt, und dann zu deinem Mann zurückkehren. Oder du nimmst ihn als Mutter an.» Die *machi* sah sie eindringlich an und fuhr dann fort: «Du hattest eine schwere Geburt und wirst wahrscheinlich nie wieder gebären können.»

Der letzte Satz traf Ayen hart, obwohl sie so etwas bereits geahnt hatte. Was würde es da noch für einen Sinn haben, zu José zurückzukehren.

«Ich möchte das Kind sehen.»

Die *machi* rief etwas in Richtung Eingang, und eine junge Frau trat in das Halbdunkel der *ruca*. Auf dem Arm trug sie ein kleines Bündel, das sie behutsam neben Ayen legte. Es kostete Ayen große Überwindung, den Kopf zu wenden. Überrascht stellte sie fest, wie winzig das gerötete Gesichtchen war. Als ob der Säugling spürte, dass er beobachtet wurde, schlug er für einen Moment die Augen auf. Sie hatte den Anblick eines Ungeheuers erwartet, doch hier lag ein zarter, etwas runzeliger Säugling mit schwarzem Flaum auf dem Kopf und schloss jetzt müde, als ob er genug gesehen hätte, wieder die Augen. Abgesehen davon, dass er Ayen sehr winzig vorkam, unterschied er sich in nichts von den Mapuche-Säuglingen, die sie bisher gesehen hatte. Stirnpartie, Nase, Mund – alles wies eindeutig auf ihre eigene Familie hin, auch wenn die Augen etwas heller waren als üblich. Das Einzige, was ihr einen Stich versetzte, waren die tiefen Grübchen in seinen Wangen. Deutlicher ließ sich sein väterliches Erbe nicht ablesen. Niemals würde José diesen Jungen, der so deutlich den Stempel seiner Ehret'schen Vaterschaft im Gesicht trug, akzeptieren können. Und dennoch: Dieses kleine Wesen wusste nichts von seiner Entstehung, es war einfach nur da. Vorsichtig strich sie über seine Stirn.

Die *machi* lächelte.

«Ich denke, du hast dich entschieden.» Dabei zeigte sie auf Ayens dünnes Leinenhemd, auf dem sich in Höhe der Brust zwei kreisrunde Flecken abzeichneten, und sie half ihr, den Jungen anzulegen.

«Lass ihn einfach machen. Er weiß schon, wie er trinken muss.»

Ayen spürte ein angenehmes Ziehen in der linken Brust, als der Junge zu saugen begann. Es hatte alles seine Richtigkeit, dachte Ayen, niemals hätte ich dieses Wesen töten können. Sie beobachtete, wie der Junge nach wenigen Minuten den Mund öffnete und wieder einzuschlafen schien.

«Er hat noch nicht die Kraft, lange zu trinken. Du musst ihn so oft wie möglich stillen.»

Als Kayuantu eintrat, stand die Alte auf und ließ sie allein.

«Du hast den Jungen angenommen?»

Ayen nickte, ohne ihr Kind aus den Augen zu lassen.

«Wie soll er heißen?»

«Ich weiß es nicht.» Ihr wurde klar, dass sie ihr Kind erst vor wenigen Augenblicken geboren hatte.

«Nenne ihn doch Manquehue – Reich des Kondors. Ohne den Kondor hätten meine Brüder dich vielleicht gar nicht gefunden.»

«Manquehue – warum nicht.» Sie musste beinahe lachen, doch Kayuantu betrachtete sie ernst.

«Sag mir, auch um Josefs willen, wer hat dir Gewalt angetan?»

Ayen schwieg. Sie wollte nichts mehr davon wissen. Ihr Kind sollte den Hass in ihr nicht spüren, es musste gesund werden und stark.

Als sie weiter schwieg, wandte sich Kayuantu zum Gehen. «Ich werde es herausfinden, das schwöre ich dir.»

«Lass das Mädchen in Frieden, Kayuantu!»

Unbemerkt von ihnen, war der Kazike eingetreten. Ehrerbietig neigte Ayen den Kopf, als Currilan ihr die Hand auf die Schulter legte.

«Ich heiße dich und das Kind willkommen. Du bist also Ayen, die Tochter der Kapuziner-María.»

«Ja, *malle.*»

Currilan freute sich ganz offensichtlich, dass Ayen ihn mit der traditionellen Respektsbezeichnung ‹Onkel› anredete.

«Es ist gut, dass du noch unsere Sprache sprichst. Du kannst bei uns bleiben. Es sei denn, du willst nach Maitén zurück.»

«Nein, das ist unmöglich.»

«Hm.» Currilan kratzte sich am Kinn. «Denk daran, dass dein Mann bald hier erscheinen wird. Selbst wenn er dich bei uns nicht vermutet, wird er seinen Freund Kayuantu aufsuchen.»

Erschrocken sah ihn Ayen an. Daran hatte sie nicht gedacht.

«Überlege dir also, ob die Wahrheit nicht schneller zum Ziel führt als die Flucht. Meine Ohren haben ohne Absicht euer Gespräch von eben gehört.»

«Wenn ich das Kind behalte, kann ich José nie wieder unter die Augen treten.»

Currilan schüttelte erstaunt den Kopf. «Schreibt das der christliche Gott vor? Liegt die Schande denn bei dir? Oder nicht vielmehr bei dem Mann, der dir Gewalt angetan hat?»

Kayuantu runzelte die Stirn. «Kenne ich den Mann?»

«Es war ... Es war Julius Ehret.» Sie streichelte den schlafenden Säugling. «Ich wollte weglaufen, aber er hat mich gefesselt und geschlagen.»

Kayuantu wandte sich dem Kaziken zu. «Das ist der Sohn ihres Dienstherrn. Ich werde ihn töten. Bitte, *malle*, gib mir die Erlaubnis, ihn zu töten. Nach den Regeln unseres Volkes muss eine solche Schmach gerächt werden. Es liegt an mir, dies zu tun, denn ich bin Josefs Bruder.»

«Nein! Dies ist eine Angelegenheit unter Weißen.»

Kayuantu schwieg und sah zu Boden. In diesem Moment erschien im Eingang die Gestalt eines jungen Mapuche.

«Was gibt es so Wichtiges, dass du uns bei der *machi* störst?»

«Die Siedler haben mit den Rodungsarbeiten am Ostufer des Sees begonnen! Der erste Treck ist bereits eingetroffen!»

Das Gesicht des Kaziken verfinsterte sich. «Die Welt wird klein, und wir finden keine Ruhe mehr», sagte er und ging hinaus. Kayuantu sah ihm nach.

«Er hätte es mir erlauben müssen», murmelte er. «Currilan wendet sich von den alten Bräuchen ab. Die große Zeit der Mapuche ist wohl endgültig vorbei.»

19

Josef reagierte vollkommen kopflos auf die Nachricht von Ayens Verschwinden. Ohne eine weitere Erklärung von seiner Tante abzuwarten, war er hinüber zu den Ehrets gerannt. Vor dem Haus saß Julius auf einer Bank und ließ sich die erste Frühlingssonne aufs Gesicht scheinen.

«Wo ist deine Mutter?»

«Grüß dich Gott, Josef. Bist du so aufgebracht, weil dein kleines Vögelchen ausgeflogen ist?»

«Halt dein Maul, du –» Mit geballter Faust trat Josef auf ihn zu, dann überlegte er es sich anders und stieß die Eingangstür auf. Er fand Sylvia Ehret in der Stube bei einer Tasse Tee.

«Ach, der junge Kießling, sieh an. Wieder zurück aus Valdivia?»

Du dumme Gans, dachte Josef. Hast noch immer nicht begriffen, dass ich Scholz heiße.

«Was ist hier geschehen? Warum ist Clara weggelaufen?», fragte er immer noch atemlos.

Sylvia Ehret setzte eine bekümmerte Miene auf.

«Dieses undankbare Ding. Uns so mir nichts, dir nichts im Stich zu lassen. Ich meine, wir wären durchaus bereit gewesen, sie zu behalten, als wir schließlich ihre Schwangerschaft entdeckt hatten. Obwohl wir dazu nicht verpflichtet gewesen wären, bei einer ledigen Mutter, um nicht zu sagen: einem gefallenen Mädchen.»

Josef wurde kalkweiß vor Zorn.

«Ich verbiete Ihnen, so von meiner zukünftigen Frau zu reden. Und es ist unser Kind, das sie im Leib trägt.»

Mit spöttischer Gelassenheit sah sie ihn an. «Bist du dir da so sicher? Wer weiß, mit wem sie sich noch eingelassen hat. Warum hätte sie sonst kurz vor deiner Ankunft hochschwanger weglaufen sollen, wenn du der Vater des Kindes bist?»

Verblüfft schwieg Josef. Was war er nur für ein Idiot. Das Kind war gar nicht von ihm! Zum ersten Mal fragte er sich, warum Ayen ihre Schwangerschaft vor aller Welt verheimlicht hatte. Sicher, sein erster Gedanke wäre gewesen, dass das alles ein wenig schnell gekommen sei, so ohne Heirat und gemeinsames Heim, aber er hätte sich gefreut, ganz gewiss, hätte so schnell wie möglich alles Notwendige in die Wege geleitet. Er konnte nicht glauben, dass es für Ayen noch einen anderen Mann geben sollte. Grußlos verließ er die Stube.

«Im Übrigen», rief ihm Sylvia Ehret hinterher, «ist dein Mädchen eine Diebin.»

«Was hat sie gestohlen? Geld? Schmuck? Ich erstatte Ihnen alles zurück.»

«Mein bestes Küchenmesser hat sie mitgenommen.»

Josef erstarrte. War sie weggelaufen, um sich das Leben zu nehmen? Mein Gott, hilf mir, sie zu finden! Lass mich nicht zu spät kommen! Ohne es zu merken, verkrampfte er seine Hände beim Gebet. Dann stürzte er los.

Emil hatte das Pferd inzwischen ausgespannt und wollte es eben am Halfter auf die Weide führen.

«Ich brauche Moro», erklärte Josef bestimmt.

«He, wo willst du hin? Bist du närrisch geworden?»

Doch Josef war schon auf den blanken Pferderücken gesprungen und schlug dem Wallach die Schenkel in die Flanken. Wenn es sein musste, konnte er sein Pferd auch ohne Zügel und Trense führen. Der kleine Rappe preschte den ausgetretenen Pfad am Seeufer entlang. Als sie die Schwanenbucht erreichten, sprang Josef ab und durchkämmte die Böschungen und den Waldrand.

«Ayen!», rief er zaghaft. Seine Stimme zitterte. Er durchschritt jedes Fleckchen, doch nirgends war eine Spur von ihr. Vielleicht war sie zur Lichtung gegangen? Josef hetzte das Pferd im Galopp den steilen Hügel hinauf. In zunehmender Verzweiflung irrte er auf der Lichtung hin und her. Jetzt fiel ihm nur noch der kleine Wasserfall ein, zu dem sie an ihrem letzten gemeinsamen Sonntag gewandert waren. Dazu musste er Moro auf der Lichtung zurücklassen. Die Zweige peitschten ihm ins Gesicht, als er sich im Laufschritt seinen Weg durch das Gebüsch bahnte. Schwer atmend blieb er am Rande des Bachs stehen.

«Ayen! Wo bist du? Komm zurück!» Erst verhalten, dann lauter und lauter rief er nach ihr, bis sich seine Stimme überschlug. Ein eisiger Wind kam auf, und es begann zu regnen. Josef sah Ayen im Geiste vor sich, mit einem Messer im Leib, irgendwo in der Tiefe dieses grenzenlosen Urwalds. Was war nur geschehen? Sie hätten in diesem Augenblick zusammensitzen können, hier am Wasserfall, glücklich und voller Wiedersehensfreude. Was hatte sie fortgetrieben? Es gab doch nichts, was er ihr nicht verziehen hätte. Und selbst wenn sie von einem anderen Mann schwanger wäre, als Folge eines kurzen, unbedachten Moments – selbst das würde er ihr verzeihen können. War nicht eh alles seine Schuld? Wie hatte er sie für so lange Zeit allein lassen können, kaum dass sie sich gefunden hatten?

Mutlos stand Josef auf. Es begann zu dämmern. Seine Suche hatte keinen Zweck mehr, er musste zurück.

Als er die Lichtung erreichte, war es bereits vollkommen dunkel. Moro gab sich durch ein freudiges Schnauben zu erkennen. Josef kletterte auf seinen Rücken, vergrub den Kopf in der dichten Mähne und ließ sich, ohne die Richtung anzugeben, nach Hause tragen.

Vor dem Haus standen mitten im Regen Emil und Luise, außer sich vor Sorge.

«Mein Gott, du hast uns in Angst und Schrecken versetzt.» Als Josef sich vom Pferd gleiten ließ, legte Luise den Arm um ihn. «Du darfst nicht den Kopf verlieren. Vielleicht klärt sich ja noch alles auf.»

«Hat sie denn keine Nachricht hinterlassen?»

«Nein. Das heißt, halt, warte – am Abend, bevor sie verschwand, hat sie etwas in die Werkstatt gebracht. Entschuldige, das habe ich in der ganzen Aufregung völlig vergessen.»

«Was war es denn? Ein Brief?»

Luise schüttelte den Kopf. «Wohl eher ein Zeichen.» Ein Anflug von Röte fuhr über ihre Wangen. «Geh und sieh selbst nach.»

Als Josef mit der Öllampe in der Hand die Werkstatttür öffnete, sah er sofort, was Luise gemeint hatte: Mitten auf seiner Werkbank stand eine mit Wasser gefüllte Flasche, aus der ein Zweig mit Myrtenknospen ragte. Die ersten Blüten waren bereits aufgegangen. Bei den alten Griechen ein Symbol der Liebe und Schönheit – das hatte er Ayen in einer ihrer Nächte erklärt. Sie hatte es nicht vergessen.

Wie betäubt stürzte sich Josef in den folgenden Tagen in die Arbeit. Vom ersten Hahnenschrei bis zum Einbruch der Dunkelheit war er auf den Beinen. Er brachte die Sommersaat aus, half bei der Schafschur und besserte die Winterschäden am Haus aus. Ein einziger Gedanke nur kreiste in seinem Kopf: Warum hatte Ayen ihn verlassen? Er versuchte sich mit dem Gedanken vertraut zu machen, dass sie tot war, doch sein Gefühl sagte ihm, dass sie niemals Hand an sich legen würde.

In Maitén hatte sich längst herumgesprochen, dass Josef vorgehabt hatte, Ehrets indianisches Dienstmädchen zu heiraten und dass sie hochschwanger verschwunden war. Bis auf die Familie Ehret begegneten ihm die Siedler mit aufrichtigem Mitgefühl, doch das war das Letzte, was Josef ertragen konnte. Er wich allen Gesprächen aus und zog sich immer mehr in sich zurück. Selbst Kayuantu wollte er nicht wiedersehen.

«Wieso willst du nicht mitkommen zu den Schecks?», fragte ihn Luise, während sie einen Kuchen für die Gastgeberin backte. «Du kannst dich doch nicht immerfort verkriechen!»

«Was soll ich da? Ihr Schulterklopfen über mich ergehen lassen? Na, Josef, es wird schon wieder.» Er äffte die tiefe Stimme von Luises Freundin Rosalind nach. «Kopf hoch, mein Jungchen! Vielleicht solltest du das als Zeichen des Himmels sehen. Vielleicht ist der Graben zwischen einer indianischen Frau und einem deutschen Mann zu tief. Indianer denken und leben anders, auch wenn sie ein paar Jahre katholische Erziehung genossen haben ... Soll ich mir solchen Unsinn wieder und wieder anhören? Nein, danke!»

Luise zuckte mit den Schultern. «Dann eben nicht. Dann vergrab dich, zieh dich in dein Schneckenhaus zurück. Irgendwann wirst du den Kopf schon wieder herausstrecken. Das passiert mit den meisten unglücklich Verliebten, irgendwann haben sie ihren Schmerz überwunden. Auch wenn gerade die Männer das nicht glauben wollen.»

Verstohlen betrachtete Josef seine Tante. Ob sie noch hin und wieder an Paul Armbruster dachte? Zum ersten Mal glaubte er nachfühlen zu können, wie sehr er unter der aussichtslosen Liebe zu Luise gelitten haben musste. Fünf Monate waren seit seinem Abschied vergangen, und er hatte seitdem nicht mehr von sich hören lassen. Ob er damit einen endgültigen Schlussstrich unter ihre Freundschaft setzen wollte?

«Hör zu, Josef.» Luise klopfte sich das Mehl von den Händen und kam um den Küchentisch herum.

«Weißt du, was ich als Frau denke? Wenn Clara, ich meine Ayen, von dir ein Kind erwartet, hätte sie keinen Grund gehabt wegzulaufen. Selbst wenn du weitere sechs Monate in Valdivia geblieben wärest, hätte sie auf dich gewartet, sie hätte euer Kind zur Welt gebracht und sich um das Gerede der Leute einen Dreck geschert. So weit glaube ich sie zu kennen. Und wenn Ehrets sie entlassen hätten, hätte sie jederzeit zu uns kommen können, ich denke, das wusste sie. Also ist das Kind wohl von einem anderen Mann, unter welchen Umständen auch immer es dazu kam. Ayen ist stark, sie gibt nicht auf. Entweder hat sie sich auf den Weg zum Vater des Kindes gemacht, oder aber, was ich eher glaube, sie wird einen einsamen Ort suchen, um dort ihr Kind zur Welt zu bringen. Vielleicht sucht sie die Nähe ihres Volkes – vielleicht ist sie zu Kayuantus Sippe gegangen. Ich verstehe ohnehin nicht, warum du nicht wenigstens deinen indianischen Freund wiedersehen möchtest.»

«Sie hat Kayuantu kaum gekannt.»

«Aber es sind Mapuche wie sie.»

Womöglich hatte seine Tante recht. Er hatte Ayen so viel von Kayuantu und seinen Leuten erzählt, dass sie sich vielleicht auf die Suche nach seiner Familie gemacht hatte. Andererseits: Wenn sie seinetwegen geflohen war, würde sie nicht zu seinem besten Freund gehen. Sie konnte sich ja ausrechnen, dass er irgendwann bei Kayuantu auftauchen würde. Wie dem auch sei – vielleicht wusste Kayuantu wirklich etwas. Dieser Hoffnungsschimmer rief Josefs Lebensgeister wieder wach.

«Meinst du, Onkel Emil lässt mich für ein, zwei Tage fort? Gleich morgen früh?»

«Ich rede mit ihm, geh nur. Ich wünsche dir viel Glück.»

Als Josef am nächsten Morgen zu Fuß aufbrach, lag noch nächtliche Stille über Maitén. Doch als er sich der Bahia Cox an der nordöstlichen Seite des Sees näherte, drangen deutlich die Geräusche von Axtschlägen durch den Wald. Er wusste, dass die Rodungsarbeiten begonnen hatten, doch als er jetzt mit eigenen Augen sah, wie es in der Bucht von chilotischen Holzfällern wimmelte, ergriff ihn eine Mischung aus Staunen und Entsetzen. Josef wurde klar, dass es eines Tages um den gesamten See herum keinen Wald mehr geben würde.

Er kam an dem ersten Trupp Waldarbeiter vorbei und nickte freundlich zum Gruß, doch auf ihren verschlossenen Gesichtern zeigte sich keine Reaktion. Als er den vertrauten Pfad einschlagen wollte, der vom See weg in die Berge führte, hielt ihn ein hagerer Mann zurück.

«*Oye hombre*, durch dieses Tal kannst du nicht durch», erklärte der Vorarbeiter.

«Warum nicht?»

«Weil dir sonst ein Baumstamm auf den Schädel fällt, deshalb.»

Tatsächlich war zum See hin ein Teil der Talsohle bereits mit umgestürzten Bäumen bedeckt. Verwirrt sah sich Josef um. Überall krachten Stämme zu Boden, Bäume ächzten, als sie entwurzelt wurden. Am Ende der Bucht flackerten die ersten Feuer auf. Josef musste schlucken. Die Welt war aus den Fugen geraten. Der einzige Pfad, der vom See zu Kayuantus Siedlung führte, lag dort drüben unter Holz begraben.

Josef hob die Hand zum Gruß und kletterte die steile Böschung hinauf, um sich entlang des Hangs einen Weg zu suchen. Er hatte keine Machete dabei, und so kam er nur mühsam vorwärts. Von hier oben erkannte er, dass das neue Siedlungsgebiet größer sein würde als Maitén. Als er das obere Ende des Tals erreicht hatte, zwang er sich zu einer Rast. Nur noch ein schmaler Bergrücken trennte ihn vom Lager der Mapuche. Die ersten Zweifel nagten in ihm. Wenn Ayen tatsächlich dort war: Wie würden sie sich begegnen? Wenn sie ihn noch immer liebte: Würde er ihr tatsächlich verzeihen können? Er strich über das geflochtene Armband, das sie ihm vor der Abreise nach Valdivia geschenkt hatte, und sah plötzlich ihr Gesicht vor sich, ganz nah. Ihre schwarzen Augen blickten ihn flehend an. Nein, er konnte sich eine Zukunft ohne sie nicht vorstellen, sosehr ihn der Gedanke, sie könnte von einem anderen Mann ein Kind erwarten, auch schmerzte. Sie gehörten zusammen. Entschlossen sprang er auf und folgte dem schmalen Indianerpfad über den Berg.

Als Josef eine Stunde später die Dächer der verstreuten *rucas* erblickte, spürte er sofort, dass etwas nicht stimmte. Auf den Feldern wurde nicht gearbeitet, keine Rauchsäule stieg in den Himmel, und das Vieh war verschwunden. Nur ein herrenloser Hund stromerte zwischen den Hütten umher. Fieberhaft überlegte Josef, ob jetzt, Ende Oktober, irgendein wichtiges Fest stattfand, zu dem die Sippe vielleicht gezogen war. Doch als er sich den Hütten näherte, erkannte er, dass auch sämtliche Gerätschaften fehlten. Das Lager war ausgestorben, verlassen, eine Geistersiedlung.

Sein Herz zog sich zusammen. Die letzten Meter rannte er. Das Kazikenhaus: leer, ausgeräumt bis auf ein paar zerbrochene Krüge. Ebenso das Jungmännerhaus, bei dessen Errichtung er mitgeholfen hatte. Schweren Herzens betrat er die *ruca* von Kayuantus Familie. Als er in der winzigen Kammer seines Freundes stand, entdeckte er seinen und Ayens Namen mit Holzkohle an die Wand geschrieben – wie ein letzter Gruß.

Josef sank auf die Knie und legte die Stirn auf den kühlen Lehmboden. Sein Kopf war leer, und aus seinen Muskeln schien jegliche Kraft zu schwinden. Ayen war fort, Kayuantu war fort, Paul Armbruster war fort. Seinen Bruder würde er wahrscheinlich nie wiedersehen, ebenso wenig wie seine Eltern und seine geliebte Schwester Lisbeth. Eine unendliche Einsamkeit umhüllte ihn.

Er hätte nicht sagen können, wie lange er so auf der Erde gekauert hatte, als er plötzlich ein seltsames Geräusch hörte: ein Scharren, dann ein zartes Wimmern. Er trat vor die Hütte und lauschte, bis er das leise Jaulen erneut vernahm. Es kam aus dem Küchenhaus. Was hatte das zu bedeuten?

Hatten die Mapuche dort ein Kind zurückgelassen? Vorsichtig öffnete er die Tür. Im Halbdunkel erblickte er ein zitterndes Fellbündel von der Größe einer Katze, dunkel gefleckt, mit auffallend schwarzen Ohren. Ein Pumajunges! Josef hielt den Atem an. In diesem Moment hörte er ein hässliches Fauchen, das vom nahegelegenen Zimtbaum schräg hinter ihm kam. Noch bevor er Luft holen konnte, schoss ein Schatten auf ihn zu, dann spürte er einen schneidenden Schmerz an Arm und Hüfte und stürzte zu Boden. Als er den Kopf wieder hob, sah er einen anmutigen silbergrauen Puma mit dem Jungen im Maul Richtung Wald davonjagen.

Josef rappelte sich auf. Erst jetzt merkte er, wie sein Herz raste, sein linker Arm brannte. Das Pumaweibchen hatte ihn nicht töten wollen, versuchte er sich zu beruhigen, es hatte nur sein Junges holen wollen. Wahrscheinlich hatte es schon die ganze Zeit in diesem Baum gesessen, ohne zu wissen, wie es an sein eingesperrtes Junges gelangen konnte.

Dieser Zwischenfall hatte Josef einen kurzen Moment lang seine eigene Lage vergessen lassen, doch als er jetzt inmitten des verlassenen Dorfplatzes stand, traf ihn die Erkenntnis, dass alles verloren war, wieder wie ein Faustschlag, viel heftiger noch als der Angriff der Wildkatze. Mit erhobenen Armen rannte er auf den Waldrand zu und brüllte:

«Komm zurück, du verdammter Puma! Hier bin ich, du kannst mich töten, wenn du willst!»

Plötzlich hatte er die mit Holzkohle geschriebenen Worte in Kayuantus *ruca* vor Augen. Obwohl ihn sein linker Arm schmerzte, war er jetzt halbwegs gefasst. Es war noch nicht alles verloren. Ayen lebte! So war die Botschaft zu verstehen. Eines Tages würde Kayuantu ihn holen kommen und ihm verraten, wo Ayen war. Nur – so lange würde er nicht warten!

Josef stolperte tiefer in den Urwald hinein. Als er Spuren entdeckte, die Menschen und Tiere an dieser Stelle in der aufgeweichten Erde hinterlassen hatten, blieb er schwer atmend stehen. Ihr versteckt euch vor mir! Ihr seid alle vor mir geflohen! Aber wartet nur, ich werde euch finden, schluchzte er und begann den Spuren zu folgen. Immer wieder murmelte er diesen einen Satz: Ich werde euch finden. Einer magischen Formel gleich kam er ihm von den Lippen, als er Schritt für Schritt den Abdrücken von Pferdehufen und Fußtritten nachging. Sie führten ihn in südöstliche Richtung. Ein Indianer hätte ihm sagen können, wie alt die Spuren waren, doch Josef war schon froh, wenn er die Spuren auf dem dichtbewachsenen Untergrund nicht verlieren würde. Als er schließlich eine kleine Ebene erreichte, die mit Geröll bedeckt war, wusste er nicht mehr weiter.

«Ayen! Kayuantu! Wo seid ihr?»

Josef lauschte. Nichts, nur der Wind antwortete ihm mit seinem Heulen, er schien ihn zu verhöhnen, pfiff mal aus dieser, mal aus jener Richtung. Der Osorno!, fuhr es ihm durch den Kopf. Der Vulkan wird mir helfen. Ich muss nur weit genug hinaufsteigen, dann werde ich ihre Lagerfeuer sehen. Josef fixierte den mächtigen schneebedeckten Berg und marschierte los. Sein Weg führte durch Bachbette, Abhänge hinunter, steile Böschungen wieder hinauf. Dann geriet er in dichten Wald, und er musste sich mit einem Knüppel den Weg freischlagen.

Als der Osorno nicht mehr zu sehen war, versuchte Josef, seinem Gefühl nach die Richtung einzuhalten, und gelangte schließlich an eine Bergflanke, wo das Gehölz lichter wurde. Längst spürte er seine Beine nicht mehr, sein linker Arm hing taub herab, als er die ersten Schneefelder erreichte. Noch ein kleines Stück höher hinauf, dann würde er das Gebiet überblicken können. In dem vereisten Schnee fand er kaum Halt, doch schließlich wichen unter ihm die letzten Baumwipfel zur Seite und gaben den Blick frei.

Josef richtete sich auf. Seine Hände formten einen Trichter: «Ayen!»

Angespannt spähte er über das Meer von Bäumen und Felsen, in dem sich kein menschliches Leben regte. Zu seiner Rechten lag der Osorno, sein Gipfel war in dichten Wolken eingehüllt, er schien ihm keinen Deut näher gekommen zu sein. Da entdeckte er einen Kondor, der über ihm kreiste. Als er das Tier mit den Augen verfolgte, gaben plötzlich seine Beine unter ihm nach, und er rutschte das Schneefeld hinunter. Sein Körper kam ins Rollen, drehte sich ein paar Mal um die eigene Achse und blieb schließlich auf hartem Stein liegen. Es war alles vollkommen sinnlos, dachte Josef. Er würde nicht mehr aufstehen, sollten ihn doch der Kondor oder der Silberlöwe holen. Josef fiel in einen kurzen, unruhigen Schlaf.

Als er erwachte, war es um ihn herum dunkel und feucht. Es dauerte etwas, bis er begriff, dass er mitten in den Bergen lag, ohne Wasser, ohne Proviant und mit einem verletzten Arm. Vorsichtig rutschte er den Hang hinunter, dann schleppte er sich zu einem umgestürzten Baumstamm, der ihm Schutz für den Rest der Nacht bieten würde.

Als endlich der Morgen dämmerte, begannen ihn Hunger und Durst zu quälen. Josef beschloss, zu der verlassenen Siedlung zurückzukehren, wo er eine Quelle mit klarem Wasser wusste und auf zurückgelassene Vorratsreste hoffte. Doch dichter Nebel ließ ihn kaum die Hand vor den Augen erkennen, und er musste feststellen, dass er völlig die Orientierung verloren hatte. Zudem begann sein linker Arm heftig zu pochen, er fühlte sich geschwollen und heiß an. Als Josef mit zusammengebissenen Zähnen den Ärmel hochkrempelte, sah er, dass der Arm vom Handgelenk bis über den Ellbogen zerkratzt war und einen tiefen, eitrig verfärbten Riss am Unterarmmuskel auswies. Er musste so schnell wie möglich nach Maitén zurück. Angestrengt versuchte er sich in Erinnerung zu rufen, was Kayuantu ihm über die Möglichkeiten der Richtungsbestimmung im Urwald erklärt hatte. Himmel, Windrichtungen und Vogelflug würden bei diesem alles verschlingenden Nebel nicht weiterhelfen. Er hätte ebenso gut blind durch die Gegend tappen können. Wenn er die Augen nicht nutzen konnte, musste er sich eben auf die Ohren verlassen. Natürlich – das war es! Josef wusste, dass sich alle Bachläufe auf der Westseite des Vulkanmassivs in den Lago Llanquihue ergossen. Er musste also nur auf das Plätschern eines Baches achten und dann dem Lauf folgen.

Um den schmerzenden Arm ruhig zu halten, band er ihn sich mit seinem Halstuch vor die Brust. Dann machte er sich auf den Weg den Berg hinab. Alle zwanzig Schritte hielt er inne und lauschte. Die Kehle brannte ihm vor Durst, und er spürte, wie er zusehends an Kraft verlor. Immer häufiger glitt er aus und musste sehen, dass er nicht auf den verletzten Arm fiel. Seine Schläfen begannen zu hämmern, und er fing an, Gestalten im Nebel zu sehen, die sich beim Näherkommen in Nichts auflösten. Ein heftiger Druck legte sich auf seine Ohren, die plötzlich zu rauschen begannen, und Josef fürchtete schon, den Verstand zu verlieren. Verzweifelt hielt er sich die Ohren zu. Das Rauschen verstummte. Als er die Hände wieder wegnahm, war das Geräusch wieder deutlich zu hören. Dem Himmel sei Dank! Das Rauschen war keine Einbildung: Er hatte einen Bach gefunden!

Die eisige Kälte des Wassers traf ihn wie ein Schlag, als er sich das Gesicht benetzte und dann in kleinen Schlucken trank. Er hielt seinen verletzten Arm in den Bach, doch Blut, Dreck und Eiter waren längst festgetrocknet. Wie gern hätte er jetzt eine Rast eingelegt, doch ihm war klar, dass er danach nicht mehr auf die Beine kommen würde. So folgte er mit kleinen, langsamen Schritten dem Bach, der sich kurz darauf in einen anderen Wasserlauf ergoss. Mitunter gab es für Josef keine andere Möglichkeit, als mitten durch das Bachbett zu waten. Seine Füße wurden zu Eisklötzen, und die vom Stolpern und Rutschen zerschrammten Beine brannten. Noch höchstens ein, zwei Stunden würde er diese Strapazen durchhalten, was dann folgte, wagte er sich nicht auszumalen.

Der Nebel begann sich zu lichten, und über sich erkannte Josef wieder die gezackten Schwingen eines Kondors. Beobachtete ihn das Tier aus seiner luftigen Höhe?

Da der Bach inzwischen zu einem Fluss mit reißenden Stromschnellen angeschwollen war, musste sich Josef durch das dichte Ufergebüsch kämpfen. Auf diese Weise entfernte er sich immer wieder vom Wasser und fürchtete schon, sich erneut zu verirren, als er ein anderes Geräusch hörte: die regelmäßigen Axtschläge der Waldarbeiter. Er hatte es geschafft!

Es war allein sein Wille zu überleben und nicht mehr sein geschundener Körper, der ihn, ohne zu stolpern, in die Bucht hinunterbrachte. Mit heiseren Rufen machte er die Chiloten auf sich aufmerksam. Angsterfüllt wichen sie vor ihm zurück, bis endlich einer von ihnen den Vorarbeiter holte.

«Herrgott! Was ist denn mit dir passiert?», fragte der Mann, der ihm gestern Morgen begegnet war.

«Ein Puma», hauchte Josef.

Der Mann warf einen Blick auf seinen Arm. «Sieht übel aus. Wo wohnst du?»

«In Maitén.» Josef flüsterte nur noch. «Dort ... am See.» Zitternd hob er seinen gesunden Arm und deutete in Richtung seiner Siedlung. Ihm war grauenhaft kalt.

«Warte, *amigo*, trink erst mal.» Der Vorarbeiter hielt ihm eine Feldflasche an die Lippen. Josef spürte den scharfen Geschmack von Schnaps auf der Zunge, dann begann sich die Welt vor seinen Augen zu drehen, und er sank zu Boden.

«Manolito, Felipe, hierher!», rief der Mann zwei kräftige junge Burschen heran. «Die beiden werden dich nach Hause rudern. *Mucha suerte, amigo!* Viel Glück.»

Den fünften Tag war Currilans Sippe nun schon unterwegs. Dichter Nebel hatte sie an diesem Morgen für Stunden aufgehalten; jetzt, wo sich die Sonne wie eine blasse Scheibe durch den grauen Himmel schob, gab der Kazike den Befehl zum Weiterziehen. Sie kamen nur langsam voran, da viele Kleinkinder und einige Kranke auf Bahren dabei waren und sie ihren gesamten Hausrat und das ganze Vieh mit sich führten.

Ayen hatte seit Jahren nicht mehr auf einem Pferd gesessen. Trotz der weichen Decke fühlte sich ihr Hintern an wie mit einem Eisen geschrubbt. Der Riemen der *kupülhue*, der hölzernen Trage, in der der kleine Manquehue, bis zum Kinn in Felle gehüllt, schlief, schnitt ihr in die Schulter. Aber sie ertrug es, ohne zu jammern. Diese Rückentrage, das Reiten, aber auch das gemeinsame Gebet vor dem Aufbruch und die Zubereitungsart der Mahlzeiten – all das versetzte Ayen in ihre Kindheit zurück. Ihr fiel ein, mit welchem Befremden José ihr von diesen Kindertragen erzählt hatte. Er hielt es für schlecht, dass die armen Säuglinge den ganzen Tag auf diese Gestelle geschnürt seien, die beim Reiten auf den Rücken der Mütter gebunden oder einfach gegen die Hauswand gelehnt oder in die Bäume gehängt würden.

«Die Kinder können sich ja überhaupt nicht bewegen. Wie sollen sie da krabbeln und laufen lernen?»

«Ich habe es auch gelernt, wie du siehst», hatte sie gelacht. «Wir alle haben unsere ersten Lebensmonate in der *kupülhue* verbracht. Die Kinder sind geschützt wie im Mutterleib und können überall mit hingenommen werden.»

Die Erinnerung an José schmerzte Ayen. Ob er sie in

ihrem neuen Lager ausfindig machen würde? Fast wünschte sie es sich.

Kayuantu lenkte sein Pferd neben ihren kleinen Schecken. Er war erst am Vorabend wieder zu ihnen gestoßen. Zusammen mit dem Sohn des Kaziken war es seine Aufgabe gewesen, das Tal zu finden, von dem die *machi* geträumt hatte: ein kleines Tal, fruchtbar, breit genug und nicht zu hoch gelegen, dabei abgeschlossen gegen die eisigen Südwinde und mit einer Gruppe von Zimtbäumen an dessen Ende. So hatte sie es geträumt, und so hatten es Kayuantu und sein Vetter gestern vorgefunden.

«Es ist nicht mehr weit», sagte er zu Ayen. «Heute Abend haben wir das Tal erreicht.»

«Dann sind wir über drei Tagesritte vom See entfernt?»

Er lachte. «Nein. Wir haben einen Halbkreis gezogen. Die Götter haben uns an der Nase herumgeführt. Aber wir sind weit genug von den neuen Siedlern entfernt, damit sie nicht behaupten können, wir würden ihr Vieh stehlen, wenn es sich verirrt.»

Plötzlich schrak Ayen zusammen. «Hast du das auch gehört? Jemand hat meinen Namen gerufen.»

Kayuantu zügelte sein Pferd und lauschte. Dann schloss er wieder neben ihr auf.

«Du hast dich sicher getäuscht.»

Eine Zeitlang ritten sie schweigend nebeneinanderher. Dann sah Kayuantu wieder zu ihr herüber.

«Falls du bei uns bleiben willst, bietet dir meine Mutter Ancalef einen Platz in ihrer *ruca* an. Du bist jetzt gesund und kannst nicht mehr bei der *machi* wohnen.»

«Ich weiß, sie hat es mir gesagt.»

«Wirst du also bei uns bleiben?»

«Ich gehöre nicht zu euch.»

«Aber der Kazike hält viel von dir, und die *machi* und meine Mutter haben dich in ihr Herz geschlossen. Und ich auch.»

Er lachte wieder. Ayen betrachtete ihn von der Seite. Das Lachen stand ihm viel besser als der stolze, undurchschaubare Ausdruck, den er sonst an den Tag legte. Ganz gleich, ob Mapuche-Burschen oder weiße junge Männer, dachte Ayen belustigt, kaum begann der Bart zu sprießen, kaum wurde ihre Stimme tiefer, glaubten sie, die Maske männlicher Kühnheit aufsetzen zu müssen, als ob sie damit alles Weibliche und Kindliche aus ihrer Seele tilgen könnten. Vielleicht war es das, was ihr bei José von Anfang an gefallen hatte: In seinem Gesicht spiegelte sich fast unverfälscht, was er fühlte oder dachte.

«Ich fühle mich willkommen in deiner Familie. Doch bei einigen deines Stammes spüre ich Misstrauen und Abneigung.»

«Das wird sich mit der Zeit ändern.»

«Ich glaube nicht. Gestern habe ich gehört, wie einer der Söhne des Kaziken zu seinen Freunden sagte: ‹Wenn sich früher ein Mapuche zum Christentum bekannte, durfte er sofort von einem von uns getötet werden. Doch die Tochter der Kapuziner-María wird auf Händen getragen.›»

«Das sind böse Worte von Kuramochi. Leider hat er großen Einfluss auf die Jungen in meiner Sippe.»

«Da hast du recht, denn ein anderer erwiderte, dass ich mich vielleicht sogar ganz gerne von einem *wingka* habe schwängern lassen. Ich fürchte, die meisten der Jüngeren denken so wie Kuramochi.»

Kayuantu sah zu Boden.

«Vielleicht», fuhr sie fort, «gehe ich in eine Stadt, wo mich niemand kennt, und suche mir eine neue Stellung als Dienstmädchen.»

«Das darfst du nicht, solange dein Sohn noch schwach und krank ist. Hör zu, Ayen. Wenn die bösen Worte tatsächlich zunehmen, gibt es noch eine andere Möglichkeit: Eine Schwester meiner Mutter lebt am Fuß des weißen Berges, ganz allein. Wir nennen sie die Einsiedlerin. Sie ist ein wenig sonderbar, aber ich glaube, du wirst sie mögen. Sie lebt nicht weit vom neuen Lagerplatz. Sobald wir unsere Hütten errichtet haben, bringe ich dich zu ihr.»

20

Die Kunde von dem grauenhaften Raubmord in Puerto Varas verbreitete sich am See wie ein Lauffeuer. In der deutschen Kolonie war die Entrüstung umso größer, als es sich bei dem Opfer um einen Frankfurter Siedler namens Johann Presser handelte, der am Ortsausgang von Puerto Varas eine Getreidemühle aufgebaut hatte und der von seinen eigenen *peones* ermordet worden war. Sein Geschäftspartner war an jenem Abend bei der Mühle vorbeigekommen und hatte drei dunkelhaarige Männer aus dem Haupthaus stürzen sehen. Drinnen fand er Presser, in einer riesigen Blutlache, mit zertrümmerter Hirnschale. Siebzehn Kopfwunden hatten sie ihm beigebracht, mit Messer, Hammer und Axt, und doch lebte der Mann noch bis zum andern Mittag. Ohne auf die alarmierten *carabineros* zu warten, trommelte Pressers Compagnon einen wehrhaften Trupp Deutscher zusammen und durchkämmte das Umland. Schon im Morgengrauen fanden sie in den nahen Sümpfen die geflohenen Arbeiter, drei junge Burschen von der Insel Chiloé, mit prallen Beuteln voll Schmuck und Geld. Eine Woche später wurde das Urteil an ihnen vollstreckt: Die *carabineros* schleiften sie auf Kuhhäuten vom Gefängnis zum Tatort, wo sie erschossen und zur Abschreckung aufgehängt wurden. Die Siedler atmeten auf. Sie empfanden das Spektakel als gerechte Strafe, auch wenn einige wenige Stimmen darauf hinwiesen, dass Presser an seiner Ermordung vielleicht nicht ganz schuldlos gewesen sei, so prahlerisch wie er seinen Reichtum vor allem vor den Einheimischen zur Schau getragen habe.

Josef kümmerte all das Gerede nicht. Von seiner Verletzung durch den Puma hatte er sich trotz des hohen Wundfiebers erstaunlich schnell erholt. Man hatte ihn nach seiner Ankunft in Maitén sofort zu Rosalind gebracht, die die Wunde gereinigt, eine Drainage zum Abführen des Eiters gelegt und die aufgerissene Fleischwunde fachmännisch genäht hatte. Du solltest eine Krankenstation aufmachen, hatte Josef versucht zu scherzen, dann war er in Ohnmacht gefallen. Jetzt erinnerte nur noch eine tiefe Narbe an seinen Irrweg durch die Wälder. Wie die Zacken eines Blitzes prangte sie auf seinem linken Arm.

Kaum war er wieder auf den Beinen, half er seinem Onkel bei der Feldarbeit. Sie waren gerade beim Heuen, als Emil plötzlich wenige Schritte neben Josef mit einem Aufschrei zusammenbrach.

«Um Gottes willen, Onkel Emil, was ist?»

«Die Hex – die Hex hat mir eins verpasst.» Stöhnend hielt sich Emil die Lendenwirbel.

«Warte, bleib liegen, ich hole Hilfe.»

Die nächsten zwei Tage musste Emil mit heißen und kalten Wickeln und hochgestellten Beinen im Bett verbringen. Rosalind versorgte ihn mit Kräutersalben, schickte aber vorsichtshalber nach Doktor Metzig aus Osorno.

«Ein schwerer Anfall von Lumbago», diagnostizierte Metzig, nachdem er Emil untersucht hatte. «Keine Angst, lieber Herr Kießling, Sie können sich bald wieder normal bewegen. Aber Sie sollten sich künftig mit harter körperlicher Arbeit zurückhalten. Sie könnten sonst schnell zum Krüppel werden.»

«Und wie soll ich das anstellen, als Ackerbauer?», knurrte Emil.

«Delegieren, mein Lieber, delegieren! Sie haben doch

einen Neffen im besten Alter, und Ihr Kleiner hier kann sicher auch schon mit anpacken, kräftig, wie er aussieht.» Er kniff dem siebenjährigen Hänschen in die Wange.

«Das sind ja schöne Aussichten.» Emil drehte sich mit einem gequälten Blick zu Josef. «Na ja, dir macht ja schwere Arbeit zum Glück nichts aus.»

Josef antwortete nicht. Ihm war es vollkommen gleichgültig, dann würde er eben von nun an die doppelte Arbeit verrichten müssen. Mit jedem Tag, der verstrich, ohne dass Kayuantu ein Lebenszeichen von sich gab, wurde er verschlossener. Schließlich wurde ihm das Leben in der Siedlung schier unerträglich. Wohin er auch blickte – die kleine Werkstatt, das nahe Seeufer und vor allem das protzige Anwesen der Ehrets –, überall fühlte er sich an Ayen erinnert.

Eines Abends kam seine Tante wieder einmal auf den schrecklichen Mordfall in Puerto Varas zu sprechen.

«Stellt euch vor, seit Wochen schon steht die Getreidemühle von Presser zum Verkauf an, inzwischen zu einem Spottpreis, und niemand will sie haben. Angeblich, weil es darin spukt.»

Emil schüttelte den Kopf. «Meine Güte, wie abergläubisch die Leute sind!»

«Ich weiß nicht, Emil – wolltest du in einem Haus leben, wo noch Blut in den Dielenritzen klebt?»

«Dann würde ich den Boden eben rausreißen.»

In Josefs müdes Gesicht kam Farbe. «Ob es viel Aufwand bedeutet, eine Getreidemühle in eine Schneidemühle für Holz umzubauen?»

«Ich denke nicht. In Rotenburg kannte ich einen Müller, der stellte in den Wintermonaten sein Getreidemahlwerk auf eine Säge um. Bei Bedarf konnte er sogar eine Hanfreibe, eine Tuchwalkmühle und einen Gerbgang betreiben. Das Werk war so gut eingerichtet, dass er mit nur zwei Gehilfen auskam.» Emil stutzte. «Wieso fragst du? Du interessierst dich doch wohl nicht für diese Mühle?»

Josef zwang sich, seine Aufregung zu verbergen. «Angenommen, die Mühle würde wirklich nur einen Spottpreis kosten, und ich hätte genug Geld gespart und könnte noch irgendwo die Gerätschaften auftreiben – was spräche dagegen? Friedhelm könnte mir helfen. Er ist geschickt und lernt ja jetzt Werkzeugmacher.»

Friedhelm Scheck hatte vor kurzem einen Lehrherrn in Puerto Montt gefunden, und das lag nur einen Katzensprung entfernt von Puerto Varas.

«Das würde aber bedeuten, dass du nach Puerto Varas ziehen müsstest», stotterte Emil.

Luise ließ die Gabel sinken. «Kommt gar nicht in Frage. Nächsten Monat beginnt die Erntezeit, und du hast ja gehört, was Doktor Metzig zu deinem Onkel gesagt hat.»

Josef spürte, wie der Ärger in ihm hochstieg. «Und nach der Ernte müssen die Kartoffeln raus, dann sind die Äpfel dran, anschließend muss Holz für den Winter geschlagen werden, und so geht es immerfort, das ganze Jahr hindurch. Ich wollte niemals Ackerbauer werden, zumal der Hof ohnehin später an Hänschen geht. Und ich war nicht zum Spaß über ein halbes Jahr in Valdivia und habe dort in der Möbelmanufaktur gelernt. Ihr wusstet immer von meinen Plänen und wart damit einverstanden.»

«Aber jetzt sind wir in einer ganz anderen Lage. Emil kann den Hof nicht mehr allein bewirtschaften», warf Luise ein.

«Dann müssen wir dafür eben eine Lösung finden.»

Die Zornesröte stieg Luise ins Gesicht. «Du bist ... du bist so ...»

«Undankbar? Sprich es nur aus.»

«Ja, undankbar. Du willst uns im Stich lassen.»

«Nein, ich bin euch von Herzen dankbar und werde euch nie vergessen, dass ihr mich hierher mitgenommen habt. Aber ich schufte seit über drei Jahren auf diesem Hof, habe jede Arbeit verrichtet, die ihr mir aufgetragen habt, und du hast selbst einmal gesagt, Tante Luise, dass ihr es ohne mich nicht geschafft hättet. Ich lasse euch nicht im Stich. Ich werde nicht gehen, bevor ich nicht jemanden gefunden habe, der Onkel Emil hilft. Aber ich muss auch irgendwann an mich denken, an mein eigenes Auskommen, und da kann ich so eine Gelegenheit nicht einfach auslassen.»

Damit stand er auf und zog die Stubentür härter hinter sich ins Schloss, als er es beabsichtigt hatte.

Trotz der Selbstzweifel und des schlechten Gewissens gegenüber Emil und Luise machte sich Josef am folgenden Sonntag auf den Weg nach Puerto Varas. Von der Anlegestelle des Gemischtwarenladens Ochs auf der anderen Seite der Bucht verkehrte inzwischen mittwochs und sonntags ein Dampfboot zwischen dem nördlichen und südlichen Seeufer, und Josef gönnte sich den Luxus einer Schifffahrt. Es war ein herrlicher Sommertag mit wolkenlosem Himmel und einem erfrischenden Wind, der von den Anden herüberblies. So verwunderte es Josef nicht, dass sich auf dem Boot neben Händlern und Handwerkern etliche Sommerfrischler drängten. Fast ließ er sich anstecken von der fröhlichen Stimmung unter den Reisenden, da entdeckte er Kunigunde. Sie hatten seit Friedhelms Geburtstagsfeier nie wieder miteinander gesprochen. Als sich ihre Blicke nun trafen, drehte er ihr den Rücken zu und betete, dass sie nicht das gleiche Ziel haben möge wie er. Zu seiner Erleichterung machte sie sich an der nächsten Anlegestelle bereit, das Boot zu verlassen.

Im Gegensatz zu Maitén hatte Puerto Varas etwas von einer richtigen Stadt an sich. Josef schlenderte ohne Eile durch die Straßen mit ihren Läden und Geschäftshäusern, entdeckte eine Schänke mit Logierzimmern, eine Apotheke, einen Mietstall mit Schmiede, verschiedene Werkstätten und sogar ein Spar- und Creditinstitut. Er fragte in dem Mietstall nach, wie man zur Presser'schen Mühle komme.

Mit hochgezogenen Augenbrauen sah ihn der Schmied an.

«Die ist stillgelegt», erklärte er auf Deutsch, als er in Josef einen Landsmann erkannte.

«Ich weiß. Ich möchte sie mir nur anschauen.»

Der Mann zuckte die Achseln. «Würde ich Ihnen nicht empfehlen, aber jeder, wie er will. Gehen Sie die Hauptstraße runter Richtung Puerto Montt, nach dem letzten Haus sind es noch etwa zehn Minuten Fußweg. Die Mühle ist nicht zu übersehen.»

Dann tippte er an seinen speckigen Hut und hastete in den Stall, als wäre er auf der Flucht.

Josef schob sich durch die Menschenmenge, die im besten Sonntagsstaat auf der Hauptstraße promenierte. Das Gedränge behagte ihm nicht, und so war er froh, als er aus der Stadt herauskam. Vom Anblick der Mühle war er angenehm überrascht. Sie war teils in Stein, teils in solidem Fachwerk errichtet und lag einige hundert Meter unterhalb der Landstraße am Seitenarm eines Flüsschens. Alte Kastanien beschatteten das Haupthaus, und in einem üppigen Obstgarten bogen sich die Maniu-Bäume unter der Last der süßen grünen Früchte. Kaum vorstellbar, dass sich in dieser Idylle solch ein blutiges Drama abgespielt haben sollte.

Josef ging von der Landstraße den Kiesweg hinunter und musste feststellen, dass das Eingangstor zum Haupthaus mit schweren Balken verriegelt war. *Se vende.* Zu verkaufen, stand mit schwarzer Farbe auf einen Balken geschrieben. Daneben las Josef: *prohibido entrar.* Betreten verboten.

Er ging um das Gebäude herum. Durch die zerbrochenen Scheiben eines Fensters versuchte er einen Blick ins Innere zu erhaschen, als ihn jemand auf die Schulter tippte.

«Was suchen Sie, *caballero*?»

Ein ärmlich gekleideter Chilene stand vor ihm, eine Heugabel vor der Brust, und betrachtete ihn feindselig.

«Wem gehört die Mühle?», fragte Josef bestimmt.

«Warum wollen Sie das wissen?»

«Vielleicht werde ich sie kaufen.»

Der Chilene sah ihn erschrocken an. «Wissen Sie nicht, was hier geschehen ist?»

«Doch, aber ich bin trotzdem interessiert.»

Das Gesicht des Mannes wurde ein wenig freundlicher. «Don Eduardo kümmert sich um alles. Er war es, der den Toten gefunden hat.» Der Chilene bekreuzigte sich, und seine Stimme wurde zu einem Flüstern. «Mein Hof liegt auf der anderen Seite der Landstraße, und in manchen Nächten hören wir den Geist des Toten stöhnen und schreien. Machen Sie sich nicht unglücklich, junger Mann.»

«Wo kann ich diesen Don Eduardo finden?»

«Sonntags um diese Zeit ist er meist in der Schänke. Sie sind zu Fuß aus der Stadt gekommen, nicht war?»

Josef nickte. Ganz offensichtlich hatte ihn der Chilene schon längere Zeit beobachtet.

«Ich könnte nach Puerto Varas reiten und Don Eduardo holen. Aber ich habe den Auftrag, das Anwesen nicht aus den Augen zu lassen. Wir haben schon einige Plünderer verjagt. Ohne meine Söhne und mich würde hier kein Stein mehr auf dem anderen stehen», fügte er nicht ohne Stolz hinzu.

«Verstehe.» Josef lächelte. «Ich habe mich noch gar nicht vorgestellt. José Scholz aus Maitén.»

«Ignacio Gómez, angenehm.» Der Chilene schüttelte ihm die Hand. «Nun ja, Sie scheinen ja wirklich nichts stehlen zu wollen. Wenn Sie warten möchten, könnte ich in einer halben Stunde zurück sein.»

«Das ist sehr freundlich von Ihnen. Und machen Sie sich keine Sorgen, ich werde nichts anrühren.»

Eine Stunde später kehrte Gómez mit einem hochgewachsenen, vornehm gekleideten Herrn mit schütterem Haar und gepflegtem Backenbart zurück. Er wirkte ein wenig unwillig, wohl weil er bei seinem Sonntagsschoppen gestört worden war.

«Eduard Benninger, derzeit kümmere ich mich um die Belange der Mühle.» Sein schlaffer Händedruck stand in auffälligem Gegensatz zu seiner Körpergröße. «Sie sind also interessiert an der Mühle? Sind Sie Müller?»

«Nein. Ich möchte hier vielleicht eine Sägemühle aufbauen.»

«Keine schlechte Idee. Eine Sägerei könnten wir gut brauchen.» Benninger musterte Josef von Kopf bis Fuß. «Aber sind Sie für ein solches Unternehmen nicht noch ein wenig jung?»

Ohne auf diese Bemerkung einzugehen, fragte Josef nach dem Preis der Mühle.

«Das Grundstück umfasst anderthalb *cuadras* Land. Ich kann Ihnen Haus und Grund für den überaus günstigen Preis von sechshundert Peso anbieten. Sie müssten sich allerdings rasch entscheiden, da ich noch einen anderen Interessenten habe.»

Josef sah, wie Ignacio Gómez, der hinter Benninger stand, mit den Augen rollte und den Kopf schüttelte. Benninger drehte sich zu ihm um.

«Du kannst gehen, Ignacio.»

Doch Josef hatte verstanden. «Für die Hälfte könnten wir ins Geschäft kommen.»

Benninger verzog das Gesicht. «Sie scherzen, junger Mann.»

Na warte, dachte Josef, ich bin nicht der Grünschnabel, für den du mich hältst. «Wenn Sie zunächst einmal so nett wären und mir das Gebäude von innen zeigen könnten?»

Schweigend führte ihn Benninger zur Rückseite des Gebäudes und öffnete das Vorhängeschloss an der Hintertür. Trotz des Drecks, der sich in den letzten Wochen angesammelt hatte, sah Josef sofort, dass sich das Haupthaus in recht gutem Zustand befand. Die Wände waren sorgfältig verputzt, in der Wohnstube sogar tapeziert, die Dielen ordentlich verlegt und die Türen aus Eichenholz gefertigt. Der großzügig angelegte Kamin in der Stube würde das Haus im Winter behaglich wärmen, ebenso wie die unter dem Dach befindlichen vier geräumigen Schlafkammern. Es gab eine Waschküche, und von der hellen, gemütlichen Küche mit einem großen Herd waren es nur ein paar Schritte über den Hof zum Backhaus. Es fehlte an nichts.

«Hatte Presser Familie?»

«Nein. Aber er war verlobt mit der Tochter des Gerbers. Ein schreckliches Schicksal, nicht wahr?» Benninger faltete theatralisch die Hände. «Kommen Sie, ich zeige Ihnen den Rest.»

Von der Eingangsdiele führte eine separate Tür direkt in die Mühle. Nachdem sie zwei Lagerräume durchquert hatten, standen sie in einer riesigen Halle. Die Walzzylinder waren mit Spinnweben und Staub bedeckt, eine Ratte huschte vor ihren Füßen davon, und es roch nach verschimmeltem Mehl. In einer Ecke entdeckte Josef zu seiner Freude einen niedrigen Eisenwagen. Den würde er zum Transport der Stämme nutzen können.

Benninger verschränkte die Arme. «Sie bleiben also bei vierhundert Peso?»

«Ich hatte dreihundert gesagt.»

«Das ist doch lächerlich.»

«Mag sein. Falls es sich der andere Interessent wider Erwarten anders überlegt, können Sie mir ja eine Nachricht nach Maitén schicken.»

Eine Woche darauf erhielt Josef ein Schreiben von Eduard Benninger mit einem neuerlichen Verkaufsangebot, und zwei Tage später hatte er den Kaufvertrag über die Summe von dreihundertfünfzig Pesos unterschrieben. Josef sah jedoch keinen Grund zum Feiern. Er hatte sich bei seinem ehemaligen Arbeitgeber Alfons Wingler mit über hundertfünfzig Pesos verschulden müssen, da seine Ersparnisse nicht ausreichten. Dieser Umstand sollte ihm in der ersten Zeit noch so manch schlaflose Nacht bescheren. Außerdem – und das wog viel schlimmer – zeigten ihm Emil und Luise, jeder auf seine Weise, offen ihre Enttäuschung und Verbitterung: Emil zog sich zurück, Luise sparte nicht mit scharfen Worten.

«Du kannst jederzeit gehen. Aber wenn du glaubst, dass du bei uns wieder Unterschlupf findest, wenn deine Mühle bankrott gegangen ist, dann hast du dich getäuscht», gab sie ihm zu verstehen.

«Warum versuchst du nicht, dich auch mal in meine Lage zu versetzen? Ich habe meine Entscheidung doch nicht getroffen, um euch zu verletzen oder euch im Stich zu lassen. Ihr habt doch auch Rotenburg verlassen, um für euch und eure Kinder eine neue Zukunft aufzubauen.»

«Genau. Für uns und unsere Kinder. Du denkst nur an dich, du hast ja nicht einmal eine Familie.»

Ihre letzte Bemerkung traf Josef mitten ins Herz. Er wandte sich ab und ging wortlos hinaus. An diesem Abend schrieb er einen langen Brief an seine Mutter, in dem er sich seinen ganzen Kummer von der Seele schrieb. Er berichtete ihr von Ayens Verschwinden, von seiner Einsamkeit und seinem Entschluss, ein eigenes Unternehmen auf die Beine zu stellen. Er bat sie um Verständnis, wenn er in der nächsten Zeit keine Zahlungen würde überweisen können, doch eines Tages – das schwor er ihr – würde er weitaus größere Geldsummen schicken können.

Trotz allem machte sich Josef auf die Suche nach einem vertrauenswürdigen Mann, der seinem Onkel die schwerste Arbeit abnehmen würde. In Maitén brauchte er sich gar nicht erst umzusehen, da wegen der bevorstehenden Ernte niemand Arbeitskräfte entbehren konnte. Mehr oder weniger durch Zufall fand er kurz vor Weihnachten eine Lösung.

Er war gerade dabei, die Räume der Mühle auszumessen und den Grundriss für seine weitere Planung auf ein Blatt Papier zu übertragen, als Ignacio Gómez zwischen den geöffneten Torflügeln auftauchte. Verlegen knautschte er seinen Strohhut in den Händen.

«*Buenos días, caballero.* Ich hoffe, ich störe nicht.»

«Nein, nein, kommen Sie nur herein.» Josef schüttelte ihm die Hand.

«Es ist nur … Ich wollte fragen, wann Sie wohl einziehen werden, ich meine, wie lange wir noch auf Ihre Mühle achtgeben sollen. Weil doch bald die Erntezeit beginnt.»

«Und Sie brauchen dann Ihre Söhne auf dem Hof.»

«Ja, das heißt nein.» Er kratzte sich am Bart. «Also, meine beiden Ältesten verdingen sich jedes Jahr als Erntehelfer auf Höfen in der Umgebung, und von meinen anderen Söhnen kann ich deshalb keinen entbehren.»

«Ich weiß noch nicht, wann ich hier einziehen werde, aber machen Sie sich keine Sorgen wegen der Mühle. Wenn Sie nur ab und zu nach dem Rechten sehen würden. Ich bezahle Sie für Ihre Dienste natürlich weiterhin.»

«Danke, Señor, vielen Dank.» Gómez verbeugte sich mehrfach.

«Wie alt sind denn Ihre Ältesten?»

«Achtzehn und neunzehn. Kräftige Burschen. Sie könnten Ihnen auch beim Einzug helfen.»

«Haben die beiden in dieser Saison schon eine Arbeit in Aussicht?»

«Nur Oswaldo, mein Ältester. Miguel, der Jüngere, leider noch nicht.»

«Vielleicht hätte ich etwas für ihn.»

Gómez' Augen begannen erwartungsvoll zu glänzen. Er warf einen Blick auf Josefs schwielige Hände, wie um abzuschätzen, mit wem er es zu tun hatte. Dann sagte er:

«Wenn Sie möchten, kommen Sie doch nachher auf einen *matecito* bei uns vorbei. Damit Sie Miguel kennenlernen.»

Als Josef am Nachmittag das bescheidene Häuschen seiner zukünftigen Nachbarn betrat, schlug Gómez' Frau, die an einem wackligen Tisch stand, aufgeregt die Hände zusammen. «Der junge Herr ist gekommen, ja so etwas! Ignacio, beeil dich. Kommen Sie, *caballero*, setzen Sie sich.»

Sie führte ihn an den Tisch und scheuchte die Hühner hinaus. Trotz ihrer Leibesfülle wirkte sie um einiges jünger als ihr Mann. Die schwarzglänzenden Haare trug sie hochgesteckt, und wie bei vielen Chilenen wies ihr Gesicht indianische Züge auf. Hinter einem zerschlissenen Vorhang, der wohl den Wohnraum von den Schlafstellen abtrennte, erschien Ignacio Gómez.

«Schön, dass Sie gekommen sind. Clara, bring doch dem Señor einen *matecito*, ich hole die Jungen.»

Josef war bei der Erwähnung ihres Vornamens zusammengezuckt. «Nein, nein, machen Sie sich doch keine Umstände.»

Doch die Frau ließ sich nicht beirren und füllte Zucker und Mateblätter in ein Tongefäß. Dann goss sie Wasser in einen kleinen Kupferkessel und hängte ihn über das Feuer. Dabei sang sie die ganze Zeit ungeniert vor sich hin. Josef fiel auf, wie wenig Hausrat und Utensilien es in dieser Hütte gab, doch alles war blitzblank und gepflegt.

«Ah, da kommen meine Großen.» Clara Gómez goss den Tee auf, saugte ihn an und stellte das Gefäß vor Josef. «Los, setzt euch, nehmt vom *matecito* und hört, was der junge Herr euch zu sagen hat.»

Josef gefiel es gar nicht, vor diesen Burschen, die in

seinem Alter waren, als ‹junger Herr› tituliert zu werden, doch er sagte nichts. Er hatte sich inzwischen daran gewöhnt, dass die Einheimischen jeden Deutschen, aus was für ärmlichen Verhältnissen er auch stammen mochte, immer als jemanden empfanden, der über ihnen stand. Wenn er dann bei näherer Bekanntschaft diese hierarchische Hühnerleiter, wie er es im Stillen nannte, durchbrach, erntete er jedes Mal ungläubiges Erstaunen.

Josef erklärte kurz, wie es um die Gesundheit seines Onkels stand und dass er einen jungen Mann suche, der langfristig auf dem Hof seiner Familie in Maitén mitarbeitete. Im Moment könne er leider nicht mehr als fünfzehn Reales im Monat bezahlen, doch die Sonntage seien immer frei. Die beiden Jungen sahen sich an und flüsterten miteinander. Gómez lächelte.

«Wissen Sie, ich bin zwar der Vater, aber entscheiden darf ich für die beiden längst nicht mehr. Sie sind große Dickschädel, aber man kann sich auf sie verlassen.»

Josef gefiel die Familie Gómez mehr und mehr, ohne dass er hätte sagen können, woran das lag, und er freute sich darauf, sie bald als neue Nachbarn zu haben. Als die beiden Burschen ihre Unterredung beendet hatten, sah ihn der jüngere mit einem offenen, selbstbewussten Blick an. Miguel war um einen halben Kopf kleiner als sein ältester Bruder, aber kräftiger und in den Schultern breiter. Seine schwarzen Haare kräuselten sich zu vorwitzigen Locken.

«Wir sind einverstanden. Aber ich möchte gleich zum Jahreswechsel anfangen.»

«Gut. Ich habe allerdings auch noch eine Bedingung. Da mein Onkel Sie nicht kennt, sollten die ersten zwei Wochen eine Zeit der Probe sein, für beide Seiten natürlich. Sie hätten dann immer noch die Möglichkeit, sich für die Saison eine andere Arbeit zu suchen.»

Mit Handschlag besiegelten sie ihre Abmachung. Josef

wurde flau im Magen, wenn er daran dachte, wie er sich zunehmend verschuldete. Doch Alfons Wingler hatte ihm damals eingeschärft, dass eine gut durchdachte Kapitalanlage auf lange Sicht mehr wert sei als eine Einsparung, und er vertraute darauf, dass seine Rechnung mit der Sägemühle aufging.

Das Weihnachtsfest in Maitén zwei Tage später verlief frostig. Bei den Kindern, die die Anspannung zwischen Josef und ihren Eltern zu spüren schienen, wich die Vorfreude auf den Heiligen Abend einer bedrückten Stimmung. Für das Festessen hatte sich Luise zwar wie immer die größte Mühe gemacht, doch Katja und Hänschen schlangen alles gierig runter, um so schnell wie möglich im Garten verschwinden zu können. Niemand sprach ein Wort. Schließlich sah Josef den Zeitpunkt gekommen, mit seiner Neuigkeit herauszurücken.

«Ich habe jemanden für den Hof gefunden.»

Luise schob ihren halbvollen Teller zur Seite. «Ich will keinen fremden Mann im Haus.»

Wider Willen musste Josef lachen. «Miguel ist in meinem Alter, ein bisschen jünger sogar. Sein Vater hat einen kleinen Hof in Puerto Varas, und er ist ein guter Arbeiter. Er wird euch gefallen.»

«Woher willst du das wissen?» Trotzig wie ein kleines Kind schob sie die Unterlippe vor.

«Er kommt morgen vorbei, dann könnt ihr ja selbst sehen, was ihr von ihm haltet.»

«Und du hast das alles schon für uns entschieden, ja? Der große Geschäftsmann hat bereits alles in die Hand genommen. Dieser Miguel kommt vergeblich, das kann ich dir jetzt schon sagen!»

«Jetzt hör aber auf, Luise.» Zum ersten Mal an diesem Abend ergriff Emil das Wort. «Du kannst doch nicht ewig die Augen davor verschließen, dass Josef kein Kind mehr ist und seinen eigenen Weg gehen muss. Wir werden uns den jungen Mann morgen anschauen, Schluss, aus. Und jetzt hole ich das Weihnachtsgeschenk für Josef.»

Emil kehrte mit einer offenen Holzkiste zurück. Ein struppiges, schwarz-weiß geflecktes Welpengesicht schaute neugierig über den Rand.

«Hier, Josef, für dich. Du brauchst doch einen Wachhund für deine Sägemühle.»

Josef war gerührt, vor allem über die überraschende Herzlichkeit seines Onkels.

«Das Hündchen sieht ja aus wie Max in Kleinformat!»

«Kein Wunder, ist ja auch seine Tochter. Sie wird allerdings größer als Max. Ihre Mutter ist dieser riesige schwarze Hund, der den *peones* an der Straße nach Osorno gehört.»

Josef kraulte das weiche Fell. «Ich nenne sie Maxi, zu Ehren ihres Vaters.»

Am nächsten Tag wartete Josef gespannt auf die Ankunft von Miguel Gómez. In dunkler Hose und blütenweißem Hemd kam er schließlich den Uferweg entlang und winkte Josef zu. Hier, abseits seines Elternhauses, wirkte der junge Chilene viel weniger steif, und er begrüßte Josef fast wie einen alten Bekannten. Die beiden gingen zu Emil, der hinter dem Schuppen begonnen hatte, einen neuen Verschlag für die Hühner zu zimmern. Ohne Fragen zu stellen, zog Miguel sein Sonntagshemd aus, nahm einen Hammer und machte sich neben Emil an die Arbeit. Zum Mittagessen rief Luise sie herein. Es dauerte keine halbe Stunde, bis auch sie ihre feindselige Haltung gegenüber dem jungen Chilenen aufgab und ihn mit freundlichen Worten nötigte, sich von ihrem Gemüseeintopf nachzuschöpfen. Als Emil auf die Einzelheiten der Arbeit auf ihrem Hof zu sprechen kam, zog Josef sich in seine Werkstatt zurück. Er war sich sicher, dass er mit Miguel die richtige Wahl getroffen hatte, und begann, das Werkzeug, das er in die Mühle mitnehmen wollte, auszusortieren.

Kurze Zeit später klopfte es.

«Ja?»

Knarrend öffnete sich die Tür, und im Rahmen stand – Kayuantu!

«Darf ich hereinkommen?»

Josef war sprachlos. Die kühle Unerschütterlichkeit, die er sich in den letzten Tagen und Wochen wie eine Schutzhülle zugelegt hatte, löste sich mit einem Schlag in nichts auf, und seine Hände, die das Werkzeug hielten, begannen zu zittern. Er ließ sich auf eine Kiste sinken.

«Endlich.»

Josefs Augen brannten. Am liebsten hätte er losgeheult, aber er war kein kleiner Junge mehr.

Kayuantu setzte sich neben ihn.

«Josef, mein Bruder. Es tut mir leid, dass wir uns jetzt erst wiedersehen. Dich muss es schlimm getroffen haben, bei deiner Rückkehr aus Valdivia.»

«Weißt du etwas von Ayen?»

«Meine Brüder haben sie im Araukarienwald gefunden. Die Wehen hatten eingesetzt, und sie war gestürzt. Die *machi* hat sie dann bei sich aufgenommen, wo sie sich schnell erholte. Als wir schließlich unser Lager verlassen mussten, ist sie mit uns gezogen.»

«Und das Kind? Du kannst es mir ruhig sagen – es ist nicht von mir, nicht wahr?»

«Nein, es ist nicht von dir. Ayen lässt dir ausrichten, dass sie dir eines Tages alles erklären wird, wenn sie sich stark genug fühlt.»

«Ich wusste es», murmelte Josef. «Warum ist sie weggelaufen? Warum hatte sie kein Vertrauen in mich?»

«Mach Ayen keine Vorwürfe. Sie hatte ihre Gründe.»

«Ich möchte sie sehen. Kann ich mit dir kommen, in euer neues Lager?»

«Sie ist nicht mehr bei uns, sie lebt jetzt bei einer Einsiedlerin.»

«Dann erkläre mir den Weg dorthin. Ich muss zu ihr.»

«Ich musste ihr versprechen, dir den Ort nicht zu verraten.»

Josefs Gesicht verfärbte sich. Grob packte er Kayuantu bei den Armen und schüttelte ihn.

«Sag mir sofort, wo sie ist.»

«Ich musste ihr versprechen, dir den Ort nicht zu verraten», wiederholte Kayuantu ruhig.

Verstört ließ Josef seinen Freund wieder los. Es hatte keinen Sinn, aus Kayuantu war nichts herauszubringen.

«Und wo ist das Kind?»

«Es ist vor einigen Tagen gestorben. Es war ein Junge. Sein Name war Manquehue.»

21

James Cohen fluchte. Bereits zum dritten Mal binnen eines Jahres war ihm ein Teil der Mutterschafe abhandengekommen. Vielleicht sollte er doch auf seine Frau hören und diese verdammte *estancia* hier in der sturmgepeitschten patagonischen Steppe aufgeben und seine Zeit besser bei seiner Familie in Punta Arenas verbringen. Zu hoch waren die Verluste.

Cohen war ein Bär von einem Mann und wegen seiner Unerbittlichkeit in geschäftlichen Dingen als hartgesotten verschrien. Von seinen Leuten wurde er mitunter gefürchtet, doch gegenüber seiner Frau und seinen Töchtern konnte er weich werden wie ein englischer Plumpudding.

Verärgert nahm er seine Wolljacke vom Haken, trat auf den Hof, wo sein Mayordomo bereits mit den Pferden auf ihn wartete, und pfiff nach den Hunden. Der eisige Wind der Antarktis, der selbst jetzt im Hochsommer die Temperaturen selten über zwanzig Grad ansteigen ließ, blies ihnen den Staub ins Gesicht. Cohen schlug den Pfad zum Wäldchen ein, wo das Vieh bei Sturm Schutz suchte, doch sein Verwalter Ruperto schüttelte den Kopf.

«*No, señor*, den Wald haben wir heute Morgen schon durchkämmt. Wir sollten besser zum *Estrecho* reiten. Wahrscheinlich waren es wieder die verdammten Patagonier, die die Tiere gestohlen haben.»

Cohen seufzte und kratzte sich am Bart. Er würde wohl doch einen Zaun um seine Weidegründe ziehen müssen. Die Patagonier, jene hünenhaften, streitbaren Indianer, vergriffen sich immer wieder am Vieh der Siedler, das sie als ihnen rechtmäßig zustehendes Wild betrachteten.

Schweigend ritten sie durch die sanft gewellte Graslandschaft zum Ufer der Magellanstraße, dem *Estrecho*, wie die Verbindung zwischen Atlantik und Pazifik hier genannt wurde. Das Licht dieses Tages war wieder von einer Klarheit und Eindringlichkeit, wie es Cohen nirgendwo in der Welt erlebt hatte, und er war viel herumgekommen. Noch auf Hunderten von Metern ließen sich an solchen Tagen die vom Sturm bizarr verformten Äste der Steppenbäume oder der weiße Kragen eines Eisvogels ausmachen. Oder wie jetzt die Silhouette einer Gruppe von Indianern!

Cohen zügelte sein Pferd. Auch Ruperto hatte die Indianer entdeckt und blieb auf der Höhe seines Herrn stehen. Die Hunde knurrten leise. Es waren mindestens zehn Gestalten, die sich ihnen näherten, die Männer mit Pfeil und Bogen vornweg, hinter ihnen die Frauen, die das Gepäck und ein langgestrecktes Kanu trugen.

«Feuerländer», zischte Ruperto verächtlich.

Auch James Cohen erkannte, dass ihre Statur untersetzter und fülliger war als die der Patagonier. Unter den grob zugeschnittenen Robbenfellen kamen nackte Arme und Beine zum Vorschein, mit bloßen Füßen stapften die Inselbewohner durch das eisige Wasser des *Estrecho.* So gefürchtet die Patagonier bei den Chilenen waren, so verachtet wurden die Feuerländer. *Los feos* – die Hässlichen nannte man sie, ihrer primitiven Kleidung und ihrer dichten, ungekämmten Haarschöpfe wegen.

Cohen fragte sich, was die Feuerländer auf dieser Seite der Magellanstraße zu suchen hatten. Um Auseinandersetzungen mit den kriegerischen Patagoniern oder mit den Weißen zu vermeiden, verließen sie ihre Insel höchst selten. Als die Gruppe stehen blieb und drei der Männer auf sie zukamen, lud Ruperto sein Gewehr und legte es auf die Indianer an.

«Was soll das?» Mit ausgestrecktem Arm schlug Cohen ihm den Gewehrlauf nach unten.

«*Por qué no?* Warum nicht? Diese Leute haben keine Seele. Es sind Tiere.»

«Lass sie herankommen. Ich will wissen, was sie vorhaben.»

Dann stutzte Cohen. Einer der Männer war unbewaffnet, vor allem aber war er viel größer und schmächtiger als die anderen und trug einen dichten Bart, was bei den Feuerländern nicht üblich war. Er hatte als Einziger ein Stirnband um den Kopf gebunden, das sich beim Näherkommen als ein vor Dreck starrender Verband herausstellte. Obwohl er mit seinen zottigen schwarzen Haaren und der sonnenverbrannten Haut nicht weniger wild als die Indianer aussah, war Cohen sofort klar, dass es sich um einen Weißen handelte.

Der Anstand hätte ihm geboten, vom Pferd zu steigen und zu Fuß auf die Männer zuzugehen, doch er fürchtete, dass es sich bei dem Weißen um einen der entlaufenen Sträflinge handeln könnte, die sich oft in der Gegend versteckten und wegen ihrer Unberechenbarkeit gefürchtet waren. So blieb er sitzen, mit angespannten Muskeln, bis die Männer vor ihnen standen. Der Anführer legte Pfeil und Bogen auf die Erde, als Zeichen, dass er in friedlicher Absicht gekommen war.

«Los, steck dein Gewehr in den Sattelschaft», fuhr Cohen seinen Mayordomo barscher an als beabsichtigt. Die Situation machte ihn nervös, und für einen Moment dachte er daran, dass er um diese Uhrzeit daheim in Punta Arenas mit seiner Frau beim Tee sitzen könnte.

Der Anführer der Feuerländer sagte etwas in einer unverständlichen Sprache und deutete auf den Bärtigen, der sich höflich verneigte. Aus hellgrauen Augen blinzelte er Cohen und seinen Begleiter freundlich an. Cohen glaubte genügend Menschenkenntnis zu besitzen, um zu erkennen, dass das hier kein Sträfling war. Er stieg vom Pferd und hieß auch Ruperto abzusteigen.

«Woher kommen Sie?», fragte er den Mann auf *castellano*.

Der Bärtige deutete hinüber zu den Hügeln Feuerlands, die sich zum Greifen nahe auf der anderen Seite der Wasserstraße abzeichneten.

Cohen war sich unsicher, ob der Mann ihn richtig verstanden hatte, und wiederholte seine Frage auf Englisch.

«Aye, aye, Sir!» Der Mann führte die Hand zum militärischen Gruß an die Stirn und grinste.

Was für ein seltsamer Kauz. Ganz offensichtlich war er am Kopf verletzt – ob er dabei seinen Verstand verloren hatte? Plötzlich durchfuhr Cohen die Erkenntnis wie ein Blitz: Der Mann war möglicherweise ein Überlebender des schrecklichen Schiffsunglücks, das sich vergangenen Winter im Pazifik ereignet hatte. Damals war ein chilenisches Schiff, der Schoner *Providencia*, vor der Küste in einen Sturm geraten und in der Magellanstraße an einem Riff zerschellt. Man hatte versucht, das Wrack zu bergen, doch das Schiff war nur noch ein Trümmerhaufen, und wenig später wurden Dutzende von Leichen an die patagonische Küste gespült. Der Gouverneur von Punta Arenas blies die Suche nach Überlebenden schließlich ab und schrieb in seinem Bericht, dass mit an Sicherheit grenzender Wahrscheinlichkeit kein Einziger der Mannschaft und erst recht keiner der wenigen Passagiere, in ihrer Mehrzahl Forschungsreisende, die Havarie des Seglers überlebt hätten.

Cohen betrachtete den Fremden eingehend. Das würde bedeuten, dass dieser Mann ein halbes Jahr bei den Wilden in der Einöde von Feuerland zugebracht hätte – eigentlich ein Ding der Unmöglichkeit.

«Sir, sind Sie auf der *Providencia* gefahren?», fragte er, wiederum auf Englisch.

Verständnislos sah ihn der Bärtige an. Cohen überlegte. Möglicherweise redete er in der falschen Sprache mit ihm. Neben Englisch und der Landessprache beherrschte er noch ein paar Brocken Deutsch.

«Sie ... kommen ... mit Boot?»

Ein Strahlen ging über das ausgemergelte Gesicht des Mannes und ließ ihn plötzlich viel jünger erscheinen. Er nickte eifrig und deutete auf das Kanu, dann auf seine Begleiter.

Cohen kratzte sich am Kopf. Er hatte wohl das falsche Wort benutzt. Wenn nur seine deutsche Frau hier wäre. Er versuchte es noch einmal.

«Nein, Sir, ich meine, mit einem *ship*, mit der *Providencia* ... Pro – vi – den – cia.»

Der Fremde schien angestrengt nachzudenken, dann wurde sein Blick glasig, und er zuckte mit den Schultern.

Cohen gab es auf. Entweder war dieser Mensch vollkommen verwirrt, oder er hatte sein Gedächtnis verloren. Wie dem auch sei, es war seine Christenpflicht, sich um ihn zu kümmern und ihn bei sich aufzunehmen, zumindest bis ihn ein Arzt untersucht hatte.

Er warf einen Blick auf Ruperto, der die seltsame Unterhaltung mit gerunzelter Stirn beobachtet hatte.

«Wir nehmen ihn mit», erklärte er.

«Und wenn er doch ein Entflohener ist?»

«Das glaube ich nicht. Er ist Deutscher, und irgendetwas ist ihm zugestoßen. Auf jeden Fall braucht er ärztliche Hilfe.»

«Und was ist mit den Schafen?»

Die hatte Cohen in der Aufregung ganz vergessen.

«Nimm dir zwei von den *peones* und reite später noch einmal die Pampa ab.»

Sie stiegen auf ihre Pferde, und Cohen bedeutete dem Fremden, hinter ihm aufzusitzen. Der Mann nickte, drehte sich dann aber um und lief in großen Schritten zu den Indianern zurück. Die Frauen nahm er herzlich in den Arm, von den Männern verabschiedete er sich mit Handschlag. Kopfschüttelnd sah Cohen ihm dabei zu. Die Feuerländer schienen zu bedauern, dass der große bärtige Mann sie verlassen wollte, denn die Frauen begannen klagende Laute von sich zu geben, als der Deutsche sich wieder von der Gruppe abwandte.

«Los jetzt.»

Cohen gab seinem Pferd die Sporen, als der Mann umständlich aufgestiegen war und sich ängstlich an ihn klammerte. Er stank zum Erbarmen. Zu Cohens Erstaunen begann er schon bald, sich fließend mit ihm auf *castellano* zu unterhalten und die herbe Schönheit der patagonischen Landschaft zu preisen. Über seine Herkunft konnte er jedoch nichts sagen. Dass der Mann außergewöhnlich gebildet war, wurde Cohen nach kürzester Zeit klar, auch wenn hin und wieder sein Verstand auszusetzen schien.

Zwei Stunden später saß der Fremde gebadet und mit gestutztem Haar vor dem Kaminfeuer in der warmen Stube der Schaffarm. Nur eine fast kahle Stelle am Hinterkopf mit einer gutverheilten Narbe verriet die schwere Kopfverletzung, die er erlitten haben musste. Einer der *peones* hatte eine kräftige *cazuela* zubereitet, eine fette Brühe mit viel Gemüse und Hühnerfleisch, die der Fremde mit Heißhunger verschlang. Cohen beobachtete ihn aufmerksam. Trotz seiner etwas unbeholfenen Art, sich zu bewegen, bewies er gute Manieren.

«Delicious!» Seine grauen Augen strahlten Cohen an. Er tupfte sich den Mund mit der Serviette ab, stand auf und fuhr auf *castellano* fort: «Herzlichen Dank für Ihre Gastfreundschaft. Leider kann ich nicht länger bleiben, mein Kutscher wartet schon.»

Cohen war sich unsicher, wie man mit Menschen umzugehen hatte, die ganz offensichtlich verwirrt waren. Er hatte von Fällen gehört, wo kindliche Freundlichkeit urplötzlich in heftigste Raserei umgeschlagen war. Behutsam nahm er den Mann bei der Schulter.

«Wo müssen Sie denn hin?»

«Zu meiner Familie. Ich habe meinem Sohn August versprochen, rechtzeitig zum Abendessen zurück zu sein.»

«Und wo wohnt Ihre Familie?»

Der Fremde biss sich auf die Lippen. Hilflos starrte er Cohen an, dann schüttelte er den Kopf.

«Ich habe es vergessen.»

«Machen Sie sich keine Sorgen, Ihre Erinnerung wird bald wiederkehren. Trinken wir noch ein Glas Wein zusammen.» Er führte ihn zu seinem Stuhl zurück. «Sie sind also Deutscher, wissen aber weder, wie Sie heißen, noch wie Sie auf die Insel Feuerland gekommen sind?»

«Ja. Hören Sie, ich möchte Ihnen keine Unannehmlichkeiten bereiten. Es war der Einfall meiner indianischen Freunde, mich zu den Weißen zurückzubringen.»

«Ihre Freunde? Wurden Sie denn bei den Feuerländern gut behandelt?»

«O ja. Es sind sehr liebenswerte Menschen, wenn ich auch ihre Gebräuche und ihre Sprache kaum verstanden habe.» Er nippte an seinem Glas. «Sie sagten eben, Feuerland und Patagonien gehörten zu Chile. Das ist seltsam, sehr seltsam. Ich bin mir fast sicher, in Chile gelebt zu haben, doch die Gegend hier ist mir vollkommen fremd.»

Cohen musste lachen. «Kein Wunder, wir leben hier auch am Ende der Welt. Danach kommt nur noch der Südpol. Woran können Sie sich denn noch erinnern?»

«Ich lag lange Zeit in einer Hütte aus Tierhäuten, denn ich konnte mich wegen meiner schweren Verletzungen nicht bewegen. Ein zahnloser älterer Mann hat mich gepflegt. Von morgens bis abends sang er und musizierte. Nach meinem Geschmack nicht gerade talentvoll, aber sicherlich in bester Absicht. So etwa.» Der Bärtige klopfte mit der Linken in schnellem Rhythmus gegen die Tischkante, mit der Rechten nahm er einen Löffel und schlug gegen das Weinglas. Dazu verfiel er in ein tiefes Brummen. Cohen ließ ihn eine Zeitlang gewähren, dann räusperte er sich vernehmlich.

«Nun ja», unterbrach sich der Fremde. «Als ich dann eines Tages aufstehen und die ersten Schritte machen konnte, bekam ich auch die anderen seiner Sippe zu Gesicht, etwa vierzig Männer und Frauen, dazu eine Schar von Kindern. Es wurde Sommer, und ich weiß noch, wie sehr ich mich gewundert habe über die kurzen Nächte. Dann durfte ich einige Male die Männer bei der Jagd begleiten, sie erlegten riesige Vögel auf zwei Beinen.»

«Sie meinen Straußenvögel», warf Cohen ein.

«Und so schafähnliche Tiere mit langen Hälsen», fuhr der Fremde fort.

«Guanakos.»

«Straußenvögel und Guanakos», wiederholte der Mann bedächtig. «Jedenfalls muss ich mich ziemlich dumm angestellt haben, denn bald nahm mich niemand mehr mit, und ich half stattdessen beim Auf- und Abbauen des Lagers. So verging die Zeit – ich kann Ihnen leider nicht sagen, wie lange ich bei meinen Freunden war. Welches Datum haben wir denn jetzt?»

«Den zehnten Januar 1856. Was meinen Sie, lieber Freund – trauen Sie sich einen zweistündigen Ritt zu?»

«Aber ja, wenn es sich um ein braves Pferd handelt.»

«Hier draußen sind wir nämlich nicht auf Gäste eingerichtet. Ich lebe in Punta Arenas, und meine Frau erwartet mich für heute Abend zurück. Kommen Sie mit mir und seien Sie unser Gast.»

«Ach, dann sind Sie gar kein Farmer.»

«Wahrscheinlich betreibe ich die Schafzucht nur aus Nostalgie. Ich bin auf einer großen Schaffarm in England aufgewachsen, später habe ich dann auf den Falklandinseln gelebt.» Er unterdrückte einen Seufzer. «Aber mein Brotberuf ist eigentlich Kaufmann, und ich besitze das einzige größere Warenmagazin in Punta Arenas. Die kleine Farm hier ist im Grunde völlig unprofitabel. Als wir vor zwei Jahren von den Falklandinseln hierherkamen, hatte ich fälschlicherweise angenommen, dass die Zukunft in diesem Land in der Schafzucht liegen könnte, doch es geht nicht so recht vorwärts damit – die Indianer, das Klima, ich weiß nicht, woran es liegt. Dabei ist die Pampa bestes Weideland.»

«Vielleicht sind es die falschen Schafe?»

Cohen sah erstaunt auf. «Daran habe ich auch schon gedacht. Meine Schafe sind allesamt Nachkömmlinge jener Herde, die Ihr Landsmann, der ehrenwerte Bernhard Philippi, vor einigen Jahren von der Insel Chiloé mitgebracht hat.»

«Philippi?»

«Er war der Pionier der deutschen Einwanderer. Unter dem chilenischen Präsidenten Bulnes kam er zu großen Ehren, wurde dann aber aus nicht ersichtlichen Gründen als Gouverneur in dieses gottverlassene Punta Arenas versetzt – um nicht zu sagen: strafversetzt.»

«Weil er protestantische Einwanderer angeworben hatte statt Katholiken.»

Verwirrt stellte Cohen sein Glas ab. «Dann kennen Sie ihn?»

«Das kann ich Ihnen leider nicht sagen. Es ist nur so, als hätte ich den Namen schon einmal gehört. Könnten wir diesem Herrn vielleicht einen Besuch abstatten?»

«Leider nein. Er ist vor vier Jahren bei einer Expedition von Indianern erschlagen worden. Wissen Sie, was ich glaube? Ihre Erinnerung wird Stück für Stück zurückkehren, und meine Frau kann Ihnen vielleicht dabei helfen. Sie stammt aus Hamburg, und wenn sie mit Ihnen in Ihrer Sprache spricht, fällt es Ihnen gewiss leichter, sich an die Vergangenheit zu erinnern. Außerdem haben wir in Punta Arenas einen fähigen Garnisonsarzt, der Ihnen aus medizinischer Sicht helfen könnte.»

Als sie am frühen Abend die Palisadenumfriedung von Punta Arenas erreichten, schien Cohens Begleiter vollkommen erschöpft, aber guter Dinge zu sein. Cohen wohnte in einem der komfortablen Steinhäuser neben der Gouverneursresidenz direkt an der Plaza de Armas, und seine Frau, obwohl sie die ausgefallenen Überraschungen ihres Gatten gewöhnt war, riss angesichts des seltsamen Gastes die Augen weit auf.

«Warum hat der Mann deine Jacke und deine Hose an?», flüsterte sie in vorwurfsvollem Ton, während der Fremde neugierig wie ein Kind durch den Salon schritt und die prachtvolle Ausstattung bewunderte.

«Das erkläre ich dir nachher, liebste Ilse. Sei so nett und zeige ihm das Gästezimmer, er muss sich vor dem Abendessen unbedingt ausruhen. Und sprich deutsch mit ihm, er stammt aus deiner Heimat.»

Cohen schritt unruhig im Salon auf und ab, während er auf die Rückkehr seiner Frau wartete. Alles, was er in die Wege leitete, verlangte letztendlich Ilses Einwilligung, zumindest in Bezug auf häusliche Dinge. Das Einzige, was er jemals gegen ihren Willen entschieden hatte, war der Kauf der *estancia* gewesen, und in diesem Punkt ließ sie es an täglichen Sticheleien nicht fehlen. Trotzdem hätte er sich keine bessere Frau wünschen können.

Erleichtert sah er das Lächeln auf ihrem Gesicht, als sie in die Stube zurückkam.

«Er ist sofort eingeschlafen. Ein reizender Mensch. Aber was ist bloß mit ihm geschehen?»

Cohen zuckte die Schultern.

«Ich nehme an, er hat den Schiffbruch der *Providencia* überlebt. Aber vielleicht wissen wir morgen mehr, wenn Doktor Hernández ihn untersucht hat.»

«Wie ich dich kenne, bist du der barmherzige Samariter, der dem armen Mann wieder auf die Beine hilft.»

Cohen küsste seine Frau auf die Stirn. «Genau. Und du wirst mir dabei helfen.»

Freudlos verstaute Josef seine letzten Habseligkeiten in den Kisten. Es war nicht viel, was er mitnehmen wollte, nur Kleidung, ein wenig Werkzeug, die Hobelbank und das spärliche Mobiliar aus seiner Schlafkammer. Für ihn allein würde das die erste Zeit genügen müssen. Sein Blick fiel auf ein kleines Päckchen, das er in seiner Wäschekiste entdeckte. Er faltete das Papier auseinander und betrachtete den silbernen Armreif, in den schmale Lapislazulistreifen eingearbeitet waren. Er hatte das Schmuckstück damals in Valdivia erstanden, als Geschenk für Ayen. Nutzlos lag es nun in seiner Hand. Er konnte es ebenso gut hierlassen.

Im Türrahmen erschien die hochgewachsene Gestalt seines Onkels.

«Bist du fertig? Das Boot ist da.»

Josef nickte. Er warf den Armreif achtlos in die geöffnete Kiste und schloss den Deckel. Wie um seine trübsinnige Stimmung zu unterstreichen, setzte feiner Nieselregen ein, als er mit Emils Hilfe die Kisten zum Ufer schleppte, wo der Lastkahn wartete.

«Habt ihr euch entschieden wegen Miguel?»

Emil nickte. «Er bleibt bei uns. Ich denke, der Bursche ist ein Glücksgriff.»

«Warum ist dann Tante Luise immer noch so verärgert?»

«Ach Josef, du kennst sie doch. Sie ist nicht verärgert. Sie kann bloß nicht zugeben, wie sehr sie die Trennung schmerzen wird. Und nicht etwa, weil wir mit dir eine tüchtige Arbeitskraft verlieren, sondern weil du uns so lieb geworden bist wie ein eigener Sohn.»

Emils Stimme war brüchig geworden bei diesen letzten Worten, und er wandte das Gesicht ab. Schweigend halfen sie dem Bootsführer, die Kisten festzubinden und mit Planen zu bedecken. Als sich Josef schließlich aufrichtete, sah er, dass sich am Steg eine dichte Menschenmenge versammelt hatte. Bis auf Ehrets waren alle Familien gekommen, um ihn zu verabschieden. Zwischen Schulterklopfen und Umarmungen wurde er mit Abschiedsgeschenken überhäuft. Geschirr, Töpfe, ganze Bleche mit Kuchen, frischgebackenes Roggenbrot, Körbe voll Obst und Gemüse und viele Kleinigkeiten wie Blumensträußchen und selbstgemalte Bilder der Kinder wanderten in den Kahn. Josef vermochte seine Rührung kaum zu verbergen.

«Du wirst uns fehlen, Josef.» Sogar der alte Ehret war jetzt erschienen, mit verlegenem Lächeln, und brachte Ayens kleine Kommode auf einem Handkarren. «Vielleicht hast du dafür ja Verwendung.» Wilhelm Scheck ergriff das Wort: «Im Namen aller Siedler wünsche ich dir Glück und viel Erfolg mit deiner Unternehmung. Alles Gute, mein Junge.»

Als Letztes umarmte ihn Luise. Dicke Tränen rannen über ihre runden Wangen.

«Wenn es dir zu einsam wird in deinem großen Haus, komm uns besuchen. Ich backe dir dann auch deine geliebten Apfelpfannkuchen.» Verlegen wischte sie sich die

Augen. «Wir haben auch noch ein Abschiedsgeschenk für dich. Es ist nur zu groß für den Kahn. Außerdem würde Moro die Fahrt über den See sicher schlecht bekommen.»

«Moro? Das kann ich nicht annehmen. Ihr braucht ihn doch auf der Farm.»

«Keine Widerrede.» Luises Stimme hatte schon wieder ihren üblichen Tonfall. «Du brauchst ein Pferd, wenn du auf Kundenfang gehst. Und wir bekommen nächste Woche eine kleine Stute. Miguel wird dir den Rappen am Sonntag nach Puerto Varas reiten.»

Der Bootsführer bedeutete Josef ungeduldig, endlich einzusteigen. Als sich das Boot langsam vom Steg entfernte, wandte sich Wilhelm Scheck an die Abschiednehmenden und hob beide Arme. Aus Dutzenden Kehlen erscholl das Lied «Wem Gott will rechte Gunst erweisen, den schickt er in die weite Welt». Der letzte Vers verlor sich über der Weite des gekräuselten Sees, und Josef brachte es nicht über sich, noch einmal zurückzuschauen. Über drei Jahre hatte er in dieser kleinen Siedlung verbracht, eine recht kurze Zeit seines bisherigen Lebens, und doch verband ihn mit Maitén ein engeres Band als mit seiner Heimatstadt Rotenburg. Das spürte er ganz deutlich. Hier hatten Emil und Luise ihm ein Zuhause gegeben, hier hatte er seine ersten wichtigen Freundschaften geschlossen, und hier war er zum ersten Mal der Liebe begegnet. Du bleibst ja in Sichtweite, hatte Emil beim Abschied versucht zu scherzen, nur auf der anderen Seite des Sees.

Es war schon später Nachmittag, als hinter dem grauen Regenschleier die Häuser von Puerto Varas auftauchten. Die kleine Hündin Maxi wurde unruhig, und Josef musste sie festbinden. Geschickt wich der Bootsführer den Bugwellen des Raddampfers aus, der eben auslief, und lenkte den Kahn in die Mündung des Flüsschens, wo sich eine halbe Meile flussaufwärts die Mühle befand. Zu Josefs Erstaunen wartete an der Anlegestelle Ignacio

Gómez mit seiner Frau und seinem ältesten Sohn, um ihm beim Ausladen zu helfen. Doch das war nicht die einzige Überraschung, die ihm seine neuen Nachbarn bereitet hatten.

In der Wohnstube hatte jemand ein kleines Wunder vollbracht. Wände und Dielen waren blank geputzt, nur ein dunkler Fleck unterhalb des Fensters erinnerte an das, was in jener Mordnacht geschehen war. Auf dem Kaminsims stand ein Strauß bunter Sommerblumen, und aus der Küche drang die Wärme eines Herdfeuers und der Duft von grünen Bohnen und Kürbis.

«Aber ... das wäre doch nicht nötig gewesen», stotterte Josef.

Clara Gómez verschränkte die Arme vor ihrem ausladenden Busen und lachte.

«Oh, doch. Sie haben Miguel eine Arbeit gegeben und unserer Familie dadurch sehr geholfen.»

Ihr Mann überreichte Josef einen Schlüsselbund. «Willkommen in Ihrem neuen Zuhause. Wenn Sie Hilfe brauchen, können Sie jederzeit bei uns vorbeikommen.» Er räusperte sich. «Los, Oswaldo, steh nicht herum. Die Sachen des *caballero* müssen ins Haus. Und vergiss nicht, dir die Schuhe abzuputzen, wenn du in die Stube kommst.»

Kopfschüttelnd folgte Josef den beiden Männern. Diese resolute Hilfsbereitschaft beschämte ihn. Er hatte seine Nachbarn lediglich darum gebeten, bis zu seinem Einzug nach dem Haus zu sehen, gegen Bezahlung selbstredend, und nun empfingen sie ihn mit einer Herzlichkeit, als ob er zur Familie gehörte.

Kurz darauf stapelte sich Josefs gesamte Habe in der Diele. Clara Gómez erwartete ihn in der Küche, wo sie auf eine der Kisten ein Leintuch gebreitet hatte.

«Jetzt müssen Sie erst einmal essen.» Sie hob den Topfdeckel und füllte einen Teller mit dampfendem Bohneneintopf. «Hoffentlich mögen Sie das.»

Dann holte sie ihren Umhang und ihr Kopftuch und reichte ihm die Hand.

«Wir gehen dann.»

«Nein, warten Sie, Señora, essen Sie mit mir. Ich habe auch einen guten Tropfen Wein mitgebracht.»

Sie schüttelte den Kopf. «Wir müssen nach Hause, das Vieh versorgen. Und Sie brauchen jetzt Ruhe und sollen sich an Ihr neues Heim gewöhnen.»

Josef hätte ihr gern gesagt, dass er sich vor dem Alleinsein fürchtete, doch er schwieg. Er hatte sich für diesen Schritt entschieden, jetzt konnte er nicht jammern wie ein kleiner Junge, den man im Dunkeln allein zurückließ.

Als er seine Nachbarn zur Tür brachte, nahm ihn Ignacio Gómez zur Seite.

«Reißen Sie den Dielenboden in der Stube heraus, ich helfe Ihnen auch dabei.» Er senkte die Stimme zu einem Flüstern. «Sonst wird die Seele des Toten niemals entweichen können.»

«Ich werde es mir überlegen. Haben Sie vielen Dank für Ihre Hilfe.»

Als Josef in die Diele zurücktrat, umfing ihn eine bedrohliche Stille. Sein Blick fiel auf die kleine Kommode, die er vor unendlichen Zeiten selbst geschaffen hatte. Wie es Ayen wohl ging, jetzt, in diesem Augenblick? Ruhelos durchschritt er die leeren Räume, versuchte sich vorzustellen, wie er sie herrichten würde. Dann trat er hinaus auf den Vorplatz und rief nach dem Hund. Der Regen hatte aufgehört, und die feuchten Blätter der Bäume und Sträucher, die das Flussufer säumten, glitzerten im Abendlicht. Er würde den Anblick des Sees vermissen. Das Einzige, was ihm von der alten Heimat blieb, war die Schneekuppe des Osorno, die durch die Wipfel der Kastanien schimmerte.

Josef musste mehrmals rufen, bis Maxi schließlich schwanzwedelnd hinter dem Schuppen hervorkam.

«Da bist du ja endlich, du Stromer.» Josef kraulte der Hündin das struppige Fell. «Komm rein. Heute darfst du ausnahmsweise bei mir schlafen.»

Er füllte ihren Napf mit Gemüsesuppe, dann breitete er vor dem Kamin seine Strohmatte aus. Mit verschränkten Armen legte er sich auf den Rücken und starrte an die Decke. In den letzten Tagen hatte er die anstehenden Arbeitsschritte genau durchdacht und vor Augen gehabt, doch jetzt war es ihm unmöglich, Ordnung in seine Gedanken zu bringen. Immer wieder drängten sich die Gesichter von Luise und Emil, von Paul Armbruster, von Ayen und Kayuantu in seine Überlegungen. Er seufzte. Was nützte ihm dieses geräumige Haus, wenn die Menschen, die er liebte, nicht in seiner Nähe waren? Was hatte er hier zu suchen, an diesem fremden Ort, wo er niemanden kannte? Selbst von Kayuantu, seinem langjährigen Freund, schien ihn eine unüberbrückbare Kluft zu trennen. Übermorgen würden die Mapuche wieder ihr Ngillatún feiern. Kayuantu hatte ihn mehr als nachdrücklich gebeten zu kommen, aber Josef hatte ihn fast schroff darauf hingewiesen, wie viel Arbeit er in der nächsten Zeit haben würde. Außerdem war der Weg von Puerto Varas zu dem neuen Lager der Mapuche weit und beschwerlich. Doch das allein war es nicht, was Josef davon abhielt, die Einladung anzunehmen. Er spürte Groll und Verbitterung gegenüber Kayuantu. Warum verschwieg er ihm Ayens Aufenthaltsort?

Josef seufzte erneut. In diesem Moment kam Maxi in übermütigen Sprüngen herangelaufen, ließ sich neben ihn auf den Boden fallen und starrte ihn aus ihren großen Welpenaugen an. Als er sich nicht rührte, stieß sie ein aufforderndes Bellen aus, und ihr Schwanz schlug dazu erwartungsvoll auf die Dielen. Er musste lachen.

«Na schön, gehen wir spielen.»

Sie tobten auf der Wiese hinter der Mühle, bis Josef völlig außer Atem war und das Licht fahl wurde. Was war er nur für ein Trottel, in Selbstmitleid zu zerfließen, wo er jetzt die Möglichkeit hatte, seine Zukunft in die Hand zu nehmen. Entschlossen ging er zurück in die Stube, stellte die einzige Lampe, die er mitgebracht hatte, auf den Kaminsims, kramte aus seinen Sachen Papier und Stifte hervor und hockte sich auf den Boden. Er würde sich eine Liste machen, was in den nächsten Wochen zu erledigen war. Als Erstes musste er den Vorplatz freimachen und überdachen, wenigstens notdürftig, denn er brauchte den Platz zum Lagern für die erste Bootsladung Holz, die in den nächsten Tagen eintreffen sollte. Noch in Maitén, kurz nach Weihnachten, war ihm der Gedanke gekommen, bei den Rodungsarbeiten am Nordostufer günstig Holz zu erstehen, und Josef hatte auch tatsächlich einen guten Handel abschließen können. Als Nächstes musste er ein Joch Ochsen ausleihen, um die Walzzylinder aus der Halle zu schaffen, dann nach Puerto Montt reiten, um sich das Sägegatter anzuschauen, von dem ihm Friedhelm erzählt hatte: Ein Nachbar seines Lehrherrn hatte es aus Deutschland mitgebracht und fand nun dafür keine Verwendung mehr. Sicherlich würde er es Josef für einen günstigen Preis überlassen. Friedhelm hatte ihm versprochen, sich nach einer Kurbelwelle umzusehen und das Getriebe einzurichten. Und schließlich musste er noch herausfinden, wo er Handzettel drucken lassen konnte, um für seine Mühle zu werben.

Als Josef die zweiseitige Liste betrachtete, wurde ihm klar, dass er Hilfe brauchen würde. Ob Kayuantu ihm helfen würde? Als Josef ihm vor langer Zeit einmal von seinen Plänen erzählt hatte, hatte er sofort angeboten, ihn zu unterstützen, doch nach allem, was geschehen war, schien es ihm jetzt unmöglich, dieses Angebot anzunehmen. Josef kratzte sich am Kopf. Was warf er dem Freund eigentlich vor? Dass er Ayen versprochen hatte zu schweigen und sich daran hielt? Jetzt erst wurde ihm klar, dass Kayuantu gar nicht anders handeln konnte, denn für einen Mapuche bestand einer der größten Frevel darin, einen Schwur zu brechen. Es tat ihm plötzlich leid, wie kalt er seinen Freund vor wenigen Wochen abgewiesen hatte, und das alles nur aus verletztem Stolz. Sobald die Ladung Holz eingetroffen war, würde er sich auf den Weg zu Kayuantus Lager machen und ihn um Verzeihung bitten.

Zwei Tage später, in der größten Mittagshitze, kam das Holz. Josef hörte die rauen Schreie der Flößer schon von weitem und stürzte zum Ufer. Vier mächtige Flöße glitten den Fluss herauf, vorneweg das Boot von Matías Aguilera, jenem Vorarbeiter, der ihn nach seinem Unfall in den Bergen hatte nach Hause bringen lassen. Josef winkte ihm zu und wartete ungeduldig, bis ein Floß nach dem anderen am Ufer anlegte. Der Anblick erfüllte ihn mit Stolz. Vor ihm lag die Grundlage seines Unternehmens: kräftige Stämme, die in einer Länge von neun Fuß zurechtgeschnitten waren, zur Hälfte Rauli-Buche, deren rotes Holz sich besonders für Tischlerarbeiten eignete, zur Hälfte Alerce-Zedern, die er für Schindeln und Verschalungen vorgesehen hatte, da sie ebenfalls leicht zu bearbeiten, aber beständiger gegen Sonnenhitze und Regen waren.

Matías Aguilera kletterte ans Ufer und schüttelte Josef die Hand.

«Haben Sie sich gut erholt von Ihrem Kampf mit dem Silberlöwen?»

Josef lachte. «Es war hoffentlich die erste und letzte Begegnung mit einem Puma. Wie alt sind die Stämme?»

«Unser erstes Holz. Vor Monaten schon geschlagen und ordentlich gelagert. Zufrieden?»

Josef nickte. Das Holz schien von guter Qualität zu sein. Auf den ersten Blick war nicht die kleinste Unebenheit in der Struktur des Holzes zu erkennen, die Hirnenden waren sogar bereits mit Wachs versiegelt.

«Haben Sie mit dem Gouverneur wegen weiterer Lieferungen gesprochen?»

«Ja. Er hat mir ein Schreiben mitgegeben. Die Mühle in Osorno hat alle Bestellungen zurückgezogen, da der Transport über Land zu teuer würde. Sie haben also freie Hand bei der Auswahl Ihres Holzes.» Aguilera schürzte anerkennend die Lippen. «Kein schlechter Gedanke, hier am See ein Sägewerk aufzubauen.»

«Kommen Sie mit Ihren Männern doch erst einmal ins Haus und stärken Sie sich.»

«Gern. Wenn Sie wollen, helfen wir Ihnen dann, die Stämme an Land zu bringen. Wo sollen sie denn gelagert werden?»

Josef deutete die Böschung hinauf auf den bekiesten Vorplatz, den er in den letzten beiden Tagen halbwegs frei geräumt hatte.

«Danke für Ihr Angebot. Das Problem ist nur, dass ich im Moment weder Ochse noch Pferd habe.»

Der Vorarbeiter schüttelte den Kopf. «Wenn Sie das Holz im Wasser lassen, müssten Sie sich Tag und Nacht mit Ihrer Flinte danebensetzen. So ein Floß ist schnell gestohlen, und Holz kann hier jedermann brauchen.»

«Sie haben recht. Vielleicht kann ich das Maultier unseres Nachbarn ausleihen. Ich werde ihn gleich fragen. Sie könnten solange etwas zu Mittag essen.»

Eine halbe Stunde später legten sie dem Tier das Sielengeschirr an. Es wurde eine grauenhafte Plackerei. Männer wie Maultier waren vollkommen durchnässt von Schweiß und Wasser, als sie am Spätnachmittag den letzten Stamm auf den Lagerplatz zogen. Josef richtete sich mit schmerzendem Rücken auf. Bis zur nächsten Lieferung würde er eine Lösung finden müssen für den Transport vom Ufer zur Mühle, eine Rampe musste angelegt und ein Seilzug konstruiert werden. Ihm schwindelte, wenn er an die vielen Stichpunkte auf seiner Liste dachte. Dabei standen seine

Kisten noch überall unausgepackt im Weg herum, und für Moro, den Miguel nächsten Sonntag bringen würde, gab es weder Stall noch Futterplatz. Allein war das alles nicht zu schaffen, er hätte sich längst nach einem Mitarbeiter umsehen sollen. Eduard Benninger hatte sich zwar als Compagnon angeboten, doch vom ersten Augenblick an war ihm dieser Mensch zuwider gewesen mit seinem geschniegelten Rock und diesem dünkelhaften Getue. Der hatte bestimmt noch nie selbst Hand angelegt, wenn es um harte Arbeit ging.

Zum Glück waren die Tage lang, und so schaffte Josef es, neben dem täglichen Kleinkram bis zum Sonntagmorgen einen umzäunten Unterstand für das Pferd zu bauen. In dieser ersten Woche in seinem neuen Zuhause lebte er von hartem Brot, Obst und Karotten, denn er hatte nicht einmal die Zeit für einen Gang ins Wirtshaus. Über seinen unrasierten Wangen zeichneten sich dunkle Augenränder ab, und die wenigen Nachtstunden verbrachte er in tiefem, traumlosem Schlaf.

Josef schlug gerade den letzten Nagel in das Gatter zur kleinen Pferdekoppel, als er Hufgetrappel hörte. Kurz darauf sah er Miguel mit Moro den brombeerbestandenen Pfad von der Landstraße herunterkommen. Josef spürte, wie ihm beim Anblick des Pferdes das Herz vor Freude schneller schlug. Ihm war, als würde ein Mitglied seiner Familie heimkehren und seiner Einsamkeit ein Ende bereiten.

«Moro!», rief er leise, beinahe zärtlich.

Das Pferd verharrte mit geblähten Nüstern, dann machte es einen mächtigen Sprung vorwärts, der Miguel beinah aus dem Sattel schleuderte, und galoppierte auf Josef zu.

«Jetzt hätte mich der Rappe doch beinahe abgeworfen.» Miguel grinste und ließ sich vom Rücken gleiten, während das Pferd schnaubend den Kopf an Josefs Schulter rieb. «Es ist ein wunderbares Pferd, Don José.»

«Danke, Miguel. Aber lassen Sie doch das Don weg. Möchten Sie mit mir zu Mittag essen?»

Der junge Chilene schüttelte den Kopf. «Meine Familie wartet auf mich, ich muss ja morgen in aller Frühe wieder zurück nach Maitén.»

«Gefällt Ihnen die Arbeit?»

«O ja. Ihr Onkel lässt mich viele Aufgaben allein erledigen, daran musste ich mich erst gewöhnen. Und Doña Luisa ist die beste Köchin am See. Sie wird mich noch dick und fett mästen. Soll ich absatteln?»

«Ich mach das schon. Gehen Sie nur nach Hause. Und richten Sie Ihren Eltern herzliche Grüße von mir aus. Ach ja, könnten Sie sie bitten, in den nächsten Tagen meinen Hund zu füttern? Ich werde unterwegs sein.»

«Ich richte es aus.»

Josef sah ihm nach. So jemanden könnte er gut für sein Unternehmen brauchen. Warum nur hatte er Miguel Gómez an seinen Onkel vermittelt?

«Komm, Morito, ich zeig dir dein neues Zuhause.»

Er nahm dem Rappen Sattel und Zaumzeug ab, und Moro trottete ihm hinterher zum neuen Stall, wo ein gefüllter Wassertrog und duftendes Heu auf ihn warteten. Josef lehnte sich an den Zaun und sah ihm beim Fressen zu. Der Gedanke, die nächste Zeit, vielleicht die nächsten Jahre sogar, allein auf diesem riesigen Anwesen zu verbringen, nur mit einem Pferd und einem Hund als Gefährten, schmerzte ihn. Die Hoffnung, seinen Bruder zu finden und seine Familie aus Deutschland zum Übersiedeln zu bewegen, hatte er beinahe aufgegeben. Und ob er jemals Ayen würde vergessen können, bezweifelte er. Umso schneller wollte er Kayuantu wiedersehen. Am liebsten hätte er sich sofort auf den Weg in die Berge gemacht, doch er musste dem Pferd eine Erholung gönnen, denn sie würden bis zum neuen Lager der Mapuche mindestens zwei Tage unterwegs sein.

Der klare kühle Morgen verhieß nach etlichen trüben Tagen endlich einen herrlichen Sommertag. Kaum hatten sie den Hof verlassen, fiel Moro in einen leichten Trab, den er über erstaunlich lange Strecken durchhalten konnte. Nach knapp zwei Stunden erreichten sie über den schmalen Uferpfad Puerto Rosales, wo sich in diesem Sommer eine Handvoll schwäbischer Familien niedergelassen hatte. Josef versäumte nicht, die Siedler darauf hinzuweisen, dass binnen kurzem bei ihm gutes Bauholz zu kaufen sein würde, dann beeilte er sich weiterzukommen. Von hier an war das Gebiet vollkommen unberührt, und Josef musste immer wieder absteigen, um sich mit seiner Machete den Weg frei zu schlagen. Erschöpft gelangte er gegen Abend an die östlichste Bucht des Llanquihue. Josef nahm ein erfrischendes Bad im See, dann entfachte er ein großes Feuer, das die Nacht über Schutz vor Raubtieren bieten sollte. Trotz der Müdigkeit, die ihm wie Blei in den Knochen lag, schlief er nur unruhig: Seit jenem Irrweg durch die Berge verspürte er eine unbestimmte Angst, in der Wildnis zu übernachten. In seinen wirren Träumen tauchte Ayen auf, mit einem Säugling vor der Brust, dann wieder schoben sich die Gesichter seiner Eltern dazwischen, vorwurfsvoll das des Vaters, das der Mutter vor Kummer verzerrt.

Josef war erleichtert, als der Nachthimmel endlich verblasste, und brach auf, ohne sich ein Frühstück oder einen Tee zu gönnen. Der Aufstieg an der Flanke des Osorno führte zunächst über Felder schwarzer Lava, die wenige Jahre zuvor mit ihrer tödlichen Hitze alles Leben erstickt hatte. Moro rutschte immer wieder mit den Hufen auf den glatten Schollen ab, bis er schließlich mit zitternden Beinen stehen blieb. Josef fluchte leise. Kayuantu hatte ihn davor gewarnt, den Weg über die Lava zu nehmen, auch wenn das der kürzeste sei. Schritt für Schritt musste Josef das Pferd vorwärtslocken, bis sie endlich eine steinige Senke erreichten. Josef atmete auf.

«Ruh dich erst einmal aus.»

Beruhigend klopfte er dem schweißnassen Tier den Hals, dann sah er sich um. Unter ihm leuchtete der See in königlichem Blau, zu seiner Rechten, etwa einen halben Tagesmarsch nördlich von hier, lag eine bewaldete Kuppe. Dahinter musste sich das Lager der Mapuche befinden.

Plötzlich flatterte mit lautem Gekreisch eine Schar Schnepfen auf. Josef schrak zusammen. Kaum einen Steinwurf oberhalb des Lavafeldes sah er ganz deutlich zwischen dem Gesträuch die Gestalt einer jungen Frau, die zu ihm herunterstarrte und im nächsten Augenblick wie vom Erdboden verschluckt war. Im ersten Moment stand Josef wie gelähmt, dann brüllte er so laut, dass Moro zusammenzuckte.

«Ayen!!!»

Er rannte den Hang hinauf, krampfhaft bemüht, die Stelle, wo er Ayen gesehen hatte, nicht aus den Augen zu verlieren. Für ihn gab es keinen Zweifel: Dort oben war Ayen und beobachtete ihn. Doch als er die Büsche erreichte, wiesen weder Fußspuren noch geknickte Zweige auf ein menschliches Wesen hin. Hatte er sich alles nur eingebildet?

Wütend schlug er nach den *tabanos*, den fetten, schwarzroten Pferdebremsen, die einem im chilenischen Hochsommer das Leben zur Hölle machen konnten, und pfiff Moro heran. Am Nachmittag hatten sie die Kuppe erreicht. Wie damals vor seinem ersten Besuch in Kayuantus Lager spürte Josef Zweifel und Beklommenheit in sich aufsteigen. Was, wenn sein Freund ihn nun zurückwies? Sicherlich hatte er ihn mit seiner brüsken Ablehnung, zum Ngillatún-Fest zu kommen, beleidigt.

Als er sich den ersten Hütten des Lagers näherte, nahm die Unsicherheit noch weiter zu. Etwas war anders als sonst. Lag es an der ungewöhnlichen Stille? Die Kinder hockten, anstatt herumzutoben, ruhig auf dem Boden beim Murmelspiel. Ein paar Frauen klaubten Steine aus ihrem Gemüsegarten und sahen kaum auf, als er an ihnen vorbeiging. Selbst die Hunde kamen nicht wie sonst kläffend auf ihn zugesprungen, sondern dösten im Schatten eines Bambushains. Josef stieg vom Pferd und trat auf einen Halbwüchsigen zu, der an einem Baumstamm lehnte. Teilnahmslos starrte er vor sich hin. Josef erkannte, dass es einer von Kayuantus Vettern war, doch im Gesicht des Jungen regte sich keine Miene, als Josef ihn begrüßte.

«Wo ist Kayuantu?», fragte Josef in seinem unbeholfenen *mapudungun*.

Der Junge hob den Arm und wies auf eine *ruca*, die etliche hundert Meter weiter am Hang errichtet war. Josef bedankte sich höflich, doch der andere schien davon keine Notiz zu nehmen. Achselzuckend ging Josef weiter, vorbei an den neuen Hütten und Feldern der Mapuche. Er sah auf den ersten Blick, dass das Land karg war und dass der Boden hier viel weniger hergeben würde als an der Flanke des Sees.

Dumpfe Trommelschläge hallten ihm entgegen, als er den Pfad hinaufstieg. Vor dem Eingang der *ruca* kauerten ein Dutzend Mapuche, darunter Ancalef mit ihrem Jüngsten im Arm. Ihre Züge hellten sich auf, als sie Josef erkannte. Mit einem Lächeln und einer Handbewegung bedeutete sie ihm, neben ihr Platz zu nehmen. Wenigstens Kayuantus Mutter schien seine Anwesenheit willkommen zu sein. Josefs Anspannung ließ nach, und er reckte neugierig den Hals, um einen Blick durch den offenen Eingang zu werfen. Die Hütte war voller Menschen, die lanzenförmige Stangen in den Händen hielten. Im flackernden Widerschein eines Feuers sah Josef hin und wieder die Umrisse der *machi* auftauchen, wie sie ihr rotbemaltes *kultrung* schlug und dabei von einem Bein aufs andere sprang. Unablässig sprach sie mit tiefer Stimme vor sich hin, ihr Kopftuch hatte sie über die Augen gezogen. Plötzlich wurden ihre Bewegungen schneller, mit Händen und Füßen schlug sie nun um sich, als ob sie gegen ein Heer unsichtbarer Angreifer zu kämpfen hätte, und begann in stöhnende Laute auszubrechen, die nicht ihrer Brust zu entstammen schienen. Ihr Stöhnen und Stammeln steigerte sich zu lauten Schreien, die von den Ayayaya-Rufen der anderen beantwortet wurden. Hart schlugen die Lanzen der Umstehenden gegeneinander. Jetzt erst erkannte Josef eine Gestalt, die auf dem Boden lag, den Kopf zum Eingang, die Füße zur Feuerstelle hin, und ihm wurde klar, dass er gerade Zeuge eines *machitún*, einer Heilungszeremonie, wurde. Kayuantu!, dachte er im ersten Moment erschrocken, doch dann sah er, dass die Zweige des Zimtbaumes, die neben dem Kopf des Kranken in der Erde steckten, mit Silberschmuck behangen waren, ein Zeichen dafür, dass der Erkrankte eine Frau war.

Als die Stimmen und der Schlag der Trommel nach einer halben Ewigkeit verstummten, war Josef, als erwachte er aus einem tiefen Schlaf. Er hatte jegliche Vorstellung von Zeit verloren und hätte nicht sagen können, wie lange der Kampf gegen Krankheit und Dämonen gedauert hatte. Die Umstehenden wichen nun vom Lager der Kranken zurück, um der *machi* Platz zu machen. Die Augen immer noch verbunden, fegte sie mit einem *canelo*-Zweig den Boden, fuhr damit über die wenigen Gegenstände in der Hütte, nahm einen tiefen Schluck Wasser und besprühte mit dem Mund erst die Kranke, dann die Umstehenden. Die Zeremonie schien beendet zu sein, denn jemand schob der Alten das Kopftuch aus der Stirn, und sie trat mit weitgeöffneten Augen aus der *ruca*, den Blick starr nach Osten gerichtet. Josef fragte sich ob sie ihn wahrnahm, denn er hockte genau in ihrer Richtung. Doch ihr Geist schien immer noch in einer anderen Welt zu weilen, und ihre Augen sahen durch ihn hindurch, als wäre er aus Glas. Wie in Stein gehauen stand sie da, nur das heftige Auf und Ab ihrer Brust verriet, dass sie am Leben war. Dann kippte sie nach hinten über, in die Arme ihrer Helfer.

Josef spürte eine Hand auf seiner Schulter.

«Ich freue mich, dass du gekommen bist.» Kayuantu zog Josef von der Hütte weg. «Ich bringe dich gleich zu meinem Vater Itumané und zum Kaziken, aber vorher muss ich wieder hinein. Die *machi* wird bald zu sich kommen, und Itumané wird ihr berichten, was sie gesprochen hat.»

«Weiß sie es denn nicht mehr?»

«Manches weiß sie, manches nicht. Die Welt, in der sie war, ist zu weit weg von uns.»

«Wer ist die Kranke?»

«Neculpan, eine Schwester des Kaziken. Sie hat hohes Fieber.»

«Wirken deshalb alle so bedrückt?»

«Nein.» Kayuantu warf einen Blick zum Eingang der *ruca*, wo die Schamanin immer noch regungslos auf dem Boden lag und Itumané sich mit einem Schellenring in der Hand über sie beugte. «Es herrscht keine gute Stimmung unter uns. Beim Ngillatún haben unsere Götter die *machi* wissen lassen, dass unsere Reise noch nicht zu Ende ist. Dass uns Entbehrungen, Kälte und viel Elend erwarten. Ist dir aufgefallen, wie wenig Zapfen die Araukarien in diesem Sommer tragen?»

Josef schüttelte den Kopf. Es beschämte ihn vor Kayuantu, dass er immer noch wie mit Blindheit geschlagen durch den Wald marschierte. Dabei hätte er es bemerken müssen, nach allem, was ihn Kayuantu gelehrt hatte.

«Hinzu kommt, dass die Götter prophezeit haben, dass bald der Bambus zu blühen beginnt. Ein Sprichwort bei uns besagt: Wenn der Bambus blüht, kommt der Hunger.» Er räusperte sich. «Warte hier auf mich, ich muss zu den anderen.»

Josef sah ihm nach. Er hatte längst gelernt, die Zeichen

und Weissagungen der Mapuche ernst zu nehmen. Ob diese Menschen jemals zur Ruhe kommen würden? Das Schreckliche daran war, dass er selbst ein Bestandteil der Maschinerie war, die dieses Volk aus dem Gleichgewicht gebracht hatte, wenn auch nur als winziges Rädchen. Dabei hatten Kayuantu und seine Sippe ihn nie spüren lassen, dass er auf die Seite der Eroberer gehörte. Im Gegenteil, sie betrachteten ihn als Freund und Bruder Kayuantus. Plötzlich fiel ihm auf, dass er nicht nach Ayen gefragt hatte, ja nicht einmal an sie gedacht hatte, seitdem er hier vor dieser *ruca* stand. So stark hatte ihn die Heilungszeremonie in ihren Bann gezogen.

Als Kayuantu wieder aus der Hütte trat, war sein Gesichtsausdruck verändert. Josef wusste augenblicklich: Es hatte mit ihm zu tun. Ganz kurz traf sich sein Blick mit dem der *machi*, die hinter Kayuantu in der Türöffnung lehnte. In ihren Augen standen Furcht, aber auch Mitgefühl und Trauer. Alle starrten zu ihm herüber, als Kayuantu ihn beim Arm nahm und ihn zu einer Laube führte.

«Josef, ich muss dir etwas Schlimmes sagen. Dennoch wirst du für immer mein Freund und mein Bruder bleiben. Glaubst du mir das?»

Josef durchfuhr ein Schauer, als er sah, wie Kayuantus Gesicht sich schmerzhaft verzog.

«Du musst gehen und darfst nicht mehr wiederkommen. Die *machi* hat etwas erfahren, als sie in der anderen Welt war, und ist sich jetzt ganz sicher: Du führst Unheil mit dir. Verstehe es nicht falsch. Nicht du bist böse, sondern etwas, in dessen Besitz du bist. Etwas, das einem von uns schaden könnte.»

«Und das ... das glaubst du?» Josef war, als hätte ihm jemand ins Rückgrat getreten.

«Ich weiß nicht, was ich glauben soll.»

Da packte Josef der Zorn. Er zog seine Machete aus dem Futteral und warf sie zu Boden. «Hier ... und hier», er nestelte an seinem Gürtel und schleuderte sein Jagdmesser in die Büsche. «Wenn es das ist, wenn meine Waffen durch ein Unglück einen von euch verletzen könnten, dann komme ich eben mit bloßen Händen.» Er schlug sich verzweifelt an die Brust. «In mir ist nichts, was euch Unheil bringen könnte – wie kann die unglückselige Alte so etwas behaupten?»

Kayuantu senkte den Kopf. Zum ersten Mal, seit sie sich kannten, wich er Josefs Blick aus.

«Es ist schon spät. Du kannst heute Nacht in dieser Laube schlafen, ich bringe dir eine Decke. Morgen früh werden der Kazike und meine Familie sich von dir verabschieden.»

«Sehen wir uns wieder?»

«Ich werde nach Puerto Varas kommen. Die Götter haben mir nicht verboten, dich zu besuchen. Aber lass mir etwas Zeit.»

22

*A*ch ja, noch etwas.»
Der Hauptmann ließ seinen finsteren Blick über die Rekruten schweifen.

«Wer heute Abend mit Fusel erwischt wird, den steck ich eigenhändig in den Kerker, ist das klar? Bei dem Angriff morgen kann ich keine Besoffenen brauchen.»

Ramón warf einen heimlichen Blick auf die Nachbarpritsche, unter deren Decke sich verräterisch die Umrisse einer Schnapsflasche abzeichneten. Sein Nebenmann, ein Bursche von höchstens achtzehn Jahren, unterdrückte ein Grinsen.

«So ein Hornochse», zischte der Junge, nachdem die

Tür hinter dem Hauptmann krachend ins Schloss gefallen war. «Sich selbst jeden Abend das Hirn zusaufen, aber uns Vorschriften machen wollen.»

Er reichte Ramón die Schnapsflasche. Ramón nahm einen tiefen Schluck. Billigster Fusel, dachte er. Morgen würde die Hälfte von ihnen mit Kopfschmerzen in die erste Schlacht ziehen. Er warf sich auf die Pritsche und schloss die Augen. Vor dem morgigen Tag fürchtete er sich nicht, im Gegenteil. Er fieberte danach, endlich aus dieser verdammten Kaserne von Santa Maria de Los Angeles herauszukommen. Seit acht Tagen hatten sie das Gelände nicht mehr verlassen dürfen, um für ihre Mission, wie offiziell verlautbart wurde, geistig und körperlich gerüstet zu sein. Dabei hatten die Wehrübungen nur den geringsten Teil der Zeit ausgemacht. Stattdessen lungerten sie halbe Tage auf ihrer Stube herum oder mussten endlose Vorträge über sich ergehen lassen über die Bedeutung des bevorstehenden Angriffs: Der Zerrissenheit der chilenischen Republik solle endlich ein Ende gemacht und die Frontera, dieses riesige Gebiet zwischen Zentralchile und den südlichen Provinzen, ein für alle Mal den Indianern entrissen werden. Viel zu lange habe man den Wilden gegenüber Nachsicht und Milde walten lassen, die einstigen Friedensverträge zwischen den Araukanern und den Spaniern hätten nur zu Unordnung und Gesetzlosigkeit geführt. Es ginge nicht an, dass sich diese Indianer innerhalb der chilenischen Landesgrenzen wie eine eigene Nation aufführten. Sie, als Wehrkolonisten, hätten nun die ehrenvolle Aufgabe, den Boden für ein einheitliches weißes Siedlungsgebiet zu bereiten. Und wer von den Indianern sich nicht dem chilenischen Gesetz unterwerfe, müsse gehen oder sterben.

«Ist diese Botschaft klar und eindeutig genug?», hatte einer der Offiziere mit dröhnender Stimme abschließend in die Runde gebrüllt. «Viel zu weich war bislang die spanische Seele! Die Vereinigten Staaten von Amerika haben ihr Problem mit den Ureinwohnern auf ganz andere Art gelöst.»

Ramón war zwar anderer Meinung, aber andererseits verstand er nicht, warum die Indianer, die doch ohnehin nicht sesshaft waren, sich so heftig gegen die Landnahme seitens der Siedler wehrten. Chile war doch ein riesiges Land, mit genug Raum für alle. Und wenn sie ihr Land so sehr liebten, dann mussten sie eben sesshaft werden und den Boden mit den Weißen teilen. So war der Lauf der Dinge. Sie als Soldaten hatten nun die Aufgabe, die Indianer vom Südufer des Bío Bío zu vertreiben, um dort ein Fort zu errichten, das den nachfolgenden Siedlern Schutz und militärischen Beistand bieten sollte. Es handelte sich um eine kleine Mapuche-Sippe, nicht einmal hundert Männer, Frauen und Kinder, die sich der Vertreibung widersetzten. Ein Kinderspiel, wie der Hauptmann sich ausgedrückt hatte.

Ramón würde sich streng an die Befehle halten und jeden Indianer, der Widerstand leistete, gefangen nehmen und bei seiner Einheit abliefern, denn ihm stand der Sinn nicht nach einer blutigen Schlacht, wie einigen seiner Kameraden. Ohnehin wollte er höchstens ein Jahr als Söldner im Dienst bleiben. Er hatte sich ausgerechnet, dass er dann, wenn er weiterhin dem Glücksspiel widerstehen konnte, genug Geld beisammenhatte, um eine kleine Mine zu erstehen. Dies schien ihm die letzte Möglichkeit, seinen Lebensplan zu erfüllen, denn im Norden konnte er sich als Arbeiter wegen des tödlichen Streits damals nicht mehr blicken lassen. Hier beim Militär hingegen fragte niemand, woher er kam und was er bisher getrieben hatte.

Vergeblich versuchte Ramón in den Schlaf zu finden. Die Luft in der engen Stube stank erbärmlich nach den Ausdünstungen von vierzig erwachsenen Männern. Jetzt, wo immer mehr Branntweinflaschen die Runde machten, wurde das Stimmengewirr lauter. Auf die üblichen Zoten und Aufschneidereien folgte bellendes Gelächter, das Ramón immer wieder aus dem Halbschlaf auffahren ließ. Nein, das hier war nicht seine Welt. Aber wo war seine Welt? Seit seiner Flucht aus dem väterlichen Haus hatte er noch keinen Ort gefunden, der ihm ein Zuhause geworden wäre. Er fühlte sich wie ein Blatt, das vom Baum gerissen worden war und vom Wind mal hierhin, mal dorthin getragen wurde und schließlich, braun und ledrig geworden, irgendwo im Unterholz verfaulen würde. Plötzlich sah er wieder die hagere, gebeugte Gestalt vor sich, der er in den Straßen von Valdivia begegnet war. Er hatte den Mann kaum verstanden durch den heulenden Sturm, doch das Wort «Bruder» klang in seinen Ohren nach wie eine Beschwörung. Konnte es tatsächlich sein, dass Josef hier in Chile war? Womöglich bei den Siedlern, die jetzt aus halb Europa hier einströmten? Er mochte den Gedanken, so verlockend er war, nicht zu Ende denken. Josef, der immer voller Stolz zu ihm aufgeschaut hatte, wäre nur maßlos enttäuscht von ihm. Ruhelos wälzte er sich auf dem schmalen Lager hin und her. Alles dummes Zeug. Nichts war unwahrscheinlicher, als dass sein Bruder ihm nach Chile gefolgt war.

Der Anblick, den die Truppe zwei Tage später bei ihrer Rückkehr in die Garnisonsstadt bot, war ebenso erbärmlich wie der Ausgang der militärischen Aktion. Schon bei ihrem Aufbruch hatte es ununterbrochen und in Strömen geregnet, und die Sumpflöcher in den Wäldern, die die Soldaten durchqueren mussten, waren zu schlammigen Seen angewachsen. Als sie in der Abenddämmerung endlich das Indianerlager erreicht hatten, fanden sie es leer und verlassen vor. Voller Wut zerschlugen sie die Gerätschaften, die die Mapuche offensichtlich in aller Eile zurückgelassen hatten, und steckten die Hütten in Brand. Einer ihrer Kundschafter berichtete, dass sich die Indianer in ein Seitental des Bío Bío zurückgezogen hätten. Daraufhin wurde der Befehl ausgegeben, noch vor Sonnenaufgang anzugreifen. Erschöpft und schlammverkrustet legten sich die Soldaten zwischen die schwelenden Überreste des Lagers für wenige Stunden zur Ruhe. Als sie mitten in der Nacht vom Getrappel davonstiebender Hufe erwachten, fanden sie die Nachtwache bewusstlos geschlagen. Die Pferde sowie etliche Gewehre und Bajonette waren verschwunden. Angst und Entsetzen machte sich breit, und in heilloser Flucht versuchte jeder seine Haut zu retten vor dem Feind, den sie nun hinter jedem Baumstamm vermuteten.

Das also war mein erster Kampf, dachte Ramón, als er mit geschwollenen Füßen die Palisaden von Los Angeles erreichte. Keinen einzigen Indianer hatten sie zu Gesicht bekommen. Stattdessen kehrten sie als ein Haufen Feiglinge zurück.

Der Brigadegeneral schäumte vor Wut. Keiner von ihnen würde auch nur einen Peso seines Solds zu sehen bekommen, solange die Araukaner nicht vom Südufer des Bío Bío vertrieben seien. Er orderte aus einem nahen Fort ein Reiterregiment zur Verstärkung an, und ohne Essen oder Schlaf, nur in frischer Uniform, brachen die Soldaten im Morgengrauen wieder auf. Diesmal war das Wetter auf ihrer Seite. Im Schutz dichter Nebelbänke, die über den Flusstälern trieben, konnten sie sich unbemerkt dem Schlupfwinkel der Indianer nähern. Ein Teil des Regiments hatte sich abgesondert, um den Indianern in den Rücken zu fallen. Als sich die Sonne durch die Wolken schob, blies die Trompete zum Angriff. Was nun folgte, war ein grauenhaftes Gemetzel. Ramón kam nicht dazu, Gefangene zu machen. Verwundert sah er mit an, wie ein Indianer nach dem anderen, ob Frau, Greis oder Kind, vor seinen Augen getötet wurde. Als der Anführer der Sippe mit einem weißen Tuch in den erhobenen Händen aus dem Gebüsch trat, wurde er von drei Gewehrsalven gleichzeitig zerfetzt. Niemand wartete mehr irgendwelche Schießbefehle ab, alles, was noch auf zwei Beinen laufen konnte, wurde gnadenlos niedergemäht. Das Krachen der Schüsse ging unter in den Schmerzensschreien der Getroffenen. Da prallte Ramón im Schatten einer Brombeerhecke auf eine junge Frau, die einen Säugling an ihre Brust presste. Regungslos und mit weitaufgerissenen Augen starrte sie ihn an. Ramón warf sie zu Boden und kauerte sich über sie.

«Stell dich tot, um Gottes willen», keuchte er, obwohl er nicht wusste, ob sie ihn verstand. Als sich zwei seiner Kameraden näherten, gab er einen Schuss in die Zweige ab.

«Die rührt sich nicht mehr», sagte er zu den Soldaten. «Los, weiter!»

Die Verluste in ihren eigenen Reihen waren gering: ein gutes Dutzend Verletzte und vier Gefallene, dazu ein paar Pferde, die nicht mehr aufzufinden waren. Grölend und singend machten sich die Männer auf den Rückweg. Nächste Woche schon würden sie das Fort am Südufer des Bío Bío errichten. Stück für Stück würden sie nach Süden vordringen, bis die Frontera fest in weißer Hand war. Ramón fühlte angesichts des prahlerischen Gebarens seiner Kameraden Übelkeit hochsteigen. Das war kein ehrenhafter Kampf von Mann zu Mann gewesen, und er war sich sicher, dass die Indianer blutige Rache nehmen würden.

23

Mit geübtem Schnitt schlitzte die Alte dem Hasen den Bauch auf und entfernte die Eingeweide.

«Es wird bald Schnee geben.»

Ayen sah sie erstaunt an. «Wir haben noch nicht einmal Mai.»

«Man merkt, dass du niemals in den Bergen gelebt hast. Du musst auf die Tiere und Pflanzen achten, sie erzählen dir alles, was du wissen musst.» Sie reichte Ayen das Messer. «Zieh ihm das Fell ab und häng ihn in den Schuppen. Es ist Zeit für meinen *matecito*.»

Auf ihren kurzen Beinen schlurfte die Alte zur Herdstelle. Sie war nicht viel älter als ihre Schwester Ancalef, doch mit ihren tiefen Falten im Gesicht und ihrem zahnlosen Mund wirkte sie wie eine Greisin. Kayuantu hatte behauptet, sie habe, solange er zurückdenken könne, immer schon ausgesehen wie eine alte Frau. Doch von seiner Mutter wusste er, dass die Einsiedlerin als junges Mädchen schön wie eine Orchidee gewesen sein musste. Eines Tages sei sie zum Kräutersammeln in den Wald gegangen und nicht wieder zurückgekehrt. Niemand habe mehr mit ihrer Rückkehr gerechnet, bis sie genau ein Jahr und einen Tag später wieder im Lager erschienen sei, scheinbar unverletzt, aber um hundert Jahre gealtert. Nur ihre eigene Mutter und Ancalef hätten sie wiedererkannt, doch selbst ihnen habe sie nicht erzählen wollen, was ihr in dieser Zeit Schreckliches widerfahren sei. Wortlos habe sie ihr Bündel gepackt und sei hinauf in die Berge gezogen, wo sie ohne fremde Hilfe ihre kleine Hütte errichtet habe. Seit einigen Jahren sprach sie wieder und besuchte dann und wann ihre Familie, doch niemand hatte den Grund für ihr Verschwinden je erfahren können.

Nachdem Ayen den gehäuteten Hasen an die Decke gehängt hatte, setzte sie sich neben die alte Frau ans Feuer und wärmte sich die klammen Finger am Matekännchen. Sie schlürften abwechselnd von dem Tee und schwiegen. Schließlich hob die Alte den Kopf.

«Es wird Zeit für dich zu gehen. Der lange Winter hier oben ist nichts für eine junge Frau wie dich.»

Ayen musste schlucken. Sie hatte damit gerechnet, dass die Einsiedlerin sie eines Tages fortschicken würde. So nickte sie nur.

«Hast du ein Ziel?»

«Nein.»

Zu Kayuantus Sippe konnte sie nicht zurück. Die Ablehnung einiger junger Männer und auch Frauen war längst in offene Verachtung umgeschlagen. Was aber schwerer wog, war die Tatsache, dass sie im Lager jederzeit mit einem Wiedersehen Josés rechnen musste. Im Sommer hatte sie ihn einmal von weitem über die Lavafelder klettern sehen. Sein Anblick, sein verzweifelter Schrei hatten ihr fast das Herz zerrissen. Sie musste also einen anderen Weg finden, und zu gegebener Zeit würde das Schicksal ihr die Richtung weisen.

«Hast du Angst?» Die Alte verzog den Mund zu einem Lächeln, eine Regung, die so selten bei ihr war wie ein windstiller Tag an der Flanke des Vulkans.

«Nein.»

«Das ist gut. Vergiss nicht, dass du eine Mapuche-Frau bist. Seit Jahrhunderten beweisen wir an der Seite unserer Krieger Mut und Kampfgeist. Du bist kräftig und geschickt, außerdem verstehst du die Sprache der Eroberer und die Sprache dieser blonden Einwanderer, die von der anderen Seite der Welt kommen. Ich gebe dir einen Rat, den ich niemandem von meiner Familie geben würde, aber du bist anders. Geh in eine Stadt und lass dich für deine Dienste von den Weißen gut entlohnen. Geh in eine Stadt und arbeite für sie, aber vergiss dabei nie, wer deine Väter und Ahnen waren.»

Laut kreischend fuhren die Sägeblätter durch das Holz und zerteilten den mächtigen Stamm in einzelne Bretter. Josef versuchte den vollbeladenen Förderwagen vorwärtszuschieben.

«Himmel, Pablo, jetzt fass doch mit an. Siehst du nicht, dass der Wagen blockiert ist?»

Der junge Gehilfe nahm die Hände aus den Hosentaschen und kniete sich neben Josef. Als der Stamm durchgesägt war, holte Josef tief Luft.

«Warum hast du die Schienen heute Morgen nicht geschmiert?», fuhr er Pablo an.

«Tut mir leid, Don José, hab ich vergessen.»

«Hilf mir die Bretter raustragen, dann kannst du für heute Feierabend machen.»

«Jawohl, *patrón*.»

Sie brachten die Bretter hinaus auf den Lagerplatz. Josef hatte genug Erfahrung mit Holz, um zu wissen, woran das hiesige Bauholz krankte: Es wurde unsachgemäß und zu kurz gelagert, bildete dadurch schnell Risse und Verwerfungen und war dann zum Hausbau kaum noch zu gebrauchen. Er selbst legte daher größten Wert auf die Trocknung und hatte sich hierzu ein System ausgedacht, wie man das Schnittholz möglichst platzsparend auf schmalen Leisten stapeln konnte und dabei dennoch genügend Luft zum Trocknen um das frische Holz zirkulierte. Zufrieden betrachtete er jetzt sein Lager von über zwanzig Klaftern sorgfältig gestapelten Schnittholzes. Er baute darauf, dass die deutschen Siedler Wert auf Qualität legten und dafür auch einen guten Preis zahlen würden. Nur Bretter mit regelmäßigem Faserverlauf bot er zum Verkauf, astige oder markhaltige Stücke landeten bei ihm gleich auf dem Haufen für Kanthölzer und Brennholz.

«Ich gehe dann. *Adiós*, Don José.»

Mit einem flüchtigen Kopfnicken verabschiedete Josef seinen Gehilfen und ging dann hinunter zur Rampe, um die Qualität der waldfrischen Stämme zu prüfen. Sein Rücken schmerzte. Vielleicht sollte er sich tatsächlich ein, zwei Tage Ruhe gönnen und Friedhelms Einladung nach Puerto Montt annehmen. Das Geschäft war erstaunlich gut angelaufen, nachdem er mit Friedhelms Hilfe das Sägewerk eingerichtet hatte. Einen Großteil des abgelagerten Holzes hatte er bereits verkauft, und hier am Flussufer lag frisches, saftarmes Winterholz, genug, um im nächsten Jahr die geplante Siedlung am Stadtrand zu versorgen. Wenn er nur mehr Glück mit der Auswahl seines Gehilfen gehabt hätte. Jeden Handgriff musste er Pablo vorschreiben. Hinzu kam die Vermutung, dass Pablo ihn bestahl. Mal fehlte ein Brot, mal vermisste er ein paar Wollsocken oder einen Löffel. Doch Josef war der Gedanke unangenehm, ihn zur Rede zu stellen, zumal er sich bei seiner wirren Haushaltsführung unsicher war, ob er die Dinge nicht selbst verlegt hatte. Außerdem wäre es sehr schwierig, so schnell Ersatz zu finden.

Josef hatte den ganzen Februar über Ausschau nach einem Mitarbeiter gehalten, doch alle kräftigen Männer waren bei den Erntearbeiten beschäftigt gewesen. Dann hatte Pablo vor seiner Tür gestanden. Für einen Chilenen war er ungewöhnlich groß und breitschultrig. Er sei als Hafenarbeiter in Puerto Montt beschäftigt gewesen und suche eine neue Arbeit. Für Josef war der Mann ein Geschenk des Himmels, doch bald musste er feststellen, wie schwerfällig, fast unwillig sich der Mann an seine tägliche Arbeit machte. Als Josef dann noch Gerüchte zu Ohren kamen, dass Pablo einer Sträflingskolonne entlaufen sei, war er heilfroh, dass sein Gehilfe eine Unterkunft in der Stadt hatte und er mit diesem undurchsichtigen Menschen nicht auch noch unter einem Dach wohnen musste.

Kayuantu hatte Wort gehalten und ihn in der zweiten Märzwoche besucht. Gemeinsam hatten sie die Rampe und einen Wetterschutz über dem Kiesplatz errichtet. Die meiste Zeit arbeiteten sie stumm und verbissen, und sie verloren kein Wort über Ayen oder über die unglückselige Prophezeiung der *machi*. Nur einmal war es zu einem Wortwechsel gekommen, der Josef hinterher zutiefst beschämte. Kayuantu hatte eine anerkennende Bemerkung über die mächtigen Alerce-Stämme gemacht, und Josef hatte gestrahlt vor Stolz.

«Ja, es ist erstklassiges Holz. Von den Rodungsarbeiten am Ostufer. Die Regierung hat es mir zu einem sehr günstigen Preis verkauft –» Er hatte gestockt, als ihm bewusst wurde, was er da eben gesagt hatte.

Verächtlich hatte Kayuantu ihn angesehen.

«Vom Ostufer also. Und die Regierung hat es dir verkauft. Was hast du nur für ein Glück, Josef Scholz.»

«Es tut mir leid, Kayuantu. Es tut mir wirklich leid. Ich habe nie darüber nachgedacht, dass das euer Land ist. Was bin ich nur für ein Dummkopf!»

«Ist schon gut. So bleibt das Holz wenigstens in der Familie.»

Kayuantu hatte gelacht, doch in seinen Augen hatte Josef so etwas wie Enttäuschung lesen können.

Seit sich sein Freund eine Woche später verabschiedet hatte, quälte Josef der Gedanke, dass es zwischen ihnen nie wieder sein würde wie früher. Woran auch immer es liegen mochte – irgendetwas lief seit vielen Monaten schief in Josefs Leben. Seit seiner Lehrzeit in Valdivia, seit seinem Abschied von Ayen und Paul Armbruster schien etwas aus dem Gleichgewicht geraten zu sein. Josef schoss die Prophezeiung der zahnlosen Alten aus Hamburg durch den Kopf: Das Holz wird dir Leid bringen, das Holz wird dich reich machen.

Er warf einen letzten Blick auf die Stämme, die mit Ketten an der Rampe befestigt waren, und nahm den

Pfad zum See hinüber. Warum, beispielsweise, schrieb ihm Armbruster nicht? Über ein Jahr war es nun her, dass er sich nach Feuerland eingeschifft hatte. Dass er sich bei Luise und Emil nicht mehr gemeldet hatte, konnte er noch irgendwie verstehen. Aber was war mit ihm? Hatte Armbruster die Freundschaft mit ihm so wenig bedeutet? Oder war ihm womöglich doch etwas zugestoßen?

Ein eisiger Wind peitschte die Oberfläche des Sees auf zu gischtbesetzten Wellen. Josef zog sich den Schal fester um den Hals. Dort oben in den Bergen musste es jetzt schrecklich sein. Seit Wochen schon lag Schnee, inzwischen bis weit in die Täler hinab. Ob Ayen noch hin und wieder an ihn dachte? Hatte sie es warm genug? Würden die Wintervorräte reichen? Sie war doch so schmal und zart.

Der Wind und die Kälte trieben ihm Tränen in die Augen, und er machte sich auf den Heimweg. Mit zitternden Händen entfachte er ein Kaminfeuer, rief Maxi zu sich und öffnete seine letzte Flasche Wein. Morgen war Sonntag. Er hätte längst einmal bei Emil und Luise vorbeischauen sollen, doch er beschloss, stattdessen zu Friedhelm nach Puerto Montt zu reiten. Vielleicht würde ihn das von seinen ewigen Grübeleien ablenken.

Moro fiel übermütig in gestreckten Galopp, und aus seinen Nüstern stieg der Atem in kleinen Wolken in die frostige Morgenluft. Josef ließ ihn gewähren. Der Wallach hatte Speck angesetzt in letzter Zeit, weil er in der Mühle doch viel weniger gefordert war als bei der Arbeit auf Emils Feldern. Den Weg von Puerto Varas nach Puerto Montt hatte man inzwischen gut ausgebaut, seitdem sich eine deutsche Familie nach der anderen in der Region niedergelassen hatte. Einige von ihnen hatten bereits Bestellungen bei Josef aufgegeben, und hier und da grüßte ihn jemand mit einem freundlichen Winken. In zwei, drei Jahren wollte er auf diesem Weg sein Holz zum Hafen von Puerto Montt transportieren und von dort mit dem Küstendampfer in den Norden Chiles exportieren. Vielleicht würde eines Tages sogar die geplante Eisenbahnlinie fertiggestellt sein.

Nachdem er eine kleine Siedlung hessischer Einwanderer durchquert hatte, verdichtete sich der Wald, der Boden wurde feucht und schwer. Herrliche Alerce-Riesen ragten in den Himmel, der sich jetzt dunkelgrau zusammenzog. Josef war schon einige Male in Puerto Montt gewesen, und er hatte die kleine Hafenstadt noch nie anders als hinter einer grauen Regenwand erlebt. Mochten die Siedler auch jammern über das ewig schlechte Wetter und die verschlammten Straßen – Josef gefiel das Städtchen. Wie um Schutz zu suchen vor Wind, Wetter und den Wassern der Pazifikbucht, duckten sich die buntgestrichenen Holzhäuser zwischen bewaldeten Hügeln um die Kirche und den Gouverneurssitz. Puerto Montt war eine junge Stadt, und auch sein Onkel war, wie die meisten Männer der deutschen Kolonie Llanquihue, bei der Gründungsfeier vor drei Jahren dabei gewesen.

Friedhelm wohnte gleich hinter der Kirche, im Hause seines Lehrherrn, des Werkzeugmachers und Schlossermeisters Karl-Friedrich Geißler. Die Geißlers führten eine kinderlose Ehe und hatten Friedhelm sozusagen an Sohnes statt angenommen.

«Der Alte führt sich schlimmer auf als mein Vater und mein großer Bruder zusammen», hatte sich Friedhelm bei Josefs erstem Besuch beklagt. «Stell dir vor, ich muss des Nachts wie ein kleiner Junge heimlich aus dem Haus schleichen. Sonst hagelt es nur so von neugierigen Fragen.»

Dabei fand Josef den dicken, brummigen Mann recht nett. Als er jetzt an die Tür klopfte, öffnete ihm Geißlers Frau.

«Der junge Herr Scholz, so eine Überraschung! Kommen Sie schnell herein, Sie sind ja völlig durchnässt.»

«Gern, Frau Geißler, wenn ich nicht störe.»

«Aber nein. Wir sind gerade beim Mittagessen, und ein Teller heißer Suppe wird Ihnen guttun bei diesem Hundewetter.»

Er überließ Moro der Obhut von Geißlers *peón* und betrat die Stube, die erfüllt war vom Duft eines kräftigen Eintopfs. Der Werkzeugmacher deutete auf einen freien Stuhl neben sich.

«Schön, dass Sie mal wieder vorbeischauen. Setzen Sie sich.»

Friedhelm grinste. «Wahrscheinlich hat ihn der Hunger hergetrieben. Bei sich zu Hause lebt er nämlich von Wasser und Brot.»

«Sei nicht so frech, Junge, wenn dein Freund dich besuchen kommt. Was machen die Geschäfte, Herr Scholz?»

«Es läuft gut an, über Nachfragen und Aufträge kann ich nicht klagen. Aber wenn Sie mir vielleicht einen zuverlässigen Mitarbeiter empfehlen könnten?»

Geißler lachte. «An zuverlässigen Leuten scheint inzwischen Mangel zu herrschen. Aber wenn ich etwas höre, gebe ich Ihnen Bescheid. Ein Bekannter von mir hat übrigens eine Tischkreissäge zu verkaufen, englisches Fabrikat und so gut wie neu. Wenn Sie wollen, können wir sie nach dem Essen begutachten.»

Sie beendeten die Mahlzeit mit einem Schnaps und einer Tasse Kaffee, dann machten sie sich auf den Weg zu Geißlers Bekannten. Die Säge stellte sich als günstige Investition heraus, und Josef wurde mit dem Mann rasch handelseinig.

«Ich lasse Sie Ihnen nächste Woche nach Puerto Varas bringen, dann können Sie die erste Anzahlung leisten.»

Die Einladung der Geißlers, noch zum Sonntagskaffee zu bleiben, lehnten Josef und Friedhelm dankend ab. Sie hatten anderes vor.

«Bleiben Sie wenigstens über Nacht?», fragte Geißler, als er die beiden zur Tür brachte.

«Darüber habe ich noch nicht nachgedacht.»

«Na, dann übernachten Sie doch bei uns. Friedhelm wird sich freuen, eine Gelegenheit zum Ausgehen zu haben.»

Schweigend schlenderten sie hinunter zum Hafen. Es war windstill, und die Bucht von Reloncavi lag wie eine riesige dunkelgraue Pfütze vor ihnen.

«Hast du inzwischen Freunde in Puerto Varas?», fragte Friedhelm schließlich.

«Freunde?» Josef schlug den Kragen seiner Winterjacke hoch. «Ich habe sehr nette Nachbarn, und die meisten deutschen Familien kenne ich inzwischen beim Namen. Aber ich stecke bis über den Hals in Arbeit, verstehst du, und –»

«Mit anderen Worten», unterbrach ihn Friedhelm, «du igelst dich ein. Weißt du was? Heute Abend zeige ich dir, was man unternehmen kann, wenn man nicht mit den Hühnern zu Bett geht. Zuerst gehen wir gut essen, und dann – ach, lass dich überraschen.»

Bei Einbruch der Dämmerung betraten sie das Gasthaus «Zum Lamm». Am Gruß der Wirtin erkannte Josef, dass sein Freund hier kein seltener Gast war. Sie fanden noch einen freien Tisch in der Nähe des Kachelofens.

«Du musst von dem Sauerkraut versuchen. Das beste in der ganzen Gegend.»

Ein junges Mädchen mit strohblonden Zöpfen brachte ihnen zwei Krüge Bier.

«Zum Wohl, die Herrschaften.» Sie zwinkerte Friedhelm zu.

«Danke, Rosi. Das hier ist übrigens mein Freund Josef Scholz, in Kürze der reichste Mann von Puerto Varas.»

Josef trat ihm unter dem Tisch gegen das Schienbein.

«Glauben Sie ihm kein Wort, Fräulein Rosi.»

«Das ist es ja. Sie glaubt mir tatsächlich nie, was ich sage.» Friedhelm legte seinen Arm um ihre Hüften und schloss bekümmert die Augen.

Lachend entwand sich das Mädchen seinem Griff. «Was kann ich euch zu essen bringen?»

«Zweimal Rauchfleisch mit Sauerkraut. Und nach dem Essen setzt du dich ein wenig zu uns, ja?»

Rosi warf einen Blick in Richtung Wirtin, die misstrauisch zu ihnen herübersah. «Ach Friedhelm, du weißt doch, wie viel am Sonntag zu tun ist. Ein andermal.»

Friedhelm sah ihr nach.

«Ein hübsches Mädchen, nicht wahr? Sie ist die Tochter der Wirtin, und die Alte hütet sie wie ihren Augapfel.»

«Was dich betrifft, wird sie wohl allen Grund haben.»

Friedhelm beugte den Kopf an Josefs Ohr. «Wir sind zusammen», flüsterte er. «Heimlich natürlich.»

«Willst du sie heiraten?»

«Mein Gott, Josef, wir kennen uns doch erst seit kurzem. Außerdem –»

Er unterbrach sich, als die Wirtin persönlich die Teller mit dem dampfenden Kraut brachte.

«Guten Appetit. Sagen Sie, Friedhelm, könnten Sie morgen irgendwann bei uns zu Hause vorbeischauen? Unsere Wasserpumpe klemmt, und mein Mann ist in diesen Dingen doch etwas ungeschickt.»

«Aber gern.» Friedhelm strahlte sie aus seinen braunen Augen an, die mit den dunklen Brauen in apartem Gegensatz zu seinem dichten blonden Haarschopf standen. Er hat sich keinen Deut verändert, dachte Josef neidlos. Er weiß, was für ein hübscher Bursche er ist, und genießt es, wenn die Frauen seinetwegen den Kopf verlieren.

«Wann warst du eigentlich das letzte Mal in Maitén?», fragte Friedhelm und trank sein Bier leer. Dann gab er der Wirtstochter mit Handzeichen zu verstehen, ihnen zwei neue Krüge zu bringen.

«Überhaupt nicht mehr, seitdem ich im Januar weggezogen bin.»

«Dann weißt du ja noch gar nicht das Neueste. Die Ehrets

sind nach Osorno gegangen. Mutter Ehret hat wohl zu sehr unter dem mangelnden gesellschaftlichen Leben am See gelitten, und ihr Julius sollte eine ordentliche Schulbildung an der Deutschen Schule genießen. Mit den Händen hat er ja noch nie gerne gearbeitet, aber ich wette, für einen Schulabschluss reicht sein Verstand nicht aus.» Friedhelm grinste.

«Ach ja?» Josef starrte auf die Tischdecke. Was gingen ihn diese Leute an? Vielleicht tat er ihnen unrecht, aber in seinem Innersten machte er die Ehrets mitverantwortlich für Ayens Verschwinden. Sollten sie doch bleiben, wo der Pfeffer wächst.

«Ich finde, du solltest dich wieder mal in Maitén blicken lassen. Deiner Tante könntest du keine größere Freude machen, und auch mein Vater würde dich gerne wiedersehen. Außerdem wird viel geredet, seitdem du Sägewerkbesitzer bist. Dass du die Nase etwas hoch trägst und dass du wohl als steinreicher, aber einsamer Hagestolz enden wirst.»

«Ist mir doch gleich.» Josef spürte, wie ihm der Alkohol zu Kopf stieg.

«Es sollte dir aber nicht gleich sein, als Geschäftsmann. Aber sei ehrlich – es ist wegen der Geschichte mit Clara, nicht wahr? Du bist immer noch nicht darüber hinweg?»

Josef schwieg.

«Hör zu, Josef. Nächstes Wochenende möchte ich mal wieder zu Hause verbringen. Auf dem Weg nach Maitén hole ich dich ab, einverstanden?»

«Ich werd es mir überlegen.» Josef griff nach dem dritten Krug Bier, den Friedhelm für sie bestellt hatte, und nahm einen tiefen Schluck. Fast dankbar merkte er, wie er zum ersten Mal einen Feierabend zu genießen begann, hier in dieser gemütlichen Gaststube, zusammen mit einem Freund, den Kopf vom Bier angenehm umnebelt.

Inzwischen hatte sich auch das Nebenzimmer, ein langgestreckter holzgetäfelter Raum, gefüllt. Bierkrüge schlugen aneinander, Gelächter scholl herüber.

«Was ist das für eine Gesellschaft?», fragte Josef.

«Der deutsche Club. Lauter wichtige Leute. Dort drüben beispielsweise», er zeigte auf einen dicken Mann, dessen Glatze mit Schweißperlen besetzt war, «Brauereibesitzer Hungerbühl, dessen Bier wir eben trinken. Und das da», er prostete einem elegant gekleidetem Herrn zu, «ist Bruckmann, der Vorsitzende der deutsch-chilenischen Handelsgesellschaft. Oje, jetzt kommt auch noch mein Lehr- und Hausherr. Höchste Zeit für uns, die Lokalität zu wechseln.»

Geißler winkte ihnen freundlich zu und ließ sich neben Bruckmann nieder. Josef beobachtete, wie die beiden während des Gesprächs hin und wieder zu ihm herübersahen. Schließlich kamen sie beide an ihren Tisch. Bruckmann reichte ihm die Hand.

«Egon Bruckmann, von der deutsch-chilenischen Handelsgesellschaft. Sie sind also der Besitzer der neuen Sägemühle am See?»

«Ja, der bin ich. Josef Scholz.»

«Vielleicht könnten wir miteinander ins Geschäft kommen. Haben Sie schon einmal daran gedacht, Ihr Holz in den Norden zu exportieren?»

«Ja, natürlich.» Josef versuchte, einen klaren Kopf zu bekommen. «Die Absatzmöglichkeiten dort wären sicher hervorragend. Man müsste nur vorher die Transportwege prüfen.»

«Genau. Ich sehe schon, wir sprechen die gleiche Sprache. Sie sind der Fachmann für das Holz, ich für den Handel. Da böte sich doch eine Partnerschaft an. Ich sage Ihnen allerdings gleich, dass ich meine Ware nie wieder auf ein deutsches Schiff verfrachte. Dann noch lieber auf ein Ruderboot.» Er lachte dröhnend.

«Wieso das?», fragte Josef, obwohl er keine Lust verspürte, mit diesem Mann über Geschäftsdinge zu reden. Er warf einen Blick auf Friedhelm, der die Augen verdrehte und Rosi heranwinkte, um zu bezahlen.

«Weil die deutschen Schiffe unzuverlässig geworden sind, höchst unzuverlässig. Unten im Hafen liegt die *Stralsund*, angedockt und manövrierunfähig. Und meine Ware steckt im Laderaum. Es kann Wochen dauern, bis das Schiff auslaufen darf. Stellen Sie sich das einmal vor.»

«Was für ein Pech.» Josef beobachtete, wie Friedhelm seine Hand auf Rosis Knie schob, die sich an den Tisch gesetzt hatte, um zu kassieren.

«Das ist aber noch nichts gegen die Katastrophe, die mir vor gut einem Jahr widerfahren ist. Dieselbe Situation. Eine deutsche Bark hatte Waren von mir geladen, in der Hauptsache Felle, die für ein Fort an der Magellanstraße bestimmt waren. Das Schiff war noch nicht mal auf offener See, als es zurück in den Hafen musste. Wasser war in den Rumpf gedrungen. Zufällig befand sich zu diesem Zeitpunkt ein chilenischer Schoner im Hafen, der die gleiche Route fahren sollte. Ich lasse also meine Ware umladen, und wissen Sie, was dann geschah?»

Josef zuckte mit den Schultern. Dieser Bruckmann ging ihm zunehmend auf die Nerven.

«Der Schoner gerät auf der Höhe der Magellanstraße in einen Orkan und geht mitsamt meinen Fellen unter. Ein unbeschreiblicher Verlust.»

«Demnach würde ich an Ihrer Stelle auch chilenische Schiffe eher meiden.»

«Mag sein. Aber was soll man von einem alten Forschungsschiff auch schon erwarten? Ich hätte nicht umladen dürfen. Jede Wette, dass sich bei der Havarie kein Mensch um meine Ware gekümmert hat, sondern nur darum, die eigene Haut zu retten.»

Plötzlich begann es in Josefs Kopf zu arbeiten. «Ein Forschungsschiff? Vor einem guten Jahr?»

«Sagte ich doch.»

«Glauben Sie, dass es von diesem Schiff eine Passagierliste gibt?»

«Sicher gibt es diese Listen. Fragen Sie doch einfach in der Hafenmeisterei nach. Doch ich will Sie jetzt nicht länger aufhalten. Hier, meine Anschrift.» Er zog eine Karte aus seiner Westentasche. «Kommen Sie doch mal bei mir vorbei. Ich könnte mir eine Zusammenarbeit mit Ihnen trefflich vorstellen.»

«Ich könnte mir eine Zusammenarbeit mit Ihnen trefflich vorstellen», äffte Friedhelm ihn nach, als sie draußen auf der Straße standen. «Ein grässlicher Mensch, dieser Bruckmann. Komm, nichts wie weg hier.»

«Wohin willst du?» Josef war noch immer in Gedanken.

«In eine Schänke, wo wir mit Sicherheit keinen Landsmann von uns treffen. Was hat dich eigentlich an diesem Schiff so interessiert?»

«Ein Freund von mir wollte an einer Expedition in Feuerland teilnehmen, und seither habe ich nichts mehr von ihm gehört – Paul Armbruster, vielleicht erinnerst du dich an ihn.»

«Natürlich. Er gehörte ja sozusagen zu deiner Familie. Vielleicht hat er es sich ja anders überlegt und ist in Chile geblieben? Oder nach Deutschland zurückgekehrt.»

«Das glaube ich nicht. Morgen früh frage ich beim Hafenmeister nach.»

Sie hatten den Stadtrand von Puerto Montt erreicht und standen vor einer strohgedeckten Lehmhütte. Aus den mit Decken verhängten Fenstern drang lauter Gesang, und vor der Tür warteten magere Maultiere geduldig auf ihren Herrn.

Josef hatte noch nie solch eine Bauernschänke betreten.

«Hier sollen wir rein?»

«Es wird dir gefallen. Du wirst schon sehen.»

Die Kienspäne an den Wänden beleuchteten nur spärlich den niedrigen, rauchgeschwängerten Raum. Im Hintergrund stand eine Frau unbestimmten Alters, die auf einer Art Harfe spielte. Das offene schwarze Haar wogte um ihre Schultern. Ihr mit buntem Flitter besetztes Kleid verriet mehr von ihrem üppigen Körper, als dass es ihn verbarg. Auf den Bänken saßen einfach gekleidete Bauern und Fischer, die von der Sonne gegerbten Gesichter erwartungsvoll den wenigen herausgeputzten Frauen zugewandt, die sich zwischen ihnen drängten. Als die Musik lauter wurde, erhob sich eine Gruppe und begann, mit stampfenden Füßen und erhobenen Händen um eine grellgeschminkte Frau zu tanzen.

Friedhelm schob seinen Freund auf einen frei gewordenen Platz und kam kurz darauf mit einem Krug *chicha* und zwei Bechern zurück. Auch hier schien man ihn zu kennen, denn er wurde von allen Seiten freundlich begrüßt. Die Harfenspielerin unterbrach ihr Spiel und schob sich durch die Menge zu ihnen durch.

«*Hola, hijito*, wie geht's?»

Sie hauchte Friedhelm einen Kuss auf die Wange und zog einen Hocker heran.

«*Hola*, Carmen. Darf ich dir meinen Freund vorstellen? José aus Puerto Varas.»

«Sehr erfreut, José. Sind Sie auch einer dieser ernsten Deutschen, die von früh bis spät arbeiten?»

«Ich weiß nicht.» Ihr breites Lächeln und ihr unumwunden neugieriger Blick verwirrten Josef.

«Die einzige Ausnahme, die ich kenne, ist mein Frido hier.» Sie legte Friedhelm die Hand auf den Oberschenkel. «Er liebt den Wein und die Frauen mehr als die Arbeit, nicht wahr?»

«Kommt darauf an, wie abwechslungsreich die Arbeit ist. Trinken wir auf die deutsche Arbeit und die chilenischen Frauen! *Salud!*»

Der starke Apfelwein nahm Josef den Rest an Klarheit.

Alles erreichte ihn wie durch einen zähen Nebel: der helle Klang der Harfe zwischen den Trommelschlägen und dem Stampfen der tanzenden Füße; die weißgepuderten Frauengesichter, in denen die schwarzgerahmten Augen wie Löcher und die kirschroten Lippen wie frische Wunden wirkten; die zarten Frauenhände auf seinem Schenkel und seiner Brust; die derben Pranken, die ihm freundschaftlich auf die Schultern schlugen. Ab und an näherte sich ihm schwankend Friedhelms Oberkörper, um ihm *chicha* nachzuschenken.

Ein Hurenhaus!, fuhr es ihm durch den Kopf. Ich sitze betrunken in einem Hurenhaus! Und neben mir hockt Friedhelm mit einem leichten Mädchen auf dem Schoß. Dumpf fühlte er sich an etwas erinnert, und er beugte sich zu seinem Freund herüber.

«Hast du ... Warst du damals wirklich mit Kunigunde zusammen?»

Sein Freund kicherte. «Sagen wir besser, sie war mit mir zusammen. Sie hat nicht lockergelassen, und ich habe mich nicht gewehrt. Aber glaub mir, sie ist gar nicht so übel, wie alle von ihr reden. Sie hat sehr gelitten unter ihrer herrischen Mutter und unter Julius.»

«Wieso unter Julius?», fragte Josef irritiert.

«Er hat sich ihr immer wieder genähert. Julius ist eben ein Schwein.»

In Josefs Kopf begannen die Gedanken zu kreiseln. Julius ist ein Schwein. Plötzlich keimte ein schrecklicher Verdacht in ihm auf.

Da schob sich ihm eine Hand in den Nacken, und ein zierliches Mädchen ließ sich auf seinem Schoß nieder. Hatte er dieses Gesicht heute schon gesehen, ihren Namen gehört? Einerlei, ihr Körper verströmte eine wohlige Wärme, man konnte sich anlehnen an diese Schultern und die Augen schließen. Als Josef sie wieder öffnete, war Friedhelm verschwunden.

«Wo ... ist ... mein Freund?» Die Zunge schien ihm am Gaumen zu kleben.

Statt einer Antwort küsste ihn das Mädchen. Ihre Lippen waren weich und schmeckten nach vergorenen Äpfeln. Sie stand auf und zog ihn von der Bank, zog ihn durch das Gedränge nach draußen auf einen Hof und weiter bis zu einem Bretterverschlag. Mit dem Fuß stieß sie eine der drei Türen auf. Die Kammer war fast vollständig von einer breiten Bettstatt ausgefüllt, nur ein Tisch mit Waschschüssel und Tranlampe fand noch Platz.

Josef lehnte sich an den Tisch. Ihn schwindelte. Aus weiter Ferne nahm er wahr, wie die junge Frau fordernd über seinen Hosenlatz strich und sich sein Glied unter dem Stoff aufrichtete.

«Was für eine Männlichkeit!», flüsterte sie. Dann trat sie einen Schritt zurück und zog sich das Kleid über den Kopf. Ihre runden Brüste zeichneten sich deutlich unter dem Hemd ab. Josefs Blick fiel auf das fleckige, zerwühlte Laken. Gleich würde sie sich auf das Bett legen, erwartungsvoll, mit geöffneten Beinen. Aus der Nebenkammer drang wollüstiges Stöhnen und Röhren, ganz deutlich stieg ihm ein abgestandener, süß-saurer Geruch in die Nase, der ihm fast den Atem nahm.

«Komm, mein kleiner *caballero*, leg dich zu mir.»

Er sah hinunter auf die schmale Gestalt. Die Schminke in dem fahlen Gesicht war verlaufen, ihre Füße steckten in zerrissenen Strümpfen, und an der Innenseite ihres linken Schenkels schimmerte eine schlecht verheilte Narbe.

«Nun komm schon.» Sie zog ihr Hemd die Hüften hinauf, bis das dunkle Kraushaar ihres Geschlechts sichtbar wurde. Josef begann zu frösteln. Wie war er nur hierher geraten?

«Vielleicht ein andermal.»

Er stolperte hinaus. In der feuchten Kälte der Nacht blieb er stehen und holte tief Luft. Wo steckte bloß Friedhelm? Die beiden anderen Türen des Verschlags wurden geöffnet, und zwei Chilenen schwankten heraus. Josef kehrte zurück in die Schänke und sah sich suchend nach seinem Freund um. Ihm stand inzwischen der Sinn nach nichts anderem als nach Ruhe und Schlaf.

«Na, hat sich Carmens Schwester gut um dich gekümmert?»

Friedhelm schlug ihm auf die Schulter und grinste, offensichtlich zufrieden und guter Dinge.

«Ja, ja, es war schon recht. Ich würd jetzt gern nach Hause gehen.»

«Schade, um diese Uhrzeit wird es eigentlich erst richtig lustig. Aber vielleicht hast du recht, morgen muss ich früh raus.»

Sie wollten sich eben auf den Heimweg machen, als ein vierschrötiger Kerl mit Vollbart und Schirmmütze eintrat. Friedhelm schüttelte ihm die Hand.

«Das ist Juan-Eduardo, die rechte Hand des Hafenmeisters. Den kannst du fragen wegen deiner Passagierliste.»

Josef winkte ab. In seinem Kopf dröhnte es, und eine flaue Übelkeit stieg ihm aus der Magengegend auf.

Der Mann blinzelte sie an. «Was für eine Passagierliste?»

«Mein Freund bräuchte die Passagierliste von einem chilenischen Segler. Das ist allerdings schon über ein Jahr her.»

«So lange heben wir die Listen nicht auf. Um was für ein Schiff handelt es sich denn?»

«Ein Forschungsschiff», antwortete Josef müde. «Es ist Ende Mai letzten Jahres nach Feuerland ausgelaufen.»

«Und ob ich mich daran erinnere. Die Unglückseligen, die es auf diesen alten Seelenverkäufer verschlagen hatte …» Er schlug andeutungsweise ein Kreuz. «Sie sind alle vor Feuerland ersoffen.»

24

Die Sägemühle erwies sich als Goldgrube. Zwischen dem Südufer des Sees und Puerto Montt wurden fast sämtliche neue Bauten mit Josefs Holz errichtet, der Name Scholz bürgte für Qualität und Zuverlässigkeit. Josef begann viele Pläne zu schmieden: Er könnte zum Beispiel sein Geschäft auf Laubholz für Möbel ausdehnen. Er arbeitete wie ein Tier, beharrlich und zielstrebig, doch die Neugier und Lebensfreude, mit der er in den ersten Jahren in Chile alles angepackt hatte, schien ihm abhandengekommen zu sein. Stattdessen wurde sein Wesen von einer Verbissenheit bestimmt, die die wenigen Vertrauten, die ihm noch geblieben waren, befremdete. In Puerto Varas führte er das Leben eines Einsiedlers, abgesehen von den Mittwochabenden, die er bei der Nachbarsfamilie Gómez verbrachte. Zwar galt er bei den ansässigen Siedlerfamilien längst als gute Partie, doch jegliche Versuche, ihn mit einem der jungen Mädchen zusammenzubringen, wehrte er erfolgreich ab. Die Samstagabende und Sonntage verbrachte er mal bei Luise und Emil, mal in Puerto Montt, wo er es sich zur Gewohnheit gemacht hatte, nach einem ausgiebigen Essen mit Friedhelm in die Vorstadtschänke zu ziehen. Er schlief mit Carmen, die ihm Friedhelm bereitwillig überlassen hatte, der wiederum Gefallen an einem anderen Mädchen gefunden hatte. Diese Schäferstündchen wurden Josef zur Routine, ohne dass er dabei Zärtlichkeit oder Freude empfunden hätte. Er trank an diesen Abenden zu viel *chicha* und Bier, denn ohne Alkohol hätte er das Zusammensein mit den Frauen nicht ertragen.

Friedhelm freute sich, dass sein Freund offenbar aus seiner Einsamkeit herausgefunden hatte. Dabei fühlte sich Josef selbst allerdings so verloren, wie er es seit seiner Flucht nach Hamburg nicht mehr empfunden hatte. Armbruster war tot, die Liebe zu Ayen unwiederbringlich dahin, und von Kayuantu hatte er seit ihrer unglückseligen Unterhaltung nicht wieder gehört. Als Einzige schien Luise zu ahnen, was in ihm vorging.

«Willst du immer so weitermachen?», fragte sie ihn eines Tages, als er ihr bei einem Besuch im Gemüsegarten zur Hand ging.

«Wie meinst du das?»

«Du lebst nur noch für dein Sägewerk, abgesehen von den Eskapaden in Puerto Montt, die mir zu Ohren gekommen sind.»

Josef wurde rot.

«Du brauchst dich jetzt nicht zu schämen. Diese Dinge gehen mich nichts an, du bist alt genug. Ich meine nur, dass du dich gehenlässt.»

«Ach ja? Und was mache ich in deinen Augen falsch? Du hast mir doch geraten, mich nicht in ein Schneckenhaus zurückzuziehen, damals, als Ayen verschwunden war! Habe ich deinen Rat nicht befolgt? Ich arbeite von früh bis spät, mein Geschäft läuft immer erfolgreicher, und nächsten Monat werde ich sogar einen Großteil meiner Schulden abbezahlen können. Dass ich dir nicht auch noch ein heiles Familienleben anbieten kann, tut mir sehr leid.»

«Ja, du hast Erfolg. Aber du bist nicht mehr du selbst. Du lachst nicht mehr, hast an nichts mehr Spaß, und für die Menschen um dich herum interessierst du dich nicht mehr. Du bist hart und unnahbar geworden. Du hast deine Seele an deine Sägemühle verkauft, und das alles nur, weil dir deine erste große Liebe davongelaufen ist. Himmel, Josef, du bist doch nicht der Erste und Einzige, dem solcher Schmerz widerfahren ist! Jeder Mensch kann damit fertig werden, wenn er nur will.»

«Du hast leicht reden.» Sein schmales Gesicht war

bleich geworden. «Aber du vergisst, dass du Emil und deine Kinder hast. Weißt du überhaupt, was eine unglückliche Liebe bedeutet?» Der Zorn überrannte ihn. «Ich an deiner Stelle hätte es jedenfalls nicht übers Herz gebracht, Paul Armbruster einfach wegzujagen. Und wenn du ihn damals nicht so hartherzig zurückgewiesen hättest, wäre er jetzt nicht tot!»

Es war heraus. Josef bereute seine Worte sofort.

«Tot?» Luise versagte die Stimme.

«Entschuldige, ich bin ein Dummkopf. Ich ... Ich weiß nicht mehr, was ich rede. Bitte verzeih mir, Tante Luise, ich wollte dich nicht verletzen.»

«Wieso tot?»

«Ich wollte es dir längst sagen. Pauls Schiff nach Feuerland ist bei einem Sturm untergegangen. Keiner hat das Unglück überlebt.»

Luise bückte sich über das Beet und arbeitete schweigend weiter. Als sie am Ende der Furche angelangt war, richtete sie sich auf und sagte mit Bestimmtheit: «Das glaube ich nicht. Und ich will nie wieder von diesem Unsinn hören.»

Wütend knallte Josef die Haustür hinter sich zu. Dieser Schuft! Pablo hatte ihn sang- und klanglos sitzenlassen und war, nachdem er sich einen Vorschuss hatte auszahlen lassen, über Nacht verschwunden! Voller Grimm verriegelte Josef die Tür, hinter der Maxi leise jaulte, und stapfte hinüber zu den Gómez', die mit dem Abendessen auf ihn warteten.

Clara Gómez hatte seine Lieblingsspeise zubereitet: gebackene Forelle mit wilden Kartoffeln und grünen Bohnen.

«Setzen Sie sich, Don José. Die Männer müssen jeden Augenblick kommen.»

Sie reichte ihm einen Becher *chicha*.

«Sie sehen heute nicht gut aus. Hatten Sie Ärger?»

Josef erzählte ihr von seinem Pech mit Pablo. Teilnahmsvoll nickte sie und schenkte ihm nach.

«Was für eine Ungerechtigkeit, dass ausgerechnet Ihnen so ein schwarzes Schaf ins Haus gelaufen ist. Einen *patrón*, der seine Leute anständiger behandelt, wird man hier kaum finden. Aber leider werden gerade die Anständigen schnell ausgenutzt.»

Als ihr Mann und die Söhne eintraten, trug sie das Essen auf. «Vielleicht findet sich bald ein besserer Gehilfe, der es auch verdient, bei Ihnen arbeiten zu dürfen, nicht wahr, Ignacio?»

«Wieso, Don José, was ist passiert?»

Josef musste ein zweites Mal berichten.

«Eine dumme Sache.» Gómez kratzte sich am Bart. «Wir dachten schon oft, dass Pablo der Falsche ist und dass –» Er stockte.

«Nun red schon!» Clara stupste ihren Mann in die Seite.

«Nun ja, vielleicht ist es eine Fügung des Schicksals. Wir wollten heute Abend ohnehin etwas mit Ihnen besprechen. Die beiden Jüngsten sind inzwischen fleißige Bauern und helfen mir mit voller Kraft, drei Mann reichen aus für unseren kleinen Hof. Da dachten wir, jetzt, wo die Erntezeit bevorsteht, sollte sich Oswaldo entscheiden, ob er wieder als Erntehelfer geht oder sich eine feste Arbeit sucht. Nicht wahr, Oswaldo?»

Oswaldo nickte und sah Josef erwartungsvoll an. Josef traute seinen Ohren nicht. Sollte das ein Angebot sein? Das nenne ich Glück im Unglück, dachte er.

«Sie sagen ja gar nichts, Don José. Haben Sie schon jemand anderen im Sinn?» Gómez' Lächeln wurde unsicher.

«Nein, nein, im Gegenteil. Das wäre großartig. Oswaldo, Sie sind meine Rettung!»

Sie besiegelten die Abmachung mit einer Flasche Wein, die Josef mitgebracht hatte. Nach dem Essen holte Oswaldo eine abgegriffene Laute aus seinem Verschlag, und sie sangen und tranken bis kurz vor Mitternacht.

Ausgelassen machte sich Josef in dieser Nacht auf den Heimweg, als er schon von weitem Maxis wütendes Gebell hörte. Kaum hatte er die Haustür geöffnet, raste die Hündin an ihm vorbei in Richtung Geräteschuppen. Die Schuppentür war mit roher Gewalt aufgebrochen worden. Josef musste feststellen, dass neben einem alten Spaten seine beste Säge, eine Zweimann-Quersäge, sowie ein neues Handbeil fehlten. Pablo, dieser Hurensohn!

Er verwarf den Gedanken, den Einbruch dem *intendente* zu melden, denn er wusste um die Trägheit der chilenischen Verwaltungsbeamten. Stattdessen beschloss er, sich trotz seiner Abneigung gegen Feuerwaffen gleich morgen eine Flinte zu besorgen. Dann wollte er Oswaldo bitten, bei ihm in der Mühle zu wohnen. Und er würde den Dielenboden aus der Stube reißen. Womöglich lag doch ein Fluch des Ermordeten über der Mühle.

Doch das nächste Debakel traf Josef schon eine Woche später und ungleich härter als der Einbruch in den Schuppen. Er war mit einigen Siedlern verabredet, die erst vor kurzem aus ihrer schwäbischen Heimat eingetroffen waren und von denen er sich einen großen Auftrag erhoffte.

«Tja, Herr Scholz, wir haben das Holz nun doch anderweitig bestellt.» Der Sprecher der neuen Siedler hob entschuldigend die Hände. «Sehen Sie, wir müssen hart rechnen, und das Angebot, für das wir uns entschieden haben, ist wirklich mehr als günstig, trotz des längeren Transports.»

«Wieso? Woher kommt das Holz?»

«Aus Osorno.»

Josef sah ihn ungläubig an. Hier an der Südseite des Sees war ihm die Sägerei in Osorno noch nie in die Quere gekommen. Die Wege waren nach wie vor schlecht, und der Transport über den riesigen Lago Llanquihue immer noch sehr teuer. Irgendetwas stimmte da nicht.

«Seit wann verkauft die Mühle in Osorno ihr Holz unter Preis?»

Der Mann zuckte mit den Schultern. «Ich kann Ihnen nur sagen, dass wir dort unterm Strich nicht einmal drei Viertel der Summe bezahlen wie bei Ihnen, für die gleiche Menge Bauholz. Hier, sehen Sie selbst.»

Er zeigte Josef den Bestellschein. In der Berechnung fand sich kein einziger Fehler. Als Josef das zweite Blatt auseinanderfaltete, glaubte er, ihn träfe der Schlag. Die Bestellung war abgestempelt mit «Sägemühle Osorno, Inh. Julius Ehret».

Josef murmelte einen Gruß, bestieg Moro und galoppierte voller Wut nach Hause.

«Der Bursche will mich unterbieten.» Seine Stimme bebte, als er Oswaldo noch im Hof von der Sache erzählte.

«Mit diesen Lockangeboten versucht er, mein Geschäft zunichtezumachen. Nie und nimmer könnte ich zu solchen Preisen mein Holz anbieten.»

Oswaldo rieb das schweißbedeckte Pferd mit Stroh ab.

«Wenn dieser Mann die Mühle erst kürzlich übernommen hat, will er mit solchen Angeboten vielleicht nur auf sich aufmerksam machen und wird bald wieder zu den üblichen Preisen verkaufen. Wieso sollte das gegen Sie gerichtet sein?»

«Sie kennen diesen Kerl nicht. Er würde seine Großmutter an den Teufel verkaufen, wenn er dadurch einen Vorteil hätte. Und er hasst mich, warum auch immer.» Josef ballte die Fäuste. «Aber Sie haben recht, Oswaldo, lange wird er diese Schleuderpreise nicht durchhalten können.»

Josef sollte sich täuschen. In den nächsten Wochen erhielt er keinen einzigen neuen Auftrag. Julius versuchte offensichtlich, ihn in den Ruin zu treiben. Die Sorgen um sein Geschäft ließen ihn nachts nicht mehr einschlafen. Alles war so wunderbar angelaufen, er hatte mittlerweile seine Schulden abbezahlt, und die Mühle hatte begonnen, sich selbst zu tragen und sogar erste kleine Gewinne abzuwerfen – sollte er jetzt ruhig mit ansehen, wie alles zusammenbrach? Kurz entschlossen sattelte er an einem ungewöhnlich heißen Februarmorgen das Pferd und ritt zu einer der Farmen, die ihr Holz aus Osorno bezogen. Er wollte mit eigenen Augen sehen, was das für Holz war, das Julius überall in der Gegend zu Spottpreisen losschlug.

«So ein Lump», murmelte er, als er die Bretter und Balken begutachtete. Die Lieferung bestand fast ausnahmslos aus billigem Laurel, einer Lorbeerart, die für Bauholz viel zu weich war. Die dunkelbraune Streifung bei etlichen Brettern verriet ihm, dass hier krummschäftige Stämme verarbeitet worden waren, obendrein waren sie zu feucht. Das Holz solch minderwertiger Stämme war brüchig und spröde und würde sich nach dem Einbau kräftig verziehen oder gar brechen. Andere Bretter wiesen Knoten und Aststücke auf oder waren von Weißfäule befallen. Keine angesehene Sägerei würde so etwas als Bauholz verkaufen.

«Das Holz ist völlig minderwertig», sagte Josef zu dem Käufer, einem jungen Mann, der ihn misstrauisch bei seinem Tun beobachtet hatte. Aber der zuckte nur mit den Schultern.

«Bretter sind Bretter. Wichtig ist allein, dass alles exakt nach unserer Bestellung zugeschnitten ist und wir ohne große Schneidarbeiten mit dem Bauen beginnen können.»

«Sie werden sich wundern. Das Holz wird sich irgendwann biegen und krümmen, dass Ihnen die Nägel um die Ohren fliegen.»

«Dummes Zeug. Jetzt entschuldigen Sie mich bitte, ich muss weiterarbeiten.»

Zu Hause berichtete Josef von seiner Entdeckung.

«Das Ganze grenzt an Betrug. Trotzdem – es bleibt uns nichts anderes übrig, als die Preise zu senken.»

Oswaldo schüttelte den Kopf. «Das würde ich nicht tun. Es ist doch nur eine Frage der Zeit, bis die Leute merken, was sie da gekauft haben.»

«So lange können wir nicht warten.»

«Dann sollten Sie jedem Einzelnen von ihnen klarmachen, wie schlecht das Holz ist. Zum Vergleich können Sie ja ein paar von Ihren Brettern mitnehmen. Die Leute sind doch nicht dumm.»

«Dumm nicht, aber sparsam. Na ja, einen Versuch wäre es vielleicht wert.»

In den nächsten Tagen zog Josef mit einem Pferdekarren voll ausgesuchter Balken, Bretter und Latten übers Land, um für die Qualität seiner Schnitthölzer zu werben. Manche Siedler wiesen ihn freundlich, aber bestimmt zurück, andere, wenn auch die Minderzahl, lauschten geduldig seinen Ausführungen. Es war ein mühsames Unterfangen, oft genug hatte Josef das erniedrigende Gefühl, wie ein lästiger Hausierer behandelt zu werden. Er hätte sicher bald den Kopf hängen lassen und aufgegeben, wenn nicht gleichzeitig eine Entwicklung stattgefunden hätte, die ihn fast glücklich stimmte: Oswaldo erwies sich während seiner Abwesenheit als ein Mann, dem er blindlings vertrauen konnte. Mit Eifer kümmerte sich sein Gehilfe um die tägliche Arbeit, plante voraus, erledigte alles Liegengebliebene und zeigte zudem einen Geschäftssinn, der Josef manchmal verblüffte.

«Wir sollten etwas anbieten, was es in Osorno nicht zu kaufen gibt, zum Beispiel Dachschindeln. Es braucht zwar eine Weile, bis wir davon genug hergestellt haben, aber dafür ist heute auch eine erste große Bestellung von Bauholz eingetroffen.»

Tatsächlich gab es in Osorno, seitdem Julius die Mühle übernommen hatte, keine Schindeln mehr zu kaufen. Vermutlich war ihm die Produktion von Schindeln zu aufwendig, denn das schnelle Geld war damit erfahrungsgemäß nicht zu machen.

«Dazu bräuchten wir allerdings eine neue Säge, und ich müsste einen Kredit aufnehmen. Aber vielleicht haben Sie recht, es könnte sich lohnen. Wissen Sie was, Oswaldo? Heute Abend gehen wir im Ort so richtig schön essen. Unseren ewigen Gemüseeintopf kann ich nicht mehr sehen.»

Die Aufnahme eines Kredits stellte sich als unnötig heraus. Nach und nach trafen wieder Bestellungen ein, und schon im Herbst konnte Josef seiner Mutter voller Stolz eine größere Geldsumme schicken. Seine Hoffnung, die Familie eines Tages doch noch nach Chile zu holen, entflammte aufs Neue.

Julius' Geschäftsgebaren hatte ihn zwar in finanzieller Hinsicht empfindlich getroffen, doch dank Oswaldos Unterstützung hatte er den längeren Atem behalten. Mittlerweile war er landauf, landab bekannt, man grüßte ihn freundlich und respektvoll, und er wurde immer häufiger zu den Gesellschaften in Puerto Varas eingeladen. Das Ansehen, das er genoss, erfüllte ihn mit Stolz, und er begann, an dieser neuen Seite seines Lebens Gefallen zu finden.

25

*D*as Schwein stemmte sich mit allen vieren in den schlammigen Boden. Es schien zu ahnen, was ihm bevorstand.

«Nun komm schon.» Ayen zerrte am Strick. Sie war in Eile, sie fror und war bis auf die Haut durchnässt. Sie solle sich beeilen, hatte ihr Dienstherr befohlen, der Arzt käme gegen fünf und bis dahin müsse die Herrin gewaschen und umgezogen sein. Endlich konnte Ayen in dem strömenden Regen das langgestreckte Gebäude des Schlachters ausmachen.

Als sie mit dem störrischen Tier die Landstraße überqueren wollte, preschte ein Reiter auf sie zu. Er musste sie doch gesehen haben, oder konnte er sein Pferd nicht mehr bändigen? Mit erhobenem Kopf beschloss Ayen, ruhig weiterzugehen, doch der Reiter machte keine Anstalten, sein Pferd zu zügeln. Gerade noch rechtzeitig ließ sie den Strick los und sprang zurück. Nur eine Armeslänge von ihr entfernt galoppierte das Pferd vorbei und schleuderte ihr Dreckbrocken ins Gesicht. Ayen rutschte der Länge nach in den Morast. Für den Bruchteil einer Sekunde hatte sie das Gesicht des Mannes gesehen, es war ein junges Gesicht, das ihr merkwürdig bekannt vorkam. Nein, das konnte nicht sein, sie musste sich getäuscht haben. Der Mann, der sie gerade beinahe umgeritten hatte, war kein Bauernsohn gewesen, sondern ein vornehm gekleideter Herr mit sorgfältig gestutztem Haar und Schnurrbart. Dennoch – sie hätte schwören können, dass es Josés Augen waren, die sie erschrocken angestarrt hatten. Josés dunkelblaue Augen, die die Farbe des Sees an einem klaren Wintertag hatten ...

Ihre Verwirrung schlug in Ärger um, als sie bemerkte, dass das verängstigte Schwein die Gelegenheit genutzt hatte, um sich aus dem Staub zu machen. Obendrein war ihr Kleid über und über mit Schlamm beschmiert. Wütend stapfte sie durch den eisigen Herbstregen nach Hause. Dem Himmel sei Dank, das Tier stand vor seiner Stalltür und wühlte mit der Nase im Dreck, glücklich über seine wiedergewonnene Freiheit. Es tat ihr leid.

«Du kommst um den Schlachter leider nicht herum», murmelte sie und brachte es in den Stall zurück. Sie versuchte, unbemerkt ins Haus zu schlüpfen, um sich umzuziehen, als sie hinter sich die donnernde Stimme ihres Dienstherrn hörte.

«Was soll das? Wieso ist das Schwein nicht beim Schlachter? Und wie siehst du überhaupt aus?»

Walter Märgenthalers Anfälle von Jähzorn waren gefürchtet. Ayen holte tief Luft, dann drehte sie sich um und sah dem feisten Mann ruhig ins Gesicht.

«Ein Reiter hätte mich beinahe umgeworfen. Dabei bin ich gestürzt, und das Schwein ist davongelaufen. Bitte entschuldigen Sie.»

Sie hatte ihre Erklärung bedächtig und ohne Unterwürfigkeit hervorgebracht. Märgenthalers Gesicht lief augenblicklich dunkelrot an, und seine wässrigen Augen verschwanden fast hinter den Tränensäcken.

«Herrgott nochmal, muss man in diesem Haus alles allein machen? Nochmal so eine Geschichte, und du kannst deine Sachen packen, verstanden?» Aufgebracht stieß er mit dem Fuß gegen einen Futtereimer.

«Ob du verstanden hast?»

«Ja, Señor.» Vielleicht erwartete ihr Herr, dass sie den Kopf senkte, doch sie würde sich vor keinem Weißen mehr demütig zeigen.

«Ab ins Haus und mach dich sauber. Aber beeile dich gefälligst, der Arzt kann jeden Moment kommen. Und morgen bringst du das Schwein noch vor dem Frühstück zum Schlachter.»

Ayen lief hinauf in ihre Kammer unterm Dach. Diese eingebildete Krämerseele! Von ihrer Herrin wusste sie, dass Märgenthalers Vater noch ein einfacher Stuttgarter Bierkutscher gewesen war, der seine acht Kinder nicht ernähren konnte und seine Söhne schon früh in eine Ziegelei zum Arbeiten geschickt hatte. Und jetzt führte sich Märgenthaler auf wie ein reicher Kaufmann. Dabei besaß er nur diese winzige Gemischtwarenhandlung – die zugegebenermaßen für die hiesigen Siedler von höchster Bedeutung war, da es sich um den einzigen Laden an der Landstraße von Puerto Varas nach Puerto Montt handelte.

Ayen verachtete diesen aufgeblasenen, unbeherrschten Mann und hätte sich längst eine neue Stellung gesucht, wäre da nicht Ludmilla Märgenthaler gewesen. Sie war das genaue Gegenteil ihres Mannes: empfindsam und zart wie ein Windhauch, mit einer Haut, die wie Porzellan schimmerte, und trotz ihres fortgeschrittenen Alters von einer Schönheit, die Ayen bei einer weißen Frau noch nie gesehen hatte. Ludmilla Märgenthaler hatte ihre deutsche Heimat nie verlassen wollen und war schon auf der Überfahrt nach Chile krank geworden. Das lag nun beinahe drei Jahre zurück, und die Frau hatte sich von den Strapazen der Reise seitdem nicht wieder erholt. Mittlerweile lag sie den ganzen Tag im Bett, von ihrem täglichen kleinen Rundgang an Ayens Seite abgesehen. Fortgeschrittene Blutarmut, hatte der Arzt diagnostiziert, doch Ayen wusste, woran sie litt: an Heimweh. Von den Salben und Arzneien hielt Ayen nicht viel. Sie bereitete der Kranken mehrmals täglich einen Veilchentee gegen die Einsamkeit und ein Fußbad aus Eisenkraut, um die Melancholie zu vertreiben. Und tatsächlich schien die Frau in letzter Zeit wieder zu Kräften zu kommen. Ob das nun an ihren Heilmitteln lag oder an ihrer liebevollen Fürsorge, vermochte Ayen nicht zu beurteilen. Jedenfalls hatten die wenigen Monate, in denen Ayen im Hause Märgenthaler arbeitete, zwischen den beiden Frauen ein enges Band entstehen lassen.

Als Ayen jetzt das Krankenzimmer betrat, breitete sich ein Leuchten über Ludmilla Märgenthalers müdes Gesicht. Sie richtete sich auf.

«Clara! Setz dich her zu mir ans Bett und erzähl, was vorgefallen ist. Ich habe meinen Mann schelten hören.» Sie nahm Ayens Hand.

«Ach, ein dummes Missgeschick. Das Schwein sollte zum Schlachthof, und ein wild gewordener Reiter hat uns so erschreckt, dass ich in den Dreck fiel und das Schwein wieder nach Hause gelaufen ist.»

«Dass Walter aber auch immer so schnell wütend wird! Nimm es dir nicht zu Herzen, Kind, du kennst ihn ja inzwischen. In zwei Stunden ist alles wieder vergessen.»

«Ich weiß, Señora, machen Sie sich keine Sorgen.»

«Aber deine Hände zittern ja. Hast du dich so erschreckt?»

«Nein. Das heißt ... Ich dachte, dass ich den Reiter kenne, von früher, verstehen Sie. Aber es ging alles ganz schnell, und dann dieser Regen. Ich sah vor allem das rasende schwarze Pferd, das Gesicht des Mannes konnte ich kaum erkennen.» Hatte Josef nicht auch einen Rappen besessen? «Ach was, ich muss mich geirrt haben. Der Mann, den ich meine, lebt weit weg von hier, an der Nordseite des Sees.»

Ludmilla betrachtete sie aufmerksam.

«Und wenn es nun doch der Mann war, an den du denkst, und er dich auch erkannt hätte – wäre es eine schöne Begegnung gewesen oder eine schreckliche?»

Ayens Hände verkrampften sich.

«Beides.»

26

James Cohen betrachtete den Gast, der seinen Töchtern auf dem Piano vorspielte, mit einem Anflug von Wehmut. Wie sehr war ihm dieser Mann im Laufe des Jahres ans Herz gewachsen. Auf seine liebenswerte, manchmal ein wenig skurrile Art hatte er sich einen festen Platz in ihrem Haus erobert. Er würde sie bald verlassen, das wusste Cohen, auch wenn darüber nie offen gesprochen worden war. Aber seine Unruhe war schon lange spürbar, vor allem, seitdem er seine Identität wiedergefunden hatte. Sein Abschied würde eine große Lücke hinterlassen

Der Schlussakkord von Schumanns «Träumerei» verhallte.

«So, jetzt seid ihr an der Reihe. Zuerst du, Rose.»

Cohen staunte über die Fortschritte, die seine Älteste machte. Ihrem Wesen entsprechend, spielte sie gefühlvoller als ihre zwei Jahre jüngere Schwester Sophie. Sophie, die Wilde, Ungebändigte. Mit ihren vierzehn Jahren ließ sie sich von niemandem etwas sagen, doch in Armbrusters Gegenwart wurde sie sanft wie ein Lämmchen. Beide Mädchen hatten sich vom ersten Tag an in kindlicher Zuneigung zu diesem Mann hingezogen gefühlt. Er sieht aus wie ein Vogel, der aus dem Nest gefallen ist, hatte Rose geflüstert, als sie am ersten Abend den schlafenden Fremden betrachtet hatte.

Cohen nippte an seinem Whiskey und dachte zurück an die ersten Tage, als ihr Gast weder zum Abendessen noch zum Frühstück erschienen war.

Drei Tage und drei Nächte hatte er geschlafen, ohne ein einziges Mal aufzuwachen. Dann war er unverhofft am Mittagstisch aufgetaucht, hatte sich mit einem freundlichen «Good morning» verbeugt und anschließend erst seiner Frau, dann den beiden Mädchen die Hand geküsst. Rose und Sophie waren in Kichern ausgebrochen. Noch heute lachten sie, wenn sie an diese Situation dachten, und Armbruster lachte mit ihnen.

Am vierten Tag hatten sie den Garnisonsarzt kommen lassen. Die Konsultation ergab jedoch nichts wesentlich Neues. Wie Cohen vermutet hatte, lautete der Befund auf schwere Gehirnerschütterung, verursacht durch einen Schlag auf den Kopf. Ferner hatte der Arzt einen erstaunlich gut verheilten Bruch des linken Oberarms festgestellt.

«Aller Wahrscheinlichkeit nach war er tagelang bewusstlos, vielleicht sogar im Koma. Übrigens ist er kurzsichtig.

Ich bemühe mich noch, die richtige Gläserstärke herauszufinden.»

«Könnte man die Verletzung mit einem Schiffbruch in Verbindung bringen?»

Doktor Hernández packte die Instrumente zusammen. «Wenn Sie an die *Providencia* denken, so ist das theoretisch schon möglich. Nachdem er am Kopf getroffen wurde, könnte er durch die Strömung ans Ufer getrieben worden sein. Wobei es mir zweifelhaft erscheint, dass ein Mensch die eisigen Wassertemperaturen im Winter übersteht.»

Er warf einen Blick auf den Patienten, der bereits wieder eingeschlafen war. «Wie auch immer – er braucht viel Ruhe. Der gesamte Organismus scheint mir ein wenig geschwächt, wenn ich auch keine organischen Schäden feststellen konnte. Und was das Gehirn betrifft: In der Mehrzahl solcher Fälle ist der Gedächtnisverlust nur ein temporärer.»

«Sind bleibende Schäden zu erwarten?»

«Das kann ich Ihnen auf Anhieb nicht sagen. Aus diesem Grund möchte ich ihn regelmäßig untersuchen. Vielleicht einmal die Woche. Ich denke, jetzt, wo er sich wieder in zivilisierter Umgebung befindet, wird er bald wieder zu seinem alten Selbst zurückfinden. Wenn nicht, sollten Sie sich mit dem Gedanken vertraut machen, ihn in ein Hospital zu geben.»

Cohens Frau kümmerte sich um den Fremden mit unendlicher Geduld. Sie, die sich immer ein weiteres Kind gewünscht hatte, entwickelte äußerst mütterliche Gefühle für diesen Mann.

«Sie müssen regelmäßig essen und regelmäßig schlafen. Alles Weitere kommt dann von selbst», ermunterte sie ihren Gast immer wieder, als er in den ersten Wochen von Anfällen von Schwermut heimgesucht wurde. Die Cohens merkten bald, dass es zu nichts führte, ihn mit Fragen nach seiner Vergangenheit zu überschütten. Es galt vielmehr, ihn in Gespräche zu verwickeln und dabei genau seine Reaktionen zu beobachten.

Einmal nahm Cohen ihn zu einem kleinen Spaziergang zum Hafen mit, wo er eine Warenladung in Empfang nehmen wollte.

«Ich möchte noch eben den Kapitän begrüßen, einen alten Freund von mir. Kommen Sie mit?» Als sie den Laufsteg des Schoners betraten, sah Cohen, wie sein Begleiter zu schwanken begann. Sein Gesicht war kalkweiß. Plötzlich begann er am ganzen Leib zu zittern.

«Um Himmels willen, was ist mit Ihnen?»

«Der Mast ... dort oben ... Er bricht!» Seine Worte waren kaum zu verstehen.

Eiligst führte Cohen den Mann zum Kai zurück.

«Es ist alles in bester Ordnung. Beruhigen Sie sich.»

Zweifellos hatte dieser Mann die schreckliche Havarie der *Providencia* miterlebt. Ob er sich jemals daran erinnern würde?

Drei Monate nach seiner Ankunft schließlich hatten sie seinen Namen herausgefunden. Es war Ilses Idee gewesen, ihn bei jeder Mahlzeit mit einem anderen Namen anzusprechen. Sie war dabei nach ihrer Liste der Namenstage vorgegangen.

Die Anrede mit Peter beim Frühstück fruchtete nichts, doch als sie beim Mittagessen sagte: «Ach Paul, würden Sie mir bitte das Wasser herüberreichen», fiel sein Besteck klirrend auf den Boden.

«Paul», wiederholte sie sanft, «den Wasserkrug.»

Er starrte sie an, und seine Lippen bewegten sich lautlos, als suchten sie nach Worten. Es herrschte Totenstille am Tisch. Schließlich bückte sich Sophie und klaubte Messer und Gabel vom Boden auf.

«Ich hole ein neues Besteck.»

«Entschuldigen Sie bitte meine Ungeschicklichkeit.» Die grauen Augen hinter den Gläsern der neuen Brille wurden verdächtig trüb. Er zog ein Taschentuch aus der Westentasche und schnäuzte sich.

Cohen versuchte, so unbefangen wie möglich das Tischgespräch fortzusetzen.

«Wenn Sie möchten, können Sie mich nächstes Wochenende auf meine *estancia* begleiten. Jetzt, wo Sie wieder bei Kräften sind, würde Ihnen viel frische Luft sicherlich guttun.»

«Gern. Aber», er wandte sich an Ilse Cohen, «woher wissen Sie meinen Vornamen?»

«Ich dachte es mir, dass Sie Paul heißen. Das passt zu Ihnen.»

Wenige Tage später sprachen sie über die Angriffe, die die Soldaten bei Los Angeles gegen die Ureinwohner führten, und darüber, ob die Frontera mit Waffengewalt befriedet werden könne.

«Sehen Sie», sagte ihr Gast. «Das ist auch so eine Ironie des Schicksals. Ich, der ich durch und durch Pazifist bin, trage solch einen martialischen Familiennamen.»

Cohen versuchte, seine Erregung zu verbergen. Jetzt nur nichts übereilen.

«Wie hieß doch dein Vetter in Hamburg nochmal?», fragte er seine Frau scheinbar beiläufig.

«Krieger, Ernst Krieger. Und er benahm sich auch so.»

Ihr Gast lachte. «Ganz so schlimm ist es bei mir nicht. Paul Armbruster klingt harmloser, finden Sie nicht?»

Cohen hätte laut jubeln mögen. Wir haben es geschafft!, hatte er in jenem Moment gedacht und sich dabei wie selten in seinem Leben getäuscht. Für Paul Armbruster begannen qualvolle Wochen. Es schien, als läge seine Existenz jetzt, wo er seinen Namen kannte, erst recht in Trümmern. Cohen und seine Frau beobachteten mit Sorge, wie Armbruster entweder in Lethargie verfiel oder in eine gesteigerte Erregung, aus der er ohne ihre Hilfe nicht mehr herausfand. Ganz offensichtlich stürzten die Erinnerungen auf ihn ein, ohne dass er sie ordnen und einfügen konnte.

«Diese schrecklichen Bilder», klagte er. «Immer wieder diese Bilder, die mich regelrecht verhöhnen. Mein Kopf schmerzt davon, es fühlt sich an, als ob mein Schädel gleich zerspringt.»

«Was sind das für Bilder?»

«Bilder von Landschaften und von Menschen, aber es ist alles ganz und gar verzerrt. Ein Säugling sieht mich an, mein Sohn, dann ist mein Sohn plötzlich ein junger Mann, aber es kann nicht derselbe sein. Habe ich zwei Söhne? Immer wieder Frauen, bei jeder von ihnen glaube ich, es sei meine Frau – wie kann das zusammengehen? Ich werde fast verrückt dabei.»

Doktor Hernández verschrieb ihm gegen diese Zustände Laudanum.

Schließlich war der Winter mit seiner ewigen Dunkelheit und den Eisstürmen vom Südpol gekommen, die mit boshafter Wucht an Türen und Fenstern rüttelten. Armbruster verließ das Bett nur noch zu den Mahlzeiten. Er wich jedem Gespräch aus. Das Einzige, womit man ihm eine Freude machen konnte, waren Bücher. Nachdem er mit der kleinen deutschen Bibliothek, die Ilse aus Hamburg mitgebracht hatte, durch war, machte es sich Rose zur Aufgabe, neue Lektüre für ihren Gast aufzutreiben. Das war in Punta Arenas, wo die Deutschen unter den Einwanderern eine Minderheit darstellten, nicht so einfach, und so brachte sie ihm naturkundliche Abhandlungen, alte Zeitschriften und sogar Liebesromane von August Lafontaine, dem Lieblingsdichter der Damenwelt. Er verschlang alles, was auf Deutsch gedruckt war.

Cohens erster Eindruck, dass Armbruster ein Mensch von hoher Bildung war, bestätigte sich hierdurch.

«Ich bin mir sicher, dass er so etwas wie Wissenschaftler oder Lehrer ist.» Er reichte Ilse die Schale mit dem Weihnachtsgebäck. «Bücher wirken wie Medizin auf ihn. Ich denke, wir sollten das Laudanum absetzen.»

«Doktor Hernández wird das nicht gutheißen. Weißt du, was er mir gestern allen Ernstes geraten hat? Wir sollten Pauls Einweisung veranlassen.»

«Und? Was hast du geantwortet?»

«Dass das überhaupt nicht in Frage kommt.»

Cohen betrachtete seine Frau in einer Woge von Zärtlichkeit. Sie hatten nie darüber gesprochen, was für eine Beschwernis ihr Gast mittlerweile darstellte, doch Cohen war sich bewusst, dass die Hauptlast seine Frau zu tragen hatte.

«Ich danke dir. Warten wir also noch ab.»

Der Umschwung erfolgte ganz unerwartet am Weihnachtsabend. Seit Wochen hatte Cohen im Lager seines Magazins das Geschenk für Ilse versteckt gehalten: ein echter Pembroke-Tisch, den er von den Falklandinseln hatte kommen lassen. Sein Bruder, der dort die väterliche Schaffarm weiterführte, hatte ihn besorgt, und Cohen hatte sich wie ein Kind auf die Überraschung gefreut, die er seiner Frau damit bereiten würde. Er selbst legte nicht viel Wert auf modische Kleidung und Einrichtung, doch Ilse, die aus einer angesehenen hanseatischen Kaufmannsfamilie stammte, pflegte zu sagen: «Wenn ich schon mit dir ans Ende der Welt ziehe, dann nur mit ein bisschen Kultur.» Dabei lag ihr nichts ferner als Großmannssucht oder Protzerei. Sie liebte das Gediegene, Erlesene, und mit dem Tisch würde er genau ihren Geschmack treffen.

Als der Moment der Bescherung näher rückte, wurde Ilse in die Küche verbannt. Mit Hilfe der Hausmagd und seines Gastes schleppte Cohen den Tisch in die Wohnung und platzierte ihn zwischen Pendeluhr und Vertiko. Er hatte ihn mit weißem Tuch verhüllt. Dann stimmten seine Töchter vierhändig auf dem Piano «Stille Nacht, Heilige

Nacht» an, für Ilse das Zeichen, dass sie den Salon betreten durfte.

«Frohe Weihnachten, meine Lieben.»

Cohen küsste seine Frau zärtlich auf die Wange, dann verteilte er die gefüllten Sherry-Gläser, und sie stießen miteinander an. Aufmerksam beobachtete Cohen seinen Freund: Armbruster schien in Gedanken weit weg zu sein. Quälten ihn wieder die Bilder vor seinem geistigen Auge? Ach Paul, dachte er, wie sehr wünsche ich dir, dass du endlich aus deiner Dunkelheit herausfindest.

Er neigte sich hinüber zu ihm.

«Geht es Ihnen gut?»

«O ja», flüsterte Armbruster. «Ich bin sehr glücklich.»

Erleichtert nahm Cohen seine Frau beim Arm und führte sie zu ihrem Geschenk.

«Da du der Mittelpunkt unseres behaglichen Heims bist, sollst du als Erste beschenkt werden.»

Mit ausholender Gebärde zog er das Tuch von dem Möbelstück und beobachtete dabei Ilses Reaktion. Sprachlos stand sie vor dem zierlichen Mahagoni-Tisch.

«Gefällt er dir? Ein echter Hepplewhite. Schau, er steht auf Rollen, und hier ist eine kleine Schublade für deine Schreibutensilien.»

Stürmisch wie ein junges Mädchen umarmte Ilse ihren Mann.

«Ein herrlicher Tisch. Sag mir bitte nie, was er gekostet hat.»

«Solange die Geschäfte gutgehen, ist mir nichts zu teuer für meine Frau.»

Armbruster trat an den Tisch und strich vorsichtig über die Intarsien.

«Dieses Blumenmuster ... Was für eine Liebe zum Detail!», murmelte er. «Emil und Josef hätten ihre Freude an diesem Stück.»

«Wer?», fragten Cohen und seine Frau gleichzeitig.

«Emil Kießling und sein Neffe Josef. Sie sind Möbelschreiner. Emil und Josef – meine Freunde», wiederholte er. Dann brach er ohnmächtig neben dem Tisch zusammen.

«War ich gut, Papa?»

Cohen schrak aus seinem Streifzug durch die Vergangenheit auf und begegnete dem erwartungsvollen Blick seiner Tochter Sophie.

«Wunderbar, meine Kleine. Wenn Paul so weitermacht mit dem Unterricht, könnt ihr bald ein Konzert geben.»

Armbruster lächelte. «Andersherum: Wenn die Mädchen so weitermachen, kann ich ihnen nichts mehr beibringen. Dann muss ich mich nach einer neuen Tätigkeit umsehen.»

An diesem Abend sprachen die beiden Männer zum ersten Mal offen über Armbrusters Zukunft. Gemeinsam saßen sie vor dem flackernden Kaminfeuer. Die Mädchen schliefen bereits, und Ilse war bei ihrem wöchentlichen Damenzirkel.

Armbruster legte ein Scheit nach.

«Seit über einem Jahr lebe ich nun schon bei Ihnen, und ich weiß nicht, wie ich Ihnen je für Ihre Hilfsbereitschaft danken kann. Allein die Arztrechnungen müssen Sie ein Vermögen gekostet haben.»

Cohen winkte ab. «Weniger als der Pembroke-Tisch für meine Frau. Ich bitte Sie, Paul, lassen Sie das Aufrechnen. Sie hätten dasselbe für mich getan, das weiß ich.»

«Vielleicht. Aber es ist nicht allein das Gefühl, in Ihrer Schuld zu stehen. Ich bin wieder gesund. Von den Kopfschmerzen und Sehstörungen hin und wieder abgesehen, fühle ich mich im Vollbesitz meiner Kraft. Ich genieße die täglichen Klavierstunden mit den Mädchen, aber das sind ein, zwei Stunden am Tag – die übrige Zeit verbringe ich mit Lesen und Sinnieren. Ich brauche eine Aufgabe, verstehen Sie das?»

Cohen verstand ihn nur zu gut. Seit jenem Weihnachtsabend war Armbruster ein anderer Mensch. Die Sache mit dem Tisch schien ein Tor zu seiner Vergangenheit aufgestoßen zu haben. Nachdem er aus seiner kurzen Ohnmacht wieder erwacht war, hatte er um Papier und Feder gebeten und alles, was aus den Tiefen seiner Vergangenheit an die Oberfläche strömte, aufgeschrieben. Bruchstück für Bruchstück hatten sich die Erinnerungsfetzen zusammengefügt zu einem klaren Gesamtbild. Nur wenige Tage hatte es gebraucht, bis Armbruster wieder ein vollständiges Bewusstsein seiner selbst und seines bisherigen Lebens hatte. Nur der Moment des Schiffbruchs würde für immer im Dunkeln verborgen bleiben. Nach und nach erfuhr Cohen von Armbrusters Leben als Buchhändler in Kassel, von der Überfahrt nach Chile und seinen Jahren als Lehrer in Valdivia und Osorno. Einiges hielt er zurück, das spürte Cohen, doch er hätte es nie gewagt, seinen Freund zu bedrängen. Als der ihn darum bat, sich nützlich machen zu dürfen, hatte er ihn einige Male in sein Warenmagazin mitgenommen. Cohen handelte mit allem: von Kurzwaren über Glacéhandschuhen für die Damen bis zu englischen Sätteln und Möbeln. Armbruster hatte zwar gestaunt wie ein Kind über das riesige Lager, doch Cohen hatte schnell gemerkt, dass ihm kaufmännisches Denken völlig fremd war. Sophie hatte ihn schließlich auf den Gedanken mit den Klavierstunden gebracht, nachdem sie sich zu weigern begann, den Unterricht beim alten Dexter fortzuführen. Rose, die in wichtigen Entscheidungen stets zu ihrer Schwester hielt, hatte sich ihrer Weigerung angeschlossen, und so war Armbruster zum hauseigenen Klavierlehrer geworden. Dass ihn das auf Dauer nicht ausfüllen würde, hatte Cohen von Anfang an geahnt.

«Wollen Sie es nicht doch noch einmal in meinem Kontor versuchen?», nahm Cohen den Gesprächsfaden wieder auf.

«Ach, James, Sie wissen doch, was ich für ein Verhältnis zu Zahlen habe. Ich würde Ihr Geschäft in kürzester Zeit in den Ruin führen.»

«Vielleicht haben Sie recht.» Cohen kratzte sich am Bart, ein Zeichen dafür, dass er angestrengt nachdachte. «Was ist mit Ihrem Sohn August in Deutschland? Denken Sie manchmal daran, in Ihre alte Heimat zurückzukehren?»

«Hin und wieder. Nur: Wo ist meine Heimat? Wohin zieht es mich stärker? Nach Deutschland oder Chile? Dazu kommt, dass ich wohl nie wieder einen Fuß auf ein Schiff setzen werde. Erst letzte Woche war ich wieder am Hafen, und sobald ich die Masten der Segler nur sehe, erfasst mich Schwindel, und eine schreckliche Angst nimmt mir die Luft zum Atmen.» Armbruster seufzte und lehnte sich zurück, als ob er sich in dem weichen Ohrensessel verkriechen wollte. Er wirkte alt und müde.

«Sehen Sie mein Dilemma? Egal, wie ich entscheiden würde – eine Heimkehr ist mir verwehrt. Wie auf einer Insel sitze ich hier fest.»

«Sie sollten mehr Geduld mit sich haben. Ich bin mir sicher, dass Sie Ihre Angst vor der Seefahrt eines Tages überwinden. Wissen Sie, was?» Cohen war soeben ein Gedanke gekommen. «Meine Frau kennt über ihren Wohltätigkeitsverein Gott und die Welt. Wir haben hier zwar keine deutsche Schule, aber es wird nicht schwer sein, Sie als Privatlehrer zu vermitteln. Bleiben Sie bei uns, Sie gehören doch inzwischen zur Familie.»

Wenige Tage nach diesem Gespräch erzählte Cohen beim Mittagstisch von seinen Plänen, in den Holzhandel einzusteigen.

«Bauholz gibt es hier genug, auch wenn es meiner Meinung nach nichts taugt. Aber man findet in der ganzen Region um die Magellanstraße kein anständiges

Möbelholz. Nicht weit von Puerto Montt soll es eine neue Sägemühle geben, die hervorragende Qualität produziert. Ich müsste mich ohnehin mal wieder bei meinem Partner in Puerto Montt blicken lassen, und so habe ich beschlossen, noch vor Wintereinbruch eine Reise zu machen. Was ist, Paul, hätten Sie nicht Lust, mich zu begleiten? Ein wenig Abwechslung würde Ihnen guttun, und vielleicht wäre die Fahrt mit dem neuen Küstendampfer der erste Schritt, Ihre Angst vor der Seefahrt zu überwinden.»

«Ich weiß nicht.» Allein der Gedanke an die Reise löste in Armbrusters Innerem heftigste Beklemmungen aus. «Vielleicht ist es noch ein wenig verfrüht für eine solche Unternehmung.»

«Sie können es sich ja überlegen. Aber das wäre doch eine schöne Sache. Wir könnten Geschäft und Vergnügen miteinander verbinden.»

Armbruster ließ sich tatsächlich zu der Reise überreden. Er hatte sich erkundigt: Der Küstendampfer nach Puerto Montt ging immer dicht am Festland entlang. Mit einer gehörigen Dosis Laudanum würde er die Reise bestimmt schaffen. Und wer weiß – vielleicht würde er in Osorno sogar seine alte Stellung wieder antreten können. Außerdem wäre er in der Nähe seiner Freunde. Aber hatte ihn Luise nicht deutlich genug abgewiesen? Nein, er hatte kein Recht dazu, sich erneut in ihr Leben zu drängen. Wie es wohl Josef ging? Ob er seinen Bruder inzwischen ausfindig gemacht hatte? Armbruster dachte daran, wie enttäuscht der Junge von ihm sein musste, weil er nie eine Nachricht erhalten hatte.

Doch als sie zwei Wochen später ihre Passage buchen wollten, machte ihnen das Wetter einen Strich durch die Rechnung: Ungewöhnlich früh hatten die Winterstürme eingesetzt. Gefährliche Eisschollen behinderten die Seewege, und selbst in den schmalen Fjorden peitschten die

Stürme das Wasser zu meterhohen Wellen auf. Bis auf weiteres war der Personenverkehr zwischen Punta Arenas und Puerto Montt eingestellt.

27

Der Gedanke an den Reiter ließ Ayen nicht los. Die Erfahrung hatte sie gelehrt, dass sie sich in wesentlichen Dingen eigentlich auf ihr Gefühl verlassen konnte. Der Mann auf dem Rappen war José gewesen – und er war es doch wieder nicht. Konnte er sich so verändert haben? Sie hatte nie wieder von ihm gehört, und die wenigen Male, die sie während ihrer Zeit in den Bergen Kayuantu begegnet war, hatte sie sich jedem Gespräch über José verweigert.

Sie vermochte keinen Schritt mehr vor die Haustür zu setzen, ohne dass ihr Blick die Landstraße absuchte. Nachts erschien José in ihren Träumen, so leibhaftig, dass sie ihn beim Erwachen vor sich wähnte. Ihre Unruhe legte sich erst, als Woche für Woche verging, ohne dass sie den Reiter wiedersah. Dann brach der Winter ein mit Schneemassen, wie man sie hierzulande seit Jahrzehnten nicht mehr erlebt hatte. Die Landstraße wurde für Reiter und Fuhrwerke unpassierbar, und die Ladenglocke im *almacén alemán*, wie der Gemischtwarenladen des Krämers hier auch genannt wurde, blieb meistens stumm. Untätig hockte Walter Märgenthaler den ganzen Tag hinter dem Ladentisch und ließ seinen Zorn über die schlechten Geschäfte an Ayen und dem Knecht aus.

An diesem kalten Morgen hieß er sie, ihm eine Tasse Tee zu bringen. Als Ayen mit dem Tablett in der Hand den dunklen Laden betrat, stolperte sie über eine Kiste. Hatte

Märgenthaler sie absichtlich im Eingangsbereich stehen lassen? Die Tasse fiel zu Boden und zerbrach.

«Die wirst du mir bezahlen.» Märgenthaler baute sich drohend vor ihr auf.

«Wovon? Sie schulden mir immer noch den Lohn vom letzten Monat.»

«Was bildest du dir eigentlich ein?»

Er holte aus und versetzte ihr eine Ohrfeige.

Ayen rieb sich die Wange. Mit glühenden Augen blickte sie ihn an. «Machen Sie das nie wieder.»

Ohne sich um die Scherben und die Pfütze auf dem Boden zu kümmern, verließ Ayen den Laden. Es war nicht das erste Mal, dass Märgenthaler ausfällig geworden war, doch geschlagen hatte er sie noch nie. Sie hätte Märgenthalers Frau davon erzählen können, doch deren Zustand hatte sich verschlechtert, seit sie des schlechten Wetters wegen auf ihren täglichen Spaziergang verzichten musste. Seit Beginn der Schneefälle hatte sie bereits den dritten Schwächeanfall erlitten.

«Sie brauchen viel frische Luft.»

Ayen holte eine zweite Decke aus dem Korb und deckte die Kranke bis zur Nasenspitze zu. Dann öffnete sie beide Fensterflügel. Ein Schwall kalter Luft vertrieb den muffigen Stubengeruch.

«Das tut gut, Clara.»

Ayen sah hinaus. Der Himmel klarte auf, und an den Wolkenrändern ließen sich die ersten Sonnenstrahlen erahnen.

«Die Sonne bricht bald durch. Hätten Sie Lust auf eine Schlittenfahrt?»

«Um Himmels willen, ich würde erfrieren.»

«Aber nein, Sie werden es wunderbar warm haben. Sollen wir es versuchen?»

«Was du immer für Einfälle hast! Außerdem haben wir weder Schlitten noch Pferd.»

«Ich dachte an den Kinderschlitten von den Nachbarn. Warten Sie, ich bin gleich zurück.»

Eine Stunde später saß Ludmilla Märgenthaler in einen warmen Wollsack gehüllt auf dem Schlitten. Lehne und Sitzfläche hatte Ayen zusätzlich mit Schaffellen umwickelt, im Fußende des Sacks lag ein heißer Ziegelstein.

«Und? Ist Ihnen kalt?»

«Es ist herrlich.» Ludmilla Märgenthaler strahlte. Nur ihre Augen und die Nasenspitze waren noch zwischen Schal und Mütze zu erkennen. Ihr Atem dampfte in der klaren Luft. Ayen spannte sich das Seil vor den Bauch und stapfte über die Spur festgetretenen Schnees entlang der Straße. Sie kam nur mühselig voran, denn hie und da versank sie bis zu den Knien in angewehten Schneehaufen. Aber es machte Spaß. Ab und zu hörte sie ein verhaltenes Lachen hinter sich.

Als sie auf dem Rückweg am Laden vorbeikamen, stürzte Märgenthaler heraus. Entgeistert starrte er erst seine Frau, dann Ayen an.

«Bist du vollkommen verrückt geworden? Sofort bringst du meine Frau wieder ins Bett. Das ist viel zu gefährlich.»

«Nein, Walter.» Ludmillas Stimme bekam einen harten Klang. «Wenn morgen die Sonne scheint, will ich wieder hinaus. Mit Clara und dem Schlitten.»

«Aber Ludmilla! Du bist krank. Du wirst dir eine Lungenentzündung holen.»

«Ich habe mich schon lange nicht mehr so wohl gefühlt wie in der letzten Stunde. Und überhaupt: Ohne Clara würde ich längst bei den Würmern unter der Erde liegen. Du kümmerst dich ja nur um deinen Laden.»

Märgenthaler biss sich auf die Lippen. Wütend klopfte er sich den Schnee von den Stiefeln und verschwand wieder in der düsteren Höhle seines Ladens.

Die ganze nächste Woche herrschte Sonnenschein. Die Landstraße belebte sich mit tobenden Kindern, die sich

Schneehöhlen und Sprungschanzen für ihre Schlitten bauten. Ein findiger Fuhrunternehmer spannte seine Pferde vor einen großen Schlitten und beförderte Händler und Handwerker zwischen Puerto Varas und Puerto Montt hin und her. Der Alltag nahm wieder seinen geregelten Gang, selbst Märgenthalers Ladenglocke begann wieder zu klingeln.

Jeden Morgen nach dem Frühstück und nachmittags vor Einbruch der Dämmerung zog Ayen ihre Dienstherrin spazieren. Nun blühte sie sichtlich auf, und als das nächste Mal der Arzt erschien, schickte sie ihn wieder nach Hause.

«Ich brauche seine Mittelchen nicht mehr», erklärte sie Ayen. «Du hast die bessere Medizin.»

Im Beisein seiner Frau wagte Märgenthaler nicht mehr, die Stimme gegen Ayen zu erheben. Umso mehr drangsalierte er sie, wenn sie für ihn den Laden putzen oder Besorgungen machen sollte. Ayen litt mehr und mehr an dem Konflikt, dass sie ihm am liebsten alles vor die Füße geworfen hätte, andererseits aber seine Frau nicht im Stich lassen wollte.

Eines Morgens war Ayen dabei, ihrer Herrin wie immer vom Schlitten zu helfen.

«Lass nur, Clara, heute werde ich allein aufstehen.»

Vorsichtig zog sie ihre Beine aus dem Wollsack und stellte sie neben den Schlitten. Mit zusammengebissenen Zähnen versuchte sie, sich hochzustemmen. Ayen reichte ihr die Hand.

«Nein, nein. Stell dich an die Haustür und warte dort auf mich.»

Ayen tat, wie ihr geheißen. Da sah sie vor dem Laden das schwarze Pferd stehen. Sie erkannte es an der auffallend roten Satteldecke.

«Siehst du, ich habe es geschafft.»

Ludmillas Gesicht strahlte vor Stolz und Aufregung, als sie sich an Ayens Arm klammerte.

«Wie schön», brachte Ayen nur hervor. Ihr Herz raste.

«Clara, was ist mit dir? Führst du mich aufs Zimmer? Ich finde, jetzt habe ich einen heißen Punsch verdient.»

«Ja, natürlich.»

Ayen zwang sich zur Ruhe und führte sie hinauf. Hastiger als sonst half sie ihrer Herrin ins Bett.

«Ich gehe den Punsch zubereiten. Bin gleich wieder zurück.»

Doch statt in die Küche eilte sie vor die Haustür. Der Rappe war verschwunden. Ohne nachzudenken, stürzte sie daraufhin in den Laden.

«Wer war der Mann, der eben hier war?», fragte sie völlig außer Atem.

«Was geht dich meine Kundschaft an?»

«Bitte, Señor, es ist wichtig.» Sie gab sich alle Mühe, freundlich zu bleiben, und folgte ihrem Herrn in den hinteren Teil des Ladens.

«Verschwinde und mach deine Arbeit.»

«Hör endlich auf, immerfort das Mädchen anzuschnauzen.»

Ayen fuhr herum. Im Rahmen der Durchgangstür zur Stube lehnte Ludmilla Märgenthaler.

«Was ... Was machst du hier?» Ihr Mann begann zu stottern.

«Jetzt glotz mich nicht so an, Walter. Ich bin nicht mehr die hinfällige Kranke.» Sie wandte sich an Ayen. «War das vorhin der Reiter, der dich damals fast umgeritten hätte?»

Ayen nickte.

«Also, Walter, wie heißt der Mann?»

«Weiß ich doch nicht. Er war erst zwei- oder dreimal hier. Ich weiß nur, dass er Deutscher ist und ihm die Sägemühle in Puerto Varas gehört.»

An ihrem nächsten freien Sonntag entschloss sich Ayen, der Ungewissheit ein Ende zu setzen. Es hatte Tauwetter eingesetzt, als sie sich zu Fuß auf den Weg nach Puerto Varas machte. Sie war noch nie dort gewesen, da sie ihre wöchentlichen Besorgungen im näher gelegenen Puerto Montt erledigte.

An diesem windigen, feuchtkalten Nachmittag waren nur wenige Leute unterwegs. Ayen fror in ihrem dünnen Umhang. Der Marsch über die matschige Landstraße hatte ihre Sonntagsschuhe durchnässt, die hellen Strümpfe waren mit Schlamm bespritzt. Als sie nach einer Wegbiegung die ersten Häuser des Ortes erblickte, zögerte sie. Wenn José tatsächlich der Sägewerksbesitzer war, und daran gab es für sie kaum einen Zweifel, wollte sie ihm dann tatsächlich begegnen? Ihm nach so langer Zeit gegenübertreten, in verschmutzten Kleidern, als Dienstmagd, die einen Bastard geboren und wieder verloren hatte und die mit ihm nichts mehr verband als die schmerzhaften Erinnerungen an eine ferne Jugendliebe? Was sollte sie ihm sagen? *Hola, wie geht es dir?*

Hundegebell schreckte sie aus ihren Gedanken auf. Es kam von einem Anwesen unterhalb der Straße. Ein Kiesweg, wenige Schritte von ihr entfernt, führte hinunter, und jetzt entdeckte Ayen auch das kleine Schild: *madera*, Holz. Dort also lag das Sägewerk. Sie konnte nicht mehr zurück. Wenn sie jetzt nicht diesen Kiesweg hinunterging, würde sie keine Ruhe mehr finden.

Ihre Beine fühlten sich an wie Blei. Der Kies knirschte so laut unter ihren Tritten, dass es sicher bis zum Haus zu hören war. Der Pfad führte in zwei Kurven abwärts, und auf halbem Weg erblickte Ayen durch die kahlen Sträucher einen Lagerplatz, auf dem Bretter in Reih und Glied gestapelt lagen. Dort stand eine junge Frau, das rotblonde Haar hochgesteckt und eingehüllt in einen vornehmen nachtblauen Umhang. Jetzt lachte sie, ein helles Lachen wie das Plätschern eines Baches, und beugte sich zu einem zottigen Hund. Ein Mann trat hinzu und führte die Frau am Arm durch das Holzlager. Der Mann war José! Beinahe hätte Ayen ihn nicht erkannt. Wie gepflegt er aussah! Ein zweiter Mann, offensichtlich ein chilenischer *peón*, brachte der Dame einen Regenschirm. José hatte also einen Knecht. Wahrscheinlich beschäftigte er außerdem noch eine Köchin, und im Waschhaus schrubbte eine Magd seine weißen Hemden.

Reglos beobachtete Ayen die friedvolle Szene: Ein Mann und eine Frau verbrachten gemeinsam den Sonntagnachmittag. Nach dem Spaziergang ums Haus würden sie sich zu einer Tasse Tee vor dem Kaminfeuer einfinden, den Hund zu ihren Füßen, von der Dienerschaft umsorgt.

Ayen wandte sich ab. Es schien ihr fast unanständig, die beiden weiter zu beobachten. Ihr Herz lag wie ein kalter Stein in der Brust. Sie hatte erfahren, was sie wissen wollte. Sie konnte nach Hause gehen.

In diesem Moment hatte der Hund Witterung aufgenommen und setzte ihr mit wütendem Kläffen nach. Erschrocken sah Ayen das kräftige Tier auf sich zu rennen.

«Maxi! Bleib stehen!», hörte sie eine kräftige Männerstimme rufen.

Der Hund gehorchte aufs Wort. Doch für Ayen war es zu spät, um unerkannt davonzukommen. Nur einen Steinwurf entfernt stand José wie angewurzelt und stierte sie an, ungläubig, beinahe entsetzt. Mit dem schmalen Bart auf der Oberlippe wirkte er fremd und um einiges älter.

«Ayen?»

Leise und beinahe ängstlich hatte er ihren Namen ausgesprochen. Mit demselben weichen Klang wie früher, wenn sie sich in der Werkstatt trafen. Sie raffte den Saum ihres Umhangs zusammen und hastete den Weg hinauf. Ihre nassen Sohlen rutschten auf dem Kies, und fast wäre sie gestolpert. Als sie die Landstraße erreichte, begann sie zu laufen. Sie rannte und rannte, bis die Mühle weit hinter ihr lag und ihr die Brust schmerzte. Schwer atmend lehnte sie sich an einen Baumstamm. Sie wusste, dass sie sich nun erneut auf eine Reise machen musste, dass sie Ludmilla Märgenthaler würde verlassen müssen. Zu wissen, dass José ganz in ihrer Nähe mit einer anderen Frau glücklich war, würde ihr sonst das Herz brechen. Vielleicht sollte sie in die Hauptstadt gehen. Dorthin trieb es mehr und mehr Menschen ihres Volkes, die ebenso entwurzelt waren wie sie und ziellos durch das Land zogen, das einst ihre Heimat bedeutet hatte.

Plötzlich hörte sie hinter sich schnelle Hufschläge. Doch Ayen blickte sich nicht um. Als der Rappe sie überholte, konnte sie die Hitze seines Fells spüren. Noch ehe das Pferd zum Stehen kam, sprang José herunter und stellte sich ihr in den Weg. Sein Haar hing ihm wirr ins Gesicht.

«Du bist es wirklich! Ayen!»

Er machte einen Schritt auf sie zu, als wolle er sie berühren, dann hielt er inne.

«Warum bist du damals weggelaufen? Warum jetzt?»

Er hatte tatsächlich Tränen in den Augen. Sie wollte etwas erwidern, aber die Zunge gehorchte ihr nicht. Sie sahen sich an und schwiegen. Mit all ihrer Kraft errichtete Ayen eine unsichtbare Mauer zwischen sich und dem Mann vor ihr, der ihr so fremd erschien.

Es gab keine gemeinsame Zukunft zwischen ihnen. Es gab keinen Weg zurück.

«Lass mich gehen, ich muss in den Laden zurück.»

«Nein. Ich lass dich nicht fort. Jetzt nicht mehr. Warum nur hat Kayuantu mir nie verraten, wo du bist? Ich konnte dich nicht vergessen. Überall glaubte ich dich zu sehen, in den Bergen, auf der Straße, in der Stadt. Ich bin Frauen nachgelaufen, die von hinten aussahen wie du, aber wenn sie sich umdrehten, waren es Fremde. Und jedes Mal war die Enttäuschung größer, doch jetzt endlich habe ich dich gefunden.»

Ayen betrachtete das Pferd, das friedlich am Straßenrand graste.

«Ist das Moro?»

«Ja. Kennst du ihn noch?» Ein Leuchten ging über Josés Gesicht.

«Vor ein paar Wochen habt ihr mich beinahe umgeritten. Mich und das Schwein, das ich zum Schlachter bringen sollte.» Sie konnte die Bitterkeit in ihrer Stimme nicht verbergen.

«Dann warst du es doch? Ich hatte mir eingeredet, dass es wieder eins dieser elenden Trugbilder war. Ich dachte doch, du lebst oben in den Bergen.»

«Du hattest es sehr eilig. Wie einer dieser reichen Grundbesitzer.»

«Ayen, das tut mir sehr leid. Es ging mir nicht gut an jenem Tag, ich wollte nur so schnell wie möglich nach Hause. Es ging mir in den letzten zwei Jahren oft nicht gut», fügte er leise hinzu.

«So siehst du nicht aus. Du bist vornehm gekleidet, die Frauen scheinen dich zu mögen, und du hast dir sogar einen *peón* zugelegt.»

«Oswaldo ist nicht mein *peón*. Er ist mein Partner, vielleicht sogar mein Freund.» Er stutzte für einen Moment. «Worauf willst du hinaus?»

«Als ich dich vorhin gesehen habe, vor deinem großen Anwesen, wie du mit aufrechtem Gang und selbstbewusst deinen Besitz vorgeführt hast, da dachte ich, dass du ein anderer geworden bist. Das war nicht mehr der Bauernjunge, den ich einmal kannte.»

«Du bist ungerecht, Ayen.» José wirkte verunsichert. «Wie kannst du nach dem Äußeren urteilen?»

«Das eine hängt mit dem anderen zusammen.»

«Nachdem du fort warst, ist mir nur noch meine Arbeit geblieben. Es war viel Glück und Zufall dabei, dass ich Erfolg hatte mit meiner Sägemühle, aber darauf bilde ich mir nichts ein. Deswegen bin ich doch kein anderer Mensch geworden. Bitte, Ayen, lass uns hier nicht im

Regen stehen und dummes Zeug reden. Gehen wir zu mir nach Hause.»

«Und was sagt die rothaarige Dame dazu, wenn ich mitkomme? Ah, Herr Scholz, haben Sie ein neues Dienstmädchen? Aber vielleicht nennt sie dich ja auch: mein liebster Josef.»

Das Flehen auf Josés Gesicht wich einem verstörten Ausdruck.

«Wenn du meinst.» Er sah aus wie ein Kind, dem man das Liebste, was es besaß, weggenommen hatte. Ayen war zu weit gegangen. Sie hatte ihn verletzt, und sie hätte sich ohrfeigen mögen dafür.

«Es ist zu spät», murmelte sie. «Lass mich gehen.»

Josés Gesicht hatte die Farbe von Asche angenommen.

«Ayen – was ist mit dir geschehen, dass du so hart geworden bist? Sag es mir.»

Doch ohne sich noch einmal umzusehen, ging sie davon, die Straße entlang, das Gesicht dem strömenden Regen entgegen.

Es war Josef an diesem Abend unmöglich, einen klaren Gedanken zu fassen. Angezogen lag er auf seinem Bett, draußen war es schon längst dunkel, doch er machte kein Licht. Die Nacht besaß etwas Tröstliches. Er hatte Oswaldo gebeten, allein zu Abend zu essen, ihm sei nicht wohl, und Oswaldo hatte nur erstaunt und besorgt genickt, ohne weitere Fragen zu stellen.

Der Augenblick, nach dem er sich seit zwei Jahren mit jeder Faser seines Herzens gesehnt hatte, war grausam gewesen, grausam und niederschmetternd. Er hatte Ayen gefunden und gleich wieder verloren. Wie kalt sie gewesen war. Konnte es wirklich sein, dass sie kein bisschen Freude empfunden hatte? Was hatte sie nur für ein verzerrtes Bild von ihm. Seine Kleidung, sein Besitz – das spielte doch alles keine Rolle. Das waren doch Äußerlichkeiten, hinter dieser Fassade war er doch derselbe geblieben. Warum nur erkannte sie das nicht?

Er musste zugeben, dass der Moment ihres Wiedersehens etwas unglücklich gewesen war. Aber Amanda bedeutete ihm nichts, sie war nur die Tochter eines Kunden, und es war ihm einerlei, dass er nun vorwiegend in der Welt der Geschäftsleute verkehrte. Ayen zuliebe würde er alles aufgeben – wenn sie es verlangte, würde er sogar die Sägerei verkaufen.

Wie verloren sie ausgesehen hatte, und wie enttäuscht. Er schloss die Augen. Doch als ihm statt Ayen das rotwangige Mädchengesicht Amandas erschien, mit ihrem kindlich-bewundernden Blick, schüttelte er ärgerlich den Kopf. Die vornehme Soiree gestern Abend in ihrem Elternhaus, als die Honoratioren von Puerto Varas das Gespräch mit ihm suchten und ihn zum Erfolg seines Unternehmens beglückwünschten – all das bedeutete ihm nicht wirklich etwas, auch wenn er begonnen hatte, einen gewissen Luxus zu genießen. Und mit einem Mal erkannte er, wie seine nahe Zukunft verlaufen wäre, wenn ihm heute nicht Ayen begegnet wäre: Eines Tages, wahrscheinlich sehr bald schon, hätte man ihm die Verlobung mit Amanda, der Tochter des Apothekers, nahegelegt, denn es war kein Zufall, dass sich ihre Wege so oft kreuzten. Amanda war gescheit und hübsch anzusehen, von unbeschwertem Wesen. Ihr Onkel, der ein Spar- und Creditinstitut in Puerto Varas betrieb, hatte ihm bereits angedeutet, dass er ihm bei weiteren Plänen finanziell gern unter die Arme greifen würde. Und wenn Josef ganz ehrlich war, so hatte er sich mit Zukunftsaussichten dieser Art allmählich angefreundet. Er sehnte sich nach einer eigenen Familie, nach Kindern und danach, dass endlich Leben in dieses viel zu große Haus einkehrte. Und die brüderlichen Gefühle, die er Amanda gegenüber empfand, hätten sich vielleicht eines Tages in Liebe verwandelt.

Josef zog die Stiefel aus und wickelte sich die Decke fest um den Leib. Was war er nur für ein Idiot gewesen! Worauf er nie mehr zu hoffen gewagt hatte, war heute Wirklichkeit geworden. Das Schicksal meinte es gut mit ihm – doch er hatte alles verpatzt. Er war so damit beschäftigt gewesen, sich vor Ayen zu rechtfertigen, dass er ihr das Einzige, was wirklich zählte, nicht gesagt hatte: nämlich dass er sie immer noch liebte. Das hätte er ihr sagen müssen und dass er alles, was er besaß, mit ihr teilen wollte. Aber jetzt war sie fort, und er wusste nicht einmal, wo sie wohnte. Krampfhaft versuchte er sich an die Stelle zu erinnern, an der er sie damals auf der Landstraße beinahe umgeritten hatte, an jenem Montagmorgen, als er wieder einmal voller Selbstekel von einem seiner nächtlichen Besuche im Hurenhaus zurückkam. Hurenbock, hatte er sich beschimpft, während er Moro den ganzen Weg nach Hause in Galopp getrieben hatte. Wie weit war er doch gesunken. Als dann plötzlich vor ihm diese junge Frau aufgetaucht war, hatte der Anblick ihrer vertrauten Gestalt ihn wie ein Schlag getroffen. Schnell weiter, hatte er gedacht, gewiss war es nur wieder eine Täuschung.

Josef drehte sich auf die Seite. Sein Herzschlag begann schmerzhafte Sprünge zu machen. Über ihm prasselte der Regen aufs Dach. Genauso hatte es an jenem unseligen Morgen geregnet. Und plötzlich wusste er wieder, wo Ayen die Straße überquert hatte: zwischen dem Schlachter und dem *almacén alemán*. Hatte sie nicht etwas von einem Laden gesagt? Er musste zu ihr, musste ihr beweisen, wie ernst es ihm immer noch war.

In dieser Nacht fand Josef keinen Schlaf mehr. Erleichtert hörte er irgendwann Oswaldo in der Küche beim Feuermachen hantieren und erhob sich.

«Falls Amandas Vater wegen seiner Bestellung vorbeikommt, vertrösten Sie ihn bitte auf heute Mittag. Ich muss noch einmal weg.»

«Ist gut.» Oswaldo reichte ihm einen Becher Tee, den er hastig austrank. «Geht es Ihnen wieder besser?»

«Es waren nur Kopfschmerzen. Wahrscheinlich das Wetter. Dann also bis später.»

In der Diele griff Josef nach dem regendichten Umhang, den er sich letzte Woche für viel Geld gekauft hatte. Doch dann ließ er ihn achtlos zu Boden fallen und holte aus dem Schuppen seine alte Jacke. Moro hatte sich vor dem nasskalten Wetter in seinem Unterstand verkrochen und ließ sich nur widerwillig satteln und zäumen. Es war noch früh am Tag, und außer einem Bauern, der sein Ochsengespann über die verschlammte Straße trieb, war niemand unterwegs. Eine Stunde später stand Josef vor der Tür des Krämerladens. Durch das beschlagene Fenster drang ein schwacher Lichtschein heraus. Er zählte bis drei, dann drückte er die Klinke herunter. Doch die Tür war verschlossen. Josef klopfte, erst zaghaft, dann kräftiger. Endlich hörte er schlurfende Schritte und ein verärgertes Fluchen, dann das Rasseln eines Schlüsselbundes. Märgenthaler schien nicht sehr erfreut über seinen frühen Kunden, sein Lächeln wirkte gezwungen.

«Ach, der Herr von der Sägemühle. Normalerweise öffne ich erst gegen neun. Na ja, kommen Sie herein. Los, Clara, mach schon, merkst du nicht, dass Kundschaft da ist?»

Jetzt erst bemerkte Josef Ayen, die in einem fleckigen Kittel im Halbdunkel stand und Waren in die Regale packte. «Ayen», rief er leise. Polternd fielen die Konserven zu Boden.

«Du ungeschicktes Weibsbild», schnauzte Märgenthaler.

«Hören Sie auf, in diesem Ton mit ihr zu reden», fuhr ihn Josef an.

«Aber mein Herr!» Dem Mann blieb der Mund offenstehen. «Das Dienstpersonal in diesem Land – ein bisschen Strenge tut da not, sonst ...»

«Was sonst?»

«Die tanzen einem doch auf der Nase herum, wenn man nicht durchgreift. Gerade die Indianer.» Märgenthaler kam in Fahrt. «Ich habe sie ja nur meiner Frau zuliebe eingestellt, mir wäre keine Indianerin ins Haus gekommen.»

Josef konnte sich nicht mehr zurückhalten. «Das reicht. Clara arbeitet künftig nicht mehr für Sie.»

«Das hast nicht du zu entscheiden.» Ayen trat zu den beiden Männern. «Und jetzt geh bitte.»

Josef war verwirrt. Wie konnte sie sich nur so schlecht behandeln lassen?

«Gut. Ich gehe. Aber nur, wenn du einen Moment mit vor die Tür kommst.»

Als sie draußen unter dem Vordach standen, sah Ayen ihn herausfordernd an. Jetzt nur nichts Falsches sagen, dachte Josef. Wie gern hätte er ihre Wange gestreichelt, ihre Hand genommen und nie wieder losgelassen. Das, was er eben im Laden hatte miterleben müssen, wollte er Ayen nicht länger zumuten.

«Du darfst da nicht mehr hinein.» Seine Stimme zitterte. «Dieses dunkle Loch mit diesem widerlichen Krämergesellen. Wie unglücklich du hier sein musst.»

«Ich bin nicht unglücklich mit meiner Arbeit.» Sie warf den Kopf in den Nacken und sah an ihm vorbei. «Was weißt du schon von mir.»

«Das ist es ja. Ich will wissen, wie es dir ergangen ist. Bitte, komm mit mir. Jetzt gleich. Ich zahle diesem Kerl eine Ablösung, dann muss er dich gehen lassen.»

Ihre Augen verengten sich zu schmalen Schlitzen. «Du kannst für dein Geld inzwischen alles kaufen, nicht wahr?»

«Warum verstehst du mich immerzu falsch?» Josef suchte nach Worten, doch die aufsteigende Verzweiflung schnürte ihm fast die Kehle zu. «Erinnerst du dich nicht mehr? Ich bin damals nach Valdivia gegangen, um etwas zu lernen, um eine Zukunft für uns beide aufzubauen. Weißt du nicht mehr – unsere Träume von einem eigenen Haus mit Obstgarten, in dem unsere Kinder herumtoben würden? Hast du das alles vergessen?»

Ayen schwieg. Ihre Mundwinkel zitterten.

«Oder hast du mir damals nur etwas vorgemacht? War es nur ein Spiel für dich gewesen? Dann sag es mir jetzt.» Josef umfasste ihre Handgelenke, sein Griff war härter als beabsichtigt. Ayen sah ihn erschrocken an, und er ließ los. Entmutigt blickte er zu Boden.

«Du lässt mir keine Möglichkeit, das Richtige zu tun. Entweder verdrehst du mir die Worte im Mund, oder du schweigst. Was habe ich dir getan?»

Sie schüttelte nur den Kopf.

«Ayen, ich liebe dich, verstehst du? Es ist mir gleich, was geschehen ist – ich weiß von Kayuantu, dass du ein Kind bekommen hast und dass es gestorben ist. Aber das ist alles Vergangenheit, wir beide fangen neu an. Jetzt sag doch etwas.»

Ihre Worte kamen so leise, dass Josef sie kaum verstand.

«Ich habe dir nichts vorgemacht. Es war mir immer ernst mit dir.»

Er betrachtete sie mit neuer Hoffnung.

«Aber –» Sie stockte und wirkte auf einmal nur noch hilflos. «Deine Träume werden sich mit mir niemals erfüllen.»

Unvermittelt wandte sie sich um und lief in den Laden zurück.

Der Ansturm ihrer Gefühle war zu heftig. Schon kurz nachdem José davongeritten war, hatte sie sich mit Erlaubnis ihrer Dienstherrin freigenommen und ihn erneut in seiner

Mühle aufgesucht. Völlig überrascht hatte er ihr die Tür geöffnet, und als er sie jetzt durch das Haus führte, wurde sie von seinem strahlendem Blick und der Begeisterung in seiner Stimme mitgerissen wie von einem warmen Strom.

«Es ist alles noch ein bisschen ungemütlich. Oswaldo und ich brauchen ja nicht viel. Aber wir könnten in der Stube eine gemütliche Sitzecke einrichten, wenn Gäste kommen. Und in der Küche fehlen natürlich Schränke. Bis jetzt steht hier alles nur so herum, schrecklich, nicht wahr? Das Einrichten und Ausschmücken der Wände würde ich am liebsten dir überlassen.»

Er lief von einem Zimmer in das andere, seine Einfälle sprudelten nur so aus ihm heraus, hierzu und dazu wollte er ihre Meinung wissen, immer wieder fiel ihm etwas Neues ein.

«Du wolltest doch Hühner haben. Du wirst dich wundern, in zwei Tagen habe ich einen Hühnerstall gebaut. Und hast du gesehen? Zwischen Küche und Backhaus wäre ein trefflicher Platz für einen Kräutergarten, sonnig und geschützt gegen den kalten Südwind ... Aber was schaust du mich so an? Dir gefällt mein Bart nicht, ist es das? Warte, ich bin gleich wieder da.»

Sie folgte ihm in die Küche und beobachtete ihn, wie er sich das Hemd über den Kopf zerrte, den Rasierpinsel einseifte und sich dicht über den Waschtisch beugte, über dem eine Spiegelscherbe hing. Er war breiter in den Schultern geworden. Seine glatte Haut spannte über den Muskeln.

Das Gesicht voller Seife, drehte er sich um. Er hielt das Rasiermesser in die Höhe.

«Jetzt sehe ich gleich wieder aus wie früher.»

«Pass auf, dass du dich nicht schneidest.» Sie begann zu lachen.

Ein warmer Glanz breitete sich über seine Augen.

«Es ist so schön, dich lachen zu sehen. Weißt du, wie glücklich mich das macht?»

Er führte das Messer an die Oberlippe, doch seine Hand zitterte zu sehr. Da nahm ihm Ayen das Messer aus der Hand.

«Halt still. Ich rasiere dich.»

Mit der Linken umfasste sie seinen Nacken. Er schien zu glühen unter ihrer Hand. Mit vorsichtigen Bewegungen entfernte sie die Barthaare, wusch ihm mit einem feuchten Handtuch den Schaum aus dem Gesicht und tupfte es sorgfältig trocken. José hielt die Augen geschlossen. Ihre Finger berührten wie zufällig seine Wangen, strichen über die weiche Haut zwischen Nase und Lippen. Dann trat sie einen Schritt zurück.

«Du kannst die Augen wieder aufmachen.»

Im nächsten Augenblick streckte er seine Arme aus und zog sie an sich. Sie spürte seinen Herzschlag, sog den Geruch von Seife und Erde ein.

«Ich lasse dich nie wieder los.» Er legte den Kopf auf ihre Schulter.

Ihr schwindelte. Die Geborgenheit, die er ihr anbot, die Liebe, die er sie spüren ließ – all das durfte sie nicht annehmen. Sie musste ihm die Wahrheit sagen.

Von draußen war Maxis Gebell zu hören, dann die beruhigende Stimme des Chilenen. Ayen löste sich aus Josés Umarmung.

«Du bekommst Besuch.»

«Niemand wird uns stören. Oswaldo ist draußen.» José sah sie an, als sei er aus einem Traum erwacht. Dann strich er sich die Haare aus der Stirn. Er wirkte verlegen.

«Komm, ich zeig dir das obere Stockwerk.»

Auf halber Treppe ließ sie zu, dass José ihre Hand nahm. Warum kehrte sie nicht um? Jetzt wäre noch Zeit dazu. Sie wusste, dass alles nur noch schlimmer würde, wenn sie ihm folgte. Aber ihre Abwehr schwand dahin. Ihr Verlangen nach seiner Nähe war stärker als alles andere.

«Das hier ist Oswaldos Kammer. Es ist die kleinste von

allen, aber er wollte es so. Nicht dass du denkst, der *patrón* gibt dem Knecht das schäbigste Zimmer. Oder hältst du mich immer noch für einen Großtuer?»

Statt einer Antwort drückte sie seine Hand, und er zog sie rasch weiter.

«Und hier schlafe ich. Verzeih, die Unordnung ist grässlich.»

Sein Blick fiel auf das zerwühlte Bett. «Du bist übrigens die erste Frau, die dieses Zimmer betritt. Glaubst du mir das?»

«Es ist nicht wichtig.»

In Wirklichkeit jedoch dachte Ayen an die rotblonde Frau. José schien ihre Gedanken zu erraten.

«Das Mädchen, das du gesehen hast, habe ich nie berührt. Amanda ist noch ein Kind und verwöhnt obendrein. Aber sie ist sehr lustig, du wirst sie eines Tages auch kennenlernen.»

Ayen schwindelte erneut. Ich muss ihm die Wahrheit sagen, dachte sie, doch José schob sie weiter über den Flur.

«Dies ist das schönste Zimmer. Komm, setz dich hierher auf den kleinen Teppich. Hier liege ich manchmal und träume vor mich hin. Siehst du, wie hell es ist? Es ist das einzige Zimmer mit zwei Fenstern. Sie gehen in den Garten hinaus, und die Zweige des Kirschbaums wachsen bis über den Fenstersims. Ist das nicht herrlich? Und dort – dort steht deine Kommode. Ich habe sie aus Maitén mitgebracht.»

Ayen unterdrückte einen Seufzer. Wie unendlich lange war das her, jener Augenblick, als sie zum ersten Mal Josés Werkstatt betreten hatte!

José legte ihr den Arm um die Schultern. «Das soll das Kinderzimmer werden.»

«Ich kann keine Kinder mehr bekommen.»

Jetzt war es heraus!

Ayen hatte geglaubt, dass sie Erleichterung verspüren

würde. Stattdessen überwältigte sie die alte Scham. Sie fühlte sich so nackt und bloßgestellt von der Schande, die Julius ihr angetan hatte, als ob es gestern gewesen wäre.

José zog seinen Arm zurück. Zusammengekauert hockte er neben ihr und starrte auf den Boden.

«Wer sagt das?», fragte er tonlos.

«Die *machi*. Die Geburt hat mich fast umgebracht. Etwas wurde dabei zerstört.»

«Zerstört ...», wiederholte José gedankenverloren.

Der Wind schlug die Zweige des Kirschbaums gegen die Fensterscheibe. Als klopfte jemand an. Im Frühsommer würde man die Kirschen direkt aus dem Fenster pflücken können. Ayen stand auf.

«Ich muss zurück. Frau Märgenthaler wartet.»

«Bleib noch.» José hielt sie beim Arm. Seine Miene war versteinert, und es fiel Ayen schwer, seinem Blick standzuhalten. Warum sagte er nichts? Sie wünschte sich, er würde sie schütteln, seine Enttäuschung herausbrüllen, doch er sah sie nur stumm an. Ayen hätte nicht sagen können, wie lange sie so regungslos voreinander gestanden hatten, als er plötzlich die Hände hob und ihre Wangen berührte. Fast scheu fuhren seine Finger über jede Linie ihres Gesichts, als wolle er ihre Züge zeichnen. Dann zog er sie an sich und hielt sie fest umklammert.

«Ayen, ich möchte dich heiraten.»

Ihr war, als sei sie endlich heimgekehrt von einer endlos langen Reise und doch niemals fort gewesen.

Niemals würde Josef mit einer anderen Frau glücklich werden, das wusste er nun. Er liebte Ayen mit einer Leidenschaft und Zärtlichkeit, die er längst tot geglaubt hatte. Schwer atmend legte er seinen Kopf auf ihre Brust und schloss die Augen, spürte noch einmal dem Taumel und der Lust nach, der sie sich beide so bedingungslos hingegeben hatten.

Selbst wenn ihn Ayens Bekenntnis mitten ins Herz getroffen hatte, selbst wenn sein Verstand ihm zuraunte, dass es ohne Kinder in diesem großen Haus unsäglich still bleiben würde – es gab nichts zu entscheiden, denn er würde nie von Ayen loskommen.

Er streichelte ihre schmalen Schultern. Wie zerbrechlich sie wirkte. Und doch war sie zäh wie eine Wildkatze.

«Wirst du mich heiraten, Ayen?»

«Ja. Aber es wird hier sehr still sein ohne Kinder.»

Er lächelte. Hatte sie seine Gedanken gelesen?

«Dann bringen wir auf andere Weise Leben ins Haus. Wir werden die Hühner gackern hören und Maxis lautes Gebell, wir laden Freunde ein, und unsere Gäste können hier wohnen, so lange sie wollen.»

Ayen lachte. «Du kannst ja deinen Freund Paul Armbruster fragen, ob er hier einziehen möchte. Ich hab ihn sehr gern.»

«Paul ist tot.»

Josef musste schlucken. Es fiel ihm immer noch schwer, darüber zu reden, und so berichtete er Ayen nur so knapp wie möglich von dem Schiffsunglück.

«Aber ich habe ihn doch neulich noch gesehen», widersprach sie. «Auf dem Markt in Puerto Montt. Er stieg gerade in eine Kutsche, sonst hätte ich ihn angesprochen.»

«Das kann nicht sein. Du musst dich getäuscht haben.»

«Gut, dann habe ich mich eben getäuscht.» So etwas wie Trotz schwang in ihrer Stimme mit.

Josef seufzte. Ayen konnte manchmal stur sein wie ein Maultier. Aber auch dafür liebte er sie. Zärtlich bedeckte er ihren Hals mit Küssen.

«Ich muss jetzt gehen», flüsterte sie ihm ins Ohr.

«Aber nur noch dieses eine Mal. Das nächste Mal bleibst du für immer.»

Er half ihr auf.

«Darf ich dich zurückbringen? Moro kann uns beide

tragen. Ich könnte dann gleich mit diesem Märgenthaler reden.»

«Einverstanden. Aber das Reden musst du mir überlassen.»

Er beobachtete sie beim Ankleiden. Wie armselig ihre Sachen waren, dachte er voller Mitleid. Im selben Moment sah er den kleinen Josef Scholz vor sich, in seiner zerschlissenen Jacke und geflickten Hose, wie er am Hamburger Hafen kauerte und all seinen Mut zusammennahm, um die große Reise zu wagen. Wie lächerlich hätte er es damals empfunden, wenn ihn jemand wegen seiner Kleidung bemitleidet hätte. Und Ayen brauchte sein Mitleid schon gar nicht. Selbst in ihrem schäbigen Kittel bewegte sie sich mit der Grazie einer Königin.

Gemeinsam gingen sie in den Hof hinaus, wo Oswaldo gerade mit Ausbesserungsarbeiten beschäftigt war. Josef stellte ihm Ayen vor und bat ihn dann, Moro bereit zu machen. Er spürte, wie die enge Vertrautheit der letzten Stunden entschwand. Ayen wirkte bedrückt. Sicher plagte sie der Gedanke, Ludmilla Märgenthaler im Stich zu lassen, und ihn selbst ergriff eine unbestimmte Angst, irgendetwas könne die Erfüllung seiner Träume im letzten Moment zerschlagen. Er flehte darum, dass Ayen an ihrem Entschluss festhalten möge, ihre Stellung aufzugeben und ihn zu heiraten. Aber noch etwas anderes quälte ihn, seitdem er Ayen umarmt und geliebt hatte. Er wollte nicht daran denken, doch es ließ ihn nicht los: Wer hatte ihr damals Gewalt angetan?

Als Josef bereits auf Moros Rücken saß und Ayen den Arm reichte, um ihr hinaufzuhelfen, zögerte sie. Ihr Blick war ernst.

«Du kannst dir sicher denken, dass ich Frau Märgenthaler nicht von heute auf morgen verlassen kann. Bitte, José, nutze diese Zeit, um dir klarzuwerden, ob du wirklich mit mir zusammenleben willst.»

«Für mich gibt es nichts zu überdenken.»

«Wir waren heute sehr glücklich miteinander. Aber es wird Zeiten geben, in denen wir nicht miteinander lachen, sondern streiten. Wenn du mir in einem solchen Moment jemals vorwerfen solltest, was mit mir damals geschehen ist und dass ich keine Kinder bekommen kann, werde ich dich für immer verlassen.»

Josef schlug das Herz bis zum Hals.

«Wer war es? Ich flehe dich an – sag es mir!»

Ayen griff nach seinem Arm und schwang sich hinter ihm auf die Satteldecke.

«Julius Ehret», hörte er sie sagen. «Ich konnte mich nicht wehren, er ... er hatte mich gefesselt.»

Julius Ehret! Er hatte es geahnt, immer schon. Dieses niederträchtige Dreckschwein! Julius Ehret, der sich bei jeder Auseinandersetzung mit seinesgleichen schier in die Hosen gemacht hatte, nahm sich Frauen mit Gewalt und machte nicht einmal vor der eigenen Schwester halt.

Er hätte Ayen etwas Tröstliches sagen müssen, doch die Kehle war ihm wie zugeschnürt. Er sah Julius' teigiges Gesicht vor sich, verzerrt von roher Wollust, sah dessen massigen Leib, der sich auf Ayen wälzte. Was für eine Abscheulichkeit! Josef kämpfte gegen das Würgen in Magen und Hals.

Schweigend ritten sie durch die Dämmerung Richtung Puerto Montt. Josef spürte, wie sich Ayen an seinen Rücken presste. Das Entsetzen über Julius' Grausamkeit war umgeschlagen in blinden Hass gegen diesen Kerl und ließ Josef am ganzen Körper zittern. Niemals würde er diese Gräueltat auf sich beruhen lassen können. Er wollte Julius leiden sehen.

Vor Märgenthalers Haus küsste Josef Ayen zum Abschied. Er war sich sicher, dass der Krämer hinter einem der Fenster stand und sie beobachtete, aber das war ihm gerade recht.

«Wann sehen wir uns wieder?»

«Sobald mit meiner Herrin alles geregelt ist.» Sie sah ihn an mit ihrem durchdringenden Blick. «Was hast du vor, José?»

«Ich weiß es noch nicht.»

Als Josef nach Hause kam, gab er Oswaldo Bescheid, dass er am nächsten Morgen wegen einer wichtigen Angelegenheit in aller Frühe losmüsse und für zwei oder drei Tage außer Haus sein würde.

«Falls mir je etwas zustoßen sollte – in meiner Schlafkammer finden Sie unter einem losen Dielenbrett eine Geldkassette. Darin sind ein paar Münzen und die Papiere für das Spar- und Creditinstitut in Puerto Varas. Ich lege eine Vollmacht hinein auf den Namen Clara Ayen ...» Er räusperte sich. «Habe ich Ihnen übrigens schon gesagt, dass ich Ayen heiraten werde?»

«Nein, aber ich habe mir so etwas schon gedacht.» Oswaldo nickte anerkennend und fuhr dann ernst fort: «Don José, wenn Ihr Vorhaben so gefährlich ist, soll ich Sie nicht lieber begleiten?»

«Danke, Oswaldo, aber es handelt sich um eine persönliche Angelegenheit. Also: Im Fall aller Fälle ist das Bargeld für Sie. Die Vollmacht bringen Sie Ayen, sie arbeitet im *almacén alemán*. Würden Sie das für mich tun?»

«Natürlich. Passen Sie gut auf sich auf.»

Die Stadt lag noch im Morgenschlaf, als Josef auf seinem Pferd Puerto Varas durchquerte. In seiner Satteltasche befanden sich ein Seil und ein dicker schwarzer Wollschal, den seine Tante ihm einmal gestrickt hatte, im Schaft steckte seine Flinte. Er schlug den Weg weiter nach Norden ein, dicht am Seeufer entlang. Da der Pfad nur wenig benutzt wurde, war er hier und da von Buschwerk überwuchert, und Josef musste absteigen.

Es war bereits später Nachmittag, als Josef den Gemischtwarenladen von Christian Ochs vor sich ausmachen konnte. Er verließ den Weg am See entlang und ritt mitten über eine Viehweide die Anhöhe hinauf, bis er die Landstraße nach Osorno erreichte. Als er sich umdrehte, sah er den See und die Häuser von Maitén im Dunst liegen. War es wirklich erst drei Jahre her, dass er Ayen hier zum ersten Mal begegnet war? Jahrzehnte schienen es zu sein. Er sah kaum noch Gemeinsamkeiten mit dem schüchternen, linkischen Jungen von damals, in dem die erste Liebe zu einer Frau entflammt war.

Ein Ochsenkarren näherte sich. Josef zerrte den Schal aus der Satteltasche und wickelte ihn sich so um den Kopf, dass nur noch die Augen frei blieben. Er wollte von niemandem erkannt werden. Auch der Lenker des Ochsenkarrens war an diesem eisigen Augusttag dick vermummt, trotzdem erkannte Josef den Mann. Es war Claudius, Julius' älterer Bruder. Mit verstellter Stimme murmelte Josef einen Gruß auf *castellano*, dann galoppierte er los, denn es begann bereits zu dämmern. Bald konnte er kaum noch Moros Ohren erkennen. Zum Glück war die Straße nach Osorno inzwischen gut ausgebaut, und Josef verließ sich auf die Trittsicherheit seines Pferds. Doch er wusste, dass er als einsamer Reiter im Dunkeln eine willkommene Beute für Wegelagerer war. Mit entsicherter Flinte ritt er weiter. Schritt für Schritt ging er seinen Plan noch einmal durch und versuchte so, seine Angst zu bezwingen.

Endlich erreichte Josef die ersten Häuser von Osorno. Im Schein der Gaslampen hasteten die Menschen an ihm vorbei, um ihre letzten Besorgungen für diesen Abend zu erledigen. Er mied die Hauptstraße, die fast ausnahmslos von Deutschen aus seiner Heimat bewohnt war. Schließlich stand er in einer engen Gasse vor einer chilenischen Herberge. Hier würde er keine bekannten Gesichter treffen.

«Ein Bett im Viererzimmer ist noch frei», nuschelte der Wirt. «Bezahlen müssen Sie im Voraus. Das Pferd können Sie in den Stall bringen. Aber nehmen Sie Sattel- und Zaumzeug mit aufs Zimmer, sonst ist es weg.»

Josef blieb für den Rest des Abends in der schäbigen Kammer. Je weniger Menschen ihn sahen, desto besser. Hoffentlich ist der Kerl nicht ausgeflogen, dachte Josef, sonst muss ich noch weitere Nächte in dieser verdreckten Kammer verbringen.

Gleich nach Sonnenaufgang ritt er hinüber zur Sägemühle. Schon von weitem hörte er eine aufgebrachte Stimme, die ihm nur allzu bekannt vorkam.

«Himmel, Arsch und Zwirn, könnt ihr Idioten nicht aufpassen? Wenn das nochmal passiert, schmeiß ich euch raus. Alle beide. Versteht ihr? Dann könnt ihr verschwinden, aber ohne Lohn.»

Auf dem Lagerplatz stand Julius, in hohen Stiefeln mit blitzenden Sporen und Pelzjacke, und fuchtelte mit seiner Peitsche zwei jungen Chilenen vor der Nase herum.

«Störe ich?»

Julius fuhr herum. Der Schreck stand ihm deutlich ins Gesicht geschrieben.

«Josef Scholz! Was für eine Überraschung.»

Hoffentlich halte ich das Theater durch, er darf keinen Verdacht schöpfen, dachte Josef, als er vom Pferd stieg.

«Hast du Ärger mit deinen Knechten?», fragte er scheinbar interessiert, und sein wohlmeinender Tonfall veranlasste Julius zu einem erleichterten Grinsen.

«Schon zum zweiten Mal sind mir heute Nacht Bretter gestohlen worden, und meine verdammten *peones* haben es nicht mitbekommen, sondern geschlafen. Hier in Osorno wird alles geklaut, was nicht angekettet ist.» Mit einer herrischen Handbewegung bedeutete er den beiden Chilenen zu verschwinden. «Wenn man die Diebe hier wie im Norden auspeitschen dürfte, wäre dieses Übel bald abgestellt, darauf wette ich. Aber nun zu dir. Was führt dich zu mir?»

Das Beben in seiner Stimme war deutlich zu hören. Ganz geheuer schien ihm Josefs Besuch nicht zu sein.

«Ich dachte, wir könnten vielleicht miteinander ins Geschäft kommen, jetzt, wo wir in derselben Branche arbeiten. Dein Holz verkauft sich offenbar ganz gut, bis hinunter nach Puerto Montt.»

«O ja, es läuft hervorragend. Und falls ich dir ein paar Aufträge verpatzt haben sollte, so lag das nicht in meiner Absicht. Wir zwei werden uns die Nachfrage schon aufteilen, nicht wahr?»

«Deshalb bin ich hier. Mir ist ein Gedanke gekommen, wie wir die Nachfrage noch anheizen könnten. Aber ...», Josef senkte verschwörerisch die Stimme, «es ist nicht ganz legal.»

«Wenn es dem Geschäft dient, bin ich offen für alles.» Julius lachte ein wenig zu laut, und Josef musste sich zusammenreißen, um ihm nicht die Faust ins Gesicht zu schlagen.

«Gut. Lass uns darüber reden. Aber nicht hier. Wo sind wir ungestört?»

Julius kratzte sich sein pickliges Kinn. «Hm. Am besten drüben in der alten Scheune.»

Sie durchquerten das riesige Holzlager. Kreuz und quer stapelten sich die Bretter, ohne Schutz gegen Regen und Schnee, Kanthölzer lagen achtlos in einer Schlammpfütze. Mit der Satteltasche unterm Arm folgte Josef seinem Widersacher hinter die Mühle, wo auf einem Hügel eine halbverfallene Scheune stand. Sehr gut. Das kreischende Auf und Ab der nahen Säge würde jeden Schrei übertönen.

«Also, dann schieß los.» Julius schloss das Tor hinter ihnen.

«Stellen wir uns dort drüben neben den Wagen ins Licht, damit ich dir die Unterlagen zeigen kann.»

Josef zog erst den Strick, dann einen Stapel Papiere heraus. Neugierig beugte sich Julius über die Blätter.

«Aber ... Das sind doch alte Rechnungen, was soll das?»

In diesem Moment verpasste ihm Josef einen Schlag in die Kniekehlen, der ihn vornüberkippen ließ. Blitzschnell fesselte er ihm die Hände auf den Rücken.

«Ich werde dich anzeigen, du Verbrecher», brüllte Julius und rappelte sich auf. Als er zum Scheunentor laufen wollte, stolperte er über Josefs ausgestrecktes Bein und fiel der Länge nach hin. Er schrie auf vor Schmerz, als Josef ihn an den Haaren packte und zurück zu dem Wagen zerrte.

«Man merkt, dass deine Geschäfte gutgehen, deine Säge läuft und läuft. Nur leider wird dann niemand dein Gebrüll hören.»

«Was hast du vor?» Julius' Augen waren vor Entsetzen geweitet, als er sah, wie erst seine Hände, dann sein linker Fuß an die Speichen der Wagenräder gebunden wurden. «Wir können uns doch einigen. Ich verkaufe nördlich des Sees und du südlich.»

«Es interessiert mich nicht, wohin du deinen Schrott verkaufst.»

Suchend blickte sich Josef um, bis er einen eisernen Pflug entdeckte. Er schob das schwere Gerät heran und band Julius' rechten Fuß daran fest. Julius lag nun auf dem Rücken, die Beine weit gespreizt.

«So lag Clara vor dir, als du sie vergewaltigt hast, nicht wahr?»

«Hat sie das erzählt?» Julius zitterte jetzt wie Espenlaub. «Glaub mir, sie war betrunken. Sie wollte, dass ich es mit ihr mache.»

Blinder Hass durchfuhr Josef. Mit voller Wucht trat er dem Gefesselten zwischen die Beine. Julius' Schrei gellte durch die Scheune, als sich sein feister Körper vor Schmerz aufbäumte.

«Hör auf!», brüllte er. «Das war alles nur ein Missverständnis.»

Josef trat erneut zu. Und noch einmal. Seine rasende Wut trieb ihn in einen nie gekannten Rausch. Julius gab längst keinen Laut mehr von sich. Er hätte immer weiter zuschlagen, diese erbärmliche Kreatur zermalmen mögen wie eine lästige Wanze. Doch plötzlich sah er Ayens Gesicht vor sich, enttäuscht und traurig. Wenn du ihn tötest, kann ich dich nicht heiraten, schien sie zu sagen. Schwer atmend hielt Josef inne und setzte sich neben Julius. Er wartete, bis der Ohnmächtige zu sich kam.

«Jetzt hör genau zu, Julius Ehret.» Josef zog sein Jagdmesser aus dem Gürtel und beugte sich näher an dessen Kopf.

«Wenn du noch einmal in meine oder Ayens Nähe kommst, schneide ich dir die Kehle durch.»

Gleichmütig setzte er ihm die Klinge an den Hals. Julius' Augenlider zuckten.

«Und falls einem von uns etwas zustoßen sollte: Mein Mitarbeiter besitzt ein Schreiben, in dem all deine Schandtaten aufgeführt sind. Auch die Übergriffe auf deine Schwester. Das bringt dich für Jahre ins Gefängnis, falls du nicht vorher gelyncht wirst.»

28

Die Hochzeit war für den letzten Sonntag im Oktober geplant. Josef hoffte, dass sich bis dahin das Frühjahr durchgesetzt haben würde, denn sein großer Wunsch war es, im Garten unter den Kastanien zu feiern, mit bunten Lampions in den Zweigen und einer langen Reihe von Tischen und Bänken.

«So viele Gäste werden gar nicht kommen», zog Ayen ihn auf, als er die unzähligen Einladungskarten unterschrieb. Sie versuchte, das bevorstehende Fest auf die leichte Schulter zu nehmen, doch Josef wusste, dass der gesellschaftliche Eklat, den ihre Verlobung zunächst ausgelöst hatte, sie nach wie vor bedrückte. Nachdem er im «Amtsblatt der deutschen Colonie Llanquihue» seine Heirat mit Clara Ayen angekündigt hatte, war man ihm in Puerto Varas teils mit Verwunderung, teils mit offener Ablehnung begegnet: Eugen Laupheim, Amandas Vater und allseits bekannte Respektsperson des Ortes, drehte ihm unmissverständlich den Rücken zu, als Josef seine Apotheke betrat. Er ließ ihn sogar von seinem Lehrbuben bedienen. Der Wirt der *Goldenen Traube*, den Josef fünf Minuten später auf der Straße traf, lieferte die Erklärung für Laupheims Verhalten bereitwillig nach.

«Mein lieber Herr Scholz», begann er und zog ihn von den Passanten weg in einen Hauseingang. «Da haben Sie uns allen aber einen schönen Schrecken eingejagt. Die Heirat mit dieser Indianerin kann doch nicht Ihr Ernst sein.»

«Es ist mein voller Ernst», entgegnete Josef gelassen.

«Hören Sie, überlegen Sie es sich nochmal. Frau Laupheim war völlig außer sich, als sie es erfuhr.»

«Ich habe ihr oder ihrer Tochter niemals Versprechungen in dieser Richtung gemacht, und wenn ihre Familie sich fälschlicherweise Hoffnungen gemacht hat, dann tut mir das aufrichtig leid.»

«Ich weiß, ich weiß. Es muss ja auch nicht die kleine Laupheim sein, sie ist wirklich noch ein wenig unreif für die Ehe. Aber andere Väter haben auch nette Töchter – in der deutschen Kolonie, meine ich.» Und mit gesenkter Stimme fuhr er fort: «Unter uns Männern: Die Fremdartigkeit der indianischen Frauen mag ja ganz anziehend auf uns wirken, aber kann es da nicht bei einer heimlichen

Liebschaft bleiben? Als kleine Gaumenfreude, sozusagen?» Bei diesen Worten zwinkerte er Josef verschwörerisch zu.

Josef musste an sich halten, um nicht eine boshafte Entgegnung in das grinsende Gesicht zu schleudern. Er murmelte einen Gruß und wollte weitergehen, doch der Wirt war noch nicht zu Ende mit seinen Belehrungen. Er fasste ihn am Arm.

«Also, überdenken Sie das alles nochmal. Zwischen diesen Leuten und uns stehen doch Welten. Allein ihre Gottlosigkeit: Die beten doch Blitz und Donner an.»

«Meine künftige Frau ist getauft, falls Sie das beruhigt.»

«Ach, kommen Sie. Die Indianer sind wie kleine Kinder: unmündig in allem, was unsere Zivilisation betrifft. Ihnen sagen unsere Werte nichts, sie wissen weder, was christliche Tugend noch was Eigentum bedeutet. Und wie schnell ergeben sie sich am Ende der Trunksucht, Frauen wie Männer. Bedenken Sie das, um Himmels willen.»

Weit mehr als die dummdreisten Worte des Wirts hatte Josef geärgert, dass er ihn so lange hatte reden lassen. Doch er durfte den Blick nicht davor verschließen, dass er als Siedler ein Bestandteil dieser Gemeinschaft war. Er durfte sich daher nicht zu Unbesonnenheiten verleiten lassen. Bis die Gemüter sich beruhigten, würde er die Schmähungen an sich abprallen lassen müssen.

Laupheims Bruder, der Direktor des Spar- und Creditinstituts, war da noch eindeutiger in seinen Vorhaltungen gewesen.

«Sie sind jung, Sie sind erfolgreich und ehrgeizig. Da müsste Ihnen doch klar sein, was Ihre Entscheidung bedeutet. Sozusagen als Verwalter Ihres Vermögens will ich offen zu Ihnen sein: Was Sie vorhaben, ist geschäftsschädigend. Sie werden Kunden verlieren.»

Und tatsächlich: Als er zum ersten Mal Seite an Seite mit Ayen durch Puerto Varas gegangen war, war sein Gruß von einem Großteil der Leute, denen sie begegneten, unerwidert geblieben.

«Du wirst deine Kunden verlieren», hatte da auch Ayen zu ihm gesagt.

«Mach dir keine Sorgen. An die Leute hier im Ort verkaufe ich ohnehin nur den geringsten Teil meines Holzes.»

Es kümmerte Josef tatsächlich wenig, denn die Hauptabnehmer waren die Siedler, die immer noch in Scharen ins Land strömten. Was ihn weit mehr beunruhigte, war, ob Ayen hier jemals glücklich werden würde. Doch dann fielen ihm Paul Armbrusters Worte wieder ein: Klatsch und Tratsch suchen sich irgendwann neue Zielscheiben.

Liebevoll sah er Ayen jetzt an, als sie die fertigen Einladungen in die Kuverts steckte. Seit sie eingezogen war, war alles licht und freundlich im Haus. Mit viel Liebe zum Detail hatte sie die Mühle in ein behagliches Heim verwandelt. Von der Küchendecke hingen duftende Kräuterbündel, die Vasen waren gefüllt mit blühenden Zweigen, in der Stube hingen zwei Wandteppiche, die sie in der Einsamkeit der Berge gewebt hatte.

Josef hatte seinen Augen nicht getraut, als Ayen nur wenige Tage nach ihrem gemeinsamen Ritt auf Moro vor der Tür gestanden hatte, einen prallgefüllten Reisesack in der Hand. Mit Märgenthalers war es einfacher gelaufen, als sie gedacht hatte. Sie hatte Ludmilla Märgenthaler versprochen, sie zweimal die Woche zu besuchen, für die Putzarbeit war schnell ein Ersatz gefunden.

«Denk dir nur, der alte Märgenthaler tat richtig gerührt beim Abschied. Es täte ihm leid, wenn er manchmal ruppig gewesen wäre, er habe mich immer sehr geschätzt. Und dann hat er mir zusätzlich zum ausstehenden Lohn fünf Silberpesos geschenkt», hatte sie ihm mit leicht spöttischem Ton in der Stimme berichtet.

Vier Wochen war das erst her, und Josef hatte bereits den Eindruck, dass sich sein Leben von Grund auf verändert hatte. Morgens erwachte er mit einem unbeschreiblichen Glücksgefühl, wenn er Ayen neben sich liegen sah. Und wenn er draußen mit Oswaldo das Holz umstapelte, lauschte er auf ihren Gesang, der durch die geöffneten Fenster drang, und er konnte die Mahlzeiten kaum erwarten, nur um wieder in ihrer Nähe zu sein. Mit Oswaldo verstand er sich hervorragend. Hatte Josef ihn anfangs für einen eher in sich gekehrten Mann gehalten, zeigte er sich seit Ayens Einzug oft ausgelassen und übermütig wie ein kleiner Junge, sodass Josef nicht selten einen Anflug von Eifersucht spürte und sich zugleich einen kindischen Esel schalt. Sie waren eine glückliche kleine Familie, und keiner dieser Kleingeister aus der deutschen Kolonie würde ihrem Glück etwas anhaben können.

Ayen legte die Kuverts beiseite.

«Was ist eigentlich mit Kayuantu?»

Für einen Moment verdüsterte sich Josefs Blick. «Ich hab lange überlegt, ob ich Oswaldo mit einer Einladung zu ihm schicken soll. Aber es ist zu gefährlich, oben in den Bergen herrscht noch tiefster Winter. Und ich selbst – ich darf ja ihr Lager nicht mehr betreten!»

«Vielleicht ist es ja besser so.» Sie nahm seine Hand. «Sag, José, wollen wir nicht doch lieber im kleinen Kreis feiern? Dass uns ein katholischer Chilene verheiraten wird, hat doch deine deutschen Landsleute vollends vor den Kopf gestoßen. Sie werden dem Fest alle fernbleiben, um dich zu demütigen.»

«Wir werden sehen.» Josef küsste sie. «Und wenn gar niemand kommt, werde ich den ganzen Nachmittag und Abend nur mit dir tanzen.»

Die Eheschließung ging in einer Nüchternheit über die Bühne, die Josef enttäuschte. Padre Agustín hielt in seiner freundlichen, gutmütigen Art eine kurze Rede über die Bedeutung der ehelichen Gemeinschaft, betete mit ihnen und führte sie in die Sakristei, wo das Kirchenbuch aufgeschlagen lag. Im Beisein von Oswaldo und Luise, den beiden Trauzeugen, gaben sich Ayen und Josef das Jawort, trugen sich in das Buch ein und verließen die Kirche durch den Seiteneingang. Die ganze Zeremonie hatte kaum fünfzehn Minuten gedauert.

«Du siehst aus, als hättest du einen Kübel Jauche über deinen schönen Anzug bekommen», neckte ihn Luise, als sie sein betretenes Gesicht sah. Sie war bereits am Vorabend mit dem Dampfboot aus Maitén gekommen und hatte die Nacht vor Aufregung kaum geschlafen. «Du solltest lieber die Braut küssen.»

Viel zu schnell und viel zu glanzlos war Josef alles vonstatten gegangen, doch als er nun den stolzen Ernst in Ayens Augen sah, wusste er, dass nur eines zählte: dass sie jetzt Mann und Frau waren. Er nahm sie in die Arme und hob sie in die Luft.

«Ich will immer für dich da sein», flüsterte er ihr ins Ohr. Dann trug er sie durch die dichte Menge der Einheimischen, die vor dem Hauptportal auf den Beginn ihrer Messe warteten.

«*Vivan los novios!* Es lebe das Brautpaar!», riefen sie und applaudierten begeistert. Die Frauen versuchten die Braut zu berühren, denn das brachte Glück. Lachend hob Josef seine Frau auf den sorgfältig gestriegelten Moro und schwang sich hinter ihr auf. Das schwarze Fell des Pferdes glänzte in der Morgensonne, Mähne und Schweif waren mit weißen Schleifen geschmückt. Als ob sich Moro der Bedeutsamkeit dieses Augenblicks bewusst war, tänzelte er in eleganten Schritten die Hauptstraße entlang. Luise, Oswaldo und eine Horde johlender Kinder folgten an seiner Seite.

Ayen schmiegte sich an ihren Mann.

«Ich liebe dich, José.»

Josef spürte ein Brennen in der Brust. Zum ersten Mal hatte Ayen diesen Satz ausgesprochen. Alle Zweifel, die er je an ihren Gefühlen gehegt haben mochte, waren verflogen.

Zu Hause begrüßte Clara Gómez sie mit heißem Punsch. Sie umarmte und küsste Ayen, und vor Rührung liefen ihr die Tränen über die Wangen.

«Herzlichen Glückwunsch, Señora. Ich bin so glücklich, dass Sie beide geheiratet haben.»

«Ich bin auch glücklich.» Ayen griff nach ihrer Hand. «Aber sagen Sie doch Ayen zu mir, ich möchte nicht die Señora für Sie sein.»

Es war ausgemacht, dass Clara Gómez und Luise die Vorbereitungen für das Festessen übernehmen sollten, doch Ayen bestand darauf zu helfen. Die Frauen schickten Josef und Oswaldo aus dem Haus.

«Ihr stört nur.»

Josef schnappte sich den restlichen Punsch und schob den jungen Chilenen zur Tür hinaus.

«Hast du eigentlich ein Mädchen?» Anlässlich der Hochzeit hatte Josef seinem treuen Gehilfen das Du angeboten.

Oswaldo grinste verlegen. «Es gibt da jemanden, aber sie würde mich nie zum Mann nehmen. Also hab ich's mir aus dem Kopf geschlagen. Sollen wir anfangen, die Tische aufzustellen?»

Es versprach, ein herrlicher Frühlingstag zu werden. Sie waren gerade fertig mit den Tischen und Bänken, als die Gäste aus Maitén eintrafen: Emil mit Miguel und den Kindern, die Familien Scheck, Schemmer und Hinderer. Kurz darauf traf auch Friedhelm aus Puerto Montt ein.

«Ich soll dir einen Gruß von Carmen ausrichten», flüsterte er Josef zu. «Sie bedauert sehr, dass du jetzt in festen Händen bist.»

Josef versetzte ihm wortlos einen Hieb mit dem Ellbogen, denn Ayen und Luise kamen mit den Getränken heran.

«Weißt du, was du bist?» Emil war neben ihn getreten. «Der größte Dickkopf, den ich kenne. Und dazu möchte ich dir gratulieren.»

Er schloss Josef in die Arme.

Josef verbrachte den Nachmittag in einem Zustand vollkommener Glückseligkeit. Ihm war, als schwebte er und als habe die Welt für diesen einen Tag alle Widrigkeiten abgelegt. Nur lachende Gesichter um ihn herum, Herzlichkeit und Zuneigung. Er tanzte mit allen Frauen, aber Ayen machte er den Hof, als habe er sie eben erst kennengelernt. Er tobte mit den Kindern über die Wiese, wirbelte von einem Tisch zum nächsten, umarmte seine Gäste zum Willkommen und zum Abschied. Irgendwann fiel ihm auf, dass immer mehr Deutsche aus Puerto Varas an den Tischen saßen. Die Laupheims und ihre engsten Freunde waren natürlich nicht erschienen, doch zu seiner großen Überraschung stand irgendwann Amanda vor ihm.

«Ich habe mich heimlich davongeschlichen. Herzlichen Glückwunsch», sagte sie mit einem strahlenden Lächeln.

Josef küsste das Mädchen auf beide Wangen und nahm ihr Geschenk entgegen: eine emaillierte Futterschüssel für Maxi.

«Die Blumen sind aber für Ihre Frau. Wo ist sie denn?»

Ein wenig beklommen führte er sie zu Ayen, die neben dem alten Scheck saß. «Ayen – das ist Amanda Laupheim.»

Doch in Ayens Miene fand sich keine Spur von Unmut oder Misstrauen, als sie dem Mädchen die Hand gab. Amanda überreichte ihr die Blumen.

«Alles Gute zur Hochzeit und im neuen Heim.»

«Sie sprechen sehr gut *castellano*», bemerkte Ayen anerkennend.

«Es ist die Landessprache. Schließlich will ich die Menschen hier verstehen.»

«Das lobe ich mir», mischte sich Wilhelm Scheck ein und rutschte zur Seite, um Amanda den Platz neben sich anzubieten. Das Mädchen hatte sich kaum hingesetzt, als Oswaldo mit zwei Krügen in der Hand neben ihr stand.

«Bier oder *chicha*?»

Seine Stimme klang fremd.

«*Chicha*, vielen Dank.»

Im Laufe des Nachmittags begriff Josef, dass Amanda Laupheim nicht allein wegen ihm gekommen war. Die häufigen Blicke zwischen ihr und Oswaldo sprachen eine deutliche Sprache, und nachdem Oswaldos Bruder die Bewirtung der Gäste übernommen hatte, ließen die beiden kaum einen Tanz aus. Ob Bolero oder Cueca, Oswaldo tanzte mit feuriger Eleganz. Irgendwann waren er und Amanda allein auf der Tanzfläche, begeistert unterstützten die Zuschauer mit ihrem Klatschen das rhythmische Stampfen des Mannes, der mit seinem Halstuch in der erhobenen Hand das Mädchen werbend umkreiste.

Jetzt klatschen sie noch alle, dachte Josef, als sich Oswaldo nach dem Tanz mit strahlendem Lächeln vor Amanda verbeugte. Doch was sich zwischen den beiden ganz offensichtlich anbahnte, würde einen weitaus größeren Skandal im Ort hervorrufen als seine Hochzeit mit Ayen.

Die Stimmung wurde zunehmend ausgelassener. Die Sonne stand schon tief, als Ayen und Clara Gómez die Fackeln und bunten Lampions anzündeten.

«Was für ein wunderbares Fest.» Luise legte den Arm um ihren Neffen. «Ich wünsche dir von ganzem Herzen, dass ihr beide glücklich werdet. Ihr habt es verdient, nach allem, was geschehen ist. Hast du deiner Mutter schon geschrieben?»

«Ja. Meinst du, sie freut sich über die Nachricht? Ich habe so lange nichts mehr von ihr gehört.»

«Ganz bestimmt freut sie sich. Du solltest sie eines Tages besuchen. Sie wünscht sich nichts sehnlicher, als dich wiederzusehen.»

«Ich auch.» Josef biss sich auf die Lippen. «Aber ich habe den Gedanken noch nicht aufgegeben, dass sie ihren Lebensabend hier in Chile verbringt. Zusammen mit Vater, natürlich.»

«Entschuldige, José, wenn ich unterbreche.» Oswaldo war herangetreten. «Vorne im Hof warten zwei *caballeros* und möchten dich sprechen.»

«Ach, Oswaldo, heute will ich nichts von Geschäften hören. Sag ihnen, sie sollen entweder nächste Woche wiederkommen oder mit uns feiern.»

«Sie sind nur auf der Durchreise. Ich hab den Eindruck, es ist ihnen sehr wichtig, mit dir persönlich zu sprechen.»

«Geh schon, Josef.» Luise knuffte ihn in die Seite. «Man lässt einen Kunden nicht einfach stehen, das müsstest du doch wissen als erfolgreicher Geschäftsmann.»

Als Josef um die Hausecke bog, stand dort ein Mann auf dem Vorplatz, groß und kräftig, mit rotblondem Haar. Er sprach *castellano* mit einem drolligen Akzent.

«Verzeihen Sie, dass wir mitten in Ihre Hochzeitsfeier platzen. Mein Anliegen hätte auch Zeit bis morgen, aber bei meinem Freund ist es dringlicher. Er wartet oben bei der Droschke.»

Erwartungsvoll folgte Josef dem Mann den Kiesweg hinauf. Er traute seinen Augen nicht, als er die schmächtige Gestalt, die an der Kutsche lehnte, erkannte. Das musste ein Traum sein.

«Paul?»

Stumm kam der Mann auf ihn zu, wollte etwas sagen, doch über seine zitternden Lippen kam kein Laut. Dann umarmten sie sich, als wollten sie einander nie mehr loslassen. Josef hörte Paul Armbruster weinen. Oder war es sein eigenes Schluchzen?

«Und ich dachte, du wärst mit diesem Schiff untergegangen.»

«Der Ozean hat mich wieder ausgespuckt. Meine Zeit ist wohl noch nicht gekommen.»

«Wie habe ich dich vermisst, Paul! Wo warst du nur so lange?»

«Bei den Feuerländern und bei James Cohen, diesem großartigen Mann hier.» Er deutete auf seinen Begleiter. «Und du, mein Junge? Feierst du heute wirklich deine Hochzeit? Ist es Ayen?»

«Ja, es ist Ayen. Ach Paul, komm mit, du musst mit uns feiern. Und dein Freund selbstverständlich auch.»

Armbruster schüttelte den Kopf.

«Sei mir nicht böse, aber das wäre einfach zu viel auf einmal für mich. Ich habe es bis gerade eben nicht einmal glauben können, dass tatsächlich du es bist, mit dem mein Freund und Begleiter seinen Handel abschließen will. Sind Emil und Luise auch hier?»

Seine Augen flackerten auf einmal unsicher.

«Ja.»

«Vielleicht können wir uns morgen sehen, falls du Zeit hast.»

«Ich kann nicht bis morgen warten. Bitte, Paul, du musst mir alles erzählen, was dir zugestoßen ist. Ihr werdet selbstverständlich bei mir schlafen.»

«Nein, lass nur, wir sind in einem Gasthof hier im Ort abgestiegen. In der *Goldenen Traube*. Übermorgen geht leider auch schon unser Schiff. Wir müssen zurück nach Punta Arenas.»

«Nach Punta Arenas? Weißt du, was, Paul? Ich begleite dich in den Gasthof, und du erzählst mir alles.»

Armbruster warf einen Blick auf Cohen. «Hätten Sie etwas dagegen, allein zurückzufahren? Ich würde dann mit meinem jungen Freund zu Fuß nachkommen.»

«Aber nein. Dann also bis morgen, Herr Scholz.»

Josef gab Ayen Bescheid, dass er für eine Stunde wegmüsse.

«Ich erkläre dir nachher, warum. Es ist eine ganz große Überraschung.» Er war noch so bewegt von dem Wiedersehen, dass er es nicht über sich brachte, von Armbruster zu erzählen.

Für den kurzen Weg zum Gasthaus ließen sich die beiden Zeit, und Josef erfuhr die Einzelheiten von Pauls Odyssee.

«Und jetzt bin ich wieder hier. Als ob sich der Kreis geschlossen hätte. Ich kann es immer noch nicht glauben. Aber nun bist du an der Reihe. Wieso habt ihr jetzt erst geheiratet? Waren dir doch Zweifel gekommen?»

«Nein.» Und so sachlich, wie es Josef möglich war, berichtete er Armbruster alles, was ihm wichtig schien. Selbst den Versuch, Julius umzubringen, ließ er nicht aus.

«Der Mann muss vor ein Gericht, nach allem, was er getan hat.»

«Es ist vorbei, Paul. Ayen hat einmal gesagt, auf Rache könne man keine Liebe aufbauen, und sie hat recht.»

Sie waren bereits in der Straße angelangt, wo sich der Gasthof befand.

«Willst du deine Abreise nicht verschieben? Du könntest bei uns wohnen. Ayen würde ...» Er stutzte. «Wann seid ihr in Puerto Montt angekommen?»

«Gestern.»

«Seltsam. Vor ein paar Wochen hat Ayen behauptet, dich in Puerto Montt gesehen zu haben.»

«Ich glaube, Ayen ist ein ganz besonderer Mensch.» Armbruster sah Josef voller Wärme an. «Pass auf sie auf, Josef. Und jetzt geh zurück, du sollst diesen Tag doch mit ihr verbringen.»

«Versprichst du mir, deine Abreise zu verschieben?»

«Mal sehen, was sich machen lässt. Ich komme morgen früh vorbei, einverstanden?»

Josef hatte das Gefühl, vor Glück zu vergehen. Und doch sollte sich noch ein Schatten über diesen wunderbaren Tag legen.

Als er in der Dämmerung die Plaza de Armas überquerte, wurde er von einer Gestalt angesprochen, die auf dem nackten Boden kauerte.

«Reales?» Eine Hand streckte sich ihm entgegen. Josef, der immer Kleingeld in der Hosentasche trug, gab dem Bettler ein paar Münzen. Seit letztem Winter war die Zahl der Ärmsten, die um Almosen bettelten, auffallend gestiegen. Unter die Blinden, Kranken und Krüppel mischten sich auch immer mehr Indianer. Josef wäre achtlos weitergegangen, hätte der Mann nicht statt eines Danks einen Satz gemurmelt, der ihn wie angewurzelt stehen bleiben ließ: Wenn der Bambus blüht, kommt der Hunger. Jetzt erst erkannte er, dass der Mann ein Mapuche war, in einem zerrissenen Poncho, eine halbleere Schnapsflasche in der Hand, die Augen rot unterlaufen. Er war noch jung, nicht viel älter als Josef, doch der Alkohol hatte sein Gesicht bereits aufgeschwemmt.

Josef beugte sich zu ihm hinunter.

«Du sprichst *castellano*?»

«Nur schlecht, *wingka*.» Der Mann rülpste. «Unser Land ist schön, ja? Gefällt dir auch? Alle kommen, nur wir müssen weg. Weg mit dreckige Mapuche.» Er hob die Flasche. *«Salud.»*

Nachdem er den Schnaps fast ausgetrunken hatte, reichte er Josef die Flasche.

«Nein, danke.»

Der Mann kam ihm bekannt vor.

«Wohnst du hier?»

Sein Lachen klang bitter. «Ja, hier, Plaza de Armas. Bis *carabineros* kommen. Dann schießen, und ich schnell weg. Mein Land.» Er starrte durch Josef hindurch und wiederholte: «Jetzt blüht Bambus, und alle sterben.»

«Wer bist du?»

Der Mann erhob sich schwankend und fasste sich mit gespreizten Fingern an die Brust.

«Kuramochi – vierter Sohn von Kazike Currilan.»

Er taumelte gegen Josefs Schulter. Kuramochi, ein Bruder von Nahualpi – wie hatte er sich verändert. Damals, als Josef bei der vermeintlichen Entführung von Nahualpis Braut dabei gewesen war, hatte Kuramochi sich als Aufschneider hervorgetan und sich aufgeführt wie ein alter Krieger, der gegen die Spanier in die Schlacht zieht.

«Kennst du mich nicht? Ich bin Josef, Kayuantus weißer Bruder.»

«Pah, *peñi*!» Bruder! Er spuckte verächtlich aus und wollte weitergehen, doch Josef packte ihn beim Arm.

«Wo ist Kayuantu?»

Kuramochi wies in Richtung Berge. «Im Schnee. Weiße Hölle.»

«Geht es ihm gut?»

Gleichmütig zuckte Kuramochi die Achseln. «Weiß nicht. Sein Vater tot, Currilan tot, Nahualpi krank. Viele sehr krank. Und jetzt geh weg, *wingka*.»

29

Das Erste, was Ramón wahrnahm, als er aus der Bewusstlosigkeit erwachte, war ein stechender Geruch. Er versuchte die Augen zu öffnen, aber seine Lider waren wie zugekleistert. Irgendwer musste ihn aus den Flammen fortgeschleppt haben, denn das war nicht mehr der Geruch nach Rauch und brennendem Holz. Um ihn herum herrschte Stille, kein Schuss war mehr zu hören, keine Schreie. Vorbei das Brennen in seiner Haut, der stechende heiße Schmerz in den Beinen, verstummt war auch das hässliche Knirschen, das zuletzt in seinen Ohren gedröhnt hatte, als würde eine Fregatte an der Kaimauer entlangschrammen.

Er wollte sich aufrichten, als er eine leise Frauenstimme sagen hörte: «Er ist wach.»

«Laudanum.» Der knappe Befehlston eines Hauptmanns.

«Zu Befehl», flüsterte Ramón, dann versank er wieder in der wohltuenden Finsternis des Nichts.

«Frohe Weihnachten.»

Der beißende Geruch war verschwunden, stattdessen stank es nun wie im Schlafsaal seiner Einheit. Diesmal gelang es Ramón, die Augen zu öffnen. Über sich erblickte er die Decke eines hohen Raums, Menschen liefen eilig hin und her, andere lagen wie er auf einer Pritsche. Neben ihm hockte ein Mann mit einem Kopfverband und verzog das pockennarbige Gesicht zu einem breiten Grinsen.

«Du bist dem Tod im letzten Moment von der Schippe gesprungen, mein lieber Ramón. Gerade rechtzeitig zum Geburtstag unseres Herrn Jesus Christus.»

«Mateo!»

«Was für ein Zufall, nicht wahr? Als sie dich vor ein paar Tagen hierher brachten, hatte ich dich zuerst gar nicht erkannt, so verunstaltet, wie du ausgesehen hast. Aber als du dann den Stabsarzt angebrüllt hast: Hände weg, du Saftarsch!, war ich mir sicher, dass du es bist.»

Ramón spürte die Schmerzen wie die trägen Wellen eines Sees, die mit Beständigkeit ans Ufer schwappen. Sein linker Arm lag in einer Schlinge hochgebunden. Unter dem Verband begann es teuflisch zu jucken.

«Ist das hier ein Lazarett?»

«Genau. Und ich bin heilfroh, morgen von hier wegzukommen. Du kannst nachts kein Auge zumachen, bei diesem Stöhnen und Jammern rundum.»

«Bist du auch Soldat geworden?»

«Um Himmels willen. Keine zehn Pferde würden mich in eine Kaserne kriegen. Nein, mein sprichwörtliches Pech hatte mal wieder zugeschlagen. Ich war auf dem Weg zu einer netten kleinen Silbermine in den Bergen, als ich mitten in eure Schlacht geriet. Ich wollte mich aus dem Staub machen, aber mit meinem Hinkebein bin ich ja nicht gerade der Schnellste. Ein Schlag auf den Schädel, und das war's auch schon. Ich weiß nicht mal, ob es ein Indianer oder einer von euch war.»

«Meine Güte, Mateo.» Ramón stöhnte auf, denn ein heftiger Schmerz fuhr durch seinen rechten Fuß. «Wie lange haben wir uns schon nicht mehr gesehen? Zwei Jahre?»

«Länger. Es war in diesem verregneten Camp bei Valdivia. Du bist damals einen Tag zu früh weggeritten.»

«Wieso? Habt ihr den großen Fund gemacht?» Ramón zog sich die schwere Bettdecke bis unters Kinn, denn er begann vor Kälte zu zittern.

«Nein, nicht deswegen. Ich erzähl's dir später, da kommt der Stabsarzt. Herr Doktor, mein Freund hier ist wach, er braucht ein Schmerzmittel.»

«Da ist er nicht der Einzige. Er muss sich eine halbe Stunde gedulden.»

Mateo sah dem Arzt nach. «Blöder Hund.»

«Was ist mit mir passiert?» Ramón bewegte vorsichtig den linken Arm.

«Du hast noch Glück gehabt. Eine Menge deiner Kameraden sind tot. Soweit ich weiß, hattet ihr die armseligen Hütten dieser Indianer angezündet, ohne damit zu rechnen, dass sie im Hinterhalt auf euch gewartet haben. Und sie besaßen Gewehre. Dir haben sie in die Beine geschossen. Danach bist du wohl in eine der brennenden Hütten geraten, wo dich deine Kameraden rausgezerrt haben. Daher der verbrannte Arm.»

«So ein Mist. Es sollte mein letzter Einsatz werden. Ich hatte die Entlassung schon beantragt.»

«Du hättest eben nicht zu den Soldaten gehen dürfen. Aber du weißt ja, was ich von den Angriffen gegen die Indianer halte.»

«Ja, ja, hör schon auf. Au, verdammt, mein Fuß. Er brennt wie die Hölle.»

«Welcher?»

«Der rechte.»

«Hör mal, Ramón.» Mateo griff nach seiner Hand. «Du musst dich irren. Deinen rechten Fuß haben sie abgesägt.»

Ramón riss den Mund auf, als wollte er schreien. Dann warf er den Kopf zur Seite.

«Du lügst. Mein rechter Fuß schmerzt!» Er betonte jedes Wort.

«Nein, Ramón.» Mateo sprach jetzt zu ihm wie eine Mutter zu ihrem störrischen Kind. «Es mag sich vielleicht so anfühlen. Aber der Fuß ist amputiert. Sie werden dir eine Prothese machen, und du wirst wieder gehen lernen.»

«Ach ja? So einfach ist das? Eine Prothese in Weiß oder in Braun? Sie kommen bestimmt jedem Wunsch entgegen.» Er schüttelte Mateos Hand ab. «Du hast gut reden, mit deinen abgefrorenen Zehen. Es ist immer noch dein eigener Fuß, mit dem du dich durchs Land schleppst. Aber ich?» Seine Stimme wurde schrill und laut. «Ich bin jetzt ein Krüppel, ein gottverdammter Krüppel!»

«Dann bist du eben ein Krüppel. Aber das heißt nicht, dass dein Leben damit zu Ende ist. Sieh doch ein einziges Mal der Wahrheit ins Gesicht. Du musst endlich aufhören, vor dir selbst davonzulaufen.»

«Was willst du damit sagen?»

«Dass du, seitdem du in Chile bist, mit Lügen lebst.

Hör endlich auf mit dem Märchen, du wärst ein Findelkind. Ohne Heimat und Familie. Ich habe deinen Bruder kennengelernt.» Mateo sah ihn eindringlich an. «Das ist es auch, was ich dir vorhin sagen wollte.»

Ramón schwieg. Nun hatte er Gewissheit, dass Josef tatsächlich in Chile war. Und er konnte sich auch denken, warum. Die Flucht vor dem despotischen Vater, die Suche nach dem Schutz des großen Bruders. Letzteres war Josef nicht geglückt. Ramón würde ihn nicht mehr beschützen können, denn er war ein Wrack, und er war ein Versager.

«Hast du starke Schmerzen?», fragte Mateo schließlich und riss ihn damit aus seinen Gedanken.

«Es geht.»

«Gut, dann hör zu. Nachdem du fort warst aus Valdivia, kam ein Bursche ins Camp geritten und fragte nach dir. Der alte Jorge und ich stellten uns dumm, doch der Junge war hartnäckig. Als er dein Medaillon an meinem Hals entdeckte, ist er mir an die Kehle gesprungen wie eine Wildkatze. Mit einer Heftigkeit, die ich diesem Bürschchen nie zugetraut hätte.»

Wider Willen musste Ramón lachen. So war Jossi schon früher gewesen: Wenn der Zorn mit ihm durchging, konnte er auf den stärksten Gegner losgehen. Das hatte regelmäßig zur Folge gehabt, dass Ramón den kleinen Bruder aus der anschließenden Prügelei wieder heraushauen musste.

Auch Mateo musste grinsen. «Er ist dir gar nicht so unähnlich. Zumindest was den Jähzorn und die Sturheit betrifft.» Er löste das Medaillon von seinem Hals. «Hier, nimm das Pfand zurück und gib es nie wieder aus der Hand.»

«Aber ich hab kein Geld.»

«Es eilt nicht. »

Mateo zog einen zerknitterten Umschlag aus der Hosentasche. «Das hier trage ich seit Jahren mit mir herum. Ich kann es leider nicht lesen.»

Ramón konnte nicht verhindern, dass seine Hände zitterten, als er das Blatt auseinanderfaltete. Die Tinte war bereits verblasst.

Den 29. Mai, 1855

Lieber Raimund! Jetzt weiß ich, dass mein Weg nach Chile nicht umsonst war, denn du bist hier, irgendwo in diesem riesigen Land. Wie du bin ich heimlich von zu Hause fort, denn in unserem Elternhaus war kein Platz mehr für mich. Ich wohne mit Onkel Emil und Tante Luise auf einer Farm in Maitén, am Lago Llanquihue. Schreib mir, wo du bist, wir müssen uns wiedersehen. Du könntest mir keinen größeren Wunsch erfüllen. Weißt du noch, was du mir mal beim Einschlafen versprochen hast? Du würdest immer in meiner Nähe bleiben, bis ich endlich gelernt hätte, meinen Gegner im Schwitzkasten auf dem Boden zu halten. Nun, ich schaffe es immer noch nicht.
Ich denke oft an dich, bitte lass mich nicht im Ungewissen. In Liebe, dein Jossi.

Erschöpft schloss Ramón die Augen. Dieser Brief brannte schmerzlicher als sein zerschossenes Bein. An der Seite seines Bruders ein neues Leben beginnen – was für ein verlockender Gedanke. Aber die Scham darüber, dass er seinen kleinen Bruder jahrelang im Stich gelassen hatte für einen Traum, der sich niemals erfüllt hatte, war stärker. Für nichts und wieder nichts hatte er Josef verlassen. Er würde ihm niemals gegenübertreten können.

«Dein Bruder ist ein netter Kerl. Ich wollte, ich hätte auch so einen Menschen in der Familie. Du darfst ihn nicht länger warten lassen. Versprich mir, ihm zu antworten. Hast du gehört? Versprich es mir.»

«Ja, ich verspreche es.» Doch er sah Mateo nicht an.

30

Kayuantu rannte um sein Leben. Ein ausgehungerter Puma war ihm dicht auf den Fersen. Die Schneeverwehungen ließen den Mapuche immer wieder straucheln. Josef versuchte sein Zittern zu beherrschen, als er die Flinte hob und auf das riesige silbergraue Tier anlegte. Er hatte es genau im Visier. In diesem Moment begann der Wald um ihn herum zu ächzen und zu schwanken, und er sah noch, wie der Puma zum Sprung ansetzte, dann fielen die mächtigen Baumstämme krachend über ihm zusammen und begruben ihn unter ihrer Last.

Josef erwachte schweißgebadet. Draußen herrschte noch dunkle Nacht. Alles war nur ein Traum gewesen, beruhigte er sich, doch die Unruhe blieb und hinderte ihn, wieder einzuschlafen. Leise, um Ayen nicht zu wecken, zog er sich eine Wolljacke über und schlich die Treppe hinunter nach draußen in den Hof, wo ihn Maxi schwanzwedelnd begrüßte. Josef ging hinüber zu Moros offenem Unterstand. Dort lag Kayuantu auf dem Strohlager und schlief. Sein Atem ging stoßweise, als sei er tatsächlich gerannt. Sein Poncho lag zu einem Knäuel verdreht in der Nähe seiner Füße.

Josef deckte ihn zu. Bald würde die kalte Jahreszeit anbrechen, und es würde großer Überredungskünste bedürfen, ihn zu überzeugen, im Haus zu übernachten. Josef setzte sich neben den Freund und betrachtete ihn beinahe zärtlich. Dank Ayens Fürsorge war Kayuantu rasch wieder zu Kräften gekommen.

Als er nur wenige Wochen nach dem Hochzeitsfest auf ihrem Hof erschienen war, hatte er sich kaum noch auf den Beinen halten können, so abgemagert war er. Josef erinnerte sich genau: Kayuantus Wangen glühten vom Fieber, als sie ihn ins Haus schleppten, und er stammelte zusammenhanglose Worte. Nach und nach erfuhren sie von dem Schicksal, das seine Sippe ereilt hatte. Alles war so gekommen, wie es die *machi* vorausgesehen hatte: Nach ihrem ersten Winter im neuen Lager begann der Bambus zu blühen. Im ganzen Land schmückten sich die Bambushaine mit zarten hellgrünen Rispen und brachten in einer letzten Ansammlung von Lebenskraft Myriaden von nahrhaften Samen hervor, bevor sie alle zugleich starben. Dann kamen die Ratten. Sie labten sich an den Früchten und vermehrten sich dank des Überflusses an Nahrung ungemein schnell. Nachdem sie die Bambushaine geplündert hatten, fielen sie in riesigen Horden über die Felder her. Josef erinnerte sich noch gut daran, wie Emil und die anderen Bauern im Vorjahr über diese Rattenplage geklagt hatten. Doch durch rechtzeitiges Eingreifen der Provinzregierung, die an die Siedler kostenlos Fallen und tödliches Rattengift verteilt hatte, waren schlimmere Schäden verhütet worden. Die Mapuche oben in den Bergen hingegen hatten nur ihre Messer und Stöcke, um gegen die tödliche Invasion der Nager vorzugehen, und sie verloren den Kampf. Die ohnehin kargen Felder waren verwüstet, und der folgende harte Winter tat ein Übriges, um Currilans Sippe mit Hunger und Krankheiten heimzusuchen. Der alte Kazike starb als einer der Ersten, dann traf es nach und nach die übrigen Alten, darunter auch die *machi* und Kayuantus Vater, und schließlich die Kleinkinder. Als auch Nahualpi, der Nachfolger des Kaziken, erkrankte, machten sich ein Großteil der jungen Männer und einige der Frauen auf den Weg in die Täler, verzweifelt und entkräftet, um dem Tod in den Bergen zu entkommen. Kayuantu blieb, um seine kranke Mutter zu pflegen. Er war einer der wenigen, die noch ausreichend Kraft besaßen, um zu jagen. Er versorgte die Kranken und Schwachen, ohne sich um sich selbst zu kümmern. Einen nach dem anderen rief Wekufu, der Gott des Todes, zu sich, und einen nach dem anderen brachte Kayuantu ins Tal des Heiligen Steins. Dort übergab er die Toten zusammen mit ihren Habseligkeiten der geweihten Erde. Die Kraft, sie nach alter Väter Sitte in ausgehöhlten Baumstämmen zu bestatten, besaß er längst nicht mehr. Seine Mutter war bis zuletzt bei ihm geblieben, mit schwacher Stimme hatte sie ihm Trost zugesprochen, und gemeinsam hatten sie sich von jedem Sterbenden verabschiedet. Dann, an einem windstillen wolkenlosen Frühlingstag, war Ancalef an der Reihe gewesen. So verließ Kayuantu als Letzter das Lager in den Bergen, auf einem ausgemergelten Schecken, der ihn noch bis auf die Landstraße vor Puerto Varas trug, bevor er vor Erschöpfung zusammenbrach.

Josef erschrak. Etwas Feuchtes stieß an seine Wangen. Als er die Augen öffnete, erblickte er über sich die schnaubenden Nüstern seines Pferdes.

«Bist du jetzt auch auf den Geschmack gekommen, draußen zu übernachten?», lachte Kayuantu, der frisch und ausgeschlafen am Gatter lehnte.

Josef sprang auf und klopfte sich das Stroh von den Kleidern.

«Du meine Güte, ich muss eingeschlafen sein. Sind die anderen schon auf?»

«Sie warten mit dem Frühstück auf dich.»

«Kommst du mit?»

«Nein. Ich habe schon gegessen.»

Als Josef die Küche betrat, empfingen ihn Ayen und Paul Armbruster mit spöttischen Bemerkungen über seine nächtliche Wanderung. Josef grinste gutmütig. Er liebte diese kleine Tischrunde am frühen Morgen, wenn sie bei heißer Milch, Tee und frischem Brot die Pläne für den bevorstehenden Tag besprachen. Nur Kayuantu fehlte. Außer zum Mittagessen ließ er sich selten im Haus blicken.

Es war so, wie Ayen und er es sich gewünscht hatten:

Ihr Haus hatte sich belebt mit ihren Freunden. Gleich nach dem Wiedersehen hatte Paul seinen Umzug in die Wege geleitet. Josef war außer sich vor Freude gewesen über dessen schnellen Entschluss. Der einzige Wermutstropfen blieb Pauls Befangenheit gegenüber Luise, die an Sturheit grenzte. Seitdem er Anfang Dezember mit Sack und Pack in Puerto Varas eingetroffen war, vermied er die Begegnung mit ihr. Als schließlich Emil kurz vor Weihnachten die Einladung überbrachte, das Fest bei ihnen zu verbringen, wie in alten Zeiten sozusagen, weigerte sich Paul mitzukommen.

«Wenn du nicht mitkommst, bleiben wir alle hier», hatte Josef ärgerlich gesagt.

«Lass nur. Bei dem Gedanken, mit Emil und Luise zu feiern, ist mir einfach nicht recht wohl. Im Übrigen haben mich die Gómez' eingeladen, ich freue mich darauf. Mach dir also keine Sorgen um Weihnachten. Und was Luise betrifft – gib mir ein bisschen Zeit, es wird sich schon einrenken.»

Ansonsten fand sich Paul in seiner neuen Umgebung schnell zurecht. Von Anfang an engagierte er sich im Deutschen Verein von Puerto Varas. Es hatte sich schnell herumgesprochen, dass er der einzig Überlebende des tragischen Schiffsunglücks war, und er konnte sich in den ersten Wochen der zahlreichen Einladungen kaum erwehren. Jeder wollte die sagenhafte Geschichte seines Überlebens hören. Auf diese Weise fand Paul gleich mehrere Anstellungen als Privatlehrer. Für Josef hatte das zur Folge, dass die Anfeindungen der deutschen Siedler aufhörten und man ihm und Ayen wenn nicht mit Herzlichkeit, so doch zumindest wieder mit Respekt begegnete. Josef war sich sicher, dass sein Freund, der mittlerweile Gott und die Welt kannte, auf seine liebenswürdige und diplomatische Art dazu beigetragen hatte. Mit dem Spottnamen Indianermühle, der sich im Ort nach Kayuantus Auftauchen durchgesetzt hatte, konnte Josef leben. Schließlich war die Zusammensetzung ihrer kleinen Hausgemeinschaft für die hiesigen Verhältnisse tatsächlich recht merkwürdig.

Josef war versucht zu behaupten, dass Paul wieder ganz der Alte war. Wie früher bot er jedem seine Hilfe an, hatte dabei nach wie vor zwei linke Hände, verschlang Bücher wie andere Leute ein gutes Essen und dozierte bei jeder Gelegenheit über alle erdenklichen Themen. Aber da waren Kleinigkeiten, die Josef im Laufe der Zeit auffielen. Paul, der sich früher einer Sache mit unendlicher Geduld widmen konnte, war ungeduldig und fahrig geworden. Und vergesslich. Es konnte vorkommen, dass er in den Ort ging, um sich eine neue Schreibfeder zu kaufen, und mit leeren Händen zurückkam. Dann gab es Momente, wo er vollkommen abwesend schien, als ob er sich in einer anderen Welt befände. Josef hatte den Krankenbericht des Garnisonsarztes gelesen und erfahren, dass diese Symptome als Spätfolgen einer Schädelverletzung durchaus verbreitet waren und mit der Zeit nachlassen würden. Doch Josef wurde den Eindruck nicht los, dass sich diese Verhaltensweisen eher häuften.

Kayuantu hatte sich, sobald er wieder auf die Beine gekommen war, eng an Paul gehalten. Mitunter versetzte es Josef einen Stich, wenn Kayuantu zu seinen ausgedehnten Spaziergängen durch die Wälder Paul statt ihn aufforderte mitzukommen.

«Warum ist Kayuantu manchmal so abweisend mir gegenüber?»

«Du bist eifersüchtig», lachte Ayen.

«Unsinn. Ich finde es nur seltsam, dass er mehr mit Paul als mit mir zusammensteckt. Zum Beispiel hat er nie wieder mit mir über das schreckliche Schicksal seiner Familie gesprochen. Als ob er zu mir kein Vertrauen mehr hätte.»

«Er hat uns alles berichtet, was wichtig ist – mit dem Schmerz muss er allein fertig werden. Und dass er zu dir gekommen ist, in dein Haus, ist ein sehr großer Vertrauensbeweis. Sei doch froh, dass er in Paul einen Gefährten gefunden hat.»

«Aber warum in Paul und nicht in mir?»

«Weil Paul etwas Ähnliches durchgemacht hat. Beide sind sie heimatlos.»

«Und du? Bist du nicht auch heimatlos?»

«Nein. Mein Zuhause ist bei dir.»

Er küsste sie zärtlich. «Bist du glücklich in diesem Haus?»

«Ja, sehr.»

Ihre Antwort kam so aufrichtig, dass Josefs sämtliche Zweifel verflogen. In seinen Augen wurde Ayen von Tag zu Tag schöner, wie eine Rose, deren Knospen er einst bewundert hatte und die nun vor seinen Augen immer prächtiger aufblühte. Dabei war sie von früh bis spät auf den Beinen und arbeitete hart. Sie hielt das Haus sauber, sorgte für eine behagliche Atmosphäre, pflegte den Garten, kümmerte sich um die Hühner und Kaninchen, backte das Brot, sammelte Kräuter, die sie nach alten Rezepten ihrer Mutter zu Tees und Salben verarbeitete, und fand darüber hinaus noch zweimal die Woche Zeit, sich um Ludmilla Märgenthaler zu kümmern. Der alte Krämer hatte ihr dafür Geld angeboten, doch Ayen machte ihm unmissverständlich klar, dass ihre Besuche seiner Frau galten und sie mit seinem Geld nichts zu schaffen haben wolle.

Ihre wenige freie Zeit verbrachte Ayen, wenn sie nicht mit den Männern bei Tisch saß, mit Clara Gómez. Mit den Frauen aus der deutschen Kolonie verband sie indes wenig, mit einer Ausnahme: Amanda Laupheim. Trotz ihres so unterschiedlichen Wesens hatten die beiden Frauen schnell Vertrauen zueinander gefasst. Jeden Montag und jeden Donnerstag kam Amanda vorbei, unter dem Vorwand, frische Eier zu kaufen. Oswaldo konnte seine Freude kaum verbergen. Sobald sich das Mädchen dem

Haus näherte und ihn mit strahlendem Lächeln begrüßte, wurde er unruhig, und nicht selten errötete er. Wenn die beiden Frauen sich dann in den Garten oder in die Küche zurückzogen, ahnte Josef, dass ihre Gespräche nicht für die Ohren der Männer bestimmt waren.

«Was habt ihr eigentlich immer zu tuscheln?», fragte er Ayen eines Tages, nachdem Amanda gegangen war.

«Wir tuscheln nicht, wir unterhalten uns.»

«Und worüber?»

«Kannst du es dir nicht denken?»

«Über Oswaldo also. Ich finde, du solltest Amanda den Jungen ausreden, eine Verbindung zwischen den beiden kann nur unglücklich enden.»

Ayen lachte von ganzem Herzen. «Das musst gerade du sagen! Außerdem ist es zu spät: Sie sind längst ein Liebespaar. Sie stellen es geschickt an, wenn nicht einmal du das bemerkt hast.»

Josef war rundum glücklich. Mit Ayen genoss er jeden Tag aufs Neue, seine beiden engsten Freunde lebten bei ihm, er hatte in Oswaldo einen zuverlässigen Mitarbeiter, der gleichsam zur Familie gehörte, und einen netten kleinen Bekanntenkreis am Ort. Dennoch fehlte etwas. Immer häufiger betrat er das große, leere Zimmer mit den Fenstern zum Garten, hockte sich auf den Boden und schloss die Augen. Er lauschte auf das Rauschen der Blätter, auf Maxis Gebell und auf die Stimmen von draußen. Und jedes Mal begannen sich Kinderstimmen unter die Geräusche zu mischen, Kinderstimmen, die nur in seinen Wunschträumen existierten. Diese Momente stimmten ihn traurig, doch das musste er für sich behalten.

Der erste Herbststurm des Jahres rüttelte an den Fensterläden. Obwohl es noch früher Nachmittag war, hatte sich der Himmel verdunkelt und mit seinem Eisregen die Männer ins Haus getrieben. Selbst Kayuantu hatte sein

Lager in Moros Unterstand aufgegeben und saß nun mit den anderen vor dem Kaminfeuer, um sich aufzuwärmen. Josef ging hinüber in sein kleines Bureau, um einen angefangenen Brief zu beenden. Beharrlich schrieb er neuerdings Briefe an seinen Vater, denn er hatte das Geld für die Schiffspassage nach Chile beisammen. Die Summe würde ausreichen, um seine Eltern und die jüngste Schwester herzuholen. Seine älteste Schwester Anne hatte inzwischen geheiratet, gegen den Willen des Vaters, wie sollte es anders sein. Eberhard würde in Kürze den Hof übernehmen. So gab es in Josefs Augen keinen Grund mehr für die Eltern, in Rotenburg zu bleiben. Aber bisher hatte sein Vater keine einzige seiner Zeilen beantwortet.

Er tauchte die Feder in das Tintenfass, als er glaubte, ein Klopfen von draußen zu hören. Nein, er musste sich getäuscht haben, bei diesem Wetter würde niemand unterwegs sein. Er begann zu schreiben.

Puerto Varas, den 10. Mai 1858

Lieber Vater!
Heute will ich diesen Brief endlich zu Ende schreiben. Ich weiß, dass du nicht bei bester Gesundheit bist, und daher ...

Wieder hörte Josef das Hämmern gegen die Tür, diesmal lauter. Er ging in die Diele und schob den schweren Riegel der Haustür zurück. Im Halbdunkel sah er einen Mann vor sich, klatschnass, in abgerissenen Kleidern, der vor Kälte zitterte. Ein Bettler oder Vagabund. Doch dann kam Josef das pockennarbige Gesicht bekannt vor.

«Sie sind doch Mateo, nicht wahr?»
«Ja. Kann ich hereinkommen?»
«Natürlich.» Er ließ ihn eintreten. «Entschuldigen Sie, ich habe Sie nicht gleich erkannt. Kommen Sie wegen meines Bruders?»

«Ja. Ich habe ihn getroffen. Und ihm wie versprochen Ihren Brief übergeben.»

Josefs Herz schlug schneller. Endlich würde die Suche nach seinem Bruder ein Ende haben. In diesem Moment erschien Ayen.

«Willst du den Besucher nicht in die Stube bitten? Der arme Mann ist ja völlig durchgefroren.»

Josef nahm Mateo den durchnässten Umhang ab und führte ihn in die Wohnstube.

«Setzen Sie sich an den Kamin», sagte Ayen. «Ich bringe Ihnen eine Tasse heiße Brühe, das wird Sie aufwärmen.»

«Danke.» Mit einem verunsicherten Nicken begrüßte der Mann Paul und Oswaldo, dann blieb sein Blick an Kayuantus dunklem, verschlossenem Gesicht hängen. Er drehte sich zu Josef um.

«Ich möchte Sie nicht lange stören. Ich bin auf dem Weg nach Puerto Montt, und da dachte ich, der Llanquihue-See liegt ja auf dem Weg, und ich könnte Ihnen Neuigkeiten von Ihrem Bruder überbringen.»

«Woher wussten Sie, wo ich wohne?»

«Von Ihrer Tante. Ich war zuerst in Maitén. Die Adresse hatten Sie in Ihrem Brief angegeben.»

Josef war gerührt. Dieser hinkende, schwächliche Mann nahm trotz dieses Wetters erhebliche Umwege auf sich, um ihm Nachrichten von Raimund zu bringen.

«Wie geht es Raimund? Wo ist er?»

Mateo nahm von Ayen eine Tasse mit der dampfenden Brühe entgegen. Wieder fiel sein Blick auf Kayuantu.

«Ich weiß nicht, vielleicht sollten wir besser ...»

Schlechte Nachrichten also. Josef holte tief Luft. «Gehen wir zurück in mein Bureau. Dort sind wir ungestört.»

In der winzigen Kammer bot er Mateo den einzigen Stuhl an, dann schloss er die Tür hinter sich.

«Ist Raimund etwas zugestoßen?»

«Wie man's nimmt. Aber es geht ihm wieder gut.» Mateo stockte. «Dieser junge Mann in der Stube und Ihre Frau ... Sie sind Indianer?»

«Ja. Aber bitte erzählen Sie doch jetzt.»

«Nun ja», Mateo räusperte sich. «Ich habe Ihren Bruder nach langer Zeit wiedergesehen. Es war im letzten Dezember, zu Weihnachten. Ich begegnete ihm in einem Lazarett in Los Angeles.»

«In einem Lazarett? War er krank?»

«Verwundet. Sie mussten ihm einen Fuß abnehmen.»

Josef lehnte sich gegen das Schreibpult. «Wieso verwundet?»

«Er hatte sich als Söldner verdingt, in der Frontera. Bei einer Schlacht gegen die Indianer wurde ihm in die Beine geschossen.»

Gegen die Indianer ...! Josef starrte zu Boden. Er hatte von der ungeheuren Brutalität gehört, mit der manche Einheiten gegen die Ureinwohner vorgingen.

«Haben Sie auch gegen die Indianer gekämpft?», fragte er Mateo.

«Ich bin gegen diese Kämpfe, aber das ist unwichtig. Als ich mich von Ramón verabschiedete, ging es ihm schon besser. Mit einer Prothese wird er wieder laufen können.»

«Hat er Ihnen eine Nachricht mitgegeben?»

«Nein. Er weiß nicht, dass ich hier bin. Er hat mir versprochen, Ihnen zu schreiben, aber wie ich sehe, hat er es nicht getan. Ich glaube, er schämt sich vor Ihnen.»

Josefs Hände umklammerten die Tischplatte, bis die Knöchel weiß schimmerten. «Warum kämpft er gegen die Indianer?»

«Glauben Sie mir, er hat nichts gegen die Indianer. Er wurde Söldner, weil er dringend Geld brauchte. Er hat viel Pech gehabt.»

«Das ist kein Grund.» Josef richtete sich auf. «Außerdem scheine ich ihm gar nichts mehr zu bedeuten.»

«Nein.» Mateo legte ihm die Hand auf den Arm. «Ramón liebt Sie von ganzem Herzen. Denken Sie nicht schlecht über ihn. Im Grunde ist er ein feiner Kerl.»

31

Ayen machte sich Vorwürfe. Sie hatte Amanda in ihren Gefühlen zu Oswaldo bestärkt und damit zu der ausweglosen Lage, in der sich das Mädchen nun befand, beigetragen. Jemand musste sie bei ihren heimlichen Verabredungen beobachtet und alles unverzüglich ihrem Vater zugesteckt haben. Der Apotheker stellte sie vor die Entscheidung, den jungen Chilenen nie wiederzusehen oder aber das Land zu verlassen. Er würde gezwungen sein, sie zu seinen Verwandten nach Deutschland zu schicken.

«Lieber hänge ich mich auf», hatte Amanda geschluchzt, als sie ein letztes Mal zu Ayen in die Mühle gekommen war.

Angesichts der Verzweiflung des Mädchens war Ayen nahe daran, den Apotheker um eine Unterredung zu bitten und ihm klarzumachen, was für ein ernsthafter, verlässlicher und fleißiger junger Mann Oswaldo war – alles Tugenden, von denen sie wusste, dass sie in hohem Ansehen bei den Deutschen standen. Doch schnell verwarf sie den Gedanken wieder. Mit ihr, einer Indianerin, würde sich Laupheim erst gar nicht auf ein Gespräch einlassen. José würde ebenso wenig erreichen können. Zwar wurde er von den Laupheims inzwischen wieder gegrüßt, doch ihr Verhältnis war nach wie vor frostig.

Sie nahm Oswaldo zur Seite.

«Wie ernst ist es dir mit Amanda?»

«Wir möchten heiraten.» Die Antwort kam ohne Zögern.

«Aber dir ist klar, dass Amandas Familie niemals einwilligen würde.»

«Das glaubt Amanda auch. Sie wollte schon mit mir weglaufen. Aber ich habe die Hoffnung noch nicht aufgegeben. Wenn sich ihr Vater wenigstens ein einziges Mal mit mir unterhalten würde. Aber bisher weigert er sich, mich kennenzulernen.»

Ayen wollte ihm seine Hoffnung nicht nehmen, aber sie war fest davon überzeugt, dass sich Laupheim niemals umstimmen lassen würde. Wenn Oswaldo der Sohn eines deutschen Handwerkers wäre, stünde einer Hochzeit sicher nichts im Wege, aber ein chilenischer Bauernbursche? Menschen wie Emil und Luise, denen Hautfarbe und Herkunft unwichtig waren, stellten unter den Siedlern eher die Ausnahme dar.

In den nächsten Tagen ließ sich Amanda tatsächlich nicht mehr in der Nähe der Mühle sehen, und Oswaldo litt sichtlich darunter. Bedrückt verrichtete er seine Arbeit, bei Tisch war er schweigsam und abwesend.

Und noch jemand bereitete Ayen Sorgen: Kayuantu zog sich immer mehr in sich zurück. Dabei hatte es zunächst so ausgesehen, als würde er den Verlust seiner Sippe allmählich überwinden. Die langen Wanderungen mit Paul schienen ihm gutgetan zu haben, er begann Interesse an der Arbeit in der Sägerei zu zeigen, und das Verhältnis zwischen José und ihm war fast wieder wie früher.

«Was hältst du davon, wenn ich Kayuantu zu meinem Teilhaber mache», fragte José sie eines Abends, als sie zu Bett gingen. «Wenn ich die Geschäfte tatsächlich bis Puerto Montt und bis Nordchile ausweite, kann ich mich nicht mehr um alles alleine kümmern. Ich bräuchte einen Partner, der in eigener Verantwortung handelt.»

«Kayuantu wäre sicher ein guter Partner.»

«Glaubst du das auch?» José strahlte. «Ist dir aufgefallen, wie aufmerksam er jeden Arbeitsablauf beobachtet und dann neue Ideen entwickelt? Für dich hat er doch die halbe Küche umgestaltet.»

«Das stimmt.» Ayen lachte. «Ich finde mich dort kaum noch zurecht. Hast du ihn schon gefragt?»

«Noch nicht.»

«Würde es dir etwas ausmachen, wenn er dann weiterhin lange Haare, Stirnband und seinen Poncho trägt?»

José sah sie verblüfft an. «Darüber habe ich noch nicht nachgedacht.»

«Das musst du aber. Es ist ein Unterschied, ob ich als deine Frau Zimtbäume vor die Haustür pflanze und am Ngillatún-Fest mit Indianerschmuck behänge oder ob dein Partner in seiner Stammestracht herumläuft.»

Ayens Worte hatten José wohl stark verunsichert, denn in den nächsten Tagen kam er ihr gegenüber nicht mehr auf dieses Thema zurück. Zugleich nahm Ayen wahr, dass Kayuantu noch verschlossener wurde.

«Hattest du Streit mit José?», fragte sie ihn eines Tages.

Kayuantu saß in der kleinen Werkstatt, die er seit der kalten Jahreszeit bezogen hatte. Sie setzte sich zu ihm auf den Boden.

«Nein.»

«Kann ich dir helfen?» Sie sprach in *mapudungun* weiter.

Er sah sie an. In seinem Blick lag so etwas wie Enttäuschung.

«Es ist vergeblich. Ich hatte geglaubt, zusammen mit euch könnte ich ein neues Heim finden. Mit meinem weißen Bruder und mit dir, die du noch so viel von unseren alten Traditionen bewahrt hast. Ich dachte, ich könnte fern von den Wäldern und meiner Sippe ein neues Leben beginnen, aber es geht nicht.»

Ayen ließ ihm Zeit. Sie wartete schweigend, bis er weitersprach.

«Vor ein paar Tagen war ich in Puerto Varas und traf dort auf Kuramochi und einen Vetter von mir. Sie saßen am Straßenrand im Dreck und waren betrunken ... Du hast doch von dem Einbruch im Gasthaus gehört? Voller Stolz haben sie mir erzählt, dass sie die Diebe waren. Zwanzig Flaschen Schnaps haben sie gestohlen. Ohne den Zusammenhalt unserer Sippe gehen wir alle zugrunde, auch ich.»

«Aber du bist nicht wie Kuramochi und seine Freunde.»

Kayuantu senkte den Kopf. «So verschieden sind wir gar nicht.»

Zwei Tage nach diesem Gespräch kam der Apotheker in den Hof galoppiert. Josef und Kayuantu waren gerade damit beschäftigt, Rinde von einem Stamm zu schälen. Mit hochrotem Gesicht sprang Laupheim vom Pferd.

«Wo hat sich Ihr verdammter *peón* versteckt?», fragte er zornig.

«Wenn Sie Oswaldo Gómez meinen – er arbeitet in der Halle. Im Übrigen ist er nicht mein Knecht, sondern mein Mitarbeiter. Was ist los? Was wollen Sie von ihm?»

Ohne eine weitere Erklärung abzugeben, stürmte Laupheim in die Sägerei. Josef ließ die Fräse fällen und eilte ihm nach.

«Wo ist meine Tochter?» Grob packte Laupheim den jungen Chilenen bei den Schultern und schüttelte ihn. Erschrocken sah Oswaldo ihn an.

«Ich weiß es nicht. Wir haben uns schon seit einiger Zeit nicht mehr gesehen.»

«Du lügst. Soll ich erst die *carabineros* holen, bevor du mir verrätst, wo sie steckt?»

Oswaldo hatte Mühe, sich von dem aufgebrachten

Mann zu befreien. Bevor Laupheim erneut angreifen konnte, standen Kayuantu und Josef zwischen ihnen.

«Herr Laupheim!» Josefs Stimme wurde schneidend. «Lassen Sie den Mann in Ruhe. Sagen Sie lieber, was geschehen ist.»

Schwer atmend ließ sich der Apotheker auf einen Bretterstapel sinken.

«Amanda ist verschwunden. Seit gestern Nachmittag.»

«Vielleicht ist sie bei Freunden?»

«Nein. Wir haben überall nachgefragt. Ich war mir sicher, dass sie mit diesem Kerl hier ...» Er sah Oswaldo finster an, dann fügte er leise hinzu: «Wir hatten Streit. Ich habe gedroht, ihr eine Passage für die nächstmögliche Überfahrt nach Deutschland zu buchen. Dann rannte sie aus dem Haus.»

«Hat sie etwas mitgenommen? Gepäck oder Geld?»

«Nur die Sachen, die sie am Leib trug.»

Josef dachte an Ayens Flucht vor drei Jahren. Es gab zwei Möglichkeiten, wohin eine verzweifelte junge Frau wie Amanda fliehen würde: Entweder würde sie zum nächsten Hafen laufen, um weit weg zu fahren. Doch dazu brauchte es Geld. Oder sie würde sich, wie damals Ayen, in der Wildnis verstecken. Mehr als eine Nacht bei dieser Kälte würde sie nicht überstehen. An die dritte Möglichkeit wagte er nicht zu denken.

«Wir müssen sie suchen.»

Er sah Kayuantu fragend an. Sein Freund maß den Apotheker mit einem durchdringenden Blick, in dem Verachtung und Empörung lagen, dann sah er Oswaldo an, der leichenblass an der Maschine lehnte. Kayuantu nickte.

«Gut.» Josef zog Laupheim auf die Beine. «Wir gehen jetzt zu Ihnen nach Hause. Sie warten am besten dort, falls Amanda zurückkommt. Dann machen wir uns auf die Suche. Kayuantu wird uns führen.»

«Dieser ... Indianer?»

«Was soll das? Können Sie etwa Spuren lesen? Na also.»

Vorsichtshalber nahm Josef seine Flinte mit. Leichtes Schneetreiben setzte ein, als sie das Haus der Laupheims erreichten. Es lag etwas abseits der Hauptstraße direkt am See.

Der Apotheker wirkte jetzt zerknirscht.

«Wenn Sie nichts dagegen haben, möchte ich mitkommen. Ich habe nicht die Ruhe, um daheim zu warten.»

«Haben Sie gesehen, in welche Richtung sie gelaufen ist?»

«Zum See hin. Aber dann bin ich zurück ins Haus. Ich dachte, sie kommt gleich wieder.» Er unterdrückte ein Schluchzen.

Kayuantu schritt mit gesenktem Kopf den Strand ab. Auf dem Kiesgrund würde er kaum Spuren entdecken. Er ging in nördlicher Richtung zur Anlegestelle, bückte sich hin und wieder, spähte über die graue Fläche des Sees, dann kehrte er zurück.

«Was ist?», fragte Laupheim ungeduldig.

«Nichts.»

Sie folgten ihm in die andere Richtung, wo der Kiesstrand bald in Gestrüpp überging. Kayuantu schlug einen schmalen Pfad ein, der vom Ort wegführte.

«Hier könnte vor kurzem jemand entlanggegangen sein. Was für Schuhe trug Amanda?»

«Ich nehme an, ihre Stiefeletten.»

«Und sie hat kleine, schmale Füße?»

«Ja. Gibt es Spuren?» Laupheims Stimme überschlug sich vor Aufregung.

Kayuantu antwortete nicht. Dicht gefolgt von den anderen, kämpfte er sich über den fast zugewachsenen Weg. Hin und wieder schien er die Spur zu verlieren, denn er führte sie kreuz und quer durch den Uferwald. Josef war nahe daran, die Hoffnung aufzugeben, als Kayuantu etwas Helles aus einem Gebüsch zog.

«Das ist ihr Taschentuch!», rief Laupheim. «Mein Gott, finden Sie meine Tochter, bevor ihr etwas zustößt! Sie bekommen eine großzügige Belohnung.»

Kayuantu runzelte unwillig die Brauen, dann ging er wortlos weiter. Schließlich standen sie an der Mündung des Flusses.

«Entweder ist sie in Richtung Sägemühle weitergegangen», sagte Kayuantu, «oder sie hat den Fluss überquert.»

Ein paar alte Ruderboote dümpelten an beiden Ufern vor sich hin. Sorgfältig untersuchte Kayuantu die Pfähle, an denen die Boote festgemacht waren. Er winkte Josef heran.

«Hier ist vor kurzem ein Boot losgemacht worden. Es fehlen Moosstücke.»

Nachdem sie den Fluss überquert hatten, wurde der Wald zu einer schier undurchdringlichen Wildnis. Dichte Schneeflocken fielen jetzt vom Himmel, bald würden auch die letzten Spuren zugeschneit sein. Josef beobachtete Laupheim. Was ging in seinem Kopf wohl vor? Ob die Vaterliebe seinen Starrsinn endlich besiegte?

Plötzlich hob Kayuantu den Arm. Seine Nasenflügel bebten, als ob er Witterung aufnehmen würde.

«Ihr beiden wartet hier», wandte er sich an Josef und Laupheim. Dann nahm er Oswaldo beim Arm und verschwand im Dickicht. Josef glaubte zu träumen, als sie kurz darauf zurückkehrten: Oswaldo trug Amanda in seinen Armen. Das Mädchen war bis zur Nasenspitze in Kayuantus Poncho eingewickelt. Ihre Augen waren geschlossen.

«Ist sie ... am Leben?» Laupheim ergriff die Hand seiner Tochter.

«Sie ist sehr schwach und hat sich den Fuß verletzt. Aber sie hat mit mir gesprochen.» Oswaldo sah ihn mit einem

Blick an, der keinen Widerspruch duldete. «Ich trage sie in Ihr Haus.»

«Ja, natürlich. Warten Sie, Kayuantu, ich muss Ihnen danken.» Laupheim streckte Kayuantu seine Hand hin, doch der ging achtlos an ihm vorbei. Josef sah ihm nach. Weder Freude noch Erleichterung hatte er in der Miene seines Freundes ausmachen können. Was war nur mit ihm los?

Als sie abends alle beisammensaßen, entkorkte Paul eine Flasche Wein und schenkte die Gläser voll.

«Das müssen wir feiern. Los, Oswaldo, trink, es ist doch nochmal gutgegangen.»

«Ja, das ist es.» Der Chilene rührte sein Glas nicht an. «Aber es gibt keine Zukunft.»

Josef nahm einen tiefen Schluck. Die Aufregung steckte ihm noch in den Knochen.

«Laupheim ist blind», sagte er. «Wisst ihr, was er mir beim Abschied gesagt hat? Eigentlich ein netter Bursche, dieser Oswaldo. Es sei schade, dass es von seiner Art so wenige unter den deutschen jungen Männern gebe.»

Paul grinste wie ein Schuljunge.

«Dann helfen wir eben ein bisschen nach. Oswaldo, wir machen aus dir einen Deutschen.» Er sah erwartungsvoll in die Runde. «Jetzt seid ihr sprachlos, nicht wahr? Señora Gómez hat mir mal erklärt, warum das jüngste ihrer Kinder rotbraunes Haar hat. Weil nämlich einer ihrer Vorfahren ein holländischer Abenteurer war. Stimmt das, oder stimmt das nicht, Oswaldo?»

Der nickte.

«Verwandeln wir also diesen holländischen Vorfahren in einen deutschen Großvater. Und von dem hat Oswaldo auch seinen zweiten Vornamen: Carlos – Karl. Und du, Josef, beförderst Oswaldo zum Prokuristen oder Geschäftsführer. Damit haben wir den geeigneten Bräutigam für Amanda.»

«So einfältig ist Amandas Vater nicht», murmelte Oswaldo.

Ayen musste lachen. «Du bist beschwipst, Paul.»

«Also, was ist?» Paul hob sein Glas. «Lasst ihr es mich versuchen?»

In diesem Moment erschien Kayuantu im Türrahmen. Unbemerkt von den anderen, hatte er sich irgendwann nach draußen verzogen und blickte nun finster in die Runde.

«Kann ich mir morgen früh etwas von dem Rauli-Holz aussuchen? Ich brauche es, um Grabmäler zu schnitzen.»

Den ganzen Winter über schnitzte Kayuantu in jeder freien Minute an den Stelen für seine Angehörigen. Josef staunte über das Geschick seines Freundes. Die Figuren, die er reliefartig aus dem Holz schnitt, waren schlicht und ohne Schnörkel, doch ließ sich mühelos erkennen, ob es sich um Mann oder Frau, Greis oder Kind handelte.

Kayuantu hatte nichts dagegen, wenn ihm Josef bei seiner Arbeit Gesellschaft leistete.

«Weißt du, als ich Amanda in diesem Gebüsch fand, dachte ich im ersten Moment, sie sei tot. Und plötzlich wusste ich, was mich so lange gequält hatte: dass ich die Toten oben in den Bergen nicht nach unserer Ahnen Sitte bestatten konnte. Sie liegen in der Erde, ohne sichtbares Zeichen für uns Lebende und ohne Verbindung zum Himmel.»

Josef betrachtete die Stele des Kaziken, die Kayuantu als Erstes vollendet hatte. Neben dem gütigen Gesicht des Alten erkannte er *bola* und Speer, als Huldigung an seine Eigenschaft als Jäger und Krieger. Ehrfürchtig strich er mit den Fingerspitzen über das polierte Holz.

«Was meinst du – wohin gehen die Seelen nach dem Tod?»

Kayuantu legte das Schnitzmesser zur Seite. «Ich weiß, dass ihr an Hölle und Paradies glaubt. Die Guten werden belohnt, die Bösen bestraft. Auch unser oberster Gott verlangt Gehorsam, er kann zornig werden, aber er ist nicht rachsüchtig. Und Rache ist es doch, wenn ein Sterbender zu Höllenqualen verurteilt wird, oder? Unsere Seelen sind aus Geist und Licht geformt. Wenn der Körper verfällt, kehrt die Seele in die Luft zurück.»

Mit seinem Werk für die Toten schien Kayuantus Lebensmut neu zu erwachen. Ayen hatte ihn mittlerweile überreden können, die Abende mit ihnen in der beheizten Stube zu verbringen, und so saß er mit seinem Werkzeug im flackernden Schein des Kaminfeuers. Unter seinen Händen verwandelten sich die Holzscheite eines nach dem anderen in sprechende Bildnisse. Was Josef am meisten freute: Kayuantu nahm wieder an den Gesprächen teil, auch wenn seine frühere Heiterkeit einem eher bissigen Humor gewichen war.

Noch nie hatte Josef die dunkle Jahreszeit so genossen wie in diesem ersten Winter mit Ayen und den gemeinsamen Freunden. Sie verbrachten die langen Abende in der Stube, um den schweren Eichenholztisch versammelt. Jeder ging irgendwelchen Beschäftigungen nach, zufrieden und ohne Hast: Josef saß über seinen Bestellungen und Rechnungen, Paul bereitete seinen Unterricht vor, wenn er nicht mit Oswaldo Lesen und Schreiben übte, Ayen kniete vor dem Webstuhl, den Josef ihr gebaut hatte, oder besserte Kleidung aus, und Kayuantu war in seine Schnitzereien vertieft. Die Gespräche plätscherten dahin, mal träge wie ein breiter Strom, mal lebhaft wie ein Bergbach. Wenn sie schwiegen, schien jeder auf das Knistern des Feuers zu lauschen, das der Stube eine behagliche Wärme verlieh und das eisige Dunkel draußen vergessen ließ. An manchen Abenden holte Oswaldo seine Laute hervor, und sie sangen deutsche oder chilenische Lieder. Diese Augenblicke erfüllten Josef mit einer so tiefen Freude, dass er Gott für sein Los dankte.

Die Erinnerung an seine eigene Familie verblasste mehr und mehr. Was seinen Bruder betraf, hatte er einen allerletzten Schritt unternommen und die Garnison von Los Angeles angeschrieben. Die Antwort ließ nicht lange auf sich warten: Ramón Emilio Escuelza habe nach seiner Entlassung aus dem Lazarett den Dienst quittiert, sein neuer Aufenthaltsort sei unbekannt. Josef empfand keine Enttäuschung über diese Nachricht, denn erstmals befielen ihn Zweifel, ob er Raimund wirklich wiedersehen wollte. Nur um zu Geld zu kommen, hatte sein Bruder an den Kämpfen gegen die Indianer teilgenommen und dabei vielleicht etliche von ihnen getötet. Er selbst hingegen lebte mit einer indianischen Frau und einem indianischen Freund unter einem Dach und wusste um das Schicksal dieses Volkes. Manchmal dachte er, dass es Ayen, Kayuantu und all die anderen noch schlimmer getroffen hatte als ihre Stammesbrüder in der Frontera: Sie hatten niemals die Möglichkeit gehabt, sich zu wehren und zu kämpfen. In aller Stille hatte man sie vertrieben, gedemütigt und ihrer Lebensgrundlage beraubt. Nein, größer hätte die Kluft zwischen ihm und Raimund nicht werden können.

Josef fiel auf, wie gelöst Paul in letzter Zeit wirkte. Seine Unruhe war verschwunden, stattdessen lächelte er, wenn er sich unbeobachtet glaubte, vor sich hin. Ob es an diesen Briefen lag? Er stand in regelmäßigem Briefkontakt mit James Cohen, mindestens zweimal im Monat trafen dicke hellbraune Umschläge aus Punta Arenas ein. Neuerdings jedoch waren auch pastellfarbene Briefe dabei, die einen betörenden Duft verströmten. Zu gern hätte Josef gewusst, wer ihr Absender war, doch da Paul nie ein Wort darüber verlor, wagte er nicht zu fragen.

Auch heute war ein fliederfarbener Brief dabei gewesen. Josef beobachtete seinen Freund, der am anderen Ende des Tisches saß und in einem Lexikon blätterte. Die Brille war ihm auf die Nasenspitze gerutscht, und seine geschürzten

Lippen pfiffen kaum hörbar eine Melodie. In Josefs Ohren klang es wie Schillers Ode «An die Freude». Als ob Paul bemerkt hätte, dass er beobachtet wurde, verstummte er plötzlich und sah auf.

«Wo bleibt eigentlich Oswaldo?», fragte er in die Runde.

«Er ist zum Abendessen bei den Laupheims eingeladen», antwortete Ayen.

«Ist das wahr?» Josef sah sie überrascht an. Dann fiel sein Blick auf Paul, hinter dessen Brillengläsern die Augen übermütig funkelten.

«Hast du etwa diese Einladung arrangiert?»

«Ich? Nein. Wahrscheinlich ist Amandas Vater endlich zur Vernunft gekommen. Ich habe nur hin und wieder ein paar Bemerkungen über Oswaldo fallengelassen.»

«Was für Bemerkungen?», hakte Josef nach.

«Na ja, zum Beispiel, dass er sich als dein Verwalter ganz hervorragend bewährt. Und dass er als Kind von seinem deutschen Großvater ein paar Brocken deutsch gelernt hat.»

«Aber Oswaldo spricht doch kein Wort deutsch.»

«Falsch. Ich habe ihm einiges beigebracht. Er ist sehr begabt für fremde Sprachen.»

Josef folgte Ayen in die Küche, um ihr beim Auftragen des Essens zu helfen.

«Paul ist verrückt geworden», sagte er. «Ich hätte nie geglaubt, dass er tatsächlich solchen Unsinn verbreiten würde.»

«Lass ihn doch. Wie lautet euer Sprichwort? Der Zweck heiligt die Mittel. Außerdem ist Paul nicht verrückt, sondern verliebt.»

«Verliebt? Woher weißt du das?»

«Sieh ihn dir doch an. Er ist aufgeregt wie ein kleiner Junge, wenn diese hübschen Briefe kommen. Sie stammen übrigens von Rose, der ältesten Tochter der Cohens.»

Ayen hatte, wie immer in diesen Dingen, recht behalten. Ein paar Wochen später, es war im Juli, dem kältesten Monat des Jahres, kündigte Paul an, dass James Cohen ihn im Frühjahr besuchen kommen wolle.

«Er bringt seine Tochter Rose mit», fügte er fast beiläufig hinzu. «Er möchte euch aber nicht zur Last fallen und wird daher in der *Goldenen Traube* absteigen.»

«Kommt gar nicht in Frage», sagte Josef. «Wir haben ein großes Zimmer frei.»

«Ist das dein Ernst?» Paul strahlte. «Weißt du, Rose und ich sind uns in letzter Zeit nähergekommen, rein brieflich, selbstverständlich.»

«Aha.» Mehr brachte Josef nicht heraus. Es gelang ihm einfach nicht, sich über Armbrusters Glück zu freuen. Der häusliche Freundeskreis, ihr «Quintett», wie Paul es nannte, drohte sich aufzulösen. Josef sah es glasklar vor Augen. Den Anfang würde Oswaldo machen. Der Apotheker hatte ein Abkommen mit ihm getroffen, wonach er sich mit Amanda bis zu ihrem achtzehnten Geburtstag nur noch im Beisein ihrer Eltern treffen durfte – das bedeutete, dass Oswaldo sich jeden Sonntagnachmittag in Schale warf und zur Kaffeestunde in Laupheims Salon erschien. Sollten die beiden dann immer noch glauben, sie seien füreinander bestimmt, dürften sie sich an Amandas Geburtstag verloben. Josef zweifelte nicht daran, dass die beiden Verliebten diese Durststrecke von knapp sechs Monaten durchhalten würden. Zwar wollte Oswaldo weiterhin für ihn arbeiten, aber spätestens nach seiner Hochzeit würde er hier ausziehen, würde zusammen mit Amanda ein nettes kleines Häuschen, das der Apotheker bereits im Auge hatte, beziehen. Und jetzt auch noch Paul! Wahrscheinlich würde er mit James Cohen und seiner Familie in diese patagonische Einöde zurückgehen.

«Wie kommst du denn darauf?», fragte Ayen, als sie ein paar Tage später über dieses Thema sprachen.

«Weil Paul einmal erwähnt hat, dass Rose sich niemals von ihrer jüngeren Schwester trennen würde.»

«Ach José, manchmal bist du ein Esel. Du machst dir düstere Gedanken, statt Paul einfach zu fragen, wie er sich seine Zukunft mit Rose vorstellt. Er weiß es nämlich ziemlich genau.»

«Hast du ihn denn gefragt?»

«Ja. Er möchte in Puerto Varas bleiben, weil er hier sein sicheres Einkommen hat. Er wird also in unserer Nähe bleiben.»

«Aber das ist nicht mehr dasselbe. Und du wirst sehen, Kayuantu wird uns auch bald verlassen. Er macht auf mich den Eindruck, als sei er nur auf der Durchreise.»

Ayen lachte. «Du bist eine richtige Glucke geworden. Hast du eigentlich mich geheiratet oder deine Freunde?»

«Dich allein.» Liebevoll zog er sie an sich und küsste sie. Doch die Angst, nur zu zweit in diesem großen Haus zu leben, ließ sich nicht vertreiben.

Insgeheim nahm sich Josef vor, Kayuantu stärker in die Sägemühle einzubinden. Vielleicht könnte ihm die Arbeit so viel Rückhalt verschaffen, dass er sich hier heimisch und verwurzelt fühlen würde. Hinzu kam, dass Kayuantu, neben seiner Schnitzkunst, eine weitere, für Josef unschätzbare Begabung offenbarte: Er schien durch einen Baumstamm hindurchsehen zu können, als sei er aus Glas. Er erkannte, wo sich Aststücke verbargen oder ob die Struktur geradfasrig und ohne Einschlüsse verlief. Beim Begutachten von waldfrischem Holz wurde er Josef so zu einem unentbehrlichen Ratgeber.

Das Angebot, als gleichberechtigter Compagnon einzusteigen und den gesamten Einkauf eigenständig zu übernehmen, lehnte Kayuantu jedoch ab.

«Du weißt, dass mir die Arbeit Spaß macht, aber für mich hat das Sägewerk nicht dieselbe Bedeutung wie für dich. Hättest du ein Wirtshaus, würde ich in der Küche das Geschirr spülen.»

«Dann nimm wenigstens Lohn für deine Arbeit.»

«Du verstehst mich nicht. Ich will weder dein Teilhaber noch dein Angestellter sein. Ich habe alles, was ich brauche. Wir wohnen zusammen, wir teilen uns die Arbeit, und wenn ich doch einmal Geld benötige, nehme ich es aus der Kassette, wie wir es vereinbart haben. Bitte, Josef – versuche nicht, mich an die Kette zu legen wie einen Hund.»

Was Kayuantu mit diesem Satz meinte, begriff Josef spätestens, als die Tage länger wurden und sein Freund wieder stundenlang in den Wäldern verschwand.

«Er ist unzuverlässig», beklagte er sich bei Ayen.

«Nein. Er ist wie ein Vogel, der sich nicht in einen Käfig sperren lässt. Wenn du ihm rechtzeitig sagst, wann und wofür du seine Hilfe brauchst, wird er zur Stelle sein. Du darfst von ihm nicht erwarten, dass er immer verfügbar ist.»

An dem Tag, als Kayuantu die letzte seiner Stelen vollendet hatte, bat er um das Maultier, das Josef vor einiger Zeit erworben hatte.

«Ich möchte zum Heiligen Stein, die Gräber richten. Aber ich werde mehrere Tage fort sein.»

«Wann willst du los?»

«Gleich morgen. Das Wetter ist mild.»

Josef nickte. «Moro ist ja noch da, und zur Not nehme ich das Maultier von Ignacio Gómez. Aber soll ich nicht besser mitkommen?»

«Nein. Ich möchte allein sein.»

Als Josef am nächsten Morgen aufstand, war Kayuantu bereits aufgebrochen. Die Werkstatt war leer, die Schlafmatte verschwunden, der Boden gefegt, das Werkzeug ordentlich weggeräumt. Nichts deutete darauf hin, dass Kayuantu in den letzten Monaten hier gewohnt hatte.

In diesem Moment fielen die Strahlen der aufgehenden Sonne auf einen Grabstock, der zwischen zwei Regalen lehnte. Das Holz schien rötlich zu leuchten. Hatte Kayuantu diese Stele vergessen? Josef trat näher und sah, dass das Bildnis unvollendet war. Nur die Umrisse einer Gestalt waren herausgearbeitet, noch ohne Einzelheiten. Rechts und links der Figur waren mit Kohlestift zwei Gegenstände vorgezeichnet. Der eine war rund, wie ein Ball oder eine Sonne, der andere sah aus wie eine Handsäge. Was hatte das zu bedeuten? Hatte Kayuantu nicht behauptet, er habe alle Stelen fertiggestellt?

Pauls Ankündigung beim Frühstück, dass die Cohens nächsten Samstag eintreffen würden, ließ Josef den Grabstock zunächst vergessen.

«Sie werden möglicherweise länger hierbleiben.» Pauls Wangen waren gerötet. Er wandte sich an Josef. «Von James soll ich dir ausrichten, dass er mit dem Gedanken spielt, in Puerto Montt eine Handelsniederlassung zu gründen. Ob du nicht interessiert seiest mitzumachen.»

Warum nicht, dachte Josef. Cohen war ihm von Anfang an sympathisch gewesen. Dieser kraftvolle Mann schien zu wissen, was er wollte, und flößte dennoch Vertrauen ein. Bisher hatte Josef den Zeitpunkt, sein Unternehmen zu erweitern, immer wieder hinausgeschoben, weil ihm jeder Schritt in dieser Richtung verfrüht erschien. Jetzt, an der Seite eines erfahrenen Geschäftsmannes, sollte er das Risiko eigentlich wagen können.

Als sie am nächsten Tag das große Zimmer für die Gäste herrichteten, besprach er sich darüber mit Ayen.

«Ich verstehe nicht viel von diesen Dingen», sagte sie. «Ich sehe nur, wie umsichtig du wirtschaftest und wie gut das Sägewerk läuft. Warum solltest du es nicht versuchen?»

«Aber ich werde öfter unterwegs sein als jetzt. Du wirst manchmal tagelang allein sein.»

«Mach dir deshalb keine Sorgen. Zum ersten Mal seit meiner Kindheit habe ich ein Zuhause. Und ich habe Freunde.»

Josef sah sie dankbar an. Im Gegensatz zu Kayuantu wirkte sie vollkommen zufrieden. Es gelang ihr offenbar mühelos, ihre von den Traditionen der Mapuche geprägte Denkweise mit dem Alltag an der Seite eines deutschen Mannes zu verbinden. Warum nur kam Kayuantu nicht zur Ruhe?

«Ich habe gestern etwas Merkwürdiges entdeckt. Komm, ich zeig es dir.»

Josef führte sie in die Werkstatt und deutete auf die Stele.

«Warum hat er einen halbfertigen Grabstock hiergelassen? Erst dachte ich, Kayuantu sei mit dieser Schnitzerei nicht zufrieden gewesen, aber inzwischen glaube ich, er will daran weiterarbeiten.»

Ayen kniete sich vor das Holzstück.

«Eine Säge. Und das hier ist eine Sonne, mit fünf Kreisen drum herum. Sechs Sonnen – Kayuantus Name. Er schnitzt seinen eigenen Grabstock.»

Josef sah sie erschrocken an. «Meinst du, er will sich etwas antun? Wird er von seiner Reise zum Heiligen Stein gar nicht mehr zurückkehren?»

«Nein. Dann hätte er das Holz ja mitgenommen.»

Doch auch in ihrer Miene entdeckte Josef Verunsicherung und Besorgnis.

Rose Cohen war nicht wirklich hübsch, doch sie konnte auf eine Weise lächeln, mit der sie jeden von sich einnahm. Josef war erstaunt, wie jung sie noch war, kaum älter als Amanda, und der Altersunterschied zu Paul wirkte umso größer, als dessen schwarzes Haar seit dem Schiffsunglück von hellgrauen Strähnen durchsetzt war. Und dennoch, die Umsicht und Gelassenheit, die von ihr ausgingen, vermittelten ein Gefühl von Reife, wie es selten war bei einer Frau ihres Alters.

Genauso würde ich mir die Muttergottes vorstellen, wenn das hellblonde Haar nicht wäre, dachte Josef, als er ihr die Hand reichte. Paul Armbruster brachte bei der Begrüßung am Hafen keinen zusammenhängenden Satz heraus. Er hatte sich sorgfältig rasiert, seine widerspenstigen Locken mit Pomade zu bändigen versucht und seinen besten Anzug angelegt. Josef musste sich ein Grinsen verkneifen.

«Wie war die Überfahrt?», fragte er.

«Erstaunlich ruhig.» James Cohen zwinkerte seiner Tochter zu. «Nicht einmal Rose ist seekrank geworden.»

Rose lachte, und tausend Fältchen spielten um ihre hellblauen Augen. «Wenn einer von uns beiden seekrank wird, dann mein Vater.»

Paul warf Josef einen dankbaren Blick zu, als der James Cohen zu sich auf den Kutschbock des nagelneuen Einspänners bat und er selbst neben dem Mädchen auf der Bank Platz nehmen konnte.

«Macht es Ihnen wirklich nichts aus, wenn wir uns bei Ihnen einquartieren?», fragte Cohen, während sie den Hafen hinter sich ließen.

«Nein, im Gegenteil. Meine Frau und ich freuen uns immer über Gäste.»

Als sie den Stadtrand von Puerto Montt passierten, warf Josef einen verstohlenen Blick auf die Schänke, in der er so viele Nächte verbracht hatte. Mein Gott, war das wirklich er selbst gewesen, der dort, von Alkohol umnebelt, bei Carmen Vergessenheit gesucht hatte?

Sie plauderten über dies und jenes, bis Cohen auf das Geschäftliche zu sprechen kam.

«Wissen Sie, in unserer patagonischen Abgeschiedenheit brauche ich unbedingt einen Stützpunkt auf dem Weg in den Norden. Bisher war ich immer abhängig von den

Konditionen anderer, und das hat mich schon einige Male in Schwierigkeiten gebracht. Als Sie mir beim letzten Mal von Ihren Plänen erzählt haben, dachte ich, da würde sich eine Zusammenarbeit doch anbieten. Vorausgesetzt, Sie können es sich mit mir vorstellen.»

«Sehr gut sogar. Und ich freue mich schon darauf, die Einzelheiten mit Ihnen auszuarbeiten.»

Ayen hatte ein herrliches Abendessen mit mehreren Gängen vorbereitet. Nach dem zweiten Glas Wein und dem längst fälligen Du gegenüber James Cohen verlor Paul seine Befangenheit und entwickelte gegenüber Rose eine Liebenswürdigkeit, die seine Gefühle nur allzu sehr verdeutlichte. Er war bis über beide Ohren verliebt, daran gab es keinen Zweifel. Vielleicht, dachte Josef, würde er unter diesen neuen Umständen nun endlich auch mit Luise zu einem freundschaftlichen Verhältnis zurückfinden.

Die nächsten Tage verbrachte Josef mit James Cohen. Von Pauls Werben um Rose bekam er wenig mit, und mit Kayuantu, der aus den Bergen zurück war, hatte er kaum mehr als zwei, drei Sätze ausgetauscht. Am vorletzten Tag von Cohens Aufenthalt klopfte er an der Tür von Josefs Bureau, wo Josef und sein künftiger Geschäftspartner ihre Pläne besprachen. Früher wäre er einfach hereingekommen, dachte Josef. Warum vermittelte Kayuantu ihm zunehmend das Gefühl, nicht zu ihnen zu gehören?

«Entschuldige die Störung, Josef. Ich weiß, dass du im Moment sehr beschäftigt bist ...»

In Josefs Ohr klang dies wie ein Vorwurf.

Cohen erhob sich. «Machen wir Schluss für heute. Morgen ist auch noch ein Tag.» Damit ließ er die beiden allein.

«Ich habe eine Bitte. Ich möchte mir eine *ruca* bauen.»

«Wozu das denn?»

«Dieses große Haus ist der falsche Ort für mich zum Wohnen und Schlafen. Zu viele Mauern.»

«Und wo willst du sie bauen?»

«Komm mit. Ich zeig es dir.»

Er führte Josef hinunter zum Flussufer. Auf einer Waldlichtung, die sich bis zum Ufer erstreckte und nach Süden und Osten hin mit einem dichten Espino-Gehölz, einer Weißdornart, geschützt war, blieb er stehen. Unzählige Veilchen und zartgelbe Narzissen überzogen die Wiese mit einem Blütenteppich, und bald würden Orchideen und Lilien hier ihre Farbenpracht entfalten. Kayuantu hätte sich keinen schöneren Ort aussuchen können.

«Warte, bis die Sonne tiefer steht.» Kayuantu setzte sich ins Gras. «Dann beginnt alles zu leuchten.»

Schweigend saßen sie da, bis sich die Pfeilgräser am Ufer scharf gegen den orangegefärbten Himmel abzeichneten. Josef wünschte sich, malen zu können, um diesen Anblick für immer festzuhalten.

«Der Grabstock in der Werkstatt ...», Josef zögerte. «Hast du den für dich selbst vorbereitet?»

«Ja.»

«Warum denkst du jetzt schon an den Tod?»

«Ich denke immer wieder an den Tod.»

«Aber du bist doch jung und gesund?»

Kayuantu lachte. «Was hat das damit zu tun? Du kannst nicht vorherbestimmen, wann deine letzte Reise beginnt. Nicht einmal ihr Weißen könnt das. Und deshalb habe ich mein Grabmal vorbereitet. Von meiner Sippe ist niemand mehr geblieben, der das für mich tun könnte.»

«Du hast doch noch Geschwister und deinen Vetter Kuramochi. Hast du keine Verbindung mehr zu ihnen?»

«Auf Kuramochi kann ich nicht mehr zählen. Und meine Geschwister haben in jenem Winter die Berge verlassen und sich in alle Winde verstreut, ohne eine Spur zu hinterlassen. Bis auf einen.»

«Ja?»

«Mein jüngerer Bruder Shaiweke. Du hast ihn beim

Vogeltanz gesehen. Keiner hatte so viel Ausdauer wie er.»

«Und wo ist er jetzt?»

«Zuletzt habe ich ihn in Puerto Montt gesehen. Er saß am Straßenrand auf dem gefrorenen Boden, die Füße in den Block gekettet. Wegen Diebstahl und Trunkenheit.»

«Mein Gott!»

Kayuantu erhob sich. «Ist es dir also recht, wenn ich hier meine *ruca* baue?»

«Ja, natürlich. Aber ich muss erst nachprüfen, ob dieses Stück noch zu unserer Parzelle gehört. Sonst gibt es Ärger mit dem *intendente*.»

Wie unsinnig musste einem Mapuche, dem die Vorstellung von Grundbesitz völlig fremd war, dieser Hinweis erscheinen. Wer, wenn nicht Kayuantu, einer der letzten Überlebenden seiner Sippe, hätte größere Rechte, sich hier am Flussufer ein neues Heim zu erbauen?

«Ich weiß, dass dieses Land euer Land ist», fügte Josef fast beschämt hinzu, «aber du kennst ja die hiesigen Gesetze.»

«Ich danke dir trotzdem.»

Am Tag, als sich James und Rose Cohen verabschiedeten, brachte der Kurierdienst Post aus Deutschland, einen prallgefüllten Umschlag. Es fiel Josef schwer, ihn nicht sofort zu öffnen. Zuerst aber wollte er seine Gäste zum Hafen nach Puerto Montt fahren, um den Brief dann in aller Ruhe lesen zu können. Wie lange schon hatte er von seiner Mutter nichts mehr gehört.

Als sich Josef mit dem Schreiben in die Stube setzte, herrschte eine ungewohnte Stille im Haus. Paul, der den ganzen Rückweg über wortlos neben ihm gesessen und mit seinem Abschiedsschmerz gekämpft hatte, hatte sich in sein Zimmer zurückgezogen. Oswaldo war unterwegs, um Besorgungen zu machen, und Ayen besuchte Ludmilla Märgenthaler.

Josef faltete die Blätter auseinander. Der erste Brief war von seiner Schwester Lisbeth. Voller Stolz berichtete sie, dass sie nun die Volksschule abgeschlossen hätte, und zwar mit dem besten Ergebnis ihres Jahrgangs.

Was beweist, schrieb sie, *dass Frauen nicht von Natur aus dümmer sind als Männer, sondern klüger! (Ausnahmen wie du bestätigen natürlich die Regel.) Jetzt kann mich nichts und niemand mehr davon abhalten, mir meinen Traum zu erfüllen – kannst du es dir denken, lieber Josef? Ich will Lehrerin werden! Wenn alles gutgeht, kann ich als Hilfslehrerin im Mädcheninstitut von Fräulein Nicklewitsch in Bebra anfangen. Vater will davon zwar nichts wissen, er sagt, als vertrocknete Gouvernante würde ich nie und nimmer einen Bräutigam finden, aber ich werde ihn schon noch umstimmen. Er ist in letzter Zeit nachgiebiger geworden, finde ich. Dass es dir in Chile so gutgeht, freut mich. Ich bin schon sehr gespannt auf deine Frau und auf deinen indianischen Freund – jetzt habe ich schon zu viel verraten, denn alles Weitere will dir Mama schreiben.*

Es umarmt dich und herzt dich deine gar nicht mehr kleine Schwester Lisbeth.

Was für wunderbare Nachrichten. Voller Spannung nahm sich Josef das nächste Blatt vor. Seine Mutter schrieb ihm, wie viel Mühe Eberhard habe, den Hof zu halten, und dass seiner Schwester Anne eine Fehlgeburt beinahe das Leben gekostet habe. Doch dank Gottes Fügung sei sie wieder guter Hoffnung, und jeden Abend würde sie dafür beten, dass das Kind diesmal gesund zur Welt komme. Dann bedankte sie sich gerührt für Josefs Angebot, den Eltern und Lisbeth die Schiffspassage zu bezahlen: *Mich erfasst Schwindel, wenn ich nur an die lange Seefahrt denke, und manchmal wache ich nachts voller Angst auf, weil ich davon geträumt habe. Sicher wäre es für uns einfacher, du kämest mit deiner Frau nach Deutschland, aber du hast ja geschrieben, dass du deiner Geschäfte wegen nicht monatelang fortkönntest, und da ich weiß, wie hart es vor allem in den ersten Jahren ist, sein Brot zu verdienen, muss ich das billigen. Also werde ich meine Angst vor dem Meer überwinden, denn mein Verlangen, dich nach so vielen Jahren wiederzusehen, ist stärker. Ich möchte jedoch erst Annes Niederkunft abwarten. Und sei nicht enttäuscht: Vater wird nicht mitkommen. Lisbeth und ich werden euch aber auf jeden Fall besuchen kommen. Die Gründe möchte dir Vater selbst mitteilen.*

Den letzten Satz musste Josef zweimal lesen, ehe er begriff. Ungläubig durchblätterte er die restlichen Seiten, und tatsächlich: Auf dem letzten Blatt fand er eine fremde Handschrift, steil und ungelenk. Josef glaubte, sein Herz zerspringe ihm in der Brust, und er wagte es kaum, seinen Blick auf die Zeilen zu richten, um die Worte zu entziffern. Nach über sechs Jahren das erste Lebenszeichen seines Vaters! Diese Erkenntnis traf Josef in der Stille des Hauses wie ein Paukenschlag, eine Erschütterung, der er allein nicht gewachsen war.

Er nahm den Brief und eilte hinaus, lief quer durch den Uferwald zur Lichtung, wo Kayuantu das Gerüst seines Schilfhauses fast fertiggestellt hatte. Josef hatte das Stück Land dazukaufen müssen, da es außerhalb seiner Parzelle lag, und er ahnte bereits, was für ein Gerede es geben würde, wenn sein Freund hier in einer *ruca* lebte.

Kayuantu brachte gerade die Dachpfetten an, und Josef wartete, bis er sich zu ihm umdrehte. «Dein neues Heim wird sehr schön.»

«Du darfst jederzeit bei mir übernachten.» Kayuantu lächelte. «Du schläfst mit dem Abendwind ein und wirst von Vogelstimmen geweckt.»

«Setzen wir uns einen Augenblick ins Gras? Ich habe einen Brief bekommen und möchte ihn gern hier bei dir lesen. Er ist von meinem Vater. Ich hatte geglaubt, er würde nie wieder ein Wort an mich richten.»

In der Nähe seines Freundes hörten Josefs Hände auf zu zittern, als er das Blatt endlich auseinanderfaltete und zu lesen begann.

Rotenburg, den 22. Juli im Jahre 1858

Mein Sohn! Vielleicht hast du schon gar nicht mehr mit einem Brief von mir gerechnet. Aber ich werde älter, und ich bin froh, dass Eberhard mich bald wird ersetzen können, denn meine Kraft schwindet. Mutter hat mir jeden Brief von dir zum Lesen angeboten, jedes Mal habe ich abgelehnt, um sie dann doch heimlich zu lesen.

Es befremdet mich zu wissen, dass du jetzt, im fernen Chile, zu den Vornehmen gehörst, und zugleich erfüllt es mich mit Stolz, da du uns und deine Herkunft niemals vergessen hast. Damals, als du davongelaufen bist, hast du mich zutiefst verletzt, denn du warst meine Hoffnung für das Alter. Als Vergeltung habe ich dir das Schlimmste angetan, was ein Vater seinem Sohn antun kann: Ich habe dich verleugnet. Aber vielleicht reichen meine Fehler noch weiter zurück. Ich habe Raimund eine Schuld aufgeladen, für die er nichts kann, und damit deiner Mutter ihren Sohn und dir deinen liebsten Bruder genommen. Für all das bitte ich dich um Verzeihung.

Ich bin zu alt für eine Reise nach Chile, vielleicht bin ich auch zu feige. Ich lasse deine Mutter und Lisbeth nur schweren Herzens gehen und werde Gott darum bitten, dass sie wohlbehalten zu mir zurückkehren. Und dann werde ich auf den Tag warten, an dem du auf der Schwelle deines Elternhauses stehen wirst. Versprichst du mir, eines Tages zu kommen?

Ich bin jetzt in dem Alter, wo der Tod kein Fremdling mehr ist, und ich werde erst in Ruhe sterben können, wenn ich dich wiedergesehen habe. Wenigstens dich möchte ich noch einmal sehen – wo ich eines meiner Kinder schon unwiederbringlich verloren habe.

Es grüßt dich in Liebe und voller Stolz, dein Vater.

32

Es roch verbrannt. Josef sprang aus dem Bett und lief zum Fenster. Der Geruch kam von draußen, doch in der wolkenverhangenen Nacht war nichts zu sehen. Er lehnte sich weiter hinaus. Da erst entdeckte er den Lichtschein, weit hinter den Obstwiesen, in der Nähe des Flusses. Kayuantus *ruca*!

Er schüttelte Ayen wach.

«Schnell! Kayuantus Hütte brennt. Weck Paul und Oswaldo und bringt Eimer mit.»

Barfuß und im Nachthemd stürzte er die Treppen hinunter, immer zwei Stufen auf einmal. Er rannte durch die laue Sommernacht, ohne die scharfen Disteln an den Fußsohlen zu spüren noch die Zweige, die gegen sein Gesicht peitschten.

Er kam zu spät. Von der Schilfhütte, die Kayuantu vor einer Woche erst bezogen hatte, war nur mehr ein verkohltes Gerippe geblieben, hier und da zuckten noch einzelne Flammen. Josef stieg der Geruch nach Petroleum in die Nase. Jemand hatte die Hütte in Brand gesetzt!

Am Flussufer stand Kayuantu, aufrecht, mit erhobenem Kopf, den Rücken seiner zerstörten *ruca* zugewandt, und sang das Lied vom schwarzen Kondor, der sich mit den Seelen der Toten zum Himmel erhebt. Von einigen Strophen kannte Josef die Bedeutung:

*Und alle Echos der Anden
wurden eins
den Zorn der Götter zu vernehmen.
Es sprach der Donner:
Die Dämme des Himmels
sind gebrochen.
Es sprach das Meer:
Überflutet sind
die Küsten der Welt.
Es sprach der Wind:
Zerstoben sind
die Wege des Lebens.*

Mit gereckten Armen und einem durchdringenden *Ayayayay* beendete Kayuantu den Gesang, und Josef erkannte in diesem Klageruf das Martyrium eines ganzen Volkes. Warum gab man diesen Menschen keine Möglichkeit, würdevoll und ihren Traditionen gemäß zu leben?

Als er sich neben Kayuantu stellte, erschrak er: Die Stirn und Wangen seines Freundes waren mit dicken Rußstrichen bemalt.

Kayuantu deutete auf die Reste seiner *ruca*.

«Nicht einmal diesen winzigen Flecken lässt man mir. Warum?»

Hilflos blickte Josef zu Ayen, die eben mit den anderen herangekommen war. Sie ließ ihre leeren Eimer zu Boden fallen und trat zu Kayuantu.

«Wir werden dir helfen, eine neue *ruca* zu bauen.»

«Es ist sinnlos. An der Kastanie dort drüben war ein Zettel genagelt. Lebe, wie es sich gehört, oder verschwinde, stand darauf.»

«Du musst dir einen Wachhund nehmen.»

«Sie würden ihn töten. Sie hätten auch meinen Tod in Kauf genommen, wenn ich in der *ruca* geschlafen hätte.»

Josef war immer noch wie vor den Kopf geschlagen. «Wo warst du denn stattdessen?»

«Ich lag am Flussufer, weil die Nacht so warm war. Als ich erwachte, sah ich drei Männer, sie sprachen *castellano*. Da stand die Hütte schon in Flammen.»

«Komm mit ins Haus», sagte Paul. «Du musst dich von dem Schrecken erholen.»

«Nein. Ich warte, bis es hell ist. Ich will sehen, ob noch etwas übrig geblieben ist. Geht nur zurück.»

Josef bat seinen Freund, bei ihm bleiben zu dürfen. Oswaldo brachte ihm noch eine Jacke und sein Gewehr, dann waren sie allein. Sie lehnten sich an einen Baum und starrten in die schwelende Glut. Langsam färbte sich der Himmel erst grau, dann rosafarben.

Josef zog sich die Jacke enger um den Leib. «Weißt du noch, wie wir uns das erste Mal begegnet sind?»

Kayuantus Lachen wirkte gespenstisch unter der schwarzen Bemalung. «Ja. Euer Kalb war weggelaufen. So hast du gemacht.» Er legte die Hände an die Schläfen und ahmte mit seinen Zeigefingern zwei Hörner nach. «Dabei hast du allerdings eher wie ein Schaf ausgesehen. In jenem Moment habe ich dich in mein Herz geschlossen.»

Josef wurde rot, so sehr freute ihn dieses Bekenntnis. «Und ich habe danach gefiebert, dich wiederzusehen. Ich war so neugierig auf dich.»

«Ich habe dich lange warten lassen, nicht wahr?»

«Ja. Bis zu dem Tag, als du meine Tante im Wald gefunden hast. Du hast sie gerettet, du und María, Ayens Mutter.»

Kayuantu nahm einen Stein und warf ihn in die Glut. «Wusstest du, wie hart es für mich war, dass du dich in Ayen verliebt hattest?»

«Wieso?»

«Ich hätte gern selbst um sie geworben. Ich war ihr sogar ein paar Mal gefolgt, um ihr scheinbar zufällig zu begegnen. Aber ich glaube, sie hatte mich nicht einmal bemerkt.»

«Das verstehe ich nicht ... Du hast doch gesagt, sie würde dich nicht interessieren, weil sie eine Getaufte ist.»

«Du hast mir immer alles geglaubt.» Kayuantu grinste.

«Allerdings.» Josef boxte ihn in die Rippen. «Wie bei diesem dämlichen Brautraub – was war ich damals wütend auf dich!»

Bis weit in den Morgen hinein tauschten sie Erinnerungen aus. Beinahe hätte Josef den schrecklichen Anlass für ihr Beisammensein vergessen. Wann hatte er sich das letzte Mal seinem Freund so nahe gefühlt?

«Hör mal, Kayuantu ... Ich muss dir noch etwas erzählen. Mein Bruder Raimund hat angeblich in der Frontera gegen die Mapuche gekämpft.»

Kayuantu schwieg.

«Wenn er nun wider Erwarten hier auftauchen würde ... Wie würdest du dich verhalten?»

«Ich weiß nicht. Ich kenne deinen Bruder nicht.»

«Aber er hat vielleicht Menschen deines Volkes getötet.»

«Du sagst vielleicht, also bist du dir nicht sicher. Weißt du, wie er gekämpft hat? Mutig oder hinterrücks?»

«Du verteidigst ihn ja!»

«Nein, aber ich kann niemanden verurteilen, den ich nicht kenne und von dem ich nichts weiß. Ist er noch bei den Soldaten?»

«Er hat den Dienst quittiert. Niemand weiß, wo er steckt.»

«Schade. Ich hätte deinen Bruder gern kennengelernt.»

Sie fanden niemals heraus, wer die Schilfhütte in Brand gesteckt hatte. Der *intendente* von Puerto Varas untersuchte am nächsten Tag mit zwei seiner Männer die Unglücksstelle. Sie liefen einige Male auf und ab, die Nasen dicht am Boden. Bereits eine halbe Stunde später kamen sie zu ihrem Ergebnis.

«Ich kann keine Beweise für Brandstiftung finden, Señor Scholz. Vielleicht hat ihr Freund aus Versehen eine Kerze brennen lassen, oder eine Lampe ist umgefallen.»

«Aber riechen Sie denn nichts? Es stinkt doch nach Petroleum!»

Der *intendente* schnüffelte, dann schüttelte er den Kopf.

«Sie müssen sich irren. Gehört das Grundstück hier überhaupt Ihnen?»

«Selbstverständlich. Die Kaufurkunde liegt in meinem Bureau, falls Sie sie sehen wollen.»

«Nicht nötig, ich glaube Ihnen. Mir war nur zu Ohren gekommen, dass es sich hier um Land unserer Gemeinde handelt.»

Damit schien für den *intendente* die Angelegenheit abgeschlossen.

«Das war keine Untersuchung, das war eine Schlamperei», schimpfte Paul, als die Männer davonritten. «Und dann die impertinente Art, wie sie Kayuantu ausgefragt haben. Als ob er der Täter wäre und nicht etwa das Opfer.»

Kayuantu begann, die verkohlten Reste auf einen Haufen zu schütten, und zündete sie ein zweites Mal an.

Am Abend richtete er sich sein Schlafquartier wieder in Moros Unterstand ein.

«Hier ist er wenigstens in unserer Nähe, und der Hund schlägt an, wenn Fremde kommen», sagte Josef zu Ayen.

«Er wird sich nicht wohlfühlen.»

In ihren Augen spiegelte sich Kummer. «Ist dir aufgefallen, wie ruhig er alles hingenommen hat? Von seinem Kampfgeist ist nichts mehr geblieben. Er hat aufgegeben, wie damals Currilan, der Kazike.»

Kurz vor Weihnachten reiste Paul nach Patagonien, um bei den Cohens in aller Form um die Hand ihrer Tochter anzuhalten. Oswaldo war für Heiligabend bei den Laupheims eingeladen, und so wurde es ein Weihnachtsfest im engsten Kreis mit Emil, Luise und den Kindern.

«Wusstet ihr», fragte Luise, «dass Julius Ehret mit seiner Mutter nach Deutschland zurückgekehrt ist? Er hatte am Schluss ziemlich viel Dreck am Stecken.»

Ayen saß ihr gegenüber. Sie verzog keine Miene, doch Josef spürte ihre Erleichterung. Damit war dieser dunkle Abschnitt ihres Lebens hoffentlich endgültig abgeschlossen.

Emil beugte sich zu ihm herüber. «Seine Schneidemühle steht jetzt zum Verkauf. Wäre das nichts für dich?»

«Nein.» Josef erinnerte sich an den kurzen Moment der Versuchung, Julius zu töten. «Ich habe andere Pläne.» Und er berichtete von seiner Idee, Holz in den waldarmen Norden zu exportieren.

Nach der Bescherung verschwanden die Frauen in der Küche, um das Abendessen vorzubereiten.

«Ich sehe mal nach Kayuantu», sagte Josef. «Vielleicht kann ich ihn doch überreden, mit uns zu essen.»

Er war weder im Hof noch im Garten. Josef fand ihn am Flussufer bei der Lichtung. Nur ein ovaler schwarzer Fleck erinnerte noch an die Brandnacht.

«Du bist oft hier. Willst du die *ruca* doch wieder aufbauen?»

«Nein. Ich warte auf die Brandstifter.»

«Im Ernst?»

«Sie werden wiederkommen. Und dann töte ich sie.» Kayuantu hob sein Messer in die Höhe und ließ die Klinge aufblitzen.

Josef musste ein entsetztes Gesicht gemacht haben, denn Kayuantu begann laut zu lachen. Es war ein trauriges Lachen.

«Schon wieder hast du mir geglaubt, nicht wahr?»

Er schleuderte das Messer gegen einen Baumstamm, wo es zitternd stecken blieb.

Josef war verwirrt. Irgendetwas stimmte nicht mit seinem Freund. Als er sich neben ihn setzte, nahm er den Geruch von Schnaps wahr.

«Du hast getrunken!»

«Macht ihr das nicht auch bei euren Festen?» Kayuantu zog eine kleine Flasche Schnaps hervor. «Nimm einen Schluck. Ich habe mir erlaubt, ein paar Reales aus der Geldkassette zu nehmen. Oder gilt unsere Vereinbarung nicht mehr?»

Josef schüttelte den Kopf.

«Natürlich gilt sie. Aber warum sitzt du hier ganz allein und betrinkst dich?»

«Ich bin nicht allein. Ich unterhalte mich mit den Toten.»

Josef klopfte ihm auf die Schulter. «Komm mit. Das Essen ist gleich fertig.»

«Lass mich bitte allein. Wenigstens heute, an diesem heiligsten Fest von euch Weißen.»

In den nächsten Wochen fehlten häufig kleinere Beträge in der Geldkassette. Josef war der Gedanke, seinen Freund zu kontrollieren, zuwider, zumal Kayuantu tagsüber bei der Arbeit vollkommen nüchtern schien. Doch als er zum zweiten Mal eine leere Schnapsflasche im Schuppen fand, nahm er ihn beiseite.

«Warum hörst du nicht auf damit? Du weißt doch, wie gefährlich das ist.»

«Mach dir keine Sorgen. Nur manchmal genehmige ich mir einen kleinen Schluck. Hast du gewusst, dass es beim Einschlafen hilft?»

«Dann trink wenigstens mit uns zusammen, in Gesellschaft.»

«Zu Befehl, *capitán*.» Kayuantu schlug militärisch die Hacken zusammen und ließ ihn stehen.

Anfang Februar luden die Laupheims zum Hochzeitsfest. Dass es so schnell gehen würde, hatte alle überrascht.

«Bestimmt liegt es daran, dass Oswaldo jetzt sämtliche Höflichkeitsformeln auf deutsch beherrscht», kicherte Paul. Seit seiner Rückkehr aus Punta Arenas schwebte er auf Wolken, denn er hatte sich mit Rose verlobt. Vergnügt half er dabei, den Vater des Bräutigams festlich einzukleiden. Ignacio Gómez besaß in etwa dieselbe Statur wie Paul, und so fand sich eine passende schwarze Steghose, von Josef bekam er einen dunklen Gehrock geliehen. Für seine Frau gestaltete sich das Einkleiden schwieriger, da sie Ayen an Leibesfülle beträchtlich übertraf. Kurzerhand kaufte ihr Ayen ein neues Kleid, ohne auf ihre Proteste zu achten.

Nach der Trauung fanden sich nur erstaunlich wenig Gäste im Garten des Apothekers ein. Offensichtlich hielt Laupheim die Vermählung seiner Tochter immer noch für nicht ganz standesgemäß, denn nur der engste Freundes- und Familienkreis war geladen. So war die Stimmung recht steif, bis die Kapelle aufspielte. Wieder gelang es Oswaldo, mit seinen Tanzkünsten die ganze Gesellschaft zu begeistern.

«Man kann sagen, was man will», flüsterte Laupheims Bruder, der Sparkassendirektor, Josef ins Ohr. «Sie sind das schönste Brautpaar von ganz Puerto Varas. Das wird prächtige Kinder geben.»

Als sich Josef mit Ayen zwischen Blumenrabatten und duftenden Rosenhecken im Walzertakt drehte, musste er an Kayuantu denken. Er war als Einziger in der Mühle zurückgeblieben. Plötzlich hielt Ayen inne und sah ihn besorgt an.

«Kayuantu geht es nicht gut. Einer von uns sollte nach Hause.»

Josef nickte. «Ich gehe.»

Nachdem er sich bei seinem Gastgeber entschuldigt

hatte, eilte Josef im Laufschritt nach Hause. Kayuantu saß im Hof, an einen Holzstoß gelehnt. Er hielt sich die Stirn. Maxi lag ausgestreckt neben ihm und begrüßte ihren Herrn mit freudigem Klopfen ihres Schwanzes.

«Himmel – bist du überfallen worden?»

«Nein, gestürzt ... Nichts Schlimmes.» Die Worte kamen schleppend.

Josef zog ihm vorsichtig die Hand weg. Er blutete aus einer Platzwunde.

«Warte, ich hole etwas zum Desinfizieren.»

«Nicht nötig, die Wunde ist sauber.» Er grinste verlegen und hob eine Flasche mit Branntwein in die Höhe. Josef entriss ihm die Flasche. Er war nahe daran, sie gegen die Hauswand zu schleudern. Nicht die Verletzung, sondern der Alkohol ließ Kayuantus Zunge stottern. Doch als er die Trauer in den dunklen Augen seines Freundes sah, verwandelte sich sein Ärger in Mitgefühl. Er ließ die Flasche ins Gras fallen, nahm ihm behutsam das verschmutzte rote Stirnband ab und legte ihm mit seinem Taschentuch einen Verband an.

«So, das wird gehen. Der Riss ist nicht tief.»

Josef kauerte sich neben ihn auf den lehmigen Boden. Ein Ausspruch der Mapuche fiel ihm ein: *Wann hat das Leid der Indianer ein Ende? Wenn der Puma Federn bekommt und der Frosch eine Nase.*

Kayuantu griff zur Flasche und reichte sie ihm, und Josef trank in tiefen Zügen. Der Schnaps vertrieb das kalte Frösteln, das sich in seinem Körper ausgebreitet hatte. Er hörte die leise, leicht singende Stimme neben sich, die nicht zu Kayuantu zu gehören schien.

«Das goldene Zeitalter unseres Volkes ist vorüber. Und du bist Zeuge unseres Untergangs.»

Josef schwieg.

«Ich will dir von diesem goldenen Zeitalter erzählen, denn du bist genauso unwissend wie all diese Siedler, deren Heimat jenseits des großen Ozeans liegt. Nur einer von euch kennt unsere Geschichte wirklich.»

«Paul Armbruster.» Josef nickte und nahm einen weiteren Schluck. Er spürte die ersten Anzeichen von Trunkenheit.

«Wir waren niemals Wilde. Und zu Kriegern wurden wir erst, als die Spanier uns das nehmen wollten, was wir am meisten lieben: unser Land und unsere Freiheit.»

Kayuantu lehnte sich an Josefs Schulter und richtete den Blick in die Ferne, als ob er dort das verlorene Paradies wiederfinden könne.

«Doch die Spanier haben uns niemals bezwungen, denn unsere Vorväter waren sehr klug. Alle Clans hielten zusammen, einer war unbeugsamer als der andere. Sie verschafften sich Kenntnisse über den Feind, über seine Waffen, seine Sprache, seine Pläne, sie erfuhren alles über seine Stärken und Schwächen, und sie lernten zu reiten, besser als jeder Weiße. So wurden sie zu einer Mauer, die kein Heer durchbrechen konnte. ... Wir waren ein stolzes und tapferes Volk, auch dann noch, als die Spanier uns zum Friedensschluss zwangen. Wir wählten die drei weisesten Kaziken, die über unsere drei Provinzen herrschen sollten, und jahrhundertelang lebten wir in unserem Land in Frieden. In jenen goldenen Zeiten gab es niemals Kämpfe zwischen den einzelnen Clans, denn wir hatten genug Land für alle zum Ernten, Jagen und Fischen.»

Er reichte Josef die Flasche.

«Niemand von euch weiß, dass unsere Sprache, das *mapudungun*, hier einst die Landessprache war. Auch jenseits der Kordilleren, über die Weite der Pampa hinweg bis hin nach Buenos Aires, sprach man unsere Sprache noch, und selbst die spanischen Soldaten und Jesuiten mussten sie lernen. Denn die Weißen wurden von uns abhängig, von unserem Vieh, das wir ihnen verkauften, von den Decken und Ponchos, die unsere Frauen webten. Viele Spanier standen in unseren Diensten, als Sekretäre der Kaziken oder als Silberschmiede. Unsere Häuptlinge waren mächtiger als jeder *patrón* heute. Einer meiner Vorväter verfügte mit seiner Sippe über fünfzehntausend Rinder. Fünfzehntausend! Kannst du dir das vorstellen?»

Er stieß die leere Flasche mit dem Fuß weg.

«Und dann kam die Republik, dann kamen die Siedler zu Tausenden ins Land geströmt, erst aus dem Norden, dann von jenseits des Meeres. Mit den Spaniern ließ es sich leben, mit den Chilenen nicht. Denn erst die Menschen, die sich Chilenen nannten, nahmen uns unsere Jagdgründe und Viehweiden. Unsere einst mächtigen Clans zerfielen in kleine Sippen und wurden in alle Winde verstreut wie die toten Blätter vom Herbststurm.»

Kayuantu zog hinter seinem Rücken eine neue Flasche hervor.

«Trinken wir noch einmal auf das goldene Zeitalter der Mapuche. Es wird niemals wiederkehren, nicht auf dieser Erde.»

«Versprich mir, ab morgen mit dem Trinken aufzuhören.»

«Ich verspreche es dir, weißer Bruder.»

Sie leerten die zweite Flasche und saßen schweigend, bis Ayen und Paul heimkehrten und sie unter großen Mühen ins Haus schleppten.

In Ayens Augen traf José keine Schuld: Er nahm Kayuantu mit, wann immer er geschäftlich unterwegs war, übertrug ihm wichtige Aufgaben, nötigte ihn, an den gemeinsamen Mahlzeiten teilzunehmen. Und es war sein Einfall gewesen, die letzten warmen Abende zu nutzen und den Tag mit einem gemeinsamen Hockeyspiel zu beenden. José schien seinen Freund nicht mehr aus den Augen zu lassen, und dennoch: Nach kurzer Zeit der Enthaltsamkeit begann Kayuantu wieder zu trinken.

Eines Abends suchte Ayen ihn an seinem Schlafplatz im Stall auf.

«Willst du so enden wie Kuramochi und seine Freunde? Ohne Würde und Selbstachtung?»

Kayuantu zog spöttisch die Mundwinkel nach unten. «Was wiegt schon ein Urteil aus deinem Mund? Du hast deine Bestimmung gefunden, doch ich habe alles verloren.»

«Du vergisst, dass auch mir alles genommen wurde. Wer gesund und jung ist, kann immer wieder aufstehen, wenn er zu Boden fällt.»

«Ach ja? Ich bin allein, während dir mein starker weißer Bruder aufgeholfen hat.»

«Selbst wenn ich José niemals mehr begegnet wäre, würde ich jetzt nicht jeden Abend im Stroh sitzen und mich an einer Schnapsflasche festhalten. Und das weißt du.»

«Ja, das weiß ich.» Er verneigte sich theatralisch. «Ich senke mein Haupt in Hochachtung vor dir, der aufrechten Mapuche-Frau.»

Ayen betrachtete das einst so stolze, feingeschnittene Gesicht, auf dem der Schnaps in kürzester Zeit seine Spuren hinterlassen hatte: die Augen rotgerändert und glasig, die Wangen grau wie bei einem kranken alten Weib. Mutlosigkeit erfasste sie.

«Kayuantu, du suhlst dich in Selbstmitleid wie das Schwein im Morast.»

Sie kehrte ins Haus zurück, um Wasser für das Essen aufzusetzen. Weder sie noch José würden Kayuantu vom Trinken abhalten können, dazu hätte es der Künste einer *machi* bedurft. Eine Schamanin hätte den Kampf mit den Dämonen, die dem Schnaps innewohnen, aufnehmen können. Doch es gab keine *machi* mehr, und ihr selbst blieb nur das abendliche Gebet zu *kushe nuke*, der gütigen Gottmutter.

Sie seufzte, als sie sich daran machte, eine Kompresse aus Eisenkraut, Kamillenblüte und Melisse zu bereiten, für Paul, den Nächsten, um den sie sich sorgte. Er lag auf dem Rücken ausgestreckt in der abgedunkelten Kammer.

«Geht es dir besser?»

«Wenn du bei mir bist, Ayen, fühle ich mich sofort besser. Erfahrungsgemäß dauern meine Anfälle von Migräne aber höchstens zwei Tage, und heute ist schon der zweite Tag.»

Er griff nach ihrer Hand.

«Hab ich dir schon erzählt, dass Rose und ich heiraten werden?»

Seit seiner Rückkehr aus Patagonien redete Paul von nichts anderem mehr, und Ayen fragte sich, was in solchen Momenten der Verwirrung hinter seiner hohen, klugen Stirn vor sich ging.

«Ja, Paul», sagte sie sanft. «Das hast du uns erzählt.»

«So? Habe ich das? Nun ja, aber dass wir unsere Hochzeitsreise nach Deutschland machen, zu meinem Sohn August, hab ich das auch schon erzählt? Und dass August mir geschrieben hat?»

«Nein!» Ayen war überrascht. «Traust du dir denn die lange Seereise zu?»

«Zusammen mit Rose werde ich es schaffen. Ich will August unbedingt wiedersehen. Er ist jetzt so alt wie Josef.»

«Wann wollt ihr reisen?»

«Sobald wir umgezogen sind.»

Und er berichtete, dass ganz in der Nähe, am Ortseingang von Puerto Varas, ein hübsches Haus zum Verkauf stünde. Ayen zweifelte allerdings, ob dies der Wahrheit entsprach oder seiner Phantasie entsprungen war, wie so oft in letzter Zeit.

«Das ist schön», sagte sie nur. «Ich komme nach dem Essen noch einmal, um die Kompresse zu wechseln.»

Sie dachte an Rose und daran, was für eine schwere

Aufgabe diese Frau auf sich nehmen würde. Ob sie sich dessen bewusst war?

Mit dem letzten Punkt hatte Paul nicht phantasiert, denn als er wieder auf den Beinen war, führte ihn sein erster Gang in die Kanzlei eines Notars, um den Kauf des kleinen Fachwerkhauses zu beurkunden. Ayen half ihm, die Zimmer herzurichten und zu reinigen, dann brachte sie mit Kayuantus Hilfe seine Sachen in das neue Heim. Argwöhnisch beobachtete sie Kayuantu, wie er eine Kiste ins Haus schleppte. Neuerdings trank er auch tagsüber, doch heute war er offenbar nüchtern.

Ende Februar dann traf Rose mit ihrer Familie aus Punta Arenas ein, und Ayen wartete einen günstigen Moment ab, um mit ihr unter vier Augen zu sprechen.

«Paul ist krank», sagte Ayen ernst.

Rose blieb gefasst. Ihr glattes, junges Gesicht nahm einen Ausdruck von Mütterlichkeit an.

«Ich weiß. Eines Tages werde ich ihn pflegen müssen. Aber ich werde es gern tun, denn ich liebe ihn.»

«Wissen deine Eltern, wie es um Paul steht?»

«Ich weiß nicht. Mein Vater ahnt es vielleicht, aber er will es nicht wahrhaben. Für ihn ist Paul der gescheiteste und liebenswürdigste Mensch, dem er je begegnet ist. Und für mich auch.»

33

Niemals würde Ayen diesen grauenhaften Anblick vergessen. Sie war gerade im Garten, um Wäsche aufzuhängen, als sie das Kreischen des Sägegatters hörte. José konnte doch noch nicht zurück sein? Er war eben erst mit dem Wagen vom Hof gefahren, um Paul einen Satz

Stühle zu bringen. Und Oswaldo war dabei, das Backhaus neu zu tünchen. Es konnte also nur Kayuantu sein. Aber hatte José ihm nicht verboten, die Halle des Sägewerks zu betreten, da er bereits am Mittag betrunken gewesen war? Ayen ließ die Leintücher ins Gras fallen und rannte los.

Als sie um die Hausecke bog, stand Kayuantu zwischen den offenen Torflügeln der Sägerei und starrte sie mit aufgerissenen Augen an. Erstaunen stand in seinem Blick, Erstaunen und Verständnislosigkeit. Sein nackter Oberkörper war blutverschmiert. Als er auf sie zutaumelte, hob er den rechten Arm, wie um zu winken, doch statt einer Hand ragte ein glänzender Stumpf in die Höhe, aus dem hellrotes Blut wie aus einer frischen Quelle sprudelte.

Ayen schrie auf. Oder war es Kayuantus Schrei, der die Stille des Nachmittags zerriss? Mit offenem Mund ging er vor ihr in die Knie, ganz bedächtig, als wolle er sich Zeit lassen, vor ihren Augen zu verbluten. Dann brach er zusammen.

Ayen riss ihren Rock in Streifen und umwickelte damit den Stumpf. Mit all ihrer Kraft drückte sie den Stoff gegen die offenen Adern.

«*Por Dios!* Was ist passiert?» Oswaldos Gesicht war kalkweiß.

«Hol einen Arzt! Er hat sich die Hand abgesägt.»

Ohne weitere Fragen zu stellen, schwang sich Oswaldo auf den Rappen und galoppierte los.

Ayen hätte Kayuantu gern in die Arme genommen und gestreichelt. Doch sie brauchte beide Hände, um gegen die Blutung anzukämpfen. So blieb ihr nichts anderes, als beruhigend auf ihn einzureden.

Hörte er sie? Seine Augen waren geschlossen, der stoßweise Atem wurde allmählich flacher. Wo blieb nur der Arzt? Kayuantu war zu jung zum Sterben! Ihre Kraft erlahmte. Lange würde sie nicht mehr gegen den offenen Arm drücken können.

Endlich hörte sie Hufgetrappel. Es war Doktor Ruez, der junge chilenische Kollege des hiesigen deutschen Arztes. Er kniete sich neben Ayen und gab ihr weitere Anweisungen.

«Halten Sie noch einen Moment fest.»

Mit einer Art Strick band er die Armbeuge ab, dann zog er einen dünnen Faden aus seiner Arzttasche.

«Nehmen Sie jetzt den Stoff weg.»

Ein roter Strahl ergoss sich über Ayens Schoß, dann hatte Ruez die Hauptarterie erwischt und zugebunden. Ayen schloss erschöpft die Augen. Als sie wieder aufsah, war der Stumpf sauber verbunden, nichts erinnerte mehr an die riesige Fläche offenen Fleisches. Erst jetzt entdeckte sie die rotbraune Spur, die sich vom Tor bis zu Kayuantus blutüberströmtem Körper hinzog.

«Wird er verbluten?»

«Die übrigen Blutgefäße müssten sich bald schließen, aber ich kann nicht einschätzen, wie viel Blut er bereits verloren hat. Auf jeden Fall haben Sie das einzig Richtige getan. Ohne Sie wäre er längst tot.»

Doktor Ruez schob dem Verletzten ein Augenlid hoch.

«War er betrunken?»

«Ja.»

«Der Alkohol ist der schlimmste Feind der Mapuche.» Er seufzte. «Meine Mutter war übrigens auch eine Mapuche.»

Er zog ein Flakon mit einer dunkelbraunen Flüssigkeit aus der Tasche.

«Wenn er zu sich kommt, geben Sie ihm löffelweise alle paar Minuten davon. Das sollte ihn wieder zu Kräften bringen. Ein Rezept meiner Mutter.» Sein Lächeln hatte etwas Wehmütiges. «Da kommen Ihr Mann und Ihr Mitarbeiter. Wir müssen den Verletzten ins Haus bringen.»

Ayen sah die beiden näher kommen. José brachte kein

Wort heraus. Entsetzt sah er auf Kayuantu, dann auf sie, die über und über mit Blut beschmiert war. Gemeinsam brachten die drei Männer den Schwerverletzten in die Stube. José lehnte sich an die Wand, immer noch stumm, und ließ keinen Blick von Kayuantu.

«Ich komme vor Einbruch der Dunkelheit noch einmal vorbei», verabschiedete sich Doktor Ruez. «Halten Sie ihn warm.»

Ayen nahm Josés Hand. «José, bitte sag etwas. Du machst mir Angst.»

José schüttelte den Kopf. Dann barg er sein Gesicht an ihrer Schulter und begann hemmungslos zu schluchzen.

Zunächst sah es so aus, als würde die Wunde ungewöhnlich schnell verheilen. Kayuantu war die meiste Zeit des Tages bei Bewusstsein, doch die starken Schmerzmittel verwirrten seinen Geist. Wie es zu dem Unfall gekommen war, erfuhren sie nicht. Er schien sich überhaupt nicht daran zu erinnern. «Er muss noch versucht haben, die Hand aus dem Sägegatter zu ziehen», hatte Doktor Ruez erklärt, «denn es ist kein glatter Schnitt. Leider wird das die Heilung erschweren.»

Sie ließen ihn keinen Augenblick allein. In einem klaren Moment bat Kayuantu Josef, seinen Schnapsvorrat, den er sich in einer Ecke des Schuppens angelegt hatte, zu vernichten.

«Ich werde den Kampf gegen meinen Widersacher gewinnen. Er wird niemals mehr Macht über mich haben. Wo ist eigentlich meine rechte Hand?»

Josef schluckte. «Ich habe sie auf deiner Lichtung begraben.»

Kayuantu verzog das Gesicht zu einem schiefen Lächeln. «Das ist gut.» Dann trübte sich sein Blick. «Wenn ich wieder gesund bin, reiten wir in mein Lager und machen mit meiner Sippe ein Dankesfest. Du kommst doch mit?»

Josef wischte sich die Tränen aus den Augenwinkeln. «Selbstverständlich.»

«Das ist gut. Currilan wird sich freuen, dich nach so langer Zeit wiederzusehen. Und Ancalef erst. Sie mochte dich von Beginn an.»

Eine Woche später brach die Wunde wieder auf. Zuerst war es nur ein kleiner Riss am Ende der frischverheilten Narbe. Dann vergrößerte sich die Stelle, fraß sich tiefer und tiefer ins Fleisch, aus dem stinkender Eiter ausfloss.

«Holt die *machi*, ich bitte euch.» Kayuantu stöhnte.

Josef wischte ihm mit einem feuchten Tuch den Schweiß von der Stirn. «Die *machi* ist tot.»

«Du lügst. Gestern erst war sie bei mir.»

Josef benachrichtigte Doktor Ruez, der diesmal in Begleitung des alten Doktor Mendelsson erschien, dem Arzt der deutschen Siedler. Nachdem sie die Wunde untersucht hatten, berieten sich die beiden im Flüsterton. Dann wandte sich Doktor Mendelsson an Josef und Ayen.

«Der Wundbrand hat eingesetzt. Wir müssen noch einmal schneiden. Es ist gefährlich, aber vielleicht überlebt Ihr Freund die Operation. Er ist erstaunlich zäh.»

Daraufhin breitete er ein blütenweißes Tuch neben Kayuantus Lager, auf das er seine Instrumente legte. Als er eine Amputationssäge aus der Tasche holte, glaubte Josef, sein Herz setze aus.

«Keine Angst, er wird nichts spüren. Als Sie uns die Wunde beschrieben haben, haben wir vorsorglich Herrn Laupheim gebeten, Äther herzustellen. Er wird gleich hier sein.»

Statt Eugen Laupheim erschien Amanda mit dem Betäubungsmittel. Sie versuchte Ayen zu überreden, mit ihr an die frische Luft zu gehen.

«Du siehst leichenblass aus.»

Josef betrachtete seine Frau voller Sorge. Amanda hatte recht. Ayen wirkte seit jenem Tag, als Kayuantu in ihren Armen zusammengebrochen war, zunehmend kraftloser.

«Bitte, Ayen, geh nach draußen.»

Er selbst blieb an Kayuantus Seite und nahm seine Hand, als Doktor Mendelsson ihm die Äthermaske aufsetzte.

«Die Entdeckung des Äthers als Betäubungsmittel ist eine der größten Gnaden der Medizin. Noch vor wenigen Jahren konnten wir bei einer Amputation nichts anderes tun, als den Patienten zu alkoholisieren. Wir werden jetzt einen Moment warten, bis Ihr Freund bewusstlos ist, und dann den Unterarm eine Handbreit über dem Stumpf durchsägen. Dann werden wir die Arterie abbinden und die Hautlappen zusammennähen.» Er nahm die Säge in die Hand. «Am besten drehen Sie uns jetzt den Rücken zu.»

Josef hörte ein Malmen und Knirschen, dann ein glitschendes Geräusch. Er zwang sich, tief durchzuatmen.

«Sie können sich wieder umdrehen. Es ist vorbei.»

Kayuantus Gesicht war vollkommen entspannt, als Doktor Ruez die Maske abnahm. Erst am Abend kam er wieder zu sich.

«Wo bin ich?»

«Du bist bei uns.» Josef strich ihm über die Wange. «Es wird alles wieder gut.»

Dann aber kam das Fieber. Ayen wechselte alle halbe Stunde die feuchten Wadenwickel, während Josef versuchte, dem Schwerkranken Wasser zwischen den rissig gewordenen Lippen hindurch einzuflößen. Gegen Mitternacht schickte er Ayen, die sich kaum noch auf den Beinen halten konnte, zu Bett. Kayuantu phantasierte mit geschlossenen Augen, rief mehrmals nach Ancalef, einmal bat er Josef, ihm beim Verkleiden zu helfen, da der Vogeltanz gleich beginne.

Als der Morgen heraufdämmerte, öffnete Kayuantu die Augen.

«Sie kommen mich holen.»

«Wer?»

«Die großen Vögel. Das Kondorpaar.»

«Nein. Niemand kommt. Es geht gleich wieder vorbei, du wirst sehen.»

Josef berührte Kayuantus Stirn. Sie war kühl.

«Hab keine Angst, Josef.» Kayuantu lächelte. «Es ist nur ein Übergang. Wir sterben viele Male, aber niemals ist es endgültig.»

«Du stirbst nicht! Ich halte dich fest.»

Er legte sich neben Kayuantu und presste seinen zitternden Körper dicht an den Freund. «Sprich mit mir», flehte er. «Zusammen werden wir es schaffen.»

Doch Kayuantu lächelte nur, starrte weiterhin an die Decke, als würde er die heranfliegenden Vögel beobachten. Er lächelte und schwieg, und Josef weigerte sich zu glauben, was er doch längst wusste: dass der Körper, den er im Arm hielt, nur noch eine leere Hülle war. Der Kondor hatte Kayuantus Seele mit sich genommen. Es war vorbei. Josef vergrub sein Gesicht in Kayuantus dichtem schwarzem Haar und hatte nicht mehr die Kraft aufzustehen.

Er erwachte von dem Duft nach Ayens Haut, sah eine schmale Hand, die über Kayuantus Gesicht streifte und ihm die Augen schloss.

Ayen begann zu singen. Es war ein Lied in ihrer Sprache, das Josef noch nie gehört hatte. Dann sah er, dass Paul auf der anderen Seite des Lagers saß und lautlos weinte. Josef hatte ihn noch nie weinen sehen. Er hielt die Fäuste geballt, als ob er damit gegen den Strom der Tränen ankämpfen wollte. Josef hätte auch gern geweint, aber in ihm war nichts als Leere. Er lauschte Ayens Gesang und versuchte zu erfahren, wohin Kayuantu gegangen war. Doch er erhielt keine Antwort.

«Du musst aufstehen, José», hörte er Ayens leise Stimme. «Sei stark, denn du musst Kayuantu nach Hause bringen.»

Nach drei Tagen und zwei Nächten erreichte Josef das Tal des Heiligen Steins. Der mächtige Fels schimmerte in einem warmen Gelb, als hätte er die Kraft der Sonne in sich aufgesogen. Der kühle Abendwind strich in Wellen über den Grasteppich des Hochtals, und Josef trat näher an den Heiligen Stein heran, um sich an ihm zu wärmen. Wie durch einen Schleier sah er die hölzernen Stelen rings um den Stein, vierzig, fünfzig an der Zahl, die Gesichter der Figuren blickten alle nach Osten, den Göttern entgegen. Wie viele davon waren unter Kayuantus Händen entstanden? Im letzten Winter erst hatte er die letzten vollendet, und nun würde sein eigener Grabstock hier seinen Platz finden.

Josef entdeckte das Bildnis von Itumané und Ancalef, von Currilan und der *machi*, und bei jedem von ihnen kniete er nieder und gedachte der Toten mit einem Vaterunser. Du hast das Unglück vorausgesehen, flüsterte er am Grab der *machi*. Aber was hätte ich tun sollen? Hätte ich Kayuantu fortschicken sollen? Dann schob sich plötzlich ein blasses Bild vor seine Augen, aus ferner Vergangenheit, und er sah eine zottige zahnlose Alte, die seine Hand hielt. Das Holz wird dich reich machen, und das Holz wird dir Leid bringen. Das Bild verschwand, aber die schrille Stimme, die er damals im Hafen von Hamburg gehört hatte, wollte nicht aufhören, ihn zu quälen: Das Holz wird dich reich machen, das Holz wird dir Leid bringen.

Er hielt sich die Ohren zu. Warum hatte Gott ihm diese Last auferlegt? Wenn Kayuantus Tod vorherbestimmt war, warum dann durch ihn? Über sich hörte er das Geschrei eines Kondors. Ihm war, als würde er ihn an seine Pflicht erinnern. Er hatte recht, er musste sich beeilen, denn es begann bereits zu dämmern.

Josef band die Stangen der Totenbahre von Moros Flanken los und nahm den Spaten in die Hand. Er musste nicht lange nach einer geeigneten Stelle suchen, denn Kayuantu hatte zwischen den Gräbern seiner Eltern ausreichend Platz gelassen. Die Erde war locker, und nachdem er die Grube ausgehoben hatte, platzierte Josef den Grabstock. Kühl und schwer lag das Holz in seiner Hand. Er betrachtete das Relief: Wie bei ihrer ersten Begegnung war Kayuantus Gestalt nur mit dem gestreiften Hüfttuch bekleidet. Durch das lange Haar wehte der Wind. Es war das Bildnis eines jungen, selbstbewussten Mapuche, zu seinen Füßen die sechs Sonnen, die ihn hatten beschützen sollen, und die Säge, die ihm den Tod brachte.

Unaufhörlich liefen Josef die Tränen übers Gesicht, als er den Leichnam ins Grab legte, als er ein letztes Mal die Decke hob und seinem Freund ins Gesicht blickte und als er seine wenigen Besitztümer neben ihm ausbreitete und ihn schließlich für immer unter dem Erdreich begrub. Er betete für ihn, bis die Sterne am nachtschwarzen Himmel funkelten. Dann verbrannte er die Totenbahre. Ihn schauderte davor, zurückzukehren in sein Haus, denn dort würde ihn seine Schuld quälen, die Schuld, nicht besser auf den heimatlos gewordenen Freund aufgepasst zu haben. Er wäre gern weitergezogen durch die Berge, auf der Suche nach einem Zeichen, das ihm den Weg weisen würde, um wieder zur Ruhe zu finden. Aber er musste aufbrechen, noch in der Nacht, denn Ayen brauchte ihn. Sie lag krank zu Hause. Nur ein Schwächeanfall, hatte sie ihn beim Abschied zu beruhigen versucht. Doch in der Gegend waren Fälle von Ruhr bekannt geworden, und sie hatte ihm versprechen müssen, den Arzt zu holen, wenn es ihr schlechter ginge.

Josef wischte sich über das Gesicht und warf noch einen letzten Blick auf Kayuantus Grab. Wenn Ayen etwas zustoßen würde, wenn auch sie ihn verlassen würde, hätte er keinen Grund mehr weiterzuleben.

Im Haus war es still und dunkel. Mit klopfendem Herzen schlich Josef die Treppe hinauf, vorbei an den leeren Zimmern von Oswaldo und Paul. So still wird es nun immer sein in diesem Haus, dachte er, als er die Klinke der Schlafkammer herunterdrückte.

«Ayen», flüsterte er.

Als er hörte, wie sie sich im Bett herumdrehte, setzte er sich zu ihr. Sie nahm seine Hand.

«Du darfst dir keine Vorwürfe machen, José. Du hast alles getan, um ihm zu helfen.»

«Ich hätte ihn nicht bei uns aufnehmen dürfen. Die *machi* hat vorausgesehen, dass ich ihm Unglück bringe.»

«Selbst wenn dem so ist – es war Kayuantus Entscheidung, hierherzukommen. Außerdem kann sich selbst eine *machi* irren ...»

Fast hätte Josef lachen müssen. Hatte nicht Kayuantu einmal denselben Satz gesagt?

«Ich werde damit fertig werden. Mach dir keine Sorgen um mich.» Er küsste Ayen. «Das Wichtigste ist, dass du wieder gesund wirst. War der Arzt hier?»

«Das war nicht nötig. Ich weiß nun, was mit mir ist.»

Sie machte eine Pause und schmiegte sich enger an ihn.

«Ich erwarte ein Kind.»

34

In Augenblicken wie diesen konnte Josef sein Glück kaum fassen: Im Kreis seiner Liebsten genoss er den sommerlichen Sonntagnachmittag im Garten. Ayen hatte sich mit dem Säugling in den Schatten des Apfelbaums zurückgezogen, er selber saß mit Rose, Paul,

Amanda und Oswaldo am Gartentisch, vor sich einen Krug Fruchtsaft und warmen Kirschkuchen. Paul döste auf einem alten Lehnstuhl, den sie zu diesem Zweck immer in den Garten schleppten, mit einer Wolldecke über den Beinen. Seit einiger Zeit zog er das linke Bein nach, und aus diesem Grund hatte die Hochzeitsreise nach Deutschland verschoben werden müssen. Er war dennoch guter Dinge. Für Außenstehende war es unbegreiflich, woher er diese Lebensfreude und Zufriedenheit schöpfte, warum er trotz seines körperlichen Verfalls innerlich zusehends aufblühte. Josef wusste: Seine Liebe zu Rose gab ihm diese Kraft. Und ein wenig vielleicht auch seine Freunde hier im Garten, mit denen er so viel Zeit wie möglich verbrachte.

«Schade, dass Emil und Luise nicht gekommen sind», sagte Paul, als er aus seinem Nickerchen erwachte. «Heute ist der erste richtige Sommertag. Einfach herrlich.»

«Sie kommen nächsten Sonntag.» Josef schenkte ihm Saft nach. Er erinnerte sich daran, wie aufgeregt Paul vor seiner Hochzeit gewesen war. Er hatte auch Luise und Emil eingeladen, doch bis zuletzt wusste niemand, ob sie kommen würden. Wenige Minuten vor der Trauung waren die beiden dann in die Kirche gestürmt. Josef sah das Bild noch deutlich vor sich: Luise hatte dabei einen Schuh verloren und war auf einem Bein wie ein kleines Mädchen auf Paul zugehüpft. Sie hatte ihn umarmt und so laut, dass Josef es hören konnte, gesagt: «Ich bin so glücklich, dass du wieder bei uns bist.» Endlich würde es wieder wie früher sein.

Ayen nahm den Säugling von der Brust und legte ihn in Josefs Arme. Verzückt betrachtete er die winzigen Finger, die nach seiner Hand griffen. Was für ein Wunder dieses neugeborene Leben war! Und was für ein Wunder, dass ihm und Ayen solch ein Glück beschieden war. Wenn er nicht selbst miterlebt hätte, wie dieses Wesen in Ayens

Leib herangewachsen und auf die Welt gekommen war – er hätte es nicht glauben können.

Als ob Paul seine Gedanken erraten hätte, neckte er Josef: «Ich frage mich immer wieder, wie ihr zu diesem Sohn gekommen seid. So strohblond – der kann nicht von euch stammen.»

Josef lachte. «Der Pfarrer hat bei der Taufe auch nicht glauben wollen, dass Ayen die Mutter ist.»

«Seine Haare und seine Haut werden mit den Jahren dunkler.» Ayen setzte sich neben Josef auf die Bank.

Paul schüttelte den Kopf. «Von Pferden weiß ich, dass die Schimmel dunkelhaarig auf die Welt kommen – aber ob auch der umgekehrte Fall zutrifft?»

«Ayen hat immer recht, Paul. Das solltest du doch wissen.» Josef küsste den Jungen auf den blonden Haarschopf. Er fühlte so etwas wie Dankbarkeit seinem Sohn gegenüber. Ohne ihn hätte er Kayuantus Tod wahrscheinlich niemals überwunden. Fast ein Jahr lag der tödliche Unfall nun zurück.

«Wenn du größer bist», flüsterte er zärtlich, «werden wir zum Grab meines Freundes reiten, dessen Namen du trägst.»

Es war Ayens Einfall gewesen, ihn auf den Namen Josef Kayuantu zu taufen. «So werden eure Namen für immer miteinander verbunden sein.» Schon nach kurzer Zeit hatte sich Kayu als Rufname durchgesetzt, auch wenn sich Paul immer wieder darüber lustig machte, dass von dem Namen «Sechs Sonnen» nur mehr die Zahl sechs geblieben war. «Dann werde ich ihn Sechser nennen», hatte er grinsend erklärt, und dabei war es geblieben.

Kayu war mittlerweile eingeschlafen. Josef legte sein Ohr an die kleine Brust und lauschte auf den eiligen Herzschlag. Das war zu einer Angewohnheit geworden, mit der ihn die anderen inzwischen aufzogen. Als ob er sich vergewissern müsste, dass sein Sohn noch am Leben sei.

Rose erhob sich.

«Es ist Zeit. Wir müssen nach Hause.»

«Nur noch ein halbes Stündchen», bettelte Paul.

«Nein.» Rose versuchte, eine strenge Miene aufzusetzen, was ihr, wie immer, misslang. «Du weißt, was du Doktor Mendelsson versprechen musstest.»

«Ja, ja, ich weiß. Regelmäßige Massage, regelmäßige Medizin, regelmäßige Mahlzeiten.» Er biss die Zähne zusammen, als er sich aus dem Lehnstuhl stemmte.

Josef reichte ihm den Gehstock. «Soll ich dich heimfahren?»

«Nein, ich gehe zu Fuß», antwortete Paul. «Mein Bein soll sich erst gar nicht einbilden, dass es nichts mehr zu tun hätte.»

Josef begleitete die beiden bis zur Landstraße. Ihm fiel auf, dass Pauls Gang steifer geworden war seit seinem letzten Besuch. Obwohl er sich nichts anmerken ließ, schien ihm das Gehen Schmerzen zu bereiten.

«Weißt du, Josef», Paul senkte die Stimme, damit seine Frau, die vorausging, ihn nicht hören konnte. «Ich halte nicht viel von Mendelssons Ratschlägen. Wenn es nach ihm ginge, müsste ich den ganzen Tag im Bett liegen. Aber das macht es nur noch schlimmer.»

Er blieb stehen und legte Josef die Hand auf die Schulter. «Soll ich dich nicht doch nach Valparaíso begleiten?»

«Ein andermal, wenn es dir bessergeht. Es ist eine weite Reise. Außerdem würde ich es mir dann mit Rose verscherzen.»

Paul seufzte. «Vielleicht hast du recht. Rose ist ein Engel, aber einer mit Haaren auf den Zähnen. Wann wirst du abreisen?»

«In der ersten Märzwoche. Ich habe mich mit Wendelin Quest für den zehnten März verabredet.»

«Würdest du mir einen Gefallen tun? Natürlich nur, falls dir deine Geschäftstermine dazu Zeit lassen.»

«Ja?»

«Du könntest ein Reisetagebuch führen und mir hinterher zu lesen geben. Du würdest mir eine große Freude damit machen.»

Josef lachte. «Um genau dasselbe hat Ayen mich auch schon gebeten.»

«Siehst du, wir alle beneiden dich.» Paul sah zu Rose, die stehen geblieben war und ihnen ungeduldig zuwinkte. «Weißt du noch, wie ich dir damals, bei unserer Ankunft in Valdivia, ein Tagebuch geschenkt habe?»

«Es war das wertvollste Geschenk, das ich als Junge jemals erhalten habe.»

«Und für mich war es der Beginn unserer Freundschaft.»

Josef entging nicht die Wehmut in Pauls Blick. «Ich werde alles notieren, was mir auf meiner Reise auffällt. Und das nächste Mal begleitest du mich.»

«Ich mache mir nichts vor, Josef. Ich werde nie wieder verreisen können. Das mit dem Bein ist nur der Anfang.»

Am Vortag seiner Reise in den Norden erhielt Josef Post von seiner Mutter. Er las die wenigen Zeilen wieder und wieder, ehe er begriff, dass seine Mutter es wahr machen und ihn bald schon besuchen kommen würde.

«Ayen!»

Er stürzte in die Küche, nahm Ayen um die Hüfte und wirbelte sie zwischen Tisch und Herd im Kreis herum.

«Sie kommen! Meine Mutter und Lisbeth kommen!»

Er bedeckte ihr Gesicht mit Küssen.

«José, hör auf, das kitzelt.» Sie drückte ihn auf einen Stuhl. «Wann kommen sie?»

«Warte, hier steht es.» Seine Hände zitterten, als er das Blatt auseinanderfaltete. «Am zehnten Oktober geht das Schiff. Stell dir vor, sie kommen mit dem Postschiff. Mit einem Dampfsegler. Da dauert die Reise statt vier Monaten nur noch knapp zwei – das ist der Fortschritt! Und weißt du, was das bedeutet?»

«Nein.»

«Sie wären Weihnachten bei uns. Ist das nicht wunderbar? Mein Gott, wie ich mich freue.»

Er sprang auf und umarmte sie erneut.

«Ach, Ayen, dann wirst du sie endlich kennenlernen. Sie bleiben den ganzen Sommer über, bis Mitte März. Wir werden herrliche Ausflüge machen, mit Picknick am See und Gartenfesten mit all unseren Freunden. Und Lisbeth werde ich das Reiten beibringen und das Hockeyspielen und ...»

«Und dein Vater?», unterbrach sie ihn.

«Mutter schreibt, er könne Eberhard mit dem Hof nicht so lange allein lassen.» Sein Lächeln verschwand. «So war er schon immer. Er kann keine Verantwortung abgeben. Dabei ist mein Bruder fast achtzehn.»

«Sei ihm nicht böse. Nach allem, was ich von deinem Vater weiß, bedeutet es sehr viel, dass er deine Mutter und deine Schwester fahren lässt.»

Die Vorfreude auf den Besuch und das Reisefieber ließen Josef in dieser Nacht kaum schlafen, doch als er in der Morgendämmerung auf dem Hof stand, um sich von Ayen und seinem Sohn zu verabschieden, hätte er den Entschluss, nach Valparaíso zu reisen, am liebsten rückgängig gemacht. Zwei unendlich lange Wochen würde er die beiden nicht mehr sehen. Er war froh, dass Oswaldo und Amanda für diese Zeit in der Mühle wohnen würden, denn in letzter Zeit häuften sich Einbrüche in der Gegend.

«Pass auf dich auf, José.»

«Du auch, Ayen. Ich vermisse dich jetzt schon.»

Er strich Kayu über das rosige Gesicht. Seit dessen Geburt war er noch nie länger als ein paar Stunden von seinem Sohn getrennt gewesen. Oswaldo fuhr mit dem Einspänner vor, und Josef stieg zu ihm auf den Kutschbock. Er hatte eine Passage für den Küstendampfer von Puerto Montt nach Valparaíso gebucht. Er wäre lieber zu Pferd gereist, zumindest den Hinweg, um dieses wunderbare Land noch besser kennenzulernen. Aber der Landweg mitten durch die Frontera galt als zu gefährlich, und er hatte Ayen versprechen müssen, das Schiff zu nehmen.

Wenige Stunden später lehnte er an der Reling des Dampfers und winkte Oswaldo zum Abschied zu. Mit einem markerschütternden Tuten legte das Schiff ab, und die Menschen an der Kaimauer wurden kleiner und kleiner. Sein Herz klopfte heftig, als sie das englische Postschiff *St. George* passierten, diesen eindrucksvollen dreimastigen Dampfsegler, der Ende des Jahres seine Mutter und Lisbeth nach Chile bringen würde.

Der Küstendampfer verließ die Bucht von Reloncaví und nahm Kurs auf die Meerenge zwischen Festland und der Insel Chiloé. Als sie das offene Meer erreichten, wurde die See spürbar rauer, und die ersten Passagiere verschwanden mit bleichen Gesichtern unter Deck. Josef empfand das Schwanken des Schiffsrumpfes unter seinen Füßen als angenehm, wie verwurzelt stand er auf den Planken und konnte seinen Blick nicht von der dichtbewaldeten Küste lösen. Erst als gegen Mittag Regen einsetzte, stieg er hinunter, um sich in der Gemeinschaftskajüte einen Schlafplatz zu suchen. Die etwa zwanzig Kojen waren nur zur Hälfte belegt. Josef streckte sich auf einer der zerschlissenen Matratzen aus und träumte mit offenen Augen vor sich hin. Die Luft war noch angenehm frisch, ganz anders als damals in diesem überfüllten Zwischendeck der *Helene*. Das gedämpfte Stimmengemurmel um ihn herum ließ ihn schließlich in einen erfrischenden, traumlosen Schlaf fallen.

Zu seiner Enttäuschung liefen sie bei Dunkelheit in den Hafen von Corral ein. Er hatte sich auf den Anblick der Bucht wie auf das Wiedersehen mit einem alten Bekannten gefreut, und nun waren in der feuchten Nacht nicht einmal die Häuser von Corral zu erkennen, lediglich ein paar Feuerstellen flackerten am Kai.

Das Schiff füllte sich mit Reisenden aus Valdivia. In Josefs Kajüte polterte eine Gruppe von Schweizern und Deutschen, die, kaum hatten sie ihr Gepäck verstaut, in ausgelassener Stimmung ein Fässchen Bier anstachen.

Ihr Wortführer, ein noch junger, untersetzter Mann in Frack und Zylinder, sah zu Josef hinüber.

«Hallo, junger Mann, sind Sie auch Deutscher?»

Josef überlegte, ob er antworten solle, dass er sich als Bürger von Chile fühle, doch dann nickte er nur.

«Setzen Sie sich doch zu uns, es ist genug Bier da.»

Fast widerwillig trat Josef näher und nahm einen Krug Bier in Empfang. Die lautstarke Heiterkeit der Männer stieß ihn ab.

«Ich bin Herrmann Schwarzenbeck, Fabrikant aus Valparaíso. Woher sind Sie?»

«Aus Puerto Varas.»

Nachdem Schwarzenbeck ihm seine Freunde vorgestellt hatte, berichtete er, dass sie zweimal im Jahr Ferien im «deutschen Süden», wie er es nannte, machten.

«Das ist jedes Mal wie nach Hause kommen. Unter Landsleuten sein, das gute deutsche Essen genießen, die Sauberkeit – Sie können von Glück sagen, dass Sie im Süden wohnen. Valparaíso ist dagegen der reinste Hexenkessel. Waren Sie schon einmal dort?»

«Nein.»

«Dann nehmen Sie sich in Acht! Vor allem im Hafenviertel. Dort wimmelt es von Taschendieben. So eine Hafenstadt zieht halt allerlei Gesindel an.»

Dann ließ er sich darüber aus, dass man für eine Reise in den Süden immer noch gezwungen sei, den teuren Seeweg zu nehmen, nur weil die Regierung mit ihren Truppen unfähig sei, die Indianer zurückzudrängen.

«Sie vergessen, dass die Mapuche die Herren dieses Landes sind.» Josef bemühte sich, ruhig zu bleiben.

«Wie? Ach du meine Güte, sind Sie etwa einer dieser Indianerfreunde?»

«Meine Frau ist eine Mapuche.» Josef stand auf. «Und nun entschuldigen Sie mich bitte, ich bin sehr müde.»

Er zog sich die Decke über die Ohren und betete, dass für den Rest der Reise besseres Wetter herrschen möge. Hier unter Deck würde es schwierig sein, dieser Gesellschaft auszuweichen.

Josef hatte Glück. Das Wetter blieb trüb, aber trocken, und im Windschatten der Mannschaftskajüte fand er einen geeigneten Ort, um in Ruhe seine Gedanken und Beobachtungen notieren zu können.

Am Morgen des vierten Tages erreichten sie den Hafen von Concepción. Die Bucht lag in einer sanften Hügellandschaft. Herden von Robben sonnten sich auf einer vorgelagerten felsigen Insel.

Am Kai standen zweirädrige Karren bereit für die Fahrt in die Stadt.

«Bei unserer letzten Reise durften wir nicht von Bord, weil überall in den Straßen gekämpft wurde. Haben Sie davon gehört?», fragte Schwarzenbeck. Er war sehr darum bemüht, die Verstimmung, die seit ihrem ersten Gespräch herrschte, zu überwinden.

Josef nickte. Er hatte von den Aufständen gegen die Regierung Manuel Montt gehört, auch davon, dass die Mapuche aus der Gegend Seite an Seite mit den Rebellen gekämpft hatten. Nachdem die Aufstände niedergeschlagen worden waren, hatten die Indianer ungleich härtere Strafen erfahren als ihre weißen Kombattanten.

«Concepción ist eine hübsche, aufblühende Stadt. Kommen Sie mit uns? Wir wollen dort zu Mittag essen.»

«Nein danke, ich möchte ein wenig spazieren gehen.»

Josef durchquerte eine Ansammlung ärmlicher Hütten

entlang des Kais, die ihn an den Hafen von Corral erinnerten. Hier und da saßen Gruppen von Mapuche am Straßenrand, mit stierem Blick, stumpfsinnig und teilnahmslos. Josef fiel seine letzte Begegnung mit Kuramochi ein. Er hatte ihn und seine Freunde aufgesucht, um ihnen Kayuantus Tod mitzuteilen. Die Nachricht schien sie nicht sonderlich zu erschüttern, aber vielleicht war es auch der Alkohol, der sie nichts mehr empfinden ließ. Als er sie bat, ihn zum Heiligen Stein zu begleiten, war in Kuramochis Augen Hass aufgeblitzt. «Was hast du mit den Bräuchen unserer Väter zu schaffen?»

«Eben deswegen bitte ich euch darum mitzukommen. Er war euer Bruder.»

«Lass uns in Ruhe, elender *wingka*.» Dann hatte Kuramochi vor ihm ausgespuckt und war weggegangen.

Seit jenem Tag hatten ihn die Schuldgefühle noch heftiger gequält. Bis ihn, etwa ein halbes Jahr nach Kayuantus Tod, Ayen am Arm genommen und auf die Lichtung am Fluss geführt hatte.

«Hör auf, dir Vorwürfe zu machen. Es liegt nicht an dir, dass sich Kayuantu seinem Schicksal ergeben hat wie ein angeschossenes Tier. Hätte er im Grenzgebiet gelebt, wäre er ein Krieger geworden und hätte um seine Freiheit gekämpft. Hätte er sein Herz an eine weiße Frau verloren, hätte er vielleicht wie ich einen Weg gefunden, ein würdevolles Leben zu führen – auch als Fremder im eigenen Land. So aber war die Sehnsucht nach seiner Familie übermächtig geworden. Halte an deiner Freundschaft zu Kayuantu fest.» Sie hatte seine Hand genommen und sie auf ihren Bauch gelegt, der sich sichtbar zu runden begonnen hatte. «Gib unserem Kind weiter, was du von ihm gelernt hast. Wenn du sein Andenken ehrst und in Zwiesprache mit ihm bleibst, wird er lebendig bleiben.»

So hielt Josef auch jetzt Zwiesprache mit Kayuantu, als er über die sanften Hügel wanderte. Von hier oben bot sich ihm ein Blick über Concepción und bis hin zur breiten Mündung des Bío Bío, der Nordgrenze des Mapuchegebietes. Bildete er es sich ein, oder war die Luft hier schon bedeutend milder als am Llanquihue-See? Die Natur besaß nicht mehr die Wildheit der Urwälder, stattdessen überzogen Myrten, Haselnusssträucher und anderes Gebüsch die Hügel, geschmückt von den roten Farbtupfern der Fuchsien.

Hier, in diesen Hügeln, notierte Josef in sein Tagebuch, *unterzeichnete General O'Higgins Chiles Unabhängigkeitserklärung, und das goldene Zeitalter der Mapuche nahm sein Ende. Wer von den Chilenen wird in hundert Jahren noch wissen von den einstigen Herren dieses herrlichen Landes?*

Ein Kiebitz zerriss mit seinem gellenden Geschrei die Stille. Josef klappte sein Tagebuch zu und kehrte zum Hafen zurück. Er war voller Erwartung auf das, was er von diesem Land noch kennenlernen würde.

Zu seiner Enttäuschung legte das Schiff nur noch einmal an, um neue Kohlevorräte zu laden. Der Aufenthalt war zu kurz, um von Bord zu gehen. So blieb Josef lediglich der Blick von der Reling. Die Hügel des Küstengebirges waren karger geworden, mit niedrigem Bewuchs, das kräftige Grün des Südens verblasste zusehends zu fahlen Gelb- und Brauntönen.

Nach sechs Tagen erreichten sie die Bucht von Valparaíso, in der zahlreiche Dampf- und Segelschiffe festgemacht hatten, umringt von buntgestrichenen Fischerbooten und Scharen von Pelikanen. Wie ein erstarrter Lavastrom ergoss sich an dieser Stelle das Küstengebirge in den Pazifik. Noch an den steilsten Hängen der Hügel und Schluchten klebten Häuser und Hütten wie Vogelnester

«Ein großartiger Anblick, nicht wahr?» Schwarzenbeck war neben Josef an die Reling getreten. Unwillig nickte Josef. Er hätte diesen Moment lieber allein genossen.

«Haben Sie schon eine Unterkunft? Ich kann Ihnen ein wunderbares Hotel empfehlen.»

«Nicht nötig. Ich werde bei meinem Gastgeber wohnen.»

«Darf ich fragen, wer das ist?»

«Wendelin Quest», erklärte Josef kurz angebunden. Schwarzenbecks Aufdringlichkeit wurde ihm lästig.

«Der Holzgroßhändler?»

«Ja.»

Schwarzenbeck pfiff anerkennend durch die Zähne. «Der alte Quest ist eine der einflussreichsten Persönlichkeiten hier. Wer mit Holz zu tun hat, kommt an Quest nicht vorbei. Im Übrigen ist er ein guter Geschäftsfreund von mir. Richten Sie ihm doch bitte meine besten Grüße aus.»

«Mach ich», sagte Josef und ließ ihn stehen.

Zwei Stunden später gingen sie von Bord. Ein kühler Wind vertrieb die Hitze des Spätsommertags. Josef hielt Ausschau nach Quests Kutscher, der als Erkennungszeichen ein gelbes Halstuch tragen sollte, und drängte sich durch das Gewimmel von Menschen. Er wurde geschoben und gestoßen, Satzfetzen in Französisch und *castellano*, Englisch und Deutsch drangen an sein Ohr, bald sah er nur noch Schultern und Köpfe vor sich. Endlich entdeckte er den kleinen dunkelhäutigen Mann im Schatten einer verkrüppelten Eiche.

«Señor Scholz?»

«Ja, der bin ich.» Josef schüttelte dem Kutscher die Hand, dann stieg er auf. Sie suchten sich ihren Weg zwischen den Pferdebahnen hindurch, die die schmale, langgestreckte Küstenstraße bevölkerten, vorbei an riesigen Lagerhallen und Schlachthäusern, bis sie eine mit Glas überdachte Markthalle passierten. Josef geriet ins Staunen.

«Der neue Markt», erklärte der Kutscher voller Stolz. Dann wies er hinüber auf ein flaches Gebäude. «Dort befindet sich das Kontor von Señor Quest.»

Die Größe und Lebhaftigkeit dieser Stadt überwältigte

Josef. Was für ein verschlafenes Nest war dagegen Puerto Varas! Selbst die Hafenstadt Puerto Montt hielt keinem Vergleich stand. Valparaíso habe an die fünfzigtausend Einwohner, hatte ihm Schwarzenbeck erzählt, wobei ein Großteil aus aller Herren Länder stamme, nur nicht aus Chile. In ihrer Bedeutung als Handelsstadt würde Valparaíso die Hauptstadt Santiago sogar bei weitem übertreffen.

Durch den dichten Verkehr kamen sie nur langsam voran, und Josef sog die Eindrücke gierig in sich auf. Die Lagerhallen und Kaschemmen der Seeleute waren hübschen, mehrstöckigen Häusern gewichen. Läden mit europäischen Produkten, Handelshäuser, vornehme Hotels und Kaffeehäuser reihten sich aneinander. Josef entdeckte ein Schweizer Uhren- und Bijouteriegeschäft, wenig später einen deutschen Optiker. Allein sechs deutsche Konsulatsgebäude zählte er: Vertretungen der drei Hansestädte, der Länder Preußen, Sachsen und Hannover.

Nachdem sie einen öffentlichen Garten passiert hatten, wurde die Straße überschaubarer. Wohnhäuser mit prächtigen Steinfassaden und holzgeschnitzten Eingängen lehnten sich an die Felswände eines steilen Hügels.

Der Kutscher hob den Kopf. «Die Calle Condell. Hier sind die Residenzen der großen *empresarios*.»

Sie hielten vor einem imposanten Haus, das in einem warmen Gelbton gestrichen war. Die vielen Söller und Balkone mit ihren schmiedeeisernen Geländern verliehen dem Anwesen etwas Verspieltes.

«Gehen Sie nur schon hinein», sagte der Kutscher. «Ich bringe Ihr Gepäck nach.»

Noch ehe Josef den schweren Türklopfer berührt hatte, öffnete sich die Tür, und eine Hausangestellte mit Häubchen und Schürze bat ihn herein.

«Señor Quest erwartet Sie im Salon.»

Wendelin Quest verkörperte das genaue Gegenteil

von James Cohen: Um einiges älter als sein englischer Geschäftsfreund, war er von schlanker, drahtiger Statur. Die schmale, gebogene Nase, das zurückgekämmte graue Haar und das ausgeprägte Kinn gaben seinen Zügen etwas Energisches, beinahe Strenges, wenn da nicht die Lachfältchen um die Augen und sein offener, neugieriger Blick gewesen wären.

«Herzlich willkommen in Valparaíso.» Er drückte Josef kräftig die Hand. «Sie möchten sich nach der langen Reise sicher frisch machen – Juanita wird Ihnen Ihr Zimmer zeigen. Und anschließend nehmen wir hier eine kleine Erfrischung zu uns. Einverstanden?»

Kurze Zeit später saß Josef in einem der gemütlichen Polstersessel seinem Gastgeber gegenüber. Auf dem Mahagoni-Tischchen zwischen ihnen wartete die kleine Erfrischung, die aus zahlreichen erlesenen Köstlichkeiten bestand: in knusprigen Speck gehüllte Zwetschgen, eingelegte Sardellen, verschiedene Sorten kalter Braten und Käse, dazu purpurfarbene Weintrauben und Früchte, die Josef noch nie vorher gesehen hatte. Juanita servierte warmes, duftendes Brot und frischgepressten Orangensaft.

«Nur eine Kleinigkeit», sagte Quest in seinem bedächtigen Hamburger Tonfall. Es klang, als ob er sich entschuldigen wolle. «Heute Abend erwarten wir weitere Gäste, da bekommen Sie dann eine warme Mahlzeit. Interessante Leute übrigens, die für Sie wichtig sein könnten.»

Josef fiel seine Bekanntschaft vom Schiff ein und richtete Schwarzenbecks Gruß aus.

«Danke», sagte Quest knapp.

«Ist Schwarzenbeck auch eingeladen?»

«Nein.» Quest grinste, was ihn sofort um Jahrzehnte jünger wirken ließ. «Der Mann ist ein Aufschneider, ein Parvenü. Leider gibt es von dieser Sorte viel zu viele hier. Aber bitte, greifen Sie doch zu. Dieser Ziegenkäse hier ist eine Spezialität der Bergbauern.»

Josef ließ es sich schmecken. Seine Befangenheit angesichts des herrschaftlichen Hauses mit seiner exquisiten Einrichtung war verflogen dank Quests Herzlichkeit.

«Sie sind weitaus jünger, als ich Sie mir vorgestellt habe.» Quest lehnte sich zurück und streckte behaglich die Beine aus. «Das meine ich nicht als Nachteil», lachte er, als er Josefs Verlegenheit bemerkte. «Im Gegenteil. Ich bin ein alter Mann, der frischen Wind braucht. Von James habe ich jedenfalls nur das Beste über Sie gehört. Trinken Sie zum Abschluss noch ein Gläschen Wein mit mir?»

«Sehr gern.»

«Wie gefällt Ihnen Valparaíso?»

«Was ich bisher gesehen habe, fand ich beeindruckend. Aber ich glaube nicht, dass ich hier leben könnte. Ich bin mehr ein Landmensch.» Josef nippte an dem Wein, der süß und schwer auf der Zunge lag. «Sieht es hier immer so vertrocknet aus? Ich dachte, die Wüste beginnt weiter im Norden?»

«Sie kommen zu einer ungünstigen Zeit. Hier ist der Sommer lang und ohne Regen. Dafür spülen dann die Wolkenbrüche im Winter den letzten Rest Erde von den Bergen. Doch was des Bauern Nachteil ist, ist unser Vorteil: Hier erzielen Sie für Holz ganz andere Preise als unten im Süden. Aber wissen Sie, was mich viel mehr stört als die Trockenheit?»

Der Wein schien ihn gesprächig zu machen.

«Der Lärm, der Dreck und die ständige Unrast der Einwohner. Valparaíso kommt nie zur Ruhe, nicht einmal nachts. Deshalb habe ich auch noch ein Haus in Santiago, wo meine Familie lebt.»

«In Santiago? Aber die Hauptstadt ist doch noch viel größer?»

«Sicher, aber es ist eine Stadt der Behörden und sehr viel spanischer als Valparaíso. Es lebt sich gelassener. Allein die Ruhe während der Siesta …! Und abends wird über die Alameda flaniert, eine Prachtstraße, die mit hohen Pappeln bepflanzt ist. Und erst die öffentlichen Gärten.» Quest geriet ins Schwärmen. «Wahre Oasen sind das, die den Sommer über bewässert werden und in denen es das ganze Jahr über grünt und blüht, mit hohen Palmen, die wie Kirchtürme vor der schneebedeckten Kulisse der Anden stehen. Die Straßen sind sauber, und hinter den weißgetünchten Steinhäusern verbergen sich paradiesische Patios, mit Springbrunnen und üppigen Pflanzen. Und dann die öffentlichen Gebäude: das neue Theater, das in der Sonne wie weißer Marmor schimmert, die Kathedrale, die riesige Universität, der Regierungspalast Moneda – das alles vermittelt Beständigkeit und Erhabenheit, während das Leben der Menschen hier in Valparaíso nur auf das schnelle Geld aus ist.»

Quest seufzte. Dann bot er Josef eine Zigarre an, der jedoch dankend ablehnte.

«Wissen Sie, was? Ich fahre nächste Woche für zwei Tage nach Santiago. Kommen Sie doch mit, Sie werden es nicht bereuen. Schon die Fahrt mit der Postkutsche ist ein kleines Abenteuer, immer im Galopp, ob bergauf oder bergab, durch eine der schönsten Landschaften, die ich kenne. Haben Sie Lust?»

Josef zögerte. Nichts hätte er lieber getan, als jeden Landstrich, jeden Winkel dieses Landes zu entdecken. Doch die Sehnsucht nach Ayen und seinem kleinen Sohn brannte stärker, er hatte beschlossen, so bald als möglich wieder heimzureisen.

«Ein andermal. Ihre Einladung klingt zwar verlockend, aber ich möchte meine Familie nicht warten lassen.»

«Gut. Dann bringen Sie doch das nächste Mal Ihre Familie einfach mit. Vielleicht ist bis dahin auch die Eisenbahnlinie fertiggestellt, und wir reisen bequem in weniger als sechs Stunden nach Santiago.»

«Wer liefert eigentlich die Schwellen für die Bahntrasse?», fragte Josef. Im selben Moment sah er Kayuantus missbilligendes Gesicht vor sich: Du denkst viel zu oft an dein Geschäft.

Quest hingegen zog lächelnd an seiner Zigarre. «Das ist einer der Punkte, die ich mit Ihnen besprechen wollte. Ich stehe in Gesprächen mit der Regierung, das Holz für die geplante Linie von Santiago Richtung Süden zu liefern. Ein Riesengeschäft, aber dazu brauche ich einen verlässlichen Partner.» Er erhob sich. «Aber verschieben wir das Geschäftliche auf morgen, da bleibt uns genug Zeit. Sie möchten sich sicher noch etwas ausruhen, bevor unsere Gäste eintreffen.»

«Um ehrlich zu sein, würde ich lieber ein wenig durch die Stadt bummeln.»

«Schade, dass ich Sie nicht begleiten kann. Ich habe noch eine Verabredung, die sich leider nicht aufschieben lässt. Aber darf ich Ihnen den Kutscher zur Verfügung stellen?»

«Danke, das ist nicht nötig.»

Quest empfahl ihm, der Calle Condell noch ein Stück stadtauswärts zu folgen, bis eine steile Treppe auf den Panteónhügel hinaufführe. Von dort könne er Hügel für Hügel Richtung Hafen zurückwandern, bis er unter sich die Kirche La Matriz del Señor sehe.

«An dieser Stelle sollten Sie wieder hügelabwärts steigen, sonst geraten Sie ins Hafenviertel rund um das Zollhaus – eine düstere Gegend, von der sich jeder Fremde fernhalten sollte. Ach, und noch etwas: Kaufen Sie nichts von den Wasserverkäufern. Das führt zu Durchfall.»

Gespannt machte sich Josef auf den Weg. Der Wind hatte sich gelegt, und die Sonne des Spätsommers entfaltete noch einmal ihre ganze Kraft. Er ging die Hauptstraße entlang, vorbei an zahlreichen Baustellen, die das Wachstum dieser Stadt bezeugten, bis er am Fuß einer scheinbar endlos steilen Treppe stand. Er zog seinen Gehrock aus, warf sich das gute Stück über die Schulter und stieg bergauf. Wie überall an den steilen Hängen drängten sich auch hier ärmliche Lehm- und Strohhütten an den Berg. Vor den Eingängen türmten sich Abfälle, in denen ausgemergelte Hunde nach etwas Essbarem wühlten. Die Treppe mündete in einen Weg, der an der Mauer des langgestreckten Friedhofs entlangführte. Wie still es hier oben war! Quest hatte ihm erzählt, dass er hier seinen täglichen Morgenspaziergang mache, um für den anbrechenden Tag gewappnet zu sein – der einzige Ort in Valparaíso, der Ruhe bot.

Josef setzte sich auf eine Steinbank im Schatten der Friedhofsmauer und genoss die Aussicht auf die Bucht und die Küste, wo sich die Berge allmählich im Dunst verloren. Voller Zuversicht sah er seine Zukunft vor sich. Mit Wendelin Quest und James Cohen würden sich seine Pläne realisieren lassen, dessen war er sich sicher. Quest hatte ihm eine enge Zusammenarbeit angeboten, ja mehr noch, er hatte ihm angedeutet, dass er für sein Handelshaus einen Teilhaber und Nachfolger suche, da sein einziger Sohn als Minen-Ingenieur nach Peru gezogen sei.

Hinter dem Friedhof führte der Weg wieder bergab durch eine flache Schlucht. So herrlich die Lage dieser Stadt war, so enttäuscht war Josef von der Vegetation. Er hatte Palmen, Johannisbrotbäume und mit Früchten beladene Feigenbäume erwartet, doch lediglich ein paar kümmerliche Oliven und dunkle Säulenkakteen bezeugten, dass das Klima hier wärmer als im Süden war. Kein Fleckchen frisches Grün, nur hier und da ein paar holzige Büsche mit grauen, staubigen Blättern. Alles schien vertrocknet, mit endlosem Steingeröll übersät, das sich in den tiefen dunklen Schluchten verlor. Kein Bach, kein Rinnsal bot Erfrischung. Von Quest hatte Josef erfahren, dass diese Hügel einst mit dichtem Wald bedeckt waren, der dem Schiffsbau zum Opfer gefallen war. Fast schmerzhaft traf ihn die Erkenntnis, dass auch im Süden der Waldreichtum kein ewiges, unerschöpfliches Gut darstellte und dass auch er mit seiner Sägemühle zur Verwüstung des Landes beitrug. Man müsste die Regierung dazu bringen, für jeden gefällten Baum in diesem Land einen neuen zu pflanzen, dachte er, selbst wenn diese Maßnahme das Holz verteuern würde. Quest kannte genügend einflussreiche Ministerialbeamte – gemeinsam würden sie vielleicht neue Wege in der Holzwirtschaft durchsetzen können.

Die Sonne stand schon tief, als er die Kirche von La Matriz erreichte. Eben wollte er die steile Gasse hinuntersteigen, als eine lärmende Gruppe ihm entgegenkam. Er erkannte Schwarzenbeck, und da ihm nicht nach einer neuerlichen Begegnung mit diesem Mann war, drehte er sich um und ging ziellos weiter. Irgendwo würde er einen anderen Weg finden, der abwärts führte.

Josef hatte nicht damit gerechnet, dass es so schnell dunkelte. Im Dämmerlicht erkannte er, dass das Viertel immer trostloser wurde. Auch hier schien die Stadt aus allen Nähten zu platzen: Wo noch irgendein Plätzchen frei war, drängten sich Hütten mit windschiefen Anbauten. An den wenigen Wasserstellen versammelten sich zerlumpte Weiber, um zu tratschen, Pferde und Maultiere wurden getränkt, Halbwüchsige lungerten müßig herum. Zwischen senkrechten Felswänden stieg er eine Treppe hinab, direkt auf das himmelblau gestrichene Zollhaus zu. Jetzt war er also doch ins Hafenviertel geraten. Unwillkürlich fasste Josef nach seiner Geldbörse. Sein Orientierungssinn sagte ihm, dass er sich nach rechts halten musste, doch die düsteren Gässchen schienen im Kreis zu führen oder endeten an einer Hauswand. Bettelnde Kinder zupften ihn am Rock, grellgeschminkte Frauen machten ihm eindeutige Angebote, immer wieder wurde er angerempelt und angepöbelt. Schließlich stand er am Ende einer Sackgasse vor einer Schänke. Hier würde er nach dem Weg fragen.

Außer ihm und drei jungen Burschen, die reglos an der Hauswand lehnten, war niemand auf der Straße. Er spürte ihre eindringlichen Blicke, wie sie ihn von oben bis unten musterten, als wollten sie seine Stärke abschätzen. Der Älteste nickte kaum merklich, da lösten sie sich von der Hauswand. Lässig und ohne Hast, als hätten sie alle Zeit der Welt, kamen sie auf ihn zu.

Josef wich einen Schritt zurück, die Hände zu Fäusten geballt. Herr im Himmel, wie hatte er nur so dumm sein können! Nur um Schwarzenbeck auszuweichen, war er in dieser Gasse gelandet. Kaum hörbar, als heiseres Flüstern nur, hörte er einen einzigen Satz: Geld her! Josef sah sich erneut um. Außer ihm und seinen Widersachern war keine Menschenseele unterwegs. Gut, dann würde er also kämpfen. Such dir immer den Anführer heraus, hatte ihm sein Bruder für solche Situationen geraten.

«Gar nichts bekommt ihr von mir!» Josef stürzte sich auf den Ältesten der drei und ließ seine Rechte mitten in dessen Gesicht schnellen. Verblüfft sah der Kerl ihn an und wischte sich das Blut aus der Nase. Dann prasselten Schläge von allen Seiten auf Josef ein. Ein Hieb in die Magengrube nahm ihm fast den Atem. Josef schlug zurück, drehte und wand sich, verteilte Faustschläge nach allen Seiten. Er spürte den süßlichen Geschmack von Blut im Mund, seine rechte Schulter brannte, und für einen Moment wurde ihm schwarz vor Augen. Dann sah er, dass er nur noch zwei Gegner hatte, einer der Burschen lag jammernd im Dreck. Er würde sich nicht kleinkriegen lassen, o nein! Dann aber traf ihn ein Schlag am Kopf, er taumelte und stürzte zu Boden. Schützend hob er den Arm über den Kopf, in dem klaren Bewusstsein, dass seine Angreifer nun nicht eher aufhören würden, bis er wimmernd um Gnade flehen würde. Da ertönte ein schriller Pfiff. Kein Schlag, kein Fußtritt traf mehr auf seinen schmerzenden Körper.

Josef hob vorsichtig den Kopf. Ein breitschultriger Kerl

näherte sich langsamen, humpelnden Schrittes vom anderen Ende der Gasse.

«Verschwindet», herrschte er die Burschen an.

Josef schloss die Augen. Das konnte nicht wahr sein! Er schlug die Augen wieder auf. Der Mann kniete jetzt über ihm, und selbst im fahlen Schein des erleuchteten Fensters blitzten die grünen Augen wie Smaragde. Josef tastete nach dieser riesigen, schwieligen Hand, der Hand seines Bruders, wollte etwas sagen, brachte aber keinen Laut über die gesprungenen Lippen. Dann spürte er, wie der andere ihm über die Haare strich, und er begann lautlos zu weinen.

«Ist gut, mein Kleiner, ist ja gut», hörte er Raimunds sanfte Stimme.

In Josefs Muskeln sammelte sich seine letzte Kraft. Er bog den Oberkörper empor, holte aus und schlug seinem Bruder die Hand ins Gesicht.

«Du bist ein Schweinehund! Warum hast du mich im Stich gelassen?»

Raimund hielt ihm die Hand fest und zog ihn an seine Brust. Er hielt ihn an sich gepresst und summte ein Lied, das einst ihre Mutter gesungen hatte, an ihrem Bett, in frühen Kinderjahren.

Lange Zeit kauerten sie so auf dem schmutzigen Boden der Gasse, nichts um sie herum war mehr wichtig.

«Komm, Jossi. Gehen wir hinein.» Raimund half ihm auf die Beine. Fast zärtlich schob er die gaffenden Burschen zur Seite, die aus der Schänke gekommen waren. An ihren erstaunten Gesichtern und der Art, wie sie ihnen geflissentlich die Tür öffneten, erkannte Josef, dass nicht der Junge, dem er die Nase zerschlagen hatte, der Anführer hier im Viertel war, sondern sein Bruder.

Raimund schleppte ihn in ein winziges Hinterzimmer. Es roch nach Schnaps und abgestandenem Zigarettenrauch.

«Soll ich dir ein Bier holen?»

Josef nickte. Er war immer noch wie betäubt. Hier, in einer Spelunke im Hafen von Valparaíso, saß er nun mit zersprungener Oberlippe und blutender Stirn und wartete darauf, dass sein Bruder ihm zu trinken brachte.

Raimund kehrte zurück, den Krug in der einen Hand, eine Wasserschüssel in der anderen. Über seiner Schulter lag ein sauberes Handtuch.

«Ich hoffe, du hast heute Abend kein Stelldichein mehr», sagte er grinsend, als er Josefs Gesicht vorsichtig säuberte. «Du siehst nämlich ziemlich verquollen aus.»

«Au!» Josef zuckte zusammen, als das Tuch seine Lippen berührte.

«Warte, es ist gleich vorbei. Mein Gott, du hast gekämpft wie ein wilder Stier.»

Josef setzte vorsichtig den Krug an und nahm einen tiefen Schluck. Dann schob er das Bier Raimund zu, der ihm gegenüber Platz genommen hatte.

«Nein, danke. Ich trinke nur noch sonntags. Am Tag des Herrn.»

Sie sahen sich eine Weile schweigend an. Josef suchte in Raimunds Gesicht nach den vorwitzigen, rebellischen Zügen des einst Siebzehnjährigen, doch was er sah, wirkte verbraucht und müde.

«Wenn du alles mit angesehen hast – warum hast du dann nicht früher eingegriffen? Hast du mich nicht erkannt?»

«Ich habe dich auf Anhieb erkannt. Aber», Raimund grinste breit, «ich wollte sehen, ob du immer noch blindlings auf stärkere Gegner eindrischt. So wie früher, als ich dich oft in letzter Minute rausgehauen habe.»

Sein Grinsen verschwand, und er sah zu Boden. «Ich habe mich hier in Chile nach niemandem so sehr gesehnt wie nach dir.»

Eine alte Frau mit gutmütigem Gesicht erschien im Türrahmen.

«Soll ich dem jungen Mann noch was zu trinken bringen?»

«Ja. Und für mich bitte auch ein Bier.»

Die Alte sah ihn mit hochgezogenen Brauen an.

«Jetzt schau nicht so, Mamita, heute ist eine Ausnahme.»

«Wenn du meinst.» Sie zuckte die Achseln. «Sei froh, dass du nicht mein Sohn bist.»

Raimund sah ihr nach. «Wir nennen sie alle Mamita. Sie ist die Seele des Hauses.»

«Und du? Was spielst du für eine Rolle in diesem Haus?»

Raimund wirkte plötzlich verlegen. «Ich führe die Geschäfte.»

«Was für Geschäfte?»

«Nun ja, ich habe diese Schänke übernommen, als Mamitas Mann letztes Jahr starb.»

Josef wusste, dass dies nicht die ganze Wahrheit war.

«Als du vorhin auf meine Jungs losgegangen bist», fuhr Raimund fort, «war ich richtig stolz auf dich. Das hätte ich dir niemals zugetraut.»

Seine Jungs – war Raimund der Kopf dieser Diebesbande, oder was sollte das heißen? Wieder schwankte Josef zwischen dem Glücksgefühl über ihr Wiedersehen und der Wut und Ohnmacht darüber, dass sein Bruder ihm so unendlich fremd geworden war.

Raimund biss sich auf die Lippen. «Ich weiß, was du denkst. Dass ich hier in diesem verwahrlosten Viertel hause und mich mit einer Horde Ganoven umgebe, anstatt irgendwo einen Acker zu bestellen. Du glaubst, dass ich versagt habe, und ich kann es dir nicht einmal verdenken, bei allem, was mir Mateo über dich erzählt hat.»

«Und was hat Mateo über mich erzählt?»

«Dass du ganz oben angekommen bist.»

«Und das genügt dir? War das der Grund, warum du

dich niemals gemeldet hast, mir nie eine Zeile geschrieben hast? Mein Gott, Raimund, wie verblendet du bist, wie verblendet und ... und», Josef suchte nach den richtigen Worten, «und wie selbstzerstörerisch.»

Sein Bruder zuckte nur mit den Schultern.

«Komm mit mir nach Puerto Varas. Ich will, dass du meine Frau kennenlernst und meine Freunde. Wir haben einen kleinen Sohn, er hat dieselben hellblonden Haare wie unsere Schwester Lisbeth.»

Für einen kurzen Augenblick leuchteten Raimunds Augen, dann legte sich wieder dieser dunkle Schatten über seinen Blick.

«Ich kann nicht fort von hier. Hier werde ich geachtet, mein Wort gilt etwas, auch wenn ich ein Krüppel bin.»

«Du bist kein Krüppel, nur weil dir ein Fuß fehlt.»

«Hat dir Mateo davon erzählt?»

«Ja.»

«Und du weißt, wie ich den Fuß verloren habe?»

Josef nickte. «Du hast gegen die Indianer gekämpft.»

«Es war schrecklich. Wie in einem Schlachthaus.» Es war Raimund anzusehen, wie seine Selbstsicherheit schwand. «Ich habe keinen von ihnen getötet, glaubst du mir das?» Seine Augen begannen zu glänzen.

«Wie kann ich dir etwas glauben, wenn ich nichts mehr von dir weiß? Jahrelang habe ich nach dir gesucht, vielleicht wäre ich niemals von zu Hause fort, wenn du nicht weggelaufen wärst. Gemeinsam hätten wir uns gegen Vater schon durchsetzen können. Du und ich, wir haben doch immer zusammengehalten.»

«Vater hat mich gehasst.»

«Das ist nicht wahr. Er ist streng und manchmal hartherzig, aber er wollte immer nur das Beste für uns. Indem wir weggelaufen sind, haben wir vielleicht sein Leben zerstört.»

«Und er hat *mein* Leben zerstört! Er ist schuld, dass aus mir das geworden ist, was du vor dir siehst.»

«Was soll das heißen?» Josef war verwirrt.

«Du wirst aufstehen und mich nie mehr wiedersehen wollen, wenn ich dir alles über mich erzählt habe.»

«Bestimmt nicht, Raimund.»

«Die Burschen von eben – sie wohnen hier im Haus. Es sind Taschendiebe. Sie suchen sich Reisende mit viel Geld, die sich hierher verirren, um sie auszurauben. Hättest du ausgesehen wie ein Bauer oder Seemann, kein Mensch hätte dich angerührt.»

Josef holte tief Luft. «Und du bist ihr Anführer, der sich seine Hände nicht schmutzig macht ...»

«Nein. Ich habe mit ihren Diebstählen nichts zu schaffen, aber es ist mir auch gleichgültig. Sie sind nicht bösartig, für gewöhnlich haben sie ihre Kniffe, wie sie zu ihrer Beute kommen, ohne jemanden ernsthaft zu verletzen. Zu der Prügelei wäre es niemals gekommen, wenn du dich nicht wie ein Wilder gewehrt hättest. Ich selber ...», er zögerte einen Augenblick. «Ich lebe vom Schmuggeln.»

Und Raimund erzählte, wie er nach seiner Entlassung aus dem Lazarett nach Valparaíso gekommen war, wo er durch Zufall Mamitas Mann kennengelernt hatte, den Besitzer der Schänke. Sie waren einander sofort sympathisch gewesen. Wie ein Vater sei ihm der Alte gewesen, und er habe ihn nach und nach in das Geschäft des Schmuggels eingewiesen. Als er vor einigen Monaten an der Cholera starb, habe er ihm nicht nur die Schänke hinterlassen, sondern auch die Aufgabe, den Schmugglerring weiterzuführen.

«So tief bin ich gesunken», schloss Raimund seinen Bericht. «Du siehst also, ich habe nichts mit dir gemeinsam.»

«Warum machst du dich so schlecht? Weißt du, an wen du mich erinnerst? An einen meiner besten Freunde. Das Schicksal hatte ihm schrecklich mitgespielt, doch anstatt sich zu wehren, verlor er jegliche Selbstachtung, bis ihn der Alkohol umbrachte.»

Er sah, wie Raimunds Hand zitterte. Vielleicht war er zu weit gegangen.

«Bitte, Raimund, komm mit mir. Es ist doch nicht zu spät, neu anzufangen. Und außerdem glaube ich, dass wir beide so unterschiedlich gar nicht sind.»

«Du irrst dich. Wir sind sogar sehr verschieden. Denn wir haben nicht denselben Vater.»

35

Rose erhob sich.

«Ich bin in spätestens zwei Stunden zurück. Kommst du zurecht?»

«Geh nur. Und richte dem Doktor schöne Grüße von mir aus.»

Ayen sah ihr nach. Wie glücklich Rose wirkte, seitdem sie wusste, dass sie ein Kind erwartete. Ayen legte Feuerholz nach, dann strich sie die Wolldecke über Pauls Beinen zurecht und setzte sich neben den Kranken. Ob ihm genug Zeit blieb, die Geburt und das Heranwachsen seines Kindes zu erleben?

Seit einer halben Stunde schon starrte er mit weitgeöffneten Augen in die Ferne, regungslos, die Hände wie zum Gebet gefaltet. Mitten im Gespräch war er plötzlich verstummt. Niemand wusste, in was für einer Welt er sich dann befand, es blieb nur abzuwarten, bis er wieder zu ihnen zurückkehrte. Immer häufiger verfiel er in diese Zustände, er selbst war außerstande zu erklären, was in diesen Momenten mit ihm geschah.

Sie hatten über José gesprochen und seine Begegnung mit Raimund. Glückselig war er von seiner Reise zurückgekehrt, hatte Ayen jede Einzelheit über jenen Abend in der Schänke berichtet. Den eigentlichen Anlass seiner Reise schien er vollkommen vergessen zu haben, so bewegt war er von dem Wiedersehen mit seinem Bruder. Gebannt hatte sie ihm zugehört, hatte von Raimunds Irrwegen in Chile erfahren, von dem dunklen Geheimnis in ihrer Familie, unter dessen Last Raimund schier verzweifelt war, und wie ihn José schließlich überzeugen konnte, dass es keinen Fluch des Blutes gebe und sein Vater ihn niemals gehasst haben könne.

«Er hatte durch Zufall einen Streit unserer Eltern belauscht. Es ging wohl um Vaters Zornausbrüche gegenüber Raimund, und Vater hatte sich wutschnaubend gerechtfertigt, dass man den Jungen hart an die Kandare nehmen müsse, damit er nicht so ende, wie sein Vater, der rote Fritz. Wir Kinder kannten den roten Fritz. Er war ein fahrender Händler, der alle paar Wochen mit seinem Karren vorbeikam. Wir liebten ihn, denn er war immer lustig, kannte die unglaublichsten Geschichten und brachte uns manchmal kleine Geschenke mit. Den Spitznamen hatte er von seinen roten Haaren, und seine Augen waren von einem so leuchtenden Grün, wie ich es niemals sonst gesehen habe – außer bei meinem Bruder.»

«Und was ist aus diesem Mann geworden?»

«So genau weiß es niemand. Eines Tages blieb er verschwunden, und es ging das Gerücht, er sei wegen mehrfachen Raubes und Falschmünzerei aufgehängt worden. Dabei konnte dieser Mensch keiner Fliege etwas zuleide tun.»

«Und ihr habt niemals geahnt, dass dieser rote Fritz Raimunds Vater sein könnte?»

«Nein. Raimund sah ja als Kind aus wie das Ebenbild unserer Mutter, und als er zur Welt kam, waren unsere Eltern schon verheiratet. Es hatte also alles seine Richtigkeit. Aber wenn ich jetzt zurückrechne, muss Mutter schon vor der Hochzeit schwanger gewesen sein.»

«Und dein Vater hat sie trotzdem geheiratet.»

«Ich glaube, er hat sie immer sehr geliebt. Er hat einmal erzählt, dass er schon am Tag seiner Konfirmation beschlossen hatte, sie zu heiraten.»

Ayen fragte sich, ob José sie mit dem Kind von Julius geheiratet hätte, doch dann unterdrückte sie diesen Gedanken. Es erschien ihr töricht, in alter Glut herumzustochern.

«Raimund jedenfalls hat seit jenem Tag, an dem er von seiner Herkunft erfuhr, geglaubt, unser Vater würde ihn hassen, weil er der Sohn eines anderen Mannes ist.»

«Und du, was glaubst du?»

«Ich kenne unseren Vater als stur und jähzornig – aber Hass? Nein.» Er schüttelte nachdrücklich den Kopf.

Ayen freute sich mit José über sein Wiedersehen mit Raimund, doch sie teilte nicht seine Zuversicht, dass er zu ihnen nach Puerto Varas ziehen würde, wie er es José beim Abschied versprochen hatte. Zu oft hatte sie erlebt, dass sich die Menschen selbst im Wege standen und die falsche Entscheidung trafen.

Vor drei Tagen schließlich, mehrere Wochen nach Josefs Rückkehr aus Valparaíso, war ein Brief von Raimund eingetroffen. Josef war in sich zusammengesunken wie ein alter Mann, nachdem er die wenigen Zeilen gelesen hatte. Fassungslos hatte er sie angesehen und gesagt: «Er will in Valparaíso bleiben.»

Dann hatte er den Brief ins Herdfeuer geworfen und war hinausgegangen. Weder Ayen noch Paul gelang es in den folgenden Tagen, ihn in seiner Niedergeschlagenheit zu trösten. Er war vollkommen am Boden zerstört, führte seine Arbeit schweigend aus, ging abends ohne Mahlzeit zu Bett. Nicht einmal der Anblick seines Sohnes konnte ihm ein Lächeln entlocken.

«Er braucht eben Zeit, um darüber hinwegzukommen»,

hatte Rose gemeint, bevor sie zum Arzt aufgebrochen war. Doch Ayen bezweifelte das. Sie kannte ihren José besser und wusste, wie viel ihm seine Familie bedeutete.

Trotz der Wärme des Kaminfeuers begann Ayen zu frösteln. Sie holte den schlafenden Kayu aus seiner Wiege und bettete ihn auf ihren Schoß. Ein zufriedenes Lächeln lag auf seinem Gesicht.

«Worüber hatten wir gerade gesprochen?» Mit einem Ruck löste sich Paul aus seiner Erstarrung.

«Über José.»

«Richtig.» Er nahm die Brille ab und rieb sich die Augen. «Ich habe nachgedacht. Wann kommt Josef heute nach Hause?»

«Erst gegen Abend.»

«Das ist gut. Wir beide werden jetzt einen Brief an Raimund schreiben, Rose kann ihn dann dem Expressboten mitgeben.»

Ayen sah ihn erstaunt an. «Was sollen wir ihm schreiben?»

«Dass wir ihn hier dringend brauchen und dass Josef zu stolz und zu dumm ist, es ihm selbst mitzuteilen.»

Ayen wunderte sich längst nicht mehr über Pauls Einfälle. Viele im Ort hielten ihn inzwischen für einen närrischen Alten, doch in ihren Augen sah er viele Dinge klarer als jeder andere.

«Und du meinst, wenn wir ihm schreiben, wird er seine Koffer packen und hierherkommen?»

«Wir werden sehen.» Er lachte fröhlich. «In jungen Jahren war ich bekannt dafür, die schlimmsten Streithähne zu versöhnen und die dauerhaftesten Ehen zu stiften. Nur bei mir selbst hatte ich eine weniger glückliche Hand. Hör zu», er beugte sich vor, «nach allem, was ich von Raimund weiß, ist er ein Mensch, der nichts sehnlicher sucht als Anerkennung und der nichts mehr fürchtet, als nur geduldet zu werden. Also müssen wir ihm klarmachen, dass nicht wir ihm helfen wollen, sondern er uns helfen muss. Josef braucht dringend einen Mann, der imstande ist, seine Geschäfte zu führen, sonst droht seine Mühle bankrottzugehen.»

Ayen runzelte die Stirn. «Erstens stimmt das nicht und zweitens: Woher willst du wissen, dass sich Raimund in diesen Dingen auskennt?»

«Wer einen Schmugglerring führen kann, kommt auch mit der kaufmännischen Seite eines Unternehmens zurecht. Zumal der Schleichhandel ungleich komplizierter ist als der Abschluss eines gewöhnlichen Geschäfts.»

Der Himmel lastete wie Blei über der Bucht von Puerto Montt. Josef trat unruhig von einem Bein auf das andere. Trotz der Schwüle liefen ihm Kälteschauer über den Rücken, während seine Hände schweißnass waren.

«Mein Gott, wie lange das dauert!», sagte er zu Ayen, die dicht neben ihm stand. «So viele Reisende waren doch gar nicht an Bord.»

Marie, ihr Neugeborenes, erwachte und begann zu schreien. Sanft wiegte Josef sie in seinen Armen hin und her, doch er beruhigte damit mehr sich selbst als den Säugling.

Sie standen hinter der Absperrung, die das Zollgebäude umgab. Vergebens hatte Josef nach seiner Mutter und seiner Schwester Ausschau gehalten, als die Passagiere das englische Postschiff *St. George* verließen und zur Zollabfertigung strömten. Womöglich waren sie gar nicht mitgekommen?

Er warf einen Blick auf seinen Bruder, der sich hinter Luise und Emil gestellt hatte, als wolle er sich verstecken. Um den Hals trug er das Medaillon, das ihm ihre Mutter zur Konfirmation geschenkt hatte. Josef bemerkte, wie seine Wangenmuskeln vor Anspannung zuckten.

«Freust du dich nicht?», fragte Josef.

«Doch.» Raimunds Stimme klang heiser. Er beugte

sich zu Kayu hinunter, der sich an seiner Hand festhielt. «Komm, ich nehme dich auf die Schulter. Dann kannst du die Schiffe besser sehen.»

Mit Raimunds Hilfe hatte Kayu laufen gelernt, und mit ihm übte er seine ersten Worte. Mittlerweile wich er seinem stolzen Onkel wie ein junger Hund nicht mehr von der Seite. Kayu hatten sie es zu verdanken, dass Raimund sich so schnell bei ihnen eingelebt hatte. Inzwischen war er für Josef unentbehrlich geworden und hatte sich als genau der herausgestellt, nach dem Josef immer gesucht hatte.

Mutter wird ihren Augen nicht trauen, dachte Josef jetzt. Er selbst konnte es manchmal nicht fassen: Er hatte seinen Bruder tatsächlich wiedergefunden.

«Sie kommen heraus!» Luise reckte den Hals.

Als Erstes entdeckte Josef seine Schwester Lisbeth mit ihren hellblonden Zöpfen. Wie groß sie mit ihren sechzehn Jahren war, fast schon eine richtige junge Frau. Ungestüm winkte sie ihnen zu, dann war sie wieder in der Menge verschwunden.

«Ich glaube, ich sterbe gleich vor Freude», flüsterte Josef Ayen zu.

In diesem Moment sah er seine Mutter. Er hatte ganz vergessen, was für eine schöne Frau sie war, auch wenn die vergangenen acht Jahre deutlich ihre Spuren hinterlassen hatten. Ihre aufrechte Haltung und ihre klaren, ebenmäßig geschnittenen Gesichtszüge verliehen ihr trotz der abgetragenen Kleidung etwas Würdevolles. Er reichte Ayen ihre kleine Tochter und stürzte los, drängte sich durch die Menschenmenge, schob einen Zollbeamten zur Seite, der mit wichtigen Gebärden für Ordnung sorgte, und stand schließlich vor seiner Mutter.

«Endlich!» Er barg seinen Kopf an ihrer Halsgrube, wie er es als Kind getan hatte, und sie streichelte wie früher seinen Nacken. In dem Geruch von Schweiß und Salzwasser fand Josef auch den Geruch seiner Kindheit wieder.

Jemand zupfte ihn am Ohr.

«Ich bin auch noch da.»

Lisbeth strahlte ihn an. Ihr Gesicht war von der Überfahrt braungebrannt und ihre Nase übersät von Sommersprossen. Ohne seine Mutter loszulassen, drückte er auch Lisbeth an sich.

«Ihr müsst hier bei uns in Chile bleiben», flüsterte er und streichelte die rissigen, abgearbeiteten Hände seiner Mutter. «Du sollst endlich zur Ruhe kommen.»

«Ach Josef, mein Junge – wir bleiben doch, wir fahren gar nicht zurück. Dein Vater und ich ...» Ein ohrenbetäubender Donnerschlag unterbrach sie, und die ersten Blitze zuckten. Doch es war nicht das einsetzende Gewitter, das das Gesicht seiner Mutter plötzlich erstarren ließ.

«Das ist nicht wahr ...», hauchte sie leise. «Bist du es wirklich?»

Josef blickte auf. Neben ihm stand Raimund. Bleich, mit zitternden Mundwinkeln trat er auf ihre Mutter zu. Dann fielen sie sich in die Arme.

Josef versuchte zu begreifen, was seine Mutter eben gesagt hatte, dass sie hierbleiben würden, in Chile, bei seiner Familie. Doch was nun geschah, war noch viel unbegreiflicher, konnte nur ein Traum sein, aus dem er jeden Augenblick erwachen würde. Einige Schritte von ihnen entfernt stand ein schmächtiger alter Mann, eine geflickte Joppe über den hängenden Schultern, die Augen aufgerissen vor Erstaunen oder vor Schreck. Auch Raimund hatte ihn entdeckt. Er löste sich aus der Umarmung mit seiner Mutter und ging mit unsicheren Schritten auf den Mann zu.

«Vater?»

Der alte Mann stand wie festgewurzelt, eine aus Holz geschnitzte Skulptur, zu keiner Regung fähig. Josef war es, als bliebe für Sekunden die Welt stehen. Kein Laut, kein Gespräch der Umstehenden war zu hören, nur die beiden

Gestalten dort vor ihm, die einander gegenüberstanden, existierten.

Josef stellte sich neben seinen Bruder. Da hob ihr Vater die Hand, er bebte am ganzen Körper. Unbeholfen berührte er Raimunds Wange, so vorsichtig, als habe er Angst, etwas zu zerstören, dann schlang er die Arme um seine beiden Söhne und flüsterte mit erstickter Stimme: «Gott hat meine Gebete erhört.»

Mit dem zweiten Donnerschlag schien der Himmel zu bersten, und der plötzlich herabstürzende Regen vermischte sich mit den Tränen des alten Mannes und seiner beiden Söhne.

Glossar:

ají	scharfe Pfefferschoten
Alerce	riesige Zypressenart in Argentinien und Chile
almacén	Gemischtwarenladen
Araukaner	Bezeichnung der europäischen Einwanderer für die indianischen Völker im südlichen Lateinamerika. Siehe auch Mapuche
Araukarie	bis zu 50 m hohe Andentanne; den Mapuche heilig
awün	ritueller Ritt im scharfen Galopp, um böse Geister zu vertreiben
bola	Kugelschleuder zum Jagen
Canelo	Zimtbaum. Kleiner, immergrüner Myrtenbaum; ist den Mapuche heilig
castellano	in Chile üblicherweise für Spanisch gebraucht
carabinero	chilenischer Polizist
carpintero	Schreiner, Tischler
carreta	Karren
chicha	in Chile (anders als sonst in Südamerika): Getränk aus frisch vergorenem Trauben- oder Apfelsaft. Entspricht unserem Most
chiripa	Beinkleid der Mapuche-Männer: rechteckiges Tuch, das um die Hüften und zwischen die Beine geschlungen wird
Chupón	Sukkulentengewächs
Copihue	meist rot blühende Schlingpflanze; heute Nationalblume Chiles
Cueca	chilenischer Paartanz, heute chilenischer Nationaltanz

empanada	Teigtasche mit Fleisch und Zwiebeln oder Meeresfrüchten gefüllt
empresario	Unternehmer
estancia	Landgut in Südamerika, mit Schaf- oder Rinderzucht
Frontera	Grenzland. Einstiges Stammesgebiet der Mapuche, lag als Keil zwischen Zentralchile und den südlichen Provinzen
harina tostada	geröstetes Mehl
hijito	Söhnchen
huaso	chilenischer Landarbeiter, Viehhirte
huerquen	Botschafter, Gesandter zwischen den einzelnen Clans und Stämmen der Mapuche
intendente	Verwaltungsbeamter
kallfü	blau (in der Sprache der Mapuche)
Kazike	in Mittel- und Südamerika: Häuptling
Kondor	Der Andenkondor (Gattung der Neuweltgeier) gehört zu den größten Vögeln der Erde, mit einer Flügelspannweite von bis zu 3,20 m
Kreolen	hier: Nachkommen der spanischen Einwanderer
kümelen eymi?	Wie geht es dir? (in der Sprache der Mapuche)
kultrung	bemalte Handtrommel für rituelle Zwecke
kupülhue	hölzerne Kindertrage der Mapuche
kushe nuke	weibliche Gottheit. In der alten Tradition der Mapuche stellt sich die oberste Gottheit als Zweiheit (männlich/weiblich) dar oder auch als Vierheit (mit Sohn und Tochter)
machetones	Macheten, Buschmesser
machitún	rituelle Heilungszeremonie der Mapuche
Maitén	baumhoher Strauch

malen	Frau (in der Sprache der Mapuche)
Mandel	hier: Mengenangabe (15 Stück)
Maniu-Baum	Bis 2 m hohes Nadelgehölz der Andenregion, mit essbaren grünen Früchten
mapuche	wörtlich: Menschen des Landes. Ureinwohner Chiles und Argentiniens. Widersetzten sich lange Zeit erfolgreich den spanischen Eroberern
mapudungun	Sprache der Mapuche
matecito	hier: Matetee
mayordomo	(Guts-)Verwalter
muday	schäumendes alkoholisches Getränk der Mapuche aus gegorenem Mais
mula	Maultier
Nalca	rhabarberähnliche Staude mit mannsgroßen Blättern
ngillatún	kultisches Opferfest der Mapuche, mit Gebet und Tanz
patrón	Dienstherr
Pehuén	Mapuchewort für Araukarie
peón	Knecht, Landarbeiter
picana	Lanze zum Antreiben der Ochsen
Quila	Bambusart
Quintral	immergrüner Strauch mit feuerroten Blüten
rehue	Kultpfahl der Mapuche
ruca	Wohnhütte der Mapuche
salchicha	Würstchen
Ulmo	bis zu 40 m hoher immergrüner Laubbaum mit weißen Blüten
wentru	Mann (Mapuchesprache)
wingka	Fremder, nicht zum Volk der Mapuche gehörig (in der Sprache der Mapuche)

Das für dieses Buch verwendete FSC®-zertifizierte Papier
Holmen Book Cream liefert Holmen, Schweden.